# 全唐詩

## 第 二 册

### 卷五五 —— 卷一四六

中 华 书 局

# 全唐诗第二册目次

李　峤

## 卷五九

### 李　峤

# 卷六〇

李　峤

## 卷六一

李 峤

## 卷六二

### 杜审言

## 卷六三

董思恭

## 卷七二

## 卷七三

**卷七六**

徐彦伯

## 卷七七

### 骆宾王

## 卷七八

骆宾王

**卷八一**

乔知之

## 卷八三

陈子昂

## 卷八四

### 陈子昂

## 卷八七

### 张　说

## 卷八八

### 张　说

## 卷八九

张　说

## 卷九〇

张　均

# 卷九三

卢藏用

## 卷九六

### 沈佺期

## 卷九七

### 沈佺期

## 卷九八

赵冬曦

## 卷一〇〇

赵彦昭

卷一〇四

萧至忠

## 卷一〇七

### 源乾曜

### 徐 坚

## 卷一一八

## 卷一一九

### 崔 国 辅

## 卷一二三

### 卢鸿一

## 卷一二四

### 徐安贞

### 崔 翘

# 卷一二六

## 王　维

## 卷一二八

王 维

## 卷一二九

### 王　缙

### 裴　迪

## 卷一三一

### 祖　咏

**卷一三二**

李 颀

卷一三三

## 李　颀

## 卷一三四

### 李　颀

## 卷一三五

*綦毋潜*

## 卷一三六

### 储光羲

## 卷一三八

### 储光羲

# 卷一三九

储光羲

## 卷一四一

### 王昌龄

## 卷一四二

### 王昌龄

## 卷一四三

### 王昌龄

## 卷一四四

常　建

**卷一四六**

陶　翰

# 全唐诗卷五五

## 王 勃

　　王勃,字子安,绛州龙门人,文中子通之孙。六岁善文辞,未冠,应举及第。授朝散郎,数献颂阙下。沛王闻其名,召署府修撰。是时诸王斗鸡,勃戏为文,檄英王鸡,高宗斥之。勃既废,客剑南。久之,补虢州参军。坐事,复除名。勃父福畤,坐勃故,左迁交趾令。勃往交趾省父。渡海溺水,悸而卒,年二十八。勃好读书,属文初不精思,先磨墨数升,引被覆面而卧,忽起书之,不易一字,时人谓之腹稿。与杨炯、卢照邻、骆宾王皆以文章齐名,天下称王杨卢骆,号四杰。勃有集三十卷,今编诗二卷。

### 倬 彼 我 系

　　倬彼我系,舍弟虢州参军勃所作也。伤迫乎家贫,道未成而受禄,不得如古之君子四十强而仕也。故本其情性,原其事业,因陈先人之迹,以议出处,致天爵之艰难也。勃兄励序。

倬彼我系,出自有周。分疆锡社,派别支流。居卫仕宋,臣一作国嬴相刘。乃武乃文,或公或侯。

晋历崩坼,衣冠扰弊。粤自太原,播徂江澨。礼丧贤隐,时屯道闭。王室如毁,生人多殡。

伊我有器，思逢其主。自东施一作旋西，择木开宇。田彼河曲，家乎
汾浦。天未厌乱，吾将谁辅。

伊我祖德，思济九埏。不常厥所，于兹五迁。欲及时也，夫岂愿焉。
其位虽屈，其言则传。

爰述帝制，大蒐王道。曰天曰人，是祖是考。礼乐咸若，诗书具草。
贻厥孙谋，永为家宝。

伊余小子，信惭明哲。彼网有条，彼车有辙。思屏人事，克终前烈。
于嗟代网，卒余来绁。

来绁伊何，谓余曰仕。我瞻先达，三十方起。夫岂不怀，高山仰止。
愿言毓德，啜菽饮水。

有鸟反哺，其声嗷嗷。言念旧德，忧心忉忉。今我不养，岁月其滔。
黾勉从役，岂敢告劳。

从役伊何，薄求卑位。告劳伊何，来参卿事。名存实爽，负信愆义。
静言遐思，中心是愧。

## 上巳浮江宴韵得址字

披观玉京路，驻赏金台址。逸兴怀九仙，良辰倾四美。松吟白云
际，桂馥青溪里。别有江海一作汉心，日暮情何已。

## 春日宴乐游园赋韵得接字

帝里寒光尽，神皋春望浃。梅郊落晚英，柳甸惊初叶。流水抽奇
弄，崩云洒芳牒。清尊湛不空，暂喜平生接。

## 山亭夜宴

桂宇幽襟积，山亭一作松台凉夜永。森沉野径寒，肃穆岩扉静。竹
晦南汀一作阿色，荷翻北潭影。清兴殊未阑，林端照初景。

## 咏　风

肃肃凉景<sub>一作风</sub>生,加我林壑清。驱烟寻<sub>一作入</sub>涧户,卷雾<sub>一作露</sub>出山楹。去来固无迹<sub>一作际</sub>,动息如有情。日落山水静,为君起松声。

## 怀　仙 并序

　　客有自幽山来者,起予以林壑之事。而烟霞在焉,思解缨绂。永咏
　　山水(一作林),神与道超。迹为形滞,故书其事焉。

鹤岑有奇径,麟洲富仙家。紫泉漱珠液,玄岩列丹葩。常希<sub>一作若</sub>披尘网,眇然登云车。鸾情极霄汉,凤想疲烟霞。道存蓬瀛近,意惬朝市赊。无为坐惆怅,虚此江上华。

## 忽梦游仙

仆本江上客,牵迹在方内。窅寐霄汉间,居然有灵对。翕尔登霞首,依然蹑云背。电策驱龙光,烟途俨鸾态。乘月披金帔,连星解琼珮。浮识俄易归,真游邈难<sub>一作魂莫</sub>再。寥廓沉遐想,周遑奉遗诲。流俗非我乡,何当释尘昧。

## 杂　曲

智琼神女,来访文君。蛾眉始约,罗袖初薰。歌齐曲韵,舞乱行纷。若向阳台荐枕,何啻得胜朝云。

## 秋 夜 长

秋夜长,殊未央,月明白露澄清光,层城绮阁遥相望。遥相望,川无梁,北风受节南雁翔,崇兰委质时菊芳。鸣环曳履<sub>一作佩</sub>出长廊,为君秋夜捣衣裳。纤罗对凤皇,丹绮双鸳鸯,调砧乱杵思自伤。思自

伤,征夫万里戍他乡。鹤关音信断,龙门道路长。君一作所在天一
方,寒衣徒自香。

## 采莲曲 乐府作采莲归

采莲归,绿水芙蓉衣。秋风起浪凫雁飞。桂棹兰桡下长浦,罗裙玉
腕轻摇橹。叶屿花潭极望平,江讴越吹相思苦。相思苦,佳期不可
驻。塞外征夫犹未还,江南采莲今已暮。今已暮,采乐府诗作摘莲
花。渠今一作今渠那必尽娼家。官道城南把桑叶,何如江上采莲
花。莲花复莲花,花叶何稠一作重叠。叶翠本羞眉,花红强如颊。
佳人不在兹一作兹期,怅望别离时。牵花怜共蒂,折藕爱连丝。故
情无一作何处所,新物从一作徒华滋。不惜西一作南津交佩解,还羞北
海雁书迟。采莲歌有节,采莲夜未歇。正逢浩荡江上风,又值裴回
《乐府诗集》无裴回二字江上月。裴回莲浦夜相逢,吴姬越女何丰茸。
共问寒江一作光千里外,征客关山路一作更几重。

## 临 高 台

临高台,高台迢递绝浮埃。瑶轩绮构何崔嵬,鸾歌凤吹清且哀。俯
瞰长安道,萋萋御沟草。斜对甘泉路,苍苍茂陵树。高台四望同,
帝乡一本无此二字佳气郁葱葱。紫阁丹楼纷照耀,璧房锦殿相玲珑。
东弥长乐观,西指未央宫。赤城映朝日,绿树摇春风。旗亭百隧开
新市,甲第千甍分戚里。朱轮翠盖不胜春,叠榭层楹相对起。复有
青楼大道中,绣户文窗雕绮栊。锦衾夜一作昼不襞,罗帷昼一作夕未
空。歌屏朝掩翠,妆镜晚窥红。为君一作吾安宝髻,蛾眉罢花丛。
尘间狭路一作狭路尘间黯将暮,云间一作开月色明如素。鸳鸯池上两
两飞,凤凰楼下双双度。物色正如此,佳期那不顾。银鞍绣毂盛繁
华,可怜今夜宿娼家。娼家少妇不须矉,东园桃李片时春。君看旧

日高台处,柏梁铜雀生一作尚黄尘。

## 滕 王 阁

滕王高阁临江渚,珮玉鸣鸾罢歌舞。画栋朝飞南浦云,珠帘暮卷西山雨。闲云潭影日悠悠,物换星移几度秋。阁中帝子今何在,槛外长江空自流。

## 江 南 弄

江南弄,巫山连楚梦,行雨行云几相送。瑶轩金谷上春时,玉童仙女无见期。紫露一作雾香烟渺难托,清风明月遥相思。遥相思,草徒绿,为听双飞凤凰曲。

# 全唐诗卷五六

## 王 勃

### 圣 泉 宴

披襟乘石磴,列籍—作席俯春泉。兰气熏山酌,松声韵野弦。影飘垂叶外,香度落花前。兴洽林塘晚,重岩起夕烟。

### 寻道观 其观即昌利观,张天师居也。

芝—作枝廛光分野,蓬阙盛规模。碧坛清桂阈—作影,丹洞肃松枢。玉笈三山记,金箱五岳图。苍虬不可得—作见,空望白云衢。

### 散 关 晨 度

关山凌旦开,石路无尘埃。白马高谭去,青牛真气来。重门临巨壑,连栋起崇隈。即今扬策度,非是弃繻回。

### 别薛华 《英华》作秋日别薛升华

送送多穷路,遑遑独问津。悲凉千里道,凄断百年身。心事同漂泊,生涯共苦辛。无论去与住,俱是梦中人。

## 重别薛华 <sub>一作重别薛升华</sub>

明月沉珠浦,风飘濯锦川。楼台临绝岸,洲渚亘长天。旅一作飘泊
成千里,栖遑一作迟共百年。穷途唯有泪,还望独潸然。

## 游梵宇三觉寺

杏一作香阁披青磴,雕台控紫岑。叶齐山路狭一作径密,花积野坛深。
萝幌栖禅影,松门听一作引梵音。遽忻陪妙躅,延赏一作想涤烦襟。

## 麻 平 晚 行

百年怀土望,千里倦游情。高低寻戍道,远近听泉声。涧叶才分
色,山花不辨名。羁心何处尽,风急暮猿清。

## 送 卢 主 簿

穷途非所恨,虚室自相依。城阙居年满,琴尊俗事稀。开襟方未
已,分袂忽多违。东岩富松竹,岁暮幸同归。

## 饯 韦 兵 曹

征骖临野次,别袂惨江垂。川雾浮烟敛,山明落照移。鹰风凋晚
叶,蝉露泣一作泫秋枝。亭皋分远望,延想间云涯。

## 白下驿饯唐少府

下驿穷交日,昌亭旅食年。相知何用早,怀抱即依然。浦楼低晚
照,乡路隔风烟。去去如何道,长安在日边。

# 杜少府之任蜀州 一作川

城阙辅三一作俯西秦,风烟望五津。与君离别意,同一作俱是宦游人。海内存知己,天涯若比邻。无为在岐路,儿女共沾巾。

## 仲 春 郊 外

东园垂柳径,西堰落花津。物色连三月,风光绝一作绕四邻。鸟飞村觉曙,鱼戏水知春。初晴山院里,何处染嚣尘。

## 郊 兴

空园歌独酌,春日赋闲居。泽兰侵小径,河柳覆长渠。雨去花光湿,风归叶影疏。山人不惜醉,唯畏绿尊虚。

## 郊 园 即 事

烟霞春旦一作早赏,松竹故年心。断山疑画障,县溜泻鸣琴。草遍南亭合,花开一作浓北院深。闲居饶酒赋,随兴欲抽簪。

## 观 佛 迹 寺

莲座神容俨一作促,松崖圣趾一作迹馀。年长金迹浅,地久石文一作芝疏。颓华临曲磴,倾影赴前除。共嗟一作悲陵谷远,俄视化城一作成虚。

## 山居晚眺赠王道士

金坛疏俗宇,玉洞侣仙群。花枝栖晚露一作雾,峰叶度晴云。斜一作落照移山影,回沙拥籀一作溜文。琴尊方待兴,竹树已迎曛。

### 八仙径 寺南又有昌利观,去寺可数里,岩径窈窕,杖而后进。

奈园欣八正,松岩访九仙。援萝窥雾术,攀林一作桂俯云烟一作阡。
代一作岱北鸾骖至,辽西鹤骑旋。终希脱尘网,连翼下芝田。

## 春 日 还 郊

闲情兼嘿语一作嘿,携杖赴岩泉。草绿萦新带,榆青缀古钱。鱼床
侵岸水,鸟路入山烟。还题平子赋,花树满春田。

## 对酒春园作

投簪下山阁,携酒对河梁。狭水牵长镜,高花送断香。繁莺歌似
曲,疏蝶舞成行。自然催一醉,非但阅年光。

## 观 内 怀 仙

玉架残书隐,金坛旧迹一作路迷。牵花寻紫涧一作洞,步叶下清溪。
琼浆犹类乳,石髓尚如泥。自能成羽翼,何必仰一作俟云梯。

## 秋日别王长史

别路馀一作长千里,深恩重百年。正悲西候日,更动北梁一作京篇。
野色笼寒雾,山光敛暮烟。终知难再奉,怀德自潸然。

## 上巳浮江宴韵得遥字

上巳年光促,中川兴绪遥。绿齐山叶满,红泄片花一作岸芝销。泉
声喧后涧,虹影照前桥。遽悲春望远,江路积波潮。

# 长　柳

晨征犯烟磴,夕憩在云关。晚风清近壑,新月照澄湾。郊童樵唱
返,津叟钓歌还。客行无与晤<sub>一作旧</sub>识,赖此释愁颜。

## 铜雀妓二首

金凤邻铜雀,漳河望邺城。君王无处所,台榭若平生。舞席<sub>一作筵</sub>
纷何<sub>一作可</sub>就,歌梁俨未倾。西陵松槚冷,谁见绮罗情。
妾本深宫妓,层城闭九重。君王欢爱尽,歌舞为谁容。锦衾不复
襞,罗衣谁再缝。高台西北望,流涕向青松。

## 羁　游　饯　别

客心悬陇路,游子倦<sub>一作惓</sub>江干。槿丰<sub>一作浓</sub>朝砌静,筱密夜窗寒。
琴声销别恨,风景驻离欢。宁觉山川远,悠悠旅思难。

## 易　阳　早　发

饬装侵晓月,奔策候残星。危阁寻丹障,回梁属翠屏。云间迷树
影,雾里失峰形。复此凉<sub>一作商</sub>飙至,空山飞夜萤。

## 焦岸早行和陆四

侵星违旅馆,乘月戒征俦。复嶂迷晴色,虚岩辨暗<sub>一作岸</sub>流。猿吟
山漏晓,萤散野风秋。故人渺何际,乡关云雾浮。

## 深湾夜宿 主人依山带江

津涂临巨壑,村宇架危岑。堰绝滩声隐,风交树影深。江童暮理
楫,山女夜调砧。此时故乡远,宁知游子心。

# 伤裴录事丧子

兰阶霜候早,松露泫一作夜台深。魄散珠胎没,芳销玉树沉。露文晞宿草,烟照惨平林。芝焚一作焚芝空叹息,流恨满簪金。

## 泥 溪

弭棹凌奔壑,低鞭蹑峻岐。江涛出岸险,峰磴入云危。溜急船文乱,岩斜骑影移。水烟笼翠渚,山照落丹崖。风生蘋浦叶,露泣一作泫竹潭枝。泛水虽云美,劳歌谁复知。

# 三月曲水宴得烟字

彭泽官初去,河阳赋始传。田园归旧国,诗酒间长筵。列室窥丹洞,分楼瞰紫烟。萦回亘津渡,出没控郊鄽。凤琴调上客,龙辔俨群仙。松石偏宜古,藤萝不记年。重檐交密树,复磴拥危泉。抗石晞南岭,乘沙眇北川。傅岩来筑处,磻溪入钓前。日斜真趣远,幽思梦凉蝉。

## 秋日仙游观赠道士 一作骆宾王诗,无首四句。

石图分帝宇,银牒洞灵宫。回丹萦岫室,复翠上岩栊。雾浓金灶静,云暗玉坛空。野花常捧露,山叶自吟风。林泉明月在,诗酒故人同。待余逢石髓,从尔命飞鸿。

## 晚留一作届凤州

宝鸡辞旧役,仙凤历遗墟。去此近城阙,青山明月初。

## 羁　春

客心千里倦，春事一朝归。还伤北园里，重见落花飞。

## 林塘怀友

芳屏画春草，仙杼织朝霞。何如山水路，对面即飞花。

## 山扉夜坐

抱琴开野室，携酒对情人。林塘花月下一作夜，别似一作是一家春。

## 春　庄

山中兰叶径，城外李桃园。岂知人事静，不觉鸟声喧。

## 春　游

客念纷无极，春泪倍成行。今朝花树下，不觉恋年光。

## 春　园

山泉两处晚，花柳一园春。还持千日醉，共作百年人。

## 林泉独饮

丘壑经涂赏，花柳遇时春。相逢今一作令不醉，物色自轻人。

## 登城春望

物外山川近，晴初景霭新。芳郊花柳遍，何处不宜春。

## 他 乡 叙 兴

缀叶归烟晚,乘花落照春。边城琴酒处,俱是越乡人。

## 夜 兴

野烟含夕渚,山月照秋林。还将中散兴,来偶步兵琴。

## 临 江 二 首

泛泛东流水,飞飞北上尘。归骖将别棹,俱是倦游人。

去骖嘶别路,归棹隐寒洲。江皋木叶下,应想故城秋。

## 江亭夜月送别二首

江送巴南水,山横塞北云。津亭秋月夜,谁见泣离群。

乱烟笼碧砌,飞月向南端。寂寂离亭掩,江山此夜寒。

## 别 人 四 首

久客逢馀闰,他乡别故人。自然堪下泪,谁忍望征尘。

江上风烟积,山幽云雾多。送君南浦外,还望将如何。

桂轺虽不驻,兰筵幸未开。林塘风月赏,还待故人来。

霜华净天末,雾色笼江际。客子常畏人,何为久留滞。

## 赠李十四四首

野客思茅宇,山人爱竹林。琴尊唯待处,风月自相寻。

小径偏宜草,空庭不厌花。平生诗与酒,自得会仙家。

乱竹开三径,飞花满四邻。从来扬子宅,别有尚玄人。

风筵调桂轸,月径引藤杯。直当花院里,书斋望晓开。

## 早春野望

江旷春潮白,山长晓岫青。他乡临眺一作眺极,花柳映边亭。

## 山　中

长江悲已滞,万里念将归。况属高风晚,山山黄叶飞。

## 冬郊行望

桂密岩花白,梨疏林叶红。江皋寒望尽,归念断征篷。

## 寒夜思友三首

久别侵怀抱,他乡变容色。月下调鸣琴,相思此何极。

云间征思断,月下归愁切。鸿雁西南飞,如何故人别。

朝朝翠山下,夜夜苍江曲。复此遥相思,清尊湛芳绿。

## 始平晚一作晓息

观阙长安近,江山蜀路一作道赊。客行朝复夕,无处是乡家。

## 扶风昼届离京浸远

帝里金茎去,扶风石柱来。山川殊未已,行路方悠哉。

## 普安建阴题壁

江汉深无极,梁岷不可攀。山川云雾里,游子几时还。

## 九　日

九日重阳节,开门有菊花。不知来送酒,若个是陶家。

## 秋江送别二首

早是他乡值早秋,江亭明月带江流。已觉逝川伤别念,复看津树隐离舟。

归舟归骑俨成行,江南江北互相望。谁谓波澜才一水,已觉山川是两乡。

## 蜀中九日 《纪事》作和邵大震,一作蜀中九日登玄武山旅眺。

九月九日望乡台,他席他乡送客杯。人情一作今已厌南中苦,鸿一作鸣雁那从北地来。

## 寒夜怀友杂体二首

北山烟雾始茫茫,南津霜月正苍苍。秋深客思纷无已,复值征鸿中夜起。

复阁重楼向浦开,秋风明月度江来。故人故情怀故宴,相望相思不相见。

## 落花落 以下诗集不载

落花落,落花纷漠漠。绿叶青跗映丹萼,与君裴回上金阁。影拂妆阶玳瑁筵,香飘舞馆茱萸幕。落花飞,撩乱入中帷。落花春正满,春人归不归。落花度,氛氲绕高树。落花春已繁,春人顾不顾。绮阁青台静且闲,罗袂红巾复往还。盛年不再得,高枝难重攀。试复旦游落花里,暮宿落花间。与君落花院,台上起双鬟一作环。

## 九日怀封元寂

九日郊原望,平野遍霜威。兰气添新酌,花香染别衣。九秋良会少,千里故人稀。今日龙山外,当忆雁书归。

## 出境游山二首 一本作题玄武山道君庙

源水终无路,山阿若有人。驱羊先动石,走兔欲投巾。洞晚秋泉
冷,岩朝古树新。峰斜连鸟翅,磴叠上鱼鳞。化鹤千龄早,元龟六
代春。浮云今可驾,沧海自成尘。

振翮凌霜吹,正月一作企日伫天浔。回镳凌翠壑,飞轸控青岑。岩
深灵灶没,洞毁石渠沉。宫阙云间近,江山物外临。玉坛栖暮夜,
珠洞结秋阴。萧萧离俗影,扰扰望乡心。谁意山游好,屡伤人事
侵。

## 河阳桥代窦郎中佳人答杨中舍

披风听鸟长河路,临津织女遥相妒。判知秋夕带啼还,那及春朝携
手度。


# 王　勔

王勔,勃之兄也。累官泾州刺史。诗一首。

## 晦日宴高氏林亭同用华字

上序披林馆,中京视物华。竹窗低露叶,梅径起风花。景落春台
雾,池侵旧渚沙。绮筵歌吹晚,暮雨泛香车。

# 全唐诗卷五七

## 李 峤

李峤,字巨山,赵州赞皇人。儿时梦人遗双笔,由是有文辞。弱冠擢进士第,始调安定尉,举制策甲科。武后时,官凤阁舍人。每有大手笔,皆特命峤为之。累迁鸾台侍郎,知政事,封赵国公。景龙中,以特进守兵部尚书同中书门下三品。睿宗立,出刺怀州。明皇贬为滁州别驾,改庐州。峤富于才思,初与王杨接踵,中与崔苏齐名,晚诸人没,独为文章宿老,一时学者取法焉。集五十卷,今编诗五卷。

### 奉教追赴九成宫途中口号

委质承仙翰,祗命遄遥策。事偶从梁游,人非背淮客。长驱历川阜,迥眺穷原泽。郁郁桑柘繁,油油禾黍积。雨馀林气静,日下山光夕。未攀丛桂岩,犹倦飘蓬陌。行当奉麾盖,慰此劳行役。

### 秋山望月酬李骑曹

愁客坐山隈,怀抱自悠哉。况复高秋夕,明月正裴回。亭亭出迥岫,皎皎映层台。色带银河满,光含玉露开。淡云笼影度,虚晕抱轮回。谷邃凉阴静,山空夜响哀。寒催数雁过,风送一萤来。独轸离居恨,遥想故人杯。

## 和同府李祭酒休沐田居

列位簪缨序,隐居林野蹰。徇物爽全直,栖真昧均俗。若人兼吏隐,率性夷荣辱。地藉朱邸基,家在青山足。暂弭西园盖,言事东皋粟。筑室俯涧滨,开扉面岩曲。庭幽引夕雾,檐迥通晨旭。迎秋谷黍黄,含露园葵绿。胜情狎兰杜,雅韵锵金玉。伊我怀丘园,愿心从所欲。

## 扈从还洛呈侍从群官

四海帝王家,两都周一作姬汉室,观风昔来幸,御气今旋跸。雷奋六合开,天行万乘出。玄冥奉时驾,白拒参戎律。后队咽笳箫,前驱严罕毕。辉光射东井,禁令横西秩。帐殿别阳秋,旌门临甲乙。将交洛城雨,稍远长安日。邙巩云外来,咸秦雾中失。孟冬霜霰下,是月农功毕。天道向归馀,皇情美阴骘。行存名岳礼,递问高年疾。祝鸟既开罗,调人更张瑟。登原采讴诵,俯谷求才术。邑罕悬磬贫,山无挂瓢逸。施一作垂恩浃寰宇,展义该文质。德泽盛轩游,哀矜深禹恤。申歌地庐骇,献寿衢尊溢。瑞色抱氤氲,寒光变萧飋。宗枝旦奭辅,侍从王刘匹。并辑蛟龙书,同簪凤皇笔。陶甄荷吹万,颂汉归明一。欢与道路长,顾随谈笑密。叨承廊庙选一作举,谬齿夔龙弼。喜构大厦成,惭非栋隆吉。

## 奉使筑朔方六州城率尔而作

奉诏受边服,总徒筑朔方。驱彼犬羊族,正此戎夏疆。子来多悦豫,王事宁怠遑。三旬无愆期,百雉郁相望。雄视沙漠垂,有截北海阳。二庭已顿颡,五岭尽来王。驱车登崇墉,顾盼凌大荒。千里何萧条,草木自悲凉。凭轼讯古今,慨焉感兴亡。汉障缘河远,秦城入海长。顾无庙堂策,贻此中夏殃。道隐前业衰,运开今化昌。制为百王式,举合千载防。马牛被路隅,锋镝销战场。岂不怀贤劳,所图在永康。王事何为者,称代陈颂章。

# 早发苦竹馆

合沓岩嶂深,朦胧烟雾晓。荒阡下樵客,野猿惊山鸟。开门听潺湲,入径寻窈窕。栖鼯抱寒木,流萤飞暗筱。早霞稍霏霏,残月犹皎皎。行看远星稀,渐觉游氛少。我行抚轺传,兼得傍林沼。贪玩水石奇,不知川路渺。徒怜<small>一作惭</small>野心旷,讵恻浮年小。方解宠辱情,永托累尘表。

# 安辑岭表事平罢归

云端想京县,帝乡如可见。天涯望越台,海路几悠哉。六月飞鹏去,三年瑞雉来。境遥铜柱出,山险石门开。自我违瀍洛,瞻途屡挥霍。朝朝寒露多,夜夜征衣薄。白简承朝宪,朱方抚夷落。既弘天覆广,且谕皇恩博。皇恩溢外区,憬俗咏来苏。声朔臣天子,坛场拜老夫。绛宫韬将略,黄石寝兵符。返斾收龙虎,空营集鸟乌。日落澄氛霭,凭高视襟带,东瓯抗於越,南斗临吴会。春色绕边陲,飞花出荒外。卉服纷如积,长川思游客。风生丹桂晚,云起苍梧夕。去舳舣清江,归轩趋紫陌。衣裳会百蛮,琛赆委重关。不学金刀使,空持宝剑还。

# 鹧　鸪 <small>一作韦应物诗</small>

可怜鹧鸪飞,飞向树南枝。南枝日照暖,北枝霜露滋。露滋不堪栖,使我常夜啼。愿逢云中鹤,衔我向寥廓。愿作城上乌,一年生九雏。何不旧巢住,枝弱不得去。何意道苦辛,客子常畏人。

# 清明日龙门游泛

晴晓国门通,都门蔼将发。纷纷洛阳道,南望伊川阙。衍漾乘和风,清明送芬月。林窥二山动,水见千窀越。罗袂胃杨丝,香桡犯苔髮。群心行乐未,唯恐流芳歇。

# 云

大梁白云起,氛氲殊未歇。锦文触石来,盖影凌天发。烟熅万年树,掩映三秋月。会入大风歌,从龙赴圆一作员阙。

## 拟古东飞伯劳西飞燕 一本题作东飞伯劳歌

传书青鸟迎箫凤,巫岭荆台数通梦。谁家窈窕住园楼,五马千金照陌头。罗裙一作褚玉珮当轩出,点翠施红竞春日。佳人二八盛舞歌,羞将百万呈双蛾。庭前芳树朝夕改,空驻妍一作年华欲谁待。

# 宝 剑 篇

吴山开,越溪涸,三金合冶成宝锷。淬绿水,鉴红云,五彩焰起光氛氲。背上铭为万年字,胸前点作七星文。龟甲参差白虹一作蛇色,辘轳宛转黄金饰。骏一作文犀中断宁方利,骏马群骓一作驱未拟直。风霜凛凛匣上清,精气遥遥斗间明。避灾朝穿晋帝屋,逃乱夜入楚王城。一朝运偶逢大仙,虎吼龙鸣腾上天。东皇提升紫微座,西皇一作王佩下赤城田。承平久息干戈事,侥幸得充文武备。除灾避患宜君王,益寿延龄后天地。

# 汾 阴 行

君不见昔日西京全盛时,汾阴后土亲祭祠。斋宫宿寝设储供,撞钟鸣鼓树羽旍。汉家五叶一作四世才且雄，宾延万灵朝九戎。柏梁赋诗高宴罢，诏书法驾幸河东。河东太守亲扫除，奉迎至尊导銮舆。五营夹道列容卫，三河纵观空里闾。回旌驻跸降灵场，焚香奠醑邀百祥。金鼎发色正焜煌，灵祇炜烨摅景光。埋玉陈牲礼神毕，举麾上马乘舆出。彼汾之曲嘉可游，木兰为楫桂为舟。棹歌微吟彩鹢浮，箫鼓哀鸣白云秋。欢娱宴洽赐群后，家家复除户牛酒。声明动天乐无有，千秋万岁南山寿。自从天子向秦关，玉辇金车不复还。珠帘羽扇一作帐，一作盖长寂寞，鼎湖龙髯安可一作何处攀。千龄人事一朝空，四海为家此路穷。豪雄意气今何在，坛场宫馆一作观尽蒿蓬。路逢故一作古老长叹息，世事回环一作还不可测。昔时青楼对歌舞，今日黄埃聚荆棘。山川满目泪沾衣，富贵荣华能几时。不见只一作即今汾水上，唯有年年秋雁飞。《明皇传信记》云：上将幸蜀，登花萼楼，使楼前善水调者登而歌，至山川满目云云。上顾侍者曰："谁为此？"曰："宰相李峤词也。"因凄然涕下。遽起曰："峤真才子也。"不待曲终而去。

# 全唐诗卷五八

## 李　峤

### 中宗降诞日长宁公主满月侍宴应制

神龙见像日,仙凤养雏年。大火乘－作宝来天正,明珠对月圆。作新－作祚延金篚里,歌奏玉筐－作箱前。今日宜孙庆,还参祝寿－作圣篇。

### 奉和送金城公主适西蕃应制

汉帝抚戎臣,丝言命锦轮。还将弄机女,远嫁织皮人。曲怨关山月,妆消道路尘。所嗟秋李树,空对小榆春。

### 侍宴长宁公主东庄应制

《纪事》云:长宁公主,韦庶人所生。降杨慎交,造第东都,府财几竭。又取西京高士廉第、左金吾卫废营,合为宅。作三重楼,筑山浚池。帝及后数临幸,置酒赋诗,峤等属和。即东庄也。

别业临青甸,鸣銮降紫霄。长筵鹓鹭集,仙管凤皇调。树接南山近,烟含北渚遥。承恩咸已醉,恋赏未还镳。

## 立春日侍宴内殿出剪彩花应制

早一作幸闻年欲至,剪彩学芳辰。缀绿一作绮奇能似,裁红巧逼一作过真。花从篋里发,叶向手中春。不与时一作韶光竞,何名天上人。

## 奉和人日清晖阁宴群臣遇雪应制

三阳偏胜节,七日最灵辰。行庆传芳蚁,升高缀彩人。阶前冀候月,楼上雪惊春。今日衔天造,还疑上汉津。

## 奉和春日游苑喜雨应制

仙跸九成一作重台,香筵万寿杯。一旬初降雨,二月早闻雷。叶向朝隮密,花含宿润开。幸承天泽豫,无使日光催。

## 春日侍宴幸芙蓉园应制

年光竹里遍,春色杏间遥。烟气笼青阁,流文荡画桥。飞花随蝶舞,艳曲伴莺娇。今日陪欢豫,还疑陟紫霄。

## 甘露一作泉殿侍宴应制

月宇临丹地,云窗网碧纱。御筵陈桂醑,天酒酌榴花。水向浮桥直,城连禁苑斜。承恩恣欢赏,归路满烟霞。

## 奉和七夕两仪殿会宴应制

灵匹三秋会,仙期七夕过。查来人泛海,桥渡鹊填河。帝缕升银阁,天机罢玉梭。谁言七襄咏,重一作流入五弦歌。

## 奉和九月九日登慈恩寺浮图应制

瑞塔千寻起,仙舆九日来。芝房陈宝席,菊蕊散花台。御气鹏霄近,升高凤野开,天歌将梵乐,空里共裴回。

## 闰九月九日幸总持寺登浮图应制

闰节开重九,真游下大千。花寒仍荐菊,座晚更披莲。刹凤回雕辇,帆虹间彩斿。还将西梵曲,助入南薰弦。

## 奉和骊山高顶寓目应制

步辇陟山巅,山高入紫烟。忠臣还捧日,圣后欲扪天。迥识平陵树,低看华岳莲。帝乡应不远,空见白云悬。

## 游禁苑陪幸临渭亭遇雪应制

同云接野烟,飞雪暗长天。拂树添梅色,过楼助粉妍。光含班女扇,韵入楚王弦。六出迎仙藻,千箱答瑞年。

## 幸白鹿观应制

驻跸三天路,回旆万仞谿。真庭群帝飨,洞府百灵栖。玉酒仙垆酿,金方暗壁题。伫看青鸟入,还陟紫云梯。

## 送沙门弘景道俊玄奘还荆州应制 一作宋之问诗

三乘归净域,万骑饯通庄。就日离亭近,弥天别路长。荆南旋杖钵,渭北限津梁。何日纡真果,还来入帝乡。

## 酬一作和杜五弟晴朝独坐见赠

平明坐虚馆,旷望几悠哉。宿雾分空尽,朝光度隙来。影低藤架密,香动药阑开。未展山阳会,空留池上杯。

## 同赋山居七夕

明月青山夜,高天白露秋。花庭开粉席,云岫敞针楼。石类支机影,池似泛槎流。暂惊河女鹊,终狎野人鸥。

## 送崔主簿赴沧州

紫陌追随日,青门相见时。宦游从此去,离别几年期。芳桂尊中酒,幽兰下调词。他乡有明月,千里照相思。

## 寒食清明日早赴王门率成

游客趋梁邸,朝光入楚台。槐烟乘晓散,榆火应春开。日带晴虹上,花随早蝶来。雄风乘令节,馀吹拂轻灰。

## 和周记室从驾晓发合璧宫

灌龙春苑曙,翠凤晓旗舒。野色开烟后,山光澹月馀。风长笳响咽,川迥骑行疏。珠履陪仙驾,金声振属车。

## 和杜侍御太清台宿直旦有怀

貂冠朝彩振,乌署晓光分。欲啸迁乔侣,先飞掷地文。庭虚麦雨润,林静蕙风薰。羲驾终难仰,梁凫且自群。

## 和杜学士江南初霁羁怀

大江开宿雨,征棹下春流。雾卷晴山出,风恬晚浪一作涨收。岸花明水树,川鸟乱沙洲。羁眺伤千里,劳歌动四愁。此篇与马周浮江旅思诗后四句同而少异。

## 晚景怅然简二三子

楚客秋悲动,梁台夕望赊。梧桐稍下叶,山桂欲开花。气引迎寒一作风露,光收向晚霞。长歌白水曲,空对绿池华。

## 送李邕 一作送李安邑

落日荒郊外,风景正凄凄。离人席上起,征马路傍嘶。别酒倾壶赠,行书掩泪题。殷勤御沟水,从此各东西。

## 又　送　别

岐路方为客,芳尊暂解颜。人随转蓬去,春伴落梅还。白云度汾水,黄河绕晋关。离心不可问,宿昔鬓成斑。

## 饯骆四二首

平生何以乐,斗酒夜相逢。曲中惊别绪,醉里失愁容。星月悬秋汉,风霜入曙钟。明日临沟水,青山几万重。
甲第驱车入,良宵秉烛游。人追竹林会,酒献菊花秋。霜吹飘无已,星河漫不流。重嗟欢赏地,翻召别离忧。

## 春日游苑喜雨应诏

园楼春正归,入苑弄芳菲。密雨迎仙步,低云拂御衣。危花沾易落,度鸟湿难飞。膏泽登千庾,欢情遍九围。

## 九日应制得欢字

令节三秋晚,重阳九日欢。仙杯还泛菊,宝馔且调兰。御气云霄近,乘高宇宙宽。今朝万寿引,宜向曲中弹。

## 二月奉教作

柳陌莺初啭,梅梁燕始归。和风泛紫若,柔露濯青薇。日艳临花影,霞翻入浪晖。乘春重游豫,淹赏玩芳菲。

## 三月奉教作

银井桐花发,金堂草色齐。韶光爱日宇,淑气满风蹊。蝶影将花乱,虹文向水低。芳春随意晚,佳赏日无暌。

## 四月奉教作

喧箫三春谢,炎钟九夏初。润浮梅雨夕,凉散麦风馀。叶暗庭帏满,花残院锦疏。胜情多赏托,尊酒狎林赊。

## 五月奉教作

绿树炎氛满,朱楼夏景长。池含冻雨气,山映火云光。果院新樱熟,花庭曙槿芳。欲逃三伏暑,还泛十旬觞。

## 六月奉教作 第四句缺三字,第七句缺一字,第八句缺三字。

养日暂裴回,畏景尚悠哉。避暑移琴席,追凉□□□。竹风依扇动,桂酒溢壶开。芳饵□飞雪,自可□□□。

## 八月奉教作

黄叶秋风起,苍葭晓露团。鹤鸣初警候,雁上欲凌寒。月镜如开匣,云缨似缀冠。清尊对旻序,高宴有馀欢。

## 九月奉教作

曲池朝下雁,幽砌夕吟蛩。叶径兰芳尽,花潭菊气浓。寒催四序律,霜度九秋钟。还当明月夜,飞盖远相从。

## 十月奉教作

白藏初送节,玄律始迎冬。林枯黄叶尽,水耗绿池空。霜待临庭月,寒随入牖风。别有欢娱地,歌舞应丝桐。

## 十一月奉教作

凝阴结暮序,严气肃长飙。霜犯狐裘夕,寒侵兽火朝。冰深遥架浦,雪冻近封条。平原已从猎,日暮整还镳。

## 十二月奉教作

玉烛年行尽,铜史漏犹长。池冷凝宵冻,庭寒积曙霜。兰心未动色,梅馆欲含芳。裴回临岁晚,顾步伫春光。

## 和麹典设扈从东郊忆弟使往安西冬至日恨不得同申拜庆 第五句缺一字

玉关方叱驭,桂苑正陪舆。桓岭嗟分翼,姜川限馈鱼。雪花含□晚,云叶带荆舒。重此西流咏,弥伤南至初。

## 马武骑挽歌二首

五日皆休沐,三泉独不归。池台金阙是,尊酒玳筵非。巷静游禽入,门闲过客稀。唯馀昔年凤,尚绕故楼飞。

昔下天津馆,尝过帝子家。夜倾金屋酒,春舞玉台花。试马依红埒,吹箫弄紫霞。谁言东郭路,翻枉<sub>一作作</sub>北门车。

## 武三思挽歌

玉匣金为缕,银钩石作铭。短歌伤薤曲,长暮泣松扃。事往昏朝雾,人亡折夜星。忠贤良可惜,图画入丹青。

## 天官崔侍郎夫人吴氏挽歌

宠服当年盛,芳魂此地穷。剑飞龙匣在,人去鹊巢空。簟怆孤生竹,琴哀半死桐。唯当青史上,千载仰嫔风。

# 全唐诗卷五九

## 李　峤

### 日

旦出扶桑路,遥升若木枝。云间五色满,霞际九光披。东陆苍龙驾,南郊赤羽驰。倾心比葵藿,朝夕奉光一作尧曦。

### 月

桂满三五夕,蟾开二八时。清辉飞鹊鉴,新影学一作入蛾眉。皎洁临疏牖,玲珑鉴薄帷。愿言从爱客,清夜幸同嬉。一作愿陪北堂宴,长赋西园诗。

### 星

蜀郡灵槎转,丰城宝剑一作气新。将军临北塞,天子入西秦。未作三台辅,宁为五老臣。今宵颍川曲,谁识聚贤人。

### 风

落日生蘋末,摇扬遍远林。带花疑一作迎凤舞,向竹似龙吟。月动临秋扇,松清入夜琴。若至兰台下一作兰台宫殿峻,还拂楚王襟。

# 云

英英大梁国，郁郁秘书台。碧落从龙起，青山触石来。官名光邃古，盖影耿轻埃。飞感高歌发，威加四海回。

# 烟

瑞气凌青阁，空濛上翠微。迥浮双阙路，遥拂九仙衣。桑柘迎寒色，松篁暗晚晖。还当紫霄上，时接彩鸾飞。

# 露

滴沥明花苑，葳蕤泫竹丛。玉垂丹棘上，珠湛绿荷中。夜警千年鹤，朝零七月风。愿凝仙掌内，长奉未央宫。

# 雾

曹公迷楚泽，汉帝出平城。涿鹿妖氛静，丹山雾色明。类烟飞稍重，方雨散还轻。倘入非熊兆，宁思玄豹情。

# 雨

西北云肤起，东南雨足来。灵童出海见，神女向台一作山回。斜影风前合，圆文水上开。十旬无破块，九土信康哉。

# 雪

瑞雪惊千里，同云暗一作从风下九霄。地疑明月夜，山似白云朝。一作龙沙飞正远，玉马地还销。逐舞花光动，临歌扇影飘。大周天阙路，今日海神朝。

# 山

地镇标神秀一作山岭郁氤氲,峨峨上翠氛。泉飞一道带,峰出半天云。
古壁丹青色,新花绮一作锦绣纹。已开封禅所,希谒圣明君。

# 石

宗子维城固,将军饮羽威。岩花鉴里发,云叶锦中飞。入宋星初
陨,过湘燕早归。倘因持补极,宁复想一作羡支机。

# 原 第五句缺二字

王粲销忧日,江淹起恨年。带川遥绮错,分隰迥阡眠。□□横周
甸,莓苔阙晋田。方知急难响,长在脊令篇。

# 野

凤出秦郊迥,鹑飞楚塞空。苍梧云影去,涿鹿雾光通。草暗少原
绿,花明入蜀红。谁言版筑士,犹处傅岩中。

# 田

贡禹怀书日,张衡作赋辰。杏花开凤轸,菖叶布龙鳞。瑞麦两岐
秀,嘉禾同颖新。宁知帝王力,击壤自安贫。

# 道

铜驼分巩洛,剑阁低临邛。紫微三千里,青楼十二重。玉关尘似
雪,金穴马如龙。今日中衢上,尧尊更可逢。

# 海

习坎疏丹壑，朝宗合紫微。三山巨鳌涌，万里<sub>一作九万</sub>大鹏飞。楼写春云色，珠含明月辉。会因添雾露，方逐众川归。

# 江

日夕三江望，灵潮万里回。霞津锦浪动，月浦练花开。湍似黄牛去，涛从白马来。英灵已杰出，谁识卿云才。

# 河 第八句缺

源出昆仑中，长波接汉空。桃花来马颊，竹箭入龙宫。德水千年变，荣光五色通。若披兰叶检，□□□□□。

# 洛

九洛韶光媚，三川物候新。花明丹凤浦，日映玉鸡津。元礼期仙客，陈王睹丽人。神龟方锡瑞，绿字重来臻。

# 城

四塞称天府，三河建洛都。飞云霭层阙，白日丽南隅。独下仙人凤，群惊御史乌。何辞一万里，边徼捍匈奴。

# 门

奕奕彤闱下，煌煌紫禁隈。阿房万户列，阊阖九重开。疏广遗荣去，于公待驷来。讵知金马侧，方朔有奇才。

# 市

阛阓开三市, 旗亭起百寻。渐离初击筑, 司马正弹琴。细柳龙鳞映, 长槐兔月阴。徒知观卫玉, 讵肯挂秦〔金〕(巾)。

# 井

玉甃谈仙客, 铜台赏魏君。蜀都宵映火, 杞国旦生云。向日莲花净, 含风李树薰。已开千里国, 还聚五星文。

# 宅

寂寞蓬蒿径, 喧喧潡隘庐。屡逢长者辙, 时引故人车。孟母迁邻罢, 将军辞第初。谁怜草玄处, 独对一床书。

# 池

彩棹浮太液, 清觞醉习家。诗情对明月, 云曲拂流霞。烟散龙形净, 波含凤影斜。安仁动秋兴, 鱼鸟思空赊。

# 楼

百尺重城际, 千寻大道隈。汉宫井干起, 吴国落星开。笛怨绿珠去, 箫随弄玉来。销忧聊暇日, 谁识仲宣才。

# 桥

乌鹊填应满, 黄公去不归。势疑虹始见, 形似雁初飞。妙应七星制, 高分半月辉。秦王空构石, 仙岛远难依。

# 经

汉室鸿儒盛,邹堂大义明。五千道德阐,三百礼仪成。青紫方拾芥,黄金徒满籝。谁知怀逸辩,重席冠群英。

# 史

马记天官设,班图地里新。善谈方亹亹,青简见彬彬。方朔初闻汉,荆轲昔向秦。正辞堪载笔,终冀作良臣。

# 诗

都尉仙凫远,梁王驷马来。扇中纨素制,机上锦纹回。天子三章传,陈王七步才。缁衣久擅美,祖德信悠哉。

# 赋

布义孙卿子,登高楚屈平。铜台初下笔,乐观正飞缨。乍有凌云势,时闻掷地声。造端长体物,无复大夫名。

# 书

削简龙文见,临池鸟迹舒。河图八卦出,洛范一作字九畴初。垂露春光满,崩云骨气馀。请君看入木,一寸乃非虚。

## 檄 第二句缺一字

羽檄本宣明,由来□木声。联翩至汉国,迢递入燕营。毛义持书去,张仪韫璧行。曹风虽觉愈,陈草始知名。

# 纸

妙迹蔡侯施,芳名左伯驰。云飞锦绮落,花发缥红披。舒卷随幽显,廉方合轨仪。莫惊反掌一作覆字,当取葛洪规。

# 笔

握管门庭侧,含毫山水隈。霜辉简上发,锦字梦中开。鹦鹉摛文至,麒麟绝句来,何当遇良史,左右振奇才。

# 砚

左思裁赋日,王充作论年。光随锦文发,形带石岩圆。积润循毫里,开池小学前。君苗徒见蓺,谁咏士衡篇。

# 墨

长安分石炭,上党结松心。绕画蝇初落,含滋绶更深。悲丝光易染,叠素彩还沉。别有张芝学,书池幸见临。

# 剑

我有昆吾剑,求趋夫子庭。白虹时切玉,紫气夜干星。锷上芙蓉动,匣中霜雪明。倚天持报国,画地取雄名。

# 刀

列辟鸣鸾至,惟良佩犊旋。带环疑写月,引鉴似含泉。入梦华梁上,含锋彩笔前。莫惊开百炼,特拟定三边。

## 箭

汉甸初收羽,燕城忽解围。影随流水急,光带落星飞。夏列三成范,尧沉九日辉。断蛟云梦泽,希为识忘归。

## 弹

侠客持苏合,佳游满帝乡。避丸深可诮,求炙遂难忘。金迸疑星落,珠沉一作成似月光。谁知少孺子,将此见一作谏吴王。

## 弩

挺质本轩皇一作黄,申威振远方。机张惊雉雊,玉彩耀星芒。高鸟行应尽,清猿坐见伤。苏秦六百步,持此说韩王。

## 旗

桂影承宵月,虹辉接曙云。纵横齐八阵,舒卷引三军。日薄蛟龙影,风翻鸟隼文。谁知怀勇志,蟠地几缤纷。

## 旌

告善康庄侧,求贤市肆中。拥麾分彩雉,持节曳丹虹。影丽天山雪,光摇朔塞风。方知美周政,抗旆赋车攻。

## 戈 第八句缺一字

富父春喉日,殷辛漂杵年。晓霜含白刃,落影驻雕铤。夕摈金门侧,朝提玉塞前。愿随龙影度,横□阵云边。

# 鼓

舜日谐鼗响,尧年韵土声。向楼疑吹击,震谷似雷惊。仙鹤排门起,灵鼍带水鸣。乐云行已奏,礼曰冀相成。

# 弓

桃文称辟恶,桑质表初生。宛转雕韣际,依稀半月明。遥弯落雁影,虚引怯猿声。徒切乌号思,攀龙遂不成。

# 琴

名士竹林隈,鸣琴宝匣开。风前中散至,月下步兵来。一作风前绿绮弄,月下白云来。淮海多为室,梁岷旧作台。子期如可听,山水响馀哀。武丘山有琴室,近淮海。

# 瑟

伏羲初制法,素女昔传名。流水嘉鱼跃,丛台舞凤惊。嘉宾饮未极,君子娱俱并。倘入丘之户,应知由也情。

# 琵　琶

朱丝闻岱谷,铄质本多端。半月分弦出,丛花拂面安。将军曾制曲,司马屡陪观。本是胡中乐,希君马上弹。

# 筝

蒙恬芳轨设,游楚妙弹开。新曲帐中发,清音指下来。钿装模六律,柱列配三才。莫听西秦奏,筝筝有剩哀。筝筝,《释名》曰:筝施弦高,筝筝然。

## 钟 <sub>一作宋之问诗</sub>

既接南邻磬,还随<sub>一作同</sub>北里笙。平陵通曙响,长乐警<sub>一作彻</sub>宵声。
秋至含霜动,春归应律鸣。欲知常待扣,金虡有馀清。

## 箫 <sub>下四句缺</sub>

虞舜调清管,王褒赋雅音。参差横凤翼,搜索动人心。□□□□
□,□□□□□。□□□□□,□□□□□。

## 笛 <sub>一作宋之问诗</sub>

羌笛写龙<sub>一作馀</sub>声,长吟入夜清。关山孤月下,来向陇头鸣。逐吹
梅花落,含春柳色惊。行观向子赋,坐忆旧邻情。

## 笙

悬匏曲沃上,孤筱汶阳隈。形写歌鸾翼,声随舞凤哀。欢娱分北
里,纯孝即南陔。今日虞音奏,跄跄鸟兽来。

## 歌

汉帝临汾水,周仙去洛滨。郢中吟白雪,梁上绕飞尘。响发行云
驻,声随<sub>一作娇</sub>子夜新。愿君听扣角,当自识贤臣。

## 舞

妙伎游金谷,佳人满石城。霞衣席上转,花岫<sub>一作袖</sub>雪前明。仪凤
谐清曲,回鸾应雅声。非君一顾重,谁赏素腰轻。

# 全唐诗卷六〇

## 李　峤

### 珠

灿烂金舆侧,玲珑玉殿隈。昆池明月满,合浦夜光回。彩逐灵蛇转,形随舞凤来。甘泉宫起罢,花媚望风台。

### 玉

映石先过魏,连城欲向秦。洛阳陪胜友,燕赵类佳人。方水晴虹媚,常山瑞马新。徒为卞和识,不遇楚王珍。

### 金

南楚标前贡,西秦识旧城。祭天封汉岭,掷地警孙声。向日披沙净,含风振铎鸣。方同杨伯起,独有四知名。

### 银

思妇屏辉掩,游人烛影长。玉壶初下箭,桐井共安床。色带长河色,光浮满月光。灵山有珍瓮,仙阙荐君王。

# 钱

汉日五铢建,姬年九府流。天龙带泉宝,地马列金沟。赵壹囊初乏,何曾箸欲收。金门应入论,玉井冀来求。

# 锦

汉使巾车远,河阳步障陈。云浮仙石日,霞满蜀江春。机迥回文巧,绅兼束发新。若逢楚王贵,不作夜行人。

# 罗

妙舞随裙动,行歌入扇清。莲花依帐发,秋月鉴帷明。云薄衣初卷,蝉飞翼转轻。若珍三代服,同擅绮纨名。

# 绫

金缕通秦国,为裘指魏君。落花遥写雾,飞鹤近图云。马眼冰凌影,竹根雪霰文。何当画秦女,烟际坐氤氲。

# 素 首句缺四字,第三句缺二字。

□□□□女,纤腰洛浦妃。□□远方望,雁足上林飞。妙夺鲛绡色,光腾月扇辉。非君下路去,谁赏故人机。

# 布

御绩创羲黄,缁冠表素王。瀑飞临碧海,火浣擅炎方。孙被登三相,刘衣阐四方。伫因春斗粟,来晓棣华芳。

# 舟

征棹三江暮,连樯万里回。相乌风际转,画鹢浪前开。羽客乘霞
至,仙人弄月来。何当同傅说,特展巨川材。

# 车

天子驭金根,蒲轮辟四门。五神趋雪至,双毂似雷奔。丹凤栖金
辖,非熊载宝轩。无阶忝虚左,珠乘奉王言。

# 床

传闻有象床,畴昔献君王。玳瑁千金起,珊瑚七宝妆。桂筵含柏
馥,兰席拂沉香。愿奉罗帷夜,长乘秋月光。

# 席

避席承宣父,重筵揖戴公。桂香浮半月,兰气袭回风。舞拂丹霞
上,歌清白雪中。伫将文绮色,舒卷帝王宫。

# 帷

久闭先生户,高褰太守车。罗将翡翠合,锦逐凤皇舒。明月弹琴
夜,清风入幌初。方知决胜策,黄石受兵书。

# 帘

清风时入燕,紫殿几含秋。暧暧笼铃阁,纤纤上玉钩。窗中翡翠
动,户外水精浮。巧作盘龙势,长迎飞燕游。

# 屏

洞彻琉璃蔽,威纤屈膝回。锦中云母列,霞上织成开。山水含春动,神仙倒景来。修身兼竭节,谁识作铭才。

# 被

桂友寻东阁,兰交聚北堂。象筵分锦绣,罗荐合鸳鸯。光逸偷眠稳,王章泣恨长。孔怀欣共寝,棣萼几含芳。

# 鉴

明鉴掩尘埃,含情照魏台。日中乌鹊至,花里凤皇来。玉彩疑冰彻,金辉似月开。方知乐彦辅,自有鉴人才。

# 扇

翟羽旧传名,蒲葵价不轻。花芳不满面,罗薄讵障声。御热含风细,临秋带月明。同心如可赠,持表合欢情。

# 烛

兔月清光隐,龙盘画烛新。三星花入夜,四序玉调晨。浮炷依罗幌,吹香匝绮茵。若逢燕国相,持用举贤人。

# 酒

孔坐洽良俦,陈筵几献酬。临风竹叶满,湛月桂香浮。每接高阳宴,长陪河朔游。会从玄石饮,云雨出圆丘。

# 兰

虚室重招寻,忘言契断金。英浮汉家酒,雪俪楚王琴。广殿轻香发,高台远吹吟。河汾应擢秀,谁肯访山阴。

# 菊

玉律三秋暮,金精九日开。荣舒洛媛浦,香泛野人杯。霡靡寒潭侧,丰茸晓岸隈。黄花今日晚,无复白衣来。

# 竹

高篔楚江濆,婵娟一作萧条含曙一作翠氛。白花摇凤影,青节动龙文。叶扫东南日,枝梢西北云。谁知湘水上,流泪独思君。

# 藤

吐叶依松磴,舒苗长石台。神农尝药罢,质子寄书来。色映蒲萄架,花分竹叶杯。金堤不见识,玉润几重开。

# 萱

屣一作履步寻芳草一作日,忘忧自结丛。黄英开养性,绿叶正依笼。一作叶舒春夏绿,花吐浅深红。色湛仙人露,香传少女风。还依一作含贞北堂下,曹植动文雄。

# 茅

楚甸供王日,衡阳入贡年。麕包青野外,鸥一作鸱啸绮楹前。尧帝成茨罢,殷汤祭雨旋。方期大君锡,不惧小巫捐。

## 荷

新溜满澄陂，圆荷影若规。风来香气远，日落盖阴移。鱼戏排缃叶，龟浮见绿池。魏朝难接采，楚服但同披。

## 萍

二月虹初见，三春蚁正浮。青蘋含吹转，紫蒂带波流。屡逐明神荐，常随旅客游。既能甜似蜜，还一作复绕楚王舟。

## 菱

钜野韶光暮，东平春溜通。影摇江浦月，香引棹歌风。日色翻池上，潭花发镜中。五湖多赏乐，千里望难穷。

## 瓜

欲识东陵味，青门五色瓜。龙蹄远珠履，女臂动金花。六子方呈瑞，三仙实可嘉。终朝奉絺绤，谒帝伫非赊。

## 松

郁郁高岩表，森森幽涧陲。鹤栖君子树，风拂大夫枝。百尺条阴合，千年盖影披。岁寒终一作知不改一作及，劲一作多节幸君知。

## 桂

未〔殖〕(值)银一作蟾宫里，宁移玉殿幽。枝生无限月，花满自然秋。侠客条为马，仙人叶作舟。愿君期道术，攀折可淹留。

# 槐

暮律移寒火,春宫长旧栽。叶生驰道侧,花落凤庭隈。烈士怀忠触,鸿儒访业来。何当赤墀下,疏干拟三台。

# 柳

杨柳郁氤氲,金堤总翠氛。庭前花类雪,楼际叶如云。列宿分龙影,芳池写凤文。短箫何以奏,攀折为思君。

# 桐

孤秀峤阳岑,亭亭出众林。春光杂凤影,秋月弄圭阴。高映龙门迥,双依玉井深。一作忽被夜风激,遂逢霜雪侵。不因将入爨,谁谓作鸣琴。

# 桃

独有成蹊处,秾华发井傍。山风凝笑脸,朝露泫啼妆。隐士颜应改,仙人路渐长。还欣上林苑,千岁奉君王。

# 李

潘岳闲居日一作暇,王戎戏陌辰。蝶游芳径馥,莺啭弱枝新。叶暗青房晚,花明玉井春。方知有灵干,特一作持用表真人。

# 梨

擅美玄光侧,传芳瀚海中。凤文疏象郡,花影丽新丰。色对瑶池紫,甘依大谷红。若令逢汉主,还冀识张公。

# 梅

大庾敛寒光,南枝独早芳。雪含朝暝一作紫花色,风引去来香。妆面回青镜,歌尘起画梁。若能遥止渴,何暇泛琼浆。

# 橘

万里盘根植,千秋布叶繁。既荣潘子赋,方重陆生言。玉花含霜动,金衣逐吹翻。愿辞湘水曲,长茂上林园。

# 凤

有鸟居丹穴,其名曰凤皇。九苞应灵瑞,五色成文章。屡向秦楼侧,频过洛水阳。鸣岐今日见一作已,阿阁伫来翔。

# 鹤

黄鹤远联翩,从鸾下紫烟。翱翔一万里,来去几千年。已憩青田侧,时游丹禁前。莫言空警露,犹冀一闻天。

# 乌

日路朝飞急,霜台夕影寒。联翩依月树,迢递绕风竿。白首何年改,青琴此夜弹。灵台如可托,千里向长安。

# 鹊

不分荆山抵,甘从石印飞。危巢畏风急,绕树觉星稀。喜逐行人至,愁随织女归。倘游明镜里,朝夕动光辉。

## 雁

春晖满朔方,归雁发衡阳。望月惊弦影,排云结阵行。往还倦南北,朝夕苦风霜。寄语能鸣侣一作伴,相随入帝乡。

## 凫

飒沓睢阳涘,浮游汉水隈。钱飞出一作入井见,鹤引入琴哀。李陵赋一作降将贻诗罢,王乔曳舄来。何当归太液,翾一作翔集动成雷。

## 莺

芳树杂花红,群莺乱晓空。声分折杨吹一作柳,娇韵落梅风。写啭清弦里,迁乔暗木中。友生若可冀,幽谷响还通。一作睍睆度花红,关关乱晓空。乍离幽谷日,先啭上林风。翔集春台侧,低昂锦帐中。声诗辨挤黍,此兴思无穷。

## 雉

白雉振朝声,飞来表太平。楚郊疑凤出,陈宝若鸡鸣。童子怀仁至,中郎作赋成。冀君看饮啄,耿介独含情。

## 燕

天女伺辰至,玄衣澹碧空。差池沐时雨,颉颃舞春风。相贺雕阑侧,双飞翠幕中。勿一作忽惊留爪去,犹冀识吴宫。《吴地记》,吴宫中剪燕爪留之,以记更来。

## 雀

大厦初成日,嘉宾集杏梁。衔书表周瑞,入幕应王祥。暮宿江城里,朝游涟水傍。愿齐鸿鹄至,希逐凤皇翔。

# 龙

衔烛耀一作辉幽都,含章拟凤雏。西秦饮渭水,东洛荐河图。带火
移星陆,升云出鼎湖。希逢圣人步,庭阙正晨趋。

# 麟

汉祀应祥开,鲁郊西狩回。奇音中钟吕,成角喻英才。画像临仙
阁,藏书入帝台。若惊能吐哺,为待一作睹凤皇来。

# 象

郁林开郡毕,维扬作贡初。万推方演梦,惠子正焚书。执燧奔吴
战,量舟入魏墟。六牙行致远,千叶奉高居。

# 马

天马本来东,嘶惊御史骢。苍龙遥逐日,紫燕迥追风。明月来鞍
上,浮云落盖中。得随穆天子,何假唐成公。

# 牛

齐歌初入相,燕阵早横功。欲向桃林下,先过梓树中。在吴频喘
月,奔梦屡惊风。不用五丁士,如何九折通。

# 豹

车法肇宗周,鼷文阐大猷。还将君子变,来蕴太公筹一作谋。委质
超羊鞟,飞名列虎侯。若令逢雨露,长隐南山幽。

# 熊

导洛宜阳右,乘春别馆前。昭仪忠汉日,太傅翊周年。列射三侯满,兴师七步旋。莫言舒紫褥,犹异饮清泉。

# 鹿

涿鹿闻中冀,秦原辟帝畿。柰花开旧苑,萍叶蔼前诗。道士乘仙日,先生折角时。方怀丈夫志,抗首别心期。

# 羊

绝饮惩浇俗,行驱梦逸材。仙人拥石去,童子驭车来。夜玉含星动,晨毡映雪开。莫言鸿渐力,长牧上林隈。

# 兔

上蔡应初击,平冈远不稀。目随槐叶长,形逐桂条飞。汉月澄秋色,梁园映雪辉。唯当感纯孝,郛郭引兵威。

# 全唐诗卷六一

## 李 峤

### 人日侍宴大明宫恩赐彩缕人胜应制

凤城景色已含韶,人日风光倍觉饶。桂吐半轮迎此夜,蕣开七叶应今朝。鱼猜水冻行犹涩,莺喜春熙弄欲娇。愧奉登高摇彩一作紫翰,欣逢御气上丹霄。

### 奉和初春幸太平公主南庄
### 应制 景龙三年二月十一日

主家山第接云开,天子春游动地来。羽骑参差花外转,霓旌摇曳一作扬日边回。还将石溜调琴曲,更取峰霞入酒杯。鸾辂已辞乌鹊渚,箫声犹绕凤皇台。

### 太平公主山亭侍宴应制 景龙三年八月十三日

黄金瑞榜绛河隈,白玉仙舆紫禁来。碧树青岑云外耸,朱楼画阁一作壁水中开。龙舟下瞰鲛人室,羽节高临凤女台。遽惜欢娱歌吹晚,挥戈更却一作却使曜灵回。

## 奉和拜洛应制 拜洛一作受图温洛

七萃銮舆动,千年瑞检开。文如龟负出,图似凤衔来。殷荐三神享,明禋万国陪。周旗黄鸟集,汉幄紫云回。日暮钩陈转,清歌上帝台。

## 奉和幸大荐福寺应制 寺即中宗旧宅

雁沼开香域,鹦林降彩斿。还窥图凤宇,更坐跃龙川。桂舆朝群辟,兰宫列四禅。半空银阁断,分砌宝绳连。甘雨苏燋一作申谯泽,慈云动沛篇。独惭贤作砺,空喜福成田。

## 奉和幸长安故城未央宫应制

旧宫贤相筑,新苑圣君来。运改城隍变,年深栋宇摧。后池无复水,前殿久成灰。莫辨祈风观,空传承露杯。宸心千载合,睿律九韵开。今日联章处,犹疑上柏台。

## 奉和幸望春宫送朔方总管张仁亶

玉塞征骄子,金符命老臣。三军张武一作戍旆,万乘饯行轮。猛气凌玄朔,崇恩降紫宸。投醪还结一作得士,辞第本一作在忘身。露下鹰初击,风高雁欲宾。方销塞北祲,还靖漠南尘。

## 奉和幸三会寺应制 寺传苍颉造书台

故台苍颉里,新邑紫泉居。岁在开金寺,时来降玉舆。龙形虽近刹,鸟迹尚留书。竹是蒸青外,池仍点墨馀。天文光圣草,宝思合真如。谬奉千龄日,欣陪十地初。

## 奉和天枢成宴夷夏群僚应制

《唐新语》云:长寿中,则天征天下铜铁,于定鼎门内铸八棱铜柱,高九十尺,径一丈二尺。题曰大周万国述德天枢,纪革命之功,贬唐家之德。天枢下置铁山,铁龙负载,狮子麒麟围绕,上有云盖,盖上施盘龙以托火珠,高一丈,围三尺,金彩荧煌,光侔日月。武三思为文,朝士献诗者不可胜纪,惟峤诗冠绝当时。

辙迹光西崦,勋庸纪北燕。何如万方一作国会,颂一作讽德九门前。灼灼一作的临黄道,迢迢入紫烟。仙盘正下露,高柱欲承天。山类丛云起,珠疑大火悬。声流尘作劫,业固海成田。帝一作圣泽倾尧酒,宸歌掩一作薰风入舜弦。欣逢下生日,还睹一作偶上皇年。

## 皇帝上一作丘礼抚事述怀

配极辉光远,承天顾托隆。负图济多难,脱履归成功。圣道昭永锡,邕言让在躬。还推万方重,咸仰四门聪。恭己忘自逸,因人体至公。垂旒沧海晏,解网法星空。云散天五色,春还一作来日再中。称觞合缨弁,率舞应丝桐。凯乐深居镐,传歌盛饮丰。小臣滥簪笔,无以颂唐风。

## 奉和幸韦嗣立山庄侍宴应制

南洛师臣契,东岩王佐居。幽情遗绂冕,宸眷属樵渔。制下峒山跸,恩回灞水舆。松门驻旌盖,薜幄引簪裾。石磴平黄陆,烟楼半紫虚。云霞仙路近,琴酒俗尘疏。乔木千龄外,悬泉百丈一作尺馀。崖深经炼药,穴古旧藏书。树宿抟风鸟,池潜一作游纵壑鱼。宁知天子贵,尚忆武侯庐。

# 倡妇行

十年倡家妇，三秋边地人。红妆楼上歇，白发陇头新。夜夜风霜苦，年年征戍频。山西长落日，塞北久无春。团扇辞恩宠，回文赠苦辛。胡兵屡攻战，汉使绝和亲。消息如瓶井，沉浮似路尘。空馀千里月，照妾两眉嚬。

# 饯薛大夫护边

荒隅时未通，副相下临戎。授律星芒动，分兵月晕空。犀皮拥青橐，象齿饰雕弓。决胜三河勇，长驱六郡雄。登山窥代北，屈指计辽东。伫见燕然上，抽毫颂武功。

# 和杜学士旅次淮口阻风

夕吹生寒浦，清淮上暝潮。迎风欲举棹，触浪反停桡。淼漫烟波阔，参差林岸遥。日沉丹气敛，天敞白云销。水雁衔芦叶，沙鸥隐荻苗。客行殊未已，川路几迢迢。

# 送光禄刘主簿之洛

函谷双崤右，伊川二陕东。仙舟窅将隔，芳斝暂云同。朋席馀欢尽，文房旧侣空。他乡千里月，岐路九秋风。背枥嘶班马，分洲叫断鸿。别后青山外，相望白云中。

# 送骆奉礼从军

玉塞边烽举，金坛庙略申。羽书资锐笔，戎幕引英宾。剑动三军气，衣飘万里尘。琴尊留别赏，风景惜离晨。笛梅含晚吹，营柳带馀春。希君勒石返，歌舞入城闉。

# 王屋山第之侧杂构小亭暇日与群公同游

桂亭依绝巘，兰榭俯回溪。绮栋鱼鳞出，雕甍凤羽栖。引泉聊涨沼，凿磴且通蹊。席上山花落，帘前野树低。弋林开曙景，钓渚发晴霓。狎水惊梁雁，临风听楚鸡。复看题柳叶，弥喜荫桐圭。

## 奉和杜员外扈从教阅

杪冬严杀气，穷纪送颓光。薄狩三农隙，大阅五戎场。菜田初起烧，兰野正开防。夹岸虹旗转，分朋兽罟张。燕弧带晓月，吴剑动秋霜。原启前禽路，山萦后骑行。云区坠日羽，星苑毙天狼。礼振军容肃，威宣武节扬。神心体殷祝，灵兆叶姬祥。幸陪仙驾末，欣采翰林芳。

## 军师凯旋自邕州顺流舟中

鸣鞞入嶂口，泛舸历川湄。尚想江陵阵，犹疑下濑师。岸回帆影疾，风逆鼓声迟。萍叶沾兰桨，林花拂桂旗。弓鸣苍隼落，剑动白猿悲。芳树吟羌管，幽篁入楚词。全军多胜策，无战在明时。寄谢山东妙，长缨徒自欺一作期。

## 夏晚九成宫呈同僚

碣馆分襄野，平台架射峰。英藩信炜烨，胜地本从容。林引栖庭凤，泉归竹沼龙。小轩恒共处，长坂属相从。野席兰琴奏，山台桂酒酡。一枰移昼景，六著尽宵钟。枚藻清词律，邹谈耀辩锋。结欢良有裕，联宲愧无庸。暂悦丘中赏，还希物外踪。风烟远近至，鱼鸟去来逢。月涧横千丈，云崖列万重。树红山果熟，崖绿水苔浓。愿以西园柳，长间北岩松。

# 田假限疾不获还庄载想田园兼思
# 亲友率成短韵用写长怀赠杜一作林幽素

游宦劳牵网,风尘久化衣。迹驰东苑路,望阻北岩扉。及此承休告,聊将狎遁肥。十旬俄委疾,三径且殊归。茂陵寊难即,灵台暂可依。疲痾旅城寺,延想属郊畿。夕梦园林是,晨瞻邑里非。绿畴良已秒,清濠旷不追。野花何处落,山月几秋辉。彼美符商政,优游绝汉机。高情物累遣,逸气烟霞飞。乐道方无闷,怀贤独有违。尊虚旧园酒,琴静故人徽。夏沼莲初发,秋田麦稍稀。何当携手去,岁暮采芳菲。

## 刘侍读见和山邸十篇重申此赠

神岳瑶池圃,仙宫玉树林。乘时警天御,清暑涤宸襟。梁驾陪玄赏,淄庭掩翠岑。对岩龙岫出,分壑雁一作凤池深。檐迥松萝映,窗高石镜临。落泉奔涧响,惊吹助猿吟。野气迷凉燠,山花杂古今。英藩盛宾侣,胜景一作境想招寻。践径披兰叶,攀崖引桂阴。穆生时泛醴,邹子或调琴。雉鷃分场合,鱼钩向浦沉。朝游极斜景,夕宴待横参。顾己惭铅锷,叨名齿玭簪。暂依朱邸馆,还畅白云心。丘壑信多美,烟霞得所钦。寓言摅宿志,窃吹简知音。奖价逾珍石,酬文重振金。方从仁智所,携手濯清浔。

## 晚秋喜雨 并序

　　咸亨元年,自四月不雨至于九月。王畿之内,嘉谷不滋。君子小人,惶惶如也。天子虑深求瘼,念在责躬。避寝损膳,录冤弛役。牲币之礼,遍于神祇。钟庾之贷,周于穷乏。至诚斯感,灵眷有融。爰降甘泽,大拯灾亢。朝廷公卿,相趋动色。里闾屯庶,讴吟成响。年和俗阜,於焉可致。抚事形言，孰云能已。乃诗曰：

积阳曦首夏，隆旱届徂秋。炎威振皇服。歊景暴神州。气涤朝川朗，光澄夕照浮。草木委林甸，禾黍悴原畴。国惧流金眚，人深悬磬忧。紫宸兢履薄，丹宸念推沟。望肃坛场祀，冤申图圄囚。御车迁玉殿，荐菲撤琼羞。济窘邦储发，蠲穷井赋优。服闲云骥屏，冗术土龙修。睿感通三极，天诚贯六幽。夏祈良未拟，商祷讵为俦。穴蚁祯符应，山蛇毒影收。腾云八际满，飞雨四溟周。聚霭笼仙阙，连霏绕画楼。旱陂仍积水，涸沼更通流。晚穗萎还结，寒苗瘁复抽。九农欢岁阜，万宇庆时休。野洽如坻咏，途喧击壤讴。幸闻东李道，欣奉北场游。

## 中秋月二首

盈缺青冥外，东风万古吹。何人种丹桂，不长出轮枝。
圆魄上寒空，皆言四海同。安知千里外，不有雨兼风。

## 侍宴桃花园咏桃花应制

《纪事》云：张仁亶自朔方入朝，中宗于西苑迎之，从臣宴于桃花园，峤等各赋绝句。明日宴承庆殿，上令宫中善讴者唱之，词既婉媚，歌仍妙绝。乐府号桃花行。

岁去无言忽憔悴，时来含笑吐氛氲。不能拥路一作棹迷仙客，故欲开蹊待圣君。

## 奉和圣制幸韦嗣立山庄应制

万骑千官拥帝车，八龙三马访仙家。凤皇原上开一作窥青壁，鹦鹉杯中弄紫霞。

## 游苑遇雪应制

散漫祥云逐圣回,飘飘瑞雪绕天来。不能落后争飞絮,故欲迎前赛早梅。

## 送司马先生

蓬阁桃源两处分,人间海上不相闻。一朝琴里悲黄鹤,何日山头望白云。

## 风

解落三秋叶,能开二月花。过江千尺浪,入竹万竿斜。

## 上清晖阁遇雪

千钟圣酒御筵披,六出祥英乱绕枝。即此神仙对琼圃,何须辙迹向瑶池。

## 石　淙

羽盖龙旗下绝冥,兰除薜幄坐云扃。鸟和百籁疑调管,花发千岩似画屏。金灶浮烟朝漠漠,石床寒水夜泠泠。自然碧洞窥仙境,何必丹丘是福庭。

# 全唐诗卷六二

## 杜审言

　　杜审言,字必简,襄阳人。善五言诗,工书翰。少与李峤、崔融、苏味道为文章四友。擢进士第,为隰城尉。性矜诞,尝语人曰:"吾文章合得屈宋作衙官,吾之书迹合得王羲之北面。"累转洛阳丞。坐事贬吉州司户参军,寻免归。武后召见,令赋欢喜诗,甚见嘉赏,授著作佐郎。迁膳部员外郎。神龙中,坐交张易之兄弟,流峰州。寻入为国子监主簿、修文馆直学士卒。有文集十卷,今编诗一卷。

### 南海乱石山作

涨海积稽天,群山高崒地。相传称乱石,图典失其事。悬危悉可惊,大小都不类。乍将云岛极,还与星河次。上耸忽如飞,下临仍欲坠。朝暾艳丹紫,夜一作交魄炯一作烟青翠。穹崇雾雨蓄,幽隐灵仙闷。万寻挂鹤巢,千丈垂猿臂。昔去景风涉,今来姑洗至。观此得咏歌,长时想精异。

### 送和西蕃使

使出凤皇池,京师阳春晚。圣朝尚边策,诏谕兵戈偃。拜手明光殿,摇心上林苑。种落逾青羌,关山度赤坂。疆埸及无事,雅歌而餐饭。宁独锡和戎,更当封定远。

## 蓬莱三殿侍宴奉敕咏终南山应制

北斗挂城边,南山倚殿前。云标金阙迥,树杪玉堂悬。半岭通佳气,中峰绕瑞烟。小臣持献寿,长此戴尧天。

## 望春亭侍游应诏

帝出明光殿,天临太液池。尧樽随步辇,舜乐绕行麾。万寿祯祥献,三春景物滋。小臣同酌海,歌颂答无为。

## 宿羽亭侍宴应制

步辇千门出,离宫二月开。风光新柳报,宴赏落花催。碧水摇空一作云阁,青山绕吹台。圣情留晚兴,歌管送馀杯。

## 岁夜安乐公主满月侍宴应制

戚里生昌胤,天杯宴重臣。画楼初满月,香殿早迎春。睿作尧君宝,孙谋梁国珍。明朝元会日,万寿乐章陈。

## 奉和七夕侍宴两仪殿应制

一年衔别怨,七夕始言归。敛泪开星靥,微步动云衣。天回兔欲落,河旷鹊停飞。那堪尽此夜,复往弄残机。

## 大　酺 永昌元年

圣后乘乾日,皇明御历辰。紫宫初启坐,苍璧正临春。雷雨垂膏泽,金钱赠下人。诏酺欢赏遍,交泰睹惟新。

# 赋得妾薄命

草绿长门掩一作闭,苔青永巷幽。宠移新爱夺,泪落故情留。啼鸟惊残梦,飞花搅独愁。自怜春色罢,团扇复迎秋。

# 和韦承庆过义阳公主山池五首

野兴城中发,朝英物外求。情悬朱绂望,契动赤泉一作松游。海燕巢书阁,山鸡舞画楼。雨馀清晚夏,共坐北岩幽。

径转危峰逼,桥回缺岸妨。玉泉移酒味,石髓换粳香。绾雾青丝一作条弱,牵风紫蔓长。犹言宴乐少,别向后池塘。

携琴绕碧沙,摇笔弄青霞。杜若幽庭草,芙蓉曲沼花。宴游成野客,形胜得仙一作山家。往往留仙步,登攀日易斜。

攒石当轩倚,悬泉度牖飞。鹿麛冲妓席,鹤子曳童衣。园果尝难遍,池莲摘未稀。卷帘唯待月,应在醉中归。

赏玩期他日,高深爱此时。池分一作为八水背,峰作九山疑。地静鱼偏逸,人闲鸟欲欺。青溪留别兴,更与白云期。

# 和晋陵陆丞早春游望 一作韦应物诗

独有宦游人,偏惊物候新。云霞出海曙,梅柳渡江春。淑气催黄鸟,晴光转绿蘋。忽闻歌古调,归思欲沾巾。

# 秋夜宴临津郑明府宅

行止皆无地,招寻独有君。酒中堪累月,身外即浮云。露一作霜白宵钟彻,风清晓漏闻。坐携馀兴往,还似未离群。

## 和康五庭芝望月有怀

明月高秋迥,愁人独夜看。暂将弓并曲,翻与扇俱团。雾一作露濯
清辉苦,风飘素影寒。罗衣一此鉴,顿使别离难。

## 登襄阳城

旅客三秋至,层城四望开。楚山横地出,汉水接天回。冠盖非新
里,章华即旧台。习池风景异,归路满尘埃。

## 旅寓安南

交趾殊风候,寒迟暖复催。仲冬山果熟,正月野花开。积雨生昏
雾,轻霜下震雷。故乡逾万里,客思倍从来。

## 春日怀归

心是伤归望,春归异往年。河山鉴魏阙,桑梓忆秦川。花杂芳园
鸟,风和绿野烟。更怀欢赏地,车马洛桥边。

## 代张侍御伤美人

二八泉扉掩,帷屏宠爱空。泪痕消夜烛,愁绪乱春风。巧笑人疑
在,新妆曲未终。应怜脂粉气,留著舞衣中。

## 送高郎中北使

北狄愿和亲,东京发使臣。马衔边地雪,衣染异方尘。岁月催行
旅,恩荣变苦辛。歌钟期重锡,拜手落花春。

# 都尉山亭

紫藤萦葛藟,绿刺冒蔷薇。下钓看鱼跃,探巢畏鸟飞。叶疏荷已晚,枝亚果新肥。胜迹都无限,只应伴月归。

# 夏日过郑七山斋

共有樽中好,言寻谷口来,薜萝山径入,荷芰水亭开。日气含残雨,云阴送晚雷。洛阳钟鼓至,车马系迟回。

# 送崔融

君王行出将,书记远从征。祖帐连河阙,军麾动洛城。旌旃一作旗朝朔气,笳吹夜边声。坐觉烟尘扫,秋风古北平。

# 经行岚州

北地春光晚,边城气候寒。往来花不发,新旧雪仍残。水作琴中听,山疑画里看。自惊牵远役,艰险促征鞍。

# 重九日宴江阴

蟋蟀期归晚,茱萸节候新。降霜青女月,送酒白衣人。高兴要长寿,卑栖隔近臣。龙沙即此地,旧俗坐为邻。

# 除夜有怀

故节当歌守,新年把烛迎。冬氛恋虬箭,春色候鸡鸣。兴尽闻壶覆,宵阑见斗横。还将万亿寿,更谒九重城。

## 晦 日 宴 游

日晦随鸑莩,春情著杏花。解绅宜就水,张幕会连沙。歌管风轻度,池台日半斜。更看金谷骑,争向石崇家。

## 七 夕

白露含明月,青霞断绛河。天街七襄转,阁一作关道二神过。袨服锵环珮,香筵拂绮罗。年年今夜尽,机杼别情多。

## 守岁侍宴应制

季冬除夜接新年,帝子王孙捧御筵。宫阙星河低拂树,殿廷灯烛上薰天。弹弦奏节梅风入,对局探钩柏酒传。欲向正元歌万寿,暂留欢赏寄春前。

## 大 酺

毗陵震泽九州通,士女欢娱万国同。伐鼓撞钟惊海上,新妆袨服照江东。梅花落处疑残雪,柳叶开时任好风。火德云官逢道泰,天长地久属年丰。

## 春日京中有怀

今年游寓独游秦,愁思看春不当春。上林苑里花徒发,细柳营前叶漫新。公子南桥应尽兴,将军西第几留宾。寄语洛城风日道,明年春色倍还人。

## 扈从出长安应制

分野都畿列,时乘六御均。京师旧西幸,洛道此东巡。文物驱三统,声名一作明走百神。龙旗紫漏夕,凤辇拂一作出钩陈。抚迹地灵古,游情皇鉴新。山追散马日,水忆钓鱼人。禹食传中使,尧樽遍下臣。省方称国阜,问道识风淳。岁晚天行吉,年丰景从亲。欢娱包历代,宇宙忽疑春。

## 春日江津游望

旅客摇边思,春江弄晚晴。烟销垂柳弱,雾卷落花轻。飞棹乘空下,回流向日平。鸟啼移几处,蝶舞乱相迎。忽叹人皆浊,堤防水至清。谷王常不让,深可戒中盈。

## 泛舟送郑卿入京

帝坐蓬莱殿,恩追社稷臣。长安遥向日,宗伯正乘春。相宅开基地,倾都送别人。行舟紫渌水,列载满红尘。酒助欢娱洽,风催景气新。此时光乃命,谁为惜无津。

## 度 石 门 山

石门千仞断,进水落遥空。道束悬崖半,桥欹绝涧中。仰攀人屡息,直下骑才通。泥拥奔蛇径,云埋伏兽丛。星躔牛斗北,地脉象牙东。开塞随行变,高深触望同。江声连骤雨,日气抱残虹。未改朱明律,先含白露风。坚贞深不惮,险涩谅难穷。有异登临赏,徒为造化功。

## 赠崔融二十韵

十年俱薄宦,万里各他方。云天断书札,风土异炎凉。太息幽兰紫,劳歌奇树黄。日疑怀叔度,夜似忆真长。北使从江表一作左,东归在洛阳。相逢慰畴昔,相对叙存亡。草深穷巷毁,竹尽故园荒。

雅节君弥固,衰颜余自伤。人事盈虚改,交游宠辱妨。雀罗争去
翟,鹤辔竞<sub>一作更</sub>寻王。思极欢娱至,朋情讵可忘。琴樽横宴席,岩
谷<sub>一作沼</sub>卧词场。连骑追佳赏,城中及路傍。三川宿雨霁,四月晚
花芳。复此开悬榻,宁唯入后堂。兴酣鸧鸹舞,言洽凤皇翔。高选
俄迁职,严程已饬装。抚躬衔道义,携手恋辉光。玉振先推美,金
铭旧所防。忽嗟离别易,行役共时康。

## 赠苏味道

北地寒应苦,南庭戍未归。边声乱羌笛,朔气卷戎衣。雨雪关山
暗,风霜草木稀。胡兵战欲尽,虏骑猎犹肥<sub>一作汉卒尚重围</sub>。雁塞何
时入,龙城几度围。<sub>一作云净妖星落,秋深塞马肥。</sub>据鞍雄剑动,插<sub>一作摇</sub>
笔羽书飞。舆驾还京邑,朋游满帝畿。方期来献凯,歌舞共春辉。

## 和李大夫嗣真奉使存抚河东

六位乾坤动,三微历数迁。讴歌移火德,图谶在金天。子月开阶
统,房星受命年。祯符龙马出,宝箓凤皇传。地即交风雨,都仍卜
涧瀍。明堂唯御极,清庙乃尊先。不宰神功运,无为<sub>一作私</sub>大象悬。
八荒平<sub>一作凭</sub>物土,四海接人烟。已属群生泰,犹言至道偏。玺书
傍问俗,旌节近推贤。秩比司空位,官临御史员。雄词执刀笔,直
谏罢楼船。国有大臣器,朝加小会筵。将行备礼乐,送别仰神仙。
城阙周京转,关河陕服连。稍观汾水曲,俄指绛台前。姑射聊长
望,平阳遂宛然。舜耕馀草木,禹凿旧山川。昔出诸侯上<sub>一作静</sub>,无
何霸业全。中军归战敌,外府绝兵权。隐隐帝乡远,瞻瞻肃命虔。
西河偃风俗,东壁挂星躔。井邑纷榆社,陵园松柏田。荣光晴<sub>一作</sub>
<sub>朝</sub>掩代,佳气晓<sub>一作晚</sub>侵燕。雨需<sub>一作濡</sub>鸿私涤,风行睿旨宣。茕嫠
访疾苦,屠钓采贞坚。人乐逢刑措,时康洽赏延。赐逾秦氏级,恩

倍汉家钱。拥传咸翘首,称觞竞比肩。拜迎弥道路,舞咏溢郊鄽。杀气西衡一作冲白,穷阴北暝一作土玄,飞霜遥渡海,残月迴临边。缅邈朝廷问,周流朔塞旋。兴来探马策,俊发抱龙泉。学总八千卷,文倾三百篇。澄清得使者,作颂有人焉。莫以崇班阁,而云胜托捐。伟材何磊落,陋质几翩翾。江海宁为让,巴渝转自牵。一闻歌圣道,助曲荷陶甄。

## 赠苏绾书记

知君书记本翩翩,为许从戎赴朔边。红粉楼中应计日,燕支山下莫经年。

## 渡　湘　江

迟日园林悲昔游,今春花鸟作边愁。独怜京国人南窜,不似湘江水北流。

## 戏赠赵使君美人

红粉青娥映楚云,桃花马上石榴裙。罗敷独向东方去,谩学他家作使君。

# 全唐诗卷六三

## 董思恭

董思恭,苏州吴人。高宗时官中书舍人,初为右史,后知考功举,坐事流死岭表。所著篇咏,为时所重。今存诗十九首。

### 三 妇 艳

大妇裁纨素,中妇弄明珰。小妇多姿态,登楼红粉妆。丈人且安坐,初日渐流光。

### 感 怀

野郊怆新别,河桥非旧饯。惨日映峰沉,愁云随盖转。哀筂时断续,悲旌乍舒卷。望望情何极,浪浪泪空泫。无复昔时人,芳春共谁遣。

### 守 岁 二 首

暮景斜芳殿,年华丽绮宫。寒辞去冬雪,暖带入春风。阶馥舒梅素,盘花卷烛红。共欢新故岁,迎送一宵中。此首一作太宗诗。

岁阴穷暮纪,献节启新芳。冬尽今宵促,年开明日长。冰销出镜水,梅散入风香。对此欢终宴,倾壶待曙光。此首一作太宗诗,题作《除夜〉。

# 昭君怨二首

新年犹尚小，那堪远聘秦。裾衫沾马汗，眉黛染胡尘。举眼无相识，路逢皆异人。唯有梅将李，犹带故乡春。此首一作董初诗。

琵琶马上弹，行路曲中难。汉月正南远，燕山直一作极北寒。髻鬟风拂乱一作散，眉黛雪沾残。斟酌红颜改一作尽，徒劳握镜看。一作何劳镜里看。

## 咏　日

沧海十枝晖，悬圃重轮庆。孱华发晨楹，菱彩翻朝镜。忽遇惊风飘，自有浮云映。更也人皆仰，无待挥戈正。

## 咏　月

北堂未安寝，西园聊骋望。玉户照罗帏，珠轩明绮障。别客长安道，思妇高楼上。所愿君莫违一作遗，清风时可访。

## 咏　星

历历东井舍，昭昭右掖垣。云际龙文出，池中鸟色翻。流辉下月路一作露，坠影入河源。方知颍川集，别有太丘门。

## 咏　风

萧萧度闾阖，习习下庭闱。花蝶自飘舞，兰蕙生光辉。相乌正举翼，退鹢已惊飞。方从列子御，更逐浮云归。

## 咏　云

帝乡白云起，飞盖上天衢。带月绮罗映，从风枝叶敷。参差过层阁,倏忽下苍梧。因风望既远,安得久踟蹰。

## 咏　雪

天山飞雪度,言是落花朝。惜哉不我与,萧索从风飘。鲜洁凌纨素,纷糅下枝条。良时竟何在,坐见容华销。

## 咏　露

夜色凝仙掌,晨甘下帝庭。不觉九秋至,远向三危零。芦渚花初白,葵园叶尚青。晞阳一洒惠,方愿益沧溟。

## 咏　雾

苍山寂已暮,翠观黯将沉。终南晨豹隐,巫峡夜猿吟。天寒气不歇,景晦色方深。待访公超市,将予赴华阴。

## 咏　虹 一作虹蜺

春暮萍生早,日落雨飞馀。横彩分长汉,倒色媚清渠。梁前朝影出,桥上晚光舒。愿逐旌旗转,飘飘侍直庐。

## 咏　桃 一作太宗诗

禁苑春光丽,花蹊几树装。缀条深浅色,点露参差光。向日分千笑,迎风共一香。如何仙岭侧,独秀隐遥芳。

## 咏　李 一作太宗诗

盘根植瀛渚,交干横倚天。舒华光四海,卷叶荫山川。

## 咏　弓 一作太宗诗

上弦明月半,激箭流星远。落雁带书惊,啼猿映一作应枝转。

## 咏琵琶 一作太宗诗

半月无双影,金花有四时。摧藏千里态,掩抑几重悲。促节萦红袖,清音满翠帷。驰弹风响急,缓曲钏声迟。空馀关陇恨,因此代相思。

# 刘允济

　　刘允济,《纪事》作元济,字允济。洛州巩人。少与绛州王勃齐名,举本州进士,累除著作佐郎。尝采摭鲁哀公以后至战国为《鲁后春秋》。表上之,迁左史,兼直弘文馆。垂拱中,献《明堂赋》,拜著作郎,擢凤阁舍人。中兴初,坐二张昵狎贬官,后为修文馆学士卒。集十卷,今存诗四首。

## 经庐岳回望江州想洛川有作

龟山帝始营,龙门禹初凿。出入经变化,俯仰凭寥廓。未若兹山功,连延并巫霍。东北疏一作流氓象,西南距坤络。宏阜自郁盘,高标复回薄。势入柴桑渚,阴开彭蠡壑。九江杳无际,七泽纷相错。云雨散吴会,风波腾邡郡 一作鄡鄂。迹随造化久,利与乾坤博。肝蚤精气通,纷纶潜怪作。石渠忽见践,金房安可托。地入天子都,岩有仙人药。二门几迢递,三宫何倏爚。咫尺穷杳冥,跬步皆恬漠。仙才惊羽翰,幽居静龙蠖。明牧振雄词,棣华殊灼灼。盛叶匡西夏,深谋赞禹亳。黄云覆鼎飞,绛气横川跃。佐历符贤运,人期一作其茂天爵。礼乐富垂髫,诗书成舞勺。清辉靖岩电,利器腾霜锷。游圣挹衡尊,邻畿恭木铎。岩一作墙仞包武侯,波澜控文若。旋闻刈薪楚,遽睹升葵藿。稷契序揆一作郅郭图,良平公辅略。重地一作臣资出守,英藩谅求瘼。豫章观伟材,江州访灵崿。阳岫晓氛氲,阴崖暮萧索。潜伏屡鲸奔,雄飞更鸷搏。惊貙透烟霞,腾猿乱枝格。故园有归梦,他山飞赏一作非行乐。帝乡徒可游,湟涧终旅泊。景一作阳物观淮海,云霄望河洛。城阙紫微星,图书玄扈一作青溪阁。神功一作为多粉缋,元气犹斟酌。丞相下南宫,将军趋北落。横簪并附蝉,列鼎俱调鹤。四郊时迷路,五月先投龠。池榭宣琼管,风花乱珠箔。旧游劳梦寐,新知无悦乐。天寒欲赠言,岁暮期交约。夜琴清玉柱,秋灰变缇幕。风云动翰林,宫徵调文篇。言泉激为浪,思绪飞成缴。千里辉珠玑,五采含丹膜。钟鼓旋惊鹨,瑾瑜俄抵鹊。窃价惭庸息,叨声逾寂寞。长望限南溟,居然翳东郭。

## 咏　琴

昔在龙门侧,谁想凤鸣时。雕琢今为器,宫商不自持。巴人缓疏节,楚客弄繁丝。欲作高张引,翻成下调悲。

## 怨　情

玉关芳信断,兰闺锦字新。愁来好一作不自抑,念切已含嚬。虚牖风惊梦,空床月厌人。归期倘可促,勿度柳园春。

## 见道边死人　一本别作刘元济诗,《统签》并入允济诗内。

凄凉徒见日,冥寞讵知年。魂兮不可问,应为直如弦。

# 邵大震

邵大震,字令远,安阳人。与王勃同时。诗一首。

## 九日登玄武山旅眺

玄武山在今东蜀。高宗时,王勃以檄鸡文斥出沛王府,既废。客剑南,有游玄武山赋诗。卢照邻为新都尉,亦有和作。

九月九日望遥空,秋水秋天生夕风。寒雁一向南去一作飞远,游人几度菊花丛。

# 辛常伯

辛常伯,骆宾王同时人。诗一首。

## 军中行路难 与骆宾王同作

君不见封狐雄虺自成群,凭深负固结妖氛。玉玺分兵征恶少,金坛授律动将军。将军拥麾宣庙略,战士横戈静夷落。长驱一息背铜梁,直指三危登剑阁。阁道岩峣起戍楼,剑门遥裔俯灵丘。邛关九折无平路,江水双源有急流。征役无期返,他乡岁华晚。杳杳丘陵出,苍苍林薄远。途危紫盖峰,路涩青泥坂。去去指哀牢,行行入不毛。绝壁千里险,连山四望高。中外分区宇,夷夏殊风土。交阯枕南荒,昆弥临北户。川原饶毒雾,谿谷多霾雨。行潦四时流,崩查千岁古。漂梗飞蓬不暂安,扪萝引葛陟危峦。昔时闻道从军乐,今日方知行路难。沧江绿水东流驶,炎州丹徼南中地。南中南斗映星河,秦关秦塞阻烟波。三春边地风光少,五月泸川瘴疠多。

朝驱疲斥候,夕息倦樵歌。向月弯繁弱,连星转太阿。重义轻生怀
一顾,东伐西征凡几度。夜夜朝朝斑鬓新,年年岁岁戎衣故。灞城
隅,滇池水,天涯望转积,地际行无已。徒觉炎凉节物非,不知关山
千万里。弃置勿重陈,重陈多苦辛。且悦清箫梅柳曲,讵忆芳园桃
李人。绛节红旗分日羽,丹心白刃酬明主。但令一被君王知,谁惮
三边征战苦。行路难,岐路几千端。无复归云凭短翰,空馀望日想
长安。

# 全唐诗卷六四

## 姚　崇

　　姚崇,初名元崇,又名元之,陕州人。贞观中,应下笔成章举,授濮州司仓,五迁夏官郎中。时契丹扰河北,军机填委,元崇剖析若流,则天奇之,超迁夏官侍郎,寻同凤阁鸾台平章事。中宗朝,出为刺史。睿宗立,拜兵部尚书,同中书门下。进中书令,后复贬刺史。先天中,还为尚书。知政事,迁紫微令。开元中,与卢怀慎、源乾曜同居宰执。崇独当重任,明于庶务,断割不滞,号称名相。寻荐宋璟自代,以开府仪同三司罢政,仍五日一参,入阁供奉。集十卷,今存诗六首。

### 奉和圣制夏日游石淙山

二室三涂光地险,均霜揆日处天中。石泉石镜恒留月,山鸟山花竞逐风。周王久谢瑶池赏,汉主悬惭玉树宫。别有祥烟伴佳气,能随轻辇共葱葱。

### 故洛阳城侍宴应制

游豫停仙跸,登临对晚晴。川凫连倒影,岩鸟应虚声。野奏风成曲,山居云作缨。今朝丘壑上,高兴小蓬瀛。

# 春日洛阳城侍宴

南山开宝历，北渚对芳蹊。的历风梅度，参差露草低。尧樽临上席，舜乐下前溪。任重由来醉，乘酣志转迷。

## 秋夜望月

明月有馀鉴，羁人殊未安。桂含秋树晚，波入夜池寒。灼灼云枝净，光光草露团。所思迷所在，长望独长叹。

## 夜渡江 一作柳中庸诗

夜渚带浮烟，苍茫晦远天。舟轻不觉动，缆急始知牵。听草遥寻岸，闻香暗识莲。唯看孤帆影，常似客心悬。

## 奉和圣制龙池篇

《纪事》云：龙池，兴庆宫也，明皇潜龙之地。《会要》云：开元元年，内出祭龙池乐章。十六年，筑坛于兴庆宫，以仲春月祭之。

恭闻帝里生灵沼一作祉，应报明君鼎业新。既协翠泉光宝命，还符白水出真人。此时舜海潜龙跃，此地一作日尧河带马巡。独有前池一小雁，叨承旧惠入天津。

## 句

扇掩将雏曲，钗承堕马鬟。 见《海录碎事》 又见后张昌宗《太平公主山亭侍宴》诗

# 宋 璟

宋璟，邢州南和人。登进士第，调上党尉，为监察御史，迁

凤阁舍人。则天高其才。神龙初,拜黄门侍郎。睿宗朝,以吏
部尚书同中书门下三品。开元初,进御史大夫,出为睦州刺
史。徙广州都督。还,拜尚书兼侍中,封广平郡公。后以右丞
相致仕。璟耿介有大节,立朝屡忤权嬖,被贬黜,卒不改其操。
集十卷,今存诗六首。

## 奉和御制璟与张说源乾曜同<br>日上官命宴都堂赐诗应制

　　本传云:开元十七年,璟为尚书右丞相,张说为左丞相,源乾曜为太
子少傅。同日拜,有诏太官设馔。太常奏乐,会百官尚书省东堂。帝赋
三杰诗,自写以赐。

丞相邦之重,非贤谅不居。老臣惭一作庸且惫,何德以当诸。厚秩
先为忝,崇班复此除。太常陈礼乐,中掖降簪裾。圣酒山河润,仙
文象纬舒。冒恩怀宠锡,陈力省空虚。郭隗惭无骏,冯谖愧有鱼。
不知周勃者,荣幸定何如。

## 奉和圣制同二相已下群官乐游园宴

侍饮终酺会,承恩续胜游。戴天惟庆幸,选地即殊尤。北向祗双
阙,南临赏一丘。曲江新溜暖,上苑杂花稠。亹亹韶弦屡,戋戋贲
帛周。醉归填畛陌,荣耀接轩裘。

## 奉和圣制送张说巡边

帝道薄一作溥存兵,王师尚有征。是关一作开司马法,爰命总戎行。
画阃崇威信,分麾盛宠荣。聚观方结辙,出祖遂倾城。圣酒江河
润,天词象纬明。德风边草偃,胜气朔云平。宰国推良器,为军把
壮一作美声。至和常得体,不战即亡精。以智泉宁竭,其徐海自清。

迟还庙堂坐,赠别故人情。

## 奉和圣制答张说扈从南出雀鼠谷

秦地雄西夏,并州近北胡。禹行山启路,舜在邑为都。忽视一作见
寒暄隔,深思险易殊。四时宗伯叙,六义宰臣铺。征作宫常应,星
环日每纡。盛哉逢一作隆道合,良以致亨衢。

## 蒲 津 迎 驾

回銮下蒲坂,飞旆指秦京。洛上黄云送,关中紫气迎。霞朝看马
色,月晓听鸡鸣。防拒连山险,长桥压水平。省方知化洽,察俗觉
时清。天下长无事,空馀襟带名。

## 送苏尚书赴益州

我望风烟接,君行霰雪飞。园亭若有送,杨柳最依依。

# 全唐诗卷六五

## 苏味道

苏味道,赵州栾城人。与里人李峤俱以文翰显,时人谓之苏李。弱冠擢进士第,累转咸阳尉。裴行俭引管书记,延载中,历凤阁舍人、检校侍郎。证圣元年,出为集州刺史,俄召拜天官侍郎。圣历初,迁凤阁侍郎同凤阁鸾台三品,前后居相位数载,多识台阁故事。神龙时,坐张易之党贬眉州刺史,还为益州长史卒。集十五卷,今编诗一卷。

### 初春行宫侍一作曲宴应制 得天字

温液吐涓涓,跳波急应弦。簪裾承睿赏,花柳发韶年。圣酒千钟洽,宸章七曜悬。微臣从此醉,还似梦钧天。

### 单于川对雨二首

崇朝遘行雨,薄晚屯密云。缘阶起素沫,竟水聚圆文。河柳低未举,山花落已芬。清尊久不荐,淹留遂待君。

飞雨欲迎旬,浮云已送春。还从濯枝后,来应洗兵辰。气合龙祠外,声过鲸海滨。伐邢知有属,已见静边尘。

## 正月十五夜 一作上元

火树银花合，星桥铁锁开。暗尘随马去，明月逐人来。游伎一作骑皆秾李，行歌尽落梅。金吾不禁夜，玉漏莫相一作频催。

## 咏　雾

氤氲起洞壑，遥裔匝平畴。乍似含龙剑，还疑映蜃楼。拂林随雨密，度径带烟浮。方谢公超步，终从彦辅游。

## 咏　虹

纡馀带星渚，窈窕架天浔。空因壮士见，还共美人沉。逸照一作远势含良玉，神花藻瑞金。独留长剑彩，终一作空负昔贤一作时心。

## 咏　霜

金祇暮律尽，玉女暝氛一作气归。孕冷随钟彻，飘华逐剑飞。带日浮寒影，乘风进晚一作尽晓威。自有贞筠质，宁将庶一作众草腓。

## 咏　井

玲珑映玉槛，澄澈泻银床。流声集孔雀，带影出羵羊。桐落秋蛙散，桃舒春锦芳。帝力终何有，机心庶此忘。

## 咏　石

济北甄神贶，河西濯一作瑞锦文。声应天池雨，影触岱宗一作山云。燕归犹一作真可候，羊起自成群。何当握灵髓，高枕绝嚣氛。

## 奉和受图温洛应制

绿绮膺河检,清坛俯洛滨。天旋俄制跸,孝享属严禋。陟配光三祖,怀柔泊百神。雾开中道日,雪敛属车尘。预奉咸英奏,长歌亿万春。

## 使岭南一作在广州闻崔马二御史并拜台郎

振鹭齐一作才飞日,迁莺远听闻。明光共待漏,清鉴一作览各披云。喜得廊庙举,嗟为台阁分。故林怀柏悦一作梓,新幄一作握阻兰薰。冠去神羊影,车迎一作连瑞雉群。远从一作独怜南斗外,遥一作空仰列星文。

## 赠封御史入台

故事推三独,兹辰对两闱。夕鸦共鸣舞,屈草接芳菲。盛府持清一作提青橐,殊章动绣衣。风连台阁起,霜就简书飞。凛凛当朝色,行行满路威。惟当击隼去,复睹落雕归。

## 始背洛城秋郊瞩目奉怀台中诸侍御

薄游忝霜署,直指戒冰心。荔浦方南纪,蘅皋暂北临。山晴关塞断,川暮广城阴。场圃通圭甸,沟塍碍石林。野童来捃拾,田叟去讴吟。蟋蟀秋风起,蒹葭晚露深。帝城犹郁郁,征传几骎骎。回忆披书地,劳歌谢所钦。

## 九江口南济北接蕲春南与浔阳岸

江路一悠哉,滔滔九派来。远潭昏似雾,前浦沸成雷。鳞介多潜育,渔商几溯洄。风摇蜀柿一作叶下,日照楚萍开。近濑溢城曲,斜吹蠡泽隈。锡龟犹入贡,浮兽罢为灾。津吏挥桡疾,邮童整传催。
归心讵可问,为视落潮回。

## 和武三思于天中寺寻复礼上人之作

藩戚三雍暇,禅居二室隈。忽闻从桂苑,移步践花台。敏学推多
艺,高谈属辩才。是非宁滞著,空有掠嫌猜。五行一作衍幽机畅,三
蕃妙键开。味同甘露洒,香似逆风来。砌古留方石,池清辨烧灰。
人寻鹤洲返,月逐虎谿回。企躅瞻飞盖,攀游想渡杯。愿陪为善
乐,从此去尘埃。

## 嵩山石淙侍宴应制

雕舆藻卫拥千官,仙洞灵谿访九丹。隐暖源花迷近路,参差岭竹扫
危坛。重崖对耸霞文驳,瀑水交飞雨气寒。天洛宸襟有馀兴,裴回
周 瞩驻归銮。

# 全唐诗卷六六

## 郭 震

郭震，字元振，魏州贵乡人。以字显。少有大志，十八举进士，为通泉尉。任侠使气，拨去小节，尝盗铸及掠卖部中口千馀，以饷遗宾客。武后召欲诘，既与语，奇之；索所为文章，上《宝剑篇》。后览嘉叹。授右武卫铠曹参军，进奉宸监丞。久之，拜凉州都督。中宗神龙中，迁左骁卫将军、安西大都护。睿宗立，召为太仆卿。景云二年，进同中书门下三品。先天元年，为朔方军大总管。明年，以兵部尚书复同中书门下三品，封代国公。明皇讲武骊山，以军容不整，流新州。开元元年，起为饶州司马，道病卒。集二十卷，今编诗一卷。

### 古剑篇 一作宝剑篇

君不见昆吾铁冶飞炎烟，红光紫气俱赫然。良工锻炼凡一作经几年，铸得宝剑名龙泉。龙泉颜色如霜雪，良工咨嗟叹奇绝。琉璃玉匣吐莲花，错镂金环映一作生明月。正逢天下无风尘，幸得周一作用防君子身。精光黯黯青蛇色，文章片片绿龟鳞。非直结交游侠子，亦曾一作常亲近英雄人。何言中路遭弃捐，零落漂一作飘沦古狱边。虽复尘埋无所用，犹能夜夜气冲天。

# 塞　上

塞外虏尘飞,频年出武威。死生随玉剑,辛苦向金微。久戍人将<small>一作偏</small>老,长征马不肥。仍闻酒泉郡,已合数重围。

# 寄刘校书

俗吏三年何足论,每将荣辱在朝昏。才微易向风尘老,身贱难酬知己恩。御苑残莺啼落日,黄山细雨湿归轩。回首<small>一作望</small>汉家丞相府,昨来谁得扫重门。

# 同徐员外除太子舍人寓直之作

太子擅元良,宫臣命伟长。除荣辞会府,直宿总书坊。露湿幽岩桂,风吹便坐桑。阁连云一色,池带月重光。叶死兰无气,荷枯水不香。遥闻秋兴作,言是晋中郎。

# 春　江　曲

江水春沉沉,上有双竹林。竹叶坏水色,郎亦坏人心。

# 王昭君三首

自嫁单于国,长衔汉掖悲。容颜日憔悴,有甚画图时。
厌践冰霜域,嗟为边塞人。思从漠<small>一作汉</small>南猎,一见汉家尘。
闻有南河信<small>一作闻道河南使</small>,传言杀画师。始知君念<small>一作惠</small>重,更肯惜<small>一作遣画</small>蛾眉。

# 子夜四时歌六首

### 春 歌

陌头杨柳枝，已被春风吹。妾心正断绝，君怀那得知。
青楼含日光，绿池起风色。赠子同心花，殷勤此何极。

### 秋 歌

邀欢空伫立，望美频回顾。何时复采菱，江中密相遇。
辟恶茱萸囊，延年菊花酒。与子结绸缪，丹心此何有。

### 冬 歌

北极严气升，南至温风谢。调丝竞短歌，拂枕怜长夜。
帏横双翡翠，被卷两鸳鸯。婉一作娇态不自得，宛转君王床。

# 二月乐游诗

二月芳游始，开轩望晓池。绿兰日吐叶，红蕊向盈枝。柳色行将
改，君心幸莫移。阳春遽多意，唯愿两人知。

# 十月乐游诗

十月严阴盛，霜气下玉台。罗衣羞自解，绮帐待君开。银箭更筹
缓，金炉香气来。愁仍夜未几，已使炭成灰。

# 萤

秋风凛凛月依依，飞过高梧影里时。暗处若教同众类，世间争得有
人知。

# 蝉

愁杀离家未达人，一声声到枕前闻。苦吟莫向朱门里，满耳笙歌不
听君。

## 云

聚散虚空去复还，野人闲处倚笻看。不知身是一作外无根物，蔽月遮星作万端。

## 野　井

纵无汲引味清澄，冷浸寒空月一轮。凿处若教当要路，为君常济往来人。

## 米　囊　花

开花空道胜于草，结实何曾济得民。却笑野田禾与黍，不闻弦管过青春。

## 惜　花

艳拂衣襟蕊拂杯，绕枝闲共蝶徘徊。春风满目还惆怅，半欲离披半未开。

## 莲　花

脸腻香薰似有情，世间何物比轻盈。湘妃雨后来池看，碧玉盘中弄水晶。

# 全唐诗卷六七

## 田游岩

田游岩,京兆三原人。初补太学生,罢归,遍游山水。后入箕山,筑室许由庙东,自号许由东邻。调露中,高宗游嵩山,亲至其门,游岩山衣田冠出拜,帝令左右扶止之。谓曰:"先生养道山中,比得佳否?"对曰:"臣泉石膏肓,烟霞痼疾,既逢圣代,幸得逍遥。"敕乘传赴都,授崇文馆学士,进太子洗马。垂拱中,坐与裴炎善放还山。蚕衣耕食,不交当世,惟与韩法昭、宋之问为方外友。诗一首。

### 弘农清岩曲有磐石可坐
### 宋十一每拂拭待余寄诗赠之

信彼称灵石,居然狎遁栖。裴回承翠巘,斌驳带深谿。夕阴起层岫,清景半虹霓。风来应啸阮,波动可琴嵇。仆也颍阳客,望彼空思齐。傥见山人至,簪蒿且杖藜。

## 王无竞

王无竞,字仲烈。东莱人。气豪纵,举下笔成章科。初授县尉,累迁殿中御史,预修《三教珠英》。神龙初,出为苏州司马,后坐交张易之等再贬岭南。诗五首。

# 和宋之问下一作嵩山歌

日云暮兮下嵩山,路连绵兮树一作松石间。出谷口兮见明月,心裴
回兮不能还。

# 北 使 长 城

秦世筑长城,长城无极已。暴兵四十万,兴工九千里。死人如乱
麻,白骨相撑委。殚弊未云悟,穷毒岂知止。胡尘未北灭,楚兵遽
东起。六国复嚣嚣,两龙斗鼙鼙。卯金竟握谶,反璧俄沦祀。仁义
寝邦国,狙暴行终始。一旦咸阳宫,翻为汉朝市。

# 凤 台 曲

凤台何逶迤,嬴女管参差。一旦彩云至,身去无还期。遗曲此台
上,世人多学吹。一吹一落泪,至今怜玉姿。

# 铜 雀 台

北登铜雀上,西望青松郭。缥帐空苍苍,陵田纷漠漠。平生事已
变,歌吹宛犹昨。长袖拂玉尘,遗情结罗幕。妾怨在朝露,君恩岂
中薄。高台奏曲终,曲终泪横落。

# 巫 山一作宋之问诗

神女向高唐,巫山下夕阳。裴回行作雨,婉娈逐荆王。电影江前
落,雷声峡外长。朝一作霁云无处所,台馆晓苍苍。

# 贾 曾

贾曾，河南洛阳人，以孝闻。景云中吏部员外郎，明皇在东宫，盛择宫僚，以曾为太子舍人，直言启谏，特授中书舍人。以父名忠，固辞，拜谏议大夫。开元中，复拜中书，议者以为曹司嫌名，乃就职。与苏晋同掌制诰，时号苏贾。诗五首。

## 和宋之问下山歌

良游晼晚兮月呈光一作成红，锦路逶迤兮山路长。王孙不留兮岁将晏，嵩岩仙草兮为谁芳。

## 孝和皇帝挽歌

新命千龄启，鸿图累圣馀。天行应潜跃一作曜，帝出受图书。礼若传尧旧，功疑复夏初。梦游长不返，何国是华胥。

## 奉和春日出苑瞩目应令 时为太子舍人，使在东都作。

铜龙一作彤闱晓辟问安回，金辂春游博望开。渭北一作水晴光摇草树，终南佳气入楼台。招贤已得一作从商山老，托乘还征邺下才。臣在东周独留滞，忻逢一作叨承睿藻日边来。

## 有 所 思

洛阳城东桃李花，飞来飞去落谁家。幽闺女儿爱颜色，坐见落花长叹息。今岁花开君不待。明年花开复谁在。故人不共洛阳东，今来空对落花风。年年岁岁花相似，岁岁年年人不同。

## 祭汾阴乐章

蠲我渐馈,洁我背芟。有豆孔硕,为羞既臧。至诚无昧,精意惟芳。神其醉止,欣欣乐康。

# 李　夔

李夔,武后时为汴州司户。诗一首。

## 使至汴州喜逢宋之问 一无使至二字

阮籍蓬池上,孤韵竹林才。巨源从吏道,正拥使车来。相逢且交臂,相命且衔杯。醉后长歌毕,馀声绕吹台。

# 崔玄童

崔玄童,景云时人。诗一首。

## 祭汾阴乐章

聿修严配,展事禋宗。祥符宝鼎,礼备黄琮。祝词以信,明德惟聪。介兹景福,永永无穷。

# 何　鸾

何鸾,景云时人。诗一首。

## 祭汾阴乐章

乐奏云阕,礼章载虔。禋宗于地,昭假于天。惟馨荐矣,既醉歆焉。
神之降福,永永万年。

# 蒋 挺

蒋挺,景云时人。诗一首。

## 祭汾阴乐章

维岁之吉,维辰之良。圣君绂冕,肃事坛场。大礼已备,大乐斯张。
神其醉止,降福无疆。

# 全唐诗卷六八

## 崔 融

崔融,字安成,齐州全节人。擢八科高第,补宫门丞,迁崇文馆学士。中宗为太子时,融为侍读,典东朝章疏。长安中,授著作佐郎,迁右史,进凤阁舍人。坐附张易之兄弟贬袁州刺史,寻召拜国子司业。融为文华婉典丽,朝廷诸大手笔多手敕委之。卒,谥曰文。集六十卷,今编诗一卷。

### 关 山 月

月生西海上,气逐边风壮。万里度一作照关山,苍茫非一状。汉兵开郡国,胡马窥亭障。夜夜闻悲笳,征人起南望。

### 拟 古

饮马临浊河,浊河深不测。河水日东注,河源乃西极。思君正如此,谁为生羽翼。日夕大川阴,云霞千里色。所思在何处,宛在机中织。离梦当有魂,愁容定无力。凤龄负奇志,中夜三一作多叹息。拔剑斩长榆,弯弓射小棘。班张固非拟,卫霍行可即。寄谢闺中人,努力加飱食。

# 西征军行遇风

北风卷尘沙，左右不相识。飒飒吹万里，昏昏同一色。马烦莫敢进，人急一作急未遑食。草木春更悲，天景昼相匿。凤龄慕忠义一作勇，雅尚存孤直。览史怀浸骄，读诗叹孔棘。及兹戎旅地，忝从书记职。兵气腾北荒，军声振一作重西极。坐觉威灵远，行看氛祲息。愚臣何以报，倚马申微力。

# 塞垣行 一作崔湜诗

疾风卷溟海，万里扬沙砾。仰望不见天，昏昏竟朝夕。是时军两进，东拒复西敌。蔽山张旗鼓，间道潜锋镝。精骑突晓围，奇兵袭暗壁。十月边塞寒。四山沍阴积。雨雪雁南飞，风尘景西迫。昔我事讨论，未尝怠经籍。一朝弃笔砚，十年操矛戟。岂要黄河誓，须勒燕山石。可嗟牧羊臣，海外久为客。

# 登东阳沈隐侯八咏楼 第三句缺一字

旦登西北楼，楼峻石墉厚。宛生长定□，俯压三江口。排阶衔鸟衡，交疏过牛斗。左右会稽镇，出入具区薮。越岩森其前，浙江漫其后。此地实东阳，由来山水乡。隐侯有遗咏，落简尚馀芳。具物昔未改，斯人今已亡。粤余忝藩左，束发事文场。怅不见夫子，神期遥相望。

# 从　军　行

穹庐杂种乱金方，武将神兵下玉堂。天子旌旗过细柳，匈奴运数尽枯杨。关头落月横西岭，塞下凝云断北荒。漠漠边尘飞众鸟，昏昏朔气聚群羊。依稀蜀杖迷新竹，仿佛胡床识故桑。临海旧来闻骠骑,寻河本自有中郎。坐看战壁为平土,近待军营作破羌。

## 和宋之问寒食题黄梅临江驿

春分自淮北,寒食渡江南。忽见浔阳水,疑是宋家潭。明主阍难叫,孤臣逐未堪。遥思故园陌,桃李正醄醄。

## 留别杜审言并呈洛中旧游

斑鬓今为别,红颜昨共游。年年春不待,处处酒相留。驻马西桥上,回车南陌头。故人从此隔,风月坐悠悠。

## 咏　宝　剑

宝剑出昆吾,龟龙夹采珠。五精初献术,千户竞沦一作论都。匣气冲牛斗,山形转辘轳。欲知天下贵,持此问一作谢风胡。

## 吴中好风景

洛渚问吴潮,吴门想洛桥。夕烟杨柳岸,春水木兰桡。城邑高楼近,星辰北斗遥。无因生羽翼,轻举托还飙。

## 则天皇后挽歌二首

宵陈虚禁夜,夕临空山阴。日月昏尺景,天地惨何心。紫殿金铺涩,黄陵玉座深。镜奁长不启,圣主泪沾巾。
前殿临朝罢,长陵合葬归。山川不可望,文物尽成非。阴月霾中道,轩星落太微。空馀天子孝,松上景云飞。

## 户部尚书崔公挽歌

八座图书委,三台章奏盈。举杯常有劝,曳履忽无声。市若荆州罢，池如薛县平。空馀济南一作南斗剑，天子署高名。

## 韦长史挽词

日落桑榆下，寒生松柏中。冥冥多苦雾，切切有悲风。京兆新阡辟
一作阓，一作合，扶阳甲第空。郭门从此去，荆棘渐蒙笼。

## 和梁王众传张光禄是王子晋后身

闻有冲天客，披云下帝畿。三年上宾去，千载忽来归。昔偶一作遇
浮丘伯，今同丁令威。中郎才貌是，柱一作藏史姓名非。祗召趋龙
阙，承恩拜虎闱。丹成金鼎献，酒至玉杯挥。天仗分旄节，朝容间
羽衣。旧坛一作宫何处所，新庙坐光辉。汉主存仙要，淮南爱道机。
朝朝缑氏鹤，长向洛城飞。

## 哭蒋詹事俨

江上有长离，从容盛羽仪。一鸣百兽舞，一举群一作众鸟随。应我
圣明代，巢君阿阁垂。钩陈侍帷扆，环卫奉旌麾。雅量沧海纳，完
才庙廊施。养亲光孝道，事主竭忠规。贞节既已固，殊荣良不訾。
朝游云汉省，夕宴芙蓉池。汲黯言当直，陈平智本奇。功成喜身
退，时往惜年驰。镇国山基毁，中天柱石颓。将军空有颂，刺史独
留碑。芜漫藏书壁，荒凉悬剑枝。昔余参下位，数载忝牵羁。置榻
恩逾重，迎门礼自卑。竹林常接兴，黍谷每逢吹。逸翰金相发，清
谈玉柄挥。不轻文举少，深叹子云疲。遗爱犹如在，残编尚可窥。
即今流水曲，何处俗人知。

## 嵩山石淙侍宴应制

洞口仙岩类削成，泉香石冷昼含清。龙旗画月中天下，凤管披云此

地迎。树作帷屏阳景翳,芝如宫阙夏凉生。今朝出豫临悬圃,明日陪游向赤城。

## 塞上一作北寄内

旅魂惊塞北,归望断河西。春风若可寄,暂为绕兰闺。

# 全唐诗卷六九

## 阎朝隐

　　阎朝隐,字友倩,赵州栾城人。连中进士、孝弟廉让科。性滑稽,属辞奇诡,为武后所赏。累迁给事中,预修《三教珠英》。圣历中,转麟台少监,坐附张易之徙岭外。景龙时,还为著作郎。先天中,除秘书少监,后贬通州别驾。诗十三首。

### 侍从途中口号应制

疵贱出山东,忠贞任土风。因敷河朔藻,得奉洛阳宫。一顾侍御史,再顾给事中。常愿粉肌骨,特答造化功。

### 奉和圣制夏日游石淙山

金台隐隐陵黄道,玉辇亭亭下绛雾。千种冈峦千种树,一重岩壑一重云。花落风吹红的历,藤垂日晃绿蓝蓝。五百里内贤人聚,愿陪闾阖侍天文。

### 鹦鹉猫儿篇　并序

　　鹦鹉,慧鸟也;猫,不仁兽也。飞翔其背焉,喈啄其颐焉。攀之缘之,蹈之履之,弄之藉之,跄跄然此为自得。彼亦以为自得,畏者无所起其畏,忍者无所行其忍,抑血属旧故之不若。臣叨践太子舍人,朝暮侍

从,预见其事。圣上方以礼乐文章为功业,朝野欢娱。强梁充斥之辈,
愿为臣妾,稽颡阙下者日万计。寻而天下一统,实以为惠可以伏不惠,
仁可以伏不仁,亦太平非常之明证。事恐久远,风雅所缺,再拜稽首为
之篇。

霹雳引,丰隆鸣,猛兽噎气蛇吼声。鹦鹉鸟,同资造化兮殊粹精。
鹓鶒毛,翡翠翼。鸧鸹延颈,鹍鸡弄色。鹦鹉鸟,同禀阴阳兮异埏
埴。彼何为兮,隐隐振振;此何为兮,绿衣翠襟。彼何为兮,窘窘蠢
蠢;此何为兮,好貌好音。彷彷兮徉徉,似妖姬蹁步兮动罗裳;趋趋
兮跄跄,若处子回眸兮登玉堂。爰有兽也,安其忍,猲其胁,距其
胸,与之放旷浪浪兮,从从容容。钩爪锯牙也,宵行昼伏无以当。
遇之兮忘味,抟击腾掷也,朝飞暮噪无以拒,逢之兮屏气。由是言
之,贪残薄则智慧作,贪残临之兮不复攫;由是言之,智慧周则贪残
囚,智慧犯之兮不复忧。菲形陋质虽贱微,皇王顾遇长光辉。离宫
别馆临朝市,妙舞繁弦杂宫徵。嘉喜堂前景福内,合一作和欢殿上
明光里。云母屏风文彩合,流苏斗帐香烟起,承恩宴盼接宴喜。高
视七头金骆驼,平怀五尺铜狮子。国有君兮国有臣,君为主兮臣为
宾。朝有贤兮朝有德,贤为君兮德为饰,千年万岁兮心转忆。

## 三日曲水侍宴应制

三月重三日,千春续万春。圣泽如东海,天文似北辰。荷叶珠盘
净,莲花宝盖新。陛下制万国,臣作水心人。

## 奉和九日幸临渭亭登高应制得筵字

九九侍神仙,高高坐半天。文章二曜动,气色五星连。簪绂趋皇
极,笙歌接御筵。愿因茱菊酒,相守百千年。

## 奉和送金城公主适西蕃应制

甥舅重亲地，君臣厚义乡。还将贵公主，嫁与耨檀一作耨毡王。卤簿山河一作川暗一作阔，琵琶一作胡琴道路长。回瞻父母国，日出在东方。

## 奉和立春游苑迎春应制

管籥周移寰极里，乘舆望幸斗城闉。草根未结青丝缕，萝茑犹垂绿帔巾。鹊入巢中言改岁，燕衔书上道宜新。愿得长绳系取日，光临天子万年春。

## 奉和圣制春日幸望春宫应制

句芒人面乘两一作两乘龙，道是春神卫九重。彩胜年年逢七日，酴醿岁岁满千钟。宫梅间雪祥光遍，城柳含烟淑一作瑞气浓。醉倒君前情未尽，愿因歌舞自为容。

## 夜宴安乐公主新宅

凤皇鸣舞乐昌年，蜡炬开花夜管弦。半醉徐击珊瑚树，已闻钟漏晓声传。

## 饯唐永昌

洛阳难理若棼丝，椎破连环定不疑。鹦鹉休言秦地乐一作鸟道长安乐，回头一作首一顾一相思。

## 明月歌

梅花雪白柳叶黄，云雾四起月苍苍。箭水泠泠刻漏长。挥玉指，拂罗裳,为君一奏楚明光。

## 采 莲 女

采莲女,采莲舟,春日春江碧水流。莲衣承玉钏,莲刺罥银钩。薄
暮敛容歌一曲,氛氲香气满汀洲。

## 奉和登骊山应制

龙行踏绛气,天半语相闻。混沌疑初判,洪荒若始分。

# 韦元旦

　　韦元旦,京兆万年人。擢进士第,补东阿尉,迁左台监察
御史。与张易之为姻属。易之败,贬感义尉。后复进用,终中
书舍人。诗十首。

## 奉和九日幸临渭亭登高应制得月字

云物开千里,天行乘九月。丝言丹凤池,旆转苍龙阙。灞水欢娱
地,秦京游侠窟。欣承解愠词,圣酒黄花发。

## 奉和送金城公主适西蕃应制

柔远安夷俗,和亲重汉年。军容旄节送,国命锦车传。琴曲悲千
里,箫声恋九天。唯应西海月,来就掌珠圆。

## 饯唐州高使君赴任

桐柏膺新命,芝兰惜旧游。鸣皋夜鹤在,迁木早莺求。传拥淮源
路,尊空灞水流。落花纷送远,春色引离忧。

# 早　朝

震维芳月季,宸极众星尊。珮玉朝三陛,鸣珂度一作过九门。挈壶分早漏,伏槛耀初暾。北倚苍龙阙,西临紫凤垣。词庭草欲奏一作虽视,温室树无言。鳞翰空为忝,长怀圣主恩。

## 奉和立春游苑迎春应制

灞涘长安恒一作常近日,殷正腊月早迎新。池鱼戏叶仍含冻,宫女裁花已作春。向苑云疑承翠幄,入林风若起青𬞟。年年斗柄东无限,愿捉琼觞寿北辰。

## 奉和圣制春日幸望春宫应制

九重楼阁半山霞一作斜,四望韶阳春未赊。侍跸妍歌临灞涘,留觞艳舞出京华。危竿一作萍竞捧中街日,戏马一作岛争衔上苑花。景色欢娱长若此,承恩不醉不还家。

## 奉和人日宴大明宫恩赐彩缕人胜应制

鸾凤旌旗拂晓一作晓夕陈,鱼龙角牴大明辰一作晨。青韶既肇人为日,绮胜初成日作人。圣藻凌云裁柏赋,仙歌促宴摘梅春。垂旒一庆宜年酒,朝野俱欢荐寿新。

## 奉和幸安乐公主山庄应制

银河南渚帝城隅,帝辇平明出九衢。刻凤蟠螭凌桂邸,穿池叠一作构石写蓬壶。琼箫暂下钧天乐,绮缀长悬明月珠。仙榜承恩争既醉,方知朝野更欢娱。

## 兴庆池侍宴应制

沧池漭沆帝城边,殊胜昆明凿汉年。夹岸旌旗疏辇一作远道,中流
箫鼓振楼船。云峰四起迎宸幄,水一作宝树千重入御筵。宴乐已深
鱼藻咏,承恩更欲奏甘泉。

## 夜宴安乐公主宅

主第新成银作榜,宾筵广宴玉为楼。壶觞既卜仙人夜,歌舞宜停织
女秋。

# 邵　升

邵升,中宗时人。诗一首。

## 奉和初春幸一下有临字太平公主南庄应制

沁园佳丽夺蓬瀛,翠壁红泉绕上京。二圣忽从鸾殿幸,双仙正下凤
楼迎。花含步辇空间出,树杂帷宫画里行。无路乘槎窥汉渚,徒知
访卜就君平。

# 唐远悊

唐远悊,中宗时人。诗一首。

## 奉和送金城公主适西蕃应制

皇恩眷下人,割爱远和亲。少女风游兑,姮娥月去秦。龙笛迎金

榜,骊歌送锦轮。那堪桃李色,移向虏庭春。

# 全唐诗卷七○

## 李　適

李適,字子至,京兆万年人。擢进士第,调猗氏尉。武后时,预修《三教珠英》,迁户部员外郎,兼修书学士。景龙初,擢修文馆学士。睿宗朝,终工部侍郎。诗一卷。

### 汾阴后土祠作

昔予读旧史,遍睹汉世君。武皇实稽古,建兹百代勋。号令垂懋典,旧经备阙文。西巡历九嶷,舳舻被江滨。勒兵十八万,旌旗何纷纷。谒来茂陵下,英声不复闻。我行岁方晏,极望山河分。神光终冥漠,鼎气独氛氲。揽涕步脽上,登高见彼汾。雄图今安在,飞飞有白云。

### 答宋十一崖口五渡见赠

闻君访远山,跻险造幽绝。眇然青云境,观奇弥年月。登岭亦溯溪,孤舟事沿越。嵚嵂传彩翠,崖磴互攲缺。石林上攒丛,金涧下明灭。扪壁窥丹井,梯苔瞰乳穴。忽枉岩中赠,对玩未尝辍。殷勤独往事,委曲炼药说。邀余名山期,从尔泛海滢。岁晏秉宿心,斯言非徒设。

# 饯许州宋司马赴任

昔吾游箕山,褐来涉颍水。复有许由庙,迢迢白云里。闻君佐繁昌,临风怅怀此。傥到平舆泉,寄谢干将里。

## 奉和圣制九日侍宴应制得高字

禁苑秋光入,宸游霁色高。茱房颁彩笴,菊蕊荐香醪。后骑萦堤柳,前旌拂御桃。王枚俱得从,浅浅愧飞毫。

## 游禁苑幸临渭亭遇雪应制

长乐喜春归,披香瑞一作爱雪霏。花从银阁度,絮绕玉窗飞。写曜衔天藻,呈祥拂御衣。上林纷可望,无处不光辉。

## 奉和九日登慈恩寺浮图应制

凤辇乘朝霁,鹦林对晚秋。天文贝叶写,圣泽菊花浮。塔似神功造,龛疑佛影留。幸陪清汉跸,欣奉净居游。

## 侍宴长宁公主东庄应制

凤楼纡睿幸,龙舸畅宸襟。歌舞平阳第,园亭沁水林。山花添圣酒,涧竹绕熏琴。愿奉瑶池驾,千春侍德音。

## 奉和送金城公主适西蕃应制

绛河从远聘,青海赴和亲。月作临边晓,花为度陇春。主歌悲顾鹤,帝策重安人。独有琼箫去一作处,悠悠思锦轮。

## 安乐公主移入新宅

星桥他日创，仙榜此时开。马向铺钱埒，箫闻奏玉台。人疑卫叔美，客似长卿才。借问游天使，谁能取石回。

## 奉和幸望春宫送朔方军大总管张仁亶

地限骄南牧，天临饯北征。解衣延宠命，横剑总威名。豹略恭宸旨，雄文动睿情。坐观膜拜入，朝夕受降城。

## 人日宴大明宫恩赐彩缕人胜应制

朱城待凤韶年一作华至，碧殿疏一作蟠，又作乘。龙淑气来。宝帐金屏人已帖，图花学鸟胜初裁。林香近接宜春苑，山翠遥添献寿杯。向夕凭高风景一作日丽，天文垂耀象昭回。

## 奉和春日幸望春宫应制

玉辇金舆天上来，花园四望锦屏开。轻丝半拂朱门一作城柳，细缬全披画阁梅。舞蝶飞一作分行飘御席，〔歌莺〕(莺歌)度曲绕仙杯。圣词今日光辉满，汉主秋风莫道才。

## 奉和立春游苑迎春

金舆翠辇迎嘉节，御苑仙宫待献春。淑气初衔梅色浅，条风半拂柳墙新。天杯庆寿齐南岳，圣藻光辉动北辰。稍觉披香歌吹近，龙骖日暮下城闉。

## 帝幸兴庆池戏竞渡应制

拂露金舆丹旆转，凌晨黼帐碧池开。南山倒影从云落，北涧摇光写

溜一作浪回。急桨一作舸争标排荇度,轻帆截浦触荷来。横汾宴镐
欢无极,歌舞年年圣寿杯。

## 侍宴安乐公主庄应制

平阳金榜凤皇楼,沁水银河鹦鹉洲。彩仗遥临丹壑里,仙舆暂幸绿
亭幽。前池锦石一作幔莲花艳,后岭香炉桂蕊秋。贵主称觞万年
寿,还轻汉武济汾游。

## 侍宴安乐公主新宅应制

银河半倚凤皇台,玉酒相传鹦鹉杯。若见君平须借问,仙槎一去几
时来。

## 饯唐永昌赴任东都 自尚书郎为令

闻道飞凫向洛阳,翩翩矫翮度文昌。因声寄意三花树,少室岩前几
过香。有田在少室,不见十年矣。

# 全唐诗卷七一

## 刘　宪

　　刘宪,字元度,宋州宁陵人。弱冠擢进士第,累迁左台监察御史,贬溧水令。召为凤阁舍人。神龙初,自吏部侍郎出刺渝州。寻入为修文馆学士,历太子詹事卒。武后时,敕吏部糊名考判求高才,惟宪与王适、司马锽、梁载言入第二等。集三十卷,今编诗一卷。

### 奉和圣制立春日侍宴内殿出剪彩花应制

上林宫馆好一作里,春光一作心独早知。剪花疑始发,刻燕似新窥。色浓轻雪点,香浅嫩风吹。此日叨陪侍,恩荣得数枝。

### 奉和人日清晖阁宴群臣遇雪应制

舆辇乘人日,登临上凤京。风寻歌曲飏,雪向舞行紫。千官随兴合,万福与时一作春并。承恩长若此,微贱幸升平。

### 奉和七夕宴两仪殿应制

秋吹过双阙,星仙动二灵。更深移月镜,河浅度云軿。殿上呼一作征方朔,人间失一作识武丁。天文兹夜里,光映紫微庭。

## 奉和九月九日圣制登慈恩寺浮图应制

飞一作香塔云一作层霄半，清晨羽斾游一作仙镳净境游。登临凭季月，寥廓见中州。御酒新寒退，天文瑞景留一作宝气浮。辟一作却邪将献寿，兹日奉千秋。

## 闰九月九日幸总持寺登浮图应制

重阳登闰序，上界叶时巡。驻辇天花落，开筵妓乐陈。城端刹柱见，云表露盘新。临睨光辉满，飞文动睿神。

## 侍宴长宁公主东庄

公主林亭地，清晨降玉舆。画桥飞渡水，仙阁涌临一作凌虚。晴新看蛱蝶，夏早摘芙蕖。文酒娱游盛，忻叨侍从馀。

## 奉和送金城公主入西蕃应制

外馆逾河右，行营指路岐。和亲悲远嫁，忍爱泣将离。旌斾羌风引，轩车汉月随。那堪马上曲，时向管中吹。

## 奉和圣制登骊山高顶寓目应制

骊阜镇皇都，銮游眺八区。原隰旌门里，风云宸座隅。直城如斗柄，官树似星榆。从臣词赋末，滥得上天衢。

## 奉和幸白鹿观应制

玄游乘落晖，仙宇蔼霏微。石梁萦涧转，珠斾扫坛飞。芝童荐膏液，松鹤舞骖騑。还似瑶池上，歌成周驭归。

# 折　杨　柳

沙塞三河道,金闺二月春。碧烟杨柳色,红粉绮罗人。露叶怜啼脸,风花思舞巾。攀持君不见,为听曲中新。

## 奉和立春日内出彩花树应制 一作人日大明宫应制

禁苑韶年一作华,又作光。此日归,东郊道上转青旂。柳色梅芳何处所,风前雪里觅芳菲。开冰池内鱼新一作初跃,剪彩花间燕始飞。欲识王游布阳气,为观天藻竞春晖。

## 奉和春日幸望春宫应制

暮春春色最便妍,苑里花开列御筵。商一作南山积翠临城起,浐水浮光共幕连。莺藏嫩叶歌相唤,蝶碍芳丛舞不前。欢娱节物今如此,愿奉宸游亿万年。

## 奉和幸安乐公主山庄应制

主家别墅帝城隈,无劳海上觅蓬莱。沓石一作嶂悬流平地起,危楼曲阁半天开。庭莎作荐舞行出,浦树相将一作障歌棹回。此日风光与形胜,只言作伴圣词来。

## 兴庆池侍宴应制

苍龙阙下天泉池,轩驾来游箫管吹。缘堤夏筱萦不散,冒水新荷卷复披。帐殿疑从画里出,楼船直在镜中移。自然东海神仙处,何用西昆辙迹疲。

## 奉和幸大荐福寺应制

地灵传景福，天驾俨钩陈。佳哉藩邸旧，赫矣梵宫新。香塔鱼山下，禅堂雁水滨。珠幡映白日，镜殿写青春。甚欢延故吏，大觉拯生人。幸承歌颂末，长奉属车尘。

## 奉和幸三会寺应制

岧峣仓史台，敞朗绀园开。戒旦壶人集一作警，翻霜羽骑来。下辇登三袭，褰旒望九垓。林披馆陶榜，水浸昆明灰。网户飞花缀，幡竿度鸟回。豫游仙唱动，潇洒出尘埃。

## 奉和幸长安故城未央宫应制

汉宫千祀外，轩驾一来游。夷荡长如此，威灵不复留。凭高睿赏发，怀古圣情周。寒向南山敛，春过北渭浮。土功昔云盛，人英今所求，幸听熏风曲，方知霸道羞。

## 奉和幸礼部尚书窦希玠宅
### 应制 一作陪幸五王宅

北斗枢机任，西京肺腑亲。畴昔王门下，今兹御一作制幸辰。恩光山水被，圣作管弦新。绕坐熏红药，当轩暗绿筠。摘荷才早夏，听鸟尚馀春。行漏今徒晚，风烟起观津。

## 奉和圣制幸望春宫送朔方大总管张仁亶

命将择耆年，图功胜必全。光辉万乘饯，威武二庭宣。中衢横鼓角，旷野蔽旌旃。推食天厨至，投醪御酒传。凉风过雁苑，杀气下鸡田。分阃恩何极，临岐动睿篇。

## 奉和幸韦嗣立山庄侍宴应制

东山有谢安，枉道降鸣銮。缇骑分初日，霓旌度晓寒。云蹊岩间下，虹桥涧底盘。幽栖俄以屆，圣瞩宛馀欢一作观。崖悬飞溜直，岸转绿潭宽。桂华尧酒泛，松响舜琴弹。明主恩斯极，贤臣节更殚。不才叨侍从，咏德以濡翰。

## 人日玩雪应制

胜日登临云叶起，芳风摇荡雪花飞。呈一作星晖幸得承金镜，飐彩一作影还将一作持奉玉衣。

## 上巳日祓禊渭滨应制

桃花欲落柳条长，沙头水上足风光。此时御跸来游处，愿奉年年祓禊觞。

## 苑中遇雪应制

龙骖晓入望春宫，正逢春雪舞东一作香风。花光并洒一作在天文上，寒气行一作都消御酒中。

## 夜宴安乐公主新宅

层轩洞户旦新披，度曲飞觞夜不疲。绮缀玲珑河色晓一作绕，珠帘隐映月华窥。

## 奉和圣制幸韦嗣立山庄

非吏非隐晋尚书，一丘一壑降乘舆。天藻缘情两曜合，山厄献寿万年馀。

# 饯 唐 永 昌

始见郎官拜洛阳,旋闻近侍发雕章。绪言已勖期年政,绮字当<sub>一作</sub>
先生满路光。

# 全唐诗卷七二

## 高正臣

高正臣,广平人,襄州刺史、卫尉卿。习右军书法,睿宗最爱其笔。诗二首。

### 晦日置酒林亭

是宴凡二十一人,皆以华字为韵,陈子昂为之序。

正月符嘉节,三春玩物华。忘怀寄尊酒,陶性狎山家。柳翠含烟叶,梅芳带雪花。光阴不相借一作惜,迟迟落景斜。

### 晦日重宴 是宴九人,皆以池字为韵,周彦晖为之序。

芳辰重游衍,乘景共追随。班荆陪旧识,倾盖得新知。水叶分莲沼,风花落柳枝。自符河朔趣,宁羡高阳池。

## 崔知贤

崔知贤,高宗时人。诗三首。

### 晦日宴高氏林亭

上月河阳地,芳辰景物一作望华。绵蛮变时鸟,照曜起春霞。柳摇风处色,梅散日前花。淹留洛城晚,歌吹石崇家。

## 上元夜效小庾体

上元之游,凡六人,皆以春字为韵,长孙正隐为之序。

今夜启城闉,结伴戏芳春。鼓声撩乱动,风光触处新,月下多游骑,
灯前饶看人。欢乐无穷已,歌舞达明晨。

## 三月三日宴王明府

### 山亭 得鱼字　同赋六人,孙慎行为之序。

调露二年,暮春三日,同集于王令公之林亭,申交契也。夫尚平远
迹,寻五药于西山;仲连高蹈,让千金于东海。遗形却立,终希独善之
资;排患解纷,未洽随时之义。岂若天地交泰,朝野欢娱。元巳迨辰,季
阳司月。列芳林而荐赏,控清洛以开筵。追李郭之佳游,嗣裴王之故
事。远近送春日,表里壮皇居。曾幹霞骞,烛城阴于翠鹬;浮梁雾绝,写
川态于文虹。树密如鳞,花繁似霰。鱼纵相忘之乐,莺迁求友之声。景
物载华,心神已至。于是恺佳宴,涤烦襟。沿杯曲水,折巾幽径。流波
度曲,自谐中散之弦;舞蝶成行,无忝季伦之伎。而岁不我与,人生若
浮。挥鲁阳之戈,奔曦可驻;骋山公之骑,馀兴方遒。度志陈诗,式纪良
会。仍探一字,六韵成章。

京洛皇居,芳禊春馀。影媚元巳,和风上除。云开翠帟,水鹜鲜居。
林渚萦映,烟霞卷舒。花飘粉蝶,藻跃文鱼。沿波式宴,其乐只且。

# 席元明

席元明,高宗时人。诗一首。

## 三月三日宴王明府山亭 得郊字

日惟上巳,时亨有巢。中尊引桂,芳筵藉茅。书僮橐笔,膳夫行炰。

烟霏万雉，花明四郊。沼蘋白带，山花紫苞。同人聚饮，千载神交。

# 韩仲宣

韩仲宣，高宗时人。诗四首。

## 晦日宴高氏林亭

欲知行有乐，芳尊对物华。地接安仁县，园是季伦家。柳处云疑一作凝叶，梅间雪似花。日落归途远，留兴一作与伴烟霞。

## 晦 日 重 宴

凤苑先一作光吹晚一作晓，龙楼夕照披。陈遵已投辖，山公正坐一作出池。落日催金奏，飞霞送玉卮。此时陪绮席，不醉欲何为。

## 上元夜效小庾体

他乡月夜一作下人，相伴看灯轮。光随九华出，影共百枝新。歌钟盛北里，车马沸南邻。今宵何处好，惟有洛城春。

## 三月三日宴王明府山亭 得花字

河滨上巳，洛汭春华。碧池涵日，翠罩澄霞。沟垂细柳，岸拥平沙。歌莺响树，舞蝶惊花。云浮宝马，水韵香车。熟记行乐，淹留景斜。

# 周彦昭

周彦昭，高宗时人。诗一首。

## 晦日宴高氏林亭

胜地临鸡浦,高会偶龙池。御柳惊春色,仙筇掩月华。门邀千里驭,杯泛九光霞。日落山亭晚,雷送七香车。

# 高 球

高球,高宗时人。诗二首。

## 晦日宴高氏林亭

温洛年光早,皇州景望华。连镳寻上路,乘兴入山家。轻苔网危石,春水架平沙。赏极林塘暮,处处起烟霞。

## 三月三日宴王〔明〕府山亭 得烟字

洛城春禊,元巳芳年。季伦园里,逸少亭前。曲中举白,谈际生玄。陆离轩盖,凄清管弦。萍疏波荡,柳弱风牵。未淹欢趣,林溪夕烟。

# 弓嗣初

弓嗣初,登咸亨二年进士第一人。诗二首。

## 晦日宴高氏林亭

上序春晖丽,中园物候华。高才盛文雅,逸兴满烟霞。参差金谷树<sub>一作榭</sub>,皎镜碧塘沙。萧散林亭晚,倒载欲还家。

## 晦　日　重　宴

年华蔼芳隰，春溜满新池。促赏依三友，延欢寄一卮。鸟声随管变，<sub>花一作柳</sub>影逐风移。行乐方无极，淹留惜晚曦。

# 高　瑾

　　　　高瑾，渤海人，士廉之孙。登咸亨元年进士第。诗四首。

### 三月三日宴王明府山亭 得哉字

暮春元巳，春服初裁。童冠八九，于洛之隈。河堤草变，巩树花开。逸人谈发，仙御舟来。间关黄鸟，瀺灂丹腮。乐饮命席，优哉悠哉。

### 晦日宴高氏林亭

试入山亭望，言是石崇家。二月风光起，三春桃李华。莺吟上乔木，雁往息平沙。相看会取醉，宁知还路赊。

## 晦　日　重　宴

忽闻莺响谷，于此命相知。正开彭泽酒，来向高阳池。柳叶风前弱，梅花影处危。赏洽林亭晚，落照下参差。

### 上元夜效小庾体

初年三五夜，相知一两人。连镳出巷口，飞毂下池湄。灯光恰似月，人面并如春。遨游终未已，相欢待日轮。

# 王茂时

王茂时，高宗时人。诗一首。

## 晦日宴高氏林亭

践胜一作胜践寻良会，乘春玩物华。还随张放友，来向石崇家。止水分岩镜，闲一作开庭枕浦沙。未极林泉赏，参差落照斜。

# 徐 皓

徐皓，高宗时人。诗一首。

## 晦日宴高氏林亭

绮筵乘暇景，琼醑对年华。门多金埒骑，路引璧人车。蘋早犹藏叶，梅残正落花。蔼蔼林亭晚，馀兴促一作泛流霞。

# 长孙正隐

长孙正隐，高宗时人。诗二首。

## 晦日宴高氏林亭

晦晚属烟霞，遨游重岁华。歌钟虽戚里，林薮是山一作仙家。细雨犹开日，深池不涨沙。淹留迷处所，岩岫几重花。

## 上元夜效小庾体同用春字 并序

　　夫执烛夜游,古人之意,岂不重光阴而好娱乐哉! 且星度如环,昬才周而已袭;月华犹镜,魄哉生而遽圆。忽兮遇春,俄兮临望。重城之扉四辟,车马轰阗;五剧之灯九华,绮罗纷错。兹夕何夕,而遨游之多趣乎! 且九谷帝畿,三川奥域,交风均露。上分朱鸟之躔;溯洛背河,下镇苍龙之阙。多近臣之第宅,即瞰铜街;有贵戚之楼台,自连金穴。美人竞出,锦障如霞;公子交驰,雕鞍似月。同游洛浦,疑寻税马之津;争渡河桥,似向牵牛之渚。实昌年之乐事,令节之佳游者焉。而戒晓严钟,俄喧绮陌;分空落宿,已半朱城。盖陈良夜之欢,共发乘春之藻。仍为庾体,四韵成章,同以春为韵。

薄晚啸游人,车马乱驱尘。月光三五夜,灯焰一重春。烟云迷北阙,箫管识南邻。洛城终不闭,更出小平津。

# 高　绍

　　高绍,考功郎中。诗一首。

## 晦日宴高氏林亭

啸侣入山家,临春玩物华。葛弦调绿水,桂醑酌丹霞。岸柳开新叶,庭梅落早花。兴洽林亭晚,方还倒载车。

# 郎馀令

　　郎馀令,定州新乐人。博学知名,兼善画。擢进士第,授霍王元轨府参军,改著作佐郎。诗一首。

## 晦日宴高氏林亭

三春休晦节，九谷泛年华。半晴馀细雨，全晚澹残霞，尊开疏竹叶，管应落梅花。兴阑相顾起，流水送香车。

# 陈嘉言

陈嘉言，武后时酷吏。诗三首。

## 晦日宴高氏林亭

公子申敬爱，携朋玩物华。人是平阳客，地即石崇家。水文生旧浦，风色满新花。日暮连归骑，长川照晚霞。

## 晦　日　重　宴

高门引一作临冠盖，下客抱支离。绮席珍羞满，文场翰藻摛。蕣华雕上月一作叶，柳色蔼春池。日斜归戚里，连骑勒金羁。

## 上元夜效小庾体

今夜可怜春，河桥多丽人。宝马金为络，香车玉作轮。连手窥一作紫潘掾，分头看洛神。重城自不掩，出向小平津。

# 周彦晖

周彦晖，登咸亨五年进士第。诗二首。

## 晦日宴高氏林亭

砌蓂收晦魄,津柳竞年华。既狎忘筌友,方淹投辖车。绮筵回舞雪,琼醑泛流霞。云低上天晚,丝雨一作竹带风斜。

## 晦 日 重 宴

春华归柳树,俯景落蓂枝。置驿铜街右,开筵玉浦陲。林烟含障密,竹雨带珠危。兴阑巾倒戴,山公下习池。

# 高 峤

高峤,司门郎中。诗二首。

## 晦日宴高氏林亭

飞观写春望,开宴坐汀沙。积溜一作水含苔色。晴空荡日华。歌入平阳第,舞对石崇家。莫虑能骑马,投辖自停车。

## 晦 日 重 宴

驾言寻凤侣,乘欢俯雁池。班荆逢旧识,斟桂喜深知。紫兰方出径,黄莺未啭枝。别有陶春日,青天云雾披。

# 刘友贤

刘友贤,高宗时人。诗一首。

## 晦日宴高氏林亭

春来日渐赊,琴酒逐年华。欲向文通径,先游武子家。池碧新流一
作泉满,岩红落照斜。兴阑情未尽一作极,步步惜风花。

# 周思钧

　　周思钧,贝州漳南人,与兄北门学士思茂俱早知名。武后
时,为太子文学,贬扬州司仓参军,终中书舍人。诗二首。

## 晦日宴高氏林亭

早春惊柳穟,初晦掩蓂华。骑出平阳里,筵开卫尉家。竹影含云
密,池纹带雨斜。重惜林亭晚,上路满烟霞。

## 晦 日 重 宴

绮筵乘晦景,高宴下阳池。濯雨梅香散,含风柳色移。轻尘依扇
落,流水入弦危。勿顾林亭晚,方欢云雾披。

# 全唐诗卷七三

## 苏 颋

苏颋,字廷硕,瓌之子。幼敏悟,一览至千言,辄覆诵。擢进士第,调乌程尉,举贤良方正,历监察御史。神龙中,迁给事中、修文馆学士、中书舍人。明皇爱其文,由工部侍郎进紫微侍郎,知政事,与李乂对掌书命。帝曰:"前世李峤、苏味道,文擅当时,号苏李。今朕得颋及乂,何愧前人。"袭父封爵,号小许公。后罢为益州长史,复入知吏部选事。卒谥文宪。颋以文章显,与燕国公张说称望略等,世称燕许。集三十卷,今编诗二卷。

### 祭汾阴乐章 寿和

礼物斯具,乐章乃陈。谁其作主,皇考圣真。对越在天,圣明佐神。窅然汾上,厚泽如春。

### 奉和圣制行次成皋途经先圣擒建德之所感而成诗应制

汉东不执象,河朔方斗龙。夏灭渐宁乱,唐兴终奋庸。皇威正赫赫,兵气何匈匈。用武三川震,归淳六代醨。成皋睹王业,天下致人雍。即此巡于岱,曾孙受命封。

## 奉和圣制登蒲州逍遥楼应制

在昔尧舜禹,遗尘成典谟。圣皇东巡狩,况乃经此都。楼观纷迤逦,河山几萦纡。缅怀祖宗业,相继文武图。尚一作恃德既无险,观风谅有孚。岂如汾水上,箫鼓事游娱。

## 奉和圣制过晋阳宫应制

隋运与天绝,生灵厌氛昏。圣期在宁乱,士马兴太原。立极万邦推,登庸四海尊。庆膺神武帝,业付皇曾孙。缅慕封唐道,追惟归沛魂。诏一作昭书感先义,典礼巡旧藩。高殿彩云合,春旗祥风翻。率西见汾水,奔北空一作窥塞垣。款曲童儿佐,依迟故老言。里颂慈惠赏,家受复除恩。下辇崇三教一作都,又作观,建碑当九门。孝思敦一作昭至美,亿载奉开元。

## 奉和姚令公温汤旧馆永怀故人卢公之作

树德岂孤迈,降神良并出。伟兹廊庙桢一作中,调彼盐梅实。正悦虞垂举,翻悲郑侨卒。同心不可忘,交臂何为失。清路荷前幸,明时称右弼。曾联野外游一作迷,尚记帷中密。新恸情莫遣,旧游词更述。空令还辱和,长叹一作感知音日。

## 和杜主簿春日有所思

朝上高楼上,俯见洛阳陌。摇荡吹花风,落英纷已积。美人不共此,芳好空所惜。揽镜尘网滋,当窗苔藓碧。缅怀在云汉,良愿暌枕席。翻似无见时,如何久为客。

# 饯郢州李使君

楚有章华台,遥遥云梦泽。复闻拥符传,及是收图籍。佳政在离人,能声寄侯伯。离怀朔风起,试望秋阴积。中路凄以寒,群山霭将夕。伤心聊把袂,怊怅<sub></sub>一作怅望麒麟客。

# 饯唐州高使君赴任

永日奏文一作对时,东风摇荡夕。浩然思乐事,翻复饯征客。淮水春流清,楚山暮云白。勿言行路远,所贵专城伯。

# 晓济胶川南入密界

饮马胶川上,傍胶南趣密。林遥飞鸟迟,云去晴山出。落晖隐桑柘,秋原一作深秋被花实。惨然游子寒,风露将萧瑟。

# 夜发三泉即事

暗发三泉山,穷秋听骚屑。北林夜鸣雨,南望晓成雪。只咏北风凉,讵知南土热。沙溪忽沸渭,石道乍明灭。宛若银碛横,复如瑶台结。指程赋一作则所恋,遇虞不遑歇。重纩濡莫解,悬旌冻犹揭。下奔泥栈攲,上觐云梯设。〔搏〕(抟)颊羸马顿,回眸悁人跌。憧憧往复还,心注思逾切。冉冉年将病,力困衰怠竭。天彭信方隅,地势诚斗绝。忝曳尚书履,叨兼使臣节。京坻有岁饶,亭障无边孽。归奏丹墀左,骞能俟来哲。

# 小园纳凉即事

烦暑避蒸郁,居闲习高明。长风自远来,层阁有馀清。散洒纳凉气,萧条遗世情。奈何夸大隐,终日系尘缨。

## 昆明池晏坐答王兵部珣三韵见示

画舸疾如飞,遥遥泛夕晖。石鲸吹浪隐,玉女步尘归。独有衔恩处,明珠在钓矶。

## 奉和圣制春台望应制

壮丽天之府,神明王者宅。大君乘飞龙,登彼复怀昔。圆阙朱光焰,横山翠微积。河汧流作表,县聚开成陌。即旧在皇家,维新具物华。云连所上居恒属,日更时中望不斜。三月沧池摇积水,万年青树缀新一作点惊花。暴嬴国此尝图霸,霸业后仁先以诈。东破诸侯西入秦,咸阳北阪南渭津。诗书焚爇散学士,高阁奢逾娇美人。事往覆辀经远喻,春还按跸凭高赋。戎观爱力深惟省,越厌陈方何足务。清吹遥遥发帝台,宸文耿耿照天回。伯夷位事愚臣忝,喜奏声成凤鸟来。

## 长　相　思

君不见天津桥下东流水,南望龙门北朝市。杨柳青青宛地垂,桃红李白花参差。花参差,柳堪结,此时忆君心断绝。

## 蜀城哭台州乐安少府

远游跻剑阁,长想属天台。万里隔三载,此邦余重来。音容旷不睹,梦寐殊悠哉。边郡饶藉藉,晚庭正回回。喜传上都封,因促傍吏开。向悟海盐客,已而梁木摧。变衣寝门外,挥涕少城隈。却记分明得,犹持委曲猜。师儒昔训奖,仲季时童孩。服义题一作陈书箧,邀欢泛酒杯。暂令风雨散,仍迫岁时回。其道惟正直,其人信美偲。白头还作尉,黄绶固非才。可叹悬蛇疾,先贻问鹏灾。故乡

闭穷壤,宿草生寒荄。零落九原去,蹉跎四序催。曩期冬赠橘,今
哭夏成梅。执礼谁为赗,居常不徇财。北登岷嶻坂,东望姑苏台。
天路本悬绝,江波复一作空溯洄。念孤心易断,追往恨艰裁。不遂
卿将伯,孰云陈与雷。吾衰亦如此,夫子复何哀。

## 立春日侍宴内出剪彩花应制

晓入宜春苑,秾芳吐禁中。剪刀因裂素,妆粉为开红。彩异惊流
雪,香饶点便风。裁成识天意,万物与花同。

## 春日芙蓉园侍宴应制

御道红一作虹旗出,芳园翠辇游。绕花开水殿,架竹起山楼。荷芰
轻薰幄,鱼龙出负舟。宁知穆天子,空赋白云秋。

## 奉和圣制人日清晖阁宴群臣遇雪应制

楼观空烟里,初年瑞雪过。苑花齐玉树,池水作银河。七日祥图
启,千春御赏多。轻飞传彩胜,天上奉薰歌。

## 奉和七夕宴两仪殿应制

灵媛乘秋发,仙装警夜催。月光窥欲渡,河色辨应来。机石天文
写,针楼御赏开。窃观栖鸟至,疑向鹊桥回。

## 奉和九日幸临渭亭登高应制得时字

嘉会宜长日,高筵顺动时,晓光云外洗,晴色雨馀滋。降鹤因韶德,
吹花入御词。愿陪阳数节,亿万九秋期。《纪事》作:并数登高日,延龄命赏
时。宸游天上转,秋物雨来滋。降鹤承仙驭,吹花入睿词。微臣复何幸,长得奉恩私。
语多不同,今并载之。

## 游禁苑幸临渭亭遇雪应制

平明敞帝居，霰雪下凌虚。写月含珠缀，从风薄绮疏。年惊花絮早，春夜管弦初。已属云天外，欣承霈泽馀。

## 奉和送金城公主适西蕃应制

帝女出天津，和戎转罽一作绮轮。川经断肠望，地与析支邻。奏曲风嘶马，衔悲月伴人。旋知偃兵革，长是汉家亲。

## 奉和圣制登骊山高顶寓目应制

仙跸御层氛，高高积翠分。岩声中谷应，天语半空闻。丰树连黄叶，函关入紫云。圣图恢宇县，歌赋小一作少横汾。

## 幸白鹿观应制

碧虚清吹下，蔼蔼入仙宫。松磴攀云绝，花源接涧空。受符邀羽使，传诀注香童，讵似闲居日，徒闻有顺风。

## 题寿安王主簿池馆

洛邑通驰道，韩郊在属城。馆将花雨映，潭与竹声清。贤俊鸾栖棘，宾游马佩衡。愿言随狎鸟，从此濯吾缨。

## 扈从温泉奉和姚令公喜雪

清道丰人望，乘时汉主游。恩晖随霰下，庆泽与云浮。泉暖惊银碛，花寒爱一作映玉楼。鼎臣今有问，河伯且应留。

## 秋社日崇让园宴得新字

鸣爵三农稔，句龙百代神。运昌叨辅弼，时泰喜黎民。树缺池光近，云开日影新。生全应有地，长愿乐交亲。

## 奉和魏仆射秋日还乡有怀之作

南宫凤拜罢，东道昼游初。饮饯倾冠盖，传呼问里闾。树悲悬剑所，溪想钓璜馀。明发辉光至，增荣一作喧闻驷马车。

## 武 担 山 寺

武担独苍然，坟山下玉泉。鳖灵一作龟〔跌〕(跌)时共尽，龙女事同迁。松柏衔哀处，幡花种福田。讵知留镜石，长与法轮圆。

## 饯潞州陆长史再守汾州

河尹政成期，为汾昔所推。不荣三入地，还美再临时。拥传云初合，闻莺日正迟。道傍一作傍人多出饯，别有吏民思。

## 饯荆州崔司马

茂礼雕龙昔，香名展骥初。水连南海涨，星拱北辰居。稍发仙人履，将题别驾舆。明年征拜入，荆玉不藏诸。

## 送吏部李侍郎东归得归字

陌上有光辉，披云向洛畿。赏来荣扈从，别至惜分飞。泉溜含风急，山烟带日微。茂曹今去矣，人物喜东归。

# 送光禄姚卿还都

汉室有英台，荀家宠俊一作多宠才。九卿朝已入，三子暮同来。不授纶为草，还司鼎用梅。两京王者宅，驲马日应回。

## 春晚送瑕丘田少府还任因寄洛中镜上人

闻道还沂上，因声寄洛滨。别时花欲尽，归处酒应春。聚散同行客，悲欢属故人。少年追乐地，遥赠一沾巾。

## 送贾起居奉使入洛取图书因便拜觐

旧国才因地，当朝史命官。遗文征阙简，还思采芳兰。传发关门候，觞称邑里欢。早持京副入，旋仁洛书刊。

## 送常侍舒公归觐

朝闻讲艺馀，晨省拜恩初。训胄尊庠序，荣亲耀里闾。朱丹华毂送，斑白绮筵舒。江上春流满，还应荐跃鱼。

## 兴 州 出 行

危途晓未分，驱马傍江濆。滴滴泣花露，微微出岫云。松梢半吐月，萝翳渐移曛。旅客肠应断，吟猿更使闻。

## 边秋薄暮 一作出塞

海外秋鹰击，霜前旅雁归。边风思鞞鼓，落日惨旌麾。浦暗渔舟入，川长猎骑稀。客悲逢薄暮，况乃事戎机。

## 晓发方骞驿

传置远山蹊,龙钟蹑涧泥。片阴常作雨,微照已生霓。鬓发愁氛换,心情险路迷。方知向蜀者,偏识子规啼。

## 经三泉路作

三月松作花,春行日渐赊。竹障一作妨山鸟路,藤蔓一作没野人家。透石飞梁下,寻云绝磴斜。此中谁与乐,挥涕语年华。

## 故高安大长公主挽词

彤管承师训,青圭备礼容。孟孙家代宠,元女国朝封。柔轨题贞顺,闲规赋肃雍。宁知落照尽,霜吹入悲松。

## 赠司徒豆卢府君挽词

宠赠追胡广,亲临比贺循。几闻投剑客,多会服缌人。草闭坟将古,松阴一作深地不春。二陵犹可望,存殁有忠臣。

## 故右散骑常侍舒国公褚公挽词

阳翟疏丰构,临平演庆源。学筵尊授几,儒服宠乘轩。审谕留中密,开陈与上言。徂晖一不借,空有赐东园。

## 奉和初春幸太平公主南庄应制

主第山门起灞川,宸游风景入初年。凤凰楼下交天仗,乌鹊桥头一作边敞御筵。往往花间逢彩石,时时竹里见红泉。今朝扈跸平阳馆,不羡乘槎云汉边。

## 奉和春日幸望春宫应制

东望望春春可怜,更逢晴日柳含烟。宫中下见南山尽,城上平临北斗悬。细草遍承回辇处,轻花微落奉觞前一作飞花故落舞筵前。宸游对此欢无极,鸟啼声声入管弦一作鸟啼歌声杂管弦。

## 人日重宴大明宫恩赐彩缕人胜应制

疏龙磴道切昭回,建凤旗门绕帝台。七叶仙蓂依一作承月吐,千株御柳拂烟开。初年竞贴宜春胜,长命先浮一作添献寿杯。是日皇一作最灵知窃幸,群心就一作能捧大明来。

## 侍宴安乐公主山庄应制

骎骎羽骑历城池,帝女楼台向晚披。雾洒旌旗云外出,风回岩岫雨中移。当轩半落天河水,绕径全低月树枝。箫鼓宸游陪宴日,和鸣双凤喜来仪。

## 兴庆池侍宴应制

降鹤池前回步辇,栖鸾树杪出行宫。山光积翠遥疑逼,水态含青近若空。以上二句,初云:山光逼屿疑无地,水态迎帆若有风。时为赵郡李义、范阳卢从愿所赏,但末句又押风字,故易之。直视天河垂象外,俯窥京室画图中。皇欢未使恩波极,日暮楼船更起风。

## 广达楼下夜侍酺宴应制

东岳封回宴洛京,西墉通晚会公卿。楼台绝胜宜春苑,灯火还同不夜城。正睹人间朝市乐,忽闻天上管弦声。酺来万舞群臣醉,喜戴千年圣主明。

## 龙池乐章 唐享龙池乐章第七章

西京凤邸跃龙泉，佳气休光镇在天。轩后雾图今已得，秦王水剑昔常传。恩鱼不入一作似昆明钓，瑞鹤长如太液仙。愿侍巡游同旧里，更闻箫鼓济楼船。

## 扈从鄠杜间奉呈刑部尚书舅崔黄门马常侍

翠辇红旗出帝京，长杨鄠杜昔知名。云山一一看皆美一作异，竹树萧萧一作丛丛画不成。羽骑将过持袂拂，香车欲度卷帘行。汉家曾草巡游赋，何似今来应圣明。

## 景龙观送裴士曹

昔日尝闻公主一作相第，今时变作列仙家。池傍坐客穿丛筱，树下游人扫落花。雨雪一作云雨长疑向函谷，山泉直似到流沙。君还洛邑分明记，此处同来阅岁华。

## 春晚紫微省直寄内

直省清华接建章，向来无事日犹长。花间燕子栖鸬鹚，竹下鸂鶒绕一作宿凤皇。内史通宵承紫诰，中人落晚爱红妆。别离不惯无穷忆，莫误卿卿学太常。

## 赠彭州权别驾

双流脉脉锦城开，追饯年年往复回。只道歌谣迎半刺，徒闻礼数揖中台。黄莺急啭春风尽，斑马长嘶落景催。莫怆分飞岐路别，还当奏最掖垣来。

## 寒食宴于中舍别驾兄弟宅

子推山上歌龙罢，定国门前结驷来。始睹元昆锵玉至，旋闻季子佩刀回。晴花处处因风起，御柳条条向日开。自有长筵欢不极，还将一作持彩服咏南陔。

## 九月九日望蜀台

蜀王望蜀旧台前，九日分明见一川。北料乡关方自此，南辞城郭复依然。青松系马攒岩畔，黄菊留人籍道边。自昔登临湮灭尽，独闻忠孝两能传。

# 全唐诗卷七四

## 苏　颋

### 奉和晦日幸昆明池应制

炎历事边陲,昆明始凿池。豫游光后圣,征战罢前规。霁色清珍宇,年芳入锦陂。御杯兰荐叶,仙仗柳交枝。二石分河泻,双珠代月移。微臣比翔泳,恩广自无涯。

### 奉和圣制幸礼部尚书窦希玠宅应制

尚书列侯第,外戚近臣家。飞栋临青绮,回舆转翠华。日交当户树,泉漾满池花。圆顶图嵩石,方流拥魏沙。豫游今听履,侍从昔鸣笳。自有天文降,无劳访海槎。

### 奉和幸韦嗣立山庄应制

扰金寒野霁,步玉晓山幽。帝幄期松子,臣庐访葛侯。百工征往梦,七圣扈来游。斗柄乘时转,台阶捧日留。树重岩籁合,泉迸水光浮。石径喧朝履,璜溪拥钓舟。恩如犯星夜,欢拟济河秋。不学尧年隐,空令傲许由。

## 奉和圣制送张说上集贤学士赐宴得兹字

肃肃金殿里,招贤固在兹。锵锵石渠内,序拜亦同时。宴锡欢一作
勤谈道,文成贵说诗。用儒今作相,敦学旧为师。下际天光近,中
来帝渥滋。国朝良史载,能事日论思。

## 奉和圣制途经华岳应制

朝望莲华狱,神心就日来。晴观五千仞,仙掌拓山开。受命金符
叶,过祥玉瑞陪。雾披乘鹿见,云起驭龙回。偃树枝封雪,残碑石
冒苔。圣皇惟道契,文字勒岩隈。

## 奉和圣制经河上公庙应制

河流无日夜,河上有神仙。辇路曾经此,坛场即宛然。下疑成洞
穴,高若在空烟。善物遗方外,和光绕道边。事因周史得,言与一作
向汉王传。喜属膺期圣,邦家业又玄。

## 奉和圣制答张说出雀鼠谷

雨施巡方罢,云从训俗回。密途汾水卫,清跸晋郊陪。寒著山边尽
一作静,春当日下来。御祠玄鸟应,仙仗绿杨开。作颂音传雅,观文
色动台。更知西向乐,宸藻协一作赉盐梅。

## 奉和恩赐乐游园宴应制

乐游光地选,酺饮庆天从。座密千官盛,场开百戏容。绿塍际山
尽,缇一作翠幕倚云重。下上花齐发,周回柳遍浓。夺晴纷剑履,喧
听杂歌钟。日晚衔恩散,尧人并可封。

## 恩制尚书省僚宴昆明池同用尧字

露渥洒云霄,天官次斗杓。昆明四十里,空水极晴朝。雁似衔红叶,鲸疑喷海潮。翠山来彻底,白日去回标。泳广渔权溢,浮深妓舫摇。饱恩皆醉止,合舞共歌尧。

## 奉和圣制幸望春宫送朔方大总管张仁亶

北风吹早雁,日夕渡河飞。气冷胶〔一作葭〕应折,霜明草正腓。老臣帷幄算,元宰庙堂机。饯饮回仙跸,临戎解御衣。军装乘晓发,师律候春归。方伫勋庸盛,天词降紫微。

## 奉和圣制登太行山中言志应制

北山东入海,驰道上连天,顺动三光注,登临万象悬。俯观河内邑,平指洛阳川。按跸夷关险,张旗亘井泉。晓岩中警柝,春事下搜田。德重周王问,歌轻汉〔一作魏〕后传。宸游铺令典,睿思起芳年。愿以封书奏,回銮禅肃然。

## 奉和圣制漕桥东送新除岳牧

宝贤不遗俊,台阁尽鹓鸾。未若调〔一作安〕人切,其如简帝难。上才膺出典,中旨念分官。特以专城贵,深惟列郡安。政行思务本,风靡属胜残。有令田知急,无分狱在宽。至言题睿札,殊渥洒仙翰。诏饯三台降,朝荣万国欢。举杯临水发,张乐拥桥观。式伫东封会,锵锵检玉坛。

## 奉和圣制途次旧居应制

潞国临淄邸,天王别驾舆。出潜离隐际,小往大来初。东陆行春典,南阳即旧居。约川星罕驻,扶道日旅舒。云覆连行在,风回助扫除。木行城邑望,皋落土田疏。昔试邦兴后,今过俗徯予。示威宁校猎,崇让不陈鱼。府吏趋宸宬,乡耆捧帝车。帐倾三饮处,闲整六飞馀。盛业铭汾鼎,昌期应洛书。愿陪歌赋末,留比蜀相如。

## 奉和圣制至长春宫登楼望稼穑之作

帝迹奚其远,皇符之所崇。敬时尧务作,尽力禹称功。赫赫惟元后,经营自左冯。变芜粳稻实,流恶水泉通。国阜犹前豹,人疲诅昔熊。黄图巡沃野,清吹入离宫。是阅京坻富,仍观都邑雄。凭轩一何绮,积溜写晴空。礼节家安外,和平俗在中。见龙垂渭北,辞雁指河东。睿思方居镐,宸游若饮丰。宁夸子云从,只为猎扶风。

## 利州北佛龛前重于去岁题处作

重岩载看一作戴清美,分塔起层标。蜀守经涂处,巴人作礼朝。地疑三界出,空是六尘销。卧石铺苍藓,行塍覆绿条。岁年书有记,非为学题桥。

## 闲园即事寄韦侍郎 一作御

结庐东城下,直望江南山。青霭远相接,白云来复还。拂筵红薜上,开幔绿条间。物应春偏好,情忘趣转闲。宪臣饶美度一作政,联事惜徂颜。有酒空盈酌,高车不可攀。

## 扈从温泉同紫微黄门群公泛渭川得齐字

虹旗映绿黄,春仗汉丰西。侍跸浮清渭,扬舲降紫泥。近临钓石地,遥指钓璜溪。岸转帆飞疾,川平棹举齐。傅舟来是用,轩驭往应迷。兴阒一作发菱歌动,沙洲乱夕鹥。

## 饯赵尚书摄御史大夫赴朔方军

劲虏欲南窥一作飞,扬兵护朔陲。赵尧宁易印,邓禹即分麾。野饯
回三杰,军谋用一作出六奇。云边愁一作看出塞,日下怆临岐。拔剑
行人舞,挥戈战马驰。明年麟阁上,充国画一作拜于斯。

## 晓发兴州入陈平路

旌节指巴岷,年年行且巡。暮来青嶂宿,朝去绿江春。鱼贯梁缘
马,猿奔树息人。邑祠犹是汉,溪道即名陈。旧史饶迁谪,恒情厌
苦辛。宁知报恩者,天子一忠臣。

## 同饯阳将军兼源州都督御史中丞

右地接龟沙,中朝任虎牙。然明方改俗,去病不为家。将礼登坛
盛,军容出塞华。朔风摇汉鼓,边马思胡笳。旗合无邀正一作整,冠
危有触邪。当看劳一作荣还日,及此御沟花。

## 扈从凤泉和崔黄门喜恩旨解严罢围之作

辇路岐山曲,储胥渭水湄。教成提将鼓,礼备植虞旗。不取从畋
乐,先流去杀慈。舜韶同舞日,汤祝尽飞时。物应阳和施,人知雨
露私。何如穆天子,七萃几劳师。

## 秋夜寓直中书呈黄门舅

帘栊上夜钩,清列听更筹。忽共鸡枝老,还如骑省秋。循庭喜三
入,对渚忆双游。紫绶名初拜,黄缣迹尚留。月舒当北幌,云赋直
东楼。恩渥迷天施,童蒙慰我求。迟君台鼎节,闻义一承流。

# 先是新昌小园期京兆尹一访兼郎官数子自顷沉疴年复一年兹愿不果率然成章

独好中林隐，先期上月春。闲花傍户落，喧鸟逼檐驯。寂寞东坡叟，传呼北里人。在山琴易调，开瓮酒归醇。伫望应三接，弥留忽几旬。不疑丹火变，空负绿条新。斗蚁闻常日，歌龙值此辰。其如众君子，嘉会阻清尘。

## 奉和马常侍寺中之作

《英华》作奉和魏仆射春日还乡有怀之作。

怨暑时云谢，愆阳泽暂偏。鼎陈从祀日，钥动问刑年。绛服龙雩寝，玄冠马使旋。作霖期傅说，为旱听周宣。河岳阴符启，星辰暗檄传。浮凉吹景气，飞动洒空烟。飒飒将秋近，沉沉与暝连。分湍泾水石，合颖雍州田。德施超三五，文雄赋十千。及斯一作私何以乐，明主敬人天。

## 慈恩寺二月半寓言

二月韶春半，三空霁景初。献来应有受，灭尽竟无馀。化迹传官寺，归诚谒梵居。殿堂花覆席，观阁柳垂疏。共命枝间鸟，长生水上鱼。问津窥彼岸一作注镜，迷路得真车。行密幽关静，谈精俗态祛。稻麻欣所遇，蓬籊怆焉如。不驻秦京阳，还题蜀郡舆。爰离方自此，回望独蹰躇。

## 饯泽州卢使君赴任

闻道降纶书，为邦建彩斿。政凭循吏往，才以贵卿除。词赋良无敌，声华蔼有馀。荣承四岳后，请绝五天初。关路通秦壁，城池接

晋墟。撰期行子赋,分典列侯居。别望喧追饯,离言系惨舒。平芜
寒纨乱,乔木夜蝉疏。寥汜秋先起,推移月向诸。旧交何以赠,客
至待烹鱼。

## 陈仓别陇州司户李维深

京国自携手,同途欣解颐。情言正的的,春物宛迟迟。忽背雕戎一
作戈役,旋瞻获宝祠。蜀城余出守,吴岳尔归思。欢惬更伤此,眷殷
殊念兹。扬麾北林径,跋石南涧湄。中作壶觞饯,回添道路悲。数
花临磴日,百草覆田时。有美同人意,无为行子辞。酣歌拔剑起,
毋是答恩私。

## 奉和崔尚书赠大理
## 陆卿鸿胪刘卿见示之作

戏藻嘉鱼乐,栖梧见凤飞。类从皆有召,声应乃无违。美价逢时
出,奇才选众稀。避堂贻后政,扫第一作地发前几。出曳仙人履,还
熏侍女衣。省中何赫奕,庭际满芳菲。吏部端清鉴,丞郎肃紫机。
会心歌咏是,回迹宴言非。北寺邻玄阙,南城写翠微。参差交隐
见,仿佛接光辉。宾序尝柔德,刑孚已霁威。巨源林下契,不速自
同归。

## 敬和崔尚书大明朝堂
## 雨后望终南山见示之作

奕奕轻车至,清晨朝未央。未央在霄极,中路视咸阳。委曲汉京
近,周回秦塞长。日华动泾渭,天翠合岐梁。五丈旌旗色,百层枌
榱光。东连归马地,南指斗鸡场。晴壑照金仉,秋云含璧珰。由余
窥霸国,萧相奉兴王。功役隐不见,颂声存复扬。权宜珍构绝,圣

作一作祚宝图昌。在德期巢燧,居安法禹汤。冢卿才顺美,多士赋成章。价重三台俊,名超百郡良。焉知披垣下,陈力自迷方。

## 夜闻故梓州韦使君明当引绋感而成章

恻矣南邻问,冥然东岱幽。里闾宁相杵,朝叹忽迁舟。君心惟伯仲,吾人复款游。对连时亦早,交喜岁才周。序发扶阳赠,文因司寇酬。讵期危露尽,相续逝川流。卧疾无三吊,居闲有百忧。振风吟一作吹鼓夕,明月照帷秋。薛驳题诗馆,杨疏奏伎楼。共将歌笑叹,转为弟兄留。感物存如梦,观生去若浮。余非忘情者,雪涕报林丘。

## 御箭连中双兔

宸游经上苑,羽猎向闲田。狡兔初迷窟,纤骊讵著鞭。三驱仍百步,一发遂双连。影射含霜草,魂消向月弦。欢声动寒木,喜气满晴天。那似陈王意,空随乐府篇。

## 奉和圣制过潼津关

在德何夷险,观风复往还。自能同善闭,中路可无关。

## 山鹧鸪词二首

玉关征戍久,空闺人独愁。寒露湿青苔,别来蓬鬓秋。
人坐青楼晚,莺语百花时。愁多人易老,断肠君不知。

## 汾 上 惊 秋

北风吹白云,万里渡河汾。心绪逢摇落,秋声不可闻。

## 山驿闲卧即事

息燕归檐静，飞花落院闲。不愁愁自著，谁道忆乡关。

## 将赴益州题小园壁

岁穷惟益老，春至却辞家。可惜东园树，无人也作花。

## 咏礼部尚书厅后鹊 时将重入蜀

怀印喜将归，窥巢恋且依。自知栖不定，还欲向南飞。

## 咏 死 兔

> 《纪事》云：瓘初未知颋，有客诣瓘，候于客次。颋拥篲庭庑间，客异
> 其咏昆仑奴诗，请加礼收举，瓘稍亲之。有人献兔，悬于廊庑。瓘召令
> 咏之云云。瓘览诗异之。

兔子死兰弹，持来挂竹竿。试将明镜照，何异月中看。

## 夜宴安乐公主新宅

车如流水马如龙，仙史高台十二重。天上初移衡汉匹，可怜歌舞夜
相从一作逢。

## 侍宴桃花园咏桃花应制

桃花灼灼有光辉，无数成蹊点更飞。为见芳林含笑待，遂同温树不
言归。

## 奉和圣制幸韦嗣立庄应制

树色参差隐翠微，泉流百尺向空飞。传闻此处投竿住，遂使兹辰扈

踌归。

# 重 送 舒 公

散骑金貂服彩衣，松花水上逐春归。悬知邑里遥相望，事主荣亲一
作乐事生荣代所稀。

# 句

飞埃结红雾，游盖飘青云。《纪事》云：长安盛游春，颋制诗云云。明皇嘉赏，以
御花亲插其巾。

指如十挺墨，耳似两张匙。　咏昆仑奴

丑虽有足，甲不全身。见君无口，知伊少人。颋幼年，有京兆尹过，父瓌命
咏尹字云云。

# 全唐诗卷七五

## 姜 晞

　　姜晞，上邽人。登永隆元年进士第，官工部侍郎、散骑常侍，封金城郡公。诗一首。

### 龙 池 篇

灵沼萦回邸第前，浴日涵春—作天写曙天。始见龙台升凤阙，应如霄汉起神泉。石匮渚傍还启圣，桃李初生更有仙。欲化帝图从此受，正同河变一千年。

## 姜 皎

　　姜皎，晞从兄弟。长安中，为尚衣奉御。明皇以藩邸有旧，拜殿中监，封楚国公，恩宠莫比。迁太常卿。后坐贬死。诗一首。

### 龙 池 篇

龙池初出此龙山，常经此地谒龙颜。日日芙蓉生夏水，年年杨柳变春湾。尧坛宝匣馀烟雾，舜海渔舟尚往还。愿似飘飖五云影，从来从去九天关<sub>一作间</sub>。

# 蔡 孚

蔡孚,开元中为起居郎。诗二首。

## 奉和圣制龙池篇

帝宅王家大道边,神马潜龙<sub>一作神龟涌</sub>圣泉。昔日昔时经此地,看来看去渐成川。歌台舞榭宜正月,柳岸梅洲胜往年。莫疑<sub>一作言波</sub>上春云少,只为从龙直上天。

## 打球篇 并序

臣谨按,打球者,往之蹴鞠古戏也。黄帝所作兵势,以练武士,知有材也。窃美其事,谨奏《打球篇》一章,凡七言九韵。

德阳宫北苑东头,云作高台月作楼。金锤玉莹<sub>一作凿</sub>千金地,宝杖雕文七宝球。窦融一家三尚主,梁冀频封万户侯。容色由来荷恩顾,意气平生事侠游。共道用兵如断蔗,俱能走马入长楸。红鬣锦鬃风骤骥,黄络青丝电紫骝。奔星乱下花场里,初月飞来画杖头。自有长鸣须决胜,能驰迅走<sub>一作足</sub>满先筹。薄暮汉宫愉乐罢,还归尧室晓垂旒。

# 徐 晶

徐晶,与胡皓、蔡孚同时,官鲁郡录事。诗五首。

# 阮 公 体

秦王按剑怒,发卒戍龙沙。雄图尚未毕,海内已纷挐。黄尘暗天起,白日敛精华。唯见长城外,僵尸如乱麻。

## 同蔡孚五亭咏

章奏中京一作丹墀罢,云泉别业归。拂琴铺野席,牵柳挂朝衣。翡翠巢书幌,鸳鸯立钓矶。幽栖可怜处,春事满林扉。

# 蔡起居山亭

文史归休日,栖闲卧草亭。蔷薇一架紫,石竹数重青。垂露和仙药,烧香诵道经。莫将山水弄,持与世人听。

# 送友人尉蜀中

故友汉中尉,请为西蜀吟。人家多种橘,风土爱弹琴。水向昆明阔,山连一作通大夏深。理闲无别事,时寄一登临。

# 赠温驸马汝阳王

畴昔承馀论,文章幸滥推。夜陪银汉赏,朝奉桂山词。梁邸调歌日,秦楼按舞时。登高频作赋,体物屡为诗。连骑长楸下,浮觞曲水湄。北堂留上客,南陌送佳期。忆昨陪临泛,于今阻宴私。再看冬雪满,三见夏花滋,都尉朝青阁,淮王侍紫墀。宁知倦游者,华发老京师。

# 张敬忠

　　张敬忠，官监察御史，以文吏著称。张仁亶在朔方，奏判军事。开元中，为平卢节度使。诗二首。

## 边　词

五原春色旧来迟，二月垂杨未挂丝。即今河畔冰开日，正是长安花落时。

## 戏　咏

　　先天中，王主敬为侍御史，自以才望华妙，当入省望前行，忽除膳部员外，微有怅惋，故敬忠戏之。

有意嫌兵部，专心望考功。谁知脚蹭蹬，几落省墙东。膳部在省最东北隅也。

# 史　俊

　　史俊，官监察御史，曾刺巴州。诗一首。

## 题巴州光福寺楠木

近郭城南山寺深，亭亭奇树出禅林。结根幽壑不知岁，耸干摩天凡几寻。翠色晚将岚气合，月光时有夜猿吟。经行绿叶望成盖，宴坐黄花长满襟。此木尝闻生豫章，今朝独秀在巴乡。凌霜不肯让松柏，作宇由来称栋梁。会待良工时一眄一作顾，应归法水作慈航。

# 全唐诗卷七六

## 徐彦伯

徐彦伯，名洪，以字行，兖州瑕丘人。七岁能为文，对策高第。调永寿尉，蒲州司兵参军。时司户韦属善判，司士李亘工书，而彦伯属辞，称河东三绝。屡迁给事中，预修《三教珠英》。由宗正卿出为齐州刺史，移蒲州，擢修文馆学士、工部侍郎，历太子宾客卒。彦伯文章典缛，晚年好为强涩之体，颇为后进所效。集二十卷，今编诗一卷。

### 仪坤庙乐章

《唐书·乐志》曰：仪坤庙乐。迎神用永和，次金奏。皇帝行用太和，酌献、登歌用肃和，迎俎用雍和，肃明皇后室酌献用昭升，昭成皇后室酌献用坤贞，饮福用寿和，送文舞出、迎武舞入用舒和，武舞用安和，撤俎用雍和，送神用永和。

#### 永 和

猗若清庙，肃肃荧荧。国荐严祀，坤兴淑灵。有几在室，有乐在庭。临兹孝享，百禄惟宁。

#### 金 奏

阴灵效祉，轩曜降精。祥符淑气，庆集柔明。瑶俎既列，雕桐发声。徽猷永远，比德皇英。

# 拟 古 三 首

遥裔烟屿鸿，双影旦夕同。交翰倚沙月，和鸣弄江风。菶若茂芳序，君子从远戎。云生阴海没，花落春潭空。红泪掩促柱，锦衾罗薰笼。自伤琼草绿，讵惜铅粉红。裂帛附双燕，为予向辽东。

读书三十载，驰骛周六经。儒衣干时主，忠策献阙廷。一朝奉休盼，从容厕群英。束身趋建礼，秉笔坐承明。廨署相填噎，僚吏纷纵横。五日休浣时，屠苏绕玉屏。橘花覆北沼，桂树交西荣。树栖两鸳鸯，含春向我鸣。皎洁绮罗艳，便娟丝管清。扰扰天地间，出处各有情。何必岩石下，枯槁闲此生。

颓光无淹晷，逝水有迅流。绿苔纷易歇，红颜不再求。歌笑当及春，无令壮志秋。弱年仕关辅，豨门豁御沟一作门豁王御沟。敷愉东城际，婉娈南陌头。荷花娇绿水，杨叶暖青楼。中有绮罗人，可怜名莫愁。画屏绕金滕，珠帘悬玉钩。纤指调宝琴，泠泠哀且柔。赠君鸳鸯带，因以鸂鶒裘。窗一作向晓吟日坐，闺夕秉烛游。无作北门客，咄咄怀百忧。

# 赠刘舍人古意

女床闷灵鸟，文章世所希。巢君碧梧树，舞君青琐闱。或言凤池乐，抚翼更西飞。凤池环禁林，仙阁霭沉沉。璇题激流日一作目，珠缀绵清阴。郁穆丝言重，荧煌台座深。风张丹屺翻，月弄紫庭一作素琴音。众一作双彩结不散，孤英跂莫寻。浩歌在西省，经传恣潜心。一作浩歌在兰渚，婉娈故俦心。

# 和李適答宋十一入崖口五渡见赠

闻有独往客，拂衣捐世心。结欣薄枉渚，撰念萦旧林。经亘去崖

合,冥绵归壑深。琪树环碧彩,金潭生翠阴。沿泂弄沙榜,诡一作危
仄眺明岑。夕闻桂里猿,晓玩松上禽。杂佩蕴孤袖,琼敷缀双襟。
我怀沧洲想,懿尔白云吟。秉愿理方协,存期迹易寻。兹言庶不
负,为报岩中琴。

## 雪

雪暗穷海云,洒空纷似露。朔风吹故里,宛转玉阶树。孤妾调玉
瑟,早寒生锦衿。况君张罗幕,愁坐北庭阴。

# 比 干 墓

大位天下宝,维贤国之镇。殷道微而在,受辛纂颓胤。山鸣鬼又
哭,地裂川亦震。媟黩皆佞谀,虔刘尽英隽。孤卿帝叔父,特进贞
而顺。玉床逾皓洁,铜柱方歊炊。奉国历三朝,观窍明一瞬。季
代猖狂主,蓄怒提白刃。之子弥忠谠,愤然更勇进。抚膺誓陨越,
知死故不吝。已矣竟剖心,哲妇亦同殉。骊龙暴双骨,太岳摧孤
仞。周发次商郊,冤骸悲莫殣。锋剑剿遗孽,报复一何迅。驻罕
歌淑灵,命徒封旅榇。自尔衔幽酷,于嗟流景骏。丘坟被宿莽,坛
屺缘飞磷。贞观戒北征,维皇念忠信。荒坟护草木,刻桷吹煨烬。
代远恩更崇,身颓名益振。帝词书乐石,国馔罗芳荐。伟哉烈士
图,奇英千古徇。

# 题东山子李適碑阴二首 并序

嘻嘻李公!生自号东山子,死葬东山,岂其谶哉!神交者歌《薤露》
以送子归东山,为诗镌于碑阴云。

陇嶂紫紫气,金光赫氛氲。美人含遥霭,桃李芳自薰。图高黄鹤
羽,宝夺骊龙群。忽惊薤露曲,掩噎东山云。

回也实夭折,贾生亦脆促。今复哀若人,危光迅风烛一作危迅风前烛。
夜台沦清镜,穷尘埋一作掩结绿。何以赠下泉,生刍唯一束。

# 淮亭吟

贞寂虑兮淮山幽,怜芳若兮揽中洲。崩湍委咽日夜流,孤客危坐心
自愁。刭鹤唳兮风晓,复猿鸣兮霜秋。熠耀飞兮蟋蟀吟,倚清瑟兮
横凉琴。撷瑶芳兮吊楚水,弄琪树兮歌越岑。山碕礒兮隈曲,水
涓涟兮洞洄。金光延起兮骤兴没,青苔竟兮绿蘋歇。绿蘋歇兮凋
朱颜,美人寂历兮何时闲,君不见可怜桐柏上,丰茸桂树花满山。

# 芳树

玉花珍簟上,金缕一作镂画屏开。晓月怜筝柱,春风忆镜台。筝柱
春风吹晓月,芳树落花朝暝歇。稿砧刀头未有期一作时,攀条拭泪
坐相思。

# 游禁苑幸临渭亭遇雪应制

玉律藏冰候,彤阶飞雪时。日寒消不尽,风定舞还迟。琼树留宸
瞩,璇花入睿词。悬知穆天子,黄竹谩言诗。

# 奉和送金城公主适西蕃应制

凤底怜箫曲,鸾闺念掌珍。羌庭遥筑馆,庙策重和亲。星转一作去
银河夕,花移玉树春。圣心凄送远,留跸望征尘。

# 幸白鹿观应制

凤舆乘八景,龟箓向三仙。日月移平地,云霞缀小天。金童擎紫
药,玉女献青莲。花洞留宸赏,还旗绕夕烟。

# 胡 无 人 行

十月繁霜下,征人远凿空。云摇锦车节,海照角端弓。暗碛一作雪埋沙树,冲飙卷塞蓬。方随膜拜入,歌舞玉门中。

## 婕 妤

君恩忽断绝,妾思终未央。巾栉不可见,枕席空馀香。窗暗网罗白,阶秋苔藓黄。应门寂已闭,流涕向昭阳。

# 采 莲 曲

妾家越水边,摇艇入江烟。既觅同心侣,复采同心莲。折藕丝能脆,开花叶正圆。春歌弄明月,归棹落花前。

## 孤烛叹 一作闺怨

切切夜闺冷,微微孤烛然。玉盘红泪滴,金烬彩光圆。暖手缝轻素,嚬蛾续断弦。相思咽不语,回向锦屏眠。

## 闺 怨

征客戍金微,愁闺独掩扉。尘埃生半榻,花絮落残机。褪暖蚕初卧,巢昏燕欲归。春风日向尽,衔涕作征衣。

# 饯唐州高使君赴任

香萼媚红滋,垂条紫绿丝。情人拂瑶袂,共惜此芳时。骈骊已踟蹰,鸟隼方葳蕤。跂予望太守,流润及京师。

# 奉和幸新丰温泉宫应制

姬典歌时迈，虞篇记省方。何如黑帝月，玄览一作运白云乡。翠仗萦船岸，明旆一作旂应苋音负阳。风摇花眊彩，雪艳宝戈芒。御陌开函一作油次，离宫夹树行。桂枝笼骤袅，松叶覆一作荫堂皇。仙石一作女含珠液，温池孕璧房。涌疑神瀵溢，澄一作泛若帝台浆。独沸流常热，潜蒸气转香。青坛一作坻环玉甃，红础一作淀铄金光。藻曜凝芳洁，葳蕤献淑祥。五龙归宝算，九扈叶时康。同预华封老，中衢祝圣皇。

# 同韦舍人元旦早朝

夕转清壶漏，晨惊长乐钟。逶迤纶禁客，假寐守铜龙。予亦趋三殿，肩随谒九重。繁珂接曙响。华剑比春容。相问韶光歇，弥怜芳意浓。愿言乘日旰，携手即云峰。

# 侍宴韦嗣立山庄应制

鼎臣休浣隙，方外结遥一作遐心。别业青霞境，孤潭碧树林。每驰东墅策，遥弄北溪琴。帝眷纡一作幸行时豫，台园赏岁阴。移銮明月沼，张组一作乐白云岑。御酒瑶觞落，仙坛竹径深。三光一作章悬圣藻，五等冠朝簪。自昔皇恩感一作自愧承恩盛，咸言独自一作在今。

# 送特进李峤入都祔庙

特进三公下，台臣百揆先。孝图开寝石，祠主卜牲筵。恩级青纶赐，徂装紫橐悬。绸缪金鼎席，宴饯玉潢川。北斗分征路，东山起赠篇。乐池歌绿藻，梁苑藉红荃。骑转商岩日，旌摇关塞烟。庙堂须鲠议，锦节伫来旋。

# 春　闺

戍客戍清波,幽闺幽思多。暗梁闻语燕,夜烛见飞蛾。宝鸭一作匣
藏脂粉,金屏缀绮罗。裁衣卷纹素,织锦度鸣梭。有使通西极,缄
书寄北河。年光只恐尽,征战莫蹉跎。

## 奉和兴庆池戏竞渡应制

夹道传呼翊翠虬,天回日一作地转御芳洲。青潭晓霭笼仙跸,红屿
晴花隔彩斿。香溢金杯环广坐,声传一作摇妓舸匝中流。群臣相庆
嘉鱼乐,共哂横汾歌吹秋。

## 苑中遇雪应制

千钟圣酒御筵披,六出祥英乱绕枝。即此神仙对琼圃,何烦辙迹向
瑶池。

## 上巳日祓禊渭滨应制

晴风丽日满芳洲,柳色一作御幕春筵祓锦流。皆言侍跸一作曲侍横汾
一作璜溪宴,暂似乘槎一作轻飞天汉游。

## 夜宴安乐公主新宅应制

凤楼开阖引明光,花酎一作醋连添醉益香。欲知帝女薰天贵,金柯
一作珂玉柱夜成行。

# 饯　唐　永　昌

金溪碧水玉潭沙,凫鸟翩翩弄日华。斗鸡香陌行春倦,为摘东园桃
李花。

# 侍宴桃花园

源水丛花无数开,丹跗红萼间青梅。从今结子三千岁,预喜仙游复摘来。

## 石　淙

碧淀红涔嶒嶂间,淙嵌汱岨洊成湾。琪树璿娟花未落,银芝窅侘露初还。八风行殿开仙榜,七景飞舆下石关。张莴席云平圃宴,焜煌金记蕴名山。

# 全唐诗卷七七

## 骆宾王

骆宾王,义乌人。七岁能属文,尤妙于五言诗,尝作《帝京篇》,当时以为绝唱。初为道王府属,历武功主簿,又调长安主簿。武后时,左迁临海丞,怏怏失志,弃官去。徐敬业举义,署为府属,为敬业草檄,斥武后罪状。后读之,矍然叹曰:"宰相安得失此人?"敬业事败,宾王亡命,不知所终。中宗时,诏求其文,得数百篇,集成十卷。今编诗为三卷。

### 夏日游德州赠高四 并序

夫在心为志,发言为诗。诗有不得尽言,言有不得尽意。仆少负不羁,长逾虚诞。读书颇存涉猎,学剑不待穷工。进不能矫翰龙云,退不能栖神豹雾。抚循诸己,深觉劳生。而太夫人在堂,义须捧檄。因仰长安而就日,赴帝乡以望云。虽文阙三冬,而书劳十上。嗟乎!入门自媚,谁相谓言。致使君门隔于九重,中堂远于千里。既而交非得兔,路是亡羊。敬止弊庐,揭来初服。遂得载披玉叶,款洽金兰。倾意气于一言,缔风期于千祀。虽交因气合,资得意以敦交。道契言忘,少寄言而筌道。是以轻投木李,以代疏麻。章句繁芜,心神愧恶。庶瞻雅韵,伫辱报章。则紫耀运星,开龙文于剑匣;素辉亏月,领骊颔于珠胎云尔。

日观邻全赵,星临俯旧吴。禹津开巨浸,稽阜镇名都。紫云浮剑

匣,青山孕宝符。封疆恢霸道,问鼎竞雄图。神光包四大,皇威震
八区。风烟通地轴,星象正天枢。天枢限南北,地轴殊乡国。辟门
通舜宾。比屋封尧德。言谢垂钩隐,来参负鼎职。天子不见知,群
公讵相识。未展从东骏,空戢图南翼。时命欲何言,抚膺长叹息。
叹息将如何,游人意气多。白雪梁山曲,寒风易水歌。泣魏伤吴
起,思赵切廉颇。凄断韩王剑,生死翟公罗。罗悲翟公意,剑负韩
王气。骄饵去易论,忌途良可畏。凤昔怀江海,平生混泾渭。千载
契风云,一言忘贱贵。去去访林泉,空谷有遗贤。言投爵里刺,来
泛野人船。缔交君赠缟,投分我忘筌。成风郢匠斫,流水伯牙弦。
牙弦忘道术,漳滨恣闲逸。聊安张蔚庐,讵扫陈蕃室。虚室狎招
寻,敬爱混浮沉。一诺黄金信,三复白珪心。霜松贞雅节,月桂朗
冲襟。灵台万顷浚,学府九流深。谈玄明毁璧,拾紫陋簪金。鹭涛
开碧海,凤彩缀词林。林虚星华映,水澈霞光净。霞水两分红,川
源四望通。雾卷天山静,烟销太史空。鸟声流向一作迥薄,蝶影乱
芳丛。柳阴低筑一作埏水,荷气上薰风。风月芳菲节,物华纷可悦。
将欢促席赏,遽尔又归别。积水带吴门,通波连禹穴。赠言虽欲
尽,机心庶应绝。潘岳本自闲,梁鸿不因热。一瓢欣狎道一作遁,三
月聊栖拙。栖拙隐金华,狎道访仙查。放旷愚公谷,消散野人家。
一顷南山豆,五色东陵瓜。野衣裁薜叶,山酒酌藤花。白云离望
远,青溪隐路赊。怅忆幽岩桂,犹冀折疏麻。

## 在江南赠宋五之问

井络双源浚,浔阳九派长。沧一作轮波通地穴,输委下归塘。别岛
笼朝蜃,连洲拥夕涨一作阳。韫珠澄一作成积润,让璧动浮光。浮光
凝折水,积润疏圆汜。玉轮涵地开,剑阁一作匣,又作匪。连星起。风
烟标迥秀,英灵信多美。怀德践遗芳,端操惭谋己。谋己谬观光,

牵迹强凄惶。揆拙迷三省,劳生昧一作暗两忘。弹随一作冠空被笑,
献楚自多伤。一朝殊默语,千里易一作异炎凉。炎凉几迁贸,川一作
水陆疲臻凑。积水架吴涛,连山横楚岫。风月虽殊昔,星河犹是
旧。姑苏望南浦,邯郸通北走。北走平生亲,南浦别离津。潇湘一
超忽,洞庭多苦辛。秋江无绿芷,寒汀有白蘋。采之一作采采将何
遗,故人漳水滨。漳滨已辽远,江潭未旋返。为听短歌行,当想一作
忆长洲苑。露金熏菊岸,风佩摇兰坂。蝉鸣稻叶秋,雁起芦花晚。
晚秋一作秋天云日明,亭皋风雾一作露清。独负平生气,重一作空牵摇
落情。占星非聚德,梦月讵悬名。寂寥伤楚奏,凄断泣秦声。秦声
怀旧里,楚奏悲无已。郢路少知音,丛台富奇士。温辉凌爱日,壮
气惊寒水。一顾重风云,三冬足文史。文史盛纷纶,京洛多风尘。
犹轻一作由来五车富,未重一囊贫。李仙非一作悲易托,苏鬼尚一作曲
难因。不惜劳歌尽,谁为听阳春。

## 晚 憩 田 家

转蓬劳远役,披薜下田家。山形类九折,水势急三巴。悬梁接断
岸,涩路拥崩查。雾岩沦晓魄,风溆涨寒沙。心迹一朝舛,关山万
里赊。龙章徒表越,闽俗本殊华。旅行悲一作劳泛梗,离赠折疏麻。
唯有寒潭菊,独似故园花。

## 出 石 门

层岩远接天,绝岭上栖烟。松低轻盖偃,藤细弱丝一作钩悬。石明
如挂镜,苔分似列钱。暂策为龙杖,何处得神仙。

## 至 分 陕

陕西开胜壤,召南分沃畴。列树巢维鹊,平渚下睢鸠。憩棠疑勿

剪, 曳葛似攀樛。至今王化美, 菲独在隆周。

## 寓居洛滨对雪忆谢二 一作洛滨对雪忆谢二兄弟

旅思眇难裁, 冲飙恨易哀。旷望洛川晚, 飘飖瑞雪来。积彩明书幌, 流韵绕一作响琴台。色夺迎仙羽, 花避犯霜梅。谢庭赏方逸, 袁扉掩未开。高人傥有访, 兴尽讵须回。

## 北眺舂陵

揽辔疲宵迈, 驱马倦晨兴。既出封泥谷, 还过避雨陵。山行明照上, 谿宿密云蒸。登高徒欲赋, 词殚独抚膺。

## 夏日游目聊作

暂屏嚣尘累, 言寻物外情。致逸心逾默, 神幽体自轻。浦夏荷香满, 田秋麦气清, 讵假沧浪上, 将濯楚臣缨。

## 同崔驸马晓初登楼思京

丽谯通四望, 繁忧起万端。绮疏低晚魄, 镂槛肃初寒。白云乡思远, 黄图归路难。唯馀西向笑, 暂似当长安。

## 月夜有怀简诸同病

闲庭落景尽, 疏帘夜月通。山灵响似应, 水净望如空。栖枝犹绕鹊, 遵渚未来鸿。可叹高楼妇, 悲思杳难终。

## 叙寄员半千

薄宦三河道, 自负十馀年。不应惊若厉, 只为直如弦。坐历山川险, 吁嗟陵谷迁。长吟空抱膝, 短翮讵冲天。魂归沧海上, 望断白云前。钓名劳拾紫,隐迹自谈玄。不学多能圣,徒思鸿宝仙。斯志良难已,此道岂徒然。嗟为刀笔吏,耻从绳墨牵。岐路情虽狎,人伦地本偏。长揖谢时事,独往访林泉。寄言二三子,生死不来旋。

## 咏怀古意上裴侍郎

三十二馀罢,鬓是潘安仁。四十九仍入,年非朱买臣。纵横愁系越,坎壈倦游秦。出笼穷短翮,委辙涸枯鳞。穷经一作磨铅不沾用,弹铗欲谁申。天子未驱策,岁月几沉沦。轻生长慷慨,效死独殷勤。徒歌易水客,空老渭川人。一得视边塞,万里何苦辛。剑匣胡霜影,弓开汉月轮。金刀动秋色,铁骑想风尘。为国坚诚款,捐躯忘贱贫。勒功思比宪,决略暗欺陈。若不犯霜雪,虚掷玉京春。

## 春夜韦明府宅宴得春字

酌桂陶芳夜,披薜啸幽人。雅琴驯鲁一作野雉,清歌落范一作梁尘。宿云低迥盖,残月上虚轮。幸此承恩洽,聊当故乡春。

## 过张平子墓

西鄂该通理,南阳擅德音。玉卮浮藻丽,铜浑积思深。忽怀今日昔,非复昔时今。日落丰碑暗,风来古木吟。惟叹穷泉下,终郁羡鱼心。

## 从军中行路难二首

一作行军军中行路难,一作军中行路难。

君不见封狐雄虺自成群,冯深负固结妖氛。玉玺分兵征恶少,金坛受律动一作劝将军。将军拥旄宣庙略,战士横行一作戈静夷落。长驱一息背铜梁,直指三巴登剑阁。阁道岩峣起戍楼,剑门遥裔俯灵丘。邛关九折无平路，江水双源有急流。征役无期返，他乡岁华晚。杳杳丘陵出，苍苍林薄远。途危紫盖峰，路涩青泥坂。去去指哀牢，行行入不毛。绝壁千里一作重险，连山四望高。中外分区宇，夷夏殊风土。交趾枕南荒，昆弥临北户。川原绕一作饶毒雾，溪谷多淫雨。行潦四时流，崩查千岁古。漂梗飞蓬不自安，扪藤引葛度危峦。昔时闻道从军乐，今日方知行路难。沧江绿水东流驶，炎洲丹徼南中地。南中南斗映星河，秦川秦塞阻烟波。三春边地风光少，五月泸中瘴疠多。朝驱疲斥候，夕息倦樵歌。向月弯繁弱，连星转太阿。重义轻生怀一顾，东伐西征凡几度。夜夜朝朝斑鬓新，年年岁岁戎衣故。灞城隅，滇池水，天涯望转积，地际行无已。徒觉炎凉节物非，不知关山千万里。弃置勿重陈，征行多苦辛。且悦清笳杨柳曲，讵忆芳园桃李人。绛节朱旗分白羽，丹心白刃酬明主。但令一被君王知，谁惮三边征战苦。行路难一本下有行路难岐路字，几千端，无复归云凭短翰，空馀望日想长安。一本无空馀二字。此篇一本作辛常伯诗。

君不见玉关尘色暗边庭，铜鞮杂虏寇长城。天子按剑征馀勇，将军受脤事横行。七德龙韬开玉帐，千里鼍鼓垒一作千重龟垒动金钲。阴山苦雾埋高垒，交河孤月照连营。连营去去无穷极，拥旃遥遥过绝国。阵云朝结晦天山，寒沙夕涨迷疏勒。龙鳞水上开鱼贯，马首山前振雕翼。长驱万里詟祁连，分麾三命武功宣。百发乌号遥碎柳，七尺龙文迥照莲。春来秋去移灰琯，兰闺柳市芳尘断。雁门迢递尺书稀，鸳被相思双带缓。行路难，行路难，誓令氛祲静皋兰。但使封侯龙额贵，讵一作颇随中妇凤楼寒。同辛常伯作。

# 帝　京　篇

山河千里国，城阙九重门。不睹皇居壮，安知天子尊。皇居帝里崤函谷，鹑野龙山侯甸服。五纬连影集星躔，八水分流横地轴。秦塞重关一百二，汉家离宫三十六。桂殿嵚一作阴岑一作嵓对玉楼，椒房窈窕连金屋。三条九陌丽一作凤城隈，万户千门平旦开。复道斜通鳷鹊观，交衢直指凤皇台。剑履南宫入，簪缨北阙来。声名冠寰宇，文物象昭回。钩陈肃兰戺，璧沼浮槐市。铜羽一作雀应风回，金茎承露起。校文天禄阁，习战昆明水。朱邸抗一作接平台，黄扉通戚里。平台戚里带崇墉，炊一作灼金馔玉待鸣钟。小堂绮帐三千户，大道青楼十二重。宝盖雕鞍金络马，兰窗绣柱玉盘龙。绣一作绮柱璇题粉一作彩壁映，锵金鸣玉王侯盛。王侯贵人多近臣，朝游北里暮南邻。陆贾分金将宴喜，陈遵投辖正一作尚留宾。赵李经过密，萧朱交结亲。丹凤朱城白日暮，青牛一作巾绀幰红尘度。侠客珠弹垂杨道，倡妇银钩采桑路。倡家桃李自芳一作芬菲，京华游侠盛一作事轻肥。延年女弟双凤一作飞入，罗敷使君千骑归。同心结缕带，连理织成衣。春朝桂尊尊百味，秋夜兰灯灯九微。翠幌珠帘不独映，清歌宝瑟自相依。且论三万六千一作二八千金是，宁知四十九年非。古来荣一作名利若浮云，人生倚伏信难分。始见田窦相移夺一作倾代，俄闻卫霍有功勋。未厌金陵气，先开石椁文。朱门无复张公子，灞亭谁畏李将军。相顾百龄皆有待，居然万化咸应改。桂枝芳气已销亡，柏梁高宴今何在。春去春来苦自驰，争名争利徒尔为。久留郎署终难遇，空扫相门谁见知《纪事》无春去四句。当时一作莫矜一旦擅豪华，自言千载长骄奢。倏忽抟风生羽翼，须臾失浪委泥沙。黄雀一作鹤徒巢桂一作柱，青门遂种瓜。黄金销铄素丝变，一贵一贱交情见。红颜宿昔白头新，脱粟布衣轻故人。故人有湮沦，新知无意气。灰死韩安国，罗伤翟廷尉。已矣哉，归去来。马卿辞蜀多文藻，扬雄仕汉乏良媒。三冬自矜诚足用，十年不调几遭回。汲黯薪逾积，孙弘阁未开。谁惜长沙傅一作赋，独负洛阳才。

# 畴昔篇

少年重英侠，弱岁贱衣冠。既托寰中赏，方承膝下欢。遨游灞水一
作陵曲，风月洛城端。且知无玉馔，谁肯逐金丸。金丸玉馔盛繁华，
自言轻侮季伦家。五霸争驰千里马，三条竞骛七香车。掩映飞轩
乘落一作夜照，参差步障引一作列朝霞。池中旧水如悬镜一作涵明月，
屋里新妆不让花。意气风云倏如昨，岁月春秋一作岁去年来屡回薄。
上苑频经柳絮飞，中园几见一作番梅花落。当时门客今何在，畴昔
交朋一作游已疏索。莫一作不教憔悴损容仪，会得一作在高秋云雾廓。
淹留坐帝乡，无事积一作度炎凉。一朝披短褐，六载奉长廊一作赋长
杨。赋文惭昔马，执戟叹一作慕前扬。挥戈出武帐，荷笔入文昌。
文昌隐隐皇城里，由来奕奕多才子。潘陆词锋骆一作络驿飞，张曹
翰一作曹张文苑纵横起。卿相未曾识，王侯宁见拟。垂钓甘成白首
翁一作徒劳倦，负薪何处逢知己。判一作谁将运命赋穷通，从来奇一作
命舛任西东。不应一作岂教永弃同刍狗，且复飘飘类转蓬。容一作客
鬓年年异，春华岁岁同。荣亲未尽礼，徇主欲申功。脂车秣马辞乡
一作京国，萦一作策辔西南使邛僰。玉垒铜梁不易攀，地角天涯眇难
测。莺啭蝉吟一作鸣有悲望，鸿来雁度无音息。阳关积雾万里昏，
剑阁连山千种色。蜀路何悠悠，岷峰阻且修。回肠随九折，进泪连
一作下双流。寒光一作云千里暮，露气二江秋。长途看束一作策马，平
水且沉牛。华阳旧地标神制，石镜蛾眉真一作偏秀丽。诸葛才雄已
号龙，公孙跃马轻称帝。五丁卓荦多奇力，四士英灵富一作用文艺。
云气横开八阵形，桥形遥分七星势。川平烟雾开，游戏锦城隈。塪
一作墙高龟望出一作步转，水净雁文回。寻姝入酒肆，访客上琴台。
不识金貂重，偏惜玉山颓。他乡冉冉消年月，帝里沉沉限一作悠悠恨
城阙。不见猿声助客啼，唯闻旅思将花发。我家迢递关山里，关山

迢递不可越。故园梅柳尚馀春<sub></sub>一作有馀，来时<sub></sub>一作春来勿使芳菲歇。
解鞅<sub></sub>一作秩欲言归，执袂怆多违。北梁俱握手，南浦共沾衣。别情
伤去盖，离念惜徂<sub></sub>一作光辉。知音何所托，木落雁南飞。回来望<sub></sub>一作
卧平陆，春来酒应熟。相将菌阁卧<sub></sub>一作望青溪<sub></sub>一作沂，且用藤杯泛黄
菊。十年不调<sub></sub>一作达为贫贱，百日屡迁随倚伏。只为须求负郭田，
使我再干州县<sub></sub>一作郡禄。百年郁郁少腾迁，万里遥遥<sub></sub>一作迢迢入镜
川。溆<sub></sub>一作吴江拂潮冲白日<sub></sub>一作浪，淮海长波接远天。丛竹凝朝露，
孤山起暝烟。赖有边城月，常伴<sub></sub>一作来傍客旌悬。东南美箭称吴
会，名都隐轸三江外。涂山执玉应昌期<sub></sub>一作朝，曲水开襟重文会。
仙镝流音鸣鹤岭，宝剑分辉落蛟濑。未看白马对芦刍，且觉浮云似
车盖。江南节序多，文酒屡经过。共<sub></sub>一作莫踏春江曲，俱<sub></sub>一作但唱采
菱歌。舟移疑入镜，棹举若乘波。风光无限极<sub></sub>一作数，归楫碍池荷。
眺听烟霞正流盼，即从王事归舻转。芝田花月<sub></sub>一作发屡裴回，金谷
佳期重游衍。登高北望<sub></sub>一作南适嗤梁叟，凭轼西征想潘掾。峰开华
岳耸疑莲，水激龙门急如箭。人事谢光阴，俄遭霜露侵。偷存七尺
影，分没九泉深。穷途行泣玉，愤路未藏金。茹荼空<sub></sub>一作徒有叹，怀
橘独伤心。年来岁去成销铄，怀抱心期渐寥落。挂冠裂冕已辞荣，
南亩东皋事耕凿。宾阶客院常疏散，蓬径柴扉终寂寞。自有林泉
堪隐栖，何必山中事丘壑。我住青门外，家临素浐滨。遥瞻丹凤
阙，斜望黑龙津。荒衢通猎骑，穷巷抵樵轮。时有桃源客，来访竹
林人。昨夜琴声奏悲调，旭旦含颦不成<sub></sub>一作言笑。果乘骢马发嚣
书，复道郎官禀纶诰<sub></sub>一作诏。冶长非罪曾缧绁，长孺然灰也经溺。
高<sub></sub>一作于门有阅不图封，峻笔无闻敛敷妙。适离京兆谤，还从御史
<sub></sub>一作府弹。炎威资<sub></sub>一作分夏景，平曲况秋翰。画地终难入，书空自不
安。吹毛未<sub></sub>一作犹可待，摇尾且求餐。丈夫坎壈多愁疾，契阔迍邅
尽今日。慎罚宁凭两造辞，严科直挂三章律。邹衍衔悲系燕狱，李

斯抱怨拘秦桎一作格。不应白发顿成丝，直为黄沙暗如漆。紫禁终难叫，朱门不易一作可排。惊魂闻叶落，危魄逐轮埋。霜威遥有厉，雪〔枉〕(杜)遂一作枉更无阶。含冤欲谁道，饮气独居怀。忽闻驿使发关东，传道天波万里通。涸鳞去辙还游一作先游海，幽禽释网便一作更翔空。舜泽尧曦方有极，谗言巧佞傥无穷。谁能跼迹一作蹐依三辅，会就商山访四翁。

## 艳情代郭氏答卢照邻

迢迢芊一作芋路望芝田，眇眇函关恨一作限蜀川。归云已落涪江外，还雁应过洛水瀍。洛水傍连帝城侧，帝宅层甍垂凤翼。铜驼路上柳千条，金谷园中花几色。柳叶园花处处新，洛阳桃李应芳春。妾向双流窥石镜，君住三川守玉人。此时离别那堪道，此日空床对芳沼。芳沼徒游比目鱼，幽径还生拔心草。流风回雪傥便娟，骥子鱼文实可怜。掷果河阳君有分，货一作卖酒成都妾亦然。莫言贫贱无人重，莫言富贵应须种。绿珠犹得石崇怜，飞燕曾经汉皇宠。良人何处醉纵横，直如循默守空名。倒提新缣成慊慊，翻将故剑作平平。离前吉梦成兰兆，别后啼痕上竹生。别日分明相约束，已取宜家成诫勖。当时拟弄掌中珠，岂谓先摧庭际玉。悲鸣五里无人问，肠断三声谁为续。思君欲上望夫台，端居懒听将雏曲。沉沉落日向山低，檐前归燕并头栖。抱膝当窗看夕兔，侧耳空房听晓鸡。舞蝶临阶只自舞，啼鸟逢人亦助啼。独坐伤孤枕，春来悲更甚。峨眉山上月如眉，濯锦江中霞似锦。锦字回文欲赠君，剑壁层峰自纠纷。平江淼淼分清浦，长路悠悠间白云。也知京洛多佳丽，也知山岫遥亏蔽。无那短封即疏索，不在长情守期契。传闻织女对牵牛，相望重河隔浅流。谁分迢迢经两岁，谁能脉脉待三秋。情知唾井终无理，情知覆水也难收。不复下山能借问，更向卢家字莫愁。

# 代女道士王灵妃赠道士李荣

玄都五府风尘绝，碧海三山波浪深。桃实千年非易待，桑田一变已难寻。别有仙居对三市，金阙银宫相向起。台前镜影伴仙娥，楼上箫声随凤史。凤楼迢递绝尘埃，鸾时物色正装回。灵芝紫检参差长，仙桂丹花重叠开。双童绰约时游陟，三鸟联翩报消息。尽言真侣出遨游，传道风光无限极。轻花委砌惹裾香，残月窥窗觇幌色。个时无数并妖妍，个里无穷总可怜。别有众中称黜帝，天上人间少流例。洛滨仙驾启遥源，淮浦灵津符远筮。自言少小慕幽玄，只言容易得神仙。珮中邀勒经时序，箫里寻思复几年。寻思许事真情变，二人容华识少选。漫道烧丹止七飞，空传化石曾三转。寄语天上弄机人，寄语河边值查客，乍可匆匆共百年，谁使遥遥期七夕。想知人意自相寻，果得深心共一心。一心一意无穷已，投漆投胶非足拟。只将羞涩当风流，持此相怜保终始。相怜相念倍相亲，一生一代一双人。不把丹心比玄石，惟将浊水况清尘。只言柱下留期信，好欲将心学松筠。不能京兆画蛾眉，翻向成都骋骕骦引。青牛紫气度灵关，尺素艳鳞去不还。连苔上砌无穷绿，修竹临坛几处斑。此时空床难独守，此日别离那可久。梅花如雪柳如丝，年去年来不自持。初言别在寒偏在，何悟春来春更思。春时物色无端绪，双枕孤眠谁分许。分念娇莺一种啼，生憎燕子千般语。朝云旭日照青楼，迟晖丽色满皇州。落花泛泛浮灵沼，垂柳长长拂御沟。御沟大道多奇赏，侠客妖容递来往。宝骑连花铁作钱，香轮鸯水珠为网。香轮宝骑竞繁华，可怜今夜宿倡家。鹦鹉杯中浮竹叶，凤凰琴里落梅花。许辈多情偏送款，为问春花几时满。千回鸟信说众诸，百过莺啼说长短。长短众诸判不寻，千回百过浪关心。何曾举意西邻玉，未肯留情南陌金。南陌西邻咸自保，还惜归期须及早。为想三春狭斜路，莫辞九折邛关道。假令白里似长安，须使青牛学剑端。
蘋风入驭来应易，竹杖成龙去不难。龙飙去去无消息，鸾镜朝朝减
容色。君心不记下山人，妾欲空期上林翼。上林三月鸿欲稀，华表
千年鹤未归。不分淹留桑路待，只应直取桂轮飞。

# 全唐诗卷七八

## 骆宾王

### 从 军 行

平生一顾重—作念,意气溢三军。野日分戈影,天星合剑文。弓弦抱汉月,马足践胡尘。不求生入塞,唯当死报君。

### 王昭君 —作昭君怨

敛容辞豹尾,缄恨度龙鳞。金钿明汉月,玉箸染胡尘。古—作妆镜菱花暗,愁眉柳叶颦。唯有清笳曲,时闻芳树春。

### 于紫云观赠道士 并序

余乡国一辞,江山万里。昔年离别,还同塞北之凫;今日归来,即似辽东之鹤。先生情均得兔,忘筌之契已深。路是亡羊,分岐之恨逾切。不题短什,何汰衷襟。

碧落澄秋景,玄门启曙关。人疑列御至,客似令威还。羽盖徒欣仰,云车未可攀。只应倾玉醴,时许寄颓颜。

### 渡瓜步江

捧檄辞幽径,鸣榔下贵—作遗洲。惊涛疑跃马,积气似连牛。月迥寒沙净,风急夜江秋。不学浮云影,他乡空<sub>一作容</sub>滞留。

## 途中有怀

眷然怀楚奏,怅矣背秦关。涸鳞惊照<sub>一作煦</sub>辙,坠羽怯虚弯。素服
三川化,乌裘十上还。莫言无皓齿,时俗薄朱颜。

## 至分水戍

行役忽离忧,复此怆分流。溅石回湍咽,萦丛曲涧幽。阴岩常结
晦,宿莽竞含秋。况乃霜晨早,寒风入戍楼。

## 望乡夕泛

归怀剩不安,促榜犯风澜。落宿含楼近,浮月带江寒。喜逐行前
至,忧从望里宽。今夜南枝鹊,应无绕树难。

## 久客临海有怀

天涯非日观,地岋望星楼。练光摇乱马,剑气上连牛。草湿姑苏
夕,叶下洞庭秋。欲知凄断意,江上涉安流。

## 游兖部逢孔君自卫来欣然相遇若旧

游人自卫返,背客隔淮来。倾盖金兰合,忘筌玉叶开。繁花明日
柳,疏蕊落风梅。将期重交态,时慰不然灰。

## 西京守岁

闲居寡言宴,独坐惨风尘。忽见严冬尽,方知列宿春。夜将寒色
去,年共晓光新。耿耿他乡夕,无由展旧亲。

## 同辛簿简仰酬思玄上人林泉四首

闻君招隐地,仿佛武陵春。缉芰知还楚,披榛似避秦。崩查年祀积,幽草岁时新。一谢沧浪水,安知有逸人。

芳晨临上月,幽赏狎中园。有蝶堪成梦,无羊可触藩。忘怀南涧藻,蠲思北堂萱。坐叹华滋歇,思君谁为言。

林泉恣探历,风景暂装徊。客有迁莺处,人无结驷来。聚花如薄雪,沸水若轻雷。今日徒招隐,终知异凿坯。

俗远风尘隔,春还初服迟。林疑中散地,人似上皇时。芳杜湘君曲,幽兰楚客词。山中有春草,长似寄相思。

## 秋日饯陆道士陈文林 并序

　　　陆道士将游西辅,通庄指浮气之关;陈文林言返东吴,修途走落星之浦。于是维舟锦水,藉兰若以开筵;缀骑金堤,泛榴花于祖道。于时赤烟沉节,青女司晨。霜雁衔芦,举宾行而候气;寒蝉噪柳,带凉序以含情。加以山接太行,耸羊肠而飞盖;河通少海,疏马颊以开澜。登高切送归之情,临水感逝川之叹。既而嗟别路之难驻,惜离尊之易倾。虽漆园筌蹄,已忘然(一作言)于道术。而陟阳风雨,尚抒情于咏歌。各赋一言,同为四韵。庶几别后,有畅离忧云尔。

青牛游华岳,赤马一作鸟走吴宫。玉柱离鸿怨,金罍浮蚁空。日霁嵩陵雨,尘起洛阳风。唯当玄度月,千里与君同。

## 送郑少府入辽共赋侠客远从戎

边烽警榆塞,侠客度桑乾。柳叶开银镝,桃花照玉鞍。满月临弓影,连星入剑端。不学燕丹客,空歌易水寒。

## 送费六还蜀

星楼望蜀道,月峡指吴门。万行流别泪,九折切惊魂。雪影含花落,云阴带叶昏。还愁三径晚,独对一清尊。

## 秋日送侯四得弹字

我留安豹隐,君去学鹏抟。岐路分襟易,风云促膝难。夕涨流波急,秋山落日寒。惟有思归引,凄断为君弹。

## 秋日送尹大赴京　并序

尹大官三冬道畅,指兰台而拾青;薛六郎四海情深,飞桂尊而举白。于时兔苑东上,龙火西流。剑彩沉波,碎楚莲于秋水;金辉照岸,秀陶菊于寒堤。既切送归之情,弥轸穷途之感。重以清江带地,闻吴会于星津。白云在天,望长安于日路。人之情也,能不悲乎?虽道术相望,协神交于灵府。而风烟悬隔,贵申心于翰林。请振词锋,用开笔海。人为四韵,用慰九秋。

挂瓢余隐舜,负鼎尔干汤。竹叶离樽满,桃花别路长。低河耿秋色,落月抱寒光。素书如可嗣,幽谷伫宾行。

## 秋夜送阎五还润州　并序

阎五官言返维桑,修途指金陵之地;李六郎交深投漆,开筵浮白玉之尊。于时壁彩澄虚,漏轻光于云叶;珪阴散迥,摇碎影于风梧。虽桂醑兰缸,暂淹留于一夕;而青山黄鹤,将惆怅于九秋。请勒四言,俱伸五际。

通庄抵旧里,沟水泣新知。断云飘易滞,连露积难披。素风啼<sub>一作</sub>翻迥堞,惊月绕疏枝。无力励短翰,轻举送长离。

## 送王明府参选赋得鹤

振衣游紫府,飞盖背青田。虚心恒警露,孤影尚凌烟。离歌凄妙曲,别操绕繁弦。在阴如可和,清响会闻天。

## 秋 日 送 别

寂寥心事晚,摇落岁时秋。共此伤年发,相看惜去留。当歌应破涕,哀命返穷愁。别后能相忆,东陵有故侯。

## 别李峤得胜字

芳尊徒自满,别恨转难胜。客似游江岸,人疑上灞陵。寒更承夜永,凉景向秋澄。离心何以赠,自有玉壶冰。

## 在兖州饯宋五之问

淮沂泗水地,梁甫汶阳东。别路青骊远,离尊绿蚁空。柳寒凋密翠,棠晚落疏红。别后相思曲,凄断入琴风。

## 游 灵 公 观

灵峰一作岑标胜境一作地,神府枕通川。玉殿斜连汉,金堂迥架烟。断风疏晚竹,流水切危弦。别有青门外,空怀玄圃仙。

## 夏日游山家同夏少府

返照下层岑,物外狎招寻。兰径薰幽珮,槐庭落暗金。谷静风声彻,山空月色深。一遣樊笼累,唯馀松桂心。

## 初秋登王司马楼宴得同字 并序

司马公千里腾光,翼外台而展足;九日多暇,敞丽谯以开筵。于时葭散秋灰,檀移夏火。鸿飞渐陆,流断吹以来寒;鹤鸣在阴,振中天而警露。于是肴开玉馔,交杂佩而薰兰;酒泛金翘,映清尊而湛菊。虽傍临广派,有异章渠之游;而俯瞰崇墉,雅叶城隅之会。物色相召,江山助人。请振翰林,用濡笔海云尔。

展骥端居暇,登龙喜一作嘉宴同。缔赏三清满,承欢六义通。野晦寒阴积,潭虚夕照空。顾惭非梦鸟,滥此厕雕虫。

## 初秋于窦六郎宅宴 并序

六郎道合采葵,啸悬鹑而契赏;诸君情谐伐木,仰登龙以缔欢。于时一叶惊寒,下陈柯而卷翠;百花凝照,澹虚牖以披红。既而俱欣得兔之情,共掩亡羊之泪。物我双致,匪石席以言兰;心口两齐,混污隆而酌桂。虽忘筌戴笠,兴交态于灵台;而捣管操觚,叶神心于胜气。盍陈六义,诗赋一言。即事凝毫,成者先唱云尔。

千里风云契,一朝心赏同。意尽深交合一作通家冷,神灵俗累空。草带一作砌销寒翠,花枝发一作缸敛夜红。唯将澹若水,长揖古人风。

## 冬 日 宴

二三物外友,一百杖头钱。赏洽袁公地,情披乐令天。促席鸳肴满,当炉兽炭然。何须攀桂树,逢此自留连。

## 镂 鸡 子

幸遇清明节,欣逢旧练人。刻花争脸态,写月竞眉新。晕罢空余月,诗成并道春。谁知怀玉者,含响未吟晨。

## 咏美人在天津桥

美女出东邻，容与上天津。整衣香满路，移步袜生尘。水下看妆影，眉头画月新。寄言曹子建，个是洛川神。

## 送宋五之问得凉字

愿言游泗水，支离去二漳。道术君所笃，筌蹄余自忘。雪威侵竹冷，秋爽带池凉。欲验离襟切，岐路在他乡。

## 宪台出絷寒夜有怀

独坐怀明发，长谣苦未安。自应迷北叟，谁肯问南冠。生死交情异，殷忧岁序阑。空馀朝夕鸟，相伴夜啼寒。

## 送郭少府探得忧字

开筵枕德水，辍棹舣仙舟。贝阙桃花浪，龙门竹箭流。当歌凄别曲，对酒泣离忧。还望青门外，空见白云浮。

## 冬日过故人任处士书斋

神交尚投漆，虚室罢游兰。网积窗文乱，苔深履迹残。雪明书帐冷，水静墨池寒。独此琴台夜一作上，流水为谁弹。

## 送刘少府游越州

一丘余枕石，三越尔怀铅。离亭分鹤盖，别岸指龙川。露下一作背夏蝉声断，寒来一作来寒雁影连。如何沟水上，凄断听离弦。

## 赋得白云抱幽石 一无赋得二字

重岩抱危石,幽涧曳轻云。绕镇仙衣动,飘蓬羽盖分。锦色连花静,苔光带叶熏。讵知吴会影,长抱榖城文。

## 赋得春云处处生 一无赋得二字

千里年光静,四望春云生。橤一作暂日祥光举,疏云瑞叶轻。盖阴笼迥树,阵影抱危城。非将吴会远,飘荡帝乡情。

## 在狱咏蝉 并序

余禁所禁垣西,是法厅事也,有古槐数株焉。虽生意可知,同殷仲文之古树,而听讼斯在,即周召伯之甘棠。每至夕照低阴,秋蝉疏引,发声幽息,有切尝闻。岂人心异于曩时,将虫响悲于前听。嗟乎! 声以动容,德以象贤。故洁其身也,禀君子达人之高行;蜕其皮也,有仙都羽化之灵姿。候时而来,顺阴阳之数;应节为变,审藏用之机。有目斯开,不以道昏而昧其视;有翼自薄,不以俗厚而易其真。吟乔树之微风,韵资天纵;饮高秋之坠露,清畏人知。仆失路艰虞,遭时徽纆。不哀伤而自怨,未摇落而先衰。闻蟪蛄之流声,悟平反之已奏;见螳螂之抱影,怯危机之未安。感而缀诗,贻诸知己。庶情沿物应,哀弱羽之飘零;道寄人知,悯馀声之寂寞。非谓文墨,取代幽忧云尔。

西陆蝉声唱,南冠客思侵。那堪玄鬓影,来对白头吟。露重飞难进,风多响易沉。无人信高洁,谁为表予心。

## 咏 水

列名通地纪,疏派合天津。波随月色净,态逐桃花春。照霞如隐石,映柳似沉鳞。终当把上善,属意澹交人。

## 同张二咏雁

嗉藻沧江远,衔芦紫塞长。雾深迷晓景,风急断秋行。阵照通宵月,书封几夜霜。无复能鸣分,空知愧稻粱。

## 咏　雪

龙云玉叶上,鹤雪瑞花新。影乱铜乌吹,光销玉马津。含辉明<sub>一作</sub>朗素篆,隐迹表<sub>一作奉</sub>祥轮。幽兰不可俪,徒自绕阳春。

## 咏 云 酒

朔空曾纪历,带地旧疏泉。色泛临砀瑞,香流赴蜀仙。款交欣散玉,洽友悦沉钱。无复中山赏,空吟吴会篇。

## 尘　灰

洛川流雅韵,秦道擅苛威。听歌梁上动,应律管中飞。光飘神女袜,影落羽人衣。愿言心未翳,终冀效轻微。

## 秋晨同淄川毛司马秋九咏

### 秋　风
紫陌炎氛<sub>一作气</sub>歇,青蘋晚吹浮。乱竹摇疏影,萦池织细流。飘香曳舞袖,带粉泛妆楼。不分君恩绝,纨扇曲中秋。

### 秋　云
南陆铜浑改,西郊玉叶轻。泛斗瑶光动<sub>一作暗</sub>,临阳瑞色明。盖阴连凤阙,阵影翼龙城。讵知时不遇,空伤流滞情。

### 秋　蝉
九秋行已暮,一枝聊暂安。隐榆非谏楚,噪柳异悲潘。分形妆薄鬓,镂影饰危冠。自怜疏影断,寒林夕吹寒。

### 秋　露

玉关寒气早,金塘秋色一作气归。泛掌光逾净,添荷一作河滴尚微。变霜凝晓液,承月委圆辉。别有吴台上,应湿楚臣衣。

### 秋　月

云披玉绳净,月一作桂满镜轮一作光圆。裛露珠晖一作朱花冷,凌霜桂影一作纨扇寒。漏彩含疏薄,浮光漾急澜。西园徒自赏,南飞终未安。

### 秋　水

贝一作金阙寒流彻,玉轮秋浪清。图云锦色净,写月练花明。泛曲鹍弦动,随轩风辖惊。唯当御沟上,凄断送归情。

### 秋　萤

玉虬分静夜,金萤照晚凉。含辉疑泛月,带火怯凌霜。散彩萦虚牖,飘花绕洞房。下帷如不倦,当解惜馀光。

### 秋　菊

擢秀三秋晚,开芳十步中。分黄俱笑日,含翠共摇风。碎影涵流动,浮香隔岸通。金翘徒可泛,玉斚竟谁同。

### 秋　雁

联翩辞海曲,遥曳指江干。阵去金河冷,书归玉塞寒。带月凌空易,迷烟逗浦难。何当同顾影,刷羽泛清澜。

## 乐大夫挽词五首

可叹浮生促,吁嗟此路难。丘陵一起恨,言笑几时欢。萧索郊埏晚,荒凉井径寒。谁当门下客,独见有任安。

蒿里谁家地,松门何代丘。百年三万日,一别几千秋。返照寒无影,穷泉冻不流。居然同物化,何处欲藏舟。

昔去梅笳发，今来薤露晞。彤驺朝帝阙，丹旐背王畿。城郭犹疑是，原陵稍觉非。九原如可作，千载与谁归。

一旦先朝菌，千秋掩夜台。青乌新兆去，白马故人来。草露当春泣，松风向暮哀。宁知荒垅外，吊鹤自裴徊。

忽见泉台路，犹疑水镜悬。何如开白日，非复睹青天。华表迎千岁，幽扃送百年。独嗟流水引，长掩伯牙弦。

## 丹阳刺史挽词三首

百龄嗟倏忽，一旦向一作附山阿。丹桂销已一作亡尽，青松哀更一作思多。薰风虚听曲，薤露反成歌。自有藏舟处，谁怜隙驷过。

恻怆恒山羽，留连棣萼篇。佳城非旧日，京兆即新阡。城郭三千岁，丘陵几万年。唯馀松柏垅，朝夕起寒烟。

短歌三献曲，长夜九泉台。此室玄扃掩，何年白日开。荒郊疏古木，寒隧积陈荄。独此伤心地，松声薄暮来。

## 称　心　寺

征帆恣远寻，逶迤过称心。凝滞蘅蕙岸，沿洄楂柚林。穿溆不厌曲，舣潭惟爱深。为乐凡几许，听取舟中琴。

## 陪润州薛司空丹徒桂明府游招隐寺

共寻招隐寺，初识戴颙家。还依旧泉壑，应改昔云霞。绿竹寒天笋，红蕉腊月花。金绳倘留客，为系日光斜。

# 全唐诗卷七九

## 骆宾王

### 棹 歌 行

写月涂黄罢,凌波拾翠通。镜花摇芰日,衣麝入荷风。叶密舟难荡,莲疏浦易空。凤媒羞自托,鸳翼恨难穷。秋一作愁帐灯华一作光翠,倡楼粉色红。相思无别曲,并在棹歌中。

### 海 曲 书 情

薄游倦千里,劳生负百年。未能槎上汉,讵肯剑游燕。白云照春海,青山横曙天。江涛让双璧,渭水掷三钱。坐惜风光晚,长歌独块然。

### 蓬 莱 镇

旅客春心断,边城夜望高。野楼疑海气,白鹭似江涛。结绶疲三入,承冠泣二毛。将飞怜弱羽,欲济乏轻舠。赖有阳春曲,穷愁且代劳。

### 和 李 明 府

传闻叶悬履,飞向洛阳城。驰道临层掖,津门对小平。霞残疑制

锦,云度似飘缫。藻挨潘江澈,尘虚范甑清。讵怜冲斗气,犹向匣
中鸣。

## 春晚从李长史游开道林故山

幽寻极幽壑,春望陟春台。云光栖断树,灵影入仙杯。古藤依格
上,野径约山隈。落蕊翻风去,流莺满树来。兴阑荀御动,归路起
浮埃。

## 冬 日 野 望

故人无与晤,安步陟山椒。野静连云卷,川明断雾销。灵岩闻晓
籁,洞浦涨秋潮。三江归望断,千里故乡遥。劳歌徒自奏,客魂谁
为招。

## 晚 渡 黄 河

千里寻归路,一苇乱平源。通波连马颊,迸水急龙门。照日荣光
净,惊风瑞浪翻。棹唱临风断,樵讴入听喧。岸迥秋霞落,潭深夕
雾繁。谁堪逝川上,日暮不归魂。

## 宿 山 庄

金陵一超忽,玉烛几还周。露积吴台草,风入郢门楸。林虚宿断
雾,磴险挂悬流。拾青非汉策,化缉类秦裘。牵迹犹多蹇,劳生未
寡尤。独此他乡梦,空山明月秋。

## 晚度天山有怀京邑

忽上天山路,依然想物华。云疑上苑叶,雪似御沟花。行叹戎麾
远,坐怜衣带赊。交河浮绝塞,弱水浸流沙。旅思徒漂梗,归期未

及瓜。宁知心断绝,夜夜泣胡笳。

## 夕次蒲类津 一作晚泊蒲类

二庭归望断,万里客心愁。山路犹南属,河源自北流。晚风连朔气,新月照边秋。灶火通军壁,烽烟上戍楼。龙庭但苦战,燕颔会封侯。莫作兰山下,空令汉国羞。

## 远使海曲春夜多怀

长啸三春晚,端居百虑盈。未安胡蝶梦,遽切鲁禽情。别岛连嶂海,离魂断戍城。流星疑伴使,低月似依营。怀禄宁期达,牵时匪徇名。艰虞行已远,时一作昧迹自相惊。

## 早 发 诸 暨

征夫怀远路,凤驾上危峦。薄烟横绝巘,轻冻涩回湍。野雾连空暗,山风入曙寒。帝城临灞涘,禹穴枕江干。橘性行应化,蓬心去不安。独掩穷途泪,长歌行路难。

## 望月有所思

九秋凉风一作气肃,千里月华开。圆光随露湛,碎影逐波来。似霜明玉砌,如镜写珠胎。晚色依关近,边声杂吹哀。离居分照耀,怨绪共裴徊。自绕南飞羽,空呑北堂才。

## 送吴七游蜀

日观分齐壤,星桥接蜀门。桃花嘶别路,竹叶泻离樽。夏老一作尽兰犹茂,秋深一作新柳尚繁。雾销山望迥,风高野听喧。劳歌徒欲奏,赠别竟无言。唯有当秋月,空照野人园。

## 西行别东台详正学士

意气坐相亲,关河别故人。客似一作自秦川上,歌疑一作从易水滨。
塞荒行辨玉,台远尚名轮。泄井怀边将,寻源重汉臣。上苑梅花
早,御沟杨柳新。只应持此曲,别作边城春。

## 和王记室从赵王春日游陀山寺

鸟旟陪访道,鹫岭狎栖真。四禅明静业,三空广胜因。祥河疏叠
涧,慧日皎重轮。叶暗龙宫密,花明鹿苑春。雕谈筌奥旨,妙辩漱
玄津。雅曲终难和,徒自奏巴人。

## 夏日夜忆张二

伏枕忧思深,拥膝独长吟。烹鲤无尺素,筌鱼劳寸心。疏麻空有
折,芳桂湛无斟。广庭含夕气,闲宇澹虚阴。织虫垂夜砌,惊鸟栖
暝林。欢娱百年促,羁病一生侵。讵堪孤月夜,流水入鸣琴。

## 寒夜独坐游子多怀简知己

故乡眇千里,离忧积万端。鹑服长悲碎,蜗庐未卜安。富钩徒有
想,贫铗为谁弹。柳秋风叶脆,荷晓露文团。晚金丛岸菊,馀佩下
幽兰。伐木伤心易,维桑归去难。独有孤明月,时照客庭寒。

## 在军中赠先还知己

蓬转俱行役,瓜时独未还。魂迷金阙路,望断玉门关。献凯多惭
霍,论封一作功几谢班。风尘催白首,岁月损红颜。落雁低秋塞,惊
凫起暝湾。胡霜如剑锷,汉月似刀环。别后边庭树,相思几度攀。

## 秋日山行简梁大官

乘马陟层阜,回首睨山川。攒峰衔宿雾,叠嶂架寒烟。百重含翠色,一道落飞泉。香吹分岩桂,鲜云抱石莲。地偏心易远,致默体逾玄。得性虚游刃,忘言已弃筌。弹冠劳巧拙,结绶倦牵缠。不如从四皓,丘中鸣一弦。

## 晚 泊 江 镇

四运移阴律,三翼泛阳侯。荷香销晚夏,菊气入新秋。夜乌喧粉堞,宿雁下芦洲。海雾笼边徼,江风绕戍楼。转蓬惊别渚,徙橘怆离忧。魂飞灞陵岸,泪尽洞庭流。振影希鸿陆,逃名谢蚁丘。还嗟帝乡远,空望白云浮。

## 浮 槎 并序

　　游目川上,观一浮槎。泛泛然若木偶之乘流,迷不知其所适也。观其根柢盘屈,枝干扶疏。大则有栋梁舟楫之材,小则有轮辕檩桷之用。非夫禀乾坤之秀气,含宇宙之淳精,孰能负凌云概日之姿,抱积雪封霜之骨。向使怀材幽薮,藏颖重岩,绝望于岩廊之荣,遗形于斤斧之患,固可垂荫万亩,悬映九霄,与建木较其短长,将大椿齐其年寿者。而委根险岸,托质畏途,上为疾风冲飙所摧残,下为奔浪迅波所激射。基由壤括,势以地危,岂盛衰之理系乎时,封植之道存乎我? 一坠泉谷,万里飘沦,与波浮沉,随时逝止。虽殷仲文叹生意已尽,孔宣父知朽质难雕。然而遇良工,逢仙客,牛矶可托,玉璜之路非遥;匠石先谈,万乘之器何远。故材用与不用,时也。悲夫! 然知万物之相应感者,亦奚必同声同气而已哉。感而赋诗,贻诸同疾云尔。

昔负千寻质,高临九仞峰。真心凌晚桂,劲节掩寒松。忽值风飙折,坐为波浪冲。摧残空有恨,拥肿遂无庸。渤海三千里,泥沙几万重。似舟飘不定,如梗泛何从。仙客终难托,良工岂易逢。徒怀万乘器,谁为一先容。

# 晚 泊 河 曲

三秋倦行役,千里泛归潮。通波竹箭水,轻舸木兰桡。金堤连曲岸,贝阙影浮桥。水净千年近,星飞五老遥。叠花开宿浪,浮叶下凉飙。浦荷疏晚药,津柳溃寒条。栖惶劳梗泛,凄断倦蓬飘。仙槎不可托,河上独长谣。

# 早发淮口望盱眙

养蒙分四渎,习坎奠三荆。徙帝留馀地,封王表旧城。岸昏涵蜃气,潮满应鸡声。洲迥连沙静,川虚积溜明。一朝从捧檄,千里倦悬旌。背流桐柏远,逗浦木兰轻。小山迷隐路,大块切劳生。唯有贞心在,独映寒潭清。

# 边 城 落 日

紫塞流沙北,黄图灞水东。一朝辞俎豆,万里逐沙蓬。候月恒持满,寻源屡凿空。野昏边气合,烽迥戍烟通。膂力风尘倦,疆场岁月穷。河流控积石,山路远崆峒。壮志凌苍兕,精诚贯白虹。君恩如可报,龙剑有雌雄。

# 宿温城望军营

虏地寒胶折,边城夜柝闻。兵符关帝阙,天策动将军。塞一作戍静胡笳彻,沙明楚练分。风旗翻翼影,霜剑转龙文。白羽摇如月,青山断若云。烟疏疑卷幔,尘灭似销氛。投笔怀班业,临戎想顾勋。还应雪汉耻,持此报明君。

# 过 故 宋

旧国千年尽，荒城四望通。云浮非隐帝，日举类游童。绮琴朝化
洽，祥石夜论空。马去遥奔郑，蛇分近带丰。池文敛束水，竹影漏
寒丛。园兔承行月，川禽避断风。故宋诚难定，从梁事未工。唯当
过周客，独愧吴台空。

# 边 夜 有 怀

汉地行逾远，燕山去不穷。城荒犹筑怨，碣毁尚铭功。古戍烟尘
满，边庭人事空。夜关明陇月，秋塞急胡风。倚伏良难定，荣枯岂
易通。旅魂劳泛梗，离恨断征蓬。苏武封犹薄，崔骃宦不工。惟馀
北叟意，欲寄南飞鸿。

## 伤祝阿王明府　并序

　　夫心之悲矣，非关春秋之气；声之哀也，岂移金石之音。何则？事
感则万绪兴端，情应则百忧交轸。是以宣尼旧馆，流襟动激楚之悲；孟
尝高台，承睫下闻琴之泪。祝阿王明府，毓德丹穴，袭吉黄裳。灵基峙
金阙之峰，层源濑玉轮之坂。既而鸿飞渐陆，将骋平舆之龙；鹤鸣在阴，
爰绊朝歌之骥。乃当名悬阙月，德贯陈星，岂徒遽切梦琼，掩沉连石？
嗟乎！轮销桂魄，骊珠毁贝阙之前；斗散紫氛，龙剑没延平之水。某昔
承嘉惠，曲荷恩光。留连啸歌，从容风月。抚心陈迹，泣血涟如。然而
始终者万物之大归，生死者百年之常分。虽则知理之可有，而未晓情之
可无。聊缀悲歌，敢贻同好。诸君或缔交三益，列宰一司，或协契筌蹄，
投心胶漆。如比肩于千里，遽伤魂于九原。既切芝焚，弥深蕙叹。盍言
四始，同赋七哀。庶兰室流薰，袭遗芳而化德。故蓬心申拙，效庸音于
起予。触目多怀，周增流恸。

洛川真气上，重泉惠政融。含章光后烈，继武嗣前雄。与善良难

验,生涯忽易穷。翔凫犹化履,狎雉尚驯童。钱满荒阶绿,尘浮虚帐红。夏馀将宿草,秋近未惊蓬。烟晦泉门闭,日尽一作远夜台空。谁堪孤陇外,独听白杨风。

## 四月八日题七级

化城分鸟堞,香阁俯龙川。复栋侵黄道,重檐架紫烟。铭书非晋代,壁画是梁年。霸略今何在,王宫尚岿然。二帝曾游圣,三卿是偶贤。因一作昔兹游胜侣,超彼托良缘。我出有为界,君登非想天。悠悠青旷里,荡荡白云前。今日经行处,曲音一本缺此字号盖烟。

## 和孙长史秋日卧病

霍第疏天府,潘园近帝台。调弦三妇至,置驿五侯来。尚想欢娱洽,吁嗟岁月催。金坛分上将,玉帐引瓌材。决胜鲸波静,腾谋鸟谷开。白云淮水外,紫陌灞陵隈。节变惊衰柳,箭繁思落梅。调神和玉烛,掞藻握珠胎。怅矣欣怀土,居然欲死灰。还因承雅曲,暂喜跃沈鳃。

## 饯郑安阳入蜀

彭山一作门折坂外,井络少城隈。地是三巴俗,人非百里材。畏一作长途君怅望,岐一作别路我裴徊。心赏风烟隔,容华岁月催。遥遥分凤野,去去转龙媒。遗锦非前邑,鸣琴即旧台。剑门千仞起,石路五丁开。海客乘槎渡,仙童驭竹回。魂将离鹤远,思逐断猿哀。唯有双凫舄,飞去复飞来。

## 咏　怀

少年识事浅,不知交道难。一言芬若桂,四海臭如兰。宝剑思存

楚,金锤许报韩。虚心徒有托,循迹谅无端。太息关山险,吁嗟岁
月阑。忘机殊会俗,守拙异怀安。阮籍空长啸,刘琨独未欢。十步
庭芳敛,三秋陇月团。槐疏非尽意,松晚夜凌寒。悲调弦中急,穷
愁醉里宽。莫将流水引,空向俗人弹。

## 春日离长安客中言怀 一作春霁早行

年华开早律,霁色荡芳晨。城阙千门晓,山河四望春。御沟通太
液,戚里对平津。宝瑟调中妇,金罍引上宾。剧谈推曼倩,惊坐揖
陈遵。意气一言合,风期万里亲。自惟安直道,守拙忌因人。谈器
非先木一作先蟠木,图荣异后薪。揶揄惭路鬼,憔悴切波臣。玄草终
疲汉,乌裘几滞秦。生涯无岁月,岐路有风尘。还嗟太行道,处处
白头新。

## 夕次旧吴

维舟背楚服,振策下吴畿。盛德弘三让,雄图枕一作抗九围。黄池
通霸迹,赤壁畅戎威。文物俄迁谢,英灵有盛衰。行叹鸱夷没,遽
惜湛卢飞。地古烟尘暗,年深馆宇稀。山川四望是,人事一朝非。
悬剑空留信,亡珠尚识机。郑风遥可托,关月眇一作耿难依。西北
云逾滞,东南气转微。徒怀伯通隐,多谢买臣归。唯有荒台露,薄
暮湿征衣。

## 早秋出塞寄东台详正学士

促驾逾三水,长驱望五原。天阶分斗极,地理接楼烦。溪月明关
陇,戎一作胡云聚塞垣。山川殊物候,风壤异凉暄。戍古秋尘合一作
冷,沙寒宿雾繁。昔余迷学步,投迹忝词源。兰渚浮延阁,蓬山款
禁园。彯缨陪绂冕,载笔偶玙璠。汲冢宁详蠹,秦牢讵辨冤。一

朝从筐服，千里骛轻轩。乡梦随魂断，边声入听喧。南图终铩翮，
北上遽催辕。吊影惭连茹，浮生倦触藩。数奇何以托，桃李自无
言。

## 幽絷书情通简知己

昔岁逢杨意一作阳历，观光贵一作贯楚材。穴疑丹凤起，场似白驹来。
一命沦骄饵，三缄慎祸胎。不言劳倚伏，忽此遘迍回。骢马刑章
峻，苍鹰狱吏猜。绝缣非易辨，疑璧果难裁。揆画一作揆拙惭周道，
端忧滞夏台。生涯一灭裂，岐路几裴徊。青陆春芳动，黄沙旅思
催。圆扉长寂寂，疏网尚恢恢。入阱先一作方摇尾，迷津正曝腮。
覆盆徒望日，蛰户未经雷。霜歇兰犹败，风多木屡摧。地幽蚕室
闭，门静雀罗开。自悯秦冤痛，谁怜楚奏哀。汉阳穷鸟客，梁甫卧
龙才。有气还冲斗，无时会凿坏。莫言韩长孺，长作不然灰。

## 久戍边城有怀京邑

扰扰风尘地，遑遑名利途。盈虚一易舛，心迹两难俱。弱龄小山
志，宁期大丈夫。九微光贲玉，千仞忽弹珠。棘寺游三礼，蓬山簉
八儒。怀铅惭后进，投笔愿前驱。北走非通赵，西之似化胡。锦车
朝促候，刁斗夜传呼。战士青丝络，将军黄石符。连星入宝剑，半
月上雕弧。拜井开疏勒，鸣桴动密须。戎机习短蔗，袄祲静长榆。
季月炎初尽，边亭草早枯。层阴笼古木，穷色变寒芜。海鹤声嘹
唳，城乌尾毕逋。葭繁秋色引，桂满夕轮虚。行役风霜久，乡园梦
想孤。灞池遥夏国，秦海望阳纡。沙塞三千里，京城十二衢。杨沟
连凤阙，槐路拟鸿都。璧殿规宸象，金堤法斗枢。云浮西北盖，月
照东南隅。宝帐垂连理，银床转辘轳。广筵留上客，丰馔引中厨。
漏缓金徒箭，娇繁玉女壶。秋涛飞喻马，秋水泛仙舻。意气风云

合,言忘道术趋。共矜名已泰,讵肯沫相濡。有志惭雕朽,无庸类散樗。关山暂超忽,形影叹艰虞。结网空知羡,图荣岂自诬。忘情同塞马,比德类宛驹。陇坂肝肠绝,阳关亭候迂。迷魂惊落雁,离恨断飞凫。春去荣华尽,年来岁月芜。边愁伤郢调,乡思绕吴歈。河气通中国,山途限外区。相思若可寄,冰泮有衔芦。

## 在军登城楼

城上风威冷,江中水气寒。戎衣何日定,歌舞入长安。

## 于易水送人

此地别燕丹,壮士发一作壮发上冲冠。昔时人已没,今日水犹寒。

## 咏　镜

写月无芳桂,照日有花菱。不持光谢水,翻将影学冰。

## 挑灯杖

禀质非贪热,焦心岂惮熬。终知不自润,何处用脂膏。

## 咏　尘

凌波起罗袜,含风染素衣。别有知音调,闻歌应自飞。

## 玩初月 一作沈佺期诗

忌满光先一作恒缺,乘昏影暂流。既一作自能明似镜,何用曲如钩。

## 送　别

寒更承夜永,凉夕向秋澄。离心何以赠,自有玉壶冰。

# 忆蜀地佳人

东西吴蜀关山远,鱼来雁去两难闻。莫怪常有千行泪,只为阳台一片云。

## 咏　鹅 七岁时作

鹅鹅鹅,曲项向天歌。白毛浮绿水,红掌拨清波。

# 全唐诗卷八〇

## 武三思

武三思,则天兄子。累官右卫将军。则天临朝,擢夏官尚
书。及革命,封梁王,寻拜天官尚书。圣历初,检校内史,进太
子宾客。长安中,其子崇训尚安乐公主。时三思用事于朝,欲
宠异其礼,乃自重光门内行亲迎礼,归于天津桥南私第。又令
宰臣李峤、苏味道,词人沈佺期、宋之问等赋花烛行以美之。
中宗复位,拜司空,同中书门下三品。猜嫉正士,干黩时政,为
节愍太子所诛。诗八首。

### 奉和圣制夏日游石淙山 第二句缺一字

此地岩壑数千重,吾君驾鹤□乘龙。掩映叶光含翡翠,参差石影带
芙蓉。白日将移冲叠巘,玄云欲度碍高峰。对酒鸣琴追野趣,时闻
清吹入长松。

### 仙 鹤 篇

白鹤乘空何处飞,青田紫盖本相依。猴山七月虽长去,辽水千年会
忆归。猴山杳杳翔寥廓,辽水累累叹城郭。经随羽客步丹丘,曾逐
仙人游碧落。迢迢碧落断氛埃,霞堂云阁几重开。欲寻东海黄金
灶,仍向西山白玉台。九皋独唳方清切,五里惊群俄断绝。月下分

行似度云,风前飚影疑回雪。风前月下路漫漫,水宿云翔去几般。
宛转能倾吴国市,裴回巧拂汉皇坛。琴中作曲从来易,鼓里传声有
甚难。夜夜恒飞银汉曲,朝朝常饮玉池澜。别有闻箫出紫烟,还如
化履上青天。霜毛忽控三神下,玉羽俄看二客旋。燕雀终迷横海
志,蜉蝣岂识在阴年。莫言一举轻千里,为与三山送九仙。

## 宴龙泓

登临开胜托,眺瞩尽良游。岩嵼萦纡上,澄潭屈曲流。泛兰清兴
洽,折桂野文遒。别后相思处,崎岖碧涧幽。

## 凝碧池侍宴应制得出水槎

彼木生何代,为槎复几年。欲乘银汉曲,先泛玉池边。拥溜根横
岸,沉波影倒悬。无劳问蜀客,此处即高天。

## 奉和宴小山池赋得溪字应制

年光开碧沼,云色敛青溪。冻解鱼方戏,风暄鸟欲啼。岩泉飞野
鹤,石镜舞山鸡。柳发龙鳞出,松新麈尾齐。九韶从此验,三月定
应迷。

## 奉和过梁王宅即目应制

岩居多水石,野宅满风烟。本谓开三径,俄欣降九天。穿林移步
辇,拂岸转行旃。风竹初垂箨,龟河未吐莲。愿持山作寿,恒用劫
为年。

## 奉和春日游龙门应制

凤驾临香地,龙舆上翠微。星宫含雨气,月殿抱春辉。碧涧长虹

下,雕梁早燕归。云疑浮宝盖,石似拂天衣。露草侵阶长,风花绕席飞。日斜宸赏洽,清吹入重闱。

## 秋日于天中寺寻复礼上人

妙域三时殿,香岩七宝宫。金绳先界道,玉柄即谈空。喻筏知何极,传灯竟不穷。弥天高义远,初地胜因通。理诣归一处,心行不二中。有无双惑遣,真俗两缘同。摘叶疑焚翠,投花若散红。网珠遥映日,檐铎近吟风。定沼寒光素,禅枝暝色葱。愿随方便力,长冀释尘笼。

## 句

云螭非易匹,月驷本难俦。　咏马　见《海录碎事》

# 张易之

　　张易之,定州人。以门荫累迁尚乘奉御。则天临朝,与弟昌宗俱入侍禁中,俄为司卫少卿。圣历二年,置控鹤府,以易之为控鹤监内供奉。久视初,改控鹤府为奉宸府,遂为奉宸令。引词人阎朝隐、薛稷、员半千并为奉宸供奉。易之、昌宗皆粗能属文,如应诏和诗,则宋之问、阎朝隐为之代作。诗四首。

## 奉和圣制夏日游石淙山

六龙骧首晓骎骎,七圣陪轩集颍阴。千丈松萝交翠幕,一丘山水当鸣琴。青鸟白云王母使,垂藤断葛野人心。山中日暮幽岩下,泠然香吹落花深。

## 侍从过公主南宅侍宴探得风字应制

逐赏平阳第,鸣笳上苑东。鸟吟千户竹,蝶舞百花丛。时攀小山桂,共挹大王风。坐客无劳起,秦箫曲未终。

## 出　塞

侠客重恩光,骏马饰金装。暂闻传羽檄,驰突救边荒。转战磨笄地,横行戴斗乡。将军占太白,小妇怨流黄。骦裘青丝骑,娉婷红粉妆。一一作三春莺度曲,八月雁成行。谁堪坐秋思,罗袖拂空床。

## 泛舟侍宴应制

平明出御沟,解缆坐回舟。绿水澄明月,红罗结绮楼。弦歌争浦入,冠盖逐川流。白鱼臣作伴,相对舞王舟。

# 张昌宗

　　张昌宗,易之弟。初为云麾将军,行左千牛中郎将,加银青光禄大夫。佞者奏昌宗是王子晋后身,词人皆赋诗以美之,崔融作为绝唱。则天诏昌宗撰《三教珠英》,引文学之士李峤、张说、宋之问、徐彦伯、富嘉谟等二十六人,分门撰集。书成,加昌宗司仆卿,改春官侍郎。时易之兄弟专权乱政,后为张柬之等起羽林兵诛之。诗三首。

## 奉和圣制夏日游石淙山

云车遥裔三珠树,帐殿交阴八桂丛。涧险泉声疑度雨,川平桥势若晴虹。叔夜弹琴歌白雪,孙登长啸韵清风。即此陪欢游阆苑,无劳辛苦向崆峒。

# 少 年 行

少年不识事,落魄游韩魏。珠轩流水车,玉勒浮云骑。纵横意不一,然诺心无二。白璧赠穰苴,黄金奉毛遂。妙舞飘龙管,清歌吟凤吹。三春小苑游,千日中山醉。直言身可沉,谁论名与利。依倚孟尝君,自知能市义。

# 太平公主山亭侍宴

淮南有小山,嬴女隐其间。折桂芙蓉浦,吹箫明月湾。扇掩将雏曲,钗承堕马鬟。欢情本无限,莫掩洛城一作阳关。

# 薛 曜

薛曜,元超子,以文学知名。尚城阳公主,子绍尚太平公主。绍兄颖惧太盛,以问从兄克。克曰:"帝甥尚主,由来故事。但以恭慎行之,何惧也?"圣历中,与修《三教珠英》,官正谏大夫。集二十卷,今存诗五首。

# 奉和圣制夏日游石淙山

玉洞幽寻更是天,朱霞绿景镇韶年。飞花藉藉迷行路,啭鸟遥遥作管弦。雾隐长林成翠幄,风吹细雨即虹泉。此中碧酒恒参圣,浪道昆山别有仙。

# 子 夜 冬 歌

朔风扣群木,严霜凋百草。借问月中人,安得长不老。

## 舞　马　篇

星精龙种竞腾骧，双眼黄金紫艳光。一朝逢遇升平代，伏皂衔图事帝王。我皇盛德苞六宇，俗泰时和虞石拊。昔闻九代有馀名，《山海经》：夏后启舞九代马。今日百兽先来舞。钩陈周卫俨旌旄，钟镈陶匏声殷地。承云嘈嘈骇日灵，调露铿鈜动天驷。奔尘飞箭若麟螭，蹑景追风忽见知。咀衔拉铁并权奇，被服雕章何陆离。紫玉鸣珂临宝镫，青丝彩络带金羁。随歌鼓而电惊，逐丸剑而飙驰。态聚踌还急，骄凝骤不移。光敌白日下，气拥绿烟垂。婉转盘跚殊未已，悬空步骤红尘起。惊凫翔鹭不堪俦，矫凤回鸾那足拟。蘅垂桂袅香氛氲，长鸣汗血尽浮云。不辞辛苦来东道，只为箫韶朝夕闻。闾阖间，玉台侧，承恩煦兮生光色。鸾锵锵，车翼翼，备国容兮为戎饰。充云翘兮天子庭，荷日用兮情无极。吉良乘兮一千岁，神是得兮天地期。大易占云南山寿，趁趲共乐圣明时。《品汇》本删闾阖间下一段。

## 正夜侍宴应诏 《英华》作正月望夜上阳宫侍宴应制

重关钟漏通，夕敞凤皇宫。双阙祥烟里，千门明月中。酒杯一作筵浮湛露，歌曲唱流风。侍臣咸醉止，恒一作常惭恩遇崇一作造丰。

## 送道士入天台

洛阳陌上多离别，蓬莱山下足波潮。碧海桑田何处在，笙歌一听一遥遥。

# 杨敬述

　　杨敬述，则天时右玉钤卫郎将，左奉宸内供奉。诗一首。

## 奉和圣制夏日游石淙山

山中别有神仙地,屈曲幽深碧涧垂。岩前暂驻黄金辇,席上还飞白玉卮。远近风泉俱合杂,高低云石共参差。林壑偏能留睿赏,长天莫遽下丹曦。

# 于季子

于季子,咸亨中登进士第,则天时司封员外。诗七首。

## 奉和圣制夏日游石淙山

九旗云布临嵩室,万骑星陈集颍川。瑞液含滋登禹膳,飞流荐响入虞弦。山扉野径朝花积,帐殿帷宫夏叶连。微臣献寿迎千寿,愿奉尧年倚万年。

## 咏 云

瑞云千里映,祥辉四望新。随风乱鸟翅,泛水结鱼鳞。布叶疑临夏,开花讵待春。愿得承嘉景,无令掩桂轮。

## 咏 萤

卉草诚幽贱,枯朽绝因依。忽逢借羽翼,不觉生光辉。直念恩华重,长嗟报效微。方思助日月,为许愿曾飞。

## 早春洛阳答杜审言 一本早春下有代字

梓泽年光往复来,杜霸游人去不回。若非载笔登麟阁,定是吹箫伴凤台。路傍桃李花犹嫩,波上芙蕖叶未开。分明寄语长安道,莫教留滞洛阳才。

## 咏 项 羽

北伐虽全赵,东归不王秦。空歌拔山力,羞作渡江人。

## 咏 汉 高 祖

百战方夷项,三章且代秦。功归萧相国,气尽戚夫人。

## 南行别弟 一作杨师道诗,《英华》作韦承庆南中咏雁。

万里人南去,三春雁北飞。不知何岁月,得与尔同归。

# 全唐诗卷八一

## 乔知之

乔知之,同州冯翊人。与弟侃、备并以文词知名,知之尤称俊才。则天时,累除右补阙,迁左司郎中,为武承嗣所害。诗一卷。

### 长信宫中树

婀娜当轩树,莘茸倚兰殿。叶—作色艳九春华—作时,香摇五明扇。馀花—作香鸟弄尽,新叶虫书—作蠹遍。零落心—作亲,—作客。自知,芳菲君不见。

### 下山逢故夫

妾身本薄命,轻弃城南隅。庭前厌芍药,山上采蘼芜。春风胃纨袖,零—作灵露湿罗襦。羞将憔悴日,提笼逢故夫。

### 巫山高

巫山十二峰,参差互隐见。浔阳几千里,周览忽已遍。想像神女姿,摘芳共珍荐。楚云何逶迤,红树日葱蒨。楚云没湘源,红树断荆门。郢路不可见,况复夜闻猿。

# 弃 妾 篇

妾本丛台右,君在雁门陲。悠悠淇水曲,彩燕入桑枝。不因媒结好,本以容相知。容谢君应去,情移会有离。还君结缕带,归妾织成诗。此物虽轻贱,不用使人嗤。

# 苦 寒 行

胡天夜清迥,孤云独飘颺。遥裔一作曳出雁关,逶迤含晶光。阴陵久裴回,幽都无多一作夕阳。初一作祁寒冻巨海,杀气流大荒。朔马饮寒冰,行子履胡霜,路有从役倦,卧死黄沙场。羁旅因相依,恸之泪沾裳。由来从军行,赏存不赏亡。亡者一作谢诚已矣,徒令存者伤。

# 从军行 一作秋闺

南庭结白露,北风扫黄叶。此时鸿雁来,惊鸣催思妾。曲房理针线,平砧捣文练。鸳绮裁易成,龙乡信难见。窈窕九重闺,寂寞十年啼。纱窗白云宿,罗幌月光栖。云月隐一作晓微微,夜上一作愁思流黄机。玉霜冻珠一作朱履,金吹薄罗衣。汉家已得地,君去将何事。宛转结蚕书,寂寥无雁使。生平荷恩信,本为荣华进。况复落红颜,蝉声催绿鬓。

# 拟古赠陈子昂

惸惸孤形影,悄悄独游心。以此从王事,常与子同衾。别离三河间,征战二庭深。胡天夜雨霜,胡雁晨南翔。节物感离居一作别,同衾违一作还故乡。南归日将远,北方尚蓬飘。孟秋七月时,相送出外郊。海风吹凉木,边声响一作暗梢梢。勤役千万里,将临五十年。

心事为谁道,抽琴歌坐筵。一弹再三叹,宾御泪潺湲。送君竟此曲,从兹长绝弦。

# 定　情　篇

共君结新婚,岁寒心未卜。相与游春园,各随情所逐。君爱菖蒲花,妾感苦寒竹。菖花多艳姿,寒竹有贞叶。此时妾比君,君心不如妾。簪玉步河堤,妖韶援绿荑。凫雁将子游,莺燕从双栖。君念一作向春光好,妾向一作对春光啼。君时不得意,弃妾还金闺。结言本同心,悲欢何未齐。怨咽前致辞,愿得申所悲。人间丈夫易,世路妇难为。始如经天月,终若流星驰。天月相终始,流星无定期《乐府诗集》无此二句。长信佳丽人,失意非蛾眉。庐江小吏妇,非关织作迟。本愿长相对,今已长相思。复有游宦子,结援从梁陈。燕居崇三朝,去来历九春。誓心妾终始,蚕桑奉所亲。归愿未克从,黄金赠路人。洁妇怀明义,从泛河之津。于今千万年,谁当问水滨。更忆娼家楼,夫婿事封侯。去时恩灼灼,去罢心悠悠。不怜妾岁〔晏〕(宴),十载陇西头。以兹常惕惕,百虑恒盈积。由来共结褵,几人同匪石。故岁雕梁燕,双去今来只。今日玉庭梅,朝红暮成碧。碧荣始芬敷,黄叶已渐沥。何用念芳春,芳春有流易。何用重欢娱,欢娱俄戚戚一作寂寂。家本巫山阳,归去路何长。叙言情未尽,采菉已盈筐。桑榆日及景,物色盈高冈。下有碧流水,上有丹桂香。桂花不须折,碧流清且洁。赠君比芳菲,爱惠常不歇一作灭。赠君比潺湲,相思尤断绝。妾有秦家镜,宝匣装珠玑。鉴来年二八,不记易阴晖。妾无光寂寂,委照一作妾至影依依。今日持为赠,相识莫相违。

## 绿珠篇 《万首绝句》分此诗为三首

　　知之有婢曰窈娘,美丽善歌舞,为武承嗣所夺。知之怨惜,作此篇以寄情，密送与婢。婢结诗衣带，投井而死。承嗣大恨，讽酷吏罗织杀之。

石家金谷重新声，明珠十斛买娉婷。此日可怜君自许，此时可喜一作爱得人情。君家闺阁不一作未曾难一作关，常将歌舞借人看。意气雄豪非分理，骄矜一作奢势力横相干。辞君去君终不忍一作辞君去去终未忍，徒劳掩袂伤铅粉。百年离别在高楼，一旦一作代红颜为君尽。

## 和李侍郎古意 一作古意和李侍郎峤

妾家巫山隔汉川，君度南庭向胡苑。高楼迢递想金天，河汉昭回更怆一作凄然。夜如何其夜未央，闲花照月愁洞房。自矜夫婿胜王昌，三十曾作侍中郎。一从流落戍渔阳，怀哉万恨结中肠。南山幂幂兔丝花，北陵青青女萝树。由来花叶同一根，今日枝条分两处。三星差池光照灼，北斗西指秋云薄。茎枯花谢枝憔悴，香销色尽花零落。美人长叹艳容萎，含情收取摧折枝。调丝独弹声未移，感君行坐星岁迟。闺中宛转今若斯，谁能为报征人知。

## 倡　女　行

石榴酒，葡萄浆。兰桂芳，茱萸香。愿君驻金鞍，暂此共年芳。愿君解罗襦，一醉同匡床。文君正新寡，结念在歌倡。昨宵绮帐迎韩寿，今朝罗袖引潘郎。莫吹羌笛惊邻里，不用琵琶喧洞房。且歌新夜曲，莫弄楚明光。此曲怨且艳，哀音断人肠。

## 嬴　骏　篇

喷玉长鸣西北来，自言当代是龙媒。万里铁关行入贡，九重金阙一作门为君开，蹀躞朝驰过上苑，趁趋暝走发章台。玉勒金鞍荷装饰，路傍观者无穷极。小山桂树比权奇，上林桃花况颜色。忽闻天将出龙沙,汉主持将驾鼓车。去去山川劳日夜,遥遥关塞断烟霞。山川关塞十年征,汗血流离赴月一作行营。肌肤销远道,膂力尽长城。长城日夕苦风霜,中有连年百战场。摇珂喈勒金羁尽,争锋足顿铁菱伤。垂耳罢轻赍,弃置在寒谿。大宛蒲海北,滇塹隽一作旧崖西。沙平留缓步,路远暗频嘶。从来力尽君须弃,何必寻途我已迷。岁岁年年奔远道,朝朝暮暮催疲老。扣冰晨饮黄河源,拂雪夜食天山草。楚水澶溪征战事,吴塞乌江辛苦地。持来报主不辞劳,宿昔立功非重利。丹心素节本无求,长鸣向君君不留。只应澶一作漫漫归田里,万里低昂任生死。君王倘若不见遗,白骨黄金犹可市。

## 铜 雀 妓

金阁惜分香,铅华不重妆。空馀歌舞地,犹是为君王。哀弦调已绝,艳曲不须一作亦何长。共看西陵暮,秋烟起一作生白杨。

## 侍宴应制得分字

紫禁肃晴氛,朱楼落晓云。豫游龙驾转,天乐凤箫闻。竹外仙亭出,花间辇路分。微臣一何幸,词赋奉明君。

## 梨园亭子侍宴

年光陌上发,香辇禁中游。草绿鸳鸯殿,花红翡翠楼。天杯承露酌,仙管杂风流。今日陪欢豫,皇恩不可酬。

## 和苏员外寓直

自昔重为郎,伊人练国章。三旬登建礼,五夜直明光。墨草尚书奏,衣飘侍御香。开轩竹气静,拂簟蕙风凉。晓漏离闻阖,鸣钟出未央。从来宿台上,天子贵文强。

## 哭 故 人

生死久离居,凄凉历旧庐。叹兹三径断,不践十年馀。古木巢禽合,荒庭爱客疏。匣留弹罢剑,床积读残书。玉没终无像,兰言强问虚。平生不得意,泉路复何如。

## 折 杨 柳

可怜濯濯春杨柳,攀折将来就纤手。姿容与此同盛衰,何必君恩能独久。

# 乔 侃

乔侃,知之弟也。开元中,为兖州都督。诗一首。

## 人 日 登 高

仆本多悲者,年来不悟春。登高一游目,始觉柳条新。杜陵犹识汉,桃源不辨秦。暂若升云雾,还似出嚣尘。赖得烟霞气,淹留攀桂人。

# 乔 备

乔备,亦知之弟。则天时,预修《三教珠英》。终襄阳令。集六卷,今存诗二首。

## 出 塞

沙场三万里,猛将五千兵。旌断冰溪戍,笳吹铁关城。阴云暮下雪,寒日昼无晶。直为怀恩苦,谁知边塞情。

# 长 门 怨

秋入长门殿,木落洞房虚。妾思宵徒静,君恩日更疏。坠露清金
阁,流萤点玉除。还将闺里恨,遥问马相如。

# 全唐诗卷八二

## 刘希夷

刘希夷,一名庭芝,汝州人。少有文华,落魄不拘常格,后为人所害。希夷善为从军闺情诗,词旨悲苦,未为人重。后孙昱撰《正声集》,以希夷诗为集中之最,由是大为时所称赏。集十卷,今编诗一卷。

### 将 军 行

将军辟辕门,耿介当风立。诸将欲言事,逡巡不敢入。剑气射云天,鼓声振原隰。黄尘塞路起,走马追兵急。弯弓从此去,飞箭如雨集。截围一百里,斩首五千级。代马流血死,胡人抱鞍泣。古来养甲兵,有事常讨袭。乘我庙堂运,坐使干戈戢。献凯归京师一作都,又作还帝京,军容何翕习。

### 从 军 行

秋天风飒飒一作秋风来瑟瑟,群胡马行疾。严城昼不开,伏兵暗相失。天子庙堂拜,将军凶门出。纷纷伊洛一作晋阳道,戎马几万匹。军门压黄河,兵气冲白日。平生怀仗剑,慷慨即投笔。南登汉月孤,北走代云密。近取韩彭计,早知孙吴术。丈夫清万里,谁能扫一室。

# 春 女 行

春女颜如玉,怨歌阳春曲。巫山春树红,沅湘一作江春草绿。自怜
妖艳姿,妆成独见时。愁心伴杨柳,春尽乱如丝。目极千馀里,悠
悠春江水。频想玉关人,愁卧金闺里。尚言春花落,不知秋风起。
娇爱犹未终,悲凉从此始。忆昔楚王宫,玉楼妆粉红。纤腰弄明
月,长袖舞一作拂春风。容华委西山,光阴不可一作再还。桑林变一
作没东海,富贵今何在。寄言桃李容,胡为闺阁重。但看楚王墓,唯
有数株松。

# 孤 松 篇

蚕月桑叶青,莺时柳花白。澹艳烟雨姿,敷芬阳春陌。如何秋风
起,零落从此始。独有南涧松,不叹东流水。玄阴天地冥,皓雪朝
夜零。岂不罹寒暑,为君留青青。青青好颜色,落落任孤直。群树
遥相望,众草不敢逼。灵龟卜真隐,仙鸟宜栖息。耻受秦帝封,愿
言唐侯食。寒山夜月明,山冷气清清。凄兮归凤一作风集,吹之作
琴声。松子卧仙岑,寂听疑野心。清泠有真曲,樵采无知音。美人
何时来,幽径委绿苔。吁嗟深涧底,弃捐广厦材。

# 嵩 岳 闻 笙

月出嵩山东,月明山益空。山人爱清景,散发卧秋风。风止夜何
清,独夜草虫鸣。仙人不可见,乘月近吹笙。绛唇吸灵气,玉指调
真声。真声是何曲,三山鸾鹤情。昔去落尘俗,愿言闻此曲。今来
卧嵩岑,何幸承幽音。神仙乐吾事,笙歌铭夙心。

## 秋日题汝一作南阳潭壁

独坐秋阴生,悲来从所适。行见汝阳潭,飞萝蒙水石。悬瓢木叶
上,风吹何历历。幽人不耐烦,振衣一作袂步闲寂。回流清见底,金
沙覆银砾。错落非一文,空胧几千尺。鱼鳞可怜紫,鸭毛自然碧。
吟咏秋水篇,渺然忘损益。秋水随形影,清浊混心迹。岁暮归去
来,东山余宿昔。

## 采　桑

杨柳送行人,青青西入秦。谁家采桑女,楼上不胜春。盈盈灞水
曲,步步春芳绿。红脸耀明珠,绛唇含白玉。回首渭桥东,遥怜春
一作树色同。青丝娇落日,缃绮弄春风。携笼长叹息,逶迟一作迤恋
春色。看花若有情,倚树疑无力。薄暮思悠悠,使君南陌头。相逢
不相识,归去梦青楼。

## 谒汉世祖庙

春陵气初发,渐台首未传。列营百万众,持国十八年。运开朱旗
后,道合赤符先。宛城剑鸣匣,昆阳镝应弦。犷兽血涂地,巨人声
沸天。长驱过北赵,短兵出南燕。太守迎门外,王郎死道边。升坛
九城一作成陌,端拱千秋年。朝廷方雀跃,剑珮几联翩。至德刑四
海,神仪翳九泉。宗子行旧邑,恭闻清庙篇。君容穆而圣,臣像俨
犹贤。攒木承危柱,疏萝挂朽橼。祠庭巢鸟啄,祭器网虫缘。怀古
江山在,惟新历数迁。空馀今夜月,长似旧时悬。

## 巫山怀古

巫山幽阴地,神女艳阳年。襄王伺容色,落日望悠然。归来高唐

夜,金钉焰青烟。颓想卧瑶席,梦魂何翩翩。摇落殊未已,荣华倏徂迁。愁思潇湘浦,悲凉云梦田。猿啼秋风夜,雁飞明月天。巴歌不可听,听此益潺湲。

## 归　山

归去嵩山道,烟花覆青草。草绿山无尘,山青杨柳春。日暮松声合,空歌思杀人。

## 代闺人春日

珠帘的晓光,玉颜艳春彩。林间鸟鸣唤,户外花相待。花鸟惜芳菲,鸟鸣花乱飞。人今伴花鸟,日暮不能归。池月怜歌扇,山云爱舞衣。佳期杨柳陌,携手莫相违。

## 蜀　城　怀　古

蜀土一作山绕水竹,吴天积风霜。穷览通表里,气色何苍苍。旧国有年代,青楼思艳妆。古人无岁月,白骨冥丘荒。寂历弹琴地,幽流一作留读书堂。玄龟埋卜室,彩凤灭词场。阵图一一在,柏树双双行。鬼神清汉庙,鸟雀参秦仓。叹世已多感一作叹逝日已多,怀心益自伤一作感怀心自伤。赖蒙灵丘境,时当一作钧明月光。

## 洛川怀古 第二十七句缺四字,第二十八句缺。

萋萋春草绿,悲歌牧征马。行见白头翁,坐泣青竹下。感叹前问之,赠予辛苦词。岁月移今古,山河更盛衰。晋家都洛滨,朝廷多近臣。词赋归潘岳,繁华称季伦。梓一作紫泽春草菲,河阳乱华飞。绿珠不可夺,白首同所归。高楼倏冥灭,茂林久摧折。昔时歌舞台,今成狐兔穴。人事互消亡,世路多悲伤。北邙是吾宅,东岳为

吾乡。君看北邙道,髑髅紫蔓草。芳□□□,□□□□□。碑茔
或半存,荆棘敛幽魂。挥涕弃之去,不忍闻此言。

# 春 日 行 歌

山树落梅花,飞落野人家。野人何所有,满瓮阳春酒。携酒上<sub>一作</sub>
向春台,行歌伴落梅。醉罢卧明月,乘梦游天台。

# 江南曲八首

暮宿南洲草,晨行北岸林。日悬沧海阔,水隔洞庭深。烟景无留
意,风波有异浔。岁游难极目,春戏易为心。朝夕无荣遇,芳菲已
满襟。

艳唱潮初落,江花露未晞。春洲惊翡翠,朱服弄芳菲。画舫烟中
浅,青阳日际微。锦帆冲浪湿,罗袖拂行衣。含情罢所采,相叹惜
流晖。

君为陇西客,妾遇江南春。朝游含灵果,夕采弄风蘋。果气时不
歇,蘋花日自新。以此江南物,持赠陇西人。空盈万里怀,欲赠竟
无因。

皓如楚江月,霭若吴岫云。波中自皎镜,山上亦氤氲。明月留照
妾,轻云持赠君。山川各离散,光气乃殊分。天涯一为别,江北不
<sub>一作自</sub>相闻。

舣舟乘潮去,风帆振早凉。潮平见楚甸,天际望维扬。洄溯经千
里,烟波接两乡。云明江屿出,日照海流长。此中逢岁〔晏〕<sub>(宴)</sub>,浦
树落花芳。

暮春三月晴,维扬吴楚城。城临大江汜,回映洞浦清。晴云曲金
阁,珠楼碧烟里。月明芳树群鸟飞,风过长林杂花起。可怜离别谁
家子,于此一至情何已。

北堂红草盛芊茸,南湖碧水照芙蓉。朝游暮起金花尽,渐觉罗裳珠露浓。自惜妍华三五岁,已叹关山千万重。人情一去无还日,欲赠怀芳怨不逢。

忆昔江南年盛时,平生怨在长洲曲。冠盖星繁江水上,冲风摽落洞庭渌。落花两袖红纷纷,朝霞高阁洗晴云。谁言此处婵娟子,珠玉为心以奉君。

## 捣　衣　篇

秋天瑟瑟夜漫漫,夜白风清玉露泞。燕山游子衣裳薄,秦地佳人闺阁寒。欲向楼中萦楚练,还来机上裂齐纨。揽红袖兮愁徙倚,盼青砧兮怅盘桓。盘桓徙倚夜已久,萤火双飞入帘牖。西北风来吹细腰,东南月上浮纤手。此时秋月可怜明,此时秋风别有情。君看月下参差影,为听莎间断续声。绛河转兮青云晓,飞鸟鸣兮行人少。攒眉缉缕思纷纷,对影穿针魂悄悄。闻道还家未有期,谁怜登陇不胜悲。梦见形容亦旧日,为许裁缝改昔时。缄书远寄交河曲,须及明年春草绿。莫言衣上有斑斑,只为思君泪相续。

## 公　子　行

天津桥下阳春水,天津桥上繁华子。马声回合青云外,人影动摇绿波里。绿波荡漾玉为砂,青云离披锦作霞。可怜杨柳伤心树,可怜桃李断肠花。此日邀游邀美女,此时歌舞入娼家。娼家美女郁金香,飞来飞去公子傍。的的珠帘白日映,娥娥玉颜红粉妆。花际裴回双蛱蝶,池边顾步两鸳鸯。倾国倾城汉武帝,为云为雨楚襄王。古来容光人所羡,况复今日遥相见。愿作轻罗著细腰,愿为明镜分娇面。与君相向转相亲,与君双栖共一身。愿作贞松千岁古,谁论芳槿一朝新。百年同谢西山日,千秋万古北邙尘。

# 代悲白头翁 一作白头吟

洛阳城东桃李花，飞来飞去落谁家。洛阳女儿惜颜色，坐见一作行
逢落花长叹息。今年花落颜色改，明年花开复谁在。已见松柏摧
为薪，更闻桑田变成海。古人无复洛城东，今人还对落花风。年年
岁岁花相似，岁岁年年人不同。寄言全盛红颜子，应怜半死白头
翁。此翁白头真可怜，伊昔红颜美少年。公子王孙芳树下，清歌妙
舞落花前。光禄池台开锦绣，将军楼阁画神仙。一朝卧病无相识，
三春行乐在谁边。宛转蛾眉能几时，须臾鹤发乱如丝。但看古来
歌舞地，惟有黄昏鸟雀悲。希夷善琵琶，尝为《白头咏》云：今年花落颜色改，明
年花开复谁在。既而悔曰："我此诗似谶，与石崇白首同所归何异。"乃更作云：年年岁
岁花相似，岁岁年年人不同。既而叹曰："复似向谶矣。"诗成未周岁，为奸人所杀。或
云：宋之问害希夷，而以《白头翁》之篇为己作。至今有载此篇在之问集中者。

# 代秦女赠行人 第三句缺一字

鸾镜晓含春，蛾眉向影嚬。开□衣裳破，那堪粉黛新。春还洛阳
道，为忆春阶草。杨叶未能攀，梅花待君扫。今朝喜鹊傍人飞，应
是狂夫走马归。遥想行歌共游乐，迎前含笑著春衣。

# 洛中晴月送殷四入关

清洛浮桥南渡头，天晶一作明万里散华洲。晴看石濑光无数，晓入
寒潭浸不流。微云一点曙烟起，南陌憧憧遍行子。欲将此意与君
论，复道秦关尚千里。

# 入　塞

将军陷虏围，边务息戎机。霜雪交河尽，旌旗入塞飞。晓光随马

度,春色伴人归。课绩朝明主,临轩拜武威。

## 览　镜

青楼挂明镜,临照不胜悲。白发今如此,人生能几时。秋风下山路,明月上春期。叹息君恩尽,容颜不可思。

## 晚　春

佳人眠洞房,回首见垂杨。寒尽鸳鸯被,春生玳瑁床。庭阴幕青霭,帘影散红芳。寄语同心伴,迎春且薄妆。

## 送友人之新丰

日暮秋风起,关山断别情。泪随黄叶下,愁向绿樽生。野路归骖转,河洲宿鸟惊。宾游宽旅宴,王事促严程。

## 饯李秀才赴举

鸿鹄振羽翮,翻飞入帝乡。朝鸣集银树,暝宿下金塘。日月天门近,风烟夜一作客路长。自怜穷浦雁,岁岁不随阳。

## 夜集张谞所居

江南成久客,门馆日萧条。惟有图书在,多伤鬓发凋。诸生陪讲诵,稚子给渔樵。隐室寒灯净,空阶落叶飘。沧洲自有趣,谁道隐须招。

## 故园置酒

酒熟人须饮,春还鬓已秋。愿逢千日醉,得缓百年忧。旧里多青草,新知尽白头。风前灯易灭,川上月难留。卒卒周姬旦,栖栖鲁孔丘。平生能几日,不及且遨游。

## 晚憩南阳旅馆

旅馆何年废,征夫此日过。途穷人自哭,春至鸟还歌。行路新知少,荒田古径多。池篁覆丹谷,坟树绕清波。日照蓬阴转,风微野气和。伤心不可去,回首怨如何。

# 全唐诗卷八三

## 陈子昂

　　陈子昂,字伯玉,梓州射洪人。少以富家子,尚气决,好弋博。后游乡校,乃感悔修饬。初举进士入京,不为人知。有卖胡琴者,价百万。子昂顾左右,辇千缗市之。众惊问,子昂曰:"余善此。"曰:"可得闻乎?"曰:"明日可入宣阳里。"如期偕往,则酒肴毕具。奉琴语曰:"蜀人陈子昂,有文百轴,不为人知。此贱工之伎,岂宜留心?"举而碎之,以其文百轴遍赠会者。一日之内,名满都下。擢进士第,武后朝,为灵台正字。数上书言事,迁右拾遗。武攸宜北讨,表为管记,军中文翰,皆委之子昂。父为县令段简所辱,子昂闻之,遽还乡里,简乃因事收系狱中,忧愤而卒。唐兴,文章承徐庾徐风,骈丽秾缛,子昂横制颓波,始归雅正。李杜以下,咸推宗之。集十卷,今编诗二卷。

### 庆　云　章

昆仑元气,实生庆云。大人作矣,五色氤<sup>一作氛氲</sup>。昔在帝妫,南风既薰。丛芳烂熳,郁郁纷纷。旷矣千祀,庆云来止,玉叶金柯,祚我天子。非我天子,庆云谁昌。非我圣母,庆云谁光。庆云光矣,周道昌矣。九万八千,天授皇年。

# 感遇诗三十八首

微月生一作出西海,幽阳始代一作化升。圆光正一作恰东满。阴魄已
朝凝。太极生天地,三元更废兴。至精谅斯在,三五谁能征。

兰若生春夏,芊蔚何青青。幽独空林色,朱蕤冒紫茎。迟迟白日
晚,袅袅秋风生。岁华尽摇落,芳意竟何成。

苍苍丁零塞,今古缅荒途。亭堠何摧兀,暴骨无全躯。黄沙幕南
起,白日隐西隅。汉甲三十万,曾以事匈奴。但见沙场死,谁怜塞
上一作下孤。

乐羊为魏将,食子殉军功。骨肉且一作尚相薄,他人安得忠。吾闻
中山相,乃属放麑翁。孤兽犹一作且不忍,况一作矧以奉君终。

市人矜巧智,于道若童蒙。倾夺相夸侈,不知身所终。曷见玄真
子,观世玉壶中。窅然遗天地,乘化入无穷。

吾观龙变化,乃知至阳精。石林何冥密,幽洞无留行。古之得仙
道,信与元化并。玄感非象一作蒙识,谁能测沉一作沦冥。世人拘目
见,酣酒笑丹经。昆仑有瑶树,安得采其英。

白日每不归,青阳时暮矣。茫茫吾何思,林卧观无始。众芳委时
晦,鹍鸡鸣悲耳。鸿荒古已颓,谁识巢居子。

吾观昆仑化,日月沦洞冥。精魄相交会,天壤以罗生。仲尼推太
极,老聃贵窈冥。西方金仙子,崇义乃无明。空色皆寂灭,缘业定
一作亦何成。名教信纷藉,死生俱未停。

圣人秘元命,惧世乱其真。如何嵩公辈,诙一作谈谲误时人。先天
诚为美,阶乱祸谁因。长城备胡寇,嬴祸发其亲。赤精既迷汉,子
年何救秦。去去桃李花,多言死如麻。

深居观元化一作群动,悱然争朵颐。谗说相啖食,利害纷嗫嚅。便
便夸毗子,荣耀更相持。务光让天下,商贾竞刀锥。已矣行采芝,

万世同一时。

吾爱鬼谷子，青溪无垢氛。囊括经世道，遗身在白云。七雄方龙斗，天下久—作乱无君。浮荣不足贵，遵养晦时文。舒可—作之弥宇宙，卷之不盈分。岂徒山木寿，空与麋鹿群。

呦呦南山鹿，罹罟以媒和。招摇青桂树，幽蠹亦成科。世情甘近习，荣耀纷如何。怨憎未相复，亲爱生祸罗。瑶台倾巧笑，玉杯殒双蛾。谁见枯—作孤城蘖—作树，青青成斧柯。

林居病时久，水木澹孤清。闲卧观物化，悠悠念无生。青春始萌达，朱火已满盈。徂落方自此，感叹何时平。

临岐泣世道，天命良悠悠。昔日殷王子，玉马遂朝周。宝鼎沦伊谷，瑶台成古—作故丘。西山伤遗老，东陵有故侯。

贵人难得意，赏爱在须臾。莫以心如玉，探他明月珠。昔称夭桃子，今为春市徒。鸱鸮悲东国，麋鹿泣姑苏。谁见鸱夷子，扁舟去五湖。

圣人去已久，公道缅良难。蚩蚩夸毗子，尧禹以为谩。骄荣贵工巧，势利迭—作递相干。燕王尊乐毅，分国愿同欢。鲁—作仲连让齐爵，遗组去邯郸。伊人信往矣，感激为谁叹。

幽居观天运，悠悠念群生。终古代兴没，豪圣莫能争。三季沦周赧，七雄灭秦嬴。复闻赤精子，提剑入咸京。炎光既无象，晋虏复纵横。尧禹道已昧，昏虐势方行。岂无当世雄，天道与胡兵。咄咄安可言，时醉而未醒。仲尼溺东鲁，伯阳遁西瀛。大运自古来，旅人胡叹哉。

逶迤势已久，骨鲠道斯穷。岂无感激者，时俗颓此风。灌园何其鄙，皎皎於陵中。世道不相容，嗟嗟张长公。

圣人不利己，忧济在元元。黄屋非尧意，瑶台安可论。吾闻西方化，清净道弥敦。奈何穷金玉，雕刻以为尊。云构山林尽，瑶图珠翠烦。鬼工尚未可,人力安能存。夸愚适增累,矜智道逾昏。

玄天幽且默,群议曷嗤嗤。圣人教犹在,世运久陵夷。一绳将何系,忧醉不能持。去去行采芝,勿为尘所欺。

蜻蛉游天地,与世本无患。飞飞未能止一作去,黄雀来相干。穰侯富秦宠,金石比交欢。出入咸阳里,诸侯莫敢言。宁知山东客,激怒秦王肝。布衣取丞一作卿相,千载为辛酸。

微霜知岁晏,斧柯始青青。况乃金天夕,浩露沾群英。登山望宇宙,白日已西暝。云海方荡潏,孤鳞安得宁。

翡翠巢南海,雄雌珠树林。何知美人意,骄爱比黄金。杀身炎州里,委羽玉堂阴。旖旎光首饰,葳蕤烂锦衾。岂不在遐远,虞罗忽见寻。多材信为累,叹息此珍禽。

挈瓶者谁子,姣一作妖服当青春。三五明月满,盈盈不自珍。高堂委金玉,微缕悬千钧。如何负公鼎,被夺笑时人。

玄蝉号白露,兹岁已蹉跎。群物从大化,孤英将奈何。瑶台有青鸟,远食玉山禾。昆仑见玄凤,岂复虞云罗。

荒哉穆天子,好与白云期。宫女多怨旷,层城闭蛾眉。日耽瑶池乐,岂伤桃李时。青苔空萎绝,白发生罗帷。

朝发宜都渚,浩然思故乡。故乡不可见,路隔巫山阳。巫山彩云没,高丘正微茫。伫立望已久,涕落一作泪沾衣裳。岂兹越乡感,忆昔楚襄王。朝云无处所,荆国亦沦亡。

昔日章华宴,荆王乐荒淫。霓旌翠羽盖,射兕云梦林。朅来高唐观,怅望云阳岑。雄图今何在,黄雀空哀吟。

丁亥岁云暮,西山事甲兵。羸粮匝邛道,荷戟争羌城。严冬阴风劲,穷岫泄一作油云生。昏曀一作黳无昼夜,羽檄复相惊。拳跼竞万仞,崩危走一作远九冥。籍籍一作寂寂峰壑里,哀哀冰雪行。圣人御宇宙,闻道泰阶平。肉食谋何失,藜藿缅纵横。

可怜<sup>一作惜</sup>瑶台树，灼灼佳人姿。碧华映朱实，攀折青春时。岂不盛光宠，荣君白玉墀。但恨红芳歇，凋伤感所思。

竭来豪游子，势利祸之门。如何兰膏叹，感激自生冤。众趋明所避，时弃道犹存。云渊既已失，罗网与谁论。箕山有高节，湘水有清源。唯应白鸥鸟，可为<sup>一作与</sup>洗心言。

索居犹<sup>一作独</sup>几日，炎夏忽然衰。阳彩皆阴翳，亲友尽睽违。登山望不见，涕泣久涟洏。宿梦<sup>一作昔感</sup>颜色，若与白云期。马上<sup>一作世中</sup>骄豪子，驱逐正蚩蚩。蜀山与楚水，携手在何时。

金鼎合神<sup>一作还</sup>丹，世人将见欺。飞飞骑羊子，胡乃在峨眉。变化固幽<sup>一作非</sup>类，芳菲能几时。疲痾苦沦世，忧痗<sup>一作悔</sup>日侵淄。眷然顾幽褐，白云空涕洟。

朔风吹海树，萧条边已秋。亭上谁家子，哀哀明月楼。自言幽燕客，结发事远游。赤丸杀公吏，白刃<sup>一作日</sup>报私仇。避仇至海上，被役此边州。故乡三千里，辽水复悠悠。每愤胡兵入，常为汉国羞。何知七十战，白首未封侯。

本为贵公子，平生实爱才。感时思报国，拔剑起蒿莱。西驰丁零塞，北上单于台。登山见千里，怀古心悠哉。谁言未忘祸，磨灭成尘埃。

浩然坐何慕，吾蜀有峨眉。念与楚狂子，悠悠白云期。时哉悲不会，涕泣久涟洏。梦登绥山穴，南采巫山芝。探元观群化，遗世从云螭。婉娈时永矣，感悟不见之。

朝入云中郡，北望单于台。胡秦何密迩，沙朔气雄哉。藉藉天骄子，猖狂已复来。塞垣无名将，亭堠空崔嵬。咄嗟吾何叹，边人涂草莱。

仲尼探元化，幽鸿顺阳和。大运自盈缩，春秋递<sup>一作迭</sup>来过。盲飙忽号怒，万物相纷劙。溟海皆震荡，孤凤其如何。

# 观荆玉篇 并序

　　丙戌岁,余从左补阙乔公北征。夏四月,军幕次(一作舍)于张掖河。河州草木,无他异者。惟有仙人杖,往往丛生。幽朔地寒,与中国稍异。予家世好服食,昔常饵之。及此役也,而息意兹味。戍人有荐嘉蔬者,此物存焉。余悠(一作悗)尔而笑曰:“始者与此君别,不图至是而见之,岂非神明嘉惠,将欲扶吾寿也。”因为乔公昌言其能。时东莱王仲烈亦同旅舍,闻而大喜,甘心食之,已旬有五日矣。适有行人,自谓能知药者,谓乔公曰:“此白棘也,公何谬哉?”仲烈愕然而疑,亦曰:“吾怪其味甘(宋本作甜),今果如此。”乔公信是言,乃讥予,作《采玉篇》,谓宋人不识玉而宝珉石也。予心知必是,犹以独见之故,被夺于众人,乃喟然而叹曰:“嗟乎! 人之大明者目也,心之至信者口也。夫目照五色,口分五味,玄黄甘苦,亦可(一作何)断而不惑矣。而路傍一议,二子增疑,况君臣之际,朋友之间乎? 自是而观,则万物之情可见也。”感采玉咏,而作《观玉篇》以答之。并示仲烈,讥其失真也。

鸱夷双白玉,此玉有缁磷。悬之千金价,举世莫知真。丹青非异色,轻重有殊伦。勿信玉工言一作勿信工言子,徒悲荆国人。

# 鸳 鸯 篇

飞飞鸳鸯鸟,举翼相蔽亏。俱来绿潭里,共向白云涯。音容相眷恋,羽翮两逶迤。蘋萍戏春渚,霜霰绕寒池。浦沙连岸净,汀树拂潭垂。年年此游玩,岁岁来追随。凤皇起丹穴,独向一作栖独梧桐枝。鸿雁来紫塞,空忆稻粱肥。乌啼倦依托,鹤鸣伤别离。岂若此双禽,飞翻不异林。刷尾青一作清江浦,交颈紫山岑。文章负奇色,和鸣多好音。闻有鸳鸯绮,复有鸳鸯衾。持为美人赠,勖此故交心。

# 与东方左史虬修竹篇 并书

　　东方公足下:文章道弊,五百年矣。汉魏风骨,晋宋莫传。然而文献有可征者。仆尝暇时观齐梁间诗,彩丽竞繁,而兴寄都绝,每以永叹。思古人,常恐逦逷(一作逐迤)颓靡,风雅不作,以耿耿也。一昨于解三处,见明公《咏孤桐篇》,骨气端翔,音情顿挫,光英(一作映)朗练,有金石声。遂用洗心饰视,发挥幽郁。不图正始之音,复睹于兹。可使建安作者,相视而笑。解君云,张茂先、何敬祖,东方生与其比肩,仆亦以为知言也。故感叹雅制,作《修竹诗》一首,当有知音以传示之。

龙种一作钟龙生南岳,孤翠郁亭亭。峰岭上崇崒,烟雨下微冥。夜闻鼯鼠叫,昼聆泉壑声。春风正淡荡,白露已清泠。哀响激金奏,密色滋玉英。岁寒霜雪苦,含彩独青青。岂不厌凝冽,羞比春木荣。春木有荣歇,此节无凋零。始愿与金石,终古保坚贞。不意伶伦子,吹之学凤鸣。遂偶云和瑟,张乐奏天庭。妙曲方千变,箫韶亦九成。信蒙雕斫美,常愿事仙灵。驱驰翠虬驾,伊郁紫鸾笙。结交嬴台女,吟弄升天行。携手登白日,远游戏赤城。低昂玄鹤舞,断续彩云生。永随众仙逝,三山游玉京。

# 蓟丘览古赠卢居士藏用七首 并序

　　丁酉岁,吾北征。出自蓟门,历观燕之旧都,其城池霸业,迹已芜没矣。乃慨然仰叹,忆昔乐生、邹子,群贤之游盛矣。因登蓟丘,作七诗以志之。寄终南卢居士,亦有轩辕之遗迹也。

## 轩辕台

北登蓟丘望,求古轩辕台。应龙已不见,牧马空黄埃。尚想广成子,遗迹白云隈。

## 燕昭王

南登碣石坂一作馆,遥望黄金台。丘陵尽乔木,昭王安在哉。霸图怅已矣,驱马复归来。

### 乐　生

王道已沦昧,战国竞贪兵。乐生何感激,仗义下齐城。雄图竟中天,遗叹寄阿衡。

### 燕　太　子

秦王日无道,太子怨亦深。一闻田光义,匕首赠千金。其事虽不立,千载为伤心。

### 田　光　先　生

自古皆有死,徇一作循义良独稀。奈何燕太一作丹子,尚使田生疑。伏剑诚已矣,感我涕沾衣。

### 邹　衍

大运沦三代,天人罕有窥。邹子何寥廓,漫说九瀛垂。兴亡已千载,今也则无推一作为。

### 郭　隗 末缺

逢时独为贵,历代非无才。隗君亦何幸,遂起黄金台。

## 西还至散关答乔补阙知之

葳蕤苍梧凤,嘹唳白露蝉。羽翰本非匹,结交何独全。昔君事胡马,余得奉戎旃。携手向沙塞,关河缅幽燕。芳岁几阳止,白日屡徂迁。功业云台薄,平生玉佩捐。叹此南归日,犹闻北戍边。代水不可涉,巴江亦潺湲。揽衣度函谷,衔涕望秦川。蜀门自兹始,云山方浩然。

## 度峡口山赠乔补阙知之王二无竞

峡口大漠南,横绝界中国。丛石何一作相纷纠,赤一作小山复翕赩。远望多众容,逼一作迫之无异色。崔崒乍孤断,逶迤屡回直。信关胡马冲，亦距汉边塞。岂依河山险，将顺休明德。物壮诚有衰，势雄一作高良易极。逦迤忽而尽，泱漭平不息。之子黄金躯，如何此荒域。云台盛多士，待君丹墀侧。

## 题居延古城赠乔十二知之

闻君东山意，宿昔紫芝荣。沧洲今何在，华发旅边城。还汉功既薄，逐胡策未行。徒嗟白日暮，坐对黄云生。桂枝芳欲晚，薏苡谤谁明。无为空自老，含叹负生平。

## 赠赵六贞固二首

回中〔烽〕(峰)火入，塞上追兵起。此时边朔寒，登陇思君子。东顾望汉京，南山云雾里。

赤螭媚其彩一作形，婉娈苍梧泉。昔者琅琊子，躬耕亦慨然。美人岂遐旷，之子乃前贤。良辰在何许，白日屡颓迁。道心固微密，神用无留连。舒可弥宇宙，揽之不盈拳。蓬莱一作茅，又作蒿。久芜没，金石徒精坚。良宝委短褐，闲琴独婵娟。

## 答韩使同在边

汉家失中策，胡马屡南驱。闻诏安边使，曾是故人谟。废书怅怀古，负剑许良图。出关岁方晏，乘障日多虞。虏入白登道，烽交紫塞途。连兵屯北地，清野备东胡。边城方晏闭，斥堠始昭苏。复闻韩长孺，辛苦事匈奴。雨雪颜容改，纵横才位孤。空怀老臣策，未获赵军租。但蒙魏侯重，不受谤书诬。当取金人祭，还歌凯入都。

## 征东至淇门答宋十一参军之问

南星中大火，将子涉清淇。西林改微月，征旆空自持。碧潭去已远,瑶华一作草折遗谁。若一作君问辽阳戍,悠悠一作摇摇天际旗。

# 答洛阳主人

平生白云志,早爱赤松游。事亲恨未立,从宦此中州。主人亦何一作何发问,旅客非悠悠。方谒明天子,清宴奉良筹。再取连城璧,三陟平津侯。不然拂衣去,归从海上鸥。宁随当代子,倾侧且沉浮。

# 酬晖上人秋夜山亭有赠

皎皎白林秋,微微翠山静。禅居感物变,独坐开轩屏。风泉夜声杂一作绝,月露宵光冷。多谢忘机人,尘忧未能整。

# 酬李参军崇嗣旅馆见赠

昨夜银河畔,星文犯遥一作天汉。今朝紫气新,物色果逢真。言从天上落,乃是地仙人。白璧疑冤楚,乌裘似入秦。摧藏多古意,历览备艰辛。乐广云虽睹,夷吾风未春。凤歌空有问,龙性讵能驯。宝剑终应出,骊珠会见珍。未及冯公老,何惊孺子贫。青云傥可致一作效,北海忆孙宾。

# 酬晖上人夏日林泉

闻道白云居,窈窕青莲宇。岩泉万丈流一作流杂树,树石一作石室千年古。林卧对轩窗,山阴满庭户。方释尘事劳,从君袭兰杜。

# 同宋参军之问梦赵六赠卢陈二子之作

晓雾望嵩丘一作岳,白云半岩足。氛氲涵翠微,宛如嬴一作瀛台曲。故人昔所尚,幽琴歌断续。变化竟无常,人琴遂两亡。白云失处所,梦想暖容光。畴昔疑缘业,儒道两相妨。前期许幽报,迨此尚茫茫。晤言既已失,感叹<sub>一作恨</sub>情何一。始忆携手期,云台与峨眉。达兼济天下,穷独善其时。诸君推管乐,之子慕巢夷。奈何苍生望,卒为黄绶欺。铭鼎功未立,山林事亦微。抚孤一流恸,怀旧日<sub>一作且</sub>暌违。卢子尚高节,终南卧松雪。宋侯逢圣君,骖驭<sub>一作御</sub>游青云。而我独蹭蹬,语默道犹屯。征戍在辽阳,蹉跎草再黄。丹丘恨不及,白露已苍苍。远闻山阳赋,感涕下沾裳。

## 送 别 出 塞

平生闻高义,书剑百夫雄。言登青云去,非此白头翁。胡兵屯塞下,汉骑属<sub>一作入</sub>云中。君为白马将,腰佩骅骝角弓。单于不敢射,天子仁深功。蜀山余方隐,良会何时同。

## 登蓟丘楼送贾兵曹入都

东山宿昔意,北征非我心。孤负平生愿,感涕下沾襟。暮登蓟楼上,永望燕山岑。辽海方漫漫,胡沙飞且深。峨眉杳如梦,仙子曷由寻。击剑起叹息,白日忽西沉。闻君洛阳使,因子寄南音。

## 夏日晖上人房别李参军崇嗣 <sub>并序 序内缺二字</sub>

　　考察天人,旁罗变动。东西南北,贤圣不能定其居;寒暑晦明,阴阳不能革其数。莫不云离雨散,奔驰于宇宙之间;宋远燕遥,泣别于关山之际。自古来矣,李参军白云英胄,紫气仙人。爱江海而高寻,顿风尘而未息。来从许下,月旦出于龙泉;言入蜀中,星文见于牛斗。野亭相遇,逆旅承欢。谢鲲之山水暂开,乐广之云天自乐。思道林而不见,怅若有亡;诣祇树而从游,□然旧款。高僧展袂,大士临筵。披□路之天书,坐琉璃之宝地。帘帷后辟,拂鹦鹉之香林;栏槛前开,照芙蓉之绿水。讨论儒墨,探览真玄。觉周孔之犹述(一作迷),知老庄之未晤(一作悟)。遂欲高攀宝座,伏奏金仙。开不二之法门,观大千之世界。欢

娱恍晚,离别行催。红霞生而白日归,青气凝而碧山暮。骊歌断引,抗
手将辞。江汉浩浩而长流,天地居然而不动。嗟乎! 色为何色,悲乐忽
而因生;谁去谁来,离会纷而妄作。俗之迷也,不亦烦乎。各述所怀,不
拘章韵。

四十九变化,一十三死生。翕忽玄黄里,驱驰风雨情。是非纷妄
作,宠辱坐相惊。至人独幽鉴一作览,窈窕随昏明。咫尺山河道,轩
窗日月庭。别离焉足问,悲乐固能并。我辈何为尔,栖皇犹未平。
金台可攀陟,宝界绝将迎。户牖观天地,阶基上杳冥。自超三界
乐,安知万里征。中国要荒内,人寰宇宙荣。弦望如朝夕,宁嗟蜀
道行。

## 秋园卧病呈晖上人

幽寂旷日遥,林园转清密。疲疴澹无豫,独坐泛瑶瑟。怀挟万古
情,忧虞百年疾。绵绵多滞念,忽忽每如失。缅想赤松游,高寻白
云一作紫庭逸。荣吝始都丧,幽人遂贞吉。图书纷满床,山水蔼盈
室。宿昔心所尚,平生自兹毕。愿言谁见知,梵筵有同术。八月高
秋晚,凉风正萧瑟。

## 登泽州城北楼宴

平生倦游者,观化久无穷。复来登此国,临望与君同。坐见秦兵
垒,遥闻赵将雄。武安君何在,长平事已空。且歌玄云曲,御一作衔
酒舞薰风。勿使青衿子,嗟尔白头翁。

## 山　水　粉　图

山图一作仙图,非。之白云兮,若巫山之高丘。纷群翠之鸿溶,又似
蓬瀛海水之周流。信夫人之好道,爱云山以幽求。

# 彩 树 歌

嘉锦筵之珍树兮,错众彩之氛氲。状瑶台之微月,点巫山之朝云。青春兮不可逢,况蕙色之增芬。结芳意而谁赏,怨绝世之无闻。红荣碧艳坐看歇,素华流年不待君。故吾思昆仑之琪树,厌桃李之缤纷。

## 春台引 寒食集毕录事宅作

感阳春兮生碧草之油油。怀宇宙以伤远,登高台而写忧。迟美人兮不见,恐青岁之遂一作还遒。从毕公以酣饮,寄林塘而一留。采芳荪于北渚,忆桂树于南州。何云木之美丽,而池馆之崇幽。星台秀士,月旦诸子。嘉青鸟之辰,迎火龙之始。挟宝书与瑶瑟,芳蕙华而兰靡。乃掩白蘋,藉绿芷。酒既醉,乐未已。击青钟,歌渌水。怨青春之萎绝,赠瑶台一作华之旖旎。愿一见而道意,结众芳之绸缪。曷余情之荡漾,瞩青云以增愁。怅三山之飞鹤,忆海上之白鸥。重曰:群仙去兮青春颓,岁华歇兮黄鸟哀。富贵荣乐几时兮,朱宫碧堂生青苔,白云兮归来。

## 登幽州台歌

前不见古人,后不见来者。念天地之悠悠,独怆然而涕下。

## 喜马参军相遇醉歌 并序

　　吾无用久矣,进不能以义补国,退不能以道隐身。天子哀矜,居于侍省。且欲以芝桂为伍,麋鹿同曹。轩裳钟鼎,如梦中也。南荣曝背,北林设罝。有客扣门,云吾道存。孺子孺子,黄中通理。时玄冬遇夜,微月在天。白云半山,志逸海上。酒既醉,琴方清。陶然玄畅,浩尔太素。则欲狎青鸟,寄丹丘矣。日月云迈,蟋蟀谓何。夫诗可以比兴也,不言曷著。时醉书散洒,乃昏见清庙台令,知此有蜀云气也。毕大拾遗、陆六侍御、崔议司、崔兵曹、鲜于晋、崔湎子、怀一道人当知吾此评是实录也。若东莱王仲烈见之,必以为真醉。歌曰:

独幽默以三月兮,深林潜居。时岁忽兮,孤愤遐吟。谁知我心?孺子孺子,其可与理分。

# 全唐诗卷八四

## 陈子昂

### 度荆门望楚

遥遥去巫峡,望望下章台。巴国山川尽,荆门烟雾开。城分苍野外,树断白云隈。今日狂歌客,谁知入楚来。

### 晚次乐乡县

故乡杳无际,日暮且孤征。川原迷旧国,道路入边城。野戍荒烟断,深山古木平。如何此时恨,嗷嗷夜猿鸣。

### 同王员外雨后登开元寺南楼因酬晖上人独坐山亭有赠

钟梵经行罢,香林坐入禅。岩庭交杂树,石濑泻鸣泉。水月心方寂,云霞思独玄。宁知人世里,疲病得一作苦攀缘。

### 东征答朝臣一作达相送

平生白云意,疲苶愧为雄。君王谬殊宠,旌节此从戎。授绳当系虏,单马岂邀功。孤剑将何托,长谣塞上风。

## 咏主人壁上画鹤寄乔主簿崔著作

古壁仙人画,丹青尚有文。独舞纷如雪,孤飞暖似云。自矜彩色重,宁忆故池群。江海联翩翼,长鸣谁复闻。

## 居延海树闻莺同作

边地无芳树,莺声忽听新。间关如有意,愁绝若怀人。明妃失汉宠,蔡女没胡尘。坐闻应落泪,况忆故园春。

## 题李三书斋 崇嗣

灼灼青春仲,悠悠白日升。声容何足恃,荣耄坐相矜。愿与金庭会,将待玉书征。还丹应有术,烟驾共君乘。

## 送魏大从军

匈奴犹未灭,魏绛复从戎。怅别三河道,言追六郡雄。雁山横代北,狐塞接云中。勿使燕然上,惟留汉将功一作独有汉臣功。

## 送殷大入蜀

禺一作蜀山金碧路,此地饶英灵。送君一为别,凄断故乡情。片一作夏云生极浦,斜日隐离亭。坐看征骑没,惟见远山青。

## 落第西还别刘祭酒高明府

别馆分周国,归骖入汉京。地连函谷塞,川接广阳城。望迥楼台出,途遥烟雾生。莫言长落羽,贫贱一交情。

## 落第西还别魏四懔

转蓬方不定，落羽自惊弦。山水一为别，欢娱复几年。离亭暗风雨，征路入云烟。还因北山径一作返，归守东陂田。

## 送　客

故人洞庭去，杨柳春风生。相送河洲晚，苍茫别思盈。白蘋已堪把，绿芷复含荣。江南多桂树，归客赠生平。

## 春夜别友人二首

银烛吐青烟，金樽对绮筵。离堂思琴瑟，别路绕山川。明月隐高树，长河没晓天。悠悠洛阳道一作去，此会在何年。

紫塞白云断，青春明月初。对此芳樽夜，离忧怅有馀。清冷花露满，滴沥檐宇虚。怀君欲何赠，愿上大臣书。

## 遂州南江别乡曲故人

楚江复为客，征棹方悠悠。故人悯追送，置酒此南洲。平生亦何恨，夙昔在林丘。违此乡山别，长谣去国愁。

## 送东莱王学士无竞

宝剑千金买，平生未许人。怀君万里别，持赠结交亲。孤松宜晚岁，众木爱芳春。已矣将何道，无令白首一作发新。

## 送梁李二明府

负书犹在汉，怀策未闻秦。复此穷秋日，芳樽别故人。黄金装屡尽，白首契逾新。空羡双凫舄，俱飞向玉轮。

# 送魏兵曹使嶲州得登字

阳山淫雾雨,之子慎攀登。羌笮多珍宝,人言有爱憎。欲酬明主惠,当尽使臣能。勿以王阳道一作叹,迢递一作邛道畏崚嶒。

## 送著作佐郎崔融等从梁王东征 并序

古者凉风至,白露下。天子命将帅,训甲兵,将以外威荒戎,内辑中夏,时义远矣。自我大君受命,百蛮蚁伏。匈奴舍蒲萄之宫,越裳重翡翠之贡。虎符不发,象译攸同。实欲高议灵台,偃兵(一作伯)天下。而林胡遗孽,渎乱边甿。驱蚊蚋之师,忽雷霆之伐。乃窃海裔,弄燕陲。皇帝哀北鄙之人,罹其辛螫。以东征之义,降彼偏裨。犹恐威令未孚,亭塞仍梗。乃谋元帅,命佐军,得朱邸之天人,乃黄阁之元老。庙堂授钺,凿门申命。建梁国之旌旗,吟汉庭之箫鼓。东向而拜,北道长驱。蜺旄羽骑之殷,戈翻落日;突鬓蒙轮之勇,剑决浮云。方且猎九都,穷踏顿,存肃慎,吊姑馀。彷徨赤山,巡御日域。以昭我王师,恭天讨也。岁七月,军出国门。天晶无云,朔风清海。时比部郎中唐奉一、考功员外郎李迥秀、著作佐郎崔融并参帷幕之宾,掌书记之任。燕南怅别,洛北思欢。顿旌节而少留,倾朝廷而出饯。永昌丞房思玄,衣冠之秀,乃张蕙圃,席兰堂,环曲榭,罗羽觞。写中京之望,纵候亭之赏。尔乃投壶习射,博奕观兵。铿金铙,戛瑶琴,歌易水之慷慨,奏关山以徘徊。颓阳半林,微阴出座。思长风以破浪,恐白日之蹉跎。酒中乐酣,拔剑起舞。则已气横辽碣,志扫獯戎。抗手何言,赋诗以赠。

金天方肃杀,白露始专征。王师非乐战,之子慎佳兵。海气侵南部,边风扫北平。莫卖卢龙塞,归邀麟阁名。

## 春晦饯陶七于江南同用风字 并序 序内缺七字

蜀江分袂,巴山望别。南津坐恨,叹仙帆之方遥;北渚长怀,见离亭之欲晚。白云去矣，□□□□□□□；黄鹤何之，杨柳青而三春暮。我之怀矣，能无赠乎！同赋一言，俱题四韵。

黄鹤烟云一作霞去，青江琴酒同。离帆方楚越，沟水复西东。芙蓉生夏浦，杨柳送春风。明日相思处，应对菊花丛。

## 喜遇冀侍御珪崔司议泰之二使 并序

余独坐一隅，孤愤五蠹。虽身在江海，而心驰魏阙。岁时仲春，幽卧未起。忽闻二星入井，四牡临亭。邀使者之车，乃故人之驾。隐几一笑，把臂入林。既闻朝廷之乐，复此琴樽之事。山林幽寂，钟鼎旧游。语默谭咏，今复一得。况北堂夜永，西轩月微。巴山有望别之嗟，洛阳无寄载之客。江关离会，三千馀里。名位宠辱，一百年中。欢娱如何，日月其迈，不为目前之赏，以增别后之思。蟋蟀笑人，夫子何叹。

谢病南山下，幽卧不知春。使星入东井，云是故交亲。惠风吹宝瑟，微月忆清真。凭轩一留醉，江海寄情人。

## 登蓟城西北楼送崔著作融入都 并序

仆尝倦游，伤别久矣。况登楼远国，衔酒故人。愤胡孽之侵边，从王师之出塞。元戎按甲，方刈鲜卑之垒，天子赐书，且有君相之召。而崔侯佩剑，即谒承明。群公负戈，方绝大漠。燕山北望，辽海东浮。云台与碣馆天殊，亭障共衣冠地隔。抚剑何道，长谣增叹。以身许国，我则当仁。论道匡君，子思报主。仲冬寒苦，幽朔初平。苍茫天兵之气，冥灭戎云之色。白羽一指，可扫九都。赤墀九重，伫观献凯。心期我愿斯遂，君恩(一作遂君之恩)共有。策勋饮至，方同廊庙之欢。偃武櫜弓，借尔文儒之首。蓟丘故事，可以赠言。同赋登蓟楼送崔子六尔。

蓟楼望燕国，负剑喜兹登。清规子方奏，单毂我无能。仲冬边风急，云汉复霜棱。慷慨竟何道，西南恨失朋。

# 月夜有怀

美人挟赵瑟,微月在西轩。寂寞夜何久,殷勤玉指繁。清光委衾枕,遥思属湘沅。空帘隔星汉,犹梦感精魂。

# 夏日游晖上人房

山水开精舍,琴歌列梵筵。人疑白楼赏,地似竹林禅。对户池光乱,交轩岩翠连。色空今已寂,乘月弄澄泉。

# 春日登金—作九华观

白玉仙台古—作上,丹丘别望遥。山川乱云日,楼榭入烟霄。鹤舞千年树,虹飞百尺桥。还疑—作逢赤松子,天路坐相邀—作招。

# 群公集毕氏林亭

金门有遗世—作士,鼎实恣和邦。默语谁能—作相识,琴樽寄北窗。子牟恋魏阙,渔父爱沧江。良时信同此,岁晚迹难双。

# 宴胡楚真禁所

人生固有命,天道信无言。青蝇一相点,白璧遂成冤。请室闲逾邃,幽庭春未暄。寄谢—作语韩安国,何惊狱吏尊。

# 魏氏园林人赋一物得秋亭萱草

昔时幽径里,荣耀杂春丛。今来玉墀上,销歇畏秋风。细叶犹含绿,鲜花未吐红。忘忧谁见赏,空此北堂中。

## 晦日宴高氏林亭 并序 序内缺一字

夫天下良辰美景,园林(一作亭)池观,古来游宴欢娱众矣。然而地或幽偏,未睹皇居之盛;时终交丧,多阻升平之道。岂如光华启旦,朝野资欢。有渤海之宗英,是平阳之贵戚。发挥形胜,出凤台而啸侣;幽赞芳辰,指鸡川而留宴。列珍羞于绮席,珠翠琅玕;奏丝管于芳园,秦筝赵瑟。冠缨济济,多延戚里之宾;鸾凤锵锵,自有文雄之客。总都畿而写望,通汉苑之楼台。控伊洛而斜□,临神仙之浦溆。则有都人士女,侠客游童。出金市而连镳,入铜街而结驷。香车绣毂,罗绮生风。宝盖雕鞍,珠玑耀日。于时律穷太簇,气淑中京。山河春而霁景华,城阙丽而年光满。淹留自乐,玩花鸟以忘归;欢赏不疲,对林泉而独得。伟矣!信皇州之盛观也。岂可使晋京才子,孤摽洛下之游;魏室群公,独擅邺中之会。盍各言志,以记芳游。同探一字,以华为韵。

寻春游上路,追宴入山家。主第簪缨满,皇州景望华。玉池初吐溜,珠树始开花。欢娱方未极,林阁散馀霞。

## 晦日重宴高氏林亭

公子好追随,爱客不知疲。象筵开玉馔,翠羽饰金卮。此时高宴所,讵减习家池。循涯倦短翮,何处一作以俪长离。

## 上元夜效小庾体 以上三首俱见《岁时杂咏》

三五月华新,遨游逐上春。相邀洛城曲,追宴小平津。楼上看珠妓,车中见玉人。芳宵殊未极,随意守灯轮。一本截首末二联作绝句,题《云灯》。

## 洛城观酺应制

圣人信恭己,天命允昭回。苍极神功被,青云秘箓开。垂衣受金册,张乐宴瑶台。云凤休征满,鱼龙杂戏来。崇恩逾五日,惠泽畅三才。玉帛群臣醉,徽章缛礼该。方睹升中禅,言观拜洛回。微臣固多幸,敢上万年杯。

## 奉和皇帝上一作丘礼抚事述怀应制

大君忘自一作物我,应一作膺运居紫宸。揖让期明辟,讴歌且顺人。轩宫帝图盛,皇极礼容申。南面朝万国,东堂会百神。云陛旂常满,天庭玉帛陈。钟石和睿思,雷雨被深仁。承平信娱乐,王业本艰辛。愿罢瑶池宴,来观农扈春。卑宫昭夏德,尊老睦尧亲。微臣敢拜手,歌舞颂维新。

## 酬田逸人游岩见寻不遇题隐居里壁

游人献书去,薄暮返灵台。传道寻仙友,青囊卖卜来。闻莺忽相访,题凤久裴回。石髓空盈握,金经秘不开。还疑缝掖子,复似洛阳才。

## 白帝城怀古

日落沧江晚,停桡问土风。城临巴子国,台没汉王宫。荒服仍周甸,深山尚禹功。岩悬青壁断,地险碧流通。古木一作树生云际,孤帆出雾中。川途去无限,客思坐何穷。

## 岘山怀古

秣马临荒甸,登高览旧都。犹悲堕泪碣,尚想卧龙图。城邑遥分楚,山川半入吴。丘陵徒自出,贤圣几凋枯。野树苍烟断,津楼晚气孤。谁知万里客,怀古正踟蹰。

# 宿空舲峡青树村浦

的的明月水，啾啾寒夜猿。客思—作愁浩方乱，洲浦寂无喧。忆作千金子，宁知九逝魂。虚闻事朱阙，结绶骛华轩。委别高堂爱—作梦，窥觎明主恩。今成转蓬去，叹息复何言。

# 宿襄河驿浦

沿流辞北渚，结缆宿南洲。合岸昏初夕，回塘暗不流。卧闻塞鸿断，坐听峡猿愁。沙浦明如月，汀葭晦若秋。不及能鸣雁，徒思海上鸥。天河殊未晓，沧海信悠悠。

# 赠严仓曹乞推命录

少学纵横术，游楚复游燕。栖遑长委命，富贵未知天。闻道沉冥客，青囊有秘篇—作编。九宫探万象，三算极重玄。愿奉唐生诀，将知跃马年。非同—作因墨翟问，空滞杀—作至龙川。

# 和陆明府赠将军重出塞

忽闻天上将，关塞重横行。始返楼兰国，还向朔方城。黄金装战马，白羽集神兵。星月开天阵，山川列地营。晚风吹画角，春色耀飞旌。宁知班定远，犹—作独是一书生。

# 江上暂别萧四刘三旋欣接遇

昨夜沧江别，言乖—作乘天汉游。宁期此相遇，尚接武陵洲。结绶还逢育，衔杯且对刘。波潭一弥弥，临望几悠悠。山水丹青杂，烟云紫翠浮。终愧神仙友，来接野人舟。

## 秋日遇荆州府崔兵曹使宴 并序

　　若夫尊卑位隔,荣贱途分。使卿士大夫倚轩裳而傲物,山栖木食,负林壑而骄人。未有能屈富贵于沉冥,杂薜萝于簪笏。天人坐契,相从云雾之游;风雨不疲,高纵琴樽之赏。崔兵曹紫庭公胄,青云贵人,以钟鼎不足以致奇才,烟霞可以交名士。皇华昭国,怀风绋而高寻;白桂追游,邀兔置而下顾。大矣哉! 生平未识,一见而交道遂存;此日披怀,千载之风期坐合。支道林之雅论,妙理沉微。崔子玉之雄才,斯文未丧。属乎金龙掌气,石雁惊秋。天沉寥而烟日无光,野寂寞而山川变色。芸其黄矣,悲白露于苍葭;木叶落兮,惨红霜于绿野。尔其高兴洽,芳酒阑,顿羲和而不留,顾华堂而欲晚。长歌何托,思传稽古之文。爰命小人,率记当时之事。人探一字,六韵成篇。

辎轩凤皇使,林薮鹖鸡冠。江湖一相许,云雾坐交欢。兴尽崔亭伯,言忘释道安。林一作秋光稍欲暮,岁物已将阑。古树苍烟断,虚亭白露寒。瑶琴一作琴中山水曲,今日为君弹。

## 卧 病 家 园

世上无名子,人间岁月赊。纵横策已弃,寂寞道为家。卧病谁能问,闲居空物华。犹忆灵台友,栖真隐太霞。还丹奔日御,却老饵云芽。宁知白社客,不厌青门瓜。

## 于长史山池三日曲水宴

摘兰藉芳月一作日,袯宴坐回汀。泛滟清流满,葳蕤白芷生。金弦挥赵瑟,玉指弄秦筝。岩榭风光媚,郊园春树平。烟花飞御道,罗绮照昆明。日落红尘合,车马乱纵横。

## 合州津口别舍弟至东阳峡步
## 趁不及眷然有忆作以示之

江潭共为客,洲浦独迷津。思积芳庭树,心断白眉人。同衾成楚越,别岛类胡秦。林岸随天转,云峰逐望新。遥遥终不见,默默坐含嚬。念别疑三月,经游未一旬。孤舟多逸兴,谁共尔为邻。

## 万州晓发放舟乘涨还寄蜀中亲朋

空濛岩一作微雨霁,烂熳晓云归。啸旅乘明发,奔桡骛断矶。苍茫林岫转,络绎涨涛飞。远岸孤烟出,遥峰曙日微。前瞻未能眴,坐望已相依。曲直一作折多一作还今古,经过失是非。还期方浩浩,征思日骓骓。寄谢千金子,江海事多违。

## 入峭峡安居溪伐木溪源
## 幽邃林岭相映有奇致焉

肃徒歌伐木,骛一作惊楫漾轻舟。靡迤随回一作波水,潺湲溯浅流。烟沙分两岸,露一作霞,又作雾。岛夹双洲。古树连云密,交一作文峰入浪浮。岩潭相映媚,溪谷屡环周。路迥光逾逼一作出,山深兴转幽。麏麚寒思晚,猿鸟暮声秋。誓息兰台策,将从桂树游。因书谢亲爱,千岁觅蓬丘。

## 入东阳峡与李明府舟前后不相及

东岩初解缆,南浦遂离群。出没同洲岛,沿洄异渚一作汀溃。一作栖泊异江溃。风烟犹可望,歌笑浩难闻。路转青山合,峰回白日曛。奔涛上漫漫,积水下一作浪沄沄。倏忽犹疑及,差池复两分。离离间一作开远树,蔼蔼没遥氛。地上巴陵道,星连牛斗文。孤狖啼寒月,哀鸿叫断云。仙舟不可见,摇一作遥思坐氛氲。

## 同旻上人伤寿安傅少府

生涯良浩浩,天命固谆谆。闻道神仙尉,怀德遂为邻。畴昔逢尧
日,衣冠仕汉辰。交游纷若凤,词翰宛如一作成麟。太息劳黄绶,长
思谒紫宸。金兰徒有契,玉树已埋尘。把臂虽无托,平生固亦亲。
援琴一流涕,旧馆几沾巾。杳杳泉中夜,悠悠世上春。幽明长隔
此,歌哭一作笑为何人。

## 南山家园林木交映盛夏五月
## 幽然清凉独坐思远率成十韵

寂寥守寒巷,幽独卧一作坐空林。松竹生虚白,阶庭横古今。郁蒸
炎夏晚,栋宇闷清阴。轩窗交紫霭,檐户对苍岑。凤蕴仙人箓,鸾
歌素女琴。忘机委人代,闭牖察天心。蛱蝶怜红药,蜻蜓爱碧浔。
坐观万象化,方见百年侵。扰扰将何息,青青长苦吟。愿随白云
驾,龙鹤相招寻。

## 还至张掖古城闻东军告捷赠韦五虚己

孟秋首归路,仲月旅一作旋边亭。闻道兰山战,相邀在井陉。屡斗
关月满,三捷房云平。汉军追北地,胡骑走南庭。君为幕中士,畴
昔好言兵。白虎锋应出,青龙阵几成。披一作据图见丞相,按节入
咸京。宁知玉门道,翻一作空作陇西行。北海朱旄落,东归白露生。
纵横未得意,寂寞寡相迎。负剑空叹息,苍茫登古城。

## 题祀山烽树赠乔十二侍御

汉庭荣巧宦,云阁薄边功。可怜骢马使,白首为谁雄。

# 初入峡苦风寄故乡亲友

故乡今日友，欢会坐应同。宁知巴峡路，辛苦石尤风。

# 题田洗马游岩桔槔

望苑一作远长为客，商山遂不归。谁怜北陵井一作客，未息汉阴机。

# 古意题徐令壁 一作题著作令壁

白云苍梧来，氛氲万里色。闻君太平世，栖泊灵台侧。

# 赠别冀侍御崔司议 并序

　　朝廷欢娱，山林幽瘵。思魏阙魂已九飞，饮岷江情复三乐。进不忘匡救于国，退不惭无闷在林。冀侍御、崔司议至公至平，许我以语默于是矣。夫达则以公济天下，穷则以大道理身。嗟乎！子昂岂敢负古人哉。蜀国酒醨，无以娱客。至于挟清瑟，登高山，白云在天，清江涵月，可以散孤愤，可以游太清。一世之逸人，寄千里之道友。吾欲不谢于崔冀二公矣。所恨酒未醒，琴方清。王事靡盬，驿骑遄速。不尽平原十日之饮，又谢叔度累日之欢。云山悠悠，叹不及也。载想房陆毕子为轩冕之人，不知蜀山有云，巴水可兴，睽阙良会。我心怒然，请以此酬。寄谢诸子，为巴山别引也。

有道君匡国，无闷一作机余在林。白云峨眉一作岷峨上，岁晚来相寻。

# 三月三日宴王明府山亭

　　见《岁时杂咏》，末句缺一字。

暮春嘉月，上巳芳辰。群公禊饮，于洛之滨。奕奕车骑，粲粲都人。连帷竞野，袨服缛津。青郊树密，翠渚萍新。今我不乐，含意□申。

# 全唐诗卷八五

## 张　说

　　张说,字道济,一字说之,洛阳人。武后策贤良方正,说所对第一。授左补阙,擢凤阁舍人。忤旨,配流钦州。中宗召还,累迁工部、兵部侍郎,修文馆学士。睿宗拜为中书侍郎,知政事。开元初,进中书令,封燕国公。寻出刺相州,左转岳州,召拜兵部尚书,知政事,敕令巡边。后为集贤院学士,尚书左丞相。卒,谥文贞。说为人敦气义,重然诺,喜延纳后进,朝廷大述作,多出其手。与苏颋号燕许大手笔。谪岳州后,诗益凄惋,人谓得江山之助。集三十卷,内诗九卷,今编诗五卷。

### 唐封泰山乐章

　　《唐书·乐志》曰:开元十三年明皇封泰山祀天乐。降神用豫和,六变,迎送皇帝用太和,登歌、奠玉帛用肃和,迎俎用雍和,酌献、饮福并用寿和,送文舞出、迎武舞入用舒和,终献、亚献用凯安,送神用豫和。

#### 豫 和 六 首

挹泰坛,紫一作柴泰清。受天命,报天成。竦皇心,荐乐声。志上达,歌下迎。

亿上帝,临下庭。骑日月,陪列星。嘉视信,大糦馨。澹神心,醉皇灵。

相百辟,贡八荒。九歌叙,万舞翔。肃振振,铿皇皇。帝欣欣,福穰穰。

高在上,道光明。物资始,德难名。承眷命,牧苍生。寰宇谧,泰阶平。

天道无亲,至诚与邻。山川遍礼,宫徵惟新。玉帛非盛,聪明会真。正斯一德,通乎百神。

享帝享亲,维孝维圣。缉熙懿德,敷扬成命。华夷志同,笙镛礼盛。明灵降止,感此诚敬。

### 太 和

孝敬中发,和容外彰。腾华照宇,如升太阳。贞璧就奠,玄灵垂光。礼乐具举,济济洋洋。

### 肃 和

奠祖配天,承天享帝。百灵咸秩,四海来祭。植我苍璧,布我玄制。华日裴回,神烟容裔。

### 雍 和

俎豆有馥,粢盛洁丰。亦有和羹,既戒既平。鼓钟管磬,肃唱和鸣。皇皇我祖,来我思成。

### 寿 和

烝烝我后,享献惟寅。躬酌郁鬯,跪奠明神。孝莫孝乎,配上帝亲。敬莫敬乎,教天下臣。

### 寿 和

皇祖严配,配享皇天。皇皇降嘏,天子万年。

### 舒 和

六钟翕协六变成,八佾徒祥八风生。乐九〔韶〕(歆)兮〔人神〕(神人)感,美七德兮天地清。

## 凯　和

烈祖顺三灵,文宗威四海。黄钺诛群盗,朱旗扫多罪。戢兵天下安,约法人心改。大哉干羽意,常见风云在。

## 豫　和

礼乐终,〔烟〕(禋)燎上。怀灵惠,结皇想。归风疾,回风爽。百〔福〕(神)来,众神往。

# 唐享太庙乐章

《唐书·乐志》曰:明皇开元七年享太庙乐。迎神用永和,皇帝行用太和,登歌、酌瓒用肃和,迎俎用雍和,皇帝酌醴齐用文舞,献宣皇帝用光大舞,光皇帝用长发舞,景皇帝用大政舞,元皇帝用大成舞,高祖用大明舞,太宗用崇德舞,高宗用钧天舞,中宗用大和舞,睿宗用景云舞,皇帝饮福、受胙用福和,送文舞出、迎武舞入用舒和,亚献、终献、行事、武舞用凯安,撤豆用登歌,送神用永和,按景皇帝旧用大基,至是改用大政云。

## 永 和 三 首

肃九室,谐八音。歌皇慕,动神心。礼宿设,乐妙寻。声明备,祼奠临。

律迟气,音入玄。依玉几,御黼筵。聆忾息,俨周旋。九韶遍,百福传。

信工祝,永颂声。来祖考,听和平。相百辟,贡九瀛。神休委,帝孝成。

## 太　和

时文圣后,清庙肃邕。致诚勤荐,在貌思恭。玉节肆夏,金镛五钟。绳绳云步,穆穆天容。

## 肃　和

天子享孝,工歌溥将。射祼郁邑,乃焚萧芗。臭以达旨,声以求阳。

奉时烝尝,永代不忘。

## 雍 和 二 首

在涤嘉豢,丽碑敬牲。角握之牝,色纯之骍。火传阳燧,水溉阴精。
太公胖俎,傅说和羹。

俎豆有馥,齐盛洁丰。亦有和羹,既戒既平。鼓钟管磬,肃唱和鸣。
皇皇后祖,来我思成。此首与封泰山乐章雍和同。

## 文 舞

圣谟九德,真言五千。庆集昌胄,符开帝先。高文杖钺,克配彼天。
三宗握镜,六合涣然。帝其承祀,率礼罔愆。图书雾出,日月清悬。
舞形德类,咏谂功传。黄龙蜿 蟺,彩云蹁跹。五行气顺,八佾风
宣。介此百禄,於皇万年。

## 光 大 舞

肃肃艺祖,滔滔浚源。有雄玉剑,作镇金门。玄王贻绪,后稷谋孙。
肇禋九庙,四海来尊。

## 长 发 舞

具礼崇德,备乐承风。魏推幢主,周赠司空。不行而至,无成有终。
神兴王业,天归帝功。

## 大 政 舞

於赫元命,权舆帝文。天齐八柱,地半三分。宗庙观德,笙镛乐勋。
封唐之兆,成天下君。

## 大 成 舞

帝舞季历,龙圣生昌。后歌有娇,胎炎孕黄。天地合德,日月齐
光。肃雍孝享,祚我万方。

## 大 明 舞

赤精乱德,四海困穷。黄旗举义,三灵会同。早望春雨,云披大风。
溥天来祭,高祖之功。

## 崇 德 舞

皇合一德,朝宗百神。削平天地,大拯生人。上帝配食,单于入臣。
戎歌陈武,晔晔震震。

## 钧 天 舞

高皇迈道,端拱无为。化怀獯鬻,兵〔戢〕(赋)句骊。礼尊封禅,乐盘
来仪。合位娲后,同称伏羲。

## 大 和 舞

退居江水,郁起丹陵。礼物还旧,朝章中兴。龙图友及,骏命恭膺。
鸣球香瓒,大糦是承。

## 景 云 舞

景云霏烂,告我帝符。噫帝冲德,与天为徒。笙镛遥远,俎豆虚无。
春秋孝献,回复此都。

## 福 和

备礼用乐,崇亲致尊。诚通慈降,敬彻爱存。献怀称寿,啐感承恩。
皇帝孝德,子孙千亿。大包天域,长亘不极。

## 舒 和

六钟翕协六变成,八佾徜徉八风生。乐九韶兮人神感,美七德兮天
地清。此首与封泰山乐章舒和同。

## 凯 安 三 首

瑟彼瑶爵,亚维上公。室如屏气,门不容躬。礼殷其本,乐执其中。
圣皇永慕,天地幽通。
礼匝三献,乐遍九成。降循轩陛,仰歆皇情。福与仁合,德因孝明。
百年神畏,四海风行。
总总干戚,填填鼓钟。奋扬增气,坐作为容。离若鸷鸟,合如战龙。
万方观德,肃肃邕邕。

## 登　歌

止笙磬,撤豆笾。廓无响,窅入玄。主在室,神在天。情馀慕,礼闼愆。喜黍稷,屡丰年。

## 永　和

眇嘉乐,授灵爽。感若来,思如往。休气散,回风上。返寂寞,还惚恍。怀灵驾,结空想。

# 全唐诗卷八六

## 张　说

### 奉和圣制赐诸州刺史应制以题坐右

文明遍禹迹，鳏寡达尧心。正在亲人守，能令王泽深。朝廷多秀士，熔炼比精金。犀节同分命，熊轩各外临。圣主赋新诗，穆若听薰琴。先言教为本，次言则是钦。三时农不夺，午夜犬无侵。愿使天宇内，品物遂浮沉。寄情群飞鹤，千里一扬音。共蹋华胥梦，龚黄安足寻。

### 奉和圣制送宇文融安辑户口应制

至德临天下，劳情遍九围。念兹人去本，蓬转将何依。外避征戍数，内伤亲党稀。嗟不逢明盛，胡能照隐微。柏台简行李，兰殿锡朝衣。别曲动秋风，恩令生春辉。使出四海安，诏下万心归。怍非夔龙佐，徒歌鸿雁飞。

### 奉和圣制过晋阳宫应制

太原俗尚武，高皇初奋庸。星轩三晋躔，土乐二一作一尧封。北风遂举鹏，西河亦上龙。至德起王业，继明赖人雍。六合启昌期，再兴广圣踪。传呼大驾来,文物如云从。连营火百里,纵观人千重。翠华渡汾水,白日临峚一作峚峰。枌榆恩赏洽,桑梓旧情恭。往运感不追,清时惜难逢。诗发尊祖心,颂刊盛德容。愿君及春事,回舆绥万邦。

## 奉和圣制行次成皋太宗擒窦建德处应制

夏氏阶隋乱,自言河朔雄。王师进谷水,兵气临山东。前扫成皋阵,却下洛阳宫。义合帝图起,威加天宇同。轩台百年外,虞典一巡中。战龙思王业,倚马赋神功。

## 奉和圣制温汤对雪应制

瑞雪带寒风,寒风入阴珰。阴珰方凝闭,寒风复凄断。宫似瑶林匝,庭如月华满。正赓一作叹挟纩词,非近温汤一作泉暖。

## 奉和圣制义成校猎喜雪应制

文教资武功,郊畋阅邦政。不知仁育久,徒看禽兽盛。夜霰氛埃灭,朝日山川净。绰仗飞走繁,抨弦筋角劲。帝射参神道,龙驰合人性。五犯连一发,百中皆先命。勇爵均万夫,雄图罗七圣。星为吉符老,雪作丰年庆。喜听行猎诗,威神入军令。

## 清明日诏宴宁王山池赋得飞字

今日清明宴,佳境惜芳菲。摇扬花杂下,娇啭莺乱飞。绿渚传歌榜,红桥度舞旂。和风偏应律,细雨不沾衣。承恩如改火,春去春来归。

# 四月十三日诏宴宁王亭子赋得好字

何许承恩宴,山亭风日好。绿嫩鸣鹤洲,阴秾斗鸡道。果思夏来茂,花嫌春去早。行乐无限时,皇情及芳草。

# 药园宴武辂沙将军赋得洛字

东第乘馀兴,南园宴清洛。文学引邹枚,歌钟陈卫霍。风高大夫树,露下将军药。待闻出塞还,丹青上麟阁。

# 修书院学士奉敕宴梁王宅赋得树字

虎殿成鸿业,猿岩题凤赋。既荷大君恩,还蒙小山遇。秋吹迎弦管,凉云生竹树。共惜朱邸欢,无辞洛城暮。

# 夕宴房主簿舍 并序

　　旅听清馆,崇扃严钥。岩云暗山,微月白夜。悄群动之俱息,感孤鸿之远音。有美房公,霞海其量。友我以丝竹,好我以樽俎。纾蕴结之雅怀,豁幽旷之陈意。满堂既醉,因赋是诗。

岁晏关雍空,风急河渭冰。薄游羁物役,微尚惬远凭。旅馆月宿永,闭扃云思兴。伊人美修夜,朋酒惠来称。交谈既清雅,琴吹亦凄凝。不逢君蹇涸,幽意长郁蒸。

# 行从方秀川与刘评事文同宿

方秀美盘游,频年降天罕。水共伊川接,山将阙门断。捧日照恩华,攀云引疲散。野宿霜入帐,孤衾寒不暖。静闻宫漏疏,卧视庭月满。开炉命温酎,中夜发清管。风送关山长,气遒星岁短。寓言情思惬,适兴真意坦。寰中病羁挂,方外嫌纵诞。愿君乐盛时,无嗟带纕缓。

## 送郭大夫元振再使吐蕃

犬戎废东献,汉使驰西极。长策问酋渠,猜<sub>一作携</sub>阻自夷殛。容发徂边岁,旌裘敝海色。五年一见家,妻子不相识。武库兵犹动,金方事未息。远图待才智,苦节输筋力。脱刀赠分手,书带加餐食。知君万里侯,立功在异域。

## 送李侍郎迥秀薛长史季昶同赋得水字

汉郡接胡庭,幽并对烽垒。旌旗按部曲,文武惟卿士。薛公善筹画,李相威边鄙。中冀分两河,长城各万里。藉马黄花塞,蒐兵白狼水。胜敌在安人,为君汗青史。

## 别 平 一 师

王子不事俗,高驾眇难追。茅土非屑盼,倾城无乐资。宴坐深林中,三世同一时。皎皎独往心,不为尘网欺。揭来已复去,今去何来思。回首谢同行,勤会安请期。

## 送 王 光 庭

同居洛阳陌,经日懒相求。及尔江湖去,言别怅悠悠。楚云眇羁翼,海月倦行舟。爱而不可见,徒嗟芳岁流。

## 新都南亭送郭元振卢崇道

一作卢崇道诗。题云,新都南亭送郭大元振。

竹径女萝蹊,莲洲文石堤。静深人俗断,寻玩往还迷。碧潭秀初月,素林惊夕栖。褰幌纳蟾影,理琴听猿啼。佳辰改宿昔,胜寄坐睽携。长怀赏心爱,如玉复如珪。

# 赠　崔　公

我闻西汉日,四老南山幽。长歌紫芝秀,高卧白云浮。朝野一作市
光尘绝,榛芜年貌秋。一朝驱驷马,连辔入龙楼。昔遁高皇去,今
从太子游。行藏惟圣节,福祸在人谋。卒能匡惠帝,岂不赖留侯。
事随年代远,名与图籍留。平生钦淳德,慷慨景前修。蚌蛤伺一作
想阴兔,蛟龙望斗牛。无嗟异飞伏,同气幸相求。

# 赠　赵　公

湘东股肱守,心与帝乡期。舟楫中途蹇,风波复来思。嘉我常联
翼,金貂侍玉墀。迹参前马圣,黄帝遇牧马童子,称天师而退。名缀鬻熊
师。寒暑一何速,山川远间之。宁知洞庭上,独得平生时。精意微
绝简,从权讨妙棋。林壑为予请,纷霭发华滋。流赏忽已散,惊帆
杳难追。送君在南浦,伫傺投此词。

# 赠　赵　侍　御

禄放迹异端,偏荒事同蹇。苟忘风波累,俱会云壑践。险式压西
湖,侨庐对南岘。夜楼江月入,朝幌山云卷。山势远涛连,江途斜
汉转。坐啸予多暇,行吟子独善。并辔蹦郊郭,方舟玩游演。虚声
万籁分,水色千里辨。不知岸阴谢,再见春露泫。绿壤发欣颜,华
年助虫篆。上世时难接,古人情可选。泊渚烦为媒,多才怨成褊。
长沙鹏作赋,任道可知浅。请从三已心,荣辱两都遣。

# 答李伯鱼桐竹

结庐桐竹下,室迩人相深。接垣分竹径,隔户共桐阴。落花朝满

岸,明月夜披林。竹有龙鸣管,桐留凤舞琴。奇声与高节,非吾谁赏心。

# 寄姚司马

共君春种瓜,本期清夏暑。瓜成人已去,失望将谁语。褭露摘香园,感味怀心许。偶逢西风便,因之寄鄂渚。

# 代书答姜七崔九

婀娜金闺树,离披野田草。虽殊两地荣,幸共三春好。花殊鸟飞处,叶镂虫行道。真心独感人,惆怅令人老。

# 代书寄吉十一

一雁雪上飞,值我衡阳道。口衔离别字,远寄当归草。目想春来迟,心惊寒去早。忆乡乘羽翮,慕侣盈怀抱。零落答故人,将随江树老。

# 代书寄薛四

孤雁东飞来,寄我纹与素。纹足经三象,素当综群务。远见故人心,一言重千金。答之彩毛翰,继以瑶华音。岁寒众木改,松柏心常在。

# 过蜀道山

我行春三月,山中百花开。披林入峭蒨,攀磴陟崔嵬。白云半峰起,清江出峡来。谁知高深意,缅邈心幽哉。

## 蜀路二首

云埃夜澄廓，山日晓晴鲜。叶落苍江岸，鸿飞白露天。磷磷含水石，幂幂覆林烟。客心久无绪，秋风殊未然。

徭蜀时未改，别家乡念盈。忆昨出门日，春风发鲜荣。及兹旋辕地，秋风满路生。昏晓思魏阙，梦寐还秦京。秦京开朱第，魏阙垂紫缨。幽独玄虚阁，不闻人马声。艺业为君重，名位为君轻。玉琴知调苦一作古，宝镜对胆清。鹰饥常啄腥，凤饥亦待琼。于君自有属，物外岂能轻。

## 再使蜀道

眇眇葭萌道，苍苍褒斜谷。烟壑争晦深，云山共重复。古来风尘子，同眩望乡目。芸阁有儒生，辂车倦驰逐。青春客岷岭，白露摇江服。岁月镇羁孤，山川俄反覆。鱼游恋深水，鸟迁恋乔木。如何别亲爱，坐去文章国。蟋蟀鸣户庭，蟏蛸网琴筑。

## 江路忆郡

雾敛江早明，星翻汉将没。卧闻峡猿响，起视榜人发。倚棹攀岸筱，凭船弄波月。水宿厌洲渚，晨光屡挥忽。林泽来不穷，烟波去无歇。结思笙竽里，摇情游侠窟。年貌不暂留，欢愉及玄发。云涓恋山海，禽马怀燕越。自非行役人，安知慕城阙。

## 过汉南城叹古坟

旧国多陵墓，荒凉无岁年。泅涌蔽平冈，汩若波涛连。上世千金子，潜卧九重泉。松柏剪无馀，碑记灭阁传。葬于不毛地，咸谓楚先贤。事尽情可识，使人心怅然。

# 至尉氏

夕次阮公台,啸歌临爽垲。高名安足赖,故物今皆改。吾兄昔兹邑,遗爱称贤宰。桑中雉未飞,屋上乌犹在。途逢旧甿吏,城有同僚寀。望尘远见迎一作远见咸相迎,拂馆来欣待。慈惠留千室,友于存四海。始知鲁卫间,优劣相悬倍。

## 襄州景空寺题融上人兰若

高名出汉阴,禅阁跨香岑。众山既围绕,长川复回临。云峰晓灵变,风木夜虚吟。碧湫龙池满,苍松虎径深。旧知青岩意,偏入杳冥一作冥昋心。何由侣飞锡,从此脱朝簪。

## 巡边在河北作

抚剑空馀勇,弯弧遂无力。老去事如何,据鞍长叹息。故交索将尽,后进稀相识。独怜半死心,尚有寒松直。

# 入海二首

乘桴入南海,海旷不可临。茫茫失方面,混混如凝阴。云山相出没,天地互浮沉。万里无涯际,云何测广深。潮波自盈缩,安得会虚心。

海上三神山,逍遥集众仙。灵心岂不同,变化无常全。龙伯如人类,一钓两鳌连一作悬。金台此沦没,玉真时播迁。问子劳何事,江上泣经年。隰中生红草,所美非美然。

## 相州山池作

尝怀谢公咏,山水陶嘉月。及此年事衰,徒看众花发。观鱼乐何在,听鸟情都歇。星汉流不停,蓬莱去难越。邺中秋麦秀,淇上春云没。日见尘物空,如何静心阙。

## 岳 州 作

夜梦云阙间,从容簪履列。朝游洞庭上,缅望京华绝。潦收江未清,火退山更热。重欨视欲醉。懵满气如噎。器留鱼鳖腥,衣点蚊虻血。发白思益壮,心玄用弥拙。冠剑日苔藓,琴书坐废撤。唯有报恩字,刻意长不灭。

## 岳州行郡竹篱

山郡不沟郭,荒居无羁壅。爱人忠主利,善守闭为勇。苟非小勤瘁,安得期逸宠。版筑恐土疏,襄城嫌役重。藩栅聊可固,筊篁近易奉。差池截浦沙,缭绕缘隈垅。矗似长云亘,森如高戟耸。预绝豺狼忧,知免牛羊恐。闾里宽矫步,榛丛恣踏踵。始果游处心,终日成闲拱。

## 游洞庭湖湘

缅邈洞庭岫,葱蒙水雾色。宛在太湖中,可望不可即。剖竹守穷渚,开门对奇域。城池自萦笼,缨绶为徽缠。靡日不思往,经时始愿克。飞棹越溟波,维舟恣攀陟。窈窕入云步,崎岖倚松息。岩坛有鹤过,壁字无人识。滴石香乳溜,垂崖灵草植。玩幽轻雾阻,讨异忘曛逼。寒沙际水平,霜树笼烟直。空宫闻莫睹,地道窥难测。此处学金丹,何人生羽翼。谁传九光要,几拜三仙职。紫气徒想像,清潭长眇默。霓裳若有来,觏我云峰侧。

## 澄湖山寺

楚老游山寺,提携观画壁。扬袂指辟支,睒眒相斗阋。险哉透撞儿,千金赌一掷。成败身自受,傍人那叹息。

## 出湖寄赵冬曦

西泛平湖尽,参差入乱山。东瞻岳阳郡,汗漫太虚间。窘步同行乐,遒文互屡看。山成上云桂,江亭临水关。川途倏忽间,风景依如昨。湘浦未赐环,荆门犹主诺。何时与美人<sub>一作得余美</sub>,载酒游宛洛。

## 岳阳早霁南楼

山水佳新霁,南楼玩初旭。夜来枝半红,雨后洲全绿。四运相终始,万形纷代续。适临青草湖,再变<sub>一作数</sub>黄莺曲。地穴穿东武,江流下西蜀。歌闻枉渚遒,舞见长沙促。心阻意徒驰<sub>一作心远居无陋</sub>,神和生自足。白发悲上春,知常谢先<sub>一作无欲</sub>。

## 岳阳石门墨山二山相连
## 有禅堂<sub>一作道</sub>观天下绝境

困轮江上山,近在华容县。常涉巴丘首,天晴遥可见。佳游屡前诺,芳月愆幽眷。及此符守移,欢言临道便。既携赏心客,复有送行掾。竹径入阴窅,松萝上空蒨。草共林一色,云与峰万变。探窥石门断,缘越沙涧转。两山势争雄,峰嶂相顾眄。药妙灵仙宝,境华岩壑选。清都西渊绝,金地东敞宴。池果接园畦,风烟迩台殿。高寻去石顶,旷览天宇遍。千山纷满目,百川豁对面。骑来云气迎,人去鸟声恋。长揖桃源士,举世同企羡。

## 和尹懋秋夜游灉湖

坐啸人事闲，佳游野情发。山门送落照，湖口升微月。林寻猿狖
居，水戏鼋鼍穴。朔风吹飞雁，芳草亦云歇。

## 五君咏五首 并序

达志、美类、刺异、感义、哀事，颜氏之心也，拟焉。

### 魏齐公元忠

齐公生人表，迥天闻鹤唳。清论早揣摩，玄心晚超诣。入相廊庙
静，出军沙漠雾。见深吕禄忧，举后陈平计。甘心除君恶，足以报
先帝。

### 苏许公瓌

许公信国桢，克美具瞻情。百事资朝问，三章广世程。处高心不
有，临节自为名。朱户传新戟，青松拱旧茔。凄凉丞相府，馀庆在
玄成。

### 李赵公峤

李公实神敏，才华乃天授。睦亲何用心，处贵不忘旧。故事遵台
阁，新诗冠宇宙。在人忠所奉，恶我诚将宥。南浦去莫归，嗟嗟蔑
孙秀。

### 郭代公元振

代公举鹏翼，悬飞摩海雾。志康天地屯，适与云雷遇。兴丧一言
决，安危万心注。大勋书王府，舛一作窜命沦江路。势倾北夏门，哀
靡东平树。

### 赵耿公彦昭

耿公山岳秀一作灵，才杰心一作思远神亦妙。鸷鸟峻标立，哀一作良玉
扣一作振清调。协赞休明启，恩华日月照。何意瑶台云，风吹落江

徽。湘流下浔阳,洒泪一投吊。

## 游龙山静胜寺

每上襄阳楼,遥望龙山树。郁茀吐冈岭,微蒙在烟雾。下车岁已
成,饰马闲,一作问馀步。苦霜裛野草,爱日扬江煦。云对石上塔,
风吹一作入松下路。禅室宴三空,神祠同一作图六趣。儿童共戏谑,
猿鸟相惊顾。南识桓公一作桓山台,北望先贤墓。世上人何在,时
闻心不住。但传无尽灯,可使有情悟。

## 一 柱 观

旧说江陵观,初疑神化来。空山结云阁,绮靡随风回。奈何任一
柱,斯焉容众材。奇功非长世,今馀草露台。

## 登九里台是樊姬墓

楚国所以霸,樊姬有力焉。不怀沈尹禄,谁谮一作进叔敖贤。万化
茫无在,孤坟独岿然。北分阳台陌,南识郢城阡。漠漠渚宫树,苍
苍云梦田。登高形胜出,访古令名传。自我来符守,因君树蕙荃。
诗书将变俗,绨纩忽弥年。志阑一作阑三折后,愁值二毛前。伫立
帝京路,遥心寄此篇。

## 过 怀 王 墓

呫嗫一作喔咿不可信,以一作似此败怀王。客死峣关路,返葬岐江阳。
啼狖抱山月,饥狐猎野霜。一闻怀沙事,千载尽悲凉。

## 闻 雨

多雨绝尘事,寥寥入太玄。城阴疏复合,檐滴断还连。念我劳造

化，从来五十年。误将心徇物，近得还自然。闲居草木侍，虚室鬼神怜。有时进美酒，有时泛清弦。声真不世识，心醉岂言诠。

## 夜　坐

怀哉四壁时，未有五都价。百金谁见许，斗酒难为贳。落花生芳春，孤月皎清夜。复逢利交客，题户遥相谢。

## 山 夜 闻 钟

夜卧闻夜钟，夜静山更响。霜风吹寒月，窈窕虚中上。前声既春容，后声复晃荡。听之如可见，寻之定无像。信知本际空，徒挂生灭想。

## 冬日见牧牛人担青草归

塞上绵应折，江南草可结。欲持梅岭花，远竞榆关雪。日月无他照，山川何顿别。苟齐两地心，天问将安说。

## 咏　镜

宝镜如明月，出自秦宫样。隐起双蟠龙，衔珠俨相向。常恐君不察，匣中委清量。积翳掩菱花，虚心蔽尘状。倘蒙罗袖拂，光生玉台上。

## 咏　瓢

美酒酌悬瓢，真淳好相映。蜗房卷堕首，鹤颈抽长柄。雅色素而黄，虚心轻且劲。岂无雕刻者，贵此成天性。

# 杂诗四首

抱薰心常焦,举莸心常摇。天长地自久,欢乐能几朝。君看西陵树,歌舞为谁娇。

山闲苦积雨,木落悲时遽。赏心凡几人,良辰在何处。触石满堂侈,洒我终夕虑。客鸟怀主人,衔花未能去。剖珠贵分明,琢玉思坚贞。要君意如此,终始莫相轻。

问子青霞意,何事留朱轩。自言心远俗,未始迹辞喧。过蒙良时幸,侧息吏途烦。簪缨非宿好,文史弃前言。夕卧北窗下,梦归南山园。白云惭幽谷,清风愧泉源。十年兹赏废,佳期今复存。挂冠谢朝侣,星驾别君门。

默念群疑起,玄通百虑清。初心灭阳艳,复见湛虚明。悟灭心非尽,求虚见后生。应将无住法,修到不成名。

## 和张监游终南

宿怀终南意,及此语云峰。夜闻竹涧静,晓望林岭重。春烟生古石,时鸟戏幽松。岂无山中赏,但畏心莫从。

## 古泉驿 于陵仲子宅也

昔闻陈仲子,守义辞三公。身赁妻织屦,乐亦在其中。岂无穷贱苦,羞与倾巧同。长白临河上,於陵入济东。我行吊遗迹,感叹古泉空。

# 河上公

尊师厌尘去,精魄知何明。形气不复生一作往,弟子空伤情。济北神如在,淮南药未成。共期终莫遂,寥落两无成一作名。

## 奉和圣制初入秦川路寒食应制

上阳柳色唤春归，临渭桃花拂水飞。总为朝廷巡幸去，顿教京洛少
光辉。昨从分陕—作汾硖山南口，驰道依依渐花柳。入关正投寒食
前，还京遂落清明后。路上天心重豫游，御前恩赐特风流。便幕那
能镂鸡子，行宫善巧帖毛球。渭桥南渡花如扑，麦陇青青—作草草
断人目。汉家行树直新丰，秦地骊山抱温谷。香池春溜水初平，预
欢浴日照京城。今岁随宜过寒食，明年陪宴作清明。

## 时乐鸟篇 并序

　　伏见天恩以灵异鹦鹉及能延京所述篇，出示朝列。臣按：《南海异
物志》有时乐鸟，鸣云太平，天下有道则见。验其图，丹首红臆，朱冠绿
翼，鸳领文背，糅以五色。今此鸟本南海贡来，与鹦鹉状同，而毛尾全
异。其心聪性辨，护主报恩，固非凡禽，实瑞经所谓时乐鸟。延京虽叙
其事，未正其名。望编国史，以彰圣瑞。臣窃同延京献诗一首。

旧传南海出灵禽，时乐名闻不可寻。形貌乍同鹦鹉类，精神别禀凤
皇心。千年待圣方轻举，万里呈才无伴侣。红茸糅绣好毛衣，清泠
讴哑好言语。内人试取御衣牵，啄手瞑声不许前。心愿阳乌恒保
日，志嫌阴鹤欲凌天。天情玩讶良无已，察图果见祥经里。本持符
瑞验明王，还用文章比君子。自怜弱羽讵堪珍，喜共华篇来示人。
人见嘤嘤报恩鸟，多惭碌碌具官臣。

## 安乐郡主花烛行

青宫朱邸翊皇闱，玉叶琼蕤发紫微。姬姜本来舅甥国，卜筮俱道凤
皇飞。星昴殿冬献吉日，夭桃秾李遥相匹。鸾车凤传王子来，龙楼
月殿天孙出。平台火树连上阳，紫炬红轮十二行。丹炉飞铁驰炎

焰,炎霞烁电吐明光。绿轭<sub></sub>一作屏绀幰纷如雾,节鼓清笳前启路。城隅靡靡稍东还,桥上鳞鳞转南渡。五方观者聚中京,四合尘烟涨洛城。商女香车珠结网,天人宝马玉繁缨。百壶渌酒千斤肉,大道连延障锦轴。先祝圣人寿万年,复祷宜家承百禄。珊瑚刻盘青玉尊,因之假道入梁园。梁园山竹凝云汉,仰望高楼在天半。翠幕兰堂苏合薰,珠帘挂户水波纹。别起芙蓉织成帐,金缕鸳鸯两相向。蕅茵饰地承雕履,花烛分阶移锦帐。织女西垂隐烛台,双童连缕合欢杯。蔼蔼绮庭嫔从列,娥娥红粉扇中开。黄金两印双花绶,富贵婚姻古无有。清歌棠棣美王姬,流化邦人正夫妇。

# 离 会 曲

何处送客洛桥头,洛水泛泛中行舟。可怜河树叶萎蕤,关关河鸟声相思。街鼓喧喧日将一作云夕,去棹归轩两相迫。何人送客故人情,故人今夜何处客。

# 邺 都 引

君不见魏武草创争天禄,群雄睚眦相驰逐。昼携壮士破坚阵,夜接词人赋华屋。都邑缭绕西山阳,桑榆汗漫漳河曲。城郭为虚人代改,但有西园明月在。邺傍高冢多贵臣,娥眉曼一作曼睩共灰尘。试上铜台歌舞处,唯有秋风愁杀人。

# 城 南 亭 作

珂马朝归连万石,槊门洞启亲迎客。北堂珍重琥珀酒,庭前列肆茱萸席。长袖迟回意绪多,清商缓转〔目〕(日)腾波。旧传比翼侯家舞,新出将雏主第歌。汉家绛灌馀兵气,晋代浮虚安足贵。正逢天下金镜清,偏加日饮醇醪意。谁复遨游不复归,闲庭莫畏不芳菲。

会待城南春色至,竟将花柳拂罗衣。

## 同赵侍御乾湖作

江南湖水咽山川,春江溢入共湖连。气色纷沦横罩海,波涛鼓怒上漫天。鳞宗壳族嬉为府,弋叟罛师利焉聚。欹帆侧柁弄风口,赴险临深绕湾浦。一湾一浦怅邅回,千曲千溠恍迷哉,乍见灵妃含笑往。复闻游女怨歌来。暑来寒往运洄洑,潭生水落移陵谷。云间坠翮散泥沙,波上浮查栖树木,昨暮飞霜下北津,今朝行雁度南滨。处处沟浍清源竭,年年旧苇白头新。天地盈虚尚难保,人间倚伏何须道。秋月晶晶泛澄澜,冬景青青步纤草。念君宿昔观物变,安得踌蹰不衰老。

## 巡边在河北作

去年六月西河西,今年六月北河北。沙场碛路何为尔,重气轻生知许国。人生在世能几时,壮年征战发如丝。会待安边报明主,作颂封山也未迟。

## 赠崔二安平公乐世词

十五红妆侍绮楼,朝承握槊夜藏钩。君臣一意金门宠,兄弟双飞玉殿游。宁知宿昔恩华乐,变作潇湘离别愁。地湿莓苔生舞袖,江声怨叹入筝篌。自怜京兆双眉妩,会待南来五马留。

## 送尹补阙元凯琴歌 公善琴

凤哉凤哉,啄琅玕,饮瑶池,栖昆仑之山哉。中国有圣人,感和气,飞来飞来。自歌自舞,先王册府,麒麟之台,羁雌众雏故山曲。其鸣喈喈,其鸣喈喈,欲往衔之欸去来,去别鸾凤心徘徊。明年阿阁梧桐花叶开,群飞凤归来,群飞凤归来。

## 送考功武员外学士使嵩山署舍利塔

怀玉泉,恋仁者,寂灭真心不可见,空留影塔嵩岩下。宝王四海转千轮,金昙百粒送分身。山中二月娑罗会,虚呗遥遥愁思人。我念过去微尘劫,与子禅门同正法。虽在神仙兰省间,常持清净莲花叶。来亦好,去亦好,了观车行马不移,当见菩提离烦恼。

## 遥同蔡起居偃松篇

清都众木总荣芬,传道孤松最出群。名接天庭长景色,气连宫阙借氛氲。悬池的的停华露,偃盖重重拂瑞云。不借流膏助仙鼎,愿将桢干捧明君。莫比冥灵楚南树,朽老江边代不闻。

# 全唐诗卷八七

## 张　说

### 奉和圣制登骊山瞩眺应制

寒山上半空,临眺尽寰中。是日巡游处,晴光远近同。川明分渭水,树暗辨新丰。岩壑清音暮,天歌起大风。

### 奉和圣制幸白鹿观应制

洞府寒山曲,天游日旰回。披云看石镜,拂雪上金台。竹径龙骖下,松庭鹤辔来。双童还献药,五色耀仙材。

### 奉和圣制送金城公主适西蕃应制

青海和亲日,潢星出降时。戎王子婿宠一作礼,汉国舅家慈。春野开离宴,云天起别词。空弹马上曲,讵减凤楼思一作悲。

### 奉和同皇太子过慈恩寺应制二首

翼翼宸恩永,煌煌福地开。离光升宝殿,震气绕香台。上界幡花合,中天伎乐一作日月来。愿君无量寿,仙乐屡徘徊。

朗朗神居峻,轩轩瑞象威。圣君成愿果,太子拂天衣。至乐三灵会,深仁四皓归。还闻涡水曲,更绕白云飞。

## 侍宴武三思山第应制赋得风字

梁王池馆好,晓日凤楼通。竹町罗千卫,兰筵降两宫。清歌芳树下,妙舞落花中。臣觉筵中听,还如大国风。

## 奉和圣制过宁王宅应制

进酒忘忧观,箫韶喜降临。帝尧敦族一作睦礼,王季友兄心。竹院龙鸣笛,梧宫凤绕林。大风将小雅,一字尽千金。

## 奉和圣制同玉真公主过大哥山池题石壁应制

绿竹初成苑,丹砂欲化金。乘龙与骖凤,歌吹满山林。爽气凝情一作波迴,寒光映浦深。忘忧题此观,为乐赏同心。

## 奉和圣制赐王公千秋镜应制

宝镜颁神节,凝规写圣情。千秋题作字,长寿带为名。以长绶为带,取长寿之义。月向天边下,花从日里生。不承悬象意,谁辨照心明。

## 奉和圣制经邹鲁祭孔子应制

孔圣家邹鲁,儒风蔼典坟。龙骖回旧宅,凤德咏馀芬。入室神一作人如在,升堂乐似闻。悬知一王法,今日待明君。

## 侍宴襄荷亭应制

回銮青岳观,帐殿紫烟峰。仙路迎三鸟,云衢驻两龙。园林看化一作故塔,坛埠识馀封。山外闻箫管,还如天上逢。三鸟见刘向《九辨·惜贤篇》,两龙出《山海经》。

# 侍宴浐水赋得浓字

千行发御柳,一叶下仙筇。青浦宸游至,朱城佳气浓。云霞交暮色,草树喜春容。蔼蔼天旗转,清笳入九重。

# 奉和圣制同刘晃喜雨应制

青气含春雨,知从岱岳来。行云避师出,洒雨待车回。厌浥尘清道,空濛柳映台。最宜三五夜,晴月九重开。

# 奉和圣制观拔河俗戏应制

今岁好拖钩,横街敞御楼。长绳系日住,贯索挽河流。斗力频催鼓,争都更上筹。春来百种戏,天意在宜秋。

# 奉和圣制途次陕州应制

周召尝分陕,诗书空复传。何如万乘眷,追赏二南篇。郡带洪河侧,宫临大道边。洛城将日近,佳气满山川。

# 奉和圣制野次喜雪应制

寒更玉漏催,晓色御一作幄前开。泱潏云阴积,氤氲风雪回。山知银作瓮,宫见璧成台。欲验丰年象,飘摇仙藻来。

# 奉和圣制温泉言志应制

温谷媚新丰,骊山横半空。汤池薰水殿,翠木暖烟宫。起疾逾仙药,无私合圣功。始知尧舜德,心与万人同。

## 皇帝降诞日集贤殿赐宴

仲秋金帝起，五日土行昭一作标。瑞表壬寅露，光传甲子宵。阴风
吹大泽，梦日照昌朝。不独华封老，千年喜祝尧。

## 晦日诏宴永穆公主亭子赋得流字

堂邑山林美，朝恩晦日游。园亭含淑气，竹树绕春流。舞席千花
妓，歌船五彩楼。群欢与王泽，岁岁满皇州。

## 恩制赐食于丽正殿书院宴赋得林字

东壁图书府，西园一作垣翰墨林。诵诗闻国政，讲易见天心。位窃
和羹重，恩叨醉酒深。缓一作载歌春兴曲，情竭为知音。

## 羽林恩召观御书王太尉碑

陇首名公石，来承圣札归。鱼龙生意态，钩剑动铠辉。字得神明
保，词惭少女徽。谁家羽林将，又逐凤书飞。

## 东都酺宴四首 并序

　　先天元祀孟冬十月，东都留守韦公，寅奉圣朝，述宣嘉旨。乃合洛
京之五省，招河伊之二县，将吏咸集，佩章有序。锵锵济济，侃侃訚訚。
供张于兴教之门，式酺宴也。原夫乐生于心，非因结风之奏；和达于气，
无待阳春之节。盖泽之所及也深，则情之所感者远。国家天地一统，君
臣百年。朝荣旧德之序，野赖先畴之业。玄化渐渍，洪恩既久。太上功
德不宰，夏后命子之初。皇帝孝理无为，汉祖事亲之日。生尧舜于天
属，见文武于同时。前古未逢，斯人何幸。是日六乐振作，万舞苒弱。
鸟兽徘徊，士女踊跃，则知众庶观德之所乐也。旨酒络绎，大庖燔炙。
芳溢风烟，醉流阡陌，又知衣冠之所适也。由近而视远，万国之庆皆然；

自明而察幽,三灵之欣可接。若夫吟咏德泽,播越人声,斯固雅颂之馀
波,政教之遗美。凡我词客,安敢阙如。赋诗展事,垂列于后。

重华升宝历,轩帝眇闲居。政成天子孝,俗返上皇初。忘味因观
乐,欢心寄合酺。自怜疲马意,恋恋主恩馀。

朱城尘暧灭,翠幕景情开。震震灵鼍起,翔翔舞凤来。雕盘装草
树,绮乘结楼台。共喜光华日,酣歌捧玉杯。

晓月调金阙一作鼓,朝暾对玉盘。争驰群鸟散,斗伎百花团。遇圣
人知幸,承恩物自欢。洛桥将举烛,醉舞拂归鞍。

恺宴惟今席,馀欢殊未穷。入云歌袅袅,向日伎丛丛。驶管催酣
兴,留关待曲终。长安若为乐,应与万方同。

## 道家四首奉敕撰

金坛启曙闱,真气肃微微。落月衔仙窦,初霞拂羽衣。香随龙节
下,云逐凤箫飞。暂住蓬莱戏,千年始一归。

窈窕流精观,深沉紫翠庭。金狄调上药,宝案读仙经。作赋看神
雨,乘槎辨客星。只应谢人俗,轻举托云轺。

金炉承道诀,玉牒启玄机。云逐笙歌度,星流宫殿飞。乘风嬉浩
荡,窥月弄光辉。唯有三山鹤,应同千载归。

道记开中箓,真官表上清。焚香三鸟至,炼药九仙成。天上灵书
下,空中妙伎迎。迎来出烟雾,渺渺戏蓬瀛。

## 凤楼寻胜地

西掖持醇酒,东山就白云。开轩绿池映,命席紫兰芬。舞度花为
伴,莺来管作群。太平多乐事,春物共氛氲。

## 幽 州 夜 饮

凉风吹夜雨,萧瑟动寒林。正有高堂宴,能忘迟暮心。军中宜剑舞,塞上重笳音。不作边城将,谁知恩遇深。

## 崔礼部园亭得深字

窈窕留清馆,虚徐步晚阴。水连伊阙近,树接夏阳深。柳蔓怜垂拂,藤梢一作苗爱上寻。讶君轩盖侣,非复俗人心。

## 送郑大夫惟忠从公主入蕃

凤吹遥将断,龙旗送欲还。倾都邀节使,传酌缓离颜。春碛沙连海,秋城月对关。和戎因赏魏,定远莫辞班。

## 送崔二长史日知赴潞州

东山怀卧理,南省怅悲翁。共见前途促,何知后会同。莫轻一筵宴,明日半成空。况尔新离阙,思归迷梦中。

## 同贺八送兖公赴荆州

畴昔同声友,骞飞出凤池。风云一荡薄,日月屡参差。此别黄叶下,前期安可知。谁怜楚南树,不为岁寒移。

## 饯唐州高使君

常时好闲独,朋旧少相过。及尔宣风去,方嗟别日多。淮流春晼晚,江海路蹉跎。百岁屡分散,欢言复几何。

## 送王晙自羽林赴永昌令

将星移北洛,神雨避东京。为负刚肠誉,还追强项名。白云向伊
阙,黄叶散昆明。多谢弦歌宰,稀闻桴鼓声。

## 同王仆射山亭饯岑广武羲得言字

闻道长岑令,奋翼宰旅门。长安东陌上,送客满朱轩。琴爵留佳
境,山池借好园。兹游恨不见,别后缀离言。

## 送任御史江南发粮以赈河北百姓

河朔人无岁,荆南义廪开。将兴泛舟役,必仗济川才。夜月临江
浦,春云历楚台。调饥坐相望,绣服几时回。

## 送王尚一严嶷二侍御赴司马都督军

汉垝通沙塞,边兵护草腓。将行司马令,助以铁冠威。白露鹰初
下,黄尘骑欲飞。明年春酒熟,留酌二星归。

## 送李问政河北简兵

斗酒贻朋爱,踌蹰出御沟。依然四牡别,更想八龙游。密亲仕燕
冀,连年迩寇雠。因君阅河朔,垂泪语幽州。

## 送薛植入京

青组言从史,鸿都忽见求。款言人向老,饮别岁方秋。仿佛长安
陌,平生是旧游。何时复相遇,宛在水中流。

# 相州前池别许郑二判官景先神力

数步圆塘水，双鸿戢羽仪。一飞乔木上，一返故林垂。澹泊含秋
景，虚明抱夜规。无因留绝翰，云海意差池。

# 岳州宴别潭州王熊二首

丝管清且哀，一曲倾一杯。气将然诺重，心向友朋开。古木无生
意，寒云若死灰。赠君芳杜草，为植建章台。

缙云连省阁，沟水遽西东。然诺心犹在，荣华岁不同。孤城临楚
塞，远树入秦宫。谁念三千里，江潭一老翁。

# 广州萧都督入朝过岳州宴饯得冬字

孤城抱大江，节使往朝宗。果是台中旧，依然水上逢。京华遥比
日，疲老飒如冬。窃羡能言鸟，衔恩向九重。

# 岳州别姚司马绍之制许归侍

和玉悲无已，长沙宦不成。天从扇枕愿，人遂倚门情。方外怀司
马，江东忆步兵。问君栖泊处，空岭夜猿惊。

# 送岳州李十从军桂州

送客之江上，其人美且才。风波万里阔，故旧十年来。剑拔蛟随
断，弓张鸟自摧。阳桥书落落，驿马定先回。

# 岳州别赵国公王十一琚入朝

昔滥貂蝉长，同承雨露霈。今参鱼鳖守，望美洞庭归。浦树悬秋
影，江云烧落辉。离魂似征帆一作旆，又作雁，恒往帝乡飞。

## 岳州别子均

离筵非燕喜,别酒正销魂。念汝犹童孺,嗟予隔远藩。津亭拔心草,江路断肠猿。他日将何见,愁来独倚门。

## 端州别高六戬

异壤同羁窜,途中喜共过。愁多时举酒,劳罢或长歌。南海风潮壮,西江瘴疠多。於焉复分手,此别伤如何。

## 南中别蒋五岑向青州

老亲依北海,贱子弃南荒。有泪皆成血,无声不断肠。此中逢故友,彼地送还乡。愿作枫林一作江枫叶,随君度洛阳。

## 南中别陈七李十

二年共游处,一旦各西东。请君聊驻马,看我转征蓬。画鹢愁南海,离驹思北风。何时似春雁,双入上林中。

## 南中别王陵成崇

握手与君别,歧路赠一言。曹卿礼公子,楚媪馈王孙。倏尔生六翮,翻飞戾九门。常怀客鸟意,会答主人恩。

## 岭 南 送 使

秋雁逢春返,流人何日归。将余去国泪,洒子入乡衣。饥狖啼相聚,愁猿喘更飞。南中不可问,书此示京畿。

# 幽州别阴长河行先

惠好交情重一作惠爱交千里,辛勤世事多。荆南久为别,蓟北远来过。
寄目云中鸟,留欢酒上歌。影移春复间,迟暮两如何。

## 和朱使欣道峡似巫山之作

江如晓天净,石似暮霞一作云张。征帆一流览,宛若巫山阳。楚客
思归路,秦人谪异乡。猿鸣孤月夜,再使泪沾裳。

## 和朱使欣二首

南土多为寇,西江尽畏途。山行阻篁竹,水宿碍萑蒲。使越才应
有,征蛮力岂无。空传人赠剑,不见虎衔珠。
江势连山远,天涯此夜愁。霜空极天静,寒月带江流。思起南征
棹,文高北望楼。自怜如坠叶,泛泛侣仙舟。

## 过 庾 信 宅

兰成追宋玉,旧宅偶词人。笔涌江山气,文骄云雨神。包胥非救
楚,随会反留秦。独有东阳守,来嗟古树春。

## 卢巴驿闻张御史张判官
### 欲到不得待留赠之

旅窜南方远,传闻北使来。旧庭知玉树,合浦识珠胎。白发因愁改
一作变,丹心一作诚托梦回。皇恩若再造,为忆不然灰。

## 南中赠高六戬

北极辞明代,南溟宅放臣。丹诚由义尽,白发带愁新。鸟坠炎洲

气,花飞洛水春。平生歌舞席,谁忆不归人。

## 岳 州 山 城

山城丰日暇,闭户见天心。东旷迎朝色,西楼引夕阴。书观千载近,学静二毛深。忽有南风至,吹君堂上琴。

## 和尹懋秋夜游灉湖

灉湖佳可游,既近复能幽。林里栖精舍,山间转去舟。雁飞江月冷,猿啸野风秋。不是迷乡客,寻奇处处留。

## 与赵冬曦尹懋子均登南楼

危楼泻洞湖,积水照城一作南隅。命驾邀渔火一作父,通家引凤雏。山晴红蕊匝,洲晓绿苗铺。举目思乡县,春光定不殊。

## 游灉湖上寺

湖上奇峰积,山中芳树春。何知绝世境,来遇赏心人。清旧岩前乐,呦嘤鸟兽驯。静言观听里,万法自成轮。

## 晦 日

晦日嫌春浅,江浦看湔衣。道傍花欲合,枝上鸟犹稀。共忆浮桥晚,无人不醉归。寄书题此日,雁过洛阳飞。

## 湘州九日城北亭子

西楚茱萸节,南淮戏马台。宁知沅一作湘水上,复有菊花杯。亭帐凭高出,亲朋自远来。短歌将急景,同使兴情催。

## 翻著葛巾呈赵尹

昔日接䍠倒,今我葛巾翻。宿酒何时醒,形骸不复存。忽闻有嘉客,蹿步出闲门。桃花春径满,误识武陵源。

## 戏题草树

忽惊石榴树,远出渡江来。戏问芭蕉叶,何愁心不开。微霜拂宫桂,凄吹扫庭槐。荣盛更如此,惭君独见哀。

## 岳州赠广平公宋大夫

亚相本时英,归来复国桢。朝推长孺直,野慕隐之清。传节还闽嶂,皇华一作恩入汉京。宁思江上老,岁〔晏〕(宴)独一作蹇无成。

## 和魏仆射还乡

富贵还乡国,光华满旧林。秋风树不静,君子叹何深。故老空悬剑,邻交日一作自散金。众芳摇落尽,独有岁寒心。

## 和张监观赦

日御临双阙,天街俨百神。雷兹一作舒作解气,岁复建寅春。喜候开星驿,欢声发市人。金环能作赋,来入管弦声。

## 寄天台司马道士

世上求真客,天台去不还。传闻有仙要,梦寐在兹山。朱阙青霞断,瑶堂紫月闲。何时枉飞鹤,笙吹接人间。

## 下江南向夔州

天明江雾歇，洲浦棹歌来。绿水逶迤去，青山相向开。城临蜀帝祀，云接楚王台。旧知巫山上，游子共徘徊。

## 还至端州驿前与高六别处

旧馆分江日一作口，凄然望落晖。相逢传旅食，临别换征衣。昔记山川是，今伤人代非。往来皆此路，生死不同归。

## 四月一日过江赴荆州

春色沅湘尽，三年客始回。夏云随北帆，同日过江来。水漫荆门出，山平郢路开。比肩羊叔子，千载岂无才。

## 湘州北亭

人务南亭少，风烟北院多。山花迷径路，池水拂藤萝。萍散鱼时跃，林幽鸟任一作乍歌。悠然白云意，乘兴抱琴过。

## 荆州亭入朝

巫山云雨峡，湘水洞庭波。九辨人犹摈，三秋雁始过。旃裘吴地尽，髫荐楚言多。不果朝宗愿，其如江汉何。

## 岳州守岁

除夜清樽满，寒庭燎火多。舞衣连臂拂，醉坐合声歌。至乐都忘我，冥心自委和。今年只如此，来岁知如何。

## 咏　尘

仙浦生罗袜,神京染素衣。禅山期益峻,照日幸增辉。夕伴龙媒合,朝游凤辇归。独怜范甑下,思绕画梁飞。

## 阙　题

婚礼知无贺,承家叹有辉。亲迎骥子跃,吉兆凤雏飞。温席开华扇,梁门换褉衣。遥思桃李日,应赋采蘋归。

## 深　渡　驿

旅泊青山夜,荒庭白露秋。洞房悬月影,高枕听江流。猿响寒岩树,萤飞古驿楼。他乡对摇落,并觉起离忧。

## 惠文太子挽歌二首

碣馆英灵在,瑶山美谥尊。剪桐悲曩戏,攻玉怆新恩。宫仗传驰道,朝衣送国门。千秋谷门外,明月照西园。

梁国深文雅,淮王爱道仙。帝欢同宴日,神夺上宾年。旐旌飞行树,帷宫宿野烟。指言君爱弟,挥泪满山川。

## 节义太子杨妃挽歌二首

西华三公族,东闱五可才。玉环初受庆,金珑反逢灾。桂殿花空落,桐园月自开。朝云将暮雨,长绕望思台。

昔日三朝路,逶迤四望车。绣腰长命绮,隐髻连枝花。今春庆园树,索然无岁华。共伤千载后,惟号一王家。

## 韦谯公挽歌二首

五瑞分王国，双珠映后家。文飞书上凤，武结笇中蛇。出豫荣前
马，回鸾丧后车。衮衣将锡命，泉路有光华。

国骋双骐骥，庭仪两凤皇。将星连相位，玉树伴金乡。歌舞侯家
艳，轩裘戚里光。安知杜陵下，碑版已相望。

## 右丞相苏公挽歌二首

王宰丹青化，春卿礼乐才。缁衣传旧职，华衮赠新哀。路泣群官
送，山嘶驷马回。佳辰无白日，宾阁有青苔。

门一作闻歌出野田，冠带寝穷泉。万事皆身外，平生尚目前。西垣
紫泥绶，东岳白云篇。自惜同声处，从今遂绝弦。

## 崔尚书挽词

相宅隆一作当坤宝，承家占海封。庭中男执雁，门外女乘龙。鸣玉
游三省，拟金侍九重。一朝宾客散，留剑在青松。

## 右侍郎一作常侍集贤院学士徐公挽词二首

才美临淄北，名高淮海东。羽仪三省遍，渔猎五车通。玉殿孤新
榜，珠英落旧丛。徒悬一宝剑，何处访徐公。

叹息书林友，才华天下选。并赋三阳宫，集诗集贤殿。具物衣如
在，咄嗟长不见。既哀薤露词，岂忘平生眷。

## 崔司业挽歌二首

海岱英灵气，胶庠礼乐资。风流满天下，人物擅京师。疾起扬雄
赋，魂游谢客诗。从今好文主，遗恨不同时。

象设存华馆,威仪下墓田。凤池伤旧草,麟史泣遗编。帷盖墟烟没,干旌陇日悬。古来埋玉树,流恨满山川。

## 李工部挽歌三首

锦帐为郎日,金门待诏时。杨宫先上赋,柏殿几连诗。瞬息琴歌断,凄凉箫挽悲。那堪霸陵岸,回首望京师。

宅兆西陵上,平生雅志从。城临丹阙近,山望白云重。会葬知元伯,看碑识蔡邕。无由接神理,挥涕向青松。

常时好宾客,永日对弦歌。是日归泉下,伤心无奈何。墓庭人已散,祭处鸟来过。碑石生苔藓,荣名岂复多。

## 赠工部尚书冯公挽歌三首

忠鲠难为事,平生尽畏途。如弦心自直,秀木势恒孤。诏葬南陵道,神游北斗枢。贵门传万石,馀庆在双珠。

爵位题龙旟,威仪出凤城。路傍人泣送,门外马嘶迎。万事非吾有,千悲是世情。昔焉称夏日,今也谥冬卿。

窅然长夜台,举世可哀哉。泉户一朝闭,松风四面来。石碑填驳藓,珠服聚尘埃。谁言一作遥望辽东鹤,千年往复回。

## 徐高御挽歌

蒲密遥千载,鸣琴始一迨。公卿传世范,仁义续灵基。不待南游禄,何先北帝期。玉棺从此闭,金鼎代相欺。

## 奉和圣制春日幸望春宫应制

别馆芳菲上苑东,飞花澹荡御一作舞筵红。城临渭水天河静一作近,阙对南山雨露一作云雾通。绕殿流莺凡几树,当蹊乱蝶许多丛。春园既醉心和乐,共识皇恩造化同。

## 侍宴隆庆池应制

灵池月满直城隈,黻帐天临御路开。东沼初阳疑吐出,南山晓翠若
浮来。鱼龙百戏纷容与,凫鹢双舟较溯洄。愿似金堤青草馥<sub>一作</sub>
色,长承瑶水白云杯。

## 奉和圣制春日出苑

### 应制<sub>一作瞩目应令,一作明皇诗。</sub>

禁林艳裔发青阳,春望逍遥出画堂。雨洗亭皋千亩绿,风吹梅李一
园香。鹤飞不去随青管,鱼跃翻来入彩航。睿赏欢承天保定,遒文
更睹日重光。

## 扈从温泉宫献诗

温泉启蛰气氛氲,渭浦归鸿日数群。骑仗联联环北极,鸣笳步步引
南熏。松间彩殿笼佳气,山上朱旗绕瑞云。不知远梦华胥国,何如
亲奉帝尧君。

## 三月三日诏宴定昆池宫<sub>一作官</sub>庄赋得筵字

凤皇楼下对<sub>一作带</sub>天泉,鹦鹉洲中匝<sub>一作杂</sub>管弦。旧识平阳佳丽地,
今逢上巳盛明年。舟将水动千寻日,幕共林横两岸烟。不降玉人
观禊饮,谁令醉舞拂宾筵。

## 先天应令

三阳丽景早芳辰,四序嘉园物候新。梅花百般障行路,垂柳千条暗
回津。鸟惊直为飞风叶,鱼跃都由怯岸人。唯愿圣主南山寿,何愁

不赏万年春。

# 舞马千秋万岁乐府词三首

　　按《唐·礼乐志》：明皇尝以马百匹，盛饰分左右，施三重榻，舞《倾杯》数十曲。壮士举榻，马不动。乐工少年姿秀者十数人，衣黄衫文玉带，立左右。每千秋节，舞于勤政楼下。千秋节者，明皇以八月五日生，因以其日名节云。

金天诞圣千秋节，玉醴还分万寿觞。试听紫骝歌乐府，何如骥骦舞华冈一作觞。连骞势出鱼龙变，蹀躞骄生鸟兽行。岁岁相传指树日，翩翩来伴庆云翔。

圣皇至德与天齐，天马来仪自海西。腕足徐行拜两膝，繁骄不进踏千蹄。髬髵奋鬣时蹲踏，鼓怒骧身忽上蹄。更有衔杯终宴曲，垂头掉尾醉如泥。

远听明君爱逸才，玉鞭金翅引龙媒。不因兹白人间有，定是飞黄天上来。影弄日华相照耀，喷含云色且裴徊。莫言阙下桃花舞，别有河中兰叶开。

# 同赵侍御巴陵早春作

江上春来早可观，巧将春物一作色妒馀寒。水苔共绕留乌石，花鸟争开斗鸭栏。佩胜芳辰日渐暖，然灯美夜月初圆。意随北雁云飞去，直待南州蕙草残。

# 滠湖山寺

空山寂历道心生，虚谷迢遥野鸟声。禅室从来尘外赏，香台岂是世中情。云间东岭千寻一作重出，树里南湖一片明。若使巢由知此意，不将萝薜易簪缨。

# 幽州新岁作

去岁荆南梅似雪,今年蓟北雪如梅。共知人事何常定,且喜年华去复来。边镇戍歌连夜动,京城燎火彻明开。遥遥西向长安日,愿上南山寿一杯。

# 全唐诗卷八八

## 张 说

### 扈从幸韦嗣立山庄应制 并序

岚气入野，榛烟出谷。鱼潭竹岸，松斋药畹。虹泉电射，云木虚吟。恍惚疑梦，间关忘术。兹所谓丘壑夔龙，衣冠巢许也。

寒灰飞玉琯，汤井驻金舆。既得方明相，还寻大隗居。悬泉珠贯下，列帐锦屏舒。骑远林逾密，筎繁谷自虚。门旗堑复磴，殿幕裹一作里通渠。舞凤迎公主，雕龙赋一作起婕妤。地幽天赏洽，酒乐御筵初。菲才叨侍从，连藻愧应徐。先一日，太平公主、上官昭容题诗数首。故诗有舞凤雕龙之句。

### 奉和圣制喜雪应制

圣德与天同，封峦欲报功。诏书期日下，灵感应时通。触石云呈瑞，含花雪告丰。积如沙照月，散似面从风。舞集仙台上，歌流帝乐中。遥知百神喜，洒路待行宫。

### 奉和圣制寒食作应制

寒食春过半，花秾鸟复娇。从来禁火日，会接清明朝。斗敌鸡殊胜，争球马绝调。晴空数云点，香树百风摇。改木迎新燧，封田表旧烧。皇情爱嘉节,传曲一作宴与箫韶。

## 奉和圣制赐崔日知往潞州应制

圣情留一作垂曩镇,佳气翊兴王。增载雄都府,高车转太常。川横
八练阔,山带五龙长。连帅初恩命,天人旧纪纲。饯涂飞御藻,阛
境自生光。明主征循吏,何年下凤皇。

## 春晚侍宴丽正殿探得开字

圣政惟稽古,宾门引上才。坊因购书立,殿为集贤开。髦彦星辰
下,仙章日月回。字如龙负出,韵是凤衔来。庭柳徐春驻,宫莺早
夏催。喜承芸阁宴,幸奉柏梁杯。

## 奉和圣制花萼楼下宴应制

万心翘乐宴,三舍缓昌时。山接夏云险,台留春日迟。节移芳未
歇,兴隔赏仍追。醉后传嘉惠,楼前舞圣慈。皇恩与时合,天意若
人期。故发前旬雨,新垂湛露诗。

## 奉和圣制度蒲关应制

蒲坂横临晋,华芝晓望秦。关城雄地险,桥路扼天津。楼映行宫
日,堤含宫树春。黄云随宝鼎,紫气逐真人。东咏唐虞迹,西观周
汉尘。山河非国宝,明主爱忠臣。

## 奉和圣制途经华岳应制

西岳镇皇京,中峰入太清。玉銮重岭应,缇〔骑〕(绮)薄云迎。霁日
悬高掌,寒空类削成。轩游会神处,汉幸望仙情。旧庙青林古,新
碑绿字生。群臣愿封岱,还驾勒鸿名。

## 奉和圣制过王濬墓应制

牛斗三分国，龙骧一统年。智高宁受制，风急肯回船。有策擒吴嚣，无言让范宣。援孤因势屈，功重为谗偏。旧迹灰尘散，枯坟故老传。百代逢明主，何辞死道边。

## 奉和圣制经河上公庙应制

河上无名老，知非汉代人。先探道德要，留待圣明辰。玄妙为天下，清虚用谷神。化将和气一，风与太初邻。灵庙观遗像，仙歌入至真。皇心齐万物，何处不同尘。

## 奉和圣制幸凤汤泉应制

周狩闻岐礼，秦都辨雍名。献禽天子孝，存老圣皇情。温润宜冬幸，游畋乐岁成。汤云出水殿，暖气入山营。坎意无私洁，乾心称物平。帝歌流乐府，溪谷也增荣。

## 恩赐乐游园宴

汉苑佳游地，轩庭近侍臣。共持荣幸日，来赏艳阳春。馔玉颁王筵，扙金下帝钧。池台草色遍，宫观柳条新。花绶光连榻，朱颜畅饮醇。圣朝多乐事，天意每随人。

## 三月二十日一作三月三日诏
### 一作承恩宴乐游园赋得风字

乐游形胜地一作绝，表里望郊宫。北阙连天一作云顶，南山对掌中。皇恩一作情贷芳月，旬宴美成功。鱼戏芙蓉水，莺啼杨柳风。春光看欲暮，天泽恋无穷。长袖招斜日，留光待曲终。

## 赴集贤院学士上赐宴应制得辉字

侍帝金华讲,千龄道固稀。位一作任将贤士设,书共学徒归。首命
深燕隗,通经浅汉韦。列筵荣赐食,送客愧儒衣。贺燕窥檐下,迁
莺入殿飞。欲知朝野庆,文教日光辉。

## 端午三殿侍宴应制探得鱼字

小暑夏弦应,徽音一作微阴商管初。愿赍一作齐长命缕,来续大恩馀。
三殿褰珠箔,群官上玉除。助阳尝麦彘,顺节进龟鱼。甘露垂天
酒,芝花一作盘捧御书。合丹同蝘蜓,灰骨共蟾蜍。今日伤蛇意,衔
珠遂阙如。

## 奉和圣制春中兴庆宫酺宴应制

千龄逢启圣,万域共来威。庆接郊禋后,酺承农事稀。御楼横广
路,天乐下重闱。鸾凤调歌曲,虹霓动舞衣。合声云上聚,连步月
中归。物睹恩无外,神和道入微。镐京陪乐饮,柏殿奉文飞。徒竭
秋云影,何资春日晖。

## 奉和圣制千秋节宴应制

五德生王者,千龄启圣人。赤光来照夜,黄云上覆晨。海县衔恩
久,朝章献舞一作寿新。高居帝座出,夹道众官陈。槊杖洗清景,磬
管凝秋旻。珠囊含瑞露,金镜抱仙轮。何岁无乡饮,何田不报神。
薰歌与名节,传代幸群臣。

## 奉和圣制太行山中言志应制

六龙鸣玉銮,九折步云端。河络南浮近,山经北上难。羽仪映松

雪，戈甲带春寒。百谷晨箭动，千岩晓仗攒。皇心感韶节，敷藻念人安。既立省方馆，复建礼神坛。扈跸参天老，承荣忝夏官。长勤百年意，思见一胜残。

## 奉和御制与宋璟源乾曜同日上官命宴东堂赐诗应制

大块熔群品，经生偶圣时。猥承三事命，虚忝百僚师。右揆谋华硕一作实，前星傅重资。连骞求旧礼，滥典一作玷乐贤诗。赐釜同荣拜，拟金宴宰司。菊花吹御酒，兰叶捧天词。宝历休明盛。颓年晷漏衰。少留青史笔，未敢赤松期。

## 奉和圣制暇日与兄弟同游兴庆宫作应制

汉武横汾日，周王宴镐年。何如造区夏，复此睦亲贤。巢凤新成阁，飞龙旧跃泉。棣华歌尚在，桐叶戏仍传。禁籞氛埃隔，平台景物连。圣慈良有裕，王道固无偏。问俗由人阜，观风五教宣。献图开益地，张乐奏钧天。侍酒一作酬衢樽满，询刍谏鼓悬。永言形友爱，万国共周旋。

## 奉和圣制送王晙巡边应制

六月歌周雅，三边遣一作诊夏卿。欲施攻战法，先作简稽行。礼乐知谋帅，春秋识用兵。一劳堪定国，万里即长城。策有和戎利，威传破虏名。军前雨洒道，楼上月临营。别藻瑶华降，同衣锦褧荣。关山由义近，戎马一作甲为恩轻。丝竹路傍散，风云马上生。朝廷谓吉甫，邦国望君平。

## 将赴朔方军应制

礼乐逢明主,韬钤用老臣。恭凭神武策,远御一作静鬼方人。供帐荣恩饯,山川喜诏巡。天文日月丽,朝赋管弦新。幼志传三略,衰材谢六钧。胆由忠作伴一作屏,心固一作故道为邻。汉保河南地,胡清塞北尘。连年大军后,不日小康辰。剑舞轻离别,歌酣忘苦辛。从来思博望,许国不谋身。

## 奉和圣制爰因巡省途次旧居应制

葱郁兴王郡,殷忧启圣图。周成会西土,汉武幸南都。岁卜銮舆迈,农祠雁政敷。武威棱外域,文教靡中区。警跸干戈捧,朝宗万玉趋。旧藩人事革,新化国容殊。壁有真龙画,庭馀鸣凤梧。丛觞祝尧寿,合鼎献汤厨。阳乐寒初变,春恩蛰更苏。三眚颁命服,五稔复田输。君赋大风起,人歌湛露濡。从臣观玉叶,方愿纪灵符。

## 宿直温泉宫羽林献诗

冬狩美秦正,新丰乐汉行。星陈玄武阁,月对羽林营。寒木罗霜仗,空山响夜更。恩深一作承灵液暖,节劲一作效古松贞。文武皆王事,输心不为名。

## 玄武门侍射 并序

　　开元之初,季冬其望,天子始御北阙,朝羽林军礼修事。厥后二日,乃命紫微、黄门、九卿、六事,与熊罴之将、爪牙之臣合宴焉。侑以纯锦,颁以珍器。尔其射坰新成,布侯既设,棨仗林立,帷轩雾布。众官半醉,皇情载悦。卷珠箔,临玉除,唐弓在手,夏箭斯发,应弦命(一作屡)中,属羽连飞,弧矢以来,未之有也。若夫天地合道,星辰献仪,端视和容,内正外直，自近而制远，耀威而观德，无不通神，无不极用。是射也，其惟圣人乎。于时繁云覆城，大雪飞苑，天人同泽，上下交欢，退食怀恩，赋诗颂义。凡若干篇。

射观通玄阙，兵栏辟御筵。雕弧月半上，画的晕重圆。羿后神幽赞，灵王法暗传。贯心精四返，饮羽妙三联。雪鹤来衔箭，星麟下集弦。一逢军宴洽，万庆武功宣。

## 扈从南出雀鼠谷

豫动三灵赞，时巡四海威。陕一作硤关凌曙出，平路半春归。霍镇迎云罕，汾河送羽旂。山南柳半密，谷北草全稀。迟日宜华盖，和风入袷一作彩衣。上林千里近，应见百花飞。

## 洛桥北亭诏饯诸刺史

离亭拂御沟，别曲舞船楼。诏饯朝廷牧，符分海县忧。股肱还入郡，父母更临州。扇逐仁风转，车随霖一作灵雨流。恩光水上溢，荣色柳间浮。预待群方最，三公不远求。

## 东 都 酺 宴

尧舜传天下，同心致太平。吾君内举圣，远合至公情。锡命承丕业，崇亲享大名。二天资广运，两曜益齐明。道畅昆虫乐，恩深朽蠹荣。皇舆久西幸，留镇在东京。合宴千官入，分曹百戏呈。乐来嫌景遽，酒著讶寒轻。喜气连云阁，欢呼动洛城。人间知几代，今日见河清。

## 奉酬韦祭酒嗣立偶游龙门北溪忽怀骊山别业呈诸留守之作 一作无上七字

石涧泉虚落，松崖路曲回。闻君北溪下，想像南山隈。近念鼎湖

别，遥思云嶂陪。不同奇觐往，空睹斯文来。岁后寒初变，春前芳
未开。黄蕤袅岸柳，紫萼一作荟折村梅。尽室兹游玩，盈门几乐哉。
嗟留洛阳陌，梦诣建章台。野失巢由性，朝非元凯才。布怀钦远
迹，幽意日尘埃。

## 奉酬韦祭酒自汤还都
## 经龙门北溪庄见贻之作

闻君汤井至，潇洒憩郊林。拂曙携清赏，披云觐一作亲绿岑。欢言
游览意，款曲望归心。是日期佳客，同山忽异寻。桃花迂一作缘路
转，杨柳间门深。泛舟伊水涨，系马香树阴。繁弦弄水族，娇吹狎
沙禽。春满汀色媚，景斜岚气侵。怀仁殊未远，重德匪专临。来藻
敷幽思，连词报所钦。

## 酬崔光禄冬日述怀赠答 并序

太极殿众君子分司洛城，自春涉秋，日有游讨。既而韦公出守，兹
乐便废。顷因公宴，方接咏言。崔光禄述志论文，首贻雅唱。诸公嘉德
叙事，咸有报章。若夫盛时、荣位、华景、胜会，此四者古难一遇，而我辈
比实兼之。至于精言探道，妙识发义，戏谑而逢规戒，指讽而见师表，益
过三友，岂易得乎？谓膏泽傍润，芝兰久袭，韦公近之矣。以文会友，以
友辅仁，崔公近之矣。其馀寻声响答，望形影赴，故亦浚碧池之涟漪，增
瑶林之沃若。是用缀集，勒成一卷，永存几阁之玩，无忘欢好之时焉。

徐陈尝并作，枚马亦同时。各负当朝誉，俱承明主私。夫君迈前
侣，观国骋奇姿。山似鸣威凤，泉如出宝龟。才雄子云笔，学广仲
舒帷。紫绶拂三寺，朱门临九逵。昔我含香日，联尔缙云司。朝携
兰省步，夕退竹林期。中路一分手，数载来何迟。求友还相得，群
英复在兹。留台少人务，方驾递寻追。涉玩怀同赏，沾芳忆共持。

迎宾南涧饮，载妓东城嬉。春郊绿亩秀，秋涧白云滋。名画披人物，良书讨滞疑。兴来光不惜，欢往迹如遗。岁晏罢行乐，层城间所思。夜魂灯处厌，朝发镜前衰。忽枉崔骃什，兼流韦孟词。曲高弥寡和，主善代为师。齐戒观华玉，留连叹色丝。终惭起予者，何足与言诗。

## 同刘给事城南宴集

水竹幽闲地，簪缨近侍臣。雍容乘暇日，潇洒出嚣尘。树对思朋鸟，池深入养鳞。管弦高逐一作入吹，歌舞妙含春。老子叨专席，欢邀隔缙绅。此中情不浅，遥寄赏心人。

## 温泉冯刘二监客舍观妓

温谷寒林薄一作暮，群游乐事多。佳人蹋骏马，乘月夜相过。秀色然红黛，娇香发绮罗。镜前鸾对舞，琴里凤传歌。妒宠倾新意，衔恩奈老何。为君留上客，欢笑敛双蛾。

## 寄许八

万类春皆乐，徂颜独不怡。年来人更老，花发意先衰。乳鹊穿坛画，巢蜂触网丝。平生美容色，宿昔影中疑。远道何由梦，同心在者谁。西风欲谁语，悯默遂无词。

## 送苏合宫颋

都邑群方首，商泉旧俗讹。变风须恺悌，成化伫弦歌。畴昔珪璋友，雍容文雅多。振缨游省闼，锵玉宰京河。别曲鸾初下，行轩雉尚过。百壶非饯意，流咏在人和。

## 送乔安邑备

书阁移年岁,文明难复辞。欢言冬雪满,恨别夏云滋。外尹方为
政,高明自不欺。老人骖驭往,童子狎雏嬉。日茂西河俗,寂寥东
观期。遥怀秀才令,京洛见新诗。

## 送赵二尚书彦昭北伐

虏地河冰合,边城备此时。兵连紫塞路,将举白云司。提剑荣中贵
一作赏,衔珠盛出师。日华光一作鲜组练,风色焰一作艳旌旗。投笔尊
前起,横戈马上辞。梅花吹别引,杨柳赋归诗。

## 石门别杨六钦望

燕人同窜越,万里自相哀。影响无期会,江山此地来。暮年伤泛
梗,累日慰寒灰。潮水东南落,浮云西北回。俱看石门远,倚棹两
悲一作悠哉。

## 南中送北使二首

传闻合蒲叶,曾向洛阳飞。何日南风至,还随北使归。红颜渡岭
歇,白首对秋衰。高歌何由见,层堂一作台不可违。谁怜炎海曲,泪
尽血沾衣。

待罪居重译,穷愁暮雨秋。山临鬼门路,城绕瘴江流。人事今如
此,生涯尚可求。逢君入乡县,传我念京周。别恨归一作经途远,离
言暮景遒。夷歌翻下泪,芦酒未消愁。闻有胡兵急,深怀汉国羞。
和亲先是诈,款塞果为雠。释系应分爵,蠲徒几复侯。廉颇诚未
老,孙叔且无谋。若道冯唐事,皇恩尚可收。

# 送赵顺直一作颐真郎中赴安西副大都督一作护

绝镇功难立,悬军命匪轻。复承迁一作还相后,弥重任贤情。将起神仙地,才称礼乐英。长心堪系虏,短语足论兵。日授休门法,星教置阵名。龙泉恩已著一作署,燕颔相终成。月窟穷天远,河源入塞清。老夫操别翰,承旨颂升平。

## 送宋休远之蜀任

求友殊损益,行道异穷申。缀我平生气,吐赠薄游人。结恩事明主,忍爱远辞亲。色丽成都俗,膏腴蜀水滨。如何从宦子,坚白共缁磷。日月千龄旦,河山万族春。怀铅书瑞府,横草事边尘。不及安人吏,能令王化淳。

## 岳州别梁六入朝

远莅长沙渚,欣逢贾谊才。江山疲应接,风日复晴开。江树云间断,湘山水上来。近洲朝鹭集,古戍夜猿哀。岸杼含苍挟,河蒲秀紫台。月馀偏地赏,心尽故人杯。自我违京洛,嗟君此溯洄。容华因别老,交旧与年颓。梦见长安陌,朝宗实盛哉。

## 相州冬日早衙

城外宵钟敛,闺中曙火残。朝光曜庭雪,宿冻聚池寒。止色临厅事,疑词定笔端。除奸图圄息,伐枳吏人宽。河内功犹浅,淮阳疾未安。镜中星发变,顿使世情阑。

## 岳 州 西 城

水国何辽旷,风波遂极天。西江三纪一作汜合,南浦二湖连。危堞临清境,烦忧暂豁然。九围观掌内,万象阅眸前。日去长沙渚一作浦,山横云梦田。汀葭变秋色,津树入寒烟。潜穴探灵诡,浮生揖圣仙。至今人不见,迹灭事空传。

## 岳州观竞渡

画作飞凫艇,双双竞拂流。低一作俄装山色变,急棹水华浮。土尚三闾俗,江传二女游。齐歌迎孟姥,独舞送阳侯。鼓发南湖溠一作汉,标争西驿楼。并驱常诧速,非畏日光遒。

## 对酒行巴陵作

留侯封万户,园令寿千金。本为成王业,初由赋上林。繁荣安足恃,霜露递相寻。鸟哭楚山外,猿啼湘水阴。梦中城阙近,天畔海云深。空对忘忧酌,离忧不去心。

## 岳州宴姚绍之 并序

　　姚司马往在柏台,每钦骨鲠。及兹荒服,偶得官联。复有令弟美胤,芬芳袭予。山寺外庐,幽深形胜。童冠是集,欢言赋诗。
杞梓滞江滨,光华向日新。难兄金作友,媚子玉为人。山水含秋兴,池亭借善邻。檐松风送静,院竹鸟来驯。翠罍吹黄菊,雕盘鲙紫鳞。缓歌将醉舞,为拂绣衣尘。

## 岳州九日宴道观西阁

摇落长年叹,蹉跎远宦心。北风嘶代马,南浦宿阳禽。佳此黄花酌,酺馀白首吟。凉云霾楚望,濛雨蔽荆岑。登眺思清景,谁将眷浊阴。钓歌出江雾,樵唱入山林。鱼以嘉名采,木为美材侵。大道由中悟,逍遥匪外寻。参佐多君子,词华妙赏音。留题一作淹留洞庭观,望古意何深。

## 岳 州 作

水国生秋草,离居再及瓜。山川临洞穴,风日望长沙。物土南州异,关河北信赊。日昏闻怪鸟,地热见修蛇。远人梦归路,瘦马嘶去家。正有江潭月,徘徊恋九华。

## 游 洞 庭 湖

平湖晓望分,仙峤气氛氲。鼓枻乘清渚,寻峰弄白云。江寒天一色,日静水重纹。树坐参猿啸,沙行入鹭群。缘源斑筱密,胃径绿萝纷。洞穴传虚应,枫一作遥林觉自熏。双童有灵药,愿取献明君。

## 巴 丘 春 作

日出洞庭水,春山挂断霞。江渟相映发,卉木共纷华。湘戍南浮阔,荆关北望赊。湖阴窥魍魉,丘势辨巴蛇。岛户巢为馆,渔人艇作家。自怜心问景,三岁客长沙。

## 岳 州 夜 坐

炎洲苦三伏,永日卧孤城。赖此闲庭夜,萧条夜月明。独歌还太息,幽感见馀声。江近鹤时叫,山深猿屡鸣。息心观有欲,弃知返无名。五十知天命,吾其达此生。

## 别 澧 湖

念别澧湖去,浮舟更一临。千峰出浪险,万木抱烟深。南郡延恩渥,东山恋宿心。露花香欲醉,时鸟啭馀音。涉趣皆留赏,无奇不遍寻。莫言山水间,幽意在鸣琴。

# 伯奴边见归田赋因投赵侍御

尔家叹穷鸟穷鸟用赵壹赋,故曰尔家,吾族赋归田用张衡。莫道荣枯异,
同嗟世网牵。黄陵浮泪渚,青草会湘川。去国逾三岁,兹山老二
年。寒鹀鸣舍下,昏虎卧篱前。客泪堪斑竹,离亭欲赠荃。放言久
无次,触兴感成篇。

## 清远江峡山寺

流落经荒外,逍遥此梵宫。云峰吐月白一作日月,石壁淡烟红一作虹。
宝塔灵仙涌,悬龛造化功一作工。天香涵竹气,虚呗引松风。檐牖
飞花入,廊房激水通。猿鸣知谷静,鱼戏辨一作见江空。静默将何
贵,惟应心境同。

## 春 雨 早 雷

东北春风至,飘飘带雨来。拂黄先变柳,点素早惊梅。树蔼悬书
阁,烟含作赋台。河鱼未上冻,江蛰已闻雷。美人宵梦著,金屏曙
不开。无缘一启齿,空酌万年杯。

## 闻　雨

穷冬万花匦,永夜百忧攒。危戍临江火,空斋入雨寒。断猿知屡
别,嘶雁觉虚弹。心对炉灰死,颜随庭树残。旧恩怀未报,倾胆镜
中看。

## 赦归在道中作

陈焦心息尽,死意不期生。何幸光华旦,流人归上京。愁将网共
解,服与代俱明。复是三阶正,还逢四海平。谁能定礼乐,为国著

功成。

## 喜度岭

东汉兴唐历,南河复禹谋。宁知瘴疠地,生入帝皇州。雷雨苏虫蛰,春阳放学鸠。洄沿炎海畔,登降闽山陬。岭路分中夏,川源得上流。见花便独笑,看草即忘忧。自始居重译,天星一作心已再周。乡关绝归望,亲戚不相求。弃杖枯还植,穷鳞涸更浮。道消黄鹤去,运启白驹留。江妾晨炊黍,津童夜棹舟。盛明良可遇,莫后洛城游。

# 全唐诗卷八九

## 张 说

### 奉和圣制潼关口号应制

天德平无外,关门东复西。不将千里隔,何用一丸泥。

### 奉萧令嵩酒并诗 已下三首俱赐宴东堂作

乐奏天恩满,杯来秋兴高。更蒙萧相国,对席饮醇醪。

### 奉宇文黄门融酒

圣德垂甘露,天章下大风。又乘黄阁赏,愿作黑头公。

### 奉裴中书光庭酒

西掖恩华降,南宫命席阑。讵知鸡树后,更接凤池欢。

### 清 夜 酌

秋阴士多感,雨息夜无尘。清樽宜明月,复有平生人。

### 醉 中 作

醉后乐无极 一作无穷乐,又作方知乐,弥 一作全胜未醉时。动容皆是舞,出语总成诗。

## 送梁知微渡海东

今日此相送，明年此相待。天上客星回，知君渡东海。

## 寄刘道士舄

真人降紫气，邀我丹田宫。远寄双飞舄，飞飞不碍空。

## 书一作答香能和尚塔

大师捐世去，空馀法力在。远寄无碍香，心随到南海。

## 被　使　在　蜀

即今三伏尽，尚自在临邛。归途千里外，秋月定相逢。

## 正　朝　摘　梅

蜀地寒犹暖，正朝发早梅。偏惊万里客，已复一一作半年来。

## 蜀　道　后　期

客心争日月，来往预期程。秋风不相待，先至洛阳城。

## 广州江中作

去国年一作岁方晏，愁心转一作独不堪。离人与一作共江水，终日向西南。

## 江　中　诵　经

实相归悬解，虚心暗在通。澄江明月内，应是色成空。

## 江中遇黄领子刘隆

危石江中起,孤云岭上还。相逢皆得意,何处是乡关。

## 钦州守岁

故岁今宵尽,新年明旦来。愁心随斗柄,东北望春回。

## 岳州守岁二首

夜风吹醉舞,庭户对酣歌。愁逐前年少,欢迎今岁多。
桃枝堪辟恶,爆竹好惊眠。歌舞留今夕,犹言惜旧年。

## 元朝 一本题作幽州元日

今岁元日一作元日今岁乐,不谢往一作去年春。知向来心道,谁为昨夜
人。

## 耗磨日饮二首

耗磨传兹日,纵横道未宜。但令不忌醉,翻是乐无为。
上月今朝减,流传耗磨辰。还将不事事,同醉俗中人。

## 又 一本此首同前第一首为二首

春来半月度,俗忌一时闲。不酌他乡酒,惟堪对楚山。

## 九日进茱萸山诗五首

家居洛阳下,举目见嵩山。刻作茱萸节,情生造化间。
黄花宜泛酒,青岳好登高。稽首明廷内,心为天下劳。
菊酒携山客,萸囊系牧童。路疑随大隗,心似问鸿蒙。

九日重阳数，三秋万实成。时来谒轩后一作石，罢去坐蓬瀛。
晚节欢重九，高山上五千。醉中知遇圣，梦里见寻仙。

## 岳州看黄叶

白首看黄叶，徂颜复几何。空惭棠树下，不见一作未有政成歌。

## 岭南送使二首

狱中生白发，岭外罢红颜。古来相送处，凡得几人还。
万里投荒裔，来时不见亲。一朝成白首，看取报家人。

## 伤妓人董氏四首

董氏娇娆性，多为窈窕名。人随秋月落，韵入捣衣声。
粉蕊粘妆籯，金花竭翠条。夜台无戏伴，魂影向谁娇。
旧亭红粉阁，宿处白云关。春日双飞去，秋风独不还。
舞席沾残粉，歌梁委旧尘。独伤窗里月，不见帐中人。

## 三　月　闺　怨

三月时将尽，空房妾独居。蛾眉愁自结，鬟发没情梳。

## 破陈乐词二首

乐苑曰：商调曲也，唐太宗所造。明皇又作小破陈乐，亦舞曲也。
汉兵出顿金微，照日光明铁衣。百里火幡焰焰，千行云骑霏霏。蹙
踏辽河自竭，鼓噪燕山可飞。正属四方朝贺，端知万舞皇威。
少年胆气凌云，共许骁雄出群。匹马城西挑战，单刀蓟北从军。一
鼓鲜卑送款，五饵单于解纷。誓欲成名报国，羞将开阁论勋。

# 舞马词六首

万玉朝宗凤扆,千金率领龙媒。眄鼓凝骄蹴蹋,听歌弄影徘徊。 圣代升平乐

天鹿遥征卫叔,日龙上借羲和。将共两骖争舞,来随八骏齐歌。 圣代升平乐

彩旄八佾成行,时龙五色因方。屈膝衔杯赴节,倾心献寿无疆。 四海和平乐

帝皂龙驹沛艾,星兰骥子权奇。腾倚骧洋应节,繁骄接迹不移。 四海和平乐

二圣先天合德,群灵率土可封。击石骖骧紫燕,拟金顾步苍龙。 四海和平乐

圣君出震应箓,神马浮河献图。足踏天庭鼓舞,心将帝乐踌躇。 四海和平乐

## 奉和三日被禊渭滨应制

青郊上巳艳阳年,紫禁皇游被渭川。幸得欢娱承湛露,心同草树乐春天。

## 桃花园马上应制

林间艳色骄天马,苑里秾华—作妆伴丽人。愿逐南风飞帝席,年年含笑舞青春。

## 奉和圣制幸韦嗣立山庄应制

西京上相出扶阳,东郊别业好池塘。自非仁智符天赏,安能日月共回光。

## 奉和圣制同玉真公主游大哥山池题石壁

池如明镜月华开,山学香炉云气来。神藻飞为鹡鸰赋,仙声飏出凤
皇台。

## 十五日夜御前口号踏歌词二首

花萼楼前雨露新,长安城里太平人。龙衔火树千重—作灯焰,鸡踏
—作上莲花万岁—作树春。

帝宫三五戏春台,行雨流风莫妒来。西域灯轮千影合,东华金阙万
重开。

## 苏摩遮五首

摩遮本出海西胡,琉璃宝服紫髯胡。闻道皇恩遍—作环宇宙,来将
歌舞助欢娱。亿岁乐

绣装帕—作拍额宝花冠,夷歌骑—作妓舞借人看。自能激水成阴气,
不虑今年寒不寒。亿岁乐

腊月凝阴积帝台,豪—作齐歌急鼓送寒来。油囊取得天河水,将添
上寿万年杯。亿岁乐

寒气宜人最可怜,故将寒水散庭前。惟愿圣君无限寿,长取新年续
旧年。亿岁乐

昭成皇后帝—作之家亲,荣乐诸人不比伦。往日霜前花委地,今年
雪后树逢春。亿岁乐

## 三月三日定昆池奉和萧令得潭字韵

暮春三月日重三,春水桃花满禊潭。广乐逶迤天上下,仙舟摇衍镜
中酣。

## 和尹从事懋泛洞庭

平湖一望上一作水望连天,林景千寻下洞泉。忽惊水上光华满,疑是乘舟到日边。

## 送梁六自洞庭山作

巴陵一望洞庭秋,日见孤峰水上浮。闻道神仙不可接,心随湖水共悠悠。

## 同赵侍御望归舟

山庭迥迥面长川,江树重重极远烟。形影相追一作随高羉鸟,心肠并断北风一作飞船。

## 襄阳路逢寒食

去年寒食洞庭波,今年寒食襄阳路。不辞著处寻山水,只畏还家落春暮。

## 附:咏方圆动静示李泌 详见泌集

方如棋局,圆如棋子。动如棋生,静如棋死。

# 全唐诗卷九〇

## 张 均

张均,说长子。开元中历官大理卿。受禄山伪命为中书令。肃宗立,免死,长流合浦。集二十卷,今存诗七首。

### 和尹懋登南楼

客来已两春,更瞻韶光早。花鸟既环合,江山复骈抱。楼形写北潭,堞势凌青岛。白云谢归雁,驰怀洛阳道。

### 江上逢春

离忧耿未和,春虑忽蹉跎。择木猿知去,寻泥燕独过。惊花翻霁日,垂柳拂烟波。激意屡怡赏,无如乡念何。

### 九日巴丘登高 一作父说诗,误。

客心惊暮序,宾雁下沧洲。共赏重阳节,言寻戏马游。湖风扶戍柳,江雨暗山楼。且酌东篱酒,聊祛南国忧。

### 和尹懋秋夜游溟湖二首

远水沉西日,寒沙聚夜鸥。平湖乘月满,飞棹接星流。黄叶鸣凄吹,苍葭扫暗洲。愿移沧浦赏,归待颍川游。

湾潭幽意深,杳霭涌寒岑。石痕秋水落,岚气夕阳沉。澄彻天为底,渊玄月作心。青溪非大隐,归弄白云浔。

### 岳阳晚景 一作父说诗

晚景寒鸦集,秋风旅雁归。水光浮日出,霞彩映江飞。洲白芦花吐,园红柿叶稀。长沙卑湿地,九月未成衣。

### 流合浦岭外作

瘴江西去火为山,炎徼南穷鬼作关。从此更投人境外,生涯应在有无间。

# 张　垍

　　张垍,说次子,尚宁亲公主,拜驸马都尉,许于禁中置内宅,侍为文章。坐事,出为卢溪司马,入为太常卿。禄山乱,受伪相命,死贼中。诗一首。

### 奉和岳州山城 一作张均诗

郡馆临清赏,开一作闲局坐白云。讼虚棠户曙,观静竹檐曛。悬榻迎宾下,趋庭学礼闻。风传琴上意,遥向日华纷。

# 全唐诗卷九一

## 韦嗣立

韦嗣立,字延构,郑州人。第进士。则天时,拜凤阁侍郎,同凤阁鸾台平章事。神龙中,为修文馆大学士,与兄承庆代相。尝于骊山构别业。中宗临幸,令从官赋诗,自为制序,因封为逍遥公。睿宗时,拜中书令。开元中,谪岳州别驾,迁辰州刺史卒。诗八首。

### 偶游龙门北溪忽怀骊山别业
### 因以言志示弟淑奉呈诸大僚

幽谷杜陵边,风烟别几年。偶来伊水曲,溪嶂觉一作各依然。傍浦怜芳树一作木,寻崖爱绿泉。岭云随马足,山鸟向人前。地合心俱静,言因理自玄。短才叨重寄,尸禄愧妨贤。每挹挂冠侣,思从初服旋。稻粱仍欲报,岁月坐空捐。助岳无纤块,输溟谢末涓。还悟北辕失,方求南涧田。

### 奉和九日幸临渭亭登高应制得深字

层观远沉沉,銮旗九日临。帷一作行宫压水岸,步辇入烟岑。枝上黄新采,樽中菊始斟。愿陪欢乐事,长与岁时深。

## 奉和张岳州王潭州别诗二首 并序

予昔忝省阁,与岳州张使君说、潭州王都督熊同官联事。后承朝遣,
各自东西。张公与王都督别诗二首,情颇殷切。余览以叹,因遥申和云。

茂先王佐才,作牧楚江隈。登楼正欲赋,复遇仲宣来。黄鹄飞将
远,雕龙文为开。宁知昔联事,听曲有馀哀。

昔时陪二贤,缨冕会神仙。一去驰江海,相逢共播迁。无因千里
驾,忽睹四愁篇。览讽欢何已,欢终徒怆然。

## 奉和初春幸太平公主南庄应制

主第岩扃架鹊桥,天门阊阖降鸾镳。历乱旌旗转云树,参差台榭入
烟霄。林间花杂平阳舞,谷里莺和弄玉箫。已陪沁水追欢日,行奉
茅山访道朝。

## 自汤还都经龙门北溪赠
## 张左丞崔礼部崔光禄 并序

仆自汤还都,经龙门北溪庄宿,张左丞、崔礼部、崔光禄并枉垂光
顾。数公宿敦道义,雅尚林壑。谓急于幽寻,故此命驾,遂不知别有胜
赏。偶然相过,寒暄未周,神意已往。云霞之致,蔑而不存,逸辔放驱,
清尘徒企,耿叹不已,而赠是诗。

栖闲有愚谷,好事枉朝轩。树接前驱拥,岩传后骑喧。褰帘出野
院,植杖候柴门。既拂林下席,仍携池上樽。深期契幽赏,实谓展
欢言。末眷诚未易,佳游时更敦。俄看啸俦侣,各已共飞鶱。延睇
尽朝日,长怀通夜魂。空闻岸竹动,徒见浦花繁。多愧春莺曲,相
求意独存。

# 酬崔光禄冬日述怀赠答 并序

　　光禄崔卿公怀通识济时,良具材器。耽图籍,爱林泉,不遗琴咏。门多长者,善与人交。仆忝台阁,早经联事,虽幸揖风采,而不接殷勤。崔公以雅道自居,未尝至偃之室。及仆积抱羸疾,屡期放退。朝廷恩假,职以优闲。多取急归林,服饵为事。门堪罗雀,庭狎狎鸥。崔公则多存访,不避风雨。方知向时,迹也;今晨,情也。兰菊春秋自芳,竹柏岁寒无变。仆敬之重之,故不能忘也。尝谈及词翰,颇申掎摭。忽枉赠章,因以投报云尔。

亭伯负高名,羽仪称上京。魏珠能烛乘,秦璧许连城。六月飞将远,三冬学已精。洛阳推贾谊,江夏贵黄琼。推演中都术,旋参河尹声。累迁登御府,移拜践名卿。庭聚歌钟丽,门罗棨戟荣。鹦杯飞广席,兽火列前楹。散诞林园意,殷勤敬爱情。无容抱衰疾,良宴每招迎。契得心逾重,言忘道益真。相勖忠义节,共谈词赋英。雕虫曾靡弃,白凤已先鸣。光接神愈骇,音来味不成。短歌甘自思,鸿藻弥难清。东里方希润,西河敢窃明。厚诬空见迫,丧德岂无诚。端守宫闱地,寒烟朝暮平。顾才无术浅,怀器识忧盈。月下对云阙,风前闻夜更。昌年虽共偶,欢会此难并。为怜漳浦曲,沉痼有刘桢。

# 上巳日祓禊渭滨应制

乘春祓禊逐风光,扈跸陪銮渭渚傍。还笑当时水滨老,衰年八十待文王。

# 魏奉古

　　魏奉古,制举擢第,授雍丘尉。强记,一览便讽,人称为聪明尉。终兵部侍郎。诗一首。

## 奉酬韦祭酒偶游龙门北溪忽怀骊山别业因以言志示弟淑奉呈诸大僚之作

有美朝为贵,幽寻地自偏。践临伊水汭,想望灞池边。是遇皆新赏,兹游若旧年。藤萝隐路接,杨柳御沟联。道惬神情王,机忘俗理捐。遂初诚已重,兼济实为贤。迹是东山恋,心惟一作仍北阙悬。顾惭经拾紫,多谢赋思玄。未蹰一作踌中林步,空承丽一作上藻传。阳春和已寡,扣寂竟徒然。《纪事》云:龙门北溪,韦嗣立山居在焉。诸公赋诗,奉古时预酬唱之末。张说序崔韦赠答诗云:二公述志论文,首贻雅唱。其馀寻声响答,望形影赴,故亦峻碧池之涟漪,增瑶林之沃若。盖奉古之徒是也。

# 崔日知

　　崔日知,字子骏,日用从父兄也。有吏干。景云中,为洺州司马,以讨谯王重福功,累迁京兆尹,为御史李如璧所劾,左迁歙县丞,后为太常卿。自以历任年久,每朝士参集,常与尚书同列,时人号为尚书里行。诗二首。

## 奉酬韦祭酒偶游龙门北溪忽怀骊山别业因以言志示弟淑并呈诸大僚之作

夙龄秉微尚,中年忽有邻。以兹山水癖,遂得狎一作学通人。迨我咸一作南京道,闻君别一作北业新。岩前窥石镜,河畔踏芳茵。既怜伊浦绿,复忆灞池春。连词谢家子,同欢冀野宾。趣闲鱼共乐,情洽鸟来驯。讵一作谁念昔游者,只命独留秦。萧条颍阳恋,冲漠汉阴真。无由陪胜躅，空此玩书筼。

## 冬日述怀奉呈韦祭酒张左丞兰台名贤

弱龄好经籍，披卷即怡然。覃精四十载，驰骋数千言。孔壁采遗篆一作帙，周韦考绝编。袁公论剑术，孙子叙兵篇。鲁史君臣道，姬书日月悬。从师改炎燠，负笈遍山川。上异西河夏，中非北海玄。光荣拾青紫，名价接通贤。既重万钟乐，宁思二顷田。长戟同分虎，高冠亚一作互附蝉。晚怀重虚旷，养志息雕镌。登高惭思拙，匠物谢情妍。不慕张平子，宁希一作思王仲宣。谁谓登龙日，翻成刻鹄年。循循劳善诱，轧轧思微牵。琢磨才既竭，钻仰德弥坚。朽木诚为谕，扪心徒自怜。终期吞鸟梦，振翼上云烟。赋成先掷地，词高直揽天。更执抠衣礼，仍开函丈筵。雾披槐市蔼，水静璧池圆。愿逐从风叶，飞舞翰林前。

# 崔泰之

崔泰之，鄢陵人。以职方郎中预诛二张。开元中，官工部尚书。诗三首。

## 奉酬韦嗣立祭酒偶游龙门北溪忽怀骊山别业因以言志示弟淑奉呈诸大僚之作

关塞临伊水，骊山枕灞川。俱临隐路侧，同在帝城边。谢公兼出处，携妓玩林泉。鸣驺喷梅雪，飞盖曳松烟。闻琴幽谷里，看弈古岩前。落日低帏帐，归云绕管弦。叨荣惭北阙，微尚爱东田。寂寞灰心尽，萧条尘事捐。朝思登崭绝，夜梦弄潺湲。宿怀南涧意，况睹北溪一作岩篇。

## 同光禄弟冬日述怀 并序

韦祭酒、张左丞二公,并廊庙伟才,朝廷旧相,咸光首和,殊为佳作。
辄继阳春,深增愧悚。(韦祭酒嗣立、张左丞说、光禄日知也。)

吾族白眉良,才华动洛阳。观光初入仕,应宿始为郎。飞萤玩书
籍,白凤吐文章。海卿逾往雅,河尹冠前张。择才绥鄢郢,殊化被
江湘。高楼临广陌,甲第敞通庄。列馆邙山下,疏亭洛水傍。昌年
赏丰陌,暇日悦林塘。衣冠皆秀彦一作茂,罗绮尽名倡。隔岸闻歌
度,临池见舞行。门庭寒变色,棨戟日一作自生光。穷阴方暧曃,杀
气正苍茫。感时兴盛作,晚岁共多伤。积德韦丞相,通神张子房。
吟草遍簪绂,逸韵合宫商。功名守留省,滥迹在文昌。家园遥可
见,台寺近相望。无庸乘侍谒,有暇共翱翔。棣华依雁序,竹叶拂
鸾觞。水坐怜秋月,山行弄晚芳。恩华惭服冕,友爱勖垂堂。无由
报天德,相顾咏时康。《纪事》云:泰之时以礼部居洛,故与嗣立、说、日知数有酬
唱。

## 奉和圣制送张尚书巡边

南庭胡运尽,北斗将星飞。旗鼓临沙漠,旌旆一作旗,一作旐出洛畿。
关山绕玉塞,烽火映金微。屡献帷谋策,频承庙胜威。蹑蹀临河
骑,逶迤度陇旂。地脉平千古,天声振九围。车马生边气,戈铤驻
落晖。夏近蓬犹转,秋深草木一作未腓。饯送纡天什,恩荣赐御衣。
伫勒燕然颂,鸣驺计日归。

# 魏知古

魏知古,深州人。性方直,有才名,弱冠举进士。长安中,

历凤阁舍人。神龙初，擢吏部侍郎。睿宗即位，以藩邸故吏，召拜黄门侍郎，迁散骑常侍，同平章事。开元初，改紫微令，终工部尚书。所荐洹水令吕太一、蒲州司功参军齐浣、内率骑曹参军柳泽、密尉宋遥、左补阙袁晖、右补阙封希颜、伊阙尉陈希烈，皆为闻人。宋璟尝称曰："叔向古之遗直，子产古之遗爱，能兼之者，其在魏公。"集七卷，今存诗五首。

## 春夜寓直凤阁怀群公

一本题上有和中书侍郎杨再思八字。

拜门传漏晚，寓直索居时。昔重安仁赋，今称伯玉诗。鸳池满不溢，鸡树久逾滋。凤夜怀山甫，清风咏所思。伯玉，齐卞伯玉也。有赴中书郎诗云：大方信包含，优渥遂不已。濯鳞龙凤池，挥翰紫宸里。

## 奉和春日途中喜雨应诏

皇舆一作游向洛城，时雨应天行。丽日登岩送，阴云出野迎。濯枝林杏发，润叶渚蒲生。丝入纶言喜，花依锦字明。微臣忝东观，载笔伫西成。

## 从猎渭川献诗

《旧唐书》本传云：先天元年冬，上畋于渭川，知古献诗以讽。手诏褒之曰：子顷向温泉，观省风俗，时因暇景，掩渭而畋。方井一面之岁，式展三驱之礼。躬亲校猎，聊以前禽。岂意卿有箴规，辅余不逮。今赐物五十段，用申劝奖。

尝闻夏太康，五弟训禽荒。我后来冬狩，三驱盛礼张。顺时鹰隼击，讲事武功扬。奔走未及去，翾飞岂暇翔。非熊从渭水，瑞翟想陈仓。此欲诚难纵，兹游不可常。子云陈羽猎，僖伯谏渔棠。得失鉴齐楚,仁思念禹汤。雍熙亮在宥,亭毒匪多伤。辛甲今为史,虞箴遂孔彰。

## 玄元观寻李先生不遇

羽客今何在,空寻伊洛间。忽闻归苦县,复想入函关。未作千年别,犹应七日还。神仙不可见,寂寞返蓬山。

# 全唐诗卷九二

## 李 乂

李乂,字尚真,赵州房子人。年十二,工属文。第进士,茂才异等,调万年尉。长安中,擢监察御史,迁中书舍人,修文馆学士。睿宗朝,进吏部侍郎,改黄门侍郎,中山郡公。开元初,转紫微侍郎,未几,除刑部尚书。卒,年六十八。居官沉正方雅,识治体,时称有宰相器。与兄尚一、尚贞,俱以文章见称。有《李氏花萼集》。乂与苏颋对掌纶诰,明皇比之味道与峤,并称苏李。今编诗一卷。

### 招谕有怀赠同行人 一作李义府诗

远游冒艰阻,深入劳存谕。春去辞国门,秋还在边戍。轩车行未返,节序催难驻。陌上悲转蓬,园中想芳树。蜀山自纷纠,岷水恒奔注。临泛多苦怀,登攀寡欢趣。永夕飞淫雨,崇朝蒸毒雾。不求绥岭桃,宁美邛乡蒟。白浪行欲静,骢马何尝驱。唐韵区遇切。愿接辂莅尘,联翩东北骛。

### 春日侍宴芙蓉园应制

水殿临丹篆,山楼绕翠微。昔游人托乘,今幸帝垂衣。涧筱缘峰合,岩花逗浦飞。朝来江曲地 一作朝回曲江地,无处不光辉。

## 奉和登骊山高顶寓目应制

崖巇万寻悬,居高敞御筵。行戈疑驻日,步辇若登天。城阙雾中近,关河云外连。谬陪登岱驾,欣奉济汾篇。

## 奉和七夕两仪殿会宴应制

桂宫明月夜,兰殿起秋风。云汉弥年阻,星筵此夕同。倏来疑有处,旋去已成空。睿作钧天响,魂飞在梦中。

## 奉和春日游苑喜雨应诏

仙跸九成台,香筵万寿杯。一旬初降雨,二月早闻雷。叶向朝霁一作跻密,花含宿润开。幸承天泽豫一作遍,无使日光催。

## 奉和人日清晖阁宴群臣遇雪应制

上日登楼赏,中天御辇飞。后庭联舞唱,前席仰恩辉。睿作风云起,农祥雨雪霏。幸陪人胜节,长愿奉垂衣。

## 陪幸临渭亭遇雪应制

青阳御紫微,白雪下彤闱。浃壤流天霈,绵区洒帝辉。水如银度烛,云似玉披衣。为得因风起,还来就日飞。

## 奉和九日侍宴应制得浓字

望幸纡千乘,登高自九重。台疑临戏马,殿似接疏龙。捧箧萸香遍,称觞菊气浓。更看仙鹤舞,来此庆时雍。

## 送沙门弘景道俊玄奘还荆州应制

初日承归旨,秋风起赠言。汉珠留道味,江璧返真源。地出南关远,天回北斗尊。宁知一柱观,却启四禅门。

## 奉和九月九日登慈恩寺浮图应制

涌塔临玄地,高层瞰紫微。鸣銮陪帝出,攀橑翊天飞。庆洽重阳寿,文含列象辉。小臣叨载笔,欣此<sub>一作无以</sub>颂巍巍。

## 闰九月九日幸总持寺登浮图应制

清跸幸禅楼,前驱历御沟。还疑九日豫,更想六年游。圣藻辉缨络,仙花缀冕旒。所欣延亿载,宁祇庆重秋。

## 侍宴长宁公主东庄应制

紫禁乘宵<sub>一作雷</sub>动,青门访水嬉。贵游鳣序集<sub>一作上台鳣序庆</sub>,仙女凤楼期。合宴簪绅满,承恩雨露滋。北辰还捧日,东馆幸逢时。

## 幸白鹿观应制

制跸乘骊阜,回舆指凤京。南山四皓谒,西岳两童迎。云幄临悬圃,霞杯荐赤城。神明近兹<sub>一作福地</sub>,何必往蓬瀛。

## 次苏州

洛渚问吴潮,吴门想洛桥。夕烟杨柳岸,春水木兰桡。城邑南楼近,星辰北斗遥。无因生羽翼,轻举托还飙。

## 寄胡皓时在南中

徭役苦流滞，风波限溯洄。江流通地骨，山道绕天台。有鸟图南去，无人见北来。闭门沧海曲，云雾待君开。

## 饯许州宋司马赴任

展骥旌时杰，谈鸡美代贤。暂离仙掖务，追送近郊筵。地惨金商节，人康璧假田。从来昆友事，咸以佩刀传。

## 饯唐州高使君赴任

淮源之水清，可以濯君缨。彼美称才杰，亲人仁政声。岁寒畴曩意，春晚别离情。终叹临岐远，行看拥传荣。

## 哭仆射鄂公杨再思

端揆一作揆席凝邦绩，台阶阐国猷。方崇大厦栋，忽逝巨川舟。白日铭安在，清风颂独留。死生恩命毕，零落掩山丘。

## 故赵王属赠黄门侍郎上官公挽词

暮归泉壤隔，朝发城池恋。汉畤结愁阴，秦陵下悲霰。骎骎百驷驰，恻恻群龙饯。石马徒自施，玉人终不见。

## 淮阳公主挽歌

玉颜生汉渚，汤沐荣天女。金缕化邙尘一本作第二句，哀荣感路人。凤皇曾作伴，蝼蚁忽为亲。畴日成蹊处，秾华不复春。

# 故西台侍郎上官公挽歌

宇内文儒重,朝端礼命优。立言多启沃,论道盛谋猷。顾日琴安在,冲星剑不留。徒怀东武襚,更掩北原丘。

## 高安公主挽歌二首

汤沐三千赋,楼台十二重。银炉称贵幸一作子,玉辇盛过逢。嫔则留中馈,娥辉没下春。平阳百岁后,歌舞为谁容。

宾卫俨相依,横门启曙扉一作晖。灵阴蟾兔缺,仙影凤皇飞。一水秋难渡,三泉夜不归。况临青女节,瑶草更前哀一作衰。

## 奉和初春幸太平公主南庄应制

平阳馆外有仙家,沁水园中好物华。地出东郊回日御,城临南斗度云车。风泉韵绕幽林竹,雨霰光摇杂树花。已庆时来千亿寿,还言日暮九重赊。

## 兴庆池侍宴应制

神池泛滥水盈科,仙跸纡徐步辇过。纵棹洄沿萍溜合,开轩眺赏麦风和。潭鱼在藻供游咏一作欣游泳,谷鸟含樱入赋歌。寄语乘槎溟海客,回头来此问天河。

## 侍宴安乐公主山庄应制

金舆玉辇背三条,水阁山楼望九霄。野外初迷七圣道,河边忽睹二灵桥。悬冰滴滴依虬箭,清吹泠泠杂凤箫。回一作向晚平阳歌舞合,前溪更转木兰桡。

## 奉和春日幸望春宫应制

东城结宇敞一作瞰千寻，北阙回舆具四临。丽日祥烟承罕毕，轻荑弱草藉衣簪。秦商重沓云岩近，河渭萦纡雾壑深。谬接鹓鸿陪赏乐，还欣鱼鸟遂飞沉。

## 人日重宴大明宫恩赐彩缕人胜应制

诘旦行春上苑中，凭高却下大明宫。千年执象寰瀛泰，七日为人庆赏隆。铁凤曾惊摇瑞雪，铜乌细转入祥风。此时朝野欢无算，此岁云天乐未穷。

## 享龙池乐第八章

星分邑里四人居，水浃源流万顷馀。魏国君王称象处，晋家蕃邸化龙初。青蒲暂似一作似骋游梁马，绿藻还疑一作疑游宴镐鱼。自有神灵滋液地，年年云物史官书。

## 奉和幸礼部尚书窦希
## 玠宅应制 一作陪幸五王宅

家住千门侧，亭临二水傍。贵游开北地一作第，宸眷幸西乡。曳履迎中谷，鸣丝出后堂。浦疑观万象一作物，峰似驻三光。草向琼筵乐，花承绣扆香。圣情思旧重一作里，留饮赋雕章。

## 奉和晦日幸昆明池应制

玉辂寻春赏，金堤重晦游。川通黑水浸，地派紫泉流。晃朗扶桑出，绵联杞树周。乌疑填海处，人似隔河秋。劫尽灰犹识，年移石故留。汀洲归棹晚，箫鼓杂汾讴。

## 奉和幸长安故城未央宫应制

凤辇乘春陌，龙山访故台。北宫才尽处，南斗独昭回。肆览飞宸
札，称觞引御杯。已观蓬海变，谁厌柏梁灾。代挹孙通礼，朝称贾
谊才。忝侪文雅地，先后各时来。

## 陪幸韦嗣立山庄应制 一作宋之问诗

枢披调梅暇，林园种槿初。入朝荣剑履，退食偶琴书。地隐东岩
室，天回北斗车。旌门临窈窕，辇道属扶疏。云罕明丹谷，霜箾彻
紫虚。水疑投石处，溪似钓璜馀。帝泽颁卮酒，人欢颂里闾。一承
黄竹咏，长奉白茆居。

## 奉和幸望春宫送朔方军大总管张仁亶

边郊草具腓，河塞有兵机。上宰调梅寄，元戎细柳威。武貔东道
出，鹰隼北庭飞。玉匣谋中野，金舆下太微。投醪衔饯酌，缉衮事
征衣。勿谓公孙老，行闻奏凯归。

## 奉和幸三会寺应制

睿德总无边，神皋择胜缘。二仪齐法驾，三会礼香筵。汉阙中黄
近，秦山太白连。台疑观 一作书 鸟日，池似刻鲸年。满月临真境，秋
风入御弦。小臣叨下列，持管谬窥天。

## 奉和幸大荐福寺 寺即中宗旧宅

象设隆新宇，龙潜想旧居。碧楼披玉额，丹仗导金舆。代日兴光
近，周星掩曜初。空歌清沛筑，梵乐奏胡书。帝造环三界，天文贲
六虚。康哉孝理日，崇德在真如。

# 夏日都门送司马员外逸客孙

## 员外佺北征 时相王为元帅,魏大夫元忠为副。

日逐滋南寇,天威抚北垂。析珪行仗节,持印且分麾。羽檄双凫
去,兵车驷马驰。虎旗悬气色,龙剑抱雄雌。候月期戡翦,经时念
别离。坐闻关陇外,无复引弓儿。

## 元日恩赐柏叶应制 景龙四年

劲节凌冬劲,芳心待岁芳。能令人益寿,非止麝含香。

## 侍宴桃花园咏桃花应制

绮尊成蹊遍籞芳,红英扑地满筵一作庭香。莫将秋宴传王母,来比
春华奉一作寿圣皇。

## 奉和三日祓禊渭滨

上林花鸟暮春时,上巳陪游乐在兹。此日欣逢临渭赏,昔年空道济
汾词。

## 奉和幸韦嗣立山庄侍宴应制

曲榭回廊绕涧幽,飞泉喷下溢池流。只应感发明王梦,遂得邀迎圣
帝游。

## 侍宴安乐公主新宅应制

牵牛南渡象昭回,学凤楼成帝女来。平旦鹓鸾歌舞席,方宵鹦鹉献
酬杯。

# 钱 唐 永 昌

田郎才貌出咸京,潘子文华向洛城。愿以深心留善政,当令强项谢<sub>一作识</sub>高名。

# 全唐诗卷九三

## 卢藏用

卢藏用,字子潜,幽州范阳人。举进士,不调,隐居终南。长安中,召授左拾遗。中宗朝,历中书舍人,黄门侍郎,修文馆学士。以附太平公主,流驩州。诗八首。

### 九日幸临渭亭登高应制得开字

上月重阳满,中天万乘来。萸依佩里发,菊向酒边开。圣泽烟云动,宸文象纬回。小臣无以答,愿奉亿千杯。

### 奉和九月九日登慈恩寺浮图应制

化塔龙山起,中天凤辇迁。彩旒牵画刹,杂佩冒香莛。宝叶擎千座,金英渍百盂。秋云飘圣藻,霄<sub>一作睿</sub>极捧连珠。

### 宋主簿鸣皋梦赵六予未及报而陈子云亡今<sub>一无今字</sub>追为此诗答宋兼贻平昔游旧

暮川罕停波,朝云无留色。故人琴与诗,可存不可识。识心尚可亲,琴诗非故人。鸣皋初梦赵,蜀国已悲陈。感化伤沦灭,魂交惜未申。冥期失幽报,兹理复今晨。前嗟成后泣,已矣将何及。旧感与新悲,虚怀酬昔时。赵侯鸿宝气,独负青云姿。群有含妙识,众象悬清机。雄谈尽物变,精义解人颐。在阴既独善,幽跃自为疑。跛彼千里足,伤哉一尉欺。陈生富清理,卓荦兼文史。思缛巫山云,调逸岷江水。铿锵哀忠义,感激怀知己。负剑登蓟门,孤游入燕市。浩歌去京国,归守西山趾。幽居探元化,立言见千祀。埋没经济情,良图竟云已。坐忆平生游,十载怀嵩丘。题书满古壁,采药遍岩幽。子微化金鼎,仙笙不可求。荣哉宋与陆,名宦美中州。存亡一暌阻,岐路方悠悠。自予事山海,及兹人世改。传闻当世荣,皆入古人名。无复平原赋,空馀邻笛声。泣对西州使,悲访北邙茔。新坟蔓宿草,旧阙毁残铭。为君成此曲,因言寄友生。默语无穷事,凋伤共此情。

## 饯唐州高使君赴任

饯酒临丰树,褰帷出鲁阳。蕙兰春已晚,桐柏路犹长。祖逖方城镇,安期外氏乡。从来二千石,天子命唯良。

## 饯许州宋司马赴任

国为休征选,舆因仲举题。山川襄野隔,朋酒灞亭暌。零雨征轩鸷,秋风别骥嘶。骊歌一曲罢,愁望正凄凄。

## 奉和立春游苑迎春应制

天游龙辇驻城闉,上苑迟光晚更新。瑶台半入黄山路,玉槛傍临玄霸津。梅香欲待歌前落,兰气先过酒上春。幸预柏台称献寿,愿陪千亩及农晨。

## 奉和幸安乐公主山庄应制

皇女琼台天汉浔,星桥月宇构一作创山林。飞萝半拂银题影,瀑布
环流玉砌阴。菊浦一作酒香随鹦鹉泛,箫楼韵逐凤凰吟。瑶池驻跸
恩方久,璧月无文一作云兴转深。

## 夜宴安乐公主宅

侯家主第一时新,上席华年不惜春。珠钉缀日一作月那知夜,玉斝
流霞畏底一作极晨。

# 岑　羲

　　岑羲,字伯华,文本之孙,第进士。则天时,为天官员外
郎。中宗朝,同中书门下三品。景云初,进侍中,封南阳郡公。
坐豫太平公主谋,伏诛。诗六首。

## 九月九日幸临渭亭登高应制得浃字

重九开科历,千龄逢圣纪。爰豫瞩秦垧,升高临灞浃。玉醴浮仙
菊,琼筵荐芳芷。一闻帝舜歌,欢娱良未已。

## 奉和九月九日登慈恩寺浮屠应制

宝台眺天外,玉辇步云端。日丽重阳景,风摇季月寒。梵堂遥集
雁,帝乐近翔鸾。愿献延龄酒,长承湛露欢。

## 饯唐州高使君

苍茫南塞地,明媚上春时。目极伤千里,怀君不自持。征车别岐

路,斜日下崦嵫。一叹轺轩阻,悠悠即所思。

## 奉和春日幸望春宫应制

和风助律应韶年,清跸乘高入望仙。花笑莺歌迎帝辇,云披日霁俯皇川。南山近压<sub></sub>一作献仙楼一作杯上,北斗平临御扆一作魏阙前。一奉恩荣同镐宴一作欢在镐,空知率舞听薰弦。

## 奉和幸安乐公主山庄应制

银榜重楼出雾开,金舆步辇向天来。泉声迥入吹箫曲,山势遥临献寿杯。帝女含笑流飞电,乾文动色象昭回。诚愿北极拱尧日,微臣抃舞咏康哉。

## 夜宴安乐公主新宅

金榜重楼开夜扉,琼筵爱客未言归。衔欢不觉银河曙一作晓,尽醉那知玉漏一作露稀。

# 薛　稷

薛稷,字嗣通,汾阴人,道衡曾孙,魏徵外甥也。擢进士第。景龙中,昭文馆学士。睿宗立,拜中书侍郎,参知机务,历太子少保,以翊赞功封晋国公。工书画。诗十四首。

## 仪坤庙乐章二首

阳灵配德,阴魄昭升。尧坛凤下,汉室龙兴。倪天作对,前旒是凝。化行南国,道盛西陵。造舟集灌,无德而称。我粢既洁,我醴既澄。阴阴灵庙,光灵若凭。德馨惟飨,孝思烝烝。

乾道既亨,坤元以贞。肃雍攸在,辅佐斯成。外睦九族,内光一庭。克生睿哲,祚我休明。钦若徽范,悠哉淑灵。建兹清宫,于彼上京。缩茅以献,絜秬惟馨。实受其福,斯乎亿龄。

## 九日幸临渭亭登高应制得历字

暮节乘原野,宣游俯崖壁。秋登华实满,气严鹰隼击。仙菊含霜泛,圣藻临云锡。愿陪九九辰,长奉千千历。

## 慈恩寺九日应制

宝宫星宿劫,香塔鬼神功。王游盛尘外,睿览出区中。日宇开初景,天词掩大风。微臣谢时菊,薄采入芳丛。

## 早春鱼亭山

春气一作色动百草,纷荣时断续。白云自高妙,裴回空山曲。阳林花已红,寒涧苔未绿。伊余息人事,萧寂无营欲。客行虽一作须云远,玩之聊自足。

## 秋日还京陕西十里作

驱车一作马越陕郊,北顾临大河。隔河望乡邑,秋风水增波。西登咸阳途,日暮忧思多。傅岩既纡郁,首山亦嵯峨。操筑无昔老,采薇有遗歌。客游节回换,人生知一作能几何。杜甫云:少保有古风,得之陕郊篇,谓此作也。

## 奉和送金城公主适西蕃应制

天道宁殊俗,慈仁一作深恩乃戢兵。怀荒寄赤子,忍爱鞠苍生。月下琼娥去,星分宝婺行。关山马上曲,相送不胜情。

## 春日登楼野望

凭轩聊一望,春色几芬菲。野外烟初合,楼前花正飞。娇莺弄新响,斜日散馀晖。谁忍孤游客,言念独依依。

## 饯许州宋司马赴任

令弟与名兄,高才振两京。别序闻鸿雁,离章动鹡鸰。远朋驰翰墨,胜地写丹青。风月相思夜,劳望颍川星。

## 奉和圣制春日幸望春宫应制

九春风景足林泉,四面云霞敞御筵。花镂黄山绣作苑,草图玄灞锦为川。飞觞竞一作趁醉心回日,走马争先眼著鞭。喜奉仙游归路远,直言一作论行乐不言旋。

## 奉和幸安乐公主山庄应制

主家园囿一作宇,一作囿。极新规,帝郊游豫奉天仪。欢宴瑶台镐京集,赏赐铜山蜀道移。曲阁交映金精板,飞花乱下珊瑚枝。借问今朝八龙驾,何如昔日望仙池。

## 秋朝览镜

客心惊落木,夜坐听秋风。朝日看容鬓,生涯在镜中。

## 夜宴安乐公主新宅

秦楼宴喜月裴回,妓筵银烛满庭开。坐中香气排花出,扇后歌声逐酒来。

## 饯 唐 永 昌

河洛风烟壮市朝,送君飞凫去渐遥。更思明年桃李月,花红柳绿宴浮桥。

# 马怀素

　　马怀素,字惟白,润州丹徒人。擢进士第。长安中,为监察御史,守正不阿。开元初,拜户部侍郎,昭文馆学士。卒谥曰文。诗十二首。

## 九日幸临渭亭登高应制得酒字

睿赏叶通三,宸游契重九。兰将叶布席,菊用香浮酒。落日下桑榆,秋风歇杨柳。幸齐东户庆,希荐南山寿。

## 奉和九月九日登慈恩寺浮图应制

季月启重阳,金舆陟宝坊。御旗横日道,仙塔俨云庄。帝跸千官从,乾词七曜光。顾惭文墨职,无以颂时康。

## 奉和送金城公主适西蕃应制

帝子今何去一作在,重姻适异方。离情怆宸掖,别路绕关梁。望绝园中柳,悲缠陌上桑。空馀愿黄鹤,东顾忆回翔。黄鹤见《汉书·西域传》,公主歌云:愿为黄鹄兮归故乡。

## 饯许州宋司马赴任

颍川开郡邑,角宿分躔野。君非仲举才,谁是一作应题舆者。悯悯琴上鹤，萧萧路傍马。严程若可留，别袂希再把。

## 饯唐州高使君赴任

外牧资贤守，斯人奉帝俞。淮南膺建隼，渭北暂分符。坐叹烟波隔，行嗟物候殊。何年升美课一作政，回首一作看北城隅。

## 奉和立春游苑迎春应制

玄篇飞灰出洞房，青郊迎气肇初阳。仙舆暂一作早下宜春苑，御醴行开荐寿觞。映水轻苔犹隐绿，缘堤弱柳未舒黄。唯有裁花饰簪鬓，恒一作相随圣藻狎年光。

## 奉和圣制春日幸望春宫应制

彩仗雕舆俯碧浔，行春御气发皇心。摇风细柳萦驰道，映日轻花出禁林。遍一作通野园亭开帝幕，连堤草树狎衣簪。谬参西掖沾尧酒，愿沐南薰解舜琴。

## 奉和人日宴大明宫恩赐彩
## 缕人胜应制 一作正月七日宴大明殿

日一作万宇千门平旦开，天容万一作辰象列昭回。三阳候节金为胜，百福迎祥玉作杯。就暖风光偏著柳，辞寒雪影半藏梅。何幸得参词赋职，自怜终乏马卿才。

## 奉和幸安乐公主山庄应制

主家台沼一作馆胜平阳，帝幸欢娱乐未央。掩映雕窗交极浦，参差绣户绕回塘。泉声百处传歌一作歌传曲，树影千重对舞一作舞对行。圣酒一沾何以报，唯欣颂德奉时康。

## 兴庆池侍宴应制

积水逶迤绕直一作贝城,〔含〕(舍)虚皎镜有馀清。图云曲榭一作树连缇幕,映日中塘间彩旌。赏洽犹闻箫管沸,欢留更睹木兰轻。无劳海上寻仙客,即此一作有蓬莱在帝京。

## 夜宴安乐公主宅

凤楼窈窕凌三袭,翠幌玲珑瞰九衢。复道中宵留宴衎,弥令上客想踟蹰。

## 钱 唐 永 昌

闻君出宰洛阳隅,宾友称觞饯路衢。别后相思在何处,只应关一作阙下望仙凫。

# 全唐诗卷九四

## 富嘉谟

　　富嘉谟，雍州武功人。举进士。长安中，累官晋阳尉，预修《三教珠英》。中兴初，历左台御史，与吴少微友善。属词并以经典为本，文体一变，号为富吴体。张说称其文如孤峰绝岸，壁立万仞，浓云郁兴，震雷俱发，诚可畏也。若施于廊庙，则骇矣。集十卷，今存诗一首。

### 明 冰 篇

北陆苍茫河海凝，南山阑干昼夜冰，素彩峨峨明月升。深山穷谷不自见，安知采斫备嘉荐，阴房涸冱掩寒扇。阳春二月朝始暾，春光潭沲度千门，明冰时出御至尊。彤庭赫赫九仪备，腰玉煌煌千官事，明冰毕赋周在位。忆昨沙漠一作朔寒风涨，昆仑长河冰始壮，漫汗峻嶒积亭障。嘤嘤鸣雁江上来，禁苑池台冰复开，摇青涵绿映楼台。幽歌七月土风始，凿冰藏用昭物轨，四时不忒千万祀一作禩。

## 吴少微

　　吴少微，新安人。举进士，累至晋阳尉，与富嘉谟同官。中兴初，以韦嗣立荐，拜右台御史。尝为并州长史张仁亶撰进九鼎铭表。集十卷,今存诗六首。

# 长 门 怨

月出映层城,孤圆上太清。君王眷爱歇,枕席凉风生。怨咽不能寝,踟蹰步前楹。空阶白露色,百草寒虫鸣。念昔金房里,犹嫌玉座轻。如何娇所误,长夜泣恩情。

## 和崔侍御日用游开化寺阁

左宪多才雄,故人尤鸷鹗。护赠单于使,休韬太原郭。馆次厌烦歊,清怀寻寂寞。西缘十里馀,北上开化阁。初入云树间,冥蒙未昭廓。渐出栏楯外,万里秋景焯一作灼。岁晏风落山,天寒水归壑。览物颂幽景,三乘动玄钥。但敷利一作相解言,永用忘昏著。

## 哭富嘉谟 并序

　　维三月癸丑,河南富嘉谟卒。予时寝疾于洛阳北里,闻之,投枕而起,泪沾乎衽席。匍匐于寝门之外,病不能哭,仰天而呼曰:"天乎天乎!俾予曷所朋,曷有律,曷可得而见?"抑斯文也以存乎哀。太常少卿徐公、郿州刺史尹公、中书徐元二舍人,兵部张郎中,未尝值我不叹于朝。夫情悼之赋诗,以宠亡也。其词曰:

吾友适不死,於戏社稷臣。直禄非造利,长怀大庇人。乃通承明籍,遘一作遇此敦牂春。药厉其可畏,皇穹故匪仁。畴昔与夫子,孰云异天伦。同病一相失,茫茫不重陈。子之文章在,其殆尼父新。鼓兴翰河岳,贞词毒鬼神。可悲不可朽,车辖没荒榛。圣主贤为宝,吁兹大国贫。《纪事》云:少微与嘉谟齐名,并为御史。卧疾,闻其亡,号哭赋诗,其词莫不叹美。既而病亟,叹曰:"生死人之大分,何恨焉。然官职十分,未作其一,乃至是耶!"慷慨而终。

## 过汉故城

大汉昔未定,强秦犹擅场。中原逐鹿罢,高祖郁龙骧。经始谋帝座,兹焉壮未央。规模窥栋宇,表里浚城隍。群后崇长乐,中朝增建章。句陈被兰锜,乐府奏芝房。翡翠明珠帐,鸳鸯白玉堂。清晨宝鼎食,闲夜郁金香。天马来东道,佳人倾北方。何其赫隆盛,自谓宝灵长。历数有时尽,哀平嗟不昌。冰坚成巨猾,火德遂颓纲。奥位匪虚校,贪天竟速亡。魂神吁社稷,豹虎斗岩廊。金狄移灞岸,铜盘向洛阳。君王无处所,年代几荒凉。宫阙谁家域,蓁芜罥我裳。井田唯有草,海水变为桑。昔在高门内,于今岐路傍。馀基不可识,古墓列成行。狐兔惊魍魉,鸱鸟吓猖狂。空城寒日晚,平野暮云黄。烈烈樊青棘,萧萧吹白杨。千秋并万岁,空使咏歌伤。

## 古　意

洛阳芳树向春开,洛阳女儿平旦来。流车走马纷相催,折芳瑶华向曲台。曲台自有千万行,重花累叶间一作映垂杨。北林朝日镜一作锦明光,南国微风苏合香。可怜窈窕女,不作邯郸娼。妙舞轻回拂长袖,高歌浩唱发清商。歌终舞罢欢无极,乐往悲来长叹息。阳春白日不少留,红荣一作花碧树无颜色。碧树风花先春度,珠帘粉泽无人顾。如何年少忽迟暮,坐见明月与白露。明月白露夜已寒,香衣锦带空珊珊。今日阳春一妙曲,凤皇楼上与君弹。

## 怨　歌　行

城南有怨妇,含情傍芳丛。自谓二八时,歌舞入汉宫。皇恩数流盻,承幸玉堂中。绿柏黄花催夜酒,锦衣罗袂逐春风。建章西宫焕

若神,燕赵美女三千人。君王厌德不忘新,况群艳冶纷来陈。是时
别君不再见,三十三春长信殿。长信重门昼掩关,清房晓帐幽且
闲。绮窗虫网氛尘色,文轩莺对 一作树桃李颜。天王贵宫不贮老,
浩然含泪 一作泪陨今来还。自怜春色转晚暮,试逐佳游芳草路。小
腰丽女夺人奇,金鞍少年曾不顾。 有逸句。归来谁为夫,请谢西家
妇,莫辞先醉解罗襦。

# 员半千

　　员半千,晋州临汾人,本名馀庆。其师王义方器之曰:"五
百岁一贤者生,子宜当之。"因改名半千。应八科师举,授武陟
尉。岁旱,发粟赈饥,为薛元超所称。垂拱中,补左卫胄曹,充
吐蕃宣慰使。则天曰:"久闻卿名,谓是古人,不意乃在朝列。"
即使入阁供奉。证圣中。为弘文馆学士,仍分日待制,五迁正
谏大夫,预修《三教珠英》。中宗时,为濠州刺史。睿宗征拜太
子右谕德,兼崇文馆学士。性乐山水,开元中,卜居尧山,年九
十四卒。集十卷,今存诗三首。

## 陇　头　水

路出金河道,山连玉塞门。旌旗云里度,杨柳曲中喧。喋血多壮
胆,裹革无怯魂。严霜敛曙色,大明辞朝暾。尘销营卒垒,沙静都
尉垣。雾卷白山出,风吹黄叶翻。将军献凯入,万里绝河源。

## 陇右途中遭非语

赵有两毛遂,鲁闻二曾参。慈母犹且惑,况在行路心。冠冕无丑
士,贿赂成知己。名利我所无,清浊谁见理。敝服空逢春,缓带不

著身。出游非怀璧,何忧乎忌人。正须自保爱,振衣出世尘。

## 仪坤庙乐章

孝享云毕,维彻有章。云感玄羽,风凄素商。瞻望神座,祗恋匪遑。
礼终乐阕,肃雍锵锵。

# 王 适

　　王适,幽州人。则天时,敕吏部糊名考选人判,以求才俊。
适与刘宪、司马锽、梁载言相次入第二等,官至雍州司功参军。
诗五首。

## 铜 雀 妓

日暮铜雀迥,秋深玉座清。萧森松柏望,委郁绮罗情。君恩不再
得,妾舞为谁轻。

## 蜀 中 言 怀

独坐年将暮,常怀志不通。有时须问影,无事却书空。弃置如天
外,平生似梦中。蓬心犹是客,华发欲成翁。迹滞魂逾窘,情乖路
转穷。别离同夜月,愁思隔秋风。老少悲颜驷一作叟,盈虚悟翟公。
时来不可问,何用求童蒙。

## 古 别 离

昔岁惊杨柳,高楼悲独守。今年芳树枝,孤栖怨别离。珠帘昼不
卷,罗幔晓长垂。苦调琴先觉,愁容镜独知。频年雁度无消息,罢
却一作去鸳文何用织。夜还罗帐空有情,春著裙腰自无力。青轩桃

李落纷纷,紫庭兰蕙日一作香氛氲。已能憔悴今如此,更复含情一待君。

# 江上有怀

湛湛江水见底清,荷花莲子傍江生。采莲将欲寄同心,秋风落花空复情。棹歌数曲如有待,正见明月度东海。海上云尽月苍苍,万里分辉满洛阳。洛阳闺阁夜何央,蛾眉婵娟断人肠。寂寥金屏空自掩,青荧银烛不生光。应怜水宿洞庭子,今夕迢遥天一方。

# 江滨梅

忽见寒梅树,开花汉水滨。不知春色早,疑是弄珠人。

# 间丘均

　　间丘均,益州成都人,以文章著称。景龙中,为安乐公主所荐,拜太常博士。主败,坐贬循州司仓。集十卷,今存诗一首。

# 临水亭

高馆基曾山,微幂生花草。傍对野村树,下临车马道。清朗悟心术,幽遐备瞻讨。回合峰隐云,联绵渚萦岛。气似沧洲胜,风为青春好。相及盛年时,无令叹衰老。

# 齐澣

　　齐澣,字洗心,定州义丰人。圣历中,制科登第,调蒲州司法参军,历监察御史。开元中,迁中书舍人,论驳书诏,皆准古义。宋璟、苏颋并重之。与修四库群书。杜暹表宋璟为吏部尚书,浣及苏晋为侍郎,时称高选。后为江南采访使,以瓜步多风涛,乃移漕路于京口。又立伊娄埭,迄今利济。终平阳太守。诗二首。

# 长 门 怨

茕茕孤思逼,寂寂长门夜。妒妒亦知非,君恩那不借。携琴就玉阶,调悲声未谐。将心托一作寄明月,流影入君怀。

## 长门怨 一作刘皂诗

宫殿沉沉月欲分,昭阳更漏不堪闻。珊瑚枕上千行泪,不是思君是恨君一作半是思君半恨君。

# 祝钦明

祝钦明,字文思,京兆始平人。举明经。长安元年,累迁太子率更令,兼崇文馆学士。中宗在春宫,钦明充侍读。及即位,擢拜国子祭酒,同中书门下三品,历刑部、礼部二尚书。尝与群臣侍宴,钦明自言能八风舞,据地摇头,睆目顾盼。吏部侍郎卢藏用叹曰:"祝公是举,五经扫地矣。"景云初,为侍御史倪若水所劾,贬饶州刺史。诗一首。

## 仪坤庙乐章

閟宫实实,清庙微微。降格无象,馨香有依。式昭纂庆,方融嗣徽。

明禋是享,神保聿归。

# 刘知几

　　刘知几,后名子玄,以词学知名。弱冠举进士,授获嘉主簿。证圣中,诏九品已上各言时政,知几上陈四事,词甚切直。累迁左史,擢凤阁舍人。景龙初,转太子中允,仍修国史。时监修者多,知几奏记萧至忠言五不可,以为汗青无日,头白可期。又著《史通》二十卷,备论史策之体。徐坚重其书,谓居史职者宜置座右。景云中,迁太子左庶子,兼崇文馆学士。开元初,为左散骑常侍。在史职二十年,尝对郑惟忠曰:"史才须有三长,才也、学也、识也。"时人以为知言。诗一首。

## 仪坤庙乐章

妙算申帷幄,神谋出庙廷。两阶文物备,七德武功成。校猎长杨苑,屯军细柳营。将军献凯入,歌舞溢重城。

# 胡　雄

　　胡雄,开元时人。诗一首。

## 仪坤庙乐章

送文迎武递参差,一始一终光圣仪。四海生人歌有庆,千龄孝享肃无亏。

# 张齐贤

张齐贤,圣历初为太常奉礼郎,累迁谏议大夫。诗一首。

## 仪坤庙乐章

祼圭既濯,郁鬯既陈。画幕云举,黄流玉醇。仪充献酌,礼盛众禋。
地察惟孝,愉焉飨亲。

# 郑善玉

郑善玉,开元时人。诗一首。

## 仪坤庙乐章

酌郁既灌,取萧方燔,笾豆静器,簠簋芬飶。鱼腊荐美,牲牷表洁。
是戣是将,载迎载列。

# 丘　悦

丘悦,开元时人。诗一首。

## 仪坤庙乐章

孝哉我后,冲乎乃圣。道映重华,德辉文命。慕深视箧,情殷抚镜。
万国移命,兆人承庆。

# 全唐诗卷九五

## 沈佺期

　　沈佺期,字云卿,相州内黄人。善属文,尤长七言之作。擢进士第。长安中,累迁通事舍人,预修《三教珠英》,转考功郎给事中。坐交张易之,流驩州。稍迁台州录事参军。神龙中,召见,拜起居郎,修文馆直学士,历中书舍人,太子少詹事。开元初卒。建安后,讫江左,诗律屡变,至沈约、庾信,以音韵相婉附,属对精密,及佺期与宋之问,尤加靡丽。回忌声病,约句准篇,如锦绣成文,学者宗之,号为沈宋。语曰:苏李居前,沈宋比肩。集十卷,今编诗三卷。

### 芳　树 一作宋之问

何地早芳菲,宛在长门殿。夭桃色若绶,秾李光如练。啼鸟弄花疏,游蜂饮香遍。叹息春风起,飘零君不见。

### 长安道 一作宋之问诗

秦地平如掌,层城入一作出云汉。楼阁九衢春,车马千门旦。绿槐开复合,红尘聚还一作回散。日晚斗鸡还,经过狭斜看。

## 有所思 一作宋之问诗

君子事行役,再空芳岁期。美人旷延伫,万里浮云思。园槿绽红艳,郊桑柔绿滋。坐看长夏晚,秋月照一作生罗帷。

## 临 高 台

高台临广陌,车马纷相续。回首思旧乡,云山乱心曲。远望河流缓,周看原野绿。向夕林鸟还,忧来飞景促。

## 凤 笙 曲

忆昔王子晋,凤笙游云空。挥手弄白日,安能恋青宫。岂无婵娟子,结念罗帷中。怜寿不贵色,身世两无穷。

## 拟 古 别 离

白水东悠悠,中有西行舟。舟行有返棹,水去无还流。奈何生别者,戚戚怀远游。远游谁当惜,所悲会难收。自君阕一作闻芳躅一作屣,青阳四五道。皓月掩兰室,光风虚蕙楼。相思无明晦,长叹累冬一作春秋。离居久迟暮,高驾何淹留。

## 辛丑岁十月上幸长安时扈从出西岳作

西镇何穹崇,壮哉信灵造。诸岭皆峻秀,中峰特美好。傍见巨掌存,势如石东倒。颇闻首阳去,开坼此河道。磅礴压洪源,巍峨壮一作载清昊。云泉纷乱瀑,天磴屹横抱。子先呼其巅,宫女世不老。下有府君庙,历载传洒扫。皇一作星明应天游,十月戒丰镐。微末忝闲从,兼得事蘋藻。宿心爱兹山,意欲拾灵草。阴壑已永闷,云窦绝探讨。芳月期来过,回策思方浩。

## 和杜麟台元志春情

嘉树满中园，氛氲罗秀色。不见仙山云，倚琴一作瑟空太息。沉思
若在梦，缄怨似无忆。青春坐南移，白日忽西匿。蛾眉返清镜，闺
中不相识。

## 别侍御严凝

七泽云梦林，三湘洞庭水。自古传剽俗，有时逋恶子。令君出使
车，行迈方靡靡。静言芟枳棘，慎勿伤兰芷。

## 送乔随州侃

结交三十载，同游一万里。情为契阔生，心由别离死。拜恩前后
人，从宦差池起。今尔归汉东，明珠报知己。

## 送友人任括州

青春浩无际，白日乃迟迟。胡为赏心客，叹迈一作遇此芳时。瓯粤
迫兹守，京阙从此辞。茫茫理云帆，草草念行期。纷吾结远佩，帐
饯出河湄。太息东流水，盈觞难再持。

## 饯　远

任子徇退禄，结友开旧襟。撰酌辍行叹，指途勤远心。秋晶澄回
壑，霁色肃明林。暧然青轩暮，浩思非所任。

## 同工部李侍郎适访
### 司马一本此下有先生二字子微

紫微降天仙，丹地投一作授云藻。上言华顶事，中问长生道。华顶

居最高,大壑朝阳早。长生术何妙,童颜后天老。清晨朝凤京,静夜思鸿宝。凭崖饮蕙气,过涧摘灵草。人非冢已荒,海变田应燥。昔尝游此郡,三霜弄溟岛。绪言霞上开,机事尘外扫。顷来迫世务,清旷未云保。崎岖待漏恩,怵惕司言造。轩皇重斋拜,汉武爱祈祷。顺风怀崆峒,承露在丰镐。泠然委轻驭,复得散一作快幽抱。柱下留伯阳,储闱登四皓。闻有参同契,何时一探讨。

## 自昌乐郡溯流至白石岭下行入郴州

兹山界夷夏,天险横寥廓。太史漏登探,文命限开凿。北流自南泻,群峰回众壑。驰波如电腾,激石似雷落。崖留盘古树,涧蓄神农药。乳窦何淋漓,苔一作蘂藓更彩错。娟娟潭里虹,渺渺滩边鹤。岁杪应流火,天高云物一作雾薄。金风吹绿梢,玉露洗红箨。溯舟始兴癖,登践桂阳郭。匍匐缘修坂,穿窿曳长笮一作索。碍林阻往来,遇堰每前却。救艰不遑饭,毕昏无暇泊。濯溪宁足惧,礛道谁云恶。我行山水间,湍险皆不若。一作我行湍险多,山水皆不若。安能独见闻,书此贻京洛。

## 过 蜀 龙 门

龙门非禹凿,诡怪乃天功。西南出巴峡,不与众山同。长窦一作短亘五里,宛转复嵌空。伏湍煦潜石,瀑水生轮风。流水无昼夜,喷薄龙门中。潭河势不测,藻葩垂彩虹。我行当季月,烟景共春融。江关勤亦甚,岷嶭意难穷。势将息机事,炼药此山东。

## 入 卫 作

淇上风日好,纷纷沿岸多。绿芳幸未歇,泛滥此明波。采蘩忆幽一作幽吹,理棹想荆歌。郁然怀君子,浩旷将如何。

# 夜泊越州逢北使

天地降雷雨,放逐还国都。重以风潮事,年月戒回舻。容颜荒外老,心想域中愚。憩泊在兹夜,炎云逐斗枢。飑飑紫海若,霹雳耿天吴。鳌抃群岛失,鲸吞众流输。偶逢金华使,握手泪相濡。饥共噬齐枣,眠共席秦蒲。既北思攸济,将南睿所图。往来固无咎,何忽惮前桴。

# 绍隆寺　并序

　　　绍隆寺江岭最奇,去骥州城二十五里,将北客毕日游憩,随例施香,回于舟中作。

吾从释迦久,无上师涅槃。探道三十载,得道天南端。非胜适殊方,起喧归理难。放弃乃良缘,世虑不曾干。香界萦北渚,花龛隐南峦。危昂阶下石,演漾窗中澜。云盖看木秀,天空见藤盘。处俗勒一作勤宴坐,居贫业行坛。试将有漏躯,聊作无生观。了然究诸品,弥觉静者安。

# 神龙初废逐南荒途出郴口北望苏耽山

少曾读仙史,知有苏耽君。流望来南国,依然会一作曾昔闻。泊舟问耆老,遥指孤山云。孤山郴郡北,不与众山群。重崖下萦映,嵾峨上纠纷。碧峰泉附落,红壁树傍分。选地今方尔,升天因一作固可云。不才予窜迹,羽化子遗芬。将觉成麟凤,旋惊御鬼文。此中迷出处,含思独氛氲。

# 初达骥州

流子一十八,命予偏不偶。配远天遂穷,到迟日最后。水行儋耳国,陆行雕题薮。魂魄游鬼门,骸骨遗鲸口。夜则忍饥卧,朝则抱病走。搔首向南荒,拭泪看北斗。何年赦书来,重饮洛阳酒。

# 被　弹

知人昔不易,举非贵易失。尔何按国章,无罪见呵叱。平生守直道,遂为众所嫉。少以文作吏,手不曾开律。一旦法相持,荒忙意如漆。幼子双囹圄,老夫一念一作请室。昆弟两三人,相次俱囚桎。万铄当众怒,千谤无片实。庶以白黑谗,显此泾渭质。劲吏何咆哮,晨夜闻扑扶。事间拾虚证,理外存枉笔。怀痛不见伸,抱冤竟难悉。穷囚多垢腻,愁坐饶虮虱。三日唯一饭,两旬不再栉。是时盛夏中,暵赫多瘵疾。瞠目眠欲闭,暗呜气不出。有风自扶摇,鼓荡无伦匹。安得吹浮云,令我见白日。

# 枉 系 二 首

吾怜曾家子,昔有投杼疑。吾怜姬公旦,非无鸱鸮诗。臣子竭忠孝,君亲惑谗欺。姜斐离骨肉,含愁一作愧兴此辞。
昔日公冶长,非罪遇缧绁。圣人降其子,古来叹独绝。我无毫发瑕,苦心怀冰雪。今代一作世多秀士一作才,谁能继明辙。

# 黄　鹤

黄鹤佐丹凤,不能群白鹇。拂云游四海,弄影到三山。遥忆君轩上,来下天池一作地间。明珠世不重,知有报恩环。

# 伤王学士　并序

　　王君敕者,少小游洛阳。吾与君,陇西李子至为友。家贫倦道,岁常晏如。属文豪翰,吟讽所得,时会绝境。长安初,以器行制在蕃邸,侍

诸人游。四年，余遭浮议下狱。他日，余至来，知君物化。呜呼颖叔，享
年不遐。昔同为人，今先鬼录。恨吾非所，阙尔丧葬，退而赋诗以哀命。
闭囚断外事，昧坐半馀期。有言颖叔子，亡来已一时。初闻宛不
信，中话涕涟洏。痛哉玄夜重，何遽青春姿。忆汝曾旅食，屡空澶
涧湄。吾徒禄未厚，箪斗愧相贻。原宪贫无愁，颜回乐自持。诏书
择才善，君为王子师。宠儒名可尚，论秩官犹欺。化往不复见，情
来安可思。目绝毫翰洒，耳无歌讽期。灵柩寄何处，精魂今何之。
恨予在丹棘，不得看素旗。孀妻知己叹，幼子路人悲。感游值商
日，绝弦留此词。

# 古　镜

莓苔翳清池，虾蟆蚀明月。埋落今如此，照心未尝歇。愿垂拂拭
恩，为君鉴玄发。

## 凤箫曲 一作古意

八月凉风动高阁，千金丽人卷绡幕。已怜池上歇芳菲，不念君恩坐
摇落。世上荣华如转蓬，朝随阡陌暮云中。飞燕侍寝昭阳殿，班姬
饮恨长信宫。长信宫，昭阳殿，春来歌舞妾自知，秋至帘栊 一作荣华
君不见。昔时嬴女厌世纷，学吹凤箫乘彩云。含情转睐向萧史，千
载红颜持赠君。

# 古　歌

落叶流风向玉台，夜寒秋 一作寒釭愁思洞房开。水晶帘外金波下，云
母窗前银汉回。玉阶阴阴苔藓色，君王履綦难再得。璇闺窈窕秋
夜长，绣户徘徊明月光。燕姬彩帐芙蓉色，秦女 一作子金炉兰麝香。
北斗七星横夜半，清歌一曲断君肠。

## 七夕曝衣篇

　　按王子阳园苑疏,太液池边,有武帝阁。帝至七月七日夜,宫女出
　后衣曝之。

君不见昔日宜春太液边,披香画阁与天连。灯火一作华灼烁九微一
作霭映,香气氛氲百和然。此夜星繁河正白,人传织女牵牛客。宫
中扰扰曝衣楼,天上娥娥红粉席。曝衣何许曛一作时夜半黄,宫中
彩女提玉箱。珠履奔腾上兰砌,金梯一作闱宛转出梅梁。绛河里,
碧烟上,双花伏兔画屏风,四子盘龙擎斗帐。舒罗散縠云雾开,缀
玉垂珠星汉回。朝霞散彩羞衣架,晚月分光劣镜台。上有仙人长
命绺一作锦,中看一作有玉女迎欢绣。玳瑁帘一作箔中别作春,珊瑚窗
里翻成昼。椒房金屋宠新流,意气骄奢不自由。汉文宜惜露台费,
晋武须焚前殿裘。

## 入少一作小密溪

云峰苔壁绕溪斜,江路香风夹岸花。树密不言通鸟道,鸡鸣始觉有
人家。人家更在深岩口,涧水周流宅前后。游鱼瞥瞥双钓童,伐木
丁丁一樵叟。自言避喧非避秦,薜衣耕凿帝尧人。相留且待鸡黍
熟,夕卧深山萝月春。

## 霹　雳　引

岁七月,火伏而金生。客有鼓琴于门者,奏霹雳之商声。始戛羽以
骋掾,终扣宫而砰铃。电耀耀兮龙跃,雷阗阗兮雨冥。气呜唅以
会雅,态欻翕以横生。有如驱千旗,制五兵;截荒虺,斳长鲸。孰与
广陵比,意别鹤俦精而已。俾我雄子魄动,毅夫发立。怀恩不浅,
武义双辑。视胡若芥,剪羯如拾。岂徒慷慨中筵,备群娱之翕习

哉。一本有故此知也四字。

# 全唐诗卷九六

## 沈佺期

### 立春日内出彩花应制

合殿春应早,开箱彩预知。花迎宸翰发,叶待御筵披。梅讶香全少,桃惊色顿移。轻生承剪拂,长伴万年枝。

### 晦日浐水应制

素浐接宸居,青门盛祓除。摘兰喧凤野,浮藻溢龙渠。苑蝶飞殊懒,宫莺啭不疏。星移天上入,歌舞向储胥。

### 奉和洛阳玩雪应制

周王甲子旦,汉后德阳宫。洒瑞天庭里,惊春御苑中。氛氲生浩气,飒沓舞回风。宸藻光盈尺,赓歌乐岁丰。

### 三日梨园侍宴 一作梨园亭侍宴

九重驰道出,三一作上巳禊堂开。画鹢中流动,青龙上苑来。野花飘御座,河柳拂大杯。日晚迎祥处,笙镛下帝台。

## 幸梨园亭观打球应制

今春芳苑游，接武上琼楼。宛转紫香骑，飘飖拂画球。俯身迎未落，回簪逐傍流。只为看花鸟，时时误失筹。

## 九日临渭亭侍宴应制得长字

御气幸金方，凭高荐羽觞。魏文颁菊蕊，汉武赐萸房一作囊。秋变铜池色，晴添银树光。一作去鹤留笙吹，归鸿识舞行。年年重九庆，日月奉天长。

## 岁夜安乐公主满月侍宴

除夜子星回，天孙满月杯。咏歌麟趾合，箫管凤雏来。岁炬常然桂，春盘预折梅。圣皇千万寿，垂晓御楼开一作明台。

## 安乐公主移入新宅

初闻衡汉来，移住斗城隈。锦帐迎风转，琼筵拂雾开。马香遗旧埒，风吹绕新台。为问沈冥子，仙槎何处回。

## 仙萼亭初成侍宴应制

山中气色和，宸赏第中过。辇路披仙掌，帷宫拂帝萝。泉临香涧落，峰入翠云多。无异登玄圃，东南望白河。

## 送金城公主适西蕃应制

金榜扶丹掖，银河属紫闱。那堪将凤女，还以嫁乌孙。玉就歌中怨，珠辞掌上恩。西戎非我匹，明主至公存。

## 幸白鹿观应制

紫凤真人府，斑龙太上家。天流芝盖下，山转桂旗斜。圣藻垂寒露，仙杯落晚霞。唯应问王母，桃作几时花。

## 洛 阳 道

九门开洛邑，双阙对河桥。白日青春道，轩裳半下一作夏朝。乘羊稚子看，拾翠美人娇。行乐归恒晚，香尘扑地遥。

## 骢 马

西北五花骢，来时道向东。四蹄碧玉片，双眼黄金瞳。鞍上留明月，嘶间动朔风。借君驰沛艾，一战取云中。

## 铜雀台 一作宋之问诗

昔年分鼎地，今日望陵台。一旦雄图尽，千秋遗令开。绮罗君不见，歌舞妾空来。恩共漳河水，东流无重回。

## 长 门 怨

月皎风泠泠，长门次掖庭。玉阶闻坠叶，罗幌见飞萤。清露凝珠缀，流尘下翠屏。妾心君未察，愁叹剧繁星。

## 巫山高二首 一作宋之问诗

巫山峰十二，合沓隐一作环合象昭回。俯眺一作听琵琶峡，平看云雨台。古槎天外倚一作落，瀑水日边来。何忍猿啼夜，荆王枕席开。
神女向高唐，巫山下夕阳。裴回作行雨，婉娈逐荆王。电影江前落，雷声峡外长。霁云无处所，台馆晓苍苍。

# 巫 山 高

巫山高不极，合沓状奇新。暗谷疑风雨，阴崖若鬼神。月明三峡曙，潮满九江春。为问阳台客，应知入梦人。此诗范摅云佺期作，顾陶云张循作。

# 七 夕

秋近雁行稀，天高鹊夜飞。妆成应懒织，今夕渡河归。月皎宜穿线，风轻得曝衣。来时不可觉，神验有光辉。

## 春 闺 一本连后杂诗三首作杂诗四首

铁马三军去，金闺二月还。边愁离上国，春梦失阳关。池水琉璃净，园花玳瑁斑。岁华空自掷，忧思不胜颜。

## 奉和圣制同皇太子游慈恩寺应制

肃肃莲花界，荧荧贝叶宫。金人来梦里，白马出城中。涌塔初从地，焚香欲遍空。天歌应春一作秋籥，非是为春风。

## 和洛州康士曹庭芝望月
### 有怀 一作康庭芝诗，一作宋之问诗。

天使下西楼，光含万象一作里秋。台前疑挂镜，帘一作檐外似悬钩。张尹将眉学，班姬取扇侔。佳期应借问，为报在刀头。

## 寿阳王花烛 一作宋之问诗

仙媛乘龙夕一作日，天孙捧雁来。可怜桃李树，更绕凤凰台。烛送香车入，花临宝扇开。莫令银箭一作漏晓，为尽合欢杯。

# 陇 头 水

陇山飞落叶,陇雁度寒天。愁见三秋水,分为两地泉。西流入羌郡一作部,东下向秦川。征客重回首,肝肠空自怜。

# 关 山 月

汉月生辽海,朦胧出半晖。合昏玄菟郡,中夜白登围。晕落关山迥,光含霜霰微。将军听晓角,战马欲南归。

### 折杨柳 一作宋之问诗

玉窗朝日映,罗帐春风吹。拭泪攀杨柳,长条踠一作宛,又一作䩕。地垂。白花飞历乱,黄鸟思一作度参差。妾自肝肠断,傍人那得知。

### 梅花落 一作宋之问诗

铁骑几时回,金闺怨早梅。雪寒一作中花已落,风暖叶应开。夕逐新春管,香迎小岁杯。盛一作感时何足贵,书里报轮台。

# 紫 骝 马

青玉紫骝鞍,骄多影屡盘。荷君能剪拂,躞蹀喷桑干。踠足追奔易,长鸣遇赏难。拟金一万里,霜露不辞寒。

# 上 之 回

制书下关右,天子问回中。坛埠经过远,威仪侍从雄。黄麾摇昼日,青幰曳松风。回望甘泉道,龙山隐汉宫。

## 王昭君 一作宋之问诗

非君惜鸾殿，非妾妒蛾眉。薄命由骄虏，无情是画师。嫁来胡地日，不并汉宫时。心苦无聊赖，何堪马上辞。

## 被 试 出 塞

十年通大漠，万里出长平。寒日生戈剑，阴云拂旆旌。饥乌啼旧垒，疲马恋空城。辛苦皋兰北，胡霜损汉兵。

## 牛 女 一作宋之问诗

粉席秋期缓，针楼别怨多。奔龙争度日，飞鹊乱填河。失喜先临镜，含羞未解罗。谁能留夜色，来夕倍还梭。

## 杂诗三首 一本连前春闺作杂诗四首

落叶惊秋妇，高砧促暝机。蜘蛛寻月度，萤火傍人飞。清镜红埃入，孤灯绿焰微。怨啼能至晓，独自懒缝衣。

妾家临渭北，春梦著辽西。何苦朝鲜郡，年年事鼓鼙。燕来红壁语，莺向绿窗啼。为许长相忆，阑干玉箸齐。

闻道黄龙戍一作花塞，频年不解兵。可怜闺里月，长在汉家营。少妇今春意，良人昨夜情。谁能将旗鼓，一为取龙城。

## 剪 彩

宫女怜芳树，裁花竞早荣。寒依刀尺尽，春向绮罗生。弱蒂盘丝发，香葇结素成。纤枝幸不弃，长就玉阶倾。

## 和中书侍郎杨再思春夜宿直

西禁青春满，南端皓月微。千庐宵驾合，五夜晓钟稀。星斗横纶
阁，天河度琐闱。烟光章奏里，纷向夕郎飞。

## 和常州崔使君寒食夜

闻道清明近，春闱向夕阑。行游昼不厌，风物夜宜看。斗柄更初
转，梅香暗里残。无劳秉华烛，晴月在南端。

## 和崔正谏登秋日早朝

鸡鸣朝谒满，露白禁门秋。爽气临旌戟，朝光映冕旒。河宗来献
宝，天子命焚裘。独负池一作津阳议，言从建礼游。

## 答宁处州书 一作答宁处州报赦

书报天中赦，人从海上闻。九泉开白日，六翮起一作奋青云。质幸
一作命偶恩先贷，情孤枉未分。自怜泾渭别，谁与奏明君。

## 李舍人山园送庞邵

符传有光辉，喧喧出帝畿。东邻借山水，南陌驻骖骓。握手凉风
至，当歌秋日微。高瞻去勿缓，人吏待霜威。

## 送陆侍御馀庆北使

古人贵将命，之子出轺轩。受委当不辱，随时敢赠言。朔途际辽
海，春思绕辕辕。安得回白日，留欢尽绿樽。

# 洛州萧司兵谒兄还赴洛成礼

棠棣日光辉,高襟应序归。来成鸿雁聚,去作凤凰飞。细草承轻传,惊花惨别衣。灞亭春有酒,岐路惜芬菲。

## 饯高唐州询

弱冠相知早,中年不见多。生涯在王事,客一作容鬓各蹉跎。良守初分岳,嘉声即润河。还从汉阙下,倾耳听中和。

## 饯唐郎中洛阳令

一台推往妙,三史仡来修。应宰凫还集,辞郎雉少留。郊筵乘落景,亭传理残秋。愿以弦歌暇,芝兰想旧游。

## 乐城白鹤寺

碧海开龙藏,青云起雁堂。潮声迎一作应法鼓,雨气湿天香。树接前山暗,溪承瀑水凉。无言谪居远,清净得空王。

## 游少林寺

长歌游宝地,徙倚对珠林。雁塔风霜一作丹青古,龙池岁月深。绀园澄夕霁,碧殿下秋阴。归路烟霞晚,山蝉处处吟。

## 岳　馆

洞壑仙人馆,孤峰玉女台。空濛朝气合,窈窕夕阳开。流涧含轻雨,虚岩应薄雷。正逢鸾与鹤,歌舞出天来。

## 早发平昌一作昌平岛

解缆春风后，鸣榔晓涨前。阳乌出海树，云雁下江烟。积气冲长岛，浮光溢大川。不能怀魏阙，心赏独泠然。

## 夜宿七盘岭

独游千里外，高卧七盘西。晓一作山月临窗一作床近，天河入户低。芳春平仲绿，清夜子规啼。浮客空留听，褒城闻曙鸡。

## 十三四一本作十四时尝
## 从巫峡过他日偶然有思

小度巫山峡，荆南春欲分。使君滩上草，神女馆前云。树悉江中见，猿多天外闻。别来如梦里，一想一氛氲。

## 初达驩州

自昔闻铜柱，行来向一年。不知林邑地，犹隔道明天。雨露何时及，京华若个边。思君无限泪，堪作日南泉。

## 岭表逢寒食 驩州风土不作寒食

岭外无一本作逢，误。寒食，春来不见饧。洛阳一作中新甲子，何日是清明。花柳争朝发，轩车满路迎。帝乡遥叵念，肠断报亲情。

## 驩州南亭夜望

昨夜南亭望，分明梦洛中。室家谁道别，儿女案尝同。忽觉犹言是，沉思始悟空。肝肠馀几寸，拭泪坐春风。

## 少游荆湘因有是题

岘北焚蛟浦,巴东射雉田。岁时宜楚俗,耆旧在襄川。忆昨经过
处,离今二十年。因君访生死,相识几人全。

## 咸 阳 览 古

咸阳秦帝居,千载坐盈虚。版筑林光尽,坛场霸听疏。野桥疑望
日,山火类焚书。唯有骊峰在,空闻厚葬馀。

## 览　镜

霏霏日摇蕙,骚骚风洒莲。时芳固相夺,俗态岂恒坚。恍忽夜川
里,蹉跎朝镜前。红颜与壮志,太息此流年。

## 题 椰 子 树

日南椰子树,香袅出风尘。丛生调一作雕木首,圆实槟一作白榔身。
玉房九霄露,碧叶四时春。不及涂林果,移根随汉臣。

## 同狱者叹狱中无燕

何许乘春燕,多知辨夏台。三时欲并尽,双影未尝来。食蕊嫌丛
棘,衔泥怯死灰。不如黄雀语,能雪冶长猜。

## 则天门赦改年

圣人宥天下,幽钥动圜狴。六甲迎黄气,三元降紫泥。笼僮上西
鼓,振迅广阳鸡。歌舞将金帛,汪洋被远黎。

# 喜　赦

去岁投荒客，今春肆眚归。律通幽谷暖，盆举太阳辉。喜气迎冤气，青衣报白衣。还将合浦叶，俱向洛城飞。

## 秦州薛都督挽词

十里绛山幽，千年汾水流。碑传门客建，剑是故人留。陇树烟含夕，山门月对秋。古来钟鼎盛，共尽一蒿丘。

## 天官崔侍郎夫人卢氏挽歌

偕老言何谬，香魂事永违。潘鱼从此隔，陈凤宛然飞。埋镜泉中暗，藏镫地下微。犹凭少君术，仿佛睹容辉。

## 章怀太子靖妃挽词

彤史佳声载，青宫懿范留。形将鸾镜隐，魂伴凤笙游。送马嘶残日，新萤落晚秋。不知蒿里曙，空见陇云愁。

## 奉和立春游苑迎春

东郊暂转迎春仗，上苑初飞行庆杯。风射蛟《初学记》作狐冰千片断，气冲鱼钥九关开。林中觅草才生蕙，殿里争花并是梅。歌吹衔恩归路晚，栖乌半下凤城来。

## 人日重宴大明宫赐彩缕人胜应制

拂旦鸡鸣仙卫陈，凭高龙首帝城一作庭春。千官黼帐杯前寿，百福香奁胜里人。山鸟初来犹怯啭，林花未发已偷新。天文正应韶光转，设报悬知用此辰。

## 奉和春初幸太平公主南庄应制

主家山第早春归，御辇春游绕翠微。买地铺金曾作埒，寻河取石旧支机。云间树色千花满，竹里泉声百道飞。自有神仙鸣凤曲，并将歌舞报恩晖。

## 奉和春日幸望春宫应制

芳郊绿野散春晴，复道离宫烟雾生。杨柳千条花欲绽，蒲萄百丈蔓初紫。林香酒气元相入，鸟啭歌声各自成。定是风光牵宿醉，来晨复得幸昆明。

## 侍宴安乐公主新宅应制

皇家贵主好一作学神仙，别业初开云汉边。山出尽如鸣凤岭，池成不让饮龙川。妆楼翠幌教春住，舞阁金铺借日悬。敬从乘舆来此地，称觞献寿乐钧天。

## 龙池篇 唐享龙池乐章第三章

龙池跃龙龙已飞，龙德先一作光天天不违。池开天汉分黄一作皇道，龙向天门入紫微。邸第楼台多气色，君王凫雁有光辉。为报寰中百川水，来朝此一作北，又一作上。地莫东归。

## 兴庆池侍宴应制

碧水澄潭映远空，紫云香驾御微风。汉家城阙疑天上，秦地山川似镜中。向浦回舟萍已绿，分林蔽殿槿初红。古来徒羡横汾赏，今日宸游圣藻雄。

## 从幸香山寺应制

南山奕奕通丹禁,北阙峨峨连翠云。岭上楼台千地起,城中钟鼓四天闻。旃檀晓阁金舆度,鹦鹉晴林采眊分。愿以醍醐参圣酒,还将祇苑当秋汾。

## 红楼院应制 一作僧广宣诗

红楼疑见白毫光,寺逼宸居福盛唐。支遁爱山情谩切,昙摩泛海路空长。经声夜息闻天语,炉气晨飘接御香。谁谓此中难可到,自怜深院得徊翔。

## 再入道场纪事应制 一作僧广宣诗

南方归去再生天,内殿今年异昔年。见辟乾坤新定位,看题日月更高悬。行随香辇登仙路,坐近炉烟讲法筵。自喜恩深陪侍从,两朝长在圣人前。

## 嵩山石淙侍宴应制

金舆旦下绿云衢,彩殿晴临碧涧隅。溪水泠泠杂行漏,山烟片片绕香炉。仙人六膳调神鼎,玉女三浆捧帝壶。自惜汾阳纡道驾,无如太室览真图。

## 古意呈补阙乔知之 一作古意,又作独不见。

卢家少妇郁金堂一作香,海燕双栖玳瑁梁。九月寒砧催木叶,十年征戍忆辽阳。白狼河北音一作军书断,丹凤城南秋夜长。谁谓含愁独不见,更教明月照流黄。一作使妾明月对流黄。

## 遥同杜员外审言过岭

天长地阔岭头分，去国离家见白云。洛浦风光何所似一作肝肠无用
说，崇山瘴疠不堪闻。南浮涨海人一作鸢何处，北望衡阳雁几群。
两地江山一作春光万馀里，何时重谒圣明君。

## 和上巳连寒食有怀京洛

天津御柳碧遥遥，轩骑相从半下朝。行乐光辉寒食借，太平歌舞晚
春饶。红妆楼下东回辇，青草洲边南渡桥。坐见司空扫西第，看君
侍从落花朝。

## 陪幸太平公主南庄诗 一作苏颋诗

主第山门起灞川，宸游风景入初年。凤凰楼下交天仗，乌鹊桥头敞
御筵。往往花间逢彩石，时时竹里见红泉。今朝扈跸平阳馆，不羡
乘槎云汉边。

## 守 岁 应 制

南渡轻冰解渭桥，东方树色起招摇。天子迎春取今夜，王公献寿用
明朝。殿上灯人争烈火，宫中傩子乱驱妖。宜将岁酒调神药，圣
祚千春万国朝。

# 全唐诗卷九七

## 沈佺期

### 陪幸韦嗣立山庄

台阶好赤松,别业对青峰。茆室承三顾,花源接九重。虹一作龙旗紫秀木,凤辇拂疏筇。径直一作狭千官拥,溪长万骑容。水堂开禹膳,山阁献尧钟。皇鉴清居远,天文睿奖浓。岩泉他夕一作日梦,渔钓往年逢。共荣丞相府,偏降逸人封。封嗣立为逍遥公,故有末句。

### 扈从出长安应制

汉宅规模壮,周都景命隆。西宾让东主,法驾幸天中。太史占星应,春官奏日同。旌门一作旗起长乐,帐殿出新丰。翕习黄山下,纡徐清渭东。金麾张画月,珠幰戴松一本作相风。是一作暑节严阴始,寒郊散野蓬。薄霜沾上路,残雪绕离宫。赐帛矜耆老,褰帷问小童。复除恩载洽,望秩礼新崇。臣忝承明召,多惭献赋雄。

### 初冬从幸汉故青门应制

汉王建都邑,渭水对青门。朝市俱东逝,坟陵共北原。荒凉萧相阙,芜没邵平园。全盛今何在,英雄难重论。故基仍岳立,遗堞尚

云屯。当极土功壮，安知人力烦。天游戒东首，怀昔驻龙轩。何必
金汤固，无如道德藩。微臣谅多幸，参乘偶殊恩。预此陈古事，敢
奏兴亡言。

## 昆明池侍宴应制

武帝伐昆明，穿池习五兵。水同河汉在，馆有豫章名。我后光天
德，垂衣文教成。黩兵非帝念，劳物岂皇情。春仗过鲸沼，云旗出
凤城。灵鱼衔宝跃，仙女废机迎。柳拂旌门暗，兰依帐殿生。还如
流水曲，日晚棹歌清一作声。

## 白莲花亭侍宴应制

九日陪天仗，三秋幸禁林。霜威变绿树一作屿，云气落青岑。水殿
黄花合，山亭绛叶深。朱旗夹小径，宝马驻清浔。苑吏收寒果，饔
人膳野禽。承欢不觉暝，遥响素秋砧。

## 仙萼池亭侍宴应制

步辇寻丹嶂，行宫在翠微。川长看鸟灭，谷转听猿稀。天磴扶阶
迥，云泉透户飞。闲花开石竹，幽叶吐蔷薇。径狭难留骑，亭寒欲
进衣。白龟来献寿，仙吹返彤闱。

## 奉和晦日驾幸昆明池应制

法驾乘春转，神池象汉回。双星移旧石，孤月隐残灰。战鹢逢时
去，恩鱼望幸来。山花缇绮绕，堤柳幔城开。思逸横汾唱，欢留宴
镐杯。微臣雕朽质，羞睹豫章材。

## 奉和圣制幸礼部尚书窦希玠宅

北阙垂旒暇，南宫听履回。天临翔凤转，恩向跃龙开。兰气薰仙帐，榴花引御杯。水<sup>一作日</sup>从金穴吐，云是玉衣来。池影摇歌席，林香散舞台。不知行漏晚，清跸尚裴徊。

## 钓　竿　篇

朝日敛红烟，垂竿向绿川。人疑天上坐，鱼似镜中悬。避楫时惊透，猜钩每误牵。湍危不理辖，潭静欲留船。钓玉君徒尚，征金我未贤。为看芳饵下，贪得会无筌。

## 和户部岑尚书参迹枢揆

大君制六合，良佐参万机。大业永开泰，臣道日光辉。盐梅和鼎食，家声众所归。汉章题楚剑，郑武袭缁衣。理识当朝远，文华振古希。风云神契合，舟楫道心微。庙堂喜容与，时物递芳菲。御柳垂仙掖，公槐覆礼闱。昔陪鸂鹭后，今望鹍鹏飞。徒御清风颂，巴歌聊自挥。

## 同李舍人冬日集安乐公主山池

尝闻天女贵，家即帝宫连。亭插宜春果，山冲太液泉。桥低乌鹊夜，台起凤凰年。故事犹如此，新图更可怜。紫岩妆阁透，青嶂妓楼悬。峰夺香炉巧，池偷明镜圆。梅花寒待雪，桂叶晚留烟。兴尽方投辖，金声还复传。

## 酬苏员外味道夏晚寓直省中见赠

并命登仙阁，分曹<sup>一作霄</sup>直礼闱。大官供宿膳，侍史护朝衣。卷幔

天河入，开窗一作当阶，又作披庭。月露微。小池残暑退，高树早一作晚
凉归。冠剑无时释，轩车待漏飞。明朝题汉柱，三署有光辉。

## 和韦舍人早朝

阊阖连云起，岩廊拂雾开。玉珂龙影度，珠履雁行来。长乐宵钟尽
一作彻，明光晓奏催。一经推一作传旧德，五字擢英才。俨若神仙
去，纷从霄汉回。千春奉休历，分禁喜趋陪。

## 自考功员外授给事中

南省推丹地，东曹拜一作贵琐闱。惠移双管笔，恩降五时衣。出入
宜真选，遭逢每滥飞。器惭公理拙，才谢子云微。案牍遗常礼，朋
僚隔等威。上台行揖让，中禁动光辉。旭日千门起，初春八舍归。
赠兰闻宿昔，谈树隐芳菲。何幸盐梅处，唯忧对问机。省躬知任
重，宁止冒荣非。

## 和元舍人万顷临池玩月戏为新体

春风摇碧树，秋雾卷丹台。复有相宜夕，池清月正开。玉流含吹一
作水动，金魄度云来。熠爚光如沸，翩翾景若摧。半环投积草，碎
璧聚流杯。夜久平无焕，天晴一作清皎未隤。镜将池作匣，珠以岸
为胎。有美司言暇，高兴独悠哉。挥翰初难拟，飞名岂易陪。夜光
殊在握，了了见沉灰。

## 酬杨给事兼一作廉见赠台一作省中

子云推辨博，公理擅词雄。始自尚书省，旋闻给事中。言从温室
秘，籍向琐闱通。顾我叨郎署，惭无草奏功一作工。分曹八舍断，解
袂五时空。宿昔陪馀论，平生赖击蒙。神仙应东掖，云雾限南宫。

忽枉琼瑶赠,长歌兰渚风。

# 九真山净居寺谒无碍上人

大士生天竺,分身化日南。人中出烦恼,山下即伽蓝。小涧香为
刹,危峰石作龛。候禅青鸽乳,窥讲白猿参。藤爱云间壁,花怜石
下潭。泉行幽供好,林挂浴衣堪。弟子哀无识,医王惜未谈。机疑
闻不二,蒙昧即朝三。欲究因缘理,聊宽放弃惭。超然虎溪夕,双
树下虚岚。

# 夜　游

今夕重门启,游春得夜芳。月华连昼色,灯影杂星光。南陌青丝
骑,东邻红粉妆。管弦遥辨曲,罗绮暗闻香。人拥行歌路,车攒斗
舞场。经过犹未已,钟鼓出长杨。

# 登瀛州南城楼寄远

层城起丽谯,凭览出重霄。兹地多形胜,中天宛寂寥。四荣摩鹳
鹤,百拱厉风飙。北际一作尽燕王馆,东连秦帝桥。晴光七郡满,春
色两河遥。傲睨非吾土,踌躇适远器。离居欲有赠,春草寄长谣。

# 塞北二首

虏障天骄起,秦城地脉分。柏坛飞五将,梅吹动三军。锋刃奔涛
色,旌旗焰火文。朔风吹汗漫,飘砾洒辒辌。海气如秋雨,边峰似
夏云。二庭无岁月,百战有功勋。形影随鱼贯,音书在雁群。归来
拜天子,凯乐助南薰。
胡骑犯边埃,风从丑上来。五原烽火急,六郡羽书催。冰壮飞狐
冷,霜浓候雁哀。将军朝授钺,战士夜衔枚。紫塞金河里,葱山铁

勒隈。莲花秋剑发,桂叶晓旗开。秘略三军动,妖氛百战摧。何言
投笔去,终作勒铭回。

## 李员外秦援宅观妓

盈盈粉署郎,五日宴春光。选客虚前馆,微声遍后堂。玉钗翠羽
饰,罗袖郁金香。拂黛随时广,挑鬟出意长。啭歌遥合态,度舞暗
成行。巧落梅庭里,斜光映晓妆。

## 送韦商州弼

会府应文昌,商山镇国阳。闻君监郡史,暂罢尚书郎。王事嗟相
失,人情贵不忘。累年同画省,四海接文场。点翰芳春色,传杯明
月光。故交从此去,遥忆紫芝香。

## 夏日梁王席送张岐州

秦鸡常下雍,周凤昔鸣岐。此地推雄抚,惟良寄在斯。家传七豹
贵,人擅八龙奇。高传生光彩,长林叹别离。天人开祖席,朝寀候
征麾。翠帘当郊敞,彤幨向野披。芃芃秋麦盛,苒苒夏条垂。奏计
何时入,台阶望羽仪。

## 夏日都门送司马员外逸客孙员外
### 佺北征 时相王为元帅,魏大夫元忠为副。

二庭追虏骑,六月动周师。庙略天人授,军麾相国持。复言征二
妙,才命一作令重当时。画省连征橐,横门共别词。云迎出塞马,风
卷度河旗。计日方夷寇,旋闻杕杜诗。

# 送卢管记仙客北伐

羽檄西北飞，交城日夜围。庙堂盛征选，戎幕生光辉。雁行度函谷，马首向金微。湛湛山川暮，萧萧凉气稀。饯途予悯默，赴敌子英威。今日杨朱泪，无将洒铁衣。

# 移禁司刑

畴昔参乡赋，中年忝吏途。丹唇曾学史，白首不成儒。天子开昌箓，群生偶大炉。散材仍葺厦，弱羽遽〔抟〕(搏)扶。宠迈乘轩鹤，荣过食稻凫。何功游画省，何德理黄枢。吊影惭非据，倾心事远图。盗泉宁止渴，恶木匪投躯。任直翻多毁，安身遂少徒。一朝逢纠谬，三省竟无虞。白简初心屈，黄纱一作沙始望孤。患平终不怒，持刻每相驱。埋剑谁当辨，偷金以自诬。诱言虽委答，流议亦真符。首夏方忧圉，高秋独向隅。严城看熠耀，圜户对蜘蛛。累饷唯妻子，披冤是友于。物情牵倚伏，人事限荣枯。门客心谁在，邻交迹倘无。抚襟双涕落，危坐日忧趋。圣旨垂明德，冤囚岂滥诛。会希恩免理，终望罪矜愚。司寇宜哀狱，台庭幸恤辜。汉皇虚诏上，容有报恩珠。

# 入鬼门关

昔传瘴江路，今到鬼门关。土地无人老，流移儿客达。自从别京洛，颓鬓与衰颜。夕宿含沙里，晨行冈路间。马危千仞谷，舟险万重湾。问我投何地，西南尽百蛮。

# 三日独坐骧州思忆旧游

两京多节物，三日最遨游。丽日风徐卷，香尘雨暂收。红桃初下

地,绿柳半垂沟。童子成春服,宫人罢射鞲。禊堂通汉苑,解席绕
秦楼。束皙言谈妙,张华史汉遒。无亭不驻马,何浦不横舟。舞篇
千门度,帷屏百道流。金丸向鸟落,芳饵接鱼投。濯秽怜清浅,迎
祥乐献酬。灵刍陈欲弃,神药曝应休。谁念招魂节,翻为御魅囚。
朋从天外尽,心赏日南求。铜柱威丹徼,朱崖镇火陬。炎蒸连晓
夕,瘴疠满冬秋。西水何时贷,南方讵可留。无人对炉酒,宁缓去
乡忧。

## 从驩州廨宅移住山间水亭赠苏使君

遇坎即乘流,西南到火洲。鬼门应苦夜,瘴浦不宜秋。岁贷胸穿
老,朝一作宵飞鼻饮一作敛头。死生离骨肉,荣辱间朋游。弃置一身
在,平生万事休。鹰鹯遭误逐,豺虎怯真投。忆昨京华子,伤今边
地囚。愿陪鹦鹉乐,希并鹧鸪留。日月渝乡思,烟花换客愁。幸逢
苏伯玉,回借水亭幽。山柏张青盖,江蕉卷绿油。乘闲无火宅,因
放有渔一作虚舟。适越心当是,居夷迹可求。古来尧禅舜,何必罪
驩兜。

## 敕到不得归题江上石

家住东京里,身投南海西。风烟万里隔,朝夕几行啼。圣主讴歌
洽,贤臣法令齐。忽闻铜柱使,走马报金鸡。弃市沾皇渥,投荒漏
紫泥。魂疲山鹤路,心醉〔跕〕(站)鸢溪。天鉴诛元恶,宸慈恤远黎。
五方思寄刃,万姓喜然脐。自幼输丹恳,何尝玷白圭。承言窜遐
裔,雪枉间深狴。坟垄无由谒,京华岂重跻。炎方谁谓广,地尽觉
天低。百卉杂殊怪,昆虫理赖睽。闭藏元不蛰,摇落反生荑。疟瘴
因兹苦,穷愁益复迷。火云蒸毒雾,阳雨濯阴霓。周乘安交趾,王
恭辑画题。少宽穷涸鲋,犹愍触藩羝。配宅邻州廨,斑苗接野畦。

山空闻斗象,江静见游犀。翰墨思诸季,裁缝忆老妻。小儿应离
褓,幼女未攀笄。梦蝶翻无定,蓍龟讵有倪。谁能竟此曲,曲尽气
酸嘶。

# 答魑魅代书寄家人

魑魅来相问,君何失帝乡。龙钟辞北阙,蹭蹬守南荒。览镜怜双
鬓,沾衣惜万行。抱愁那去国,将老更垂裳。影答余他岁,恩私宦
洛阳。三春给事省,五载尚书郎。黄阁游鸾署,青缣御史香。扈巡
行太液,陪宴坐明光。渭北升高苑,河南祓禊场。烟花恒献赋,泉
石每称觞。暇日从休浣,高车映道傍。迎宾就丞相,选士谒昭王。
侍宠言犹得,承欢谓不忘。一朝贻厚谴,五宅竟同防。凶竖曾驱
策,权豪岂易当。款颜因侍从,接武在文章。且惧威非赞,宁知心
是狼。身犹纳履误,情为覆盆伤。可叹缘成业,非关行昧藏。喜逢
今改旦,正朔复归唐。河谶随龙马,天书逐凤凰。朝容欣旧则,宸
化美初纲。告善雕旌建,收冤锦斾张。宰臣更献纳,郡守各明扬。
礼乐移三统,舟车会八方。云沙降白遂,秦陇献烧当。三赦重天
造,千推极国详。大招思复楚,于役限维桑。涨海缘真腊,崇山压
古棠。雕题飞栋宇,儋耳间衣裳。伏枕神徐劣,加餐力未强。空庭
游翡翠,穷巷倚桃榔。缘体分殊昔,回眸宛异常。吉凶恒委郑,年
寿会询唐。家本传清白,官移重挂床。上京无薄产,故里绝穷庄。
碧玉先时费,苍头此自将。兴言叹家口,何处待赢粮。计吏从都
出,传闻大小康。降除沾二弟,离拆已三房。剑外悬销骨,荆南预
断肠。音尘黄耳间,梦想白眉良。复此单栖鹤,衔雏愿远翔。何堪
万里外,云海已溟茫。戚属甘胡越,声名任秕糠。由来休愤命,命
也信苍苍。独坐寻周易,清晨咏老庄。此中因悟道,无问入猖狂。

# 度安海入龙编

我来交趾郡，南与贯胸连。四气分寒少，三光置日偏。尉佗曾驭国，翁仲久游泉。邑屋遗甿在，鱼盐旧产传。越人遥捧翟，汉将下看鸢。北斗崇山挂，南风涨海牵。别离频破月，容鬓骤催年。昆弟推由命，妻孥割付缘。梦来魂尚扰，愁委疾空缠。虚道崩城泪，明心不应天。

## 从崇山向越常 并序　常一作当

按《九真图》，崇山至越常四十里，杉谷起古崇山，竹溪从道明国来，于崇山北二十五里合。水欹缺，藤竹明昧，有三十峰，夹水直上千馀仞，诸仙窟宅在焉。

朝发崇山下，暮坐越常阴。西从杉谷度，北上竹溪深。竹溪道明水，杉谷古崇岑。差池将一作疑不合，缭绕复相寻。桂叶藏金屿，藤花闭石林。天窗虚的的，云窦下沉沉。造化功偏厚，真仙迹每临。岂徒探怪异，聊欲缓归心。

## 哭苏眉州崔司业二公 并序

同时郎裴怀古者，作牧潭府。神龙三年秋八月，佺期承恩北归，途中觏止。访及故旧，知眉州苏使君味道，国子崔司业融，驰旋间相次而逝。苏往任凤阁侍郎，佺期忝通舍人，崔重为凤阁舍人，佺期又迁给事，并衔畴昔之眷，俱荷提奖之恩。前年负谴南荒，二公先移官守。追此凶问，情复何堪。所恨迁窜有期，行迈在远。哀不展旧，礼不申悲。流恸斯文，冀通幽路。

涣汗天中发，伶俜海外旋。长沙遇太守，问旧几人全。国宝亡双杰，天才丧两贤。大名齐弱岁，高德并中年。礼乐羊叔子，文章王仲宣。一作风鉴王夷甫，文章谢惠连。相看尚玄鬓，相次入黄泉。流放蛮陬阔,乡关帝里偏。亲朋云雾拥,生死岁时传。崔昔挥宸翰,苏尝济巨川。绛衣陪下列,黄阁谬差肩。及此俱冥昧,云谁叙播迁。隼舆一作旐,又作旗。怀旧辙,鳣馆想虚筵。家爱方休杵,皇慈更撤县。铭旌西蜀路,骑吹北邙田。陇树应秋矣,江帆故一作固杳然。罢琴明月夜,留剑白云天。涕泗湘潭水,凄凉衡峤烟。古来修短分,神理竟难筌。

## 哭道士刘无得

闻有玄都客,成仙不易祈。蓬莱向清浅,桃杏欲芳菲。缩地黄泉出,升天白日飞。少微星夜落,高掌露朝晞。吐甲龙应出,衔符鸟自归。国人思负局,天子惜被一作披衣。花月留丹洞,琴笙阁一作下翠微。嗟来子桑扈,尔独返于几。

## 寒　食

普天皆灭焰,匝地尽藏烟。不知何处火,来就客心然。

## 回　波　词

回波尔时佺期,流向岭外生归。身名已蒙齿录,袍笏未复牙绯。

## 上巳日祓禊渭滨应制

宝马香车清渭滨,红桃碧柳禊堂春。皇情尚忆垂竿佐,天祚一作瑞先呈捧剑人。

## 奉和幸韦嗣立山庄应制

东山朝日翠屏开,北阙晴空彩仗来。喜遇天文七曜动,少微今夜近一作入三台。

## 夜宴安乐公主宅

濯龙门外主家亲,鸣凤楼中天上人。自有金杯迎甲夜,还将绮席代<sub></sub>一作发阳春。

## 苑中遇雪应制

北阙彤云掩曙霞,东风吹雪舞仙一作山家。琼章定少千人和,银树长芳六出花。

## 饯唐永昌 一作饯唐郎中洛阳令

洛阳旧有一作出神明宰,辇毂由来天地中。馀邑政成何足贵,因君取则四方同。

## 狱中闻驾幸长安二首

传闻圣旨向秦京,谁念羁囚滞洛城。扈从由来是方朔,为申冤气在长平。

无事今朝来下狱,谁期十月是一作见横一作黄河。君看鹰隼俱堪一作罢,又作能。击,为报蜘蛛收网罗。

## 邙　山

北邙山上列坟茔,万古千秋对洛城。城中日夕歌钟起,山上唯闻松柏声。

## 句

周原五稼起,云海百川归。愿此零陵燕,长随征旆飞。《春雨》《诗式》

# 全唐诗卷九八

## 赵冬曦

　　赵冬曦,定州人。进士擢第,历左拾遗。开元初,迁监察御史,坐事流岳州。时与刺史张说数赋诗相倡和,后召还复官,累迁中书舍人。内供奉,终国子祭酒。冬曦兄冬日、弟和璧等六人,韦述弟亦六人,并词学登科。张说称之曰:"韦赵昆季,人之杞梓。"诗十九首。

### 陪张燕公登南楼

抑郁一作宽慰何以欢,阴氛一作气亦登望。孤岛轻雾里,行舟白波上。目劳西北云,心醉东南嶂。昔日青谿子,胡然此无状。

### 酬燕公出湖见寄

纶绋有成命,旌麾不可攀。湘川朝目一作日断,荆阙夕波还。果枉东瞻唱,兴言夕放闲。携琴仙洞中,置酒澄湖上。芳景恣行乐,谪居忽如忘。聚散本相因,离情自悲怅。鸾翮非常戢,鹏天会昭旷。永怀宛洛游,曾是弹冠望。

### 奉和张燕公早霁南楼

方曙跻南楼,凭轩肆遐瞩。物华荡暄气,春景媚晴旭。川霁湘山

孤,林芳楚郊缛。列岩重叠翠,远岸透迤绿。风帆摩天垠,鱼艇散
弯曲。鸿归鹤舞送<sub>一作远</sub>,猿叫莺声续。群动皆熙熙,噫予独羁束。
常钦才子意<sub>一作义</sub>,忌鹏伤蹉跼。雅尚骚人文,怀沙何迫促。未知
二贤意,去矣从所欲。

## 湮湖作 并序

> 巴丘南湮湖者,盖沅湘澧汨之馀波焉。兹水也,沦汇洞庭,澹澹千
> 里。夏潦奔注,则洸为此湖;冬霜既零,则涸为平野。按《尔雅》云:水反
> 入为湮,斯名之作有由焉尔。而此乡炎暑,子月草生。弥望青青,相与
> 游藉。岂盈虚之可叹,亦风景之多伤。感物增怀,因书其事。

三湖返入两山间,畜作湮湖弯复弯。暑雨奔流潭<sub>一作湘</sub>正满,微霜
及潦水初还。水还波卷溪潭涸,绿草芊芊岸崭岏。适来<sub>一作方</sub>飞棹
共回旋,已复扬鞭恣行乐。道旁耆老步趑趄,楚言兹事不知年。试
就湖边披草径,莫疑东海变桑田。君讶今时尽陵陆,我看明岁更沦
涟。来今自昔无终始,人事回环常若是。应<sub>一作悬</sub>思阙下声华日,
谁谓江潭旅游子。初贞正喜固当然,往蹇来誉宜可俟。盈虚用舍
轮舆旋,勿学灵均远问天。

## 和燕公岳州山城

为吏恩犹旧,投沙惠此蒙。江边悠尔处,泗上宛然同。访道精言
合,论经大义通。鸣琴有真<sub>一作奇</sub>气,况已沐清风。

## 和尹懋秋夜游湮湖二首

政理常多暇,方舟此溯洄。吹笙虚洞答,举楫便风催。山暗云犹
辨,潭幽月稍来。清溪无数曲,未尽莫先回。
烟霭夕微蒙,幽湾赏未穷。舣舟待初月,褰幌招远风。鹤声聒前

浦,渔火明暗丛。东山云壑意,不谓尔来同。

## 陪燕公游澄湖上寺

江外多山水,招要步马来。琴将天籁合,酒共鸟声一作歌催。岩坐
攀红药,溪行爱绿苔。所怀非此地,游望亦裴回。

## 答张燕公翻著葛巾见呈之作

美酒值芳春,醒馀气益真。降欢时倒履,乘兴偶翻巾。徐榻思方
建,左车理自均。傲然歌一曲,一醉濯缨人。

## 奉 答 燕 公

语别意凄凄,零陵湘水西。佳人金谷返,爱一作游子洞庭迷。旧馆
逢花发,他山值鸟啼。江天千里望,谁见绿蘋齐。

## 奉和圣制同二相已下群官乐游园宴

爽垲三秦地,芳华二月初。酺承奠璧罢,宴是合钱馀。柳翠垂堪
结,桃红卷欲舒。从容会鹓鹭,延曼戏龙鱼。喜气流云物,欢声浃
里闾。圣恩将报厚一作厚意,请述记言书。

## 奉和圣制答张说扈从南出雀鼠谷

轩辕应顺动,力牧正趋陪。道合殷为砺,时行楚有材。省方西礼
设,振旅北京回。地理分中壤,天文照上台。寒依汾谷去,春入晋
郊来。窃比康衢者,长歌仰大哉。

## 奉和圣制送张说上集贤学士赐宴赋得莲字

浅术方观海,深恩忽见天。学开丹殿籍,名与石渠贤。良辅膺休

命,微生谬采甄。春馀仍哢鸟,夏近未舒莲。笔札来宸禁,衣冠集
诏筵。史臣知醉德,欲记升中一作平年。

# 奉答燕公

谁道零陵守,东过此地游。友僚同省阁,昆弟接荆州。我逐江潭
雁,君随海上鸥。屡伤神气阻,久别鬓毛秋。疑岭春应遍,阳台雨
欲收。主人情未尽,高驾少淹留。

## 陪张燕公行郡竹篱

良臣乃国宝,麾守去承明。外户人无闭,浮江兽已行。随来晋盗
逸,民化蜀风清。郛郭从彝典,州闾荷德声。小人投一作被天涯一作
涅,流落巴丘城。所赖中和作,优游凿与耕。

## 和燕公别灉湖

南湖美泉石,君子玩幽奇。湾澳陪临泛,岩嵋共践窥。秋风赪桂
竦,春景绿杨垂。郢路委分竹,湘滨拥去麾。枉帆怀胜赏,留景惜
差池。水木且不弃,情由良可知。

## 奉酬燕公见归田赋垂赠之作

穷鸟婴笼缀,孤飞任播迁。鹝鹩王佐用,复此挫冲天。楚云何掩
郁,湘水亦回邅。怀哉愧木雁,忽尔枉兰荃。愈疾同枚叔,销忧比
仲宣。归途书可畏,弱操石犹坚。覆载虽云广,涔阳直块然。

## 和张燕公耗磨日饮

上月今朝减,流传耗磨辰。还将不事事,同醉俗中人。
春来半月度,俗忌一朝闲。不酌他乡酒,无堪对楚山。此二首一作张

说诗。

# 尹　懋

尹懋，河间人。为张说岳州从事，官补阙。诗四首。

## 奉陪张燕公登南楼

君子每垂眷，江山共流眄。水远林外明，岩近雾中见。终日西北
望，何处是京县。屡登高春台，徒使泪如霰。

## 秋夜陪张丞相赵侍御游灆湖二首 并序

燕公以司马初到，赵侍御客焉。聿理方舟，嬉游灆壑。览山川之
异，探泉石之奇。骋望崇朝，留尊待月。一时之乐，岂不盛欤。赋诗者
列之于左。

熊轼巴陵地，鹢舟湘水浔。江山与势远，泉石自幽深。杳霭入天
壑，冥茫见道心。超然无俗事，清宴有空一作深林。

江上饶奇山，嶻嶮云水间。风和一作秋树色杂，苔古石文斑。巴俗
将千漼，灆湖凡几湾。嬉游竟不尽，乘月泛舟还。

## 同燕公泛洞庭

风光浙浙草中飘，口彩荧荧水上摇。幸奏潇湘云壑意，山旁容与动
仙桡。

# 王　琚

王琚，怀州河内人。神龙初，为驸马王同皎所器，预谋刺

武三思。后太平公主谋逆，琚劝明皇先事诛之，荐张说、刘幽求、郭元振等与决议。事平，进户部尚书。眷委特异，参豫大政，时号内宰相。后以谗见疏，历典外郡，卒为李林甫所构，贬死。诗四首。

# 奉答燕公

郡远途且艰，宜悲良自得。胡为心独尔，惠好在南国。亦既清颜披，同然良愿克。与君兰时会，群物如藻饰。烟景惜欢赏，云山起翰墨。接艺奇思微，偶谈玄言直。永日不知倦，逾旬犹谓亟。如何酌离尊，移棹巴城侧。浦口劳长望，舟中独太息。疾风吹飞帆，倏忽南与北。目尽不复见，怀哉无终极。唯当衡峰上，遥辨湖水色。

# 美女篇

东邻美女实名倡，绝代容华无比方。浓纤得中非短长，红素天生谁饰妆。桂楼椒阁木兰堂，绣户雕轩文杏梁。屈曲屏风绕象床，萋莪翠帐缀香囊。玉台龙镜洞彻光，金炉沉烟酷烈芳。遥闻行佩音锵锵，含娇欲笑出洞房。二八三五闺心切，褰帘卷幔迎春节。清歌始发词怨咽，鸣琴一弄心断绝。借问哀怨何所为，盛年情多心自悲。须臾破颜倏敛态，一悲一喜并相宜。何能见此不注心，惜无媒氏为传音。可怜盈盈直千金，谁家君子为藁砧。

# 自荆湖入朝至岳阳奉别张燕公

五载朝天子，三湘逢旧僚。扁舟方辍棹，清论遂终朝。远树烟间没，长江地际摇。帝城驰梦想，归帆满风飘。

## 游湼湖上寺

春山临远壑,水木自幽清。夙昔怀微尚,兹焉一放情。云间听弄鸟,烟上摘初英。地僻方无闷,逾知道思精一作生。

# 阴行先

　　阴行先,开元间,为张说湘州从事。诗一首。

## 和张燕公湘中九日登高

重阳初启节,无射正飞灰。寂寞风蝉至,连翩霜雁来。山棠红叶下,岸菊紫花开。今日桓公座,多愧孟嘉才。

# 王　熊

　　王熊,潭州都督。诗二首。

## 奉别张岳州说二首 一作答张燕公岳州宴别

长沙辞旧国,洞庭逢故人。薰兰敦久要,披雾转相亲。岁月空嗟老,江山不惜春。忽闻黄鹤曲,更作白头新。

平生共风月,倏忽间山川。不期交淡水,暂得款忘年。兴逸方罢钓,帆开欲解船。离心若危旆,朝夕为君悬。

# 梁知微

　　梁知微,嗣圣初,登进士第。尝守潭州,与张说相赠答。

诗一首。

## 入朝别张燕公

华容佳山水,之子厌承明。符竹纡小郡,江湖被德声。三年计吏入,路指巴丘城。凫舟才结缆,驲驾已相迎。别离他乡酒,委曲故人情。孤屿早烟薄,长波晚气清。辛勤方远骛,胜赏屡难并。回瞻洞庭浦,日暮愁云生。

# 李伯鱼

李伯鱼,临淄人,善为文。登开元六年进士第,擢校书郎,出为青州司功。诗一首。

## 桐竹赠张燕公

北竹青桐北,南桐一作家绿竹南。竹林君早爱,桐树我初贪。凤栖桐不愧,凤食竹何惭。栖食更如此,馀非凤所堪。

# 杨重玄

杨重玄,开元进士。诗一首。

## 正朝上左相张燕公

岁去愁终在,春还命不来。长吁问丞相,东阁几时开。

# 朱使欣

朱使欣，张说同时人。诗一首。

## 道峡似巫山

江如晓天静，石似暮云张。征帆一流览，宛若巫山阳。楚客思归路，秦人谪异乡。猿鸣孤月夜，再使泪沾裳。

# 全唐诗卷九九

## 张循之

张循之,洛阳人,与弟仲之并以学业著名。则天时,上书忤旨,被诛。诗六首。

### 巫山高 一作沈佺期诗

巫山高不极,合沓状奇新。暗谷疑风雨,阴崖若鬼神。月明三峡晓一作曙,潮满九一作二江春。为问阳台客,应知入梦人。

### 送泉州李使君之任

傍海皆荒服,分符重汉臣。云山百越路,市井十洲人。执玉来朝远,还珠入贡频。连年不见雪,到处即行春。

### 长门怨 一作张修之诗

长门落景尽,洞房秋月明。玉阶草露积,金屋网尘生。妾妒今应改,君恩惜未平。寄语临邛客,何时作赋成。

### 巫 山

流景一何速,年华不可追。解佩安所赠,怨咽空自悲。

## 送王汶宰江阴

郡北乘流去, 花间竟日行。海鱼朝满市, 江鸟夜喧城。让酒非关病, 援琴不在声。应缘五斗米, 数日滞渊明。

## 婺州留别邓使君

西掖驰名久, 东阳出守时。江山婺女分, 风月隐侯诗。别恨双溪急, 留欢五马迟。回舟映沙屿, 未远剩相思。

# 王　畯

　　王畯, 沧州景城人。擢明经第, 调清苑尉, 历殿中侍御史, 出为渭南尉。景龙末, 授桂州都督, 累迁太仆少卿、陇右群牧使。开元二年, 袭吐蕃于临洮, 以功加银青光禄大夫, 进并州都督长史。又以破突厥功, 拜兵部尚书, 朔方军大总管。后代张说为兵部尚书, 同中书门下三品, 充朔方军节度大使, 终户部尚书、朔方节度。诗一首。

## 祭汾阴乐章

### 太　和

於穆圣皇, 六叶重光。人原刻颂, 后土疏场。宝鼎呈符, 歊云孕祥。礼乐备矣, 降福穰穰。

# 张柬之

　　张柬之, 字孟将, 襄阳人。涉猎经史, 尤好三礼。举进士,贤良对策第一,授监察御史。圣历中,为凤阁舍人,弘文馆学士。长安中,令举宰相材,以姚崇荐,迁凤阁侍郎,知政事。及诛二张兄弟,柬之首谋也。中宗即位,以功擢天官尚书,封汉阳王,迁中书令。为武三思所构,贬死。集十卷。今存诗五首。

# 大 堤 曲

南国多佳人,莫若大堤女。玉床翠羽帐,宝袜莲花距。魂处自目成,色授开心许。迢迢不可见,日暮空愁予。

# 东飞伯劳歌

青田白鹤丹山凤,娈女姮娥两相送。谁家绝世绮帐前,艳粉红脂映宝钿。窈窕玉堂褰翠幕,参差绣户悬珠箔。绝世三五爱红妆,冶袖长裙兰麝香。春去花枝俄易改,可叹年光不相待。

# 出 塞

侠客重恩光,骢马饰金装。瞥闻传羽檄,驰突救边荒。歘野山川动,嚣天旌斾扬。吴钩明似月,楚剑利如霜。电断冲胡塞,风飞出洛阳。转战磨笄俗,横行戴斗乡。手擒郅支长,面缚谷蠡王。将军占太白,小妇怨流黄。骄衷青丝骑,娉婷红粉妆。三春莺度曲,八月雁成行。谁堪坐愁思,罗袖拂空床。

# 与国贤良夜歌二首

柳台临新堰,楼堞相重复。窈窕凤凰姝,倾城复倾国。杏间花照灼,楼上月裴回。带娇移玉柱,含笑捧金杯。

# 袁恕己

　　袁恕己,沧州东光人。长安中,历司刑少卿,预诛二张,又从相王统南衙兵,备非常,以功为中书侍郎,进中书令,封南阳郡王。后贬死环州。诗一首。

## 咏 屏 风

绮阁云霞满,芳林草树新。鸟惊疑欲曙,花笑不关春。山对弹琴客,溪留垂钓人。请看车马客,行处有风尘。

# 刘幽求

　　刘幽求,冀州武强人。圣历中,举制科,中第。临淄王入诛韦庶人,幽求预参大策,是夜所下制敕百馀道,皆出其手。以功授中书舍人。睿宗即位,行尚书右丞,迁吏部尚书,拜侍中。开元初,改尚书左右仆射为左右丞相,乃以幽求为左丞相。后坐怨望,贬卒。诗一首。

## 书 怀

　　《避暑录〔话〕》云:此诗三馆昭库烂册中捡得。幽求非肯安田园者,殆出守时愤怼而作。

心为明时尽,君门尚不容。田园迷径路,归去欲何从。

# 章玄同

　　章玄同,武后时人。久视中,张锡为相,请还庐陵王,坐流循州。玄同有流所赠诗,盖亦当时贬谪者。诗一首。

## 流所赠张锡

黄叶因风下,甘从洛浦隈。白云何所为,还出帝乡来。

# 王易从

　　王易从,中宗朝为鄠县尉,张仁愿奏分判军事。诗一首。

## 临 高 台

汉主事〔祁〕(祈)连,良人在高阙。空台寂已暮,愁坐变容发。泛艳春幌风,裴回秋户月。可怜军书断,空使流芳歇。

# 卢　僎

　　卢僎,吏部尚书从愿之从父也。自闻喜尉入为学士,终吏部员外郎。诗十四首。

## 初出京邑有怀旧林

赋生期独得,素业守微班。外忝文学知,鸿渐鹓鹭间。内倾水木趣,筑室依近山。晨趋天日〔晏〕(宴),夕卧江海闲。松风生坐隅,仙禽舞亭湾。曙云林下客，霁月池上颜。虽曰坐郊园，静默非人寰。
时步苍龙阙，宁异白云关。语济岂时顾，默善忘世攀。世网余何
触，天涯谪南蛮。回首思洛阳，喟然悲贞艰。旧林日夜远，孤云何
时还。

## 稍秋晓坐阁遇舟东下扬
## 州即事寄上族父江阳令

虎啸山城晚，猿鸣江树秋。红林架落照，青峡送归流。归流赴淮
海，征帆下扬州。族父江阳令，盛业继前修。文掩崔亭伯，德齐陈
太丘。时哉惜未与，千载且为俦。忆昔山阳会，长怀东上游。称觞
阮林下，赋雪谢庭幽。道浓礼自略，气舒文转遒。高情薄云汉，酣
态坐芳洲。接席复连轸，出入陪华辀。独善与兼济，语默奉良筹。
岁月欢无已，风雨暗飕飕。掌宪时持节，为邦邈海头。子人惠虽
树，苍生望且留。微躬趋直道，神甸忝清猷。仙台适西步，蛮徼忽
南浮。宇内皆安乐，天涯独远投。忠信徒坚仗，神明岂默酬。观生
海漫漫，稽命天悠悠。云昏巴子峡，月远吴王楼。怀昔明不寐，悲
今岁属周。喟无排云翮，暂得抒离忧。空洒沾红泪，万里逐行舟。

## 让帝挽歌词二首

开元二十九年冬十一月，太尉宁王宪薨。帝失声号恸曰："天下，兄
之天下也，固让于我。"乃追谥曰让帝。

泰伯玄风远，延州德让行。阖棺追大节，树羽册鸿名。地户迎天
仗，皇阶失帝兄。还闻汉明主，遗一作解剑泣东平。
朝天驰马绝，册帝□宫祖。恍惚陵庙新，萧条池馆古。万化一朝
空，哀乐此路同。西园有明月，修竹韵悲风。第二句缺一字。

## 十月梅花书赠

君不见巴乡气候与华别,年年十月梅花发。上苑今应雪作花,宁知
此地花为雪。自从迁播落黔巴,三见江上开新花。故园风花虚洛
汭,穷峡凝云度岁华。花情纵似河阳好,客心倍伤边候早。春候飒
惊楼上梅,霜威未落江潭草。江水侵一作寻天去不还,楼花覆帘空
坐攀。一向花前看白发,几回梦里忆红颜。红颜白发云泥改,何异
桑田移碧海。却想华年故国时,唯馀一片空心在。空心吊影向谁
陈,云台仙阁旧游人。傥知巴树连冬发,应怜南国气长春。

## 岁晚还京台望城阙成口号先赠交亲

紫陌开行树,朱城出晚霞。犹怜惯去国,疑是梦还家。风弱知催
柳,林青觉待花。交亲望归骑,几处拥年华。

## 送苏八给事出牧徐州用芳韵 相国请出

金鼎属元方,琐闱连季常。畏盈聊出守,分命乃维良。晓骑辞朝
远,春帆向楚常。贤哉谦自牧,天下咏馀芳。

## 上幸皇太子新院应制

佳气晓葱葱,乾行入震宫。前星迎北极,少海被南风。视膳铜楼
下,吹笙玉座中。训深家以正,义举俗为公。父子成钧合,君臣禹
启同。仰天歌圣道,犹愧乏雕虫。

## 奉和李令扈从温泉宫赐游骊山韦侍郎别业

风后轩皇佐,云峰谢客居。承恩来翠岭,缔赏出丹除。飞盖松一作
双溪寂,清笳玉洞虚。窥岩详雾豹,过水略泉鱼。乡入无何有,时

还上古初。伊皋羞过狭,魏丙服粗疏。白雪缘情降,青霞落卷舒。多惭郎署在,辄继国风馀。

## 季冬送户部郎中使黔府选补

握镜均荒服,分衡得大同。征贤一台上,补吏五谿中。雨露将天泽,文章播国风。汉庭暌直谅,楚峡望清通。马逐霜鸿渐,帆沿晓月空。还期凤池拜,照耀列星宫。

## 途中口号 一作郭向诗

抱玉三朝楚,怀书十上秦。年年洛阳陌,花鸟弄归人。

## 南 望 楼

去国三巴远,登楼万里春。伤心江上客,不是故乡人。

## 临 川 送 别

秋郊日半隐,野树烟初映。风水正萧条,那甚动离咏。

## 题殿前桂叶

桂树生南海,芳香隔楚 一作远山。今朝天上见,疑是月中攀。

# 牛凤及

　　牛凤及,长寿中撰《唐书》。刘轲与马植论史官书,尝称之。诗一首。

# 奉和受图温洛应制

八神扶<sub>一作承</sub>玉辇,六羽警瑶谿。戒道伊川北,通津<sub>一作旌</sub>涧水西。御图开洛匮,刻石与天齐。瑞日波中上,仙禽雾里低。微臣矫羽翮,抃舞接鸾鷖。

# 全唐诗卷一〇〇

## 司马逸客

　　司马逸客,则天朝,尝从相王北征。李乂有诗送之,称为员外。诗一首。

### 雅　琴　篇

亭亭嶂阳树,落落千万寻。独抱出云节,孤生不作林。影摇绿波水,彩绚丹霞岑。直干思有托,雅志期所任。匠者果留盼,雕斫为雅琴。文以楚山玉,错以昆吾金。虬凤吐奇状,商微含清音。清音雅调感君子,一抚一弄怀知己。不知钟期百年馀,还忆朝朝几千里。马卿台上应芜没,阮籍帷前空已矣。山情水意君不知,拂匣调弦为谁理。调弦拂匣倍含情,况复空山秋月明。陇水悲风已呜咽,离鸾别鹤更凄清。将军塞外多奇操,中散林间有正声。正声谐风雅,欲竟此曲谁知者。自言幽隐乏先容,不道人物知音寡。谁能一奏和天地,谁能再抚欢朝野。朝野欢娱乐未央,车马骈阗盛彩章。岁岁汾川事箫鼓,朝朝伊水听笙簧。窈窕楼台临上路,妖娆歌舞出平阳。弹弦本自称仁祖,吹管由来许季长。犹怜雅歌淡无味,渌水白云谁相贵。还将逸词赏幽心,不觉繁声论远意。传闻帝乐奏钧天,侥冀微躬—作身备五弦。愿持东武宫商韵,长奉南熏亿万年。

# 王绍宗

　　王绍宗,字承烈,扬州江都人。嗜学,尤工草隶。家贫,常佣力写佛经以自给。徐敬业逼之,不起。则天时,拜太子文学,累转秘书少监。诗一首。

## 三　妇　艳

大妇能调瑟,中妇咏新诗。小妇独无事,花庭曳履綦。上客且安坐,春日正迟迟。

# 郑遂初

　　郑遂初,万岁通天中登第。诗一首。

## 别　离　怨

荡子戍辽东,连年信不通。尘生锦步障,花送<sub>一作绕</sub>玉屏风。只怨<sub>一作恐</sub>红颜改,宁辞玉簟空。系书春雁足,早晚到云中。

# 李崇嗣

　　李崇嗣,则天时奉宸府主簿。圣历中,曾奉敕预东观修书,见沈佺期《黄口赞序》。诗三首。

## 寒　食　一作沈佺期诗

普天皆灭焰,匝地尽藏烟。不知何处火,来就<sub>一作向,一作促</sub>。客心然。

## 览　镜 <sub>一作李嗣宗诗</sub>

岁去红颜尽，愁来白发新。今朝开镜匣，疑是别逢<sub>一作逢故</sub>人。

## 独　愁

闻道成都酒，无钱亦可求。不知将几斗<sub>一作午</sub>，销得此来愁。

# 东方虬

　　东方虬，则天时为左史。尝云百年后可与西门豹作对。陈子昂《寄东方左史修竹篇书》，称其《孤桐篇》骨气端翔，音韵顿挫，不图正始之音，复睹于兹。今失传。存诗四首。

## 昭君怨三首

汉道方<sub>一作今，一作初</sub>全盛，朝廷足武臣。何须<sub>一作烦</sub>薄命妾，辛苦事和亲。

掩泪<sub>一作涕</sub>辞丹凤，衔悲向白龙。单于浪惊喜，无复旧时容。

胡地无花<sub>一作青草</sub>，春来不似春。自然衣带缓，非是为<sub>一作觅</sub>腰身。

## 春　雪

春雪满空来，触处似花开。不知园里树，若个是真梅。

# 张楚金

　　张楚金，年十七，与兄越石同以茂才擢第，历秋官尚书。

诗一首。

## 逸人歌赠李山人

上有尧兮下有由,眠松阳兮漱颍流。其貌古,其心幽,浩歌一曲兮林壑秋。道险可惊兮人莫用,乐天知命兮守岩洞。时击磬兮嗟鸣凤,吾欲知往古之不可追,自悠悠于凡梦。

# 房　融

　　房融,河南人,则天时为相。神龙元年,贬死高州。好浮屠法,尝于岭外笔受《楞严经》。诗一首。

## 谪南海过始兴广胜寺果上人房 一作过韶州广界寺

零落嗟残命,萧条托胜因。方烧三界火,遽洗六情尘。隔岭天花发,凌空月殿新。谁令乡国一作故乡梦一作思,终一作从此学分身。

# 吕太一

　　吕太一,景云中为洹水令,魏知古表奏之,又尝与中书舍人苗延嗣、考功员嘉靖、侍御史崔训,皆为张嘉贞所荐。时语曰:"令君四俊,苗吕员训。"诗一首。

## 咏院中丛竹

　　太一拜监察御史里行,自负才华而不即真,因咏院中丛竹以寄意焉。

擢擢当轩竹,青青重岁寒。心贞徒见赏,箨小未成竿。

# 张 纮 一作泫

张纮,久视中登第,与吕太一同官监察御史。后自左拾遗贬许州司户。诗三首。

## 和吕御史咏院中丛竹

闻君庭竹咏,幽意岁寒多。叹息为冠小,良工将奈何。

## 闺 怨 《搜玉集》作张炫诗

去年离别雁初归,今夜裁缝萤已飞。征客近一作未,一作去。来音信断,不知何处寄寒一作边衣。

## 行 路 难

君不见温家玉镜台,提携抱握九重来。君不见相如绿绮琴,一抚一拍凤凰音。人生意气须及早,莫负当年行乐心。荆王奏曲楚妃叹,曲尽欢终夜将半。朱楼银阁正平生,碧草青苔坐芜漫。当春对酒不须疑,视日相看能几时。春风吹尽燕初至,此时自为称君意。秋露萎草鸿始归,此时衰暮与君违。人生翻覆何常定,谁保容颜无是非。

# 郑蜀宾

郑蜀宾,荥阳人,善五言诗。长寿中,终县尉。诗一首。

# 别 亲 朋

《唐新语》云:蜀宾老为江左一尉,亲朋饯于上东门,赋诗,酒酣自咏,声调哀戚。竟卒于官。

畏途方万里,生涯近百年。不知将白首,何处入黄泉。

# 全唐诗卷一〇一

## 宋务光 一作宋先

宋务光，字子昂，一名烈，汾州西河人。举进士及第，调洛阳尉，迁右卫骑曹参军。神龙初，上封事直谏，不省。俄以监察御史巡察河南道，考最，进殿中右台御史。诗一首。

### 海 上 作

旷哉潮汐池，大矣乾坤力。浩浩去无际，沄沄深不测。崩腾翕众流，洪浒环中国。鳞介错殊品，氛霞饶诡色。天波混莫分，岛树遥难识。汉主探灵怪，秦王恣游陟。搜奇大壑东，竦望成山北。方术徒相误，蓬莱安可得。吾君略仙道，至化孚淳默。惊浪晏 一作按 穷溟，飞航通绝域。马韩底厥贡，龙伯修其职。粤我遘休明，匪躬期正直。敢输鹰隼执，以间 一作问 豺狼忒。海路行已殚，辀轩未皇息。劳歌玄月暮，旅睇沧浪极。魏阙渺云端，驰心附归冀。

## 李景伯

李景伯，怀远子。景龙中为给事中，迁谏议大夫。中宗尝宴侍臣及朝集使，酒酣，令各为回波辞，众皆为谄佞，景伯独不然。萧至忠称之曰："此真谏官也。"终散骑常侍。诗一首。

# 回　波　辞

回波尔时酒卮,微臣职在箴规。侍宴既过三爵,喧哗窃恐非仪。

# 李行言

　　李行言,陇西人。兼文学干事。中宗时为给事中。能唱步虚歌,七月七日两仪殿会宴,帝命为之。行言于御前长跪,作三洞道士音词,歌数曲,时论鄙之。诗一首。

## 秋晚度废关

秦郊平旧险,周德眷遗黎。始闻清夜柝,俄见落封泥。物色来无限,津途去不迷。空亭谁问马,闲戍但鸣鸡。山月寒弥净,河风晓更凄。赠言杨伯起,非复是关西。

# 郭利贞

　　郭利贞,神龙中为吏部员外。赋上元诗,与苏味道、崔液并为绝唱。诗一首。

## 上　元

九陌连灯影,千门度一作遍月华。倾城出宝骑,匝路转香车。烂熳惟愁晓,周游不问家。更逢清管发,处处落梅花。

# 元希声

　　元希声，河南人。七岁善属文，举进士。累官司礼博士，预修《三教珠英》。景龙初，进吏部侍郎。集三十卷，今存诗八首。

## 赠皇甫侍御赴都八首

东南之美，生于会稽。牛斗之气，蓄于昆溪。有瑶者玉，连城是齐。有威者凤，非梧不栖。

猗嗟众珍，以况君子。公侯之胄，必复其始。利器长材，温仪峻峙。道心惟微，厥用允塞。德辉不泯，而映邦国。静以有神，动而作则。九皋千里，其声不忒。

粤在古昔，分官厥初。刺邪矫枉，非贤勿居。棱棱直指，烈烈方书。苍玉鸣珮，绣衣登车。

绰绰夫君，是膺柱下。准绳有望，名器无假。宠盖伯山，气雄公雅。立朝正色，俟我能者。

载怀朋情，尝接闲宴。好洽昆弟，官联州县。如彼松竹，春荣冬蒨。柯叶蔼然，下渝霜霰。

会合非我，关山坐违。离鸿晓引，别叶秋飞。骈骖徐动，尊饯相依。远情超忽，岐路光辉。

金石其心，芝兰其室。言语方间，音徽自溢。肃子风威，严子霜质。赠言岁暮，以保贞吉。

# 李澄之

　　李澄之,尉氏人,以五言诗名。神龙中,蹉跌不遇。年六十馀,为宋州参军卒。诗一首。

## 秋庭夜月有怀

游客三江外,单栖百虑违。山川忆处近,形影梦中归。夜月明虚帐,秋风入捣衣。从来不惯别,况属雁南飞。

# 李如璧

　　李如璧,睿宗朝为御史。诗一首。

## 明　月

三五月华流炯光,可怜怀归一作君郢路长。逾江越汉津无梁,遥遥永夜思茫茫。昭君失宠辞上宫,蛾眉婵娟卧毡穹。胡人琵琶弹北风,汉家音信绝南鸿。昭君此时怨画工,可怜明月光〔朣〕(瞳)胧。节既秋兮天向寒,沅有漪兮湘有澜,沅湘纠合淼漫漫。洛阳才子忆长安,可怜明月复团团。逐臣恋主心愈恪,弃妻思君情不薄。已悲芳岁徒沦落,复恐红颜坐销铄。可怜明月方照灼,向影倾身比葵藿。

# 洪子舆

　　洪子舆,睿宗时官侍御史。姜晦时为中丞,讽劾韦安石,子舆不从。诗一首。

## 严 陵 祠

汉主召子陵,归宿洛阳殿。客星今安在,隐迹犹可见。水石空潺
湲,松篁尚葱蒨。岸深翠阴合,川回白云遍。幽径滋芜没,荒祠幂
霜霰。垂钓想遗芳,掇蕨羞野荐。高风激终古,语理忘荣贱。方验
道可尊,山林情不变。

# 寇 泚

寇泚,中宗朝为长安尉。张仁愿在朔方,奏用分判军事。
开元十三年,帝自择刺史,泚由兵部侍郎出守宋州,赋诗祖饯。
诗一首。

## 度 崆 山

小年弄文墨,不识戎旅难。一朝事鞞鼓,策马度崆山。崆山横地
轴,万里留荒服。悠悠正旆远,騑骖一何速。流月挥金戈,惊风折
寒木。行闻汉飞将,还向皋兰宿。

# 吴 兢

吴兢,汴州浚仪人。博通经史,魏元忠、朱敬则深器之。
荐其有史才,因令直史馆。神龙中,迁右补阙,与韦承庆、崔融
等撰《则天实录》。开元中,历修文馆学士,居史职殆三十年。
序事简要,人皆称之。出为荆州司马,以史稿自随。萧嵩监修

国史，奏取兢所撰，得六十五卷。累迁台、洪、饶、蕲四州刺史。天宝初，为邺郡太守，入为恒王傅。尝以梁、陈、齐、周、隋五代史繁杂，乃别撰各史，又伤疏略。卒年八十馀。卒后，其子进兢所撰《唐史》八十馀卷，事多纰缪，不逮壮年。兢家多藏书，尝录其卷第，号《吴氏西斋书目》。诗二首。

## 永泰公主挽歌二首

秾华从妇道，釐降适诸侯。河汉天孙合，潇湘帝子游。关雎方作训，鸣凤自相求。可叹凌波迹，东川遂不流。

舜华徂北渚，宸思结南阳。鸾绶哀荣备，游轩宠悼彰。三川谋远日，八水宅连冈。无复秦楼上，吹箫下凤凰。

# 全唐诗卷一○二

## 武平一

武平一,名甄,以字行,后族,颍川郡王载德子。博学,通《春秋》。后在时,畏祸不与事,隐嵩山,修浮屠法,屡诏不应。中宗复位,平一居母丧,迫召为起居舍人,丐终制,不许。景龙二年,兼修文馆直学士,迁考功员外郎。虽预宴游,尝因诗规戒。明皇初,贬苏州参军。徙金坛令。既谪,名亦不衰。开元末卒。诗一卷。

### 妾 薄 命

有女妖且丽,裴回湘水湄。水湄兰杜芳,采之将寄谁。瓠犀发皓齿,双蛾颦翠眉。红脸如开莲,素肤若凝脂。绰约多逸态,轻盈不自持。尝矜绝代色,复恃倾城姿。子夫前入侍,飞燕复当时。正悦掌中舞,宁哀团扇诗。洛川昔云遇,高唐今尚违。幽阁禽雀噪,闲阶草露滋。流景 何速,年华不可追。解佩安所赠,怨咽空自悲。

### 奉和登骊山高顶寓目应制

銮舆上碧天,翠帘拖晴烟。绝巘纡仙径,层岩敞御筵。云披丹凤阙,日下黑龙川。更睹南熏奏,流声入管弦。

## 幸梨园观打球应制

令节重遨游,分镳应彩球。骖骕回上苑,蹀躞绕通沟。影就红尘
没,光随赭汗流。赏阑清景暮,歌舞乐时休。

## 奉和幸白鹿观应制

玉府凌三曜,金坛驻六龙。彩旒悬倒景,羽盖偃乔松。玄圃灵芝
秀,华池瑞液浓。谬因沾舜渥一作圣泽,长愿奉尧封。

## 侍宴安乐公主新宅应制

紫汉秦楼敞,黄山鲁馆开。簪裾分上席,歌舞列平台。马既如龙
至,人疑学凤来。幸兹一作忻联棣萼,何以接邹枚。

## 送金城公主适西蕃

广化三边静,通烟四海安。还将膝下爱,特副域中欢。圣念飞玄
藻,仙仪下白兰。日斜征盖没,归骑动鸣鸾。

## 奉和幸新丰温泉宫应制

秦王登碣石,周后袭昆仑。何必在遐远,方称万宇尊。我皇顺时
豫,星驾动轩辕。雄戟交驰道,清笳度国门。回舆长乐观,校猎上
林园。行漏移三象,连营总八屯。旌摇鹦鹉谷,骑转凤凰原。绝壁
苍苔古,灵泉碧溜温。参差开水殿,窈窕敞岩轩一作垣。丰邑模犹
在,骊宫迹尚存。烟松衔翠崿,雪径绕花源。侍从推玄草,文章召
虎贲。深仁浃夷夏,洪造溢乾坤。谬忝王枚列,多惭雨露恩。

## 奉和幸韦嗣立山庄侍宴应制

三光回斗极,万骑肃钩陈。地若游汾水,畋疑历渭滨。圆塘冰写镜,遥树露成春。弦奏鱼听曲,机忘鸟狎人。筑岩思感梦,磻石想垂纶。落景摇红壁,层阴结翠筠。素风纷可尚,玄泽蔼无垠。薄暮清筋动,天文焕紫宸一作北辰。

## 兴庆池侍宴应制

銮舆羽驾直城隈,帐殿旌门此地开。皎洁灵潭图日月,参差画舸结楼台。波摇岸影随桡转,风送荷香逐酒来。愿奉圣情欢一作常不极一作皇欢常不极,长游云汉几昭回。

## 奉和立春内出彩花树应制

銮辂青旂下帝台,东郊上苑望春来。黄莺未解林间啭,红蕊先从殿里开。画阁条风初变柳,银塘曲水半含苔。欣逢睿藻光韶律,更促霞觞畏景催。

## 奉和正旦赐宰臣柏叶应制

绿叶迎春绿,寒枝历岁寒。愿持柏叶寿,长奉万年欢。

## 游泾川琴溪

环潭澄晓色,叠嶂照秋影。幽致欣所逢,纷虑自兹屏。

## 夜宴安乐公主宅

王孙帝女下仙台,金榜珠帘入夜开。遽惜琼筵欢正洽,唯愁银箭晓相催。

## 奉和圣制幸韦嗣立山庄应制

鸣銮赫奕下重楼,羽盖逍遥向一丘。汉日唯闻白衣宠,唐年更睹赤
松游。

## 饯 唐 永 昌

闻君墨绶出丹墀,双舃飞来伫有期。寄谢铜街攀柳日,无忘粉署握
兰时。

# 全唐诗卷一〇三

## 赵彦昭

赵彦昭,字奂然,甘州张掖人。少豪迈,风骨秀爽。及进士第,调南部尉,历左台监察御史。中宗景龙中,累迁中书侍郎,同中书门下平章事。睿宗立,出为宋州刺史,入为吏部侍郎,迁刑部尚书,封耿国公。寻贬江州别驾卒。编诗一卷。

### 奉和圣制立春日侍宴内殿出剪彩花应制

剪彩迎初候,攀条故写真。花随红意发,叶就绿情新。嫩色惊衔燕,轻香误采人。应为熏风拂,能令芳树春。

### 奉和人日清晖阁宴群臣遇雪应制

出震乘东陆,凭高御北辰。祥云应早岁,瑞雪候初旬。庭一作宫树千花发,阶蓂七叶新。幸承今日宴,长奉万年春。

### 奉和七夕两仪殿会宴应制

青女三秋节,黄姑七日期。星桥度玉珮,云阁掩罗帷。河气通仙掖,天文入睿词。今宵望灵汉,应得见蛾眉。

## 奉和九日幸临渭亭登高应制

秋豫凝仙览,宸游转翠华。呼鹰下鸟路,戏马出龙沙。紫菊宜新寿,丹萸辟旧邪。须陪长久宴,岁岁奉吹花。

## 奉和九月九日登慈恩寺浮屠应制

出豫乘秋一作佳节,登一作凭高陟梵宫。皇心满尘界,佛迹现虚空。日月宜长寿,人天得大通。喜闻题宝偈,受记莫由同。

## 安乐公主移入新宅侍宴应制同用开字

云物中京晓,天人外馆开。飞桥象河汉,悬榜学蓬莱。北阙临仙槛,南山送寿杯。一窥轮奂毕,惭恧一作更思栋梁材。

## 奉和送金城公主适西蕃应制 一作崔日用诗

圣后经纶远,谋臣计画多。受降追汉策,筑馆许戎和。俗化乌孙垒,春生积石河。六龙今出饯,双鹤愿为歌。

## 奉和圣制登骊山高顶寓目应制

皇情遍九垓,御辇驻昭回。路若随天转,人疑近日来。河看大禹凿,山见巨灵开。愿扈登封驾,常持荐寿杯。

## 奉和幸白鹿观应制

云骖驱半景,星跸坐中天。国诞玄一作元宗圣,家寻碧落仙。玉杯鸾荐寿,宝算鹤知年。一睹光华旦,欣承道德篇。

## 哭仆射鄂公杨再思

两揆光天秩,三朝奉帝熙。何言集大鸟,忽此丧元龟。坐叹公槐落,行闻宰树悲一作萎。壑舟今已去,宁有济川期。

## 人日侍宴大明宫应制

宝契无为属圣人,雕舆出幸玩芳辰。平楼半入南山雾,飞阁旁临东墅一作野春。夹路秾花千树发,垂轩弱柳万条新。处处风光今日好,年年愿奉属车尘。

## 奉和初春幸太平公主南庄应制

主第岩扃驾鹊桥,天门闾阖降鸾镳。历乱旌旗转云树,参差台榭入烟霄。林间花杂平阳舞,谷里莺和弄玉箫。已陪沁水追欢日,行奉茅山访道朝。

## 奉和幸安乐公主山庄应制

六龙齐轸御朝曦,双鹢维舟下绿池。飞观仰看云外耸,浮桥直见海中移。灵泉巧凿天孙渚,孝笋能抽帝女枝。幸愿一生同草树,年年岁岁乐于斯。

## 奉和幸大荐福寺 寺乃中宗旧宅

宝一作瑶,一作初。地龙飞后,金一作今身佛现时。千花开国界,万善累皇一作重基。北阙承行幸,西园属住持。天衣拂旧石,王舍起新祠。刹凤迎雕辇,幡虹驻彩旗。同沾小雨润,窃仰一作仰咏大风诗。

## 奉和幸长安故城未央宫应制

凤驾移天跸,凭轩览汉都。寒烟收紫禁,春色绕黄图。旧史遗陈迹,前王失霸符。山河寸土尽,宫观尺椽无。崇高惟在德,壮丽岂为谟。茨室留皇鉴,熏歌盛有虞。

## 奉和幸韦嗣立山庄侍燕应制

贤族唯题里,儒门但署乡。何如表岩洞,宸翰发辉光。地在兹山曲,家临郐水阳。六龙驻旌罕,四牡耀旗常。北斗临台座,东山入庙堂。天高羽翼近,主圣股肱良。野竹池亭气,村花洞谷香。纵然怀豹隐,空愧蹑鹓行。

## 奉和元日赐群臣柏叶应制

器乏雕梁器,材非构厦材。但将千岁叶,常奉万年杯。

## 苑中人日遇雪应制

始见青云干律吕,俄逢瑞雪应阳春。今日回看上林树,梅花柳絮一时新。

## 奉和圣制幸韦嗣立山庄应制

廊庙心存岩壑中,銮舆瞩在灞城东。逍遥自在蒙庄子,汉主徒言河上公。

## 秋朝木芙蓉

水面芙蓉秋已衰,繁条偏是著花迟。平明露滴垂红脸,似有朝愁暮落时。

# 侍宴桃花园咏桃花应制

红萼竞燃一作妍春苑曙，粉茸新吐一作向御筵开。长年愿奉西王母一作宴，近侍惭无东朔才。

# 全唐诗卷一○四

## 萧至忠

　　萧至忠，德言曾孙。少为畿尉，以清谨称。神龙初，自吏部员外擢御史中丞，迁吏部侍郎，掌选事，请谒杜绝。寻迁中书侍郎，兼中书令。睿宗立，出为晋州刺史。先天二年，复为中书令。与窦怀贞、魏知古、崔湜、陆象先、徐坚等撰《姓族系录》二百卷，书成，加爵。后坐附太平公主伏诛。诗九首。

### 奉和九日幸临渭亭登高应制得馀字

望幸三秋暮，登高九日初。朱旗巡汉苑，翠帟俯秦墟。宠极荑房一作香遍，恩深菊酎馀。承欢何以答，万亿奉一作俯宸居。

### 奉和九月九日登慈恩寺浮图应制

天眷三乘启，星舆六辔行。登高凌宝塔，极目遍王城。神卫空中绕，仙歌云外清。重阳千万寿，率舞颂升平。

### 奉和幸安乐公主山庄应制

西郊窈窕凤凰台，北渚平明法驾来。匝地金声初度曲，周堂玉溜好一作且，又作始。传杯。湾路分游画舟转，岸一作岩门相向碧亭开。微臣此时承宴乐，仿佛疑从一作寻星汉回。

## 送张亶赴朔方应制 以下六首一作刘宪诗

命将择耆年,图功胜必全。光辉万乘饯,威武二庭宣。中衢横鼓角,旷野蔽旌旄。推食天厨至,投醪御酒传。凉风过雁苑,杀气下鸡田。分阃恩何极,临岐动睿篇。

## 陪幸长宁公主林亭

公主林亭地,清晨降玉舆。画桥飞渡水,仙阁迥临虚。新晴看蛱蝶,早夏摘芙蕖。文酒娱游盛,忻叨侍从馀。

## 陪幸五王宅

北斗枢机任,西京肺腑亲。畴昔王门下,今兹制幸晨。恩来山水被,圣作管弦新。绕座薰红药,当轩暗绿筠。摘荷才早夏,听鸟尚馀春。行漏金徒晓,风烟是观津。

## 三会寺应制

岌嶪仓史台,敞朗绀园开。戒旦壶人警,翻霜羽骑来。下辇登三袭,褰旒望九垓。林披馆陶榜,水浸昆明灰。网户飞花缀,幡竿度鸟回。豫游仙唱动,潇洒出尘埃。

## 荐福寺应制

地灵传景福,天驾俨钩陈。佳哉藩邸旧,赫矣梵宫新。香塔鱼山下,禅堂雁水滨。珠幡映白日,镜殿写青春。甚欢延故吏,大觉拯生人。幸承歌颂末,长奉属车〔尘〕(压)。

### 陪游上苑遇雪

龙骖晓入望春宫，正逢春雪舞春风。花光并在天文上，寒气行销御酒中。

# 李迥秀

　　李迥秀，字茂之，泾阳人。初为相州参军，后累官凤阁舍人。长安中，同平章事。中宗朝，终兵部尚书。卒赠侍中。诗四首。

### 奉和九日幸临渭亭登高应制得风字

重九临商节，登高出汉宫。正逢萸实满，还对菊花丛。霁云开就日一作晓色，仙藻丽秋风。微臣预在镐，窃抃遂无穷。

### 奉和九月九日登慈恩寺浮图应制

沙界人王塔，金绳梵帝游。言从祇树赏，行玩菊丛秋。御酒调甘露，天花拂一作乱彩旒。尧年将一作持佛日，同此庆时休。

### 奉和幸安乐公主山庄应制

诘旦重门闻一作开警跸，传言太主奏一作奉山林。是日回舆罗万一作百骑，此时欢喜赐千金。鹭羽凤箫参乐曲，荻园竹径接帷阴。手舞足蹈方无已，万年千岁奉一作奏薰琴。

### 夜宴安乐公主宅

金榜嵯峨云里开，玉箫参差天际回。莫惊侧弁还归路，只为平阳歌舞催。

# 杨 廉 一作庶

杨廉,自省郎为给事中。诗二首。

## 奉和九日幸临渭亭登高应制得亭字

远目瞰秦坰,重阳坐灞亭。既开黄菊酒,还降紫微星。箫鼓谐一作
迎仙曲,山河入画屏。幸兹陪宴喜,无以效丹青。

## 奉和九月九日登慈恩寺浮图应制

万乘临真境,重阳眺远空。慈云浮雁塔,定水映龙宫。宝铎含飙
响,仙轮带日红。天文将瑞色,辉焕满寰中。

# 韦安石

韦安石,京兆万年人。举明经,久视中,以鸾台侍郎同凤
阁鸾台平章事,数折辱二张、三思,复相中宗,不附太平公主。
睿宗时,为姜皎所构,贬卒。诗三首。

## 奉和九日幸临渭亭登高应制得枝字

重九开秋节,得一动宸仪。金风飘菊蕊,玉露泫萸枝。睿览八纮
外,天文七曜披。临深应在即,居高岂忘危。《纪事》云:中宗九日登高,应
制二十四人。韦安石、苏瓖诗先成,于经野、卢怀慎诗后成。时景龙三年也。

## 侍宴旋师喜捷应制

蜂蚁屯夷落，熊罴逐汉飞。忘躯百战后，屈指一年归。厚眷纡天藻，深慈解御衣。兴酣歌舞出，朝野叹光辉。

## 梁王宅侍宴应制同用风字

梁园开胜景一作境，轩驾动宸衷。早荷承湛露，修竹引薰风。九酝倾钟石，百兽协丝桐。小臣陪宴镐，献寿奉维嵩。

# 窦希玠

　　　窦希玠，扶风人。中宗时为礼部尚书。开元初，太子少傅、开府仪同三司，世为外戚，贵盛莫比。诗一首。

## 奉和九日幸临渭亭登高应制得明一作英字

銮舆巡上苑，凤驾瞰层城。御座丹乌丽，宸居白鹤惊。玉旗萦桂叶，金杯泛菊英。九晨陪圣膳，万岁奉承明。

# 陆景初

　　　陆景初，苏州吴人，宰相元方子。景云中，与崔湜同知政事，睿宗以其能绍先业，赐名象先。诗一首。

## 奉和九日幸临渭亭登高应制得臣字

九秋光顺豫，重节霁良辰。登高识汉苑，问道侍轩臣。菊花浮秬邕,萸房插缙绅。圣化边陲谧,长洲鸿雁宾。

# 郑南金

郑南金,中宗时人。诗一首。

## 奉和九日幸临渭亭登高应制得日字

重阳玉律应,万乘金舆出。风起韵虞弦,云开吐尧日。菊花浮圣酒,茱香挂衰质。欲知恩煦多,顺动观秋实。

# 李 咸

李咸,中宗时学士。诗一首。

## 奉和九日幸临渭亭登高应制得直字

重阳乘令序,四野开晴色。日月数初并,乾坤圣登极。菊黄迎酒泛,松翠凌霜直。游海难为深,负山徒倦力。

# 赵彦伯

赵彦伯,中宗时弘文馆学士。诗三首。

## 奉和九日幸临渭亭登高应制得花字

九日报仙家,三秋转岁华。呼鹰下鸟路,戏马出龙沙。簪挂丹萸蕊,杯浮紫菊花。所愿同微物,年年共辟邪。诗内第三四句与赵彦昭同。

## 从宴桃花园咏桃花应制 本赵彦昭诗

红萼竞燃春苑曙,荜茸新吐御筵开。长年愿奉西王宴,近侍惭无东朔才。

## 苑中遇雪应制

千钟圣酒御筵披,六出祥英乱绕枝。即此神仙对琼圃,何烦辙迹向瑶池。

# 于经野

于经野,中宗时为户部尚书。诗一首。

## 奉和九日幸临渭亭登高应制得樽字

御气三秋节,登高九曲门。桂筵罗玉俎,菊醴溢芳樽。遵渚归鸿度,承云舞鹤鹒。微臣滥陪赏,空荷圣明恩。

# 卢怀慎

卢怀慎,滑州人。第进士,历监察御史,迁右御史台中丞,黄门侍郎。开元初,进同紫微黄门平章事。卒谥文成。诗二首。

## 奉和九日幸临渭亭登高应制得还字

时和素秋节,宸豫紫机关。鹤似闻琴至,人疑宴镐还。旷望临一作迷平野,潺湲俯暝湾。无因酬大德,空此愧崇班。

## 奉和圣制龙池篇

代邸东南龙跃泉<sub>一作或跃</sub>,清漪碧浪远浮天。楼台影就波中出,日月光疑镜里悬。雁沼洄流成舜海,龟书荐社应尧年。大川既济惭为楫,报德空思奉细涓。

# 全唐诗卷一〇五

## 辛替否

辛替否,字协时,京兆万年人。景龙中为左拾遗,以直谏名。睿宗朝迁右台殿中侍御史。开元中,终颖王府长史。诗一首。

### 奉和九月九日登慈恩寺浮图应制

洪慈均动植,至德俯深玄。出豫从初地,登高适梵天。白云飞御藻,慧日暖一作暖皇编。别有秋原藿,长倾雨露缘。

## 王 景

王景,太原人,为司门员外郎,莱州刺史。诗一首。

### 奉和九月九日登慈恩寺浮图应制

玉辇移中禁,珠梯览四禅。重阶清汉接,飞窦紫霄悬。缀叶披天藻,吹花散御筵。无因銮跸暇,俱舞鹤林前。

# 毕乾泰

毕乾泰,景龙时人。诗一首。

## 奉和九月九日登慈恩寺浮图应制

鹫林花塔启,凤辇顺时游。重九昭皇庆,大千扬帝休。耆阇妙法阐,王舍睿文流。至德覃无极,小臣歌讵酬。

# 麹 瞻

麹瞻,景龙时人。诗一首。

## 奉和九月九日登慈恩寺浮图应制

扈跸游玄地,陪仙瞰紫微。似迈铢衣劫,将同羽化飞。雕戈秋日丽,宝剑晓霜霏。献觞乘菊序,长愿奉天晖。

# 樊 忱

樊忱,神龙初为地官侍郎。诗一首。

## 奉和九月九日登慈恩寺浮图应制

净境重阳节,仙游万乘来。插萸登鹫岭,把菊坐蜂台。十地祥云一作烟合,三天瑞景开。秋风词更远,窃抃乐康哉。

# 孙　佺

孙佺,字麟德,汝州人,宰相处约子。中宗时为幽州都督。诗一首。

## 奉和九月九日登慈恩寺浮图应制

应节萸房一作香满,初寒菊圃新。龙旗焕辰极,凤驾俨香闉。莲井偏宜夏,梅梁一作渠更若春。一忻陪雁塔,还似得天身。

# 李从远

李从远,景龙时人。诗一首。

## 奉和九月九日登慈恩寺浮图应制

九月从时豫,三乘为法开。中霄日天子,半座宝如来。摘果珠盘献,攀萸玉辇回。愿将尘露点,遥奉光明台。

# 周利用

周利用,中宗时,与御史大夫郑惟忠同送金城公主和蕃。诗一首。

## 奉和九月九日登慈恩寺浮图应制

山豫乘金节,飞文焕日宫。萸房开圣酒,杏一作菊,一作柰。苑被玄功。塔向三天迥,禅一作池收一作将八解空。叨恩奉兰藉,终愧洽薰风。

# 张景源

张景源,中宗时官补阙。诗一首。

## 奉和九月九日登慈恩寺浮图应制

飞塔凌霄起,宸游一届焉。金壶新泛菊,宝座即披莲。就日摇香辇,凭云出梵天。祥氛与佳色,相伴杂炉烟。

# 李 恒

李恒,进士第,官安阳令。诗一首。

## 奉和九月九日登慈恩寺浮图应制

宝地邻一作临丹掖,香台瞰碧云。河一作关山天一作江外出,城阙树中分。睿藻兰英秀,仙杯菊蕊薰。愿将今日乐,长奉圣明君。

# 张 锡

张锡,武城人,文琮子。则天时为凤阁侍郎同平章事。请还庐陵王,坐流循州。韦后临朝,复相。旬日,出刺绛州。诗二首。

## 奉和九月九日登慈恩寺浮图应制

九秋霜景净,千门晓望通。仙游光御路,瑞塔迥凌空。菊彩扬尧日,萸香绕一作入舜风。天文丽辰象,窈扑仰层穹。

## 晦日宴高文学林亭 同用华字

雪尽铜驼路,花照石崇家。年光开柳色,池影泛云华。赏洽情方远,春归景未赊。欲知多暇日,尊酒渍澄霞。

# 解　琬

　　解琬,魏州元城人。中幽素科,调新政尉,除监察御史。习边事。景龙中,迁御史大夫,兼朔方行军大总管。守边积二十年。开元中,终同州刺史。诗二首。

## 奉和九月九日登慈恩寺浮图应制

瑞塔临初地,金舆幸上方。空边有清净,觉处无馨香。雨霁微尘敛,风秋定水凉。兹辰采仙菊,荐寿庆重阳。

## 晦日宴高氏林亭 同用华字

主第簪裾出,王畿春照华。山亭一以眺,城阙带烟霞。横堤列锦帐,傍浦驻香车。欢娱属晦节,酩酊未还家。

# 全唐诗卷一○六

## 郑愔

郑愔,字文靖,沧州人。年十七,进士擢第。天后时,张易之兄弟荐为殿中侍御史。易之败,贬宣州司户,既而附武三思,累迁吏部侍郎。后预谯王重福谋,被诛。诗一卷。

### 侍宴长宁公主东庄应制

公门袭汉环一作佩,主第称秦玉。池架祥鼍序一作宇,山吹鸣凤曲。拂席萝薜垂,回舟芰荷触。平阳妙舞处,日暮清歌续。

### 采 莲 曲

锦纬一作楫沙棠舰,罗带石榴裙。绿潭采荷芰,清江日稍曛。鱼鸟争嗳喋,花叶相芬氲。不觉芳一作湘洲暮,菱一作棹歌处处闻。

### 夜 游 曲

汉室欢娱盛,魏国文雅道。许史多暮宿,应陈从夜游。西园宴公子,北里召王侯。讵似将军猎,空嗟亭尉留。

### 少 年 行

颍川豪横客,咸阳轻薄儿。田窦方贵幸,赵李新相知。轩盖终朝集,笙竽此夜吹。黄金盈篋笥,白日忽西驰。

## 中宗降诞日长宁公主满月侍宴应制

春殿猗兰美,仙阶柏树荣。地逢芳节应,时睹圣人生。月满增祥
荚,天长发瑞灵。南山遥可献,常愿奉皇明。

## 奉和幸上官昭容院献诗四首

地轴楼居远,天台阙路赊。何如游帝宅,即此对仙家。座拂金壶
电,池摇玉酒霞。无云一作劳秦汉隔,别访武陵花。

尧茨一作祠姑射近,汉苑建章连。十五冀知月,三千桃纪年。鸾一作
鸳歌随凤吹,鹤舞向鹍弦。更觅琼妃伴,来过玉女泉。

宫掖贤才重,山林高尚难。不言辞辇地,更有结庐欢。池栋清温
燠,岩窗起沍寒。幽亭有仙桂,圣主万年看。

槎流天上转,茅宇禁中开。河鹊填桥至,山熊避槛来。庭花采菉
蓐,岩石步莓苔。愿奉舆图泰,长开锦翰裁。

## 送金城公主适西蕃应制

下嫁戎庭远,和亲汉礼优。笳声出虏塞,箫曲背秦楼。贵主悲黄
鹤,征人怨紫骝。皇情眷亿兆,割念俯怀柔。

## 奉和幸望春宫送朔方大总管张仁亶

御跸下都门,军麾出塞垣。长杨跨武骑,细柳接戎轩。睿曲风云
动,边威鼓吹喧。坐帷将阃外,俱是报明恩。

## 奉和九月九日登慈恩寺浮图应制

涌霄开宝塔,倒影驻仙舆。雁子乘堂处,龙王起藏初。秋风圣主

曲,佳气史官书。愿献重阳寿,承欢万岁馀。

## 铜 雀 妓

日斜漳浦望,风起邺台寒。玉座平生晚,金尊妓吹阑。舞馀依帐泣,歌罢向陵看。萧索松风暮,愁烟入井阑。

## 胡 笳 曲

汉将留边朔,遥遥岁序深。谁堪牧马思,正是胡笳吟。曲断关山月,声悲雨雪阴。传书问一作向苏武,陵也独何心。

## 折 杨 柳

青柳映红颜,黄云蔽紫关。忽闻边使出,枝叶为君攀。舞腰愁欲断,春心望不还。风花滚成雪,罗绮乱斑斑。

## 秋 闺

征客向轮台,幽闺寂不开。音书秋雁断,机杼夜蛩催。虚幌风吹叶,闲阶露湿苔。自怜愁思影,常共月裴回。

## 人日重宴大明宫恩赐彩缕人胜应制

琼殿含光映早轮,玉銮严跸望初晨。池开冻水仙宫丽,树发寒花禁苑新。佳气裴回笼细网,残霙淅沥染轻尘。良时荷泽皆迎胜,穷谷晞阳犹未春。

## 奉和春日幸望春宫

晨跸凌高转翠旌,春楼望远背朱城。忽排花上游天苑,却坐云边看帝京。百草香心初胃蝶,千林嫩叶始藏莺。幸同葵一作微藿倾阳早,愿比盘根应候荣。

## 奉和幸三会寺应制 <sub></sub>寺传苍颉造书台

鸟籀遗新阁,龙旂访古台。造书臣颉往,观迹<sub>一作籀</sub>帝羲来。睿览<sub>一作法界</sub>山川匝,宸心宇宙该。梵音随驻辇,天步接乘杯。旧苑经寒露,残池问劫灰。散花将捧日,俱喜圣慈<sub>一作词</sub>开。

## 奉和幸大荐福寺 <sub></sub>寺即中宗旧宅

旧邸三乘辟,佳辰万骑留。兰图奉叶偈,芝盖拂花楼。国会人王法,宫还天帝游。紫云成宝界,白水作禅流。雁塔昌基远,鹦林睿藻<sub>一作蕙草抽</sub>。欣承大风曲,窃预小童讴。

## 同韦舍人早朝

瑞阙龙居峻,宸庭凤掖深。才良寄天纬,趋拜侣朝簪。飞马看来影,喧车识驻音。重轩轻雾入,洞户落花侵。闻有题新翰,依然想旧林。同声惭卜玉,谬此托韦金。

## 塞外三首

塞外萧条望,征人此路赊。边声乱朔马,秋色引<sub>一作动</sub>胡笳。遥嶂侵归日,长城带晚霞。断蓬飞古戍,连雁聚寒沙。海暗云无叶,山春雪作花。丈夫期报主,万里独辞家。

荒垒三秋夕,穷郊万里平。海阴凝独树,日<sub>一作月</sub>气下连营。戎旆霜旋<sub>一作疑</sub>重,边裘夜更轻。将军犹转战,都尉不成名。折柳悲春曲,吹笳断夜声。明年汉使返,须筑受降城。

阳鸟南飞夜,阴山北地寒。汉家征戍客,年岁在楼兰。玉塞<sub>一作关</sub>朔风起,金河秋月团。边声入鼓吹,霜气下旌竿。海外归书断,天涯旅鬓残。子卿犹奉使,常向节旄看。

## 春 怨

春朝物候妍,愁妇镜台前。风吹数蝶乱,露洗百花鲜。试出褰罗幌,还来著锦筵。曲中愁夜夜,楼上别年年。不及随萧史,高飞向紫烟。

## 贬降至汝州广城驿

近郊凭汝海,遐服指江干。尚忆趋朝贵,方知失路难。曙宫平乐远,秋泽广城寒。岸苇新花白,山梨晚叶丹。乡关千里暮,岁序四时阑。函塞云间别,旋门雾里看。凤年追骁骥,暮节仰鹓鸾。疲驽劳垂耳,骞腾一作飞讵矫翰。将调梅铉实,不正李园冠。荆玉终无玷,随珠忽已弹。晓装违巩洛,夕梦在长安。北上频伤阮,西征未学潘。倾车无共辙,同派有殊澜。去去怀知己,何由报一餐。

## 哭郎著作

诗礼康成学,文章贾谊才。巳年人得梦,庚日鸟为灾。书草藏天阁,琴声入夜台。荒阶罗驳藓,虚座网一作满浮埃。白马宾徒散,青鸟陇隧开。空怜门下客一作悲凉门馆下,怀旧几迟回。

## 咏黄莺儿

欲转声犹涩,将飞羽未调。高风不借便,何处得迁乔。

## 百 舌

百舌鸣高树,弄音无常则。借问声何烦,末俗不尚默。

# 全唐诗卷一〇七

## 源乾曜

　　源乾曜,相州临漳人。举进士。景云中,累迁谏议大夫。开元初,以太常卿姜皎荐,拜少府少监,兼邠王府长史,寻迁户部侍郎,转尚书左丞。擢黄门侍郎,同平章事,进位侍中,后拜尚书左丞相,与张嘉贞、张说相次知政事。终太子少傅。诗四首。

### 奉和圣制送张说上集贤学士赐宴 赋得迎字

盛业光书府,征人尽国英。丝一作司纶贤得相,群俊学为名。宠命垂天锡,崇恩发睿情。熏风清禁籞,文殿述皇明。日霁庭阴出,池曛一作新水气生。欢娱此无限,诗酒自相迎。

### 奉和御制乾曜与张说宋璟同日上官命宴都堂赐诗

睿作超千古,湛恩育万人。递迁俱一作齐荷泽,同拜忽为邻。道合一作洽徽音一作音徽畅,芳辰一作驰景命新。鼓钟崇享礼,鹓鹭集朝伦。窃位思官谤,凋容谢木春。惭多无以叙,拙备实一作实固难陈。进绥一作级怀三少,承光尽百身。自当归第日,何幸列宫臣。

# 奉和圣制送张尚书巡边

匈奴还河朔,汉地须一作复戎旅。天子择英才,朝端出监抚。流星
下阊阖,宝钺专公辅。礼物生光辉,宸章一作意备恩诩。有征视一作
是矛戟,制胜唯樽俎。彼美何壮哉,桓桓擅斯举。声华振台阁,功
德标文武。奉国知命轻,忘家以身许。安人在勤恤,保大殚襟腑。
此外无异言,同情报明主。

# 禅社首乐章

灵具醉,杳熙熙。灵将往,眇禩禩。愿明德,吐正词。烂遗光,流
祯祺。

# 徐 坚

徐坚,字元固,湖州人。举进士。圣历中为东都留守判
官,专主表奏,王方庆称为掌纶诰之选。杨再思亦曰:"此凤阁
舍人样。"与徐彦伯、刘知几、张说同修《三教珠英》。构意撰
录,具为条流。书成,迁司封员外郎。中宗时,为给事中。睿
宗朝,自刑部侍郎拜散骑常侍。开元中,改丽正书院为集贤
院,以坚为学士,副张说知院事。坚多识典故,前后修撰格式、
氏族及国史等,凡七入书府。又讨集前代文词故实,为《初学
记》。坚与父齐聃俱以词学著闻。长姑为太宗充容,次姑为高
宗婕妤,并有文藻。议者方之汉世班氏。集三十卷,今存诗九
首。

## 奉和圣制送张说赴集
## 贤院学士赐宴赋得虚字

崇文德化洽,新殿集贤初。庸菲参高<sub>一作嘉</sub>选,首滥承明庐。殊私光辅弼,荣送列簪裾。座引中厨馔,杯锡上尊馀。翠叶浓丹苑,晴空卷碧虚。忝同文史地,愿草登封书。

## 奉和圣制送张说巡边

至德抚遐荒,神兵赴朔方。帝思元帅重,爰择股肱良。累相承安世<sub>一作开地</sub>,深筹协子房。寄崇专斧钺,礼备设坛场。鼙鼓喧雷电,戈剑凛风霜。四骓<sub>一作黄</sub>将戒道,十乘启先行。圣锡<sub>一作赐</sub>加恒数,天文耀宠光。出郊开帐饮,寅饯盛离章。雨濯梅林润,风清<sub>一作秋</sub>麦野凉。燕山应勒颂,麟阁伫名扬。

## 奉和送金城公主适西蕃应制

星汉下天孙,车服降殊蕃。匣中词易切,马上曲虚繁。关塞移朱帐,风尘暗锦轩。箫声去日远,万里望河源。

## 饯许州宋司马赴任

旧许星车转,神京祖帐开。断烟伤别望,零雨送离杯。辞燕依空绕,宾鸿入听哀。分襟与秋气,日夕共悲哉。

## 饯　唐　永　昌

郎官出宰赴伊瀍,征传駸駸灞水前。此时怅望新丰道,握手相看共黯然。

## 送考功武员外学士使嵩山置舍利塔歌

伊川别骑,灞岸分筵。对三春之花月,览千里之风烟。望青山兮分地,见白云兮在天。寄愁心于樽酒,怆离绪于清弦。共握手而相顾,各衔一作合凄而黯然。

## 棹 歌 行

棹女饰银钩,新妆下翠楼。霜丝青桂楫,兰枻紫霞舟。水落金陵曙,风起洞庭秋。扣舷过曲浦,飞帆越回流。影入桃花浪,香飘杜若洲。洲长殊未返,萧散云霞晚。日下大江平,烟生归岸远。岸远闻潮波,争途游戏多。因声赵津女,来听采菱歌。

## 送武进郑明府

弦歌试宰日,城阙赏心违。北谢苍龙去,南随黄鹄飞。夏云海中出,吴山江上微。旷谣岂云远,从此庆缊衣。

## 仪坤庙乐章

於穆清庙,肃雍严祀。合福受釐,介以繁祉。

# 源光裕

　　源光裕,乾曜从孙。累官中书舍人。删定开元新格。进尚书左丞,终郑州刺史。诗一首。

## 祭汾阴乐章

方丘既膳,嘉飨载谧。斋敬毕诚,陶匏贵质。秀毕丰荐,芳一作芬俎盈实。永永福流,其升如日。

# 全唐诗卷一〇八

## 李元纮

李元纮,字大纲,京兆万年人。本姓丙氏,曾祖粲率众归高祖,因赐姓。元纮初为雍州司户,太平公主占民碾硙,元纮断还民。雍州长史窦怀贞惧势,促令改断。元纮大署判后曰:"南州可移,此断不可摇。"开元初,擢京兆尹。帝欲用为尚书,执政以其资浅,乃拜户部侍郎。寻进中书侍郎,同中书门下平章事。元纮当国峻崖,检抑奔竞,家无储积,宋璟尝称之。诗三首。

### 奉和圣制送张说上集贤学士赐宴 赋得私字

硕儒延凤沼,金马被鸿私。馔玉趋一作回,一作还。丹禁,笺花降紫墀。衔恩倾旨酒,鼓舞咏康时。暂觐一作构群书绪,逾昭盛业丕。接筵欣有命,搦管愧无词。自惊一何幸,太阳还及葵。

### 绿墀怨

征马噪金珂,嫖姚向北河。绿苔行迹少,红粉泪痕多。宝屋粘花絮,银筝覆网罗。别君如昨日,青海雁频过。

# 相　思　怨

望月思氛氲,朱衾懒更熏。春生翡翠帐,花点石榴裙。燕语时惊
妾,莺啼转忆君。交河一万里,仍隔数重云。

# 裴　漼

　　裴漼,绛州闻喜人。应大礼举,累官监察御史,三迁中书
舍人。开元中,拜吏部侍郎。典选数年,多所甄拔。再转黄门
侍郎。漼早与张说善,说为相,数荐之。漼长于敷奏,上亦自
嘉重,由是擢为吏部尚书,太子宾客。诗四首。

## 奉和圣制送张说上集贤学士赐宴 赋得升字

问道图书盛,尊儒礼教兴。石渠因学广,金殿为贤升。日月恩光
照,风云宠命膺。谋谟言可范,舟楫事斯凭。宴喜明时洽,光辉湛
露凝。大哉尧作主,天下颂歌称。

## 奉和御制旋师喜捷

殊类骄无长,王师示有征。中军才受律,妖寇已亡精。斩虏还遮
塞,绥降更筑城。从来攻必克,天策振奇兵。

## 奉和御制平胡

玄漠圣恩通,由来书轨同。忽闻窥月满,相聚寇云中。庙略占黄
气,神兵出绛宫。将军行逐虏,使者亦和戎。一举辒辌灭 一作灭,再
麾沙漠空。直将威禁暴,非用武为雄。饮至明军礼,酬勋锡武功。
干戈还载戢,文德在唐风。

### 奉和圣制龙池篇 第十章

乾坤启圣吐龙泉，泉水年年胜一年。始看鱼跃方成海，即睹飞龙利在天。洲渚遥将银汉接，楼台直与紫微连。休气荣光恒不散，悬知此地是神仙。

# 刘　升

刘升，德威之后。能文章，善草隶，官中书舍人。诗一首。

## 奉和圣制送张说上集贤学士赐宴 赋得宾字

图书应明主，策府宴嘉宾。台曜临东壁，乾光自北辰。网罗穷象系，述作究天人。圣酒千钟洽，仙厨百味一作品陈。成山徒可仰，涉海讵知津。幸逢文教一作雅盛，还睹颂声新。

# 萧　嵩

萧嵩，梁宣帝裔孙。初与陆象先为僚婿。象先，相门子。嵩尚未入仕，相者曰："陆郎十年内，位极人臣，然不及萧郎，一门尽贵，官高多寿。"景云元年，嵩为醴泉尉，时象先已为中书侍郎，引为监察御史，骤迁殿中。开元初，拜中书舍人，与王丘、齐澣同列，未之异，独姚崇许其致远。三迁尚书左丞，寻以兵部尚书节度河西，以破吐蕃功，入为中书令，遥领河西节度，终太子太师。年八十馀。子衡，尚新昌公主。以三品就养，时论荣之。诗二首。

### 奉和圣制送张说上集贤学士赐宴 赋得登字

帝曰一作日简才能,旌贤在股肱。文章礼一变,礼乐道逾弘。芸阁英华入,宾门鹓鹭登。恩筵一作延过所望,圣泽实超恒。夏叶开红药一作蕊,馀花发紫藤。微臣亦何幸,叨此预文朋。

### 奉和御制左丞相说右丞相璟
### 太子少傅乾曜同日上官命宴都堂赐诗

审官思共理,多士属惟唐一作谁当。历选台庭旧,来熙帝业昌。入朝师百辟,论道协三光。垂拱咨元老,亲贤辅少阳。登庸崇一作崇荣礼送,宠德耀宸章。御酒飞觞洽,仙闱雅乐张。荷恩思有报,陈力愧无良。愿罄公忠节,同心奉我皇。

# 韦　抗

韦抗,安石从父兄子。弱冠举明经,累官吏部郎中。以清谨著称,迁御史中丞。开元中,自左庶子出为益州长史,入拜黄门侍郎。终刑部尚书,所荐梁升卿、王倕、王焘皆为显人。诗一首。

### 奉和圣制送张说上集贤学士赐宴 赋得西字

广庭临璧沼,多士侍金闺。英宰文儒叶,明君日月齐。集贤光首拜,改殿一作赐发新题。早夏初移律,馀花尚拂溪。壶觞接云上,经术引关西。圣德鸿名远,将陪玉检泥。

# 李 暠

　　李暠,清河王孝节孙。开元初,汝州刺史,入为太常少卿。三迁黄门侍郎,兼太原尹。仍充诸军节度使,俄拜工部尚书,东都留守。持节使吐蕃,既还,金城公主请定汉蕃界,树碑赤岭,以奉使称职。转兵部尚书,终太子少傅。诗一首。

## 奉和圣制送张说上集贤学士赐宴 赋得催字

偃武尧风接,崇文汉道一作帝恢。集贤更内殿,清选自中台。佐命留侯业,词华博物才。天厨一作昊天千品降,御酒一作夏旨百壶催。鹓鹭方成列,神仙喜暂陪。复欣同拜首,叨此颂良哉。

# 韦 述

　　韦述,京兆人。家有书二千卷,儿时记览皆遍。缀文,操牍便就。举进士时甚少,仪形眇小。考功郎宋之问曰:“韦学士童年有何事业?”对曰:“性好著书。”之问曰:“本求异才,果得迁、固。”开元中,诏马怀素编次图书。乃奏用元行冲、齐澣、王珣、吴兢并述等二十六人,同于秘阁详录四部书,五年而成。述好谱学,又于柳冲《姓族系录》外,撰《开元谱》二十卷。张说引为集贤院直学士,累迁尚书工部侍郎。在书府四十年,居史职二十年。勒成国史,事简记详。萧颖士以为谯周、陈寿之流。后陷贼,流渝州卒。诗四首。

## 奉和圣制送张说上集贤学士赐宴 赋得华字

修文中禁启，改字一作物令名加。台座征人杰，书坊应国华。赋诗
开广宴，赐酒酌流霞。云散明金阙，池开照玉沙。掖垣留宿鸟，温
树落馀花。谬此天光及，衔恩醉日斜。

## 晚 渡 伊 水

悠悠涉伊水，伊水清见石。是时春向深，两岸草如积。迢递望洲
屿，逶迤亘津陌。新树落疏红，遥原上深碧。回瞻洛阳苑，遽有长
山隔。烟雾犹辨家，风尘已为客。登陟多异趣，往来见行役。云起
早已昏，鸟飞日将夕。光阴逝不借，超然慕畴昔。远游亦何为，归
来存竹帛。

## 春 日 山 庄

初岁开韶月，田家喜载阳。晚晴摇水态，迟景荡山光。浦净渔舟
远，花飞樵路香。自然成野趣，都使俗情忘。

## 广陵送别宋员外佐越郑舍人

### 还京 一本题止还京二字，一作张谔诗。

朱绂临秦望，皇华赴洛桥。文章南渡越，书奏北归朝。树入江云
尽，城衔海月遥。秋风将客思，川上晚萧萧。

# 陆　坚

　　陆坚，河南洛阳人。善书，初为汝州参军，再迁通事舍人，
以给事中兼学士。初名友悌，明皇嘉其刚正，更赐名。为中书

舍人，以集贤学士供拟太厚，议白罢之。张说曰："丽正乃天子礼乐之司，所费细而所益者大。陆生之言，盖未达耶。"帝知，遂薄坚。诗一首。

## 奉和圣制送张说上集贤学士赐宴 赋得今字

圣主崇文教，层霄降德音。尊贤泽既厚，式宴宠逾深。复有夔龙相，良哉简帝心。得人惟迈昔，多士谅推今。书殿荣光满，儒门喜气临。顾惟诚一作成滥吹，徒此接衣簪。

## 千秋节应制（句）

风移覃土宇，云上浃群臣。《海录碎事》

# 程行谌

程行谌，与鄠县尉裴子馀同舍。行谌以文法称，而子馀以儒显。长史陈崇业曰："兰菊异芬，无可废者。"诗一首。

## 奉和圣制送张说上集贤学士赐宴 赋得回字

圣主崇文化，锵锵得盛才。相因归梦立，殿以集贤开。象系微言阐，诗书至道该。尧尊承帝泽，禹膳白天来。礼洽欢逾长，风恬暑更回。国朝将舜颂，同是一康哉。

# 褚 琇

褚琇，开元时人。诗一首。

### 奉和圣制送张说上集贤学士赐宴 赋得风字

讲习延东观,趋陪盛北宫。惟师恢帝则,敷教叶天工。宣室恩尝异,金华礼更崇。洞门清永日,华绥接微一作徽风。莲降尧厨翠,榴开舜酒红。文思光万宇,高议待升中。

# 裴光庭

　　裴光庭,字连城,绛州闻喜人,行俭之子。母库狄氏,则天时召入宫,甚见亲待,光庭由是累迁太常丞,以武三思婿坐贬郢州司马。开元中,擢兵部郎中,从东封还,拜中书侍郎,同平章事。从谒诸陵,拜侍中,兼吏部尚书,加弘文馆学士。撰《瑶山往则》、《维城前规》二篇献之,手制褒美。其为吏部,因行俭长名榜。为循资格,并促选限。任门下省主事阎麟之专主选官,每麟之裁定,光庭随而下笔。时人语曰:"麟之〔口〕(手),光庭〔手〕(口)。"博士孙琬以其用循资格非奖劝之道。谥为克。诗一首。

### 奉和御制左丞相说右丞相璟太子少傅乾曜同日上官命宴都堂赐诗 时为兵部侍郎

乐贤闻往诰,褒德偶兹辰。端揆升元老,师谋择累仁。紫庭崇让毕,粉署礼容陈。既荷恩荣旧,俱承宠命新。天文悬瑞色,圣酒泛华茵。杂遝喧一作陈箫鼓,欢娱洽搢绅。掖垣招近侍,虚薄〔厕〕(侧)清尘。共保坚贞节,常期雨露均。

# 宇文融

　　宇文融，京兆万年人，明辨有吏干。开元初，拜监察御史，充使搜括户口，奏置劝农判官十人，分行天下，颇扰人不便。进御史中丞，出为魏州刺史。请复九河旧道，开稻田以利人，回易陆运。入为鸿胪卿，兼户部侍郎，转黄门侍郎，同中书门下平章事。荐宋璟为右丞相，裴耀卿、许景先为侍郎，甚允朝廷之望。未几罢相，坐事贬严州卒。诗一首。

## 奉和圣制左丞相说右丞相璟太子少傅乾曜同日上官命宴都堂赐诗

　　申甫生周日，宣慈举舜年。何如偶昌运，比德迈前贤。宠获一作护元良密，荣瞻端揆迁。职优三事老，位在一作极百僚先。北极回宸渥，南宫饰御筵。飞文瑶札降，赐酒玉杯传。谬列台衡重，俱承雨露偏。誓将同竭力，相与郊尘涓。《纪事》云：融为张说所恶，欲先事中伤说。张九龄谓说：“融辩给多诈，不可忽。”说曰：“狗鼠何能？”其后乃与崔隐甫廷劾说受赇事，帝诏说致仕而出融。诗有“誓将同竭力，相与效尘涓”之语，欣附说之辞也。

# 崔　沔

　　崔沔，字善冲，京兆长安人。事亲至孝。应制举，高第。俄被黜落者所援，则天令所司重试，沔对策又工于前，为天下第一。岑羲器之曰：“今之郤诜也。”特荐为左补阙。开元中，拜中书侍郎，出为魏州刺史。征还，分掌十铨。以清直历秘书监，太子宾客。沔深明礼经，详定宗庙笾豆之数及六亲服纪，多所建议。诗一首。

## 奉和圣制同二相已下群官乐游园宴

五日酺才毕，千年乐未央。复承天所赐一作锡，终宴国一作园之阳。地胜春逾好，恩深乐更张。落花飞广座，垂柳拂行一作摇舫。庶尹陪三史一作使，诸侯具万方。酒酣同抃跃，歌舞咏时康。

# 崔　尚

　　崔尚，登久视六年进士第，官祠部郎中。诗一首。

## 奉和圣制同二相已下群臣乐游园宴

春日照长安，皇恩宠庶官。合钱承罢宴，赐帛复追欢。供帐凭高列，城池入迥宽。花催相国醉一作饮，鸟和乐人弹。北阙云中见，南山树杪看。乐游宜缔赏，舞咏惜将阑。

# 胡　皓

　　胡皓，开元中人。张孝嵩出塞，皓与张九龄、韩休、崔沔、王翰、贺知章撰送行诗，号《朝英集》。诗六首。

## 奉和圣制同二相以下群官乐游园宴

五酺终宴集，三锡又欢娱。仙阜崇高异，神州眺览殊。南山临皓雪，北阙对明珠。广座鹓鸿满，昌庭驷马趋。绮罗含草树一作木，丝竹吐郊衢。衔杯不能罢，歌舞乐唐虞。

## 奉和圣制送张尚书巡边

燕公为汉将,武德奉文思。利用经戎莽,英图叶圣诒。塞沙制长
策,穷石卷摇旗。万里要相贺,三边又在兹。棱威方逐逐,谈笑坐
怡怡。宠饯纷郊道,充厨竭御司。尝醪企行迈,听乐罢涟洏。衮旒
垂翰墨,缨蕤迭赋诗。金山无积阻,玉树有华滋。请迨炎风暮,归
旌候此时。

## 和宋之问寒食题临江驿

闻道山阴会,仍为火忌辰。途中甘弃日,江上苦伤春。流水翻催
泪,寒灰更伴人。丹心终不改,白发为谁新。

## 出　峡

巴东三峡尽,旷望九江开。楚塞云中出,荆门水上来。鱼龙潜啸
雨,凫雁动成雷。南国秋风晚,客思几悠哉。

## 同蔡孚起居咏鹦鹉 一作裴濯诗

鹦鹉殊姿致,鸾皇得比肩。常寻金殿里,每话玉阶前。贾谊才方
达,扬雄老未迁。能言既有地,何惜为闻天。

## 大　漠　行

单于犯蓟堧,虏骑略萧边。南山木叶飞下地,北海蓬根乱上天。科
斗连营太原道,鱼丽合阵武威川。三军遥倚伏,万里相驰逐。旌旆
悠悠静潮源,鼙鼓喧喧动卢谷。穷徼出幽陵,吁嗟倦寝兴。马蹄冻
溜石,胡毳暖生冰。云沙泱漭天光闭,河塞阴沉海色凝。崆峒北一
作异国谁能托,萧索边心常不乐。近见行人畏白龙,遥闻公主愁黄

鹤。阳春半,岐路间;瑶台苑,玉门关。百花芳树红将歇,二月兰皋绿未还。阵云不散鱼龙水,雨雪犹飞鸿鹄一作雁山。山嶂绵连那一作不可极,路远辛勤梦颜色。北堂萱草不寄来,东园桃李长相忆。汉将纷纭攻战盈,胡寇萧条幽朔清。韩昌拜节偏知送,郑吉驱旌坐见迎。火绝烟沉左一作右西极,谷静山空右一作左北平。但得将军能百胜,不须天子筑长城。

# 全唐诗卷一○九

## 李適之

　　李適之，一名昌，恒山王承乾之孙。开元中，累官通州刺史，擢秦州都督，转陕州刺史。入为河南尹，拜御史大夫，历刑部尚书。天宝元年，代牛仙客为左相。李林甫构之，罢知政事，守太子少保，寻贬宜春太守。诗二首。

### 朝　退

朱门长不闭，亲友恣相过。年今将半百，不乐复<sup>一作待</sup>如何。

### 罢　相　作

　　《本事》云：適之疏直坦夷，为相时誉甚美。为李林甫所构，及罢免，朝客虽知无罪，谒问甚稀。適之意愤，日饮醇酎恣，且为此诗。林甫愈怒，终遂不免。

避贤初罢相，乐圣且衔杯。为<sup>一作借</sup>问门前客，今朝几个来。

## 房　琯

　　房琯，字次律，河南人。则天时平章事融之子，以门荫补弘文生。开元中，明皇将封岱岳，琯撰封禅书以献。张说奇其

才,授秘书省校书郎。又应堪任县令举,为卢氏令。寻拜监察
御史。天宝初,迁主客员外,累宪部侍郎。明皇幸蜀,琯独驰
赴行在,上大悦,即日拜文部尚书,同平章事,与左相韦见素等
奉册灵武。因陈时事,言词慷慨,肃宗为之改容,诏持节充招
讨节度等使。后为贺兰进明所构,罢相,寻贬邠州刺史。诗一
首。

## 题汉州西湖

高流缠峻隅,城下缅丘墟。决渠信浩荡,潭岛成江湖。结宇依回
渚,水中信可居。三伏气不蒸,四达暑自徂。同人千里驾,邻国五
马车。月出共登舟,风生随所如。举麾指极浦,欲极更盘纡。缭绕
各殊致,夜尽情有馀。遭乱意不开,即理还暂祛。安得长晤语,使
我忧更除。

# 李　泌

　　李泌,字长源,京兆人。七岁知为文,明皇召令供奉东宫。
肃宗即位,参预军国大议,拜银青光禄大夫,仍请还山。代宗
朝,召为翰林学士,寻为杭州刺史。德宗幸奉天,征授散骑常
侍。贞元中,拜中书侍郎平章事,封邺县侯。集二十卷,今存
诗四首。

## 咏方圆动静

　　明皇召见,方与张说观棋,命说试之诗,即令咏方圆动静。泌曰:
"愿闻其状。"说曰:"方如棋局,圆如棋子;动如棋生,静如棋死。"泌即咏
此,说贺曰:"圣代嘉瑞也。"明皇大悦,赐果饵衣物及彩数十。

方如行义,圆如用智。动如逞才,静如遂意。

## 长 歌 行

天覆吾,地载吾,天地生吾有意无。不然绝粒升天衢,不然鸣珂游帝都。焉能不贵复不去,空作昂藏一丈夫。一丈夫兮一丈夫,千生气志是良图。请君看取百年事,业就扁舟泛五湖。

## 奉和圣制中和节曲江宴百僚

风俗时有变,中和节惟新。轩车双阙下,宴会曲江滨。金石何铿锵,簪缨亦纷纶。皇恩降自天,品物感知春。慈恩匝寰瀛,歌咏同君臣。 缺一韵。

## 奉和圣制重阳赐会聊示所怀

大唐造昌运,品物荷时成。乘秋逢令节,锡宴观群情。俯临秦山川,高会汉公卿。 缺一韵。 未追赤松子,且泛黄菊英。赓歌圣人作,海内同休明。

## 句

青青东门柳,岁晏复憔悴。 见《邺侯家传》
良弓摧折久,谁识是龙韬。 见《吟窗杂录》
旋沫翻成碧玉池,添酥散出琉璃眼。 《赋茶》

# 郭子仪

　　郭子仪,华州郑人。以武举起家,后平安禄山、史思明之乱。累官至中书令,封汾阳王,赐号尚父。年八十五卒,赠太师,谥忠武。诗二首。

# 享太庙乐章

《唐书·乐志》曰:代宗宝应已后,续造享太庙乐章。献明皇用广运之舞,肃宗用维新之舞,代宗用保大之舞,德宗用文明之舞,顺宗用大顺之舞,宪宗用象德之舞,穆宗用和宁之舞,武宗用大定之舞,昭宗用咸宁之舞。宣宗、懿宗有舞词而名不传。

## 广　运　舞

於赫皇祖,昭明有融。惟文之德,惟武之功。河海静谧,车书混同。虔恭孝飨,穆穆玄风。

## 保　大　舞

於穆文考,圣神昭彰。箫勺群慝,含光远方。万物茂遂,九夷宾王。愔愔云韶,德音不忘。

# 全唐诗卷一一〇

## 张 谔

　　张谔，景龙中登进士第，仕为陈王掾。岐王范雅好儒士，谔与阎朝隐、刘庭琦、郑繇等皆从之游，赋诗饮酒。后坐贬山茌丞。诗十二首。

### 百子池 一有怀古二字

旧闻百子汉家池，汉家渌水今逶迤。宫女厌镜笑窥池，身前影后不相见，无数容华空自知。

### 东封山下宴群臣

万里扈封峦，群公遇此欢。幔城连夜静，霜一作云仗满空寒。辇路宵烟合，旌门晓月残。明朝陪圣主，山下礼圆坛。

### 三日岐王宅

玉女贵妃生，婴婗始发声。金盆浴未了，绷子绣初成。翡翠雕芳褥，真珠帖小缨。何时学健步，斗取落花轻。

### 满 月

社金流茂祉，庭玉表奇才。竹似因谈植，兰疑入梦栽。乌将八子去,凤逐九雏来。今夜明珠色,当随满月开。

# 岐 王 山 亭

王家傍绿池,春色正相宜。岂有楼台好,兼看草树奇。石榴天上叶,椰子日南枝。出入千门里,年年乐未移。

# 岐王席上咏美人

半额画双蛾,盈盈烛下歌。玉杯寒意少,金屋夜<sub></sub>一作冶情多。香艳王分帖,裙娇敕赐罗。平阳莫相<sub></sub>一作漫妒,唤出不如他。

# 还 京 一作广陵送别宋员外
### 佐越郑舍人还京,一作韦述诗。

朱绂临秦望,皇华赴洛桥。文章南渡越,书奏北归朝。树入江云尽,城衔海月遥。秋风将客思,川上晚萧萧。

# 赠吏部孙员外济

天子爱贤才,星郎入拜来。明光朝半下,建礼直初回。名带含香发,文随绮幕开。披云自有镜,从此照仙台。

# 送李著作倅杭州

辍史空三署,题舆佐一方。祖筵开霁景,征陌直朝光。水陆风烟隔,秦吴道路长。伫闻敷善政,邦国咏惟康。

# 九 日

秋来一作天林下不知春,一种佳游事也均。绛叶从朝飞著一作尽夜,黄花开日未成旬。将曛一作冲,一作横。陌树频惊鸟一作马,半醉归途数问人。城远一作外登高并九日,茱萸凡作几年新。

## 延平门高斋亭子应岐王教

花源药屿凤城西,翠幕纱窗莺乱啼。昨夜蒲萄初上架,今朝杨柳半
垂堤。片片仙云来渡水,双双燕子共衔泥。请语东风催后骑,并将
歌舞向前溪。

## 九 日 宴

秋叶风吹黄飒飒,晴云日照白鳞鳞。归来得问茱萸女,今日登高醉
几人。

# 刘庭琦

> 刘庭琦,开元时人。终雅州司户。诗四首。

## 从 军

朔风吹寒塞,胡沙千万里。陈云出岱山,孤月生海水。决胜方求
敌,衔恩本轻死。萧萧牧马鸣,中夜拔剑起。

## 奉和圣制瑞雪篇

紫宸飞雪晓裴回,层阁重门雪照开。九衢晶耀浮埃尽,千品差池贽
帛来。何处田中非种玉,谁家院里不生梅。埋云翳景无穷已,因风
落地吹还起。先过翡翠宝房中,转入鸳鸯金殿里。美人含笑出联
翩,艳逸相轻斗容止。罗衣点著浑是花,玉手抟来半成水。奕奕纷
纷何所如,顿忆杨园二月初。羞同班女高秋扇,欲照明王乙夜书。
姑射山中符圣寿,芙蓉阙下降神车。愿随睿泽流无限,长报丰年贵

有馀。

## 咏木槿树题武进文明府厅

物情良可见,人事不胜悲。莫恃朝荣好,君看暮落时。

## 铜 雀 台

铜台宫观委灰尘,魏主园林漳水滨。即今西望犹堪思,况复当时歌
舞人。

# 郑　繇

　　郑繇,郑州人。嗣圣元年登进士第,开元初为岐王长史。
诗二首。

## 失 白 鹰

白锦一作画文章乱,丹霄羽翮齐。云中呼暂下,雪里放还迷。梁苑
惊池鹜,陈仓拂野鸡。不知寥廓外,何处独依栖一作别依栖。

## 经 慈 涧 题

岸与恩同广,波将慈共深。涓涓劳日夜,长似下流心。

# 全唐诗卷一一一

## 韩 休

　　韩休,京兆长安人。举贤良,累官礼部侍郎。开元二十一年,拜黄门侍郎,与萧嵩同秉政。休敷陈治道,多鲠直,帝重之。终太子少师,谥文忠。诗三首。

### 奉和御制平胡

南牧正纷纷,长河起塞氛。玉符一作兵征选士,金钺拜将军。叠鼓摇边吹,连旌暗朔云。祅星乘夜落,害一作吉气入朝分。始见幽烽警,俄看烈火焚。功成奏凯乐,战罢策归勋。盛德陈清庙,神谟属大君。叨荣逢偃羽,率舞咏时文。

### 奉和圣制送张说巡边

一德光一作先台象,三军掌一作赏夏卿。来威申庙略,出总叶师贞。受钺辞金殿,凭轩去一作出鼎城。曙光摇组甲,疏吹绕云旌。左律方先凯,中鼙即训兵。定功彰一作张武事,陈颂纪天声。祖宴初留赏,宸章更宠行。车徒零一作灵雨送,林野夕阴生。路极河流远,川长朔气平。东辕迟返斾,归奏谒承明。

## 祭汾阴乐章

於穆浚哲,维清缉熙。肃事昭配,永言孝思。涤濯静嘉,馨香在兹。
神之听之,用受福釐。

# 许景先

　　许景先,义兴人。举进士,授夏阳尉。神龙初,拜左拾遗,
擢中书舍人。与齐瀚、王丘、韩休、张九龄更知制诰,俱以文翰
见称。开元中,帝自择刺史,景先首中其选,自吏部侍郎出为
虢州刺史。卒侍中。诗五首。

## 征君宅 今祇洹寺是

征君昔嘉遁,抗迹遗俗尘。了心悟有物,乘化游一作入无垠。道丧
历千载,复存颍阳真。上虞佳山水,晚岁耽隐沦。内史既解绶,支
公亦相亲。儒道匪远理,意胜聊自欣。洄沿南溪夕,流浪东山春。
石壁践丹景,金潭冒绿蘋。探炼备海峤,赏心寓情人。奈何灵仙
骨,锹一作敛翻瑶池津。寥寥虚白宇,凤创招提因。家风缅多尚,玄
德谢无邻。谬陪金门彦,矫迹侍紫宸。皇恩竟已矣,遗烈庶不泯。

## 折 柳 篇

春色东来度渭一作灞桥,青门垂柳百千条。长杨西连建章路,汉家
林一作禁苑纷无数。紫花始遍合欢枝一作宫,游丝半胃相思树。春
楼初日照南隅,柔条垂绿扫金铺。宝钗新梳倭堕髻,锦带交垂连理
襦。自怜柳塞淹戎幕,银烛长啼愁梦著。芳树朝催玉管新,春风夜
染罗衣薄。城头杨柳已如丝,今年花落去年时。折芳远寄相思曲,

为惜容华难再持。

## 奉和御制春台望

睿德在青阳，高居视中县。秦城连凤阙，汉寝疏龙殿。文物照光
辉，郊畿郁葱蒨。千门望成锦，八水明如练。复道晓光披，宸游出
禁移。瑞气朝浮五云阁，祥光夜吐万年枝。兰叶负龟初荐祉，桐花
集凤更来仪。秦汉生人凋力役，阿房甘泉构云碧。汾祠雍畤望通
天，玉堂宣室坐长年。鼓钟西接咸阳观，苑囿南通鄠杜田。明主卑
宫诚前失，辅德钦贤政惟一。昆虫不夭在春蒐，稼穑常艰重农术。
邦家已荷圣谟新，犹闻俭陋惜中人。豫奉北辰齐七政，长歌东武抃
千春。

## 阳　春　怨

红树晓莺啼，春风暖翠闺。雕笼熏绣被，珠履踏金堤。芍药花初一
作吐吐，菖蒲叶正齐。藁砧当此日，行役向辽西。

## 奉和圣制送张尚书巡边

文武承邦式，风云感国祯。王师亲赋政，庙略久论兵。汉主知三
杰，周官统一作总六卿。四方分阃受，千里坐谋成。介胄辞前殿，壶
觞宿左营。赏延颁赐重，宸赠出车荣。龙武三军气，鱼铃五校名。
郊云驻旌羽，边吹引金钲。训一作振旅方称德，安人更克贞。伫看
一作观铭石罢，同听凯歌声。

# 王　丘

　　王丘，字仲山，相州安阳人。举制科中第，自偃师主簿擢

监察御史。开元初，迁紫微舍人，吏部侍郎。其奖用如孙逖、张晋明、王泠然，皆一时茂秀。萧〔嵩〕（属）引与当国，丘固辞，盛推韩休。休秉政，荐为御史大夫，终礼部尚书。诗三首。

## 咏　史

高洁非养正，盛名亦险艰。伟哉谢安石，携妓入东山。云岩响金奏，空水漾朱颜。兰露滋香泽，松风鸣珮环。歌声入空尽，舞影到池闲。杳眇同天上，繁华非代间。卷舒混名迹，纵诞无忧患。何必苏门子，冥然闭清关。

## 奉和圣制答张说扈从南出鼠雀谷之作

襟带三秦接，旆常万乘过。阳原淑气早，阴谷冱寒多。花缛前茅仗，霜严后殿戈。代一作戍云开晋岭，江雁入汾河。北土分尧俗，南风动舜歌。一闻天乐唱，恭逐万人和。

## 奉和圣制送张尚书巡边

德业蕴时宗，幽符梦象通。台司计祈父，师律总元戎。出入敷能政，谋猷体至公。赠行光睿什，宴别感宸衷。文炳高天曜，恩垂湛露融。建牙之塞表，鸣鼓接云中。策密鬼神秘，威成剑骑雄。朔门正炎月，兵气已秋风。肃杀从此始，方知胡运穷。诸篇十韵，此止九韵。

# 苏　晋

　　苏晋，数岁能属文，作《八卦论》。吏部侍郎房颖叔、秘书少监王绍，见而叹曰："后来之王粲也。"应进士，又举大礼科，皆上第。先天中，累迁中书舍人，崇文馆学士。明皇监国，每有制命,皆晋及贾曾稿定。数进谠言,以父珦年老,乞解职归侍。开元十四年为吏部侍郎。知选事,多赏拔。终太子左庶子。诗二首。

## 过贾六

主人病且闲,客来情弥适。一酌复一笑,不知日将夕。昨来属欢游,于今尽成昔。努力持所趣,空名定何益。

## 奉和圣制送张说巡边

方汉比周年,兴王合一作今在宣。欤闻降虏拜,复睹出师一作军篇。祈父万邦式,英猷三略传。算车申夏政,芟舍启戎田。严问盟一作盈胡苑,军容济洛川。皇情怅关旆,诏饯列郊筵。路接禁园草,池分御井莲。离声轸去角,居念断归蝉。三捷岂云尔,七擒良信然。具僚诚寄望,奏凯秋风前。

# 崔禹锡

崔禹锡,字洪范,融之子。登显庆三年进士第。开元中为中书舍人。卒赠定州刺史。诗一首。

## 奉和圣制送张说巡边

供帐何煌煌,公其抚朔方。群僚咸一作御饯酌,明主降离章。关塞重门下,郊岐禁苑傍。练一作陈兵宜雨洗一作濯,卧鼓候风凉。炎景宁云惮,神谋肃所将。旌摇天月迥,骑入塞云长。赫赫皇威振,油油圣泽滂。非惟按车甲,兼以正封疆。叱咤阴山道,澄清瀚海阳。

虏垣行决胜,台座伫为光。

# 张嘉贞

张嘉贞,蒲州猗氏人。以五经举,补平乡尉。则天召见,与语大悦,擢监察御史,累迁中书舍人。开元中,拜中书令,后出为定州刺史,知北平军事。将行,上自赋诗,诏百僚出饯于上东门外。嘉贞至州,于恒岳庙中立颂,自为文书石。累封河东侯。诗三首。

## 恩敕尚书省僚宴昆明池应制 同用尧字

灵沼初开汉,神池旧浴尧。昔人徒习武,明代此闻韶。地脉山川胜,天恩雨露饶。时光牵利舸,春淑覆柔条。芳酝醒千日,华筵落九霄。幸承欢贳重,不觉醉归遥。

## 奉和早登太行山中言志应制

明发扈山巅,飞龙高在天。山南平对巩,山北远通燕。瞻彼冈峦峻,凭兹士马妍。九圻一作旅,误。行若砥,万谷辇如川。罗网开三面,闾阎问百年。泽将春雪比,文共晓星连。傒后逢今圣,登台谢曩贤。唯馀事君节,不让古人先。

## 奉和圣制送张说巡边

天锡我宗盟,元戎付夏卿。多才兼将相,必勇独横行。经纬称人杰,文章作代英。山川看是阵,草木想为兵。不待河冰合,犹防塞一作汉月明。有谋当系丑,无战且绥氓。阃外传一作专三略,云中冀一平。感恩同义激一作共心尽,怅别屡一作旅魂惊。直视前旌摩,遥闻后骑鸣。还期方定日,复此出郊迎。

## 句

河鱼未上冻,江蛰已闻雷。 见《纬略》

# 卢从愿

　　卢从愿,字子龚,相州临漳人。弱冠举明经,又应制举。拜右拾遗,历殿中侍御史,累迁中书舍人。睿宗践阼,拜吏部侍郎。精心典选,有美誉。开元末,以吏部尚书致仕。诗二首。

## 奉和圣制送张说巡边

上将发文昌,中军静朔方。占星引旄节,择日拜坛场。礼乐临轩送,威声出塞扬。安边俟帷幄,制胜在岩廊。作鼓将军气,投醪壮士觞。戒途遵六月,离赠动三光。槐路清梅暑,蘅皋起一作赴麦凉。时文仰雄伯,耀武震遐荒。衽席知无战,兵戈示不忘。伫闻歌杕杜,凯入系名王。

## 祭汾阴乐章

坤元载物,阳乐发生。播植资始,品汇咸亨。列俎棋布,方坛砥平。神歆禋祀,后德惟明。

# 袁 晖

　　袁晖,以魏知古荐,为左补阙。开元中,马怀素请校正群籍,晖自邢州司户参军预焉。诗八首。

# 长 门 怨

早知君爱歇,本自无萦妒。谁使恩情深,今来反相误。愁眠罗帐
晓,泣坐<sub>一作望</sub>金闺暮。独有梦中魂,犹言意如故。

# 铜 雀 妓

君爱本相饶,从来似舞腰。那堪攀玉座,肠断望陵朝。怨著情无
主,哀凝曲不调。况临松日暮,悲吹坐萧萧。

# 正 月 闺 情

正月金闺里,微风绣户间。晓魂<sub>一作妆</sub>怜别梦,春思逼啼颜。绕砌
梅堪折,当轩树未攀。岁华庭北上<sub>一作方若此</sub>,何日度阳关。

# 二 月 闺 情

二月韶光好,春风香气多。园中花巧笑,林里鸟能歌。有恨离琴
瑟,无情著绮罗。更听春燕语,妾亦不如他。

# 三 月 闺 情 <sub>后四句缺</sub>

三月春将尽,空房妾独居。蛾眉愁自结,鬓发没情梳。
□□□□□,□□□□□。□□□□□,□□□□□。

# 七 月 闺 情

七月坐凉宵,金波满丽谯。容华芳意改,枕席怨情饶。锦字沾愁
泪,罗裙缓细腰。不如银汉女,岁岁鹊成桥。

## 奉和圣制答张说扈从南出雀鼠谷之作

魏国山河险，周王警跸回。九旗云际出，万骑谷中来。石路一作岸行将尽，烟郊望忽开。赏矜垂柳报，春畏落花催。兴逸横汾什一作体，恩褒作颂才。小臣瞻日月，延首咏康哉。

## 奉和圣制送张尚书巡边

出师宣九命，分阃用三台。始应幕中画，言从天上来。丹青不独任，韬略遂双该。坐见威棱一作灵洽，弥彰事业恢。旌旗晓云一作霜送，鼙鼓朔风催。虏气消残月，边声韵落梅。羽书雄北地，龙漠一作汉寝南垓一作埃。宠战黄金尽，输诚一作戈白日回。离章宸翰发，祖宴国门开。欲识恩华盛，平生文武材。

# 王光庭

王光庭，与张说善。说赠诗云：同居洛阳陌，盖亦洛阳人也。诗二首。

## 奉和圣制答张说扈从南出雀鼠谷

省俗恩将遍，巡方路稍回。寒随汾谷尽，春逐晋郊来。云骑传行漏，烟旌引从台。惠风初应律，和气正调梅。雅颂通宸咏一作禁，天文接曙台一作陪。灞陵一作城桃李色，应待日华开。

## 奉和圣制送张说巡边

贤相德一作得符充，朝推文武雄。海波先一作光若镜，关草豫从风。钺助将军勇，威成天子功。琼章九霄发，锡宴五衢通。玉辇龙盘带,金装凤勒一作颈骢。虎貔纷倞倞,河洛振一作震熊熊。戈剑千霜白,旌旗一作旆万火红。示刑夷夏一作狄变,流惠鬼方一作神同。寇息军容偃,尘销朔野空。用师敷礼乐,非是为獯戎。

# 徐知仁

徐知仁,开元时人。诗一首。

## 奉和圣制送张说巡边

圣德膺三统,皇恩被一作备八埏。大明均照物,小丑未宁边。国相台衡重,元戎庙略宣。紫泥方受命,黄石乃推贤。问罪阴山下,安人属国前。度关行照月,乘障坐消烟。北阙纡宸藻,南桥列祖筵。耀威当夏日,杀气指秋天。鞞鼓鼍鼍振,旌旗鸟兽悬。由来词翰手一作首,今见勒燕然。

# 席　豫

席豫,字建侯,襄阳人,徙家河南。进士及第。开元中,累官考功员外郎,典举得士,三迁中书舍人,与韩休、许景先、徐安贞、孙逖相次掌制诰,皆有能名。天宝初,改尚书左丞,检校礼部尚书。明皇登朝元阁赋诗,群臣属和,帝以豫诗最工。诏曰:"诗人之首出,作者之冠冕也。"诗五首。

## 奉和敕赐公主镜

令节颁龙镜,仙辉下凤台。含灵万象入,写照百花开。色与皇明散,光随圣泽来。妍媸冰鉴里,从此愧非才。

## 江行纪事二首

飘飖任舟楫,回合傍江津。后浦情犹在,前山赏更新。树深烟幂幂
一作漠漠,滩浅石磷磷。川路南行远,淹留惜此辰。

江汛春风势,山楼曙月辉。猿攀紫岩饮,鸟拂清潭飞。古树崩沙
岸,新苔覆石矶。津途赏无限,征客暂忘归。

## 奉和圣制答张说南出雀鼠谷

鸣銮初幸代,旋一作簇盖欲横汾。山尽千旗出一作直,郊平五校分。
前林已暄景,后壑尚寒氛。风送箫韶曲,花铺一作迎黼黻文。盐梅
推上宰,礼乐统中军。献赋纡天札,飘飖飞白云。

## 奉和圣制送张说巡边

圣主一作帝重兵权,分符一作麾属大贤。中军仍执政一作节,丞相复巡
边。翕习戎装动,张皇庙略宣。朝荣承睿札,野饯转行斾。亭障东
缘海,沙场北际天。春冬见岩一作严雪,朝夕候烽烟。已勒封一作燕
山记一作颂,犹闻遣戍篇。五营将月合,八阵与云连。经略一作络图
方远,怀柔道更全。归来画麟阁,蔼蔼武功传。


# 韩思复

　　韩思复,字绍出,京兆长安人。举秀才高第。调梁府仓曹
参军,累迁中书舍人。开元初,擢谏议大夫,出为德州刺史,拜
黄门侍郎,迁御史大夫。复出刺襄州,还拜太子宾客。卒谥
文。明皇亲题其碑曰:"有唐忠孝韩长山之墓"。诗一首。

## 祭汾阴乐章

大乐和畅,殷荐明神。一降通感,八变必臻。有求斯应,无德不亲。
降灵醉止,休征万人。

# 刘　晃

刘晃,开元中人。诗一首。

## 祭汾阴乐章

大君出震,有事郊禋。斋戒既肃,馨香毕陈。乐和礼备,候暖风春。
恭惟降福,实赖明神。

# 全唐诗卷一一二

## 贺知章

贺知章,字季真,会稽永兴人。少以文词知名。擢进士,累迁太常博士。开元中,张说为丽正殿修书使,奏请知章入书院,同撰六典及文纂。后转太常少卿,迁礼部侍郎,加集贤院学士,改授工部侍郎。俄迁秘书监。知章性放旷,晚尤纵诞,自号四明狂客。醉后属词,动成卷轴。又善草隶,人共传宝。天宝初,请为道士还乡里,诏赐镜湖剡川一曲,御制诗以赠行,皇太子已下咸就执别。年八十六卒。肃宗赠礼部尚书。诗一卷。

### 唐禅社首乐章

《唐书·乐志》曰:玄宗开元十三年禅社首山祭地祇乐。迎神用顺和,皇帝行用太和,登歌、奠玉帛用肃和,迎俎入用雍和,初献用寿和,饮福用福和,还宫用太和,送神用灵具醉以代顺和。

#### 顺　和

至哉含柔德,万物资以生。常顺称厚载,流谦通变盈。圣心事能察,增广陈厥诚。黄祇傥如在,泰折俟咸亨。

#### 太　和

肃我成命,於昭黄祇。裳冕而祀,陟降在斯。五音克备,八变聿施。

缉熙肆靖，厥心匪离。

### 肃　和

黄祇是祗，我其夙夜。贪畏诚絜，匪遑宁舍。礼以琼玉，荐厥茅藉。念兹降康，胡宁克暇。

### 雍　和

夙夜宥密，不敢宁宴。五齐既陈，八音在县。粢盛以絜，房俎斯荐。惟德惟馨，尚兹克遍。

### 寿　和

惟以明发，有怀载殷。乐盈而反，礼顺其禋。立清以献，荐欲是亲。於穆不已，哀对斯臻。

### 福　和

穆穆天子，告成岱宗。大裘如濡，执瓒有颙。乐以平志，礼以和容。上帝临我，云胡肃邕。

### 太　和

昭昭有唐，天俾万国。列祖应命，四宗顺则。申锡无疆，宗我同德。曾孙继绪，享神配极。

# 晓　发

江皋闻曙钟，轻栧理还舼。海潮夜约约，川露晨溶溶。始见沙上鸟，犹埋云外峰。故乡杳无际，明发怀朋从。《唐文粹》、《唐诗纪事》载此诗，并作绝句云："故乡杳无际，江皋闻曙钟。始见沙上鸟，犹埋云外峰。"

# 奉和御制春台望

青阳布王道，玄览陶真性。欣若天下春，高逾域中圣。神皋类观赏，帝里如悬镜。缭绕八川浮，岧峣双阙映。晓色遍昭阳，晴云卷建章。华滋的皪丹青树，颢气氤氲金玉堂。尚有灵蛇下郦畤，还征瑞宝入陈仓。自昔秦奢汉穷武,后庭万馀宫百数。旗回五丈殿千门,连绵南陞出西垣。广画蝶蛾夸<sub>一作华</sub>窈窕,罗生玳瑁象昆仑。乃眷天晴兴隐恤,古来土木良非一。荆临章观赵丛台。何如尧阶将禹室。层栏窈窕下龙舆,清管逶迤半绮疏。一听南风引鸾舞,长谣北极仰鹑居。

## 望人家桃李花

山源夜雨度仙家,朝发东园桃李花。桃花红兮李花白,照灼城隅复南陌。南陌青楼十二重,春风桃李为谁容。弃置千金轻不顾,踟蹰五马谢相逢。徒言南国容华晚,遂叹西家飘落远。的皪长奉<sub>一作春</sub>明光殿,氛氲半入披香苑。苑中珍木元自奇,黄金作叶白银枝。千年万岁不凋落,还将桃李更相宜。桃李从来露井傍,成蹊结影矜艳阳。莫道春花不可树,会持仙实荐君王。

## 送 人 之 军

常经绝脉塞,复见断肠流。送子成今别,令人起昔愁。陇云晴半雨,边草夏先秋。万里长城寄,无贻汉国忧。

## 奉和圣制送张说上集贤学士赐宴赋得谟字

西学垂玄览,东堂发圣谟。天光烛武殿,时宰集鸿都。枯朽沾皇泽,翾飞舞帝梧。迹同游汗漫,荣是出山<sub>一作披</sub>泥涂。三叹承汤鼎,千欢接舜壶。微躯不可答,空欲咏依蒲。

## 奉和圣制送张说巡边

荒憬<sub>一作境</sub>尽怀忠,梯航已自通。九攻虽不战,五月尚持戎。遣戍征周牒,恢<sub>一作临</sub>边重汉功。选车命元宰,授律取文雄。胄出天弧上,谋成帝幄中。诏旆分夏物,专土—作讨锡唐弓。帐宿伊川右,铤传—作吹晋苑东。饔人藉葃实,乐正理丝桐。岐陌涵馀雨,离川照晚虹。恭闻咏方叔,千载舞皇风。

## 题袁氏别业 一作偶游主人园

主人不相识,偶坐为林泉。莫谩愁沽酒,囊中自有钱。

## 咏　柳 一作柳枝词

碧玉妆成一树高,万条垂下绿丝绦。不知细叶谁裁出,二月春风似剪刀。

## 采　莲　曲

稽山罢—作云雾郁嵯峨,镜水无风也自波。莫言春度芳菲尽,别有中流采芰荷。

## 回乡偶书二首

少小离乡老大回,乡音难改鬓—作面毛衰。儿童相见不相识,笑—作借,一作却。问客从何处来。

离别家乡岁月多,近来人事半销磨。唯有门前镜湖水,春风不改旧时波。

## 答　朝　士

钑镂银盘盛蛤蜊,镜湖莼菜乱如丝。乡曲近来佳此味,遮渠不道是吴儿。

# 句

落花真好些,一醉一回颠。　见《诗式》

# 全唐诗卷一一三

## 裴耀卿

裴耀卿,字焕之,守真子。应童子举,为睿宗藩邸典签。开元中,累官济州刺史。再历宣冀二州,入拜户部侍郎。请广漕运,以实关铺,沿河置仓纳粟。又开山陆运以避三门之险。擢黄门侍郎,同平章事,充转运使。迁侍中,终尚书左仆射。诗二首。

### 敬酬张九龄当涂界留赠之作

茂先实王佐,仲举信时英。气睹冲天发,人将下榻迎。珪符肃有命,江国远祖征。九派期方越,千钧或所<sub>一作可</sub>轻。高帆出风迥,孤屿入云平。遄迈嗟于役,离忧空自情。饰簪陪早岁,接壤厕专城。旷别心弥轸,宏观义转倾。徒然恨饥渴,况乃讽瑶琼。

### 酬张九龄使风见示 时为宣州刺史

兹地五湖邻,艰哉万里人。惊飙翻是托,危浪亦相因。宣室才华子,金闺讽议臣。承明有三入,去去速归轮。

# 宋 鼎

宋鼎,明皇时为襄州刺史。诗二首。

## 赠张丞相 并序

张丞相与予有孝廉校理之旧,又代余为荆州。余改汉阳,仍兼按使,巡至荆州,故有此赠。

汉上登飞幰,荆南历旧居。已尝临砌橘,更睹跃池鱼。盛德继微渺,深衷能卷舒。义申蓬阁际,情切庙堂初。郡挹文章美,人怀燮理馀。皇恩傥照亮,岂厌承明庐。

## 酬故人还山

举棹乘春水,归山抚岁华。碧潭宵见月,红树晚一作晓开花。肃穆轻风度,依微隐径斜。危亭暗松石,幽涧落云霞。思鸟吟一作鸣高树,游鱼戏浅沙。安知馀兴尽,相望紫烟赊。

# 崔 颂

崔颂,开元中,为荆州郡司马。诗一首。

## 和张荆州九龄晨出郡舍林下

优闲表政清,林薄赏秋成。江上悬晓月,往来亏复盈。天云抗真一作直意,郡阁晦高名。坐啸应无欲,宁幸济物情。

# 孙　翃

　　孙翃，尝以监察御史使洪州。张九龄在洪州时，翃与往还。诗一首。

## 奉酬张洪州九龄江上见赠

受命澉一作议封疆，逢君牧豫章。於焉审虞芮，复尔共舟航。怅别秋阴尽，怀归客思长。江皋枉离赠，持此慰他乡。

# 徐仁友

　　徐仁友，开元时人。诗一首。

## 古意赠孙翃

南望缑氏岭一作山，山居共涧阴。东西十数里，缅邈方寸心。云日落广厦一作庭，莺花对一作坐孤琴。琴中多苦调，凄切谁复寻。

# 苏　绾

　　苏绾，尝为书记，与杜审言同时。诗一首。

## 奉和姚令公驾幸温汤喜雪应制

汉主新丰邑，周王尚父师。云符沛童唱，雪应海神期。林变惊春早，山明讶夕迟。况逢温液霈，恩重御裘诗。

# 康庭芝

康庭芝，为河阴令，与杜审言同时。诗一首。

## 咏　月

一作沈佺期诗，又作宋之问诗，误。杜审言有和庭芝《咏月》，即和此也。

天使下西楼，光含万里秋。台前疑挂镜，帘外似悬钩。张尹将眉学，班姬取扇侔。佳期应借问，为报在刀头。

# 张宣明

张宣明，有胆气，富辞翰。为郭元振判官。诗二首。

## 山行见孤松成咏

《唐新语》云：宣明尝山行，见孤松，赏玩久之，赋此诗。凤阁舍人梁载言尝之曰："文之气质，不减于长松也。"

孤松郁山椒，肃爽凌清霄。既挺千丈干，亦生百尺条。青青恒一色，落落非一朝。大厦今已构，惜哉无人招。寒霜十二月，枝叶独不凋。

## 使至三姓咽面

宣明为元振判官时，使至三姓咽面，因赋此诗。时人称为绝唱。

昔闻班家子，笔砚忽然投。一朝抚长剑，万里入荒陬。岂不服艰险，只思清国雠。山川去何岁，霜露几逢秋。玉塞已遐廓，铁关方阻修。东都日宵宵,西海此悠悠。卒使功名建,长封万里侯。

# 卢崇道

卢崇道,睿宗朝为太常卿。坐婿崔湜,流岭南。后私还都下,事败,敕杖至殒。诗一首。

## 新都南亭别郭大元振

竹径女萝蹊,莲洲文石堤。静深人俗断,寻玩往还迷。碧潭秀初月,素林惊夕栖。褰幌纳鸟侣,罢琴听猿啼。佳辰改宿昔,胜寄在暌携。长怀赏心爱,如玉复如珪。

# 全唐诗卷一一四

## 包　融

包融,润州人(一云湖州人)。(按《唐·艺文志》:融与储光羲皆延陵人,曲阿有馀杭尉丁先芝、缞氏主簿蔡隐丘、监察御史蔡希周、渭南尉蔡希寂、处士张彦雄、张潮、校书郎张晕、吏部常选周瑀、长洲尉谈戭,句容有王府参军殷遥、硖石主簿樊晃、横阳主簿沈如筠,江宁有右拾遗孙处玄、处士徐延寿,丹徒有江都主簿马侹、武进尉申堂搆,十八人皆有诗名。殷璠汇为《丹阳集》,今存者包融以下十五人。储光羲别见,张彦雄、马侹无考,申堂搆止存句。)

### 登翅头山题俨公石壁

晨登翅头山,山曛黄雾起。却瞻迷向背,直下失城市。暾日衔东郊,朝光生邑里。扫除诸烟氛,照出众楼雉。青为洞庭山,白是太湖水。苍茫远郊树,倏忽不相似。万象以区别,森然共盈几。坐令开心胸,渐觉落尘滓。北岩千馀仞,结庐谁家子。愿陪中峰游,朝暮白云里。

### 阮　公　啸　台

荒台森荆杞,蒙笼无上路。传是古人迹,阮公长啸处。至今清风来,时时动林树。逝者共已远,升攀想遗趣。静然荒榛门,久之若有悟。灵光未歇灭,千载知仰慕。

## 酬忠公林亭

江外有真隐,寂居岁已侵。结庐近西术,种树久成阴。人迹乍及户,车声遥隔林。自言解尘事,咫尺能辐辏。为道岂庐霍,会静由吾心。方秋院木落,仰望日萧森。持我兴来趣,采菊行相寻。尘念到门尽,远情对君深。一谈入理窟,再索破幽襟。安得山中信,致书移尚禽。

## 送国子张主簿

湖岸缆初解,莺啼别离处。遥见舟中人,时时一回顾。坐悲芳岁晚,花落青轩树。春梦随我心,悠扬逐君去。

## 和陈校书省中玩雪

芸阁朝来雪,飘飖正满空。寨开明月下,校理落花中。色向怀铅白,光因翰简融。能令草玄者,回思入流风。

## 和崔会稽咏王兵曹厅前涌泉势城中字

茂德来征应,流泉入咏歌。含灵符上善,作字表中和。有草恒垂露,无风欲偃波。为看人共水,清白定谁多。

## 赋得岸花临水发

笑笑傍溪花,丛丛逐岸斜。朝开川上日,夜发浦中霞。照灼如临镜,茸茸胜浣纱。春来武陵道,几树落仙家。

## 武陵桃源送人

武陵川径入幽遐，中有鸡犬秦人家。先时见者为谁耶，源水今流桃复花。

# 丁仙芝 仙一作先

　　丁仙芝，曲阿人。登开元进士第，为馀杭尉。诗十四首。

## 和荐福寺英公新构禅堂

上人久弃世，中道自忘筌。寂照出群有，了心清众缘。所以于此地，筑馆开青莲。果药罗砌下，烟虹垂户前。咒中洒甘露，指处流香泉。禅远目无事，体清宵不眠。枳闻庐山法，松入汉阳禅。一枕西山外，虚舟常浩然。

## 赠 朱 中 书

十年种田滨五湖，十年遭涝尽为芜。频年井税常不足，今年缗钱谁为输。东邻转谷五之利，西邻贩缯日已贵，而我守道不迁业，谁能肯敢效此事。紫微侍郎白虎殿，出入通籍回天眷。晨趋彩笔柏梁篇，昼出雕盘大官膳。会应怜尔居素约，可即长年守贫贱。

## 戏赠姚侍御

繁霜晓幕鸣柏乌，待子兽炭然金炉。重门启锁紫髯胡。新披骢马陇西驹，头戴獬豸急晨趋。明光殿前见天子，今日应弹佞幸夫。

## 馀杭醉歌赠吴山人

晓幕红襟燕,春城白项乌。只来梁上语,不向府中趋。城头坎坎鼓
声曙,满庭新种樱桃树。桃花昨夜撩乱开,当轩发色映楼台。十千
兑得馀杭酒,二月春城长命杯。酒后留君待明月,还将明月送君
回。

## 京 中 守 岁

守岁多然烛,通宵莫掩扉。客愁当暗满,春色向明归。玉斗巡初
匝,银河落渐微。开正献岁酒,千里间庭闱。

## 渡 扬 子 江

桂楫中流望,空波两畔明。林开扬子驿,山出润州城。海尽边阴
静,江寒朔吹生。更闻风叶下,淅沥度秋声。

## 长宁公主旧山池

平阳旧池馆,寂寞使人愁。座卷流黄簟,帘垂白玉钩。庭闲花自
落,门闭水空流。追想吹箫处,应随仙鹤一作骑游。

## 剡溪馆闻笛

夜久闻羌笛,寥寥虚客堂。山空响不散,溪静曲宜长。草木生边
气,城池泛一作逗夕凉。虚然异风出,仿佛宿平阳。

## 越裳贡白雉 一作孙昌胤诗

圣哲承一作符休运,伊夔列上台。覃恩丹徼远,入贡素翚来。北阙
欣初见,南枝顾未回。敛容残雪净,矫翼片云开。驯扰将无惧,翻

飞幸不猜一作莫猜。甘从上林一作苑里，饮啄自徘徊。

# 江南曲五首

长干斜路北，近浦是儿家。有意来相访，明朝出浣纱。

发向横塘口，船开值急流。知郎旧时意，且请拢船头。

昨暝逗南陵，风声波浪阻。入浦不逢人，归家谁信汝。

未晓已成妆，乘潮去茫茫。因从京口渡，使报邵陵王。

始下芙蓉楼，言发琅琊岸。急为打船开，恶许傍人见。

## 句

穷花常闭户，秋城闻捣衣。

树回早秋色，川长迟落晖。　见《吟窗杂录》

# 蔡隐丘

　　蔡隐丘，曲阿人。缑氏主簿，善书。诗一首。

## 石桥琪树　《文苑》作蔡隐石，《万首绝句》作僧隐丘诗。

山上天将近，人间路渐遥。谁当云里见，知欲渡仙桥。

## 句

整巾千嶂耸，曳履百泉鸣。

# 蔡希周

　　蔡希周，曲阿人。监察御史。诗一首。

## 奉和扈从温泉宫承恩赐浴

天行云从指骊宫,浴日馀波锡诏同。彩殿氤氲拥香溜,纱窗宛转闭和风。来将兰气冲皇泽,去引星文捧碧空。自怜遇坎便能止,愿托仙槎路未通。

# 蔡希寂

蔡希寂,曲阿人,希周弟。为渭南尉。(一云济南人,官至金部郎中。)诗五首。

## 同家兄题渭南王公别业

好闲知在家,退迹何必深。不出人境外,萧条江海心。轩车自来往,空名一作石对清阴。川湄将钓玉,乡亭期散金。素晖射流濑,翠色绵森林。曾为诗书癖,宁惟耕稼任。吾兄许微尚,枉道来相寻。朝庆老莱服,夕闲安道琴。文章遥颂美,寤寐增所钦。既郁苍生望,明时岂陆沉。

## 登福先寺上方然公禅室

名都标佛刹,梵构临河干。举目上方峻,森森青翠攒。步登诸劫尽,忽造浮云端。当暑敞扃闼,却嫌缔绤寒。禅房最高顶,静者殊闲安。疏雨向空城,数峰帘外盘。午钟振衣坐,招我同一餐。真味杂饴露,众香唯莔兰。晚来恣偃俯,茶果仍留欢。

## 陕　中　作

西别秦关近,东行陕服长。川原馀让畔,歌吹忆遗棠。河水流城下,山云起路傍。更怜栖泊处,池馆绕林箦。

## 洛阳客舍逢祖咏留宴

绵绵钟漏洛阳城,客舍贫居绝送迎。逢君贳酒因成醉,醉后焉知世
上情。

## 赠张敬微 敬一作镜

大河东北望桃林,杂树冥冥结翠阴。不知君作神仙尉,特讶行来云
雾深。

# 张　潮 一作朝

张潮,曲阿人。大历中处士。诗五首。

## 江风行 一作长干行

婿贫如珠玉,婿富如埃尘。贫时不忘旧,富日一作贵多宠新。妾本
富家女,与君为偶匹。惠一作念好一作汝一何深,中门不曾出。妾有
绣衣裳,葳蕤金缕光。念君贫且一作与贱,易此从远方。远方三千
里,思君心未已。一作三千路役思,发竟悔不已。日暮情更来,空望去时
水。孟夏麦始秀,江上多南风。商贾归欲尽,君今尚一作向巴东。
巴东有巫山,窈窕神女颜。常恐游此方一作山,果然不知还。

## 襄阳行

玉盘转明珠,君心无定准。昨见襄阳客,剩说襄阳好无尽。襄汉
水,岘山垂,汉水东流风北吹。只言一世长娇宠,那悟今朝一作夕见
别离。君渡清羌渚,知人独不语,妾见鸟一作木栖林,忆君相思深。

莫作云间鸿，离声顾俦侣。尚如匣中剑，分形会同处。是君妇，识君情，怨君恨君为此行。下床一宿不可保，况乃万里襄阳城。襄阳传近大堤北，君到襄阳莫回一作迷惑。大堤诸女儿，怜钱不怜德。

## 采 莲 词

朝出沙头日正红，晚来云起半江中。赖逢邻女曾相识，并著莲舟不畏风。

## 江 南 行

茨一作茈菰叶烂别西湾，莲子花开一作新犹未还。妾梦不离江水上一作上水，人传郎在凤凰山。

## 长 干 行　一作李白诗，一作李益诗。

忆昔深闺里，烟尘不曾识。嫁与长干人，沙头候风色。五月南风兴，思君下巴一作江陵。八月西风起，想君发〔扬〕(杨)子。去来一作时悲如何，见少离别多。湘潭几日到，妾梦越一作常风波。昨夜狂风度，吹折江头树。淼淼暗无边，行人在何处。北客真一作至三公，朱衣满江中。薄一作日暮来投宿，数朝不肯东。今本无以上四句。好乘浮云骢，佳期兰渚东。鸳鸯绿浦上，翡翠锦屏中。自怜十五馀，颜色桃花红。那作商人妇，愁水复愁风。

## 句

寒林苞晚橘，风絮露垂杨。《纪事》。又见周瑀诗中。

# 张 翚 一作晕

张翚，曲阿人。开元二十三年进士，为萧颖士同年生，官校书郎。诗二首。

## 游一作题栖霞寺

跻险入幽林，翠微含竹殿。泉声无休歇，山色时隐见。潮来杂风雨，梅落成霜霰。一从方外游，顿觉尘心变。

## 绝 句

茫茫烟水上，日暮阴云飞。孤坐正愁绪，湖南谁捣衣。

# 周 瑀

周瑀，曲阿人，吏部常选。诗三首。

## 潘司马别业

门对青山近，汀牵绿草长。寒深包一作抱晚橘，风紧落垂杨。湖畔闻渔唱，天边数雁行。萧然有高士，清思满书堂。

## 送潘三入京

故人嗟此别，相送出烟坰。柳色分官路，荷香入水亭。离歌未尽曲，酌酒共忘形。把手河桥上，孤山日暮青。

## 临 川 山 行

朝见青山雪,暮见青山云。云山无断绝,秋思日纷纷。

# 谈　戭

谈戭,曲阿人,长洲尉。诗一首。

## 清 溪 馆 作

指途清溪里,左右唯深林。云蔽望乡处,雨愁为客心。遇人多物
役,听鸟时幽音。何必沧浪水,庶兹浣尘襟。

## 句

清清江潭树,日夕增所思。

# 殷　遥

殷遥,句容人。天宝间,忠王府曹参军。诗五首。

## 塞　上

万里陨城在,三边虏气衰。沙填孤嶂角,烧断故关碑。马色经寒
惨,雕声带晚悲。将军正闲暇,留客换歌辞。

## 送友人下第归省 一作刘得仁诗

君此卜行日,高堂应梦归。莫将和氏泪,滴着老莱衣。岳雨连河

细,田禽出麦飞。到家调膳后,吟好送斜晖。

## 送杜士瞻楚州觐省

风流与才思,俱似晋时人。淮月归心促,江花入兴新。云深沧海暮,柳暗白门春。共道官犹小,怜君孝养亲。

## 友 人 山 亭

故人虽<sub>一作从</sub>薄宦,往往涉清溪。凿牖对山月,褰裳拂涧霓。游鱼逆水上,宿鸟向风栖。一见桃花发,能令秦汉迷。

## 春晚山行 <sub>一无春晚二字</sub>

寂历青山晚,山行趣不稀。野花成<sub>一作垂</sub>子落,江燕引雏飞。暗草薰苔径<sub>一作渚</sub>,晴杨扫<sub>一作拂</sub>石矶。俗人犹语此,余亦转忘归。


# 沈如筠

沈如筠,句容人。横阳主簿。诗四首。


## 寄 张 征 古

寂历远山意,微冥半空碧。绿萝无冬春,彩云竞朝夕。张子海内奇,久<sub>一作耐</sub>为岩中客。圣君当<sub>一作劳</sub>梦想,安得老松石。

## 闺 怨 二 首

雁尽书难寄,愁多梦不成。愿随孤月影,流照伏波营。
陇底嗟长别,流襟一动君。何言幽咽所,更作死生分。

### 寄天台司马道士

河洲花艳爚，庭树光彩蒨。白云天台山，可思不可见。

### 句

思酸寒雁断，淅沥秋树空。
渔阳燕旧都，美女花不如。见《吟窗杂录》

## 孙处玄 一作立

孙处玄，江宁人。则天长安中，官左拾遗。神龙初，论时事不合，归里。开元初，荐不起。诗二首。

### 咏黄莺 一作郑愔诗，又作郑缙。

欲啭声犹涩，将飞羽未调。高风不借便，何处得迁乔。

### 失　题

汉家轻壮士，无状杀彭王。一遇风尘起，令谁守四方。

### 句

残花与露落，坠叶随风翻。
日侧南涧幽，风凝北林暮。

## 徐延寿 徐一作余

徐延寿，江宁人。开元间处士。诗三首。

# 折 杨 柳

大道连国门,东西种杨柳。葳蕤君不见,袅娜垂来久。缘枝栖暝禽,雄去雌独吟。馀花怨春尽,微月起秋阴。坐望窗中蝶,起攀枝上叶。好风吹长条,婀娜何如妾。妾见柳园新,高楼四五春。莫吹胡塞一作筚曲,愁杀陇头人。

# 南 州 行

摇艇至南国,国门连大江。中洲西一作两边岸,数步一垂杨。金钏越溪女,罗衣胡粉香。织缣春卷幔,采蕨暝提筐。弄瑟娇垂幌,迎人笑下堂。河头浣衣处,无数紫鸳鸯。

# 人 日 剪 彩

闺妇持刀坐,自怜裁剪新。叶催情缀色,花寄手成春。帖燕留妆户,黏鸡待饷人。擎来问夫婿,何处不如真。

# 樊 晃 一作光

樊晃,句容人,硖石主簿。诗一首。

# 南 中 感 怀

南路蹉跎客未回,常嗟物候暗相催。四时不变江头草,十月先开岭上梅。

# 句

巧裁蝉鬓畏风吹,尽作蛾眉恐人妒。

# 全唐诗卷一一五

## 李 憕

李憕，太原文水人。举明经。开元初，为咸阳尉。张说为并州长史太平军大使时，引憕常在幕下。后为宇文融判官，括田课最。迁监察御史，历给事中、河南少尹。天宝初，出为清河太守，改尚书右丞、京兆尹。转光禄卿、东都留守，迁礼部尚书。安禄山陷长安，遇害。赠司徒，谥忠烈。诗三首。

### 和户部杨员外伯成寓直

落日弥纶地，公才画省郎。词惊起草笔，坐引护衣香。双阙天河近，千门夕漏长。遥知台上宿，不独有文强。

### 同望幸新亭赐钱公宴

感梦通玄化，覃恩降紫宸。赐钱开汉府，分帛醉尧人。地隔朝宗庆，亭临卜洛新。行看广云雨，二月次东巡。

### 奉和圣制从蓬莱向兴庆阁道中留春雨中春望之作应制

别馆春还淑气催，三宫路转凤凰台。云飞北阙轻阴散，雨歇南山积翠来。御柳遥随天仗发，林花不待晓风开。已知圣泽深无限，更喜年芳入睿才。

# 李 邕

　　李邕,字泰和,广陵江都人,兰台郎善之子。长安中,李峤、张廷珪荐其词高行直,拜左拾遗。宋璟劾奏二张,邕于天后前抗言助之。开元初,历殿中侍御史,执政忌其才,频被贬斥。后为北海太守,李林甫傅以罪,杖杀之。邕早擅才名,尤长碑颂,虽贬职在外,中朝衣冠及天下寺观,多赍金帛往求其文,馈遗至巨万。自古鬻文获财,未有其比。尝撰《六公咏》,杜甫《八哀诗》所谓"朗咏六公篇,忧来发蒙蔽"是也。今不传,存诗四首。

## 铜 雀 妓

西陵望何及,弦管徒在兹。谁言死者乐,但令生者悲。丈夫有馀志,儿女焉足私。扰扰多俗情,投迹互相师。直节岂感激,荒淫乃凄其。颍水有许由,西山有伯夷。颂声何寥寥,唯闻铜雀诗。君举良未易,永为后代嗤。

## 咏 云

彩云惊岁晚,缭绕孤山头。散作五般色,凝为一段愁。影虽沉涧底,形在天际游。风动必飞去,不应长此留。

## 登历下古城员外孙新亭

亭对鹊河,时李之芳自尚书郎出为齐州,制此亭。

吾宗固神秀,体物写谋长。形制开古迹,曾冰延乐方。太山雄地理,巨壑眇云庄。高兴汩烦促,永怀清典常。含弘知四大,出入见三光。负郭喜—作皆粳稻,安时歌吉祥。

## 奉和初春幸太平公主南庄应制

传闻银汉支机石,复见金舆出紫微。织女桥边乌鹊起,仙人楼上凤凰飞。流风入座飘歌扇,瀑水侵阶溅舞衣。今日还同犯牛斗,乘槎共逐—作泛海潮归。

# 王　湾

　　王湾,洛阳人。登先天进士第。开元初,为荥阳主簿。马怀素请校正群籍,召学涉之士,分部撰次,湾在选。中秘书罢撰,又与陆绍伯等同校丽正院书,终洛阳尉。湾词翰早著,其"海日生残夜,江春入旧年"之句,当时称最,张说手题于政事堂,每示能文,令为楷式。诗十首。

## 奉使登终南山

常爱南山游,因而尽原隰。数朝至林岭,百仞登嵬岌。石壮—作状马径—作经穷,苔色步缘入。物奇春状—作貌改,气远天香集。虚洞策杖鸣,低云拂衣湿。倚岩见庐舍,入户欣拜揖。问性矜勤劳,示心教澄习。玉英时共饭,芝草为余拾。境绝人不行,潭深鸟空立。一乘从此授,九转兼是给。辞处若轻飞,憩来唯吐吸。闲—作开襟超已胜,回路倏而及。烟色松上深,水流山下急。渐平逢车骑,向晚睨城邑。峰在野趣繁,尘飘宦情涩—作缞。辛苦久为吏,劳生—作荣进何妄执。日暮怀此山,悠然赋斯—作新什。

# 晚夏马嵬一作升卿叔池
# 亭即事寄京都一二知己

忝职畿甸淹,滥陪时俊一作英后。才轻策疲劣,势薄常驱走。牵役劳风尘,秉心在岩薮。宗贤开别业,形胜代希偶。竹绕清渭滨一作湄,泉流白渠口。逡巡期赏会,挥忽变星斗。逮此乘务闲一作馀,因而访幽叟。入来殊景物,行复洗纷垢。林静秋色多,潭深月光厚。盛香莲近拆,新味瓜初剖。滞拙怀隐沦,书之寄良友。

## 丽正殿赐宴同勒天前烟年四韵应制

金殿忝陪贤,琼羞忽降天。鼎罗仙掖里,觞拜琐闱前。院逼青霄路,厨和紫禁烟。酒酣空忭舞,何以答昌年。

## 奉和贺监林月清酌

华月当秋满,朝英一作轩假兴同。净林新雾入,规一作窥院小一作早凉通。碎影行筵里,摇花落酒中。消宵凝爽意,并此助文雄。

# 次北固山下

客路青山外,行舟绿水前。潮平两岸阔,风正一帆悬。海日生残夜,江春入旧年。乡书何处达,归雁洛阳边。《河岳英灵集》题作《江南意》,诗云:"南国多新意,东行伺早天。潮平两岸失,风正数帆悬。海日生残夜,江春入旧年。从来观气象,惟向此中偏。"

## 观抟筝 一作祖咏诗

虚室有秦筝,筝新月复清。弦多弄委曲,柱促语分明。晓怨凝繁手,春娇入曼一作慢声。近来唯此乐,传得美人情。

## 晚春诣苏州敬赠武员外

苏台忆季常,飞棹历江乡。持此功曹掾,初离一作幼称华省郎。贵
门生礼乐,明代秉文章。嘉郡一作璧位先进,鸿儒名重扬。爰从姻
娅一作戚贬,岂失忠信防。万里行骥一作汗马足,十年暌凤翔。回迁
翊元圣,入拜伫惟良。别业对南浦,群书满北堂。意深投辖盛,才
重接筵光。陋学叨铅简,弱龄许翰场。神驰劳旧国,颜展别殊方。
际晓杂氛散,残春众物芳。烟和疏树满,雨续小溪长。旅拙感成
慰,通贤顾不忘。从来琴曲罢,开匣为君张。

## 秋夜寓直即事怀赠萧令公裴
## 侍郎兼通简南省诸友人

圣主万年兴,贤臣数载升。古灵传岳秀,宏量禀川澄。畿甸举长
策,风霜秉直绳。出车遥俗震,登阁满朝称。赋简流亡辑,农安政
理凭。还家新长幼,巡垄旧沟塍。忠梗大勋立,寰瀛一作衰赢堕业
惩。焚香兼御史,悬镜委中丞。牸隼当朝立,台骢发郡乘。司徒汉
家重,国典颍川征。云路俄平入,台阶忽上凌。秉钧调造化,宣绥
慰黎烝。金省方秋作,瑶轩直夜凭。中书赠陈准,右相简王陵。三
杰贤更穆,百僚欢且兢。摇怀及宾友,计曲辨淄渑。闉阇暝阴散,
钩陈爽气凝。月深宫树转,河近禁楼冰。卑吏夙驱策,微涓效斗
升。望麾宵继火,书板一作檄曙怀蒸。彼此虽流盼,规模转服膺。
惠将霄汉隔,劳或岁时矜。位重恩宁滥,才轻惬不胜。林峦甘独
往,疵贱苦相仍。敢忘衔花雀,思同附骥蝇。平生逐鸟雀,何日嗣
一作似苍鹰。

## 哭补阙亡友綦毋学士

明代资多士,儒林得异才。书从金殿出,人向玉墀来。词学张平子,风仪褚彦回。崇仪希上德,近侍接元台。曩契心期早,今游宴赏陪。屡迁君擢桂,分尉我从梅。忽遇乘辀客,云倾构厦材。泣为洹水化,叹作泰山颓。冀善初将慰,寻言半始猜。位联情易感,交密痛难裁。远日寒旌暗,长风古挽哀。寰中无旧业,行处有新苔。反哭魂犹寄,终丧子尚孩。葬田门吏给,坟木路人栽。遽泄悲成往,俄传宠令回。玄经贻石室,朱绂耀泉台。地古春长闭,天明夜不开。登山一临哭,挥泪满蒿莱。

## 闰月七日织女

耿耿曙河微,神仙此夜<sub>一作会</sub>稀。今年七月闰,应得两回归。

## 句

月华照杵空随妾,风响传砧不到君。《捣衣篇》 见《河岳英灵集》

# 史 青

史青,零陵人。聪敏强记。开元初,上书自荐能诗,云子建七步,臣五步之内可塞明诏。明皇试以除夕、上元、竹火笼等诗,应口而出。上称赏,授左监门卫将军。今存诗一首。

## 应诏赋得除夜 一作王谭诗

今岁今宵尽,明年明日催。寒随一夜去,春逐五更来。气色空中改,容颜暗里回。风光人不觉,已著<sub>一作入</sub>后园梅。

# 王泠然

　　王泠然，开元五年登第。王丘典吏部选时，尝被奖拔。官校书郎，急于仕进，有上张说书，称公之用人盖已多矣，仆之思用其来久矣，仆虽不佞，亦相公一株桃李也。诗四首。

## 汴堤柳 一本作题河边枯柳

隋家天子忆扬州，厌坐深宫傍海游。穿地凿山开御路，鸣笳叠鼓泛清流。流从巩北分河一作河汾口，直到淮南种官柳。功成力尽人旋亡，代一作运谢年移树空有。当时彩女侍君王，绣帐一作帐殿旌门对柳行。青叶交垂连幔色，白花飞度染衣香。今日摧残何用道，数里曾无一枝好。驿骑征帆损更多，山精野魅藏应老。凉风一作秋八一作九月露为霜，日夜孤舟入帝乡。河畔时时闻木落一作落叶，客中无不泪沾裳一作无个不沾裳。

## 夜 光 篇

游人夜到汝阳间，夜色冥濛不解颜。谁家暗起寒山烧，因此明中得见山。山头山下须臾满，历险缘深无暂断。焦声散着群树鸣，炎气傍林一川暖。是时西北多海风，吹上连天光更雄。浊烟熏月黑，高艳燕云红。初谓炼丹仙灶里，还疑铸剑神谿中。划为飞电来照物，乍作流星并上空。西山无草光已灭，东顶荧荧犹未绝。沸汤空谷数道水，融盖一作尽阴崖几年雪。两京贫病若为居，四壁皆成凿照馀。未得贵游同秉烛，唯将半影借披书。

# 古木卧平沙

古木卧平沙, 摧残岁月赊。有根横水石, 无叶拂烟霞。春至苔为叶, 冬来雪作花。不逢星汉使, 谁辨是灵槎。

# 淮南寄舍弟

昔予从不调, 经岁旅淮源。念尔长相失, 何时返故园。寄书迷处所, 分袂隔凉温。远道俱为客, 他乡共在原。归情春伴雁, 愁泣夜随猿。愧见高堂上, 朝朝独倚门。

# 句

林狖欺童子, 山精试老僧。 山寺

陈兵剑阁山将动, 饮马珠江水不流。 咏八阵图送人　以上并见《诗式》

官微思倚玉, 文浅怯投珠。 赠张公子协律　见《上张说书》

# 全唐诗卷一一六

## 张子容

张子容,先天二年擢进士第,为乐城尉,与孟浩然友善。诗一卷。

### 春江花月夜二首

林花发岸口,气色动江新。此夜江中月,流光花上春。分明石潭里,宜照浣纱人。

交甫怜瑶珮,仙妃难重期。沉沉绿江晚,惆怅碧云姿。初逢花上月,言是弄珠时。

### 云阳驿陪崔使君邵道士夜宴

一尉东南远,谁知此夜欢。诸侯倾皂盖,仙客整黄冠。染翰灯花满,飞觞云气寒。欣承国士遇,更借美人看。

### 除夜乐城逢孟浩然

远客襄阳郡,来过海岸家。樽开一作前柏叶酒,灯发九枝花。妙曲逢卢女,高才得孟嘉。东山行乐意,非是竞繁一作奢华。

## 送苏倩游天台

灵异寻沧海,笙歌访翠微。江鸥迎共一作近狎,云鹤待将飞。琪树
尝一作攀仙果,琼楼一作枝试羽衣。遥知神女问,独怪阮郎归。

## 泛永嘉江日暮回舟

无云天欲暮,轻一作转鹢大江清。归路烟中远,回舟月上行。傍潭
窥竹暗,出屿见沙明。更值微风起,乘流丝管声。

## 永嘉即事寄赣县袁少府瓆

山绕楼台出,溪通里闬斜。曾为谢客郡,多有逐臣家。海气朝成
雨,江天晚作霞。题书报贾谊,此湿似长沙。

## 乐城岁日赠孟浩然 一作王维诗

土地穷瓯越,风光肇建寅。插桃销瘴疠,移竹近阶墀。半是吴风
俗,仍为楚岁时。更逢习凿齿,言在汉川湄。

## 永 嘉 作

拙宦从江左,投荒更海边。山将孤屿近,水共恶谿连。地湿梅多
雨,潭蒸竹起烟。未应悲晚发,炎瘴苦华年。

## 送孟八浩然归襄阳二首

东越相逢地,西亭送别津。风潮看解缆,云一作雪海一作雨去愁人。
乡在桃林岸,山一作江连枫树春。因一作长怀故园意,归与孟家邻。
杜门不欲一作复出,久与世情疏。以此为长策,劝君归旧庐。醉歌
田舍酒,笑读古人书。好是一生事,无劳献子虚。此篇一作王维诗。

## 贬乐城尉日作

窜谪边穷海,川原近恶谿。有时闻虎啸,无夜不猿啼。地暖花长发,岩高日易低。故乡可忆处,遥指斗牛西。

## 自乐城赴永嘉枉路泛白湖寄松阳李少府

西行碍浅石,北转入谿桥。树色烟轻重,湖光风动摇。百花乱飞雪,万岭叠青霄。猿挂临潭筱,鸥迎出浦桡。惟应赏心客,兹路不言遥。

## 九日陪润州邵使君登北固山

五马向西一作山椒,重阳坐丽谯。徐州带绿水,楚国在青霄。张幕连江树,开筵接海潮。凌云词客语,回雪舞人娇一作腰。梅福惭仙吏,羊公赏下僚。新丰酒旧美,况是菊花朝。

## 璧池望秋月

凉夜窥清沼,池空水月秋。满轮沉玉镜,半魄落银钩。蟾影摇轻浪,菱花渡浅流。漏移光渐洁,云敛色偏浮。似璧悲三献,疑珠怯再投。能持千里意,来照楚乡愁。

## 长安早春 一作孟浩然诗

开国维一作移东井,城池起一作对北辰。咸歌太平日,共乐建寅春。雪一作云尽黄一作青山树,冰开黑水津一作滨。草迎金埒马,花伴一作醉玉楼人。鸿渐看无数,莺歌一作声听欲频。何当桂枝擢,还及柳条新。

# 赠司勋萧郎中

作相开黄阁，为郎奏赤墀。君臣道合体，父子贵同时。国以推贤答，家无内举疑。凤池真水镜，兰省得华滋。未睹风流日，先闻新<sup>一作所</sup>赋诗。江山清谢朓，花木媚丘迟。吏部来何暮，王言念在兹。丹青无不可，霖雨亦相期。昔我投荒处，孤烟望岛夷。群鸥终日狎，落叶数年悲。渔父留歌咏，江妃入兴词。今将献知己，相感勿吾欺。

# 巫　山

巫岭岧峣天际重，佳期宿昔愿相从。朝云暮雨连天暗，神女知来第几峰。

# 除　日

腊月今知晦，流年此夕除。拾樵供岁火，帖牖作春书。柳觉东风至，花疑小雪馀。忽逢双鲤赠，言是上冰鱼。

# 全唐诗卷一一七

## 张 旭

张旭,苏州吴人。嗜酒,善草书,每醉后号呼狂走,乃下笔。或以头濡墨而书,既醒,自视以为神,世呼为张颠。初仕为常熟尉,自言始见公主担夫争道,又闻鼓吹而得笔法意。观公孙大娘舞剑器,乃尽其神。时以李白歌诗,旭草书,及裴旻剑舞为三绝。诗六首。

### 清 溪 泛 舟

旅人倚征棹,薄暮起劳歌。笑揽清溪月,清辉不厌多。

### 桃 花 溪

隐隐飞桥隔野烟,石矶西畔问渔船。桃花尽日随流水,洞在清溪何处边。

### 山 行 留 客

山光物态弄春辉,莫为轻阴便拟归。纵使晴明无雨色,入云深处亦沾衣。

# 春 游 值 雨

欲寻轩槛列清尊,江上烟云向晚昏。须倩东风吹散雨,明朝却待入华园。

# 春 草

春草青青万里馀,边城落日见离居。情知海上三年别,不寄云间一纸书。

# 柳

濯濯烟条拂地垂,城边楼畔结春思。请君细看风流意,未减灵和殿里时。

# 贺　朝

贺朝,越州人,官止山阴尉。诗八首。

## 南　山 一作贺朝清诗

湖北雨初晴,湖南山尽见。岩岩石帆影,如得海风便。仙穴茅山峰,彩云时一见。邀君共探此,异策残几卷。

## 孤　兴

晴日暖珠箔,夭桃色正新。红粉青镜中,娟娟可怜嚬。君子在遐险,蕙心谁见珍。罗幕空掩昼,玉颜静移春。江瑟语幽独,再三情未申。黄鹄千里翅,芳音迟所因。

# 从 军 行

朔胡乘月寇边城,军书插羽刺一作赐中京。天子金坛拜飞将,单于
玉塞振佳兵。骑射先鸣推任侠,龙韬决胜伫时英。闻有河湟客,惜
惜理帷帝。常山启霸图,氾水先天策,衔珠浴铁向桑干,衅旗膏剑
指乌丸。鸣鸡已报关山晓,来雁遥传沙塞寒。直为甘心从苦节,陇
头流水鸣呜咽。边树萧萧不觉春,天山漠漠长飞雪。鱼丽阵接塞
云平,雁翼营通海月明。始看晋幕飞鹅入,旋闻齐垒啼乌声。自从
一戍燕支山,春光几度晋阳关。金河未转青丝骑,玉箸应啼红粉
颜。鸿归燕相续,池边芳草绿。已见氛清细柳营,莫更春歌落梅
曲。烽沉灶减静边亭,海〔晏〕(宴)山空肃已宁。行望风京旋凯捷,
重来麟阁画丹青。

## 赋得游人久不归 一作刘孝孙诗,又作贺朝清。

乡关眇天末,引领怅怀归。羁旅久淹滞,物色屡芳菲。稍觉出意
尽,行看蓬鬓稀。如何千里外,伫立沾裳衣。

## 宿香山阁 一作贾彦璋诗

暝上一作望春山阁,梯云宿半空。轩窗闭潮海,枕席拂烟虹。朱网
防栖鸽,纱灯护夕虫。一闻鸡唱晓,已见日曈曈。

## 赠酒店胡姬

胡姬春酒店,弦管夜锵锵。红毾铺新月,貂裘坐薄霜。玉盘初鲙
鲤,金鼎正烹羊。上客无劳散,听歌乐世娘。

# 赋得春莺送友人二首

一作刘孝孙诗，题作一首，后四句在前。

翅掩飞莺舞，啼恼婕好悲。料取金闺意，因君问所思。
流莺拂绣羽，二月上林期。待雪销金禁，衔花向玉墀。

# 万齐融

万齐融，越州人。官昆山令。诗四首。（按《旧唐书·文苑传》云：神龙中，贺知章与贺朝万、齐融、张若虚、邢巨、包融，俱以吴越之士，文辞俊秀，名扬于上京，人间往往传其文。朝万止山阴尉，齐融昆山令。盖以万字属上文，作贺朝万。及考唐人所选《国秀》、《搜玉》二集，俱作万齐融、贺朝。今仍之。）

## 三日 一作上巳 绿潭篇

春潭混漾接隋宫，宫阙连延潭水东。蘋苔 一作芷 嫩色涵波绿，桃李新花照底 一作水 红。垂菱布藻如妆镜，丽日晴天相照映。素影沉沉 一作颤颤 对蝶飞，金沙砾砾窥鱼泳。佳人被褉赏韶年，倾国倾城并可怜。拾翠总来芳树下，踏青争绕绿潭边。公子王孙恣游玩，沙阳 一作场 水曲情无厌。禽浮似抱羽觞杯，鳞跃疑投水心剑。金鞍玉勒骋轻肥，落絮红尘拥路飞。绿水残霞催席散，画楼初月待人归。

## 仗 剑 行

昨夜星官动紫微，今年天子用武威。登车一呼风雷动，遥震阴山撼巍巍。胡骄子，当见旄头蚀应死。愿骑单马仗天威，接取长绳缚虏归。仗剑遥叱路傍子，匈奴头血溅君衣。

## 赠 别 江 头

东南飞鸟处,言是故乡天。江上风花晚,君行定几千。计程频破月,数别屡开年。明岁浔阳水,相思寄采莲。

## 送陈七还广陵

风流谁代一作氏子,虽有旧无双。欢酒言相送,愁弦意不降。落花馥河道,垂杨拂水窗。海潮与春梦,朝夕广陵江。

# 邢　巨

　　邢巨,扬州人。开元七年,中文辞雅丽科,官监察御史。诗二首。

## 游　春

海岳三峰古,春皇二月寒。绿潭渔子钓,红树美人攀。弱蔓环沙屿,飞花点石关。溪山游未厌,琴酌弄晴湾。

## 游宣州琴溪同武平一作

灵溪非人迹,仙意素所秉。鳞岭森翠微,澄潭照秋景。

# 张若虚

　　张若虚,扬州人。衮州兵曹。与贺知章、张旭、包融,号吴中四士。诗二首。

# 春江花月夜

春江潮水连海平,海上明月共潮生。滟滟随波千万里一作顷,何处春江无月明。江流宛转绕芳甸,月照花林皆似霰。空里流霜不觉飞,汀上白沙看不见。江天一色无纤尘,皎皎空中孤月轮。江畔何人初见月,江月何年初照人。人生代代无穷已,江月年年只相似。不知江月待何人,但见长江送流水。白云一片去悠悠,青枫浦上不胜愁。谁家今夜扁舟子,何处相思明月楼。可怜楼上月裴回,应照离人妆一作玉镜台。玉一作遮户帘中卷不去,捣衣砧上拂还来。此时相望不相闻,愿逐月华流照君。鸿雁长飞光不度,鱼龙潜跃水成文。昨夜闲潭梦落花,可怜春半不还家。江水流春去欲尽,江潭落月复西斜。斜月沉沉藏海雾,碣石潇湘无限路。不知乘月几人归,落月摇情满江树。

# 代答闺梦还

关塞年华早,楼台别望违。试衫著暖气,开镜觅春晖。燕入窥罗幕,蜂来上画衣。情催桃李艳,心寄管弦飞。妆洗朝相待,风花暝不归。梦魂何处入,寂寂掩重扉。

# 薛 业

　　薛业,天宝间处士。西游庐山,赵补阙骅、王侍御定、张评事有略,各以文为赠。独孤及尝称其敦于诗,困于学,敏于行。口弗言禄,禄亦不及。识其真者,以为永叹。诗二首。

## 洪州客舍寄柳博士芳

去年燕巢主人屋，今年花发路傍枝。年年为客不到舍<sub>一作归去</sub>，旧
国存亡那得知。胡尘一起乱天下<sub>一作天下乱</sub>，何处春风无别离。

## 晚秋赠张折冲　<sub>此公事制举</sub>

都尉今无事，时清但闭关。夜霜戎马瘦，秋草射堂<sub>一作雕闲</sub>。位以
穿杨得，名因折桂还。冯唐真不遇，叹息鬓毛斑。

# 全唐诗卷一一八

## 孙 逖

逖逖,河南人。开元中,三擅甲科,擢左拾遗。表举幕职,入为集贤院修撰,改考功员外郎,迁中书舍人。曲诏诰,判刑部侍郎,终太子詹事。谥曰文。集二十卷。今编诗一卷。

### 和左司张员外自洛使入京中路先赴长安逢立春日赠韦侍御—作郎等诸公

拜郎登省闼,奉使驰车乘。遥瞻使者星,便是郎官应。台妙时相许一作放言,皇华德弥称。二陕听风谣,三秦望形胜。此中暌益友,是日多诗兴。寒尽岁阴催,春归物一作日华证。

### 和登会稽山

稽山碧湖上,势入东溟尽。烟景昼清明,九峰争隐嶙。望中厌朱绂,俗内探玄牝。野老听鸣驺,山童拥行轸。仙花寒未落,古蔓柔堪引。竹涧入山一作霜多,松崖向天近。云从海天去,日就江村陨。能赋丘尝闻,和歌参不敏。冥搜信冲漠,多士期标准。愿奉濯缨心,长谣反招隐。

## 送杨法曹按括州

东海天台山，南方缙云驿一作国。溪澄一作澄清问人隐，岩险烦登陟。潭壑随星使，轩车绕春色。傥寻琪树人，为报长相忆。

## 葛 山 潭

圆潭写流月，晴明涵万象。仙翁何时还，绿水空荡漾。凉哉草木腓，白露沾人衣。犹醉空山里，时闻笙鹤飞。

## 丹 阳 行

丹阳古郡洞庭阴，落日扁舟此路寻。传是东南旧都处，金陵中断碧江深。在昔风尘起，京都乱如毁。双阙戎虏间，千门战场里。传闻一马化为龙，南渡衣冠亦愿从。石头横帝里，京口拒戎锋。青枫林下回天跸，杜若洲前转国容。都门不见河阳树，辇道唯闻建业钟。中原悠悠几千里，欲扫欃枪未云已。英雄倾夺何纷然，一盛一衰如逝川。可怜宫观重江里，金镜相传三百年。自从龙见圣人出，六合车书混为一。昔年王气今何在，并向长安就尧日。荆榛古木闭荒阡，共道繁华不复全。赤县唯馀江树月，黄图半入海人烟。暮来山水登临遍，览古愁吟泪如霰。唯有空城多白云，春风淡荡无人见。

## 山阴县西楼

都邑西楼芳树间，逶迤霁色绕江山。山一作海月夜从公署出，江云晚对讼庭还。谁知春色朝朝好，二月飞花满江草。一见湖边杨柳风，遥忆青青洛阳道。

# 夜宿浙江

扁舟夜入江潭泊,露白风高一作秋气萧索。富春渚上潮未还,天姥
岑边月初落。烟水茫茫多苦辛,更闻江上越人吟。洛阳城阙何时
见,西北浮云朝暝深。

# 春日留别

春路逶迤花柳前,孤舟晚泊就人烟。东山白云不可见,西陵江月夜
娟娟。春江夜尽潮声度,征帆遥从此中去。越国山川看渐无,可怜
愁思江南树。

# 奉和四月三日上阳水窗赐宴应制得春字

今日逢初夏,欢游续旧旬。气和先作雨,恩厚别成春。风吹临清
洛,龙舆下紫宸。此中歌在藻,还见跃潜鳞。

# 奉和登会昌山应制

岩磴列云旗,吾君访道时。乾行万物睹,日驭一作驻六龙迟。望远
回天顾,登高动睿词。愿因山作寿,长保会一作运昌期。

# 正月十五日夜应制 一作沈佺期诗

洛城一作阳三五夜,天子万年春。彩仗移双阙,琼筵会九宾。舞成
苍颉字,灯作法王轮。不觉东方日一作白,遥垂一作筵随御藻一作柳
新。

# 奉和御制登鸳鸯楼即目一作日应制

玉辇下离宫,琼楼上半空。方巡五年狩,更辟四门聪。井邑观秦

野,山河念禹功。停銮留睿作,轩槛起南风。

## 进船泛洛水应制 一作薛稷感诗

禁园纡睿览,仙棹叶时游。洛北风花树,江南彩画舟。芳生兰蕙草,春入凤凰楼。兴尽离宫暮,烟光起夕流。

## 和常州崔使君寒食夜

闻道清明近,春庭一作闱向夕阑。行游昼不厌,风物夜宜看。斗柄更初转,梅香暗里残。无劳秉华烛,清一作晴月在南端。

## 和韦兄一作韦尚书春日南亭宴兄弟 兄在京

台阁升高位,园林隔旧乡。忽闻歌棣萼,还比报琼芳。门向宜春近,郊连御宿长。德星常有会,相望在文昌。

## 奉和崔司马游云门寺

系马清溪树,禅门春气浓。香台花下出,讲坐竹间逢。觉路山童引,经行谷鸟从。更言穷寂灭,回策上南峰。

## 酬万八贺九云门下归溪中作

晚从灵境出,林壑曙云飞。稍觉清溪尽,回瞻画刹微。独园馀兴在,孤棹宿心违。更忆登攀处,天香满一作盈袖归。

## 春初送吕补阙往西岳勒碑得云字

刻石记天文,朝推谷子云。箧中缄圣札,岩下揖神君。语别梅初艳,为期草欲薰。往来春不尽,离思莫氛氲。

## 送越州裴参军充使入京

日落川径寒,离心苦未安。客愁西向尽,乡梦北归难。霜果林中变,秋花水上残。明朝渡江后,云物向南看。

## 送周判官往台州

吾宗长作赋,登陆访天台。星使行看入,云仙意转催。饮冰攀璀璨,驱传历莓苔。日暮东郊别,真情去不回。

## 送魏骑曹充宇文侍御判官分按山南

云雨阳台一作台南路,光华驿骑巡。劝农开梦土,恤隐惠荆人。楼迥吟黄鹤,江长望白蘋。观风布明诏,更是汉南春。

## 送苏郎中绾出佐荆州

神仙久留滞,清切伫飞翻。忽佐南方牧,何时西掖垣。高车自兰省,便道出荆门。不见河梁别,空销郢路魂。

## 冬末送魏起居赴京

大名将起魏,良史更逢迁。驿骑朝丹阙,关亭望紫烟。西京春色近,东观物华偏。早赴王正月,挥毫记首年。

## 送李补阙摄御史充河西节度判官

昔年叨补衮,边地亦埋轮。官序惭先达,才名畏后人。西戎虽献款,上策耻和亲。早赴前军一作军戎幕,长清外域尘。

## 送赵<sub>一作许</sub>评事摄御史监军岭南

议狱持邦典,临戎假宪威。风从阊阖去,霜入洞庭飞。篁竹迎金鼓,楼船引绣衣。明年拜<sub>一作降</sub>真月,南斗使星归。

## 送靳十五侍御使蜀

天使出霜台,行人择吏才。传车春色送,离兴夕阳催。驿绕巴江转,关迎剑道开。西南一何幸,前后二龙来。

## 送李给事归徐州觐省

列位登青琐,还乡复彩衣。共言晨省日,便是昼游归。春水经梁宋,晴山入海沂。莫愁东路远,四牡正骓骓。

## 送杜侍御赴上都

避马台中贵,登车岭外遥。还因贡赋礼,来谒大明朝。地入商山路,乡连渭水桥。承恩返南越,尊酒重相邀。

## 送张环摄御史监南选

汉使得张纲,威名摄远方。恩沾柱下史,荣比选曹郎。江带黔中阔,山连峡水长。莫愁炎暑地,秋至有严霜。

## 宴越府陈法曹西亭

公府西岩下,红亭间白云。雪梅初度腊,烟竹稍迎曛。水木涵澄景,帘栊引雾氛。江南归思逼,春雁不堪闻。

# 同邢判官寻龙湍观归湖中

星使下仙一作天京,云湖喜昼晴。更从探穴处,还作棹歌行。丝管荷风入,帘帷竹气清。莫愁归路远,水月夜虚明。

# 寻　龙　湍

仙穴寻遗迹,轻舟爱水乡。溪流一曲尽,山路九峰长。渔父歌金洞,江妃舞翠房。遥怜葛仙宅,真气共微茫。

# 宿云门寺阁

香阁东山下,烟花象外幽。悬灯千嶂夕,卷幔五湖秋。画壁馀一作飞鸿雁,纱窗宿斗牛。更疑天路近,梦与白云游。

# 扬　子　江　楼

扬子何年邑,雄图作楚关。江连二妃渚,云近八公山。驿道〔青〕(清)枫外,人烟绿屿间。晚来潮正满,数处落帆还。

# 淮阴夜宿二首

水国南无畔,扁舟北未期。乡情淮上失,归梦郢中疑。木落知寒近,山长见日迟。客行心绪乱,不及洛阳时。

永夕卧烟塘,萧条天一方。秋风淮水落,寒夜楚歌长。宿莽非中土,鲈鱼岂我乡。孤舟行已倦,南越尚茫茫。

# 下京口埭夜行

孤帆度绿氛,寒浦落红曛。江树朝来出,吴歌夜渐闻。南溟接潮水,北斗近乡云。行役从兹去,归情入雁群。

# 山 行 遇 雨

骤雨昼氤氲,空天望<sup>一作夜</sup>不分。暗山唯觉电,穷海但生云。涉涧
猜行潦,缘崖畏宿氛。夜来江月霁,棹唱此中闻。

# 夜 到 润 州

夜入<sup>一作到</sup>丹阳郡,天高气象秋。海隅云汉转,江畔火星流。城郭
传金柝,闾阎闭绿洲。客行凡几夜,新月再如钩。

# 和常州崔使君咏后庭梅二首

闻唱梅花落,江南春意深。更传千里外,来入越人吟。弱干红妆
倚,繁香翠羽寻。庭中自公日,歌舞向芳阴。
梅院重门掩,遥遥歌吹边。庭深人不见,春至曲能传。花落弹棋
处,香来荐枕前。使君停五马,行乐此中偏。

# 同和咏楼前海石榴二首

客自新亭郡,朝来数物华。传君妓楼好,初落海榴花。露色珠帘
映,香风粉壁遮。更宜林下雨,日晚逐行车。
海上移珍木,楼前咏所思。遥闻下车日,正在落花时。旧绿香行
盖,新红洒步綦。从来寒不易,终见久逾滋。

# 故右丞相赠太师燕文贞公挽词二首

海内文章伯,朝端礼乐英。一言兴宝运,三入济群<sup>一作苍</sup>生。命与
才相偶,年将位不并。台星忽已坼,流恸轸皇情。
甲第三重<sup>一作长</sup>戟,高门四列侯。已成冠盖里,更有凤凰楼。人世
方为乐,生涯遽若休。空馀<sup>一作为</sup>掌纶地,传庆百千秋。

## 故陈州刺史赠兵部尚书韦公挽词

奕叶金章贵，连枝鼎位尊。台庭为凤穴，相府是鸰原。世阀空悲命，泉幽不返魂。惟馀汉臣史，继术赞韦门。

## 故程将军妻南阳郡夫人樊氏挽歌

德配程休甫，名高鲁季姜。宠荣苍玉珮，宴梦一作寔郁金堂。白日期偕老，幽泉忽悼亡。国风犹在咏，江汉近南阳。

## 和上巳连寒食有怀京洛

天津御柳碧遥遥，轩骑相从半下朝。行乐光辉寒食借，太平歌舞晚春饶。红妆楼下东郊道，青草洲边南渡桥。坐见司空扫西第，看君侍从落花朝。

## 和左司张员外自洛使入京中
## 路先赴长安逢立春日赠韦侍御等诸公

忽睹云间数雁回，更逢山上正一作一花开。河边淑气迎芳草，林下轻风待落梅。秋宪府中高唱入，春卿署里和歌一作诗来。共言东阁招贤地，自有西征谢傅一作作赋才。

## 和崔司马登称心山寺

郡府乘休日，王城访道初。觉花迎步履，香草藉行车。倚阁观无际，寻山坐一作尽太虚。岩空迷禹迹，海静望秦馀。翡翠巢珠网，鹍鸡间绮疏。地灵资净土，水若护真如。宝树谁攀折，禅云自卷舒。晴分五湖势，烟合九夷一作疑居。生灭纷无象，窥临已得鱼。尝闻宝刀赠，今日奉琼琚。

## 奉和李右相中书壁画山水

庙堂多暇日,山水契中一作真情。欲写高深趣,还因藻绘成。九江临户牖,三峡绕檐楹。花柳穷年发,烟云逐意生。能令万里近,不觉四时行。气染荀香馥,光含乐镜清。咏歌齐出处,图画表冲盈。自保千年遇,何论八载荣。李公诗云,八载忝司存。

## 奉和李右相赏会昌林亭

贤相初陪跸,灵山本降神。作京雄近县,开阁宠平津。地胜林亭好,时清宴赏频。百泉萦一作荣草木,万井布郊畛。德与春和盛,功将造化邻。还嗤渭滨叟,岁晚独垂纶。

## 和左卫武仓曹卫中对雨创一作剧韵赠右卫李骑曹二人同任校书

林父同官意,宣尼久敬交。文场刊玉篆,武事掌金铙。道合宜连茹,时清岂系匏。克勤居簿领,多暇屏谨诮。美酒怀公宴,玄谈俟客嘲。薄云生北阙,飞雨自西郊。院暑便清旷,庭芜觉渐苞。高门关讵闭,逸韵柱难胶。枳棘鸾无叹,椅梧凤必巢。忽闻徵并作,观海愧堂坳。

## 送新罗法师还国

异域今无外,高僧代所稀。苦心归一作穷寂灭,宴坐得精微。持钵何年至,传灯是日归。上卿挥别藻一作操,中禁下禅衣。海阔杯还度,云遥锡更飞。此行迷处所,何以慰虔祈。

## 送赵大夫护边 一作送赵都护赴安西

外域分都护,中台命职方。欲传清庙略,先一作为取剧曹郎。已佩
登坛印,犹怀伏奏香一作章。百壶开祖一作诏饯,驷牡戒一作结戎装。
青海连西掖一作极,黄河带北凉。关山瞻汉月,戈剑宿胡霜。体国
才先著,论兵策复长。果持文武术,还继杜一作晋当阳。

## 立秋日题安昌寺北山亭

楼观倚长霄,登攀及霁朝。高如石门顶,胜拟赤城标。天路云虹
近,人寰气象遥。山围一作清伯禹庙,江落伍胥潮。徂暑迎秋薄,凉
风是日飘。果林馀苦李,萍水覆甘蕉。览古嗟夷漫,凌空爱沉一作
寂寥。更闻金刹下,钟梵晚萧萧。

## 登 越 州 城

越嶂绕层城,登临万象清。封圻沧海合,廛市碧湖明。晓日渔歌
满,芳春棹唱行。山风吹一作摇美箭,田雨润香粳。代阅英灵尽,人
闲吏隐并。赠言王逸少,已见曲池平。

## 江 行 有 怀

秋水明川路,轻舟转石圻。霜多山橘熟,寒至浦禽稀。飞席乘风
势,回流荡日晖。昼行疑海若,夕梦识江妃。野霁看吴尽,天长望
洛非。不知何岁月,一似暮潮归。

## 长洲苑 吴黄武中,此地校猎。

吴王初鼎峙,羽猎骋雄才。辇道阊门出,军容茂苑来。山从列嶂一
作障转,江自绕林回。剑骑缘汀入,旌门隔屿开。合离纷若电,驰逐

溢成雷。胜地虞人守,归舟汉女陪。可怜夷漫处,犹在洞庭隈。山静吟猿父一作缺,城空应雉媒。戎行委乔木,马迹尽黄埃。揽涕问遗老,繁华安在哉。

## 和咏廨署有樱桃

上林天禁里,芳树有红樱。江国今来见,君门春意生。香从花绶转,色绕佩珠明。海鸟衔初实,吴姬扫落英。切将稀取贵,羞与众同荣。为此堪攀折,芳蹊处处成。

## 同洛阳李少府观永乐公主入蕃

边地莺花少,年来未觉新。美人天上落,龙塞始应春。

## 途 中 口 号

邺城东北望陵台,珠翠繁华去不回。无复新妆艳红粉,空馀故垄满青苔。

## 晦 日 湖 塘

吉日初成晦,方塘遍是春。落花迎二月,芳树历三旬。公子能留客,巫阳好解神。夜还何虑暗,秉烛向城闉。

## 句

野烟出炉上,山花落镜中。 庐山 见《诗式》

# 全唐诗卷一一九

## 崔国辅

崔国辅,吴郡人。开元中,应县令举,授许昌令。累迁集贤直学士,礼部员外郎。后坐事贬晋陵郡司马。诗一卷。

### 从 军 行

塞北胡霜下,营州索兵救。夜里偷道行,将军马亦瘦。刀光照塞月,阵色明如昼。传闻贼满山,已共前锋斗。

### 杂 诗

逢著平乐儿,论交鞍马前。与酤一作兴酤一斗酒,恰用十千钱。后余在关内,作事多迍邅。何肯相救援一作何处肯相救,徒闻宝剑篇。

### 古 意

红荷楚水曲,彪炳烁晨霞。未得两回摘,秋风吹却花。时芳不待妾,玉珮无处夸。悔不盛年时,嫁与青楼家。

### 宿 法 华 寺

松雨时复滴,寺门清且凉。此心竟谁证,回憩支公床。壁画感灵迹,龛经传异香。独游寄象外,忽忽归南昌。

# 题预章馆

杨柳映春江,江南转佳丽。吴门绿波里,越国青山际。游宦常往来,津亭暂临憩。驿前苍石没,浦外湖沙细。向晚宴且久,孤舟同然逝。云留西北客,气歇东南帝。独有萋萋心,谁知怨芳岁。

## 石头滩<sub>一作濑</sub>作

怅矣秋风时,余临石头濑。因高见远境<sub>一作超远</sub>,尽此数州内<sub>一作望尽此州内</sub>。羽山数<sub>一作一点</sub>青,海岸杂光<sub>一作花</sub>碎。离离树木少,漭漭湖波<sub>一作森森波潮</sub>大。日暮千里帆,南飞落天外。须臾遂入夜,楚色有微霭。寻远迹<sub>一作路</sub>已穷,遗荣事多昧。一身犹未理,安得济时代。且泛朝夕潮,荷衣蕙为带。

# 漂母岸

泗水入淮处,南边古岸存。秦时有漂母,于此饭<sub>一作馈</sub>王孙。王孙初未遇,寄食何<sub>一作多</sub>足论。后为楚王来,黄金<sub>一作誓欲</sub>答母恩。事迹遗在此,空伤千载魂。茫茫水中渚,上有一孤墩。<sub>一作寒洲涨未解,荒陇草空繁。</sub>遥望不可到,苍苍烟树昏。几年崩冢色,每<sub>一作春</sub>日落潮痕。古地多埋圮,时哉不敢言。向夕泪沾裳,遂<sub>一作只</sub>宿芦洲村。

# 对酒吟

行行日将夕,荒村古冢<sub>一作路</sub>无人迹。蒙笼荆棘一鸟吟<sub>一作飞</sub>,屡唱<sub>一作劝</sub>提壶沽酒吃。古人不达酒不足,遗恨精灵传此曲。寄言世上<sub>一作当代</sub>诸少年,平生且尽杯中醁。

# 奉和华清宫观行香应制

天子蕊<sub>一作藻</sub>珠宫,楼台碧落通。豫游皆汗漫,斋处即崆峒。云物三光里,君臣一气中。道言何所说,宝历自无穷。

## 七　夕

太守仙潢族,含情七夕多。扇风生玉漏,置水写银河。阁下陈书籍,闺中曝绮罗。遥思汉武帝,青鸟几时过。

## 宿　范　浦

月暗潮又落,西陵渡暂停。村烟和海雾,舟火乱江星。路转定山绕一作远,塘连范浦横。鸥夷近何去,空山临沧溟。

## 奉和圣制上巳祓禊应制

元巳秦中节,吾君灞上游。鸣銮通禁苑,别馆绕芳洲。鹓鹭千官列,鱼龙百戏浮。桃花春欲尽,谷雨夜来收。庆向尧樽祝,欢从楚棹讴。逸诗何足对,宵作掩东周。

## 九日侍宴应制

运偶千年圣,时传九日神。尧樽列钟鼓,汉阙辟钩陈。金箓三清降,琼筵五老巡。始惊兰佩出,复咏柏梁新。云雁楼前晚,霜花酒里春。欢娱无限极,书剑太平人。

## 杭州北郭戴氏荷池送侯愉

秋近万物肃,况当临水时。折花赠归客,离绪断荷丝。谁谓江国永,故人感在兹。道存过北郭,情极望东菑。乔木故园意,鸣蝉穷巷悲。扁舟竟何待,中路每迟迟。

# 怨 词 二 首

妾有罗衣裳,秦王在时作。为舞春风多,秋来不堪著。

楼头一作前桃李疏,池上芙蓉落。织锦犹未成,蛩声入罗幕。

# 古 意 二 首

玉笼薰绣裳,著罢眠洞房。不能音耐春风里,吹却兰麝香。

种棘遮蘼芜,畏人来采一作摘杀。比至狂夫还,看看几花发。

# 襄阳曲二首

蕙草娇红萼,时光舞碧鸡。城中美年少,相见白铜鞮。

少年襄阳地,来往襄阳城。城中轻薄子,知妾解秦筝。

# 魏 宫 词

朝日照一作点红妆,拟上铜雀台。画眉犹未了一作竟,魏帝使人催。

# 长信草 一作长信宫,一作婕妤怨。

长信宫中草,年年愁处生。故一作时侵珠履迹,不使玉阶行。

# 长乐少年行 一作古意

遗却珊瑚鞭,白马骄不行。章台折杨柳,春日一作草路傍情。

# 湖南曲 一作古意

湖南送一作与君去一作别,湖北送一作忆君归。湖里鸳鸯鸟一作起,双双他自飞。

## 中流曲 一作古意

归时一作来日尚早,更欲向芳洲。渡口水流急,回船不自由。

## 王 孙 游

自与王孙别,频看黄鸟飞。应由春草误,著处不成归。

## 采 莲 曲

玉淑花争发,金塘水乱流。相逢畏相失,并著采莲舟。

## 子 夜 冬 歌

寂寥抱冬心,裁罗又一作文裂裂。夜久频挑灯,霜寒剪刀冷。

## 丽 人 曲

红颜称绝代,欲并真无侣。独有镜中人,由来自相许。

## 小 长 干 曲

月暗送潮一作湖风,相寻路不通。菱歌唱不彻,知在此塘中。

## 王昭君 一作吟叹曲

汉使南还尽,胡中妾独存。紫台绵望绝,秋草不堪论。

## 秦女卷衣 一作妾薄命

虽入秦帝宫,不上秦帝床。夜夜玉窗里,与他卷衣一作罗裳。

# 今 别 离

送别未能旋,相望连水口。船行欲映洲,几度急摇手。

# 卫 艳 词

淇上桑叶青,青楼含白日。比时遥望君,车马城中出。

# 渭水西别李仑 一作季仑

陇右一作外长亭堠,山阴古塞秋。不知呜咽水,何事向西流。

# 古 意

净扫黄金阶,飞霜皎一作厚如雪。下帘弹箜篌,不忍见秋月。

# 送韩十四被鲁王推递往济南府

西候情何极,南冠怨有馀。梁王虽好事一作士,不察狱中书。

# 白纻辞二首

洛阳梨花落一作白如霰,河阳桃叶生复齐。坐惜一作怨,又作恐。玉一作舞楼春欲尽,红绵粉絮裛妆啼。此首一作《香风词》。

董贤女弟在椒风,窈窕繁华贵后宫。璧带金釭皆翡翠,一朝零落变成空。

# 九 日

江边枫落菊花黄,少长登高一望乡。九日陶家虽载酒,三年楚客已沾裳。

# 王　昭　君

一回望月一回悲,望月月移人不移。何时得见汉朝使,为妾传书斩画师。

# 全唐诗卷一二〇

## 崔 珪

崔珪，贝丘人。开元中，官太子詹事，与兄中书舍人琳，弟光禄卿瑶，俱列荣戟，世号三戟崔家。诗一首。

### 孤 寝 怨

征戍动经年，含情拂玳筵。花飞织锦处，月落捣衣边。灯暗愁孤坐，床空怨独眠。自君辽海去，玉匣闭春弦。

## 杨 浚

杨浚，官校书郎。开元中，尝作《圣典》三卷上之。诗三首。

### 题武陵—作临草堂

草堂列仙楼，上在青山顶。户外窥数峰，阶前对双井。雨来花尽湿，风度松初冷。登栈行不疲，入谿语弥静。云能去尘服，兼欲事金鼎。正直心所存，谄谀长自省。适知幽遁趣，已觉烦虑屏。更爱云林间，吾将卧南颖。

# 广 武 怀 古

河水城下流,登城望弥悁。海云飞不断,岸草绿相接。龙门无旧
场,武牢有遗堞。扼喉兵易守,扪指计何捷。天夺项氏谋,卒成汉
家业。乡山遥可见,西顾泪盈睫。

# 赠 李 郎 中

仙郎早朝退,直省卧南轩。院竹自成赏,阶庭寂不喧。焚香开后
阁,起草闭前门。礼乐风流美,光华星位尊。荣兼朱绂贵,交乃布
衣存。是日登龙客,无忘君子恩。

# 刘　晏

　　刘晏,字士安,曹州南华人。年七岁,举神童。累官殿中
侍御史,迁度支郎中,杭、陇、华三州刺史。寻迁河南尹,入为
京兆尹,再拜户部侍郎,举颜真卿以自代。宝应二年,迁吏部
尚书平章事,领度支盐铁转运租庸使。坐事罢相,诸使如故。
晏以转运为己任,开三门渠津遗迹,岁运米数百万石,以济关
中。晏理家俭约,而重交敦旧。视事敏速,乘机无滞。在职十
馀年,权势之重,邻于宰相。后为杨炎诬构死。诗二首。

## 咏王大娘戴竿

　　《太平御览》云:明皇御勤政楼,大张乐,罗列百技。时教坊有王大
娘者,戴百尺竿,竿上施木山,状瀛洲方丈,令小儿持绛节出入于其间,
歌舞不辍。时晏以神童为秘书正字,方十岁。帝召之,贵妃置之膝上,
为施粉黛,与之巾栉,令咏王大娘戴竿。晏应声而作。因命牙笏及黄纹

袍赐之。

楼前百戏竞争新,唯有长竿妙入神。谁谓绮罗〔翻〕(番)有力,犹自嫌轻更著人。

## 享太庙乐章

汉祚惟永,神功中兴。夙驱氛祲,天覆黎蒸。三光再朗,庶绩其凝。重熙累叶,景命是膺。

# 袁　瓘

袁瓘,明皇时官赣县尉。诗二首。

## 鸿　门　行

少年买意气,百金不辞费。学剑西入秦,结交北游魏。秦魏多豪人,与代亦殊伦。由来不相识,皆是暗相亲。宝马青丝辔,狐裘貂鼠服。晨过剧孟游,暮投咸阳宿。然诺本云云,诸侯莫不闻。犹思百战术,更逐李将军。始从灞陵下,遥遥度朔野。北风闻楚歌,南庭见胡马。胡马秋正肥,相邀夜合围。战酣烽火灭,路断救兵稀。白刃纵横逼,黄尘飞不息。虏骑血洒衣,单于泪沾臆。献凯云台中,自言塞上雄。将军行失势,部曲遂无功。新人不如旧,旧人不相救。万里长飘飘,十年计不就。弃置难重论,驱马度鸿门。行看楚汉事,不觉风尘昏。宝剑中夜抚,悲歌聊自舞。此曲不可终,曲终泪如雨。

## 惠文太子挽歌

睿宗之子岐王范也。开元十四年卒,赠太子。

寒仗丹旐引,阴堂白日违。暗灯明象物,画水湿灵衣。羽化淮王去,仙迎太子归。空馀燕衔土,朝夕向陵飞。

# 李 昂

李昂,开元中考功员外郎。诗二首。

## 从 军 行

汉家未得燕支山,征戍年年沙朔间。塞下长驱汗血马,云中恒闭玉门关。阴山瀚海千万里,此日桑河冻流水。稽洛川边胡骑来,渔阳戍里烽烟起。长途羽檄何相望,天子按剑思北方。羽林练士拭金甲,将军校战出玉堂。幽陵异域风烟改,亭障连连古今在。夜闻鸿雁南渡河,晓望旌旗北临海。塞沙飞淅沥,遥裔连穷碛。玄漠云平初合阵,西山月出闻鸣镝。城南百战多苦辛,路傍死卧黄沙人。戎衣不脱随霜雪,汗马趁趣长被铁。杨叶楼中不寄书,莲花剑上空流血。匈奴未灭不言家,驱逐行行边徼赊。归心海外见明月,别思天边梦落花。天边一作落花回望何悠悠,芳树无人渡陇头。春云不变阳关雪,桑叶先知胡地秋。田畴不卖卢龙策,窦宪思勒燕然石。靡兵静北垂,此日交河湄。欲令塞上无干戚,会待单于系颈时。

## 赋戚夫人楚舞歌

定陶城中是姜家,姜年二八颜如花。闺中歌舞未终曲,天下死人如乱麻。汉王此地因征战,未出帝枕人已荐。风花菡萏落辕门,云雨裴回入行殿。日夕悠悠非旧乡,飘飘处处逐君王。闱门向一作玉闺门里通归梦,银烛迎来在战场。相从一作从来顾恩不雇己,何异浮萍寄深水。逐战曾迷只轮下,随君几陷重围里。此时平楚复平齐,咸阳宫阙到关西。珠帘夕殿闻钟磬,白日秋天忆鼓鼙。君王纵恣翻成误,吕后由来有深妒。不奈君王容鬓衰,相存相顾能几时。黄泉白骨不可报,雀钗翠羽从此辞。君楚歌兮妾楚舞,脉脉相看两心苦。曲未终兮袂更扬,君流涕兮妾断肠。已见储君一作谋臣归惠帝,徒留爱子付周昌。

## 句

耳临清渭洗,心向白云闲。《纪事》云:唐隽秀诸科,初皆考功主之。开元二十四年,昂为员外,主试事。昂性刚急,集贡士与之约,有请托者,当首落之。既而昂外舅举进士李权,昂召权,庭数之,且斥其章句之瑕以辱焉。权应曰:"人或相知,窃闻左右,非敢求也。鄙文昔不臧,既闻命矣。执事昔有雅什,愚将切磋,可乎?"昂怒而嬉笑曰:"有何不可?"权曰:"耳临清渭洗,心向白云闲。非执事词耶?昔唐尧让天下于许由,由恶闻,故洗耳。今天子春秋鼎盛,不揖让于足下,而洗耳,何哉?"昂闻,骇而起,不知所酬,诉执政下权吏。自后以省郎位轻,不足临多士,以礼部侍郎专之。

# 厍狄履温

　　厍狄履温,官尚书员外郎,兼充节度判官。开元九年,宇文融括田时,奏置劝农判官。以履温等二十九人并摄御史,分行天下。诗一首。

## 夏晚初霁南省寓直用馀字 时兼尚书郎节度判官

薄宦因时泰,凉宵寓直初。沉沉仙阁闭,的的暗更徐。霁色连空上,炎氛入夜除。星回南斗落,月度北窗虚。待漏残灯照,含芳袭气馀。寐来冠不解,奏罢草仍书。幕府惭良策,明曹愧散樗。命轻徒有报,义重更难疏。燕厦欣成托,鹓行滥所如。晨趋当及早,复此戒朝车。

# 寇　坦

寇坦,开元时人。诗二首。

## 同皇甫兵曹天官寺浴室新成招友人赏会

温室欢初就,兰交托胜因。共听无漏法,兼濯有为尘。水洁三空性,香沾四大身。清心多善友,颂德慰同人。

## 同张少府和库狄员外夏晚初霁南省寓直时兼充节度判官之作

黄绶归休日,仙郎复奏馀。晏居当夏晚,寓直会晴初。露散星文发,云披水镜虚。高才推独唱,嘉会喜连茹。月色摇春阁,香烟霭瞑庐。千门传夜警,万象照阶除。少孺嘉能赋,文强阅赐书。兼曹谋未展,入幕志方摅。为奉灵台帛,恭先待漏车。贞标不可仰,空此乐樵渔。

# 李休烈

李休烈,开元中洛阳尉。诗一首。

## 咏　铜　柱

天门街里倒天枢,火急先须卸火珠。计合一条丝线挽,何劳两县索人夫。　长寿三年,武后建铜柱,谓之天枢。开元中诏毁。先是有讹言云:一条丝,挽天枢。故休烈诗及之。

# 全唐诗卷一二一

## 李林甫

李林甫，高祖从父弟之孙。初为千牛直长，其舅姜皎深爱之。开元初，迁太子中允，与源乾曜有姻亲。乾曜执政，其子絜为林甫求司门郎中，乾曜薄其为人，不许。后宇文融引为御史，历吏部侍郎，执政荐其有宰相才，即拜黄门侍郎平章事。再进兵部尚书，寻代张九龄为中书集贤殿大学士。林甫性沉密，城府深阻，多猜忌，能阴中人。秉钧二十年，朝野侧目。素寡学术，其题尺皆郭慎微、苑咸代为之。今存诗三首。

### 送贺监归四明应制

挂冠知止足，岂独汉疏贤。入道求真侣，辞恩访列仙。睿文含日月，宸翰动云烟。鹤驾吴乡远，遥遥南斗边。

### 奉和圣制次琼岳应制

东幸从人望，西巡顺物回。云收二华出，天转五星来。十月农初罢，三驱礼复开。更看琼岳上，佳气接神台。

### 秋夜望月忆韩席等诸侍郎因以投赠

秋天碧云夜，明月悬东方。皓皓庭际色，稍稍林下光。桂华澄远

近,璧彩散池塘。鸿雁飞难度,关山曲易长。揆予秉孤直,虚薄忝
文昌。握镜惭先照,持衡愧后行。多才众君子,载笔久词场。作赋
推潘岳,题诗许谢康。当时陪宴语,今夕恨相望。愿欲接高论,清
晨朝建章。

# 杨　炎

　　杨炎,字公南,凤翔人。初为河西节度掌书记,拜起居舍
人。历礼部郎中,迁中书舍人,与常衮并掌纶诰。衮长于除
书,炎善于德音,时称"常杨"。进吏部侍郎,坐附元载,贬道州
司马。德宗即位,崔祐甫荐其文学器用,上亦自闻其名,拜门
下侍郎同平章事。再贬崖州司马。炎初奏请内府租赋仍归左
藏库,及定两税法,颇有嘉声。专政后,惟务报雠构害,意为爱
憎,卒至赐死。集十卷。今存诗二首。

## 流崖州至鬼门关作

一去一万里,千知千不还。崖州何处在,生度鬼门关。

## 赠元载歌妓

雪面淡眉天上女,凤箫鸾翅欲飞去。玉山翘翠步无尘,楚腰如柳不
胜春。《杜阳杂编》云:载宠姬薛瑶英,玉质香肌,善歌舞。唯炎及贾至与载善,得见。
炎作长歌赠之。今不全。

# 元　载

　　元载,字公辅,岐山人。嗜学好属文,以明庄、老、文、列四

子之学,策入高科。初授新平尉,历度支郎中。肃宗嘉其奏对,委以国计。充使江淮,都领漕挽。俄迁户部侍郎度支使,并诸道转运使。以附李辅国,迁中书侍郎同平章事,排去忠良,引用贪猥。大历中,以贿败,伏诛。集十卷。今存诗一首。

## 别妻王韫秀

王忠嗣镇太原,以女韫秀归载。久而见轻于王之亲属,韫秀劝之游学,因为诗别之入秦。

年来谁不厌龙钟,虽在侯门似不容。看取海山寒翠树,苦遭霜霰到秦封。

# 陈希烈

陈希烈,宋州人,长于名理。开元中,于禁中讲老易,累迁至秘书少监,代张九龄专判集贤院事。明皇凡有撰述,必经其手。李林甫知上眷待,乃引为宰相。宠遇侔于林甫,后为杨国忠所嫉,罢知政事。禄山之乱,受伪命为中书令,论陷贼罪当死。肃宗以旧恩特原之,长流合浦郡。诗三首。

## 赋得云生栋梁间

一片苍梧意,氤氲生栋梁。下帘山足暗,开户日添光。偏使衣裘润,能令枕簟凉。无心伴行雨,何必梦荆王。

## 奉和圣制三月三日

上巳迁龙驾,中流泛羽觞。酒因朝太子,诗为乐贤王。锦缆方舟渡,琼筵大乐张。风摇垂柳色,花发异林香。野老歌无事一作无公事,朝臣饮岁芳。皇情被群物,中外洽恩光。

## 省试白云起封中

千年泰山顶,云起汉王封。不作奇峰状,宁分触石容。为霖虽易得,表圣自难逢。冉冉排空上,依依叠影重。素光非曳练,灵贶是从龙。岂学无心出,东西任所从。

# 张　渐

　　张渐,循之从子也。天宝中,杨国忠辟为幕佐。与窦华、宋昱、郑昂、魏仲犀同列,官至翰林学士。国忠败,坐诛。诗一首。

## 朗　月　行

朗月照帘幌,清夜有馀姿。洞房怨孤枕,挟琴爱前墀。萱草已数叶,梨花复遍枝。去岁草始荣,与君新相知。今年花未落,谁分生别离。代情难重论,人事好乖移。合比月华满,分同月易亏。亏月当再圆,人别星陨天。吾欲竟此曲,意深不可传。叹息孤鸾鸟,伤心明镜前。

# 宋　昱

　　宋昱,天宝中为中书舍人。以附杨国忠,赀产甚富,为乱兵所杀。诗三首。

# 晓次荆江

孤舟大江水,水涉无昏曙。雨暗迷津时,云生望乡处。渔翁闲自乐,樵客纷多虑。秋色湖上山,归心日边树。徒称竹箭美,未得枫林趣。向夕垂钓还,吾从落潮去。

## 题石窟寺 魏孝文所置

梵宇开金地,香龛凿铁围。影中群象动,空里众灵飞。檐牖笼朱旭,房廊挹翠微。瑞莲生佛步,瑶树挂天衣。邀福功虽在,兴王代久非。谁知云朔外,更睹化胡归。

# 樟亭观涛

涛来势转雄,猎猎驾长风。雷震云霓里,山飞霜雪中。激流起平地,吹涝上侵空。翕辟乾坤异,盈虚日月同。舲艎从陆起,洲浦隔阡通。跳沫喷岩翠,翻波带景红。怒湍初抵北,却浪复归东。寂听堪增勇,晴看自发蒙。伍生传或谬,枚叟说难穷。来信应无已,申威亦匪躬。冲腾如决胜,回合似相攻。委质任平视,谁能涯始终。

# 全唐诗卷一二二

## 卢 象

卢象,字纬卿,汶水人。开元中,由前进士补秘书郎,转右卫仓曹掾。丞相张九龄深器之,擢左补阙、河南府司录、司勋员外郎,名盛气高,少所卑下,为飞语所中。左迁齐、邠、郑三郡司马,入为膳部员外郎。禄山之乱,象受伪署,贬永州司户。起为主客员外郎,道病卒。集十二卷,今编诗一卷。

### 赠程秘书

客自岐阳来,吐音若鸣凤。孤飞畏—作果,—作长。不偶,独立谁见用。忽从被褐中,召入承明宫。圣人借颜色,言事无不通。殷勤拯黎庶,感激论诸公。将相猜贾谊,图书归马融。顾余—作今久寂寞,一岁麒麟阁。且共歌太平,勿嗟名宦薄。

### 家叔征君东溪草堂二首

开—作关山十馀里,青壁森相倚。欲识尧时天—作人,东溪白云—作足是。雷声转幽壑,云气杳流水—作相表里。涧影生龙—作虫蛇,岩端翳棒梓—作梓杞。大道终不易,君恩曷能已。鹤羡—作算无老时,龟言摄生理。浮年笑六甲,元化潜一指。未暇扫云梯,空惭阮氏子。今朝共游者,得性闲未归。已到仙人家,莫惊鸥鸟飞。水深严子

钓,松挂巢父衣。云气转幽寂,溪流无是非。名理未足羡,腥臊讵
所希。自惟负贞意,何岁当食薇。

## 乡试后自巩还田家因谢邻友见过之作

鸡鸣出东邑,马倦登南峦。落日见桑柘,翳然丘中寒。邻家多旧
识,投暝来相看。且问春税苦,兼陈行路难。园场近阴壑,草木易
凋残。峰晴雪犹积,涧深冰已团。浮名知何用,岁晏不成欢。置酒
共君饮,当歌聊自宽。

## 青 雀 歌

啾啾青雀儿,飞来飞去仰天池。逍遥饮啄安涯分,何假扶摇九万
为。

## 杂 诗 二 首

家居五原上,征战是平生。独负山西勇,谁当塞下一作上名。死生
辽海战,雨雪蓟门行。诸将封侯尽,论功独不成。
君家御沟上,垂柳夹朱门。列鼎会中贵,鸣珂朝至尊。死生在片
议,穷达由一言。须识苦寒士,莫矜狐白温。

## 赠广川马先生

经书满腹中,吾识广川翁。年老甘无位,家贫懒发蒙。人归洙泗
学,歌盛舞雩风。愿接诸生礼,三年事马融。

## 峡 中 作

高唐几百里,树色一作云树接阳台。晚见江山霁,宵闻风雨来。云一
作雷从三峡起,天向数峰开。灵境信难见,轻舟那可回。

# 竹 里 馆

江南冰不闭,山泽气潜通。腊月闻山鸟,寒崖见蛰熊。柳林春半合,荻笋乱无丛。回首金陵岸,依依向北风。

# 永 城 使 风

长风起秋色,细雨含落晖。夕鸟向林去,晚帆相逐飞。虫声出乱草,水气薄行衣。一别故乡道,悠悠今始归。

# 和徐侍郎丛筱咏 一作蒋涣诗

中禁夕沉沉,幽篁别作林。色连鸡树近,影落凤池深。为重凌霜节,能虚应物心。年年承雨露,长对紫庭阴。

# 驾 幸 温 泉

传闻圣主幸新丰,清跸鸣銮出禁中。细草一作佳气终朝随步辇,垂杨几处绕行宫。千官扈从骊山北,万国来朝渭水东。此日小臣徒一作从献赋,汉家谁复重〔扬〕(杨)雄。

# 奉和张使君宴加朝散

佐理星辰贵,分荣涣汗深。言从大夫后,用答圣人心。骑拥轩裳客,鸾惊翰墨林。停杯歌麦秀,秉烛醉棠阴。爽气凌秋笛,轻寒散暝砧。只应将四子,讲德谢一作识知音。

# 赠张均员外

公门世绪一作业昌,才子冠裴王。出自平津邸,还为吏部郎。神仙馀气色,列宿动一作助,一作炳。辉光。夜直南宫静一作近,朝趋北禁长。时人归<sub>一作窥</sub>水镜，明主赐衣裳。翰苑飞鹦鹉，天池待凤凰。承欢<sub>一作欣</sub>畴日顾，未纪<sub>一作记</sub>后时伤。去去图南远，微才幸不忘。

## 送祖咏

田家宜伏腊，岁晏子言归。石路雪初下，荒村<sub>一作山</sub>鸡共飞。东原多<sub>一作同</sub>烟火，北涧隐寒晖。满酌野人酒，倦闻邻女机。胡为困<sub>一作因</sub>樵采，几日罢<sub>一作解，一作被</sub>朝衣。

## 送綦毋潜

夫君不得意，本自沧海<sub>一作江</sub>来。高足未云骋，虚舟空复回。淮南枫叶落，灞岸桃花开。出处暂为耳，沉浮安系哉。如何天覆物，还遣世遗才。欲识秦将汉，尝闻王与裴。离筵对寒食，别雨乘春雷。会有征书到，荷衣且<sub>一作莫</sub>漫裁。

## 送赵都护赴安西

下客<sub>一作结发，一作结客</sub>。候旌麾，元戎复在斯。门<sub>一作文</sub>开都护府，兵动羽林儿。黠虏多翻覆，谋臣有别离。智同天所授，恩共日相随。汉使开宾幕，胡笳送酒卮。风霜迎马首，雨雪事鱼丽。上策应无战，深情属载驰。不应行万里，明主寄安危。

## 追凉历下古城西北隅此地有
### 清泉乔木<sub>一本题上有同李北海四字</sub>

谢朓出华省，王祥贻佩刀。前贤真可慕，衰病意空劳。贞悔不自卜，游随共尔曹。未能齐得丧，时复诵离骚。闲阴七贤地，醉餐三士桃。苍苔虞舜井，乔木古城壕。渔父偏相狎，尧年不可逃。蝉鸣秋雨霁，云白晓山高。咫尺传双鲤，吹嘘借<sub>一作落</sub>一毛。故人皆得路,谁肯念同袍。

## 戏赠邵使君张郎

少妇石榴裙,新妆白玉面。能迷张公子,不许时相见。

## 同王维过崔处士林亭

映竹时闻转辘轳,当窗只见网蜘蛛。主人非病常高卧,环堵蒙笼一
老儒。

## 寄河上段十六 <sub>一作王维诗</sub>

与君相识<sub>一作见</sub>即相亲,闻道君家住<sub>一作在</sub>孟津。为见行舟试借问,
客中时有洛阳人。

## 寒　食

子推言避世,山火遂焚身。四海同寒食,千秋为一人。深冤何用
道,峻迹古无邻。魂魄山河气,风雷御宇神。光烟榆柳灭,怨曲龙
蛇新。可叹文公霸,平生负此臣。

## 八月十五日象自江东止田园移庄庆会未几归汶上小弟幼妹尤嗟<sub>一作悲</sub>其别兼赋是诗三首

　　　俱见《王维集》,第一首题云《休假还旧业》,第二、第三首题云《别
　　弟妹》。

谢病始告归,依然入桑梓。家人皆伫立,相候衡门里。畴类<sub>一作时</sub>
辈皆长年,成人旧童子。上堂家<sub>一作嘉</sub>庆毕,愿与亲姻迩<sub>一作齿</sub>。论
旧或徐悲,思<sub>一作日</sub>存且相喜。田园转芜没,但有寒泉水。衰柳日

萧条,秋光清邑里。入门乍如客,休骑非便止。中饮一作饭顾王程,
离忧从此始。

两妹日长成,双鬟将及人。已能持宝瑟,自解掩罗巾。念昔别时
小,未知疏与亲。今来识离恨,掩一作拭泪方殷勤。

小弟更孩幼,归来不相识。同居虽渐惯,见人犹默默。宛作越人言
一作语,殊乡甘水食。别此最为难,泪尽有馀忆。

## 叹白发 一作王维诗

我年一何长,鬓发日已白。俯仰天地间,能为几时客。惆怅故山
云,裴回空日夕。何事与时人,东城复南陌。

## 早秋宴张郎中海亭即事 一作孟浩然诗

邑有弦歌宰,翔鸾狎野一作已狎鸥。眷言华省旧,暂滞一作拂海池游。
郁岛藏深竹,前溪对舞楼。更闻书即事,云物是新秋。

## 句

吴越山多秀,新安江甚清。见《河岳英灵集》

书名会粹才偏逸,酒号屠苏味更醇。赠郑虔　见《唐语林》

初疑轻烟淡古松,又似山开万仞峰。赠怀素　见《颜真卿序》

# 全唐诗卷一二三

## 卢鸿一 《新唐书》作卢鸿

卢鸿一,字浩然,范阳人,徙家洛阳。少有学业,颇善籀篆楷隶。隐于嵩山。开元中以谏议大夫召,鸿一固辞,乃听还山。诗十首。编为一卷。

## 嵩山十志十首

### 草 堂

草堂者,盖因自然之豀阜,前当墉洫;资人力之缔构,后加茅茨。将以避燥湿,成栋宇之用;昭简易,叶乾坤之德,道可容膝休闲。谷神同道,此其所贵也。及靡者居之,则妄为剪饰,失天理矣。词曰:

山为宅兮草为堂,芝兰兮药房。罗薜荔兮拍薜荔,荃壁兮兰砌。薜芜薜荔兮成草堂,阴阴邃兮馥馥香,中有人兮信宜常。读金书兮饮玉浆,童颜幽操兮不易长一作长不扬。

### 倒 景 台

倒景台者,盖太室南麓,天门右崖,杰峰如台,气凌倒景。登路有三处可憩,或曰三休台,可以邀驭风之客,会绝尘之子。超逸真,荡遐襟,此其所绝也。及世人登焉,则魂散神越,目极心伤矣。词曰:

天门豁兮仙台耸,杰屹崒兮零一作云颎涌。穷三休兮旷一观一作睹,忽若登昆仑兮中期汗漫仙。耸天关一作开兮倒景台,鲨一作凌颢气兮轶嚣埃。皎皎之子兮自独立，云可朋兮霞可吸，曾何荣辱之所及。

## 樾　馆

樾馆者，盖即林取材，基颠柘，架茅茨，居不期逸，为不至劳，清谈娱宾，斯为尚矣。及荡者鄙其隘阒，苟事宏湎，乖其宾矣。词曰：

紫岩隈兮青谿侧，云松烟茑兮千古色。芳靃蘼兮荫蒙茏，幽人构馆兮在其中。靃蘼蒙茏兮开樾馆，卧风霄兮坐霞一作赭旦。粤有宾兮时戾止，樵苏不爨兮清谈一本此下有而字已，永岁终朝兮常若此。

## 枕烟庭

枕烟庭者，盖特峰秀起，意若枕烟。秘庭凝虚，窅若仙会，即扬雄所谓爰静神游之庭是也。可以超绝纷世，永洁精神矣。及机士登焉，则寥阒悦恍，愁怀情累矣。词曰：

临泱漭兮背青荧，吐云烟兮合窅冥。怳歘翕兮沓幽霭，意缥缈兮群仙会。窅冥仙会兮枕烟庭，竦魂形兮凝视听。闻夫至诚必感兮祈此巅，契一作洁颢气，养丹田，终仿像兮觏灵仙。

## 云锦淙

云锦淙者，盖激溜冲攒，倾石丛倚，鸣湍叠濯一作浪，喷若雷风，诡辉分丽，焕若云锦。可以莹发灵瞩，幽玩忘归。及匪士观之，则反曰寒泉伤玉趾矣。词曰：

水攒冲兮石丛耸，焕云锦兮喷汹涌。苔驳荦兮草夤缘，芳幂幂兮濑溅溅。石攒丛兮云锦淙，波连珠兮文沓缝。有洁冥一作员者媚此幽，漱灵液兮乐天休，实获我心兮夫何求。

## 期仙磴

期仙磴者，盖危磴穹窿，迥接云路，灵仙仿佛。若可期及，儒者毁所不见则黜之，盖疑冰之谈信矣。词曰：

霏微阴壑兮气腾虹，迤逦危磴兮上凌空。青霞杪兮紫云垂，鸾歌凤舞兮吹参差。鸾歌凤舞兮期仙磴，鸿驾迎兮瑶华赠。山中人兮好神仙,想像闻此兮欲升烟,铸月炼液兮仁还年。

## 涤 烦 矶

涤烦矶者,盖穷谷峻崖,发地盘石,飞流攒激,积漱成渠。澡性涤
烦,迥有幽致。可为智者说,难为俗人言。词曰:

灵矶盘礴兮溜奔错漱,泠风兮镇冥壑。研苔滋兮泉珠洁,一饮一憩
兮气想灭。磷涟清淬兮涤烦矶,灵仙境兮仁智归。中有琴兮徽以
玉,峨峨汤汤兮弹此曲,寄声知音兮同所欲。

## 幂 翠 庭

幂翠庭者,盖崖巇积阴,林萝沓翠,其上绵幂,其下深湛。可以王
神,可以冥道矣。及喧者游之,则酣谑永日,汩清薄厚。词曰:

青崖阴兮月涧曲,重幽叠邃兮隐沦躅。草树一作附,一作拊。绵幂兮
翠蒙茏,当其无兮庭在中。当无有用兮幂翠庭,神可谷兮道可冥。
有幽人兮张素琴,皇徽兮绿水阴,德之愔兮澹多一作忘心。

## 洞 元 室

洞元室者,盖因岩作室,即理谈玄,室返自然,元斯洞矣。及邪者居
之,则假容窃次,妄作虚诞,竟以盗言。词曰:

岚气肃兮岩翠冥一作沓,空一作室阴虚兮户芳迎一作匝。披蕙帐兮促
萝筵,谈空空兮核元元。蕙帐萝筵兮洞元室,秘而幽兮真可一作且
吉。返自然兮道可冥,泽妙思兮草玄经,结幽门兮在黄庭。

## 金 碧 潭

金碧潭者,盖水洁石鲜,光涵金碧,岩葩林茑,有助芳阴。鉴空洞
虚,道斯胜矣。而世生缠乎利害,则未暇游之。词曰:

水碧色兮石金光,滟熠熠兮溁湟湟。泉葩映兮烟茑临,红灼灼,翠
阴阴。翠相鲜兮金碧潭,霜天洞兮烟景涵。有幽人兮好冥绝,炳其
焕兮凝其洁,悠悠千古兮长不灭。

# 全唐诗卷一二四

## 徐安贞

　　徐安贞,初名楚璧,龙丘人。应制举,一岁三登甲科。开元中,为中书舍人、集贤院学士。帝属文,多令视草。终中书侍郎,与李林甫同用事。天宝后,避罪衡山岳寺,李邕识之,因载北归。行至长沙,谓其守曰:"潇湘逢故人,若幽谷之睹太阳。不然,委填岩穴矣。"诗十一首。

### 书殿赐宴应制

校文常近日,赐宴忽升天。酒正传杯至,饔人捧案前。玉阶鸣溜水,清阁引归烟。共惜芸香暮,春风几万一作度几年。

### 从驾温泉宫

神女调温液,年午待圣人。试开临水殿,米洗属车尘。暖气随明主,恩波浃近臣。灵威自无极,从此献千春。

### 送吕向补阙西岳勒碑

圣作西山颂,君其出使年。勒碑悬日月,驱传接云烟。寒尽函关路,春归洛水边。别离能几许,朝暮玉墀前。

## 送丹阳采访

郡县分南国, 皇华出圣朝。为怜乡棹近, 不道使车遥。旧俗吴三让, 遗风汉六条。愿言除疾苦, 天子听歌一作讴谣。

## 送 王 判 官

明月开三峡, 花源出五溪。城池青壁里, 烟火绿林西。不畏王程促, 惟愁仙路迷。巴东下归棹, 莫待夜猿啼。

## 题 襄 阳 图

画得襄阳郡, 依然见昔游。岘山思驻马, 汉水忆回舟。丹壑常含霁, 青林不换秋。图书一作画图空咫尺, 千里意悠悠。

## 程将军夫人挽诗

琴瑟调双凤, 和鸣不独飞。正歌春可乐, 行泣露先晞。环珮声犹在, 房栊梦不归。将军休沐日, 谁劝著新衣。

## 奉和喜雪应制

两宫斋祭近登临, 雨雪纷纷天昼阴。只为经寒无瑞色, 顿教正月满春林。蓬莱北上旌门暗, 花萼南归马迹深。自有三农歌帝力, 还将万庾答尧心。

## 闻邻家理筝

北斗横天夜欲阑, 愁人倚月思无端。忽闻画阁秦筝逸, 知是邻家赵女弹。曲成虚忆青蛾敛, 调急遥怜玉指寒。银锁重关听未辟, 不如眠去梦中看。

## 奉和圣制早度蒲津关

仙掌临秦甸，虹桥辟晋关。两都分地险，一曲度河湾。路得津门要，时称古戍闲。城花春正发，岸柳曙堪攀。后乘犹临水，前旌欲换山。长安回望日，宸御六龙还。

## 奉和圣制答二相出雀鼠谷

两臣初入梦，二月扈巡边。涧北寒犹在，山南春半传。颂声先奉御，辰象复回天。云日明千里，旌旗照一川。柳阴低辇路，草色变新田。还望汾阳近，宸游自窅然。

## 句

暮雨衣犹湿，春风帆正开。《云溪友议》

# 崔　翘

崔翘，融之子。开元中，与兄禹锡相次为中书舍人，历礼部侍郎，赠荆州大都督。诗三首。

## 奉和圣制答张说南出雀鼠谷

硖路绕河汾，晴光拂一作扫曙氛。笳吟中岭树，仗入半峰云。顿觉山原尽，平看邑里分。早行芳草迥一作树远，晚憩好风熏。嘉颂推英宰，春游扈圣君。共欣承睿渥，日月照天文。

## 送友人使夷陵

猿鸣三峡里，行客旧沾裳。复道从兹去，思君不暂忘。开襟春叶短,分手夏条长。独有幽庭桂,年年空自芳。

## 郑郎中山亭

篆笔飞章暇,园亭染翰游。地奇人境别,事远俗尘收。书阁山云起,琴斋涧月留。泉清鳞影见,树密鸟声幽。杜馥熏梅雨,荷香送麦秋。无劳置驿骑,文酒可一作暗相求。

## 梁升卿

　　梁升卿,与张九龄善。涉学工书,尤长八分书。东封朝觐碑,为时绝笔。历广州都督。诗一首。

## 奉和圣制答张说扈从南出雀鼠谷

何意重关道,千年过一作遇圣皇。幽林承睿一作惠泽,闲客见清光。日御仙一作先途远,山灵寿域一作献寿长。寒云入晋薄,春树隔汾香。国佐同时雨,天文属岁阳。从来汉家盛,未若此巡方。

## 吴　巩

　　吴巩,少微子,以文行知名。开元中为中书舍人。诗一首。

## 白　云　溪

山径入修篁,深林蔽日光。夏云生嶂远,瀑水引溪长。秀迹逢皆胜,清芬坐转凉。回看玉樽夕,归路赏前忘。

# 陆 海 一作孙海

　　陆海，馀庆之孙。有才思，与陈子昂、卢藏用为方外十友。工于五言，为贺知章所赏。性岩峻，不附权要。自省郎出牧潮州。存诗二首。

## 题 奉 国 寺

新秋夜何爽，露下风转凄。一磬竹林一作窗外一作里，又作下，千灯花塔西。

## 题 龙 门 寺

窗灯林霭里，闻磬水声中。更与龙华会一作更筹半有会，炉烟满夕风。

## 句

忽然一曲称君心，破却中人百家产。

城外平人驱欲尽，帐中犹打衮花球。　讽刺诗

# 裴士淹

　　裴士淹，开元末，尝为郎官。诗一首。

## 白 牡 丹

长安年少惜春残，争认慈恩紫牡丹。别有玉盘乘露冷，无人起就月中看。

# 李元操

李元操,开元初诗人。诗一首。

## 和从叔禄愔元日早朝

铜浑变秋节,玉律动年灰。暧暧城霞旦,隐隐禁门开。众灵凑仙府,百神朝帝台。叶令双凫至,梁王驷马来。戈铤映林阙,歌管拂尘埃。保章望瑞气,尚书免火灾。冠冕多秀士,簪裾饶上才。谁怜张仲蔚,日暮反蒿莱。

# 顾朝阳

顾朝阳,开元中人。诗一首。

## 昭 君 怨

莫将铅粉匣,不用镜花光。一去边城路,何情更画妆。影销胡地月,衣尽汉宫香。妾死非关命,都一作只缘怨断肠。

# 陶 岘

陶岘,潜之裔孙。开元中,家于昆山,与孟彦深、孟云卿、焦遂游。尝制三舟,一舟自载,一舟供宾客,一舟置饮馔。有女乐一部,奏清商之曲。逢山泉则穷其景物,吴越之士谓之水仙。诗一首。

# 西塞山下回舟作

匡庐旧业是谁一作自有主,吴越新居安此生。白发数茎归未得,青山一望计还成。鸦翻枫叶夕阳动,鹭立芦花秋水明。从此舍舟何所诣,酒旗歌扇正相迎。

# 全唐诗卷一二五

## 王　维

　　王维，字摩诘，河东人。工书画，与弟缙俱有俊才。开元九年，进士擢第，调太乐丞。坐累为济州司仓参军，历右拾遗、监察御史、左补阙、库部郎中，拜吏部郎中。天宝末为给事中。安禄山陷两都，维为贼所得，服药阳喑，拘于菩提寺。禄山宴凝碧池，维潜赋诗悲悼，闻于行在。贼平，陷贼官三等定罪，特原之，责授太子中允，迁中庶子、中书舍人。复拜给事中，转尚书右丞。维以诗名盛于开元、天宝间，宁薛诸王附马豪贵之门，无不拂席迎之。得宋之问辋川别墅，山水绝胜，与道友裴迪，浮舟往来，弹琴赋诗，啸咏终日。笃于奉佛，晚年长斋禅诵。一日，忽索笔作书数纸，别弟缙及平生亲故，舍笔而卒。赠秘书监。宝应中，代宗问缙："朕常于诸王坐闻维乐章，今存几何？"缙集诗六卷，文四卷，表上之。敕答云，卿伯氏位列先朝，名高希代。抗行周雅，长揖楚辞。诗家者流，时论归美。克成编录，叹息良深。殷璠谓维诗词秀调雅，意新理惬。在泉成珠，著壁成绘。苏轼亦云："维诗中有画，画中有诗也。"今编诗四卷。

## 酬诸公见过 时官未出,在辋川庄。

嗟予未丧,哀此孤生。屏居蓝田,薄地躬耕。岁晏输税,以奉粢盛。
晨往东皋,草露未晞。暮看烟火,负担来归。我闻有客,足扫荆扉。
箪食伊何,疈瓜抓枣。仰厕群贤,皤然一老。愧无莞簟,班荆席藁。
泛泛登陂,折彼荷花。静观素鲔,俯映白沙。山鸟群飞,日隐轻霞。
登车上马,倏忽云一作雨散。雀噪荒村,鸡鸣空馆。还复幽独,重欷
累叹。

## 奉和圣制登降圣观与宰臣等同望应制

凤扆朝碧落,龙图耀金镜。维岳降二臣,戴天临万姓。山川八校
满,井邑三农竟。比屋皆可封,谁家不相庆。林疏远村出,野旷寒
山静。帝城云里深,渭水天边映。佳一作喜气含风景,颂声溢歌咏。
端拱能任贤,弥彰圣君圣。

## 奉和圣制御春明楼临
## 右相园亭赋乐贤诗应制

复道通长乐,青门临上路。遥闻凤吹喧,阖识龙舆度。褰旒明四
目,伏槛纡三顾。小苑接侯家,飞甍映宫树。商山原上碧,浐水林
端素。银汉下天章,琼筵承湛露。将非富人宠,信以平戎故。从来
简帝心,讵得回天步。

## 奉和圣制送不蒙都护兼鸿胪卿归安西应制

上卿增命服,都护扬归旆。杂虏尽朝周,诸胡皆白邻。鸣笳瀚海
曲,按节阳关外。落日下河源,寒山静秋塞。万方氛祲息,六合乾
坤大一作泰。无战是天心,天心同覆载。

# 扶南曲歌词五首

《通典》云：武德初，因隋旧制，秦九部乐，四曰扶南。《新唐书·礼乐志》云：天宝乐曲，皆以边地名。自河西至者，有扶南乐舞。

翠羽流苏帐，春眠曙不开。羞从面色起，娇逐语声来。早向昭阳殿，君王中使催。

堂上青弦动，堂前绮席陈。齐歌卢女曲，双舞洛阳人。倾国徒相看，宁知心所亲。

香气传空满，妆华影箔通。歌闻天仗外，舞出御楼一作筵中。日暮归何处，花间长乐宫。

宫女还金屋，将眠复畏明。入春轻衣好，半夜薄妆成。拂曙朝前殿，玉墀一作除多佩声。

朝日照绮窗，佳人坐临镜。散黛恨犹轻，插钗嫌未正。同心勿遽游，幸待春妆竟。

# 陇　西　行

十里一走马，五里一扬鞭。都护军书至，匈奴围酒泉。关山正飞雪，烽戍一作火断无烟。

# 从　军　行

吹角动行人，喧喧行人起。笳悲一作应马嘶乱，争渡金一作黄河水。日暮沙漠陲，战声一作力战烟尘里。尽系名王颈，归来献一作报天子。

# 早　春　行

紫梅发初遍，黄鸟歌犹涩。谁家折杨女，弄春如不及。爱水看妆坐，羞人映花立。香畏风吹散，衣愁露沾湿。玉闺青门里，日落香车入。游衍益相思,含啼向彩帷。忆君长入梦,归晚更生疑。不及红檐燕,双栖绿草时。

## 早　朝

皎洁明星高,苍茫远天曙。槐雾暗一作郁不开,城鸦鸣稍去。始闻高阁声,莫辨更衣处。银烛已成行,金一作重门俨驺驭。

## 献始兴公 时拜右拾遗

宁栖野树林,宁饮涧水一作中流。不用坐梁肉,崎岖见王侯。鄙哉匹夫节,布褐将白头。任智诚则短,守任固其优。侧闻大君子,安问党与雠。所不卖公器,动为苍生谋。贱子跪自陈,可为帐下不。感激有公议,曲私非所求。

## 赠从弟司库员外绿

少年识事浅,强学干名利。徒闻跃马年,苦无出人智。即事岂徒言,累官非不试。既寡遂性欢,恐招负时累。清冬见远山,积雪凝苍翠。浩然出东林,发我遗世意。惠连素清赏,夙语尘外事。欲缓携手期,流年一何驶。

## 座上走笔赠薛璩慕容损

希世无高节,绝迹有卑栖。君徒视人文,吾固和天倪。缅然万物始,及与群物一作牧齐。分地依后稷,用天信一作奉重黎。春风何豫人,令我思东溪。草色有佳意,花枝稍含荑。更待风景好,与君藉萋萋。

# 赠 李 颀

闻君饵丹砂,甚有好颜色。不知从今去,几时生羽翼。王母翳华
芝,望尔昆仑侧。文螭从赤豹,万里方一息。悲哉世上人,甘此膻
腥食。

## 赠刘蓝田 一作卢象诗

篱间一作中犬迎吠,出屋候荆一作柴扉。岁晏输井税,山村人夜归。
晚田始家食,馀布成我衣。讵肯无公事,烦君问是非。

# 赠房卢氏琯

达人无不可,忘己爱苍生。岂复少十一作千室,弦歌在两楹。浮人
日已归,但坐事农耕。桑榆郁相望,邑里多鸡鸣。秋山一何净,苍
翠临寒城。视事兼偃卧,对书不簪缨。萧条人吏疏,鸟雀下空庭。
鄙夫心所尚,晚节异平生。将从海岳居,守静解天刑。或可累安
邑,茅茨君试营。

# 赠祖三咏 济州官舍作

萧蛸挂虚牖,蟋蟀鸣前除。岁晏凉风至,君子复何如。高馆阒无
人,离居不可道。闲门寂已闭,落日照秋草。虽有近音信,千里阻
河关。中复客汝颍,去年归旧山。结交二十载,不得一日展。贫病
子既深,契阔余不浅。仲秋虽未归,暮秋以为期。良会讵几日,终
日一作自长相思。

# 春夜竹亭赠钱少府归蓝田

夜静群动息,时闻隔林犬。却忆山中时,人家涧西远。羡君明发

去,采蕨轻轩冕。

## 戏赠张五弟諲三首 时在常乐东园,走笔成。

吾弟东山时,心尚一何远。日高犹自卧,钟动始能饭。领上发未
梳,床头书不卷。清川兴悠悠,空林对偃蹇。青苔石上净,细草松
下软。窗外鸟声闲,阶前虎心善。徒然万象多,澹尔太虚缅。一知
与物平,自顾为人浅。对君忽自得,浮念不烦遣。

张弟五车书,读书仍隐居。染翰过草圣,赋诗轻子虚。闭门二室
下,隐居十年馀。宛是野人野一作也,时从渔父渔一作鱼。秋风自一
作日萧索,五柳高且疏。望此去人世,渡水向吾庐。岁晏同携手,只
应君与予。

设置守麏兔,垂钓伺游鳞。此是安口腹,非关慕隐沦。吾生好清净
一作静,蔬食去情尘。今子方豪荡,思为鼎食人。我家南山下,动息
自遗身。入鸟不相乱,见兽皆相亲。云霞成伴侣,虚白侍衣巾。何
事须夫子,邀予谷口真。

## 胡居士卧病遗米因赠

了观四大因,根性何所有。妄计苟不生,是身孰休咎。色声何谓
客,阴界复谁守。徒言莲花目,岂恶杨枝肘。既饱香积饭,不醉声
闻酒。有无断常见,生灭幻梦受。即病即实相,趋空定狂走。无有
一法真,无有一法垢。居士素通达,随宜善抖擞。床上无毡卧,镉
中有粥否。斋时不乞食,定应空漱口。聊持数斗米,且救浮生取。

## 赠 裴 十 迪

风景日夕佳,与君赋新诗。澹然望远空,如意方支颐。春风动百
草,兰蕙生我篱。暖暖日暖闺,田家来致词。欣欣春还皋,淡淡水

生陂。桃李虽未开,蕙荨满芳—作其枝。请君理还策,取告将农时。

## 与胡居士皆病寄此诗兼示学人二首

一兴微尘念,横有朝露身。如是睹—作都阴界,何方置我人。碍有
固为主,趣空宁舍宾。洗心诇悬解,悟道正迷津。因爱果生病,从
贪始觉贫。色声非彼妄,浮幻即吾真。四达竟何遣,万殊安可尘。
胡生但高枕,寂寞与谁邻。战胜不谋食,理齐甘负薪。予若未始
异,诇论疏与亲。

浮空徒漫漫,泛有定悠悠。无乘及乘者,所谓智人舟。诇舍贫病
域,不疲生死流。无烦君喻马,任以我为牛。植福祠迦叶,求仁笑
孔丘。何津不鼓棹,何路不摧辀。念此闻思者,胡为多阻修。空虚
花聚散,烦恼树稀稠。灭相—作想成无记,生心坐有求。降吴复归
蜀,不到莫相尤。

## 奉寄韦太守陟

荒城自萧索,万里山河空。天高秋日迥,嘹唳闻归鸿。寒塘映衰
草,高馆落疏桐。临此岁方晏,顾景咏悲翁。故人不可见,寂寞平
陵东。

## 林园即事寄舍弟纮 次荆州时作

寓目一萧散,销忧冀俄顷。青草肃澄陂—作波,白云移翠岭。后沔
—作浦通河渭,前山包鄢郢。松含风里声,花对池中影。地多齐后
疟—作疟,人带荆州瘿。徒思赤笔书,诇有丹砂井。心悲常欲绝,发
乱不能整。青簟日何长,闲门昼方静。颓思茅檐下,弥伤好风景。

## 至滑州隔河望黎阳忆丁三寓

隔河见桑柘,蔼蔼黎阳川。望望行渐远,孤峰没云烟。故人不可见,河水复悠然。赖有政声远,时闻行路传。

## 秋夜独坐怀内弟崔兴宗

夜静群动息,蟪蛄声悠悠。庭槐北风响,日夕方高秋。思子整羽翰,及时当云浮。吾生将白首,岁晏思沧州。高足在旦暮,肯为南亩俦。

## 和使君五郎西楼望远思归

高楼望所思,目极情未毕。枕上见千里,窗中窥万室。悠悠长路人,暧暧远郊日。惆怅极浦外,迢递孤烟出。能赋属上才,思归同下秩。故乡不可见,云水一作外空如一。

## 酬黎居士淅川作 昙壁上人院走笔成

侬家真个去,公定随侬否。著处是莲花,无心变杨柳。松龛藏药裹,石唇安茶臼。气味当共知,那能不携手。

## 送魏郡李太守赴任

与君伯氏一作兄别,又欲与君离。君行无几日,当复隔山陂。苍茫秦川尽,日落桃林塞。独树临关门,黄河向天外。前经洛阳陌,宛洛故人稀。故人离别尽,淇上转骖䯈。企予悲送远,惆怅睢阳路。古木官渡平,秋城邺宫一作都故。想君行县日,其出从如云。遥思魏公子,复忆李将军。

# 送 陆 员 外

郎署有伊人,居然古人风。天子顾河北,诏书除一作隶征东。拜手辞上官,缓步出南宫。九河平原外,七国蓟门中。阴风悲枯桑,古塞多飞蓬。万里不见房,萧条胡地空。无为费中国,更欲邀奇功。迟迟前相送,握手嗟异同。行当封侯归,肯访商山翁。

## 送宇文太守赴宣城

寥落云外山,迢递舟中赏。铙吹发西江,秋空多清响。地迥古城芜,月明寒潮广。时赛敬亭神,复解罟师网。何处寄相思,南风吹一作摇五两。

## 送綦毋秘一作校书弃官还江东

明时久不达,弃置与君同。天命无怨色,人生有素风。念君拂衣去,四海将安穷。秋天万里净,日暮澄一作九江空。清夜何悠悠,扣舷明月中。和光鱼鸟际,澹尔兼葭丛。无庸客昭世,衰鬓日一作白如蓬。顽疏暗人事,僻陋远天聪。微物纵可采,其谁为至公。余亦从此去,归耕为老农。

## 奉送六舅归陆浑

伯舅吏淮泗,卓鲁方喟然。悠哉自不竞,退耕东皋田。条桑腊月下,种杏春风前。酌醴赋归去,共知陶令贤。

## 送　别

下马饮君酒,问君何所之。君言不得意,归卧南山陲。但去莫复问,白云无尽时。

# 送张五归山

送君尽惆怅,复送何人归。几日同携手,一朝先拂衣。东山有茅屋,幸为扫荆扉。当亦谢官去,岂令心事违。

## 齐州送祖三 一作河上送赵仙舟,又作淇上别赵仙舟。

相逢方一笑,相送还成泣。祖帐已 一作怅 忽伤离,荒城复愁入。天寒远山净,日暮长河急。解缆君已遥,望君犹 一作空 伫立。

# 送缙云苗太守

手疏谢明主,腰章为长吏。方从会稽邸 一作郏,更发汝南骑。按节下松阳,清江响铙吹。露冕见三吴,方知百城贵。

# 送从弟蕃游淮南

读书复骑谢,带剑游淮阴。淮阴少年辈,千里远相寻。高义难自隐,明时宁陆沉。岛夷九州外,泉馆三山深。席帆聊问罪,卉服尽成擒。归来见天子,拜爵赐黄金。忽思鲈鱼鲙,复有沧洲心。天寒兼葭渚,日落云梦林。江城下枫叶,淮上闻秋砧。送归青门外,车马去骎骎。惆怅新丰树,空馀天际禽。

## 送高適 一作道非 弟耽归临淮作 坐上作

少年客淮泗,落魄居下邳。遨游向燕赵,结客过临淄。.山东诸侯国,迎送纷交驰。自尔厌游侠,闭户方垂帷。深明戴家礼,颇学毛公诗。备知经济道,高卧陶唐时。圣主诏天下,贤人不得遗。公吏奉纁组,安车去茅茨。君王苍龙阙,九门十二逵。群公朝谒罢,冠剑下丹墀。野鹤终踉跄,威凤徒参差。或问理人术,但致还山词。

天书降北阙,赐帛归东菑。都门谢亲故,行路日逶迟一作迤。孤帆
万里外,淼漫将何之。江天海陵郡,云日淮南一作阴祠。杳冥沧洲
上,荡潏无人知。纬萧或卖药,出处安能期。

## 送綦毋潜落第还乡 一作送别

圣代无隐者,英灵尽来归。遂令东山客,不得顾采薇。既至君一作
金门远,孰云吾道非。江淮度寒食,京洛一作兆缝春衣。置酒临长
道一作长安道,一作长亭送,同心与我违。行当浮桂棹,未几拂荆扉。远
树带行客,孤村一作城当落晖。吾谋适不用,勿谓知音稀。

## 送张舍人佐江州同薛璩十韵 走笔成

束带趋承明,守官唯谒者。清晨听银蚪,薄暮辞金马。受辞未尝
易,当是一作御方知寡。清范何风流,高文有风雅。忽佐江上州,当
自浔阳下。逆旅到三湘,长途应百舍。香炉远峰出,石镜澄湖泻。
董奉杏成林,陶潜菊盈把。范蠡常好之,庐山我心也。送君思远
道,欲以数行洒。

## 送韦大夫东京留守

人外遗世虑,空端结遐心。曾是巢许浅,始知尧舜深。苍生讵有
物,黄屋如乔林。上德抚神运,冲和穆宸襟。云雷康屯难,江海遂
一作逐飞沉。天工寄人英,龙衮瞻君临。名器苟不假,保釐固其任。
素质贯方领,清景照华簪。慷慨念王室,从容献官箴。云旗蔽三
川,画角发龙吟。晨扬天汉声,夕卷大河阴。穷人一作久业已宁,逆
虏遗之擒。然后解金组,拂衣东山岑。给事黄门省,秋光正沉沉。
壮心与身退,老病随年侵。君子从相访,重玄其可寻。

# 资圣寺送甘二

浮生信如寄，薄宦夫何有。来往本无归，别离方此<small>一作正</small>受。柳色
蔼春馀，槐阴清夏首。不觉御沟上，衔悲执杯酒。

## 留别山中温古上人兄并示舍弟缙

解薜登天朝，去师偶时<small>一作将</small>哲。岂惟山中人，兼负松上月。宿昔
同游止，致身云霞末。开轩临颍阳，卧视飞鸟没。好依盘石饭，屡
对瀑泉渴。理齐小狎<small>一作狎小</small>隐，道胜宁外物。舍弟官崇高，宗兄
此<small>一作比</small>削发。荆扉但洒扫，乘闲当过歇<small>一作拂</small>。

## 观　别　者

青青杨柳陌，陌上别离人。爱子游燕赵，高堂有老亲。不行无可
养，行去百忧新。切切委兄弟，依依向四邻。都门帐饮毕，从此谢
亲宾。挥涕逐前侣，含凄动征轮。车徒望不见，时见起行尘。吾<small>一
作余</small>亦辞家久<small>一作者</small>，看之泪满巾。

## 别弟缙后登青龙寺望蓝田山

陌上新离别，苍茫四郊晦。登高不见君，故山复云外。远树蔽行
人，长天隐秋塞。心悲宦游子，何处飞征盖。

## 别　綦　毋　潜

端笏明光宫<small>一作殿</small>，历稔朝云陛。诏刊延阁书，高议平津邸。适意
偶轻人<small>一作轻微禄</small>，虚心<small>一作遇人</small>削繁礼。盛得江左风，弥工建安体。
高张多绝弦，截河有清济。严冬爽群木，伊洛方清泚。渭水冰下
流，潼关雪中启<small>一作闭，非</small>。荷蒉几时还，尘缨待君洗。

## 晦日游大理韦卿城南别
## 业四声依次用各六韵

与世澹无事,自然江海人。侧闻尘外游,解骖<sup></sup>一作弁轵朱轮。平一作极野照暄景,上天垂春云。张组竟北阜,泛舟过东邻。故乡信高会,牢醴及佳辰一作家臣。幸同击壤乐,心荷尧为君。

郊居杜陵下,永日同携手。仁一作入里霭川阳,平原见峰首。园庐鸣春鸠,林薄媚新柳。上卿始登席,故老前为寿。临当游一作送南陂,约略执杯酒。归欤绁一作继微官,惆怅心自咎。

冬中馀雪在,墟上春流驶。风日畅怀抱,山川多秀一作好天气。雕胡先晨炊一作丰酌,庖脍亦云一作后至。高情浪海岳,浮生寄天地。君子外簪缨,埃尘良不訾。所乐衡门中,陶然忘其贵。

高馆临澄陂,旷然荡一作望理心目。淡荡动云天,玲珑映墟曲。鹊巢结空林,雉雊响幽谷。应接无闲暇,徘徊以一作似踯躅。纤组上春堤,侧弁倚乔木。弦望忽已晦,后期洲应绿。

## 冬 日 游 览

步出城东门,试骋千里目。青山横苍林,赤日团平陆。渭北走邯郸,关东出函谷。秦地万方会,来朝九州牧。鸡鸣咸阳中一作市,冠盖相追逐。丞相过列侯,群公饯光禄。相如方一作今老病,独归茂陵宿。

## 华 岳

西岳出浮云,积雪一作翠在太清。连天凝一作疑黛色,百里遥青冥。白日为之一作大寒,森沉华阴城。昔闻乾坤闭,造一作开变化生巨灵。右足踏方止一作山,左手推削成。天地忽开拆,大河注东溟。遂为西峙岳一作岳崎,雄雄镇秦京。大君包覆载,至德被群生。上帝仁昭告,金天思奉迎。人一作神祇望幸久,何独禅云亭。

## 同卢拾遗过韦一作章,非给事东山别业二十韵给事首春休沐维已陪游及乎是行亦预闻命会无车马不果斯诺

托身侍云陛,昧旦一作早趋华轩。遂陪鹓鸿侣,霄汉同飞翻。君子垂惠顾,期我于田园。侧闻景龙际,亲降南面尊。万乘驻山外,顺风祈一言。高阳多夔龙,荆山积玙璠。盛德启前烈,大贤钟后昆。侍郎文昌宫,给事东掖垣。谒帝俱来下,冠盖盈丘樊。闺风首邦族,庭训延乡村。采地包山河,树井竟川原。岩端回绮槛,谷口开朱门。阶下群峰首,云中瀑水源。鸣玉满春山,列筵先朝暾。会舞何飒沓,击钟弥朝昏。是时阳和节,清昼犹未暄。蔼蔼树色深,嘤嘤鸟声繁。顾己负宿诺,延颈惭芳荪。蹇步守穷巷,高驾难攀援。素是独往客,脱冠情弥敦。

## 蓝田山石门精舍

《英华》以前八句另为一首。注云:集本二诗共为一首。

落日山水好,漾舟信归风。探奇一作玩寄不觉远,因以缘一作寻源穷。遥爱云木秀一作翠,初疑一作言路不同。安一作谁知清流转,偶与前山通。舍舟理轻策,果然惬所适。老僧四五人,逍遥荫松柏。朝梵林未一作方曙,夜禅山一作心更寂。道心及一作友牧童,世事问樵客。暝宿长林一作井下,焚香卧瑶席。涧芳袭人衣,山月映石壁。再寻畏迷误,明发更登历。笑谢桃源人,花红复来觌。

## 青　溪 一作过青溪水作

言入黄花川,每逐清溪水。随山将万转,趣途无百里。声喧乱石中,色静深松里。漾一作演漾泛菱荇,澄澄映葭苇。我心素已闲,清川一作明澹如此。请留盘石上,垂钓将已矣。

## 崔濮阳兄季重前山兴 山西去亦对维门

秋色有佳兴,况君池上闲。悠悠西林下,自识门前山。千里横黛色,数峰出云间。嵯峨对秦国,合沓藏荆关。残雨斜日照,夕岚飞鸟还。故人今尚尔,叹息此颓颜。

## 李 一作石处士山居

君子盈天阶,小人甘自免。方随炼金客,林上家绝巘。背岭花未开,入云树深浅。清昼犹自眠,山鸟时一啭。

## 丁寓田家有赠

《英华》作田家赠丁禹。注云:集作丁寓,误也。

君心尚栖隐,久欲傍归路。在朝每为言,解印果成趣。晨鸡鸣邻里,群动从所务。农夫行饷田,闺妾一作妇起缝素。开轩御衣服,散帙理章句。时吟招隐诗,或制闲居赋。新晴望郊郭,日映一作映桑榆暮。阴昼一作荫尽小苑城,微明渭川树。揆予宅闾井,幽赏何由屡。道存终不忘,迹异难相遇。此时惜离别,再来芳菲度。

## 渭川 一作水田家

斜阳一作光照墟落,穷巷牛羊归。野老念牧童一作童仆,倚杖候荆扉。雉雊麦苗秀,蚕眠桑叶稀。田夫荷锄至一作立,相见语依依。即此羡闲逸,怅然吟式微。

# 春中田园作

屋上春鸠鸣,村边杏花白。持斧伐远扬,荷锄觇泉脉。归<sub></sub>一作新燕识故<sub></sub>一作旧巢,旧<sub></sub>一作故人看新历。临觞忽不御,惆怅远行<sub></sub>一作送远客。

# 过 李 楫 宅

闲门秋草色,终日无车马。客来深巷中,犬吠寒林下。散发时未簪,道书行尚把。与我同心人,乐道安贫者。一罢宜城酌,还归洛阳社。

# 韦侍郎山居

幸忝君子顾,遂陪尘外踪。闲花满岩谷,瀑水映杉松。啼鸟忽归涧,归云时抱峰。良游盛簪绂,继迹多夔龙。讵枉青门道,胡一作故,一作用。闻长乐钟。清晨去朝谒,车一作鞍马何从容。

# 饭覆釜山僧

晚知清净理,日与人群疏。将候远山僧,先期扫弊庐。果从云峰里,顾我蓬蒿居。藉草饭松屑,焚香看道书。然灯昼欲尽,鸣磬夜方初。一悟寂为乐,此日一作生闲有馀。思归何必深,身世犹空虚。

# 谒璿上人 并序

上人外人内天,不定不乱。舍法而渊泊,无心而云动。色空无碍,不物物也;默语无际,不言言也。故吾徒得神交焉。玄关大启,德海群泳。时雨既降,春物具美。序于诗者,人百其言。

少年不足言,识道年已长。事往安可悔,馀生幸能养。誓从断臂一
作茝血,不复婴世网。浮名寄缨珮,空性无羁鞅。夙承一作从大导
师,焚香此瞻仰。颓然居一室,覆载纷万象。高柳早莺啼,长廊春
雨响。床下阮家屐,窗前筇竹杖。方将见身云,陋彼示天壤。一心
在法要,愿以无生奖。

## 瓜园诗 并序

　　维瓜园高斋,俯视南山形胜。二三时辈,同赋是诗。兼命词英数
　　公,同用园字为韵,韵任多少。时太子司议郎薛璩发此题,遂同诸公云。
余适欲锄瓜,倚锄听叩门。鸣驺导騘马,常从夹朱轩。穷巷正传
呼,故人觉相存。携手追凉风,放心望乾坤。蔼蔼帝王州,宫观一
何繁。林端出绮道,殿顶摇华幡。素怀在青山,若值白云屯。回风
城西雨,返景原上村。前酌盈尊酒,往往闻清言。黄鹂啭深木,朱
槿照中园。犹羡松下客,石上闻清猿。

## 自大散以往深林密竹磴道盘曲
## 四五十里至黄牛岭见黄花川

危径几万转,数里将三休。回环见徒侣,隐映隔林丘。飒飒松上
雨,潺潺石中流。静言深溪里,长啸高山头。望见南山阳,白露霭
悠悠。青皋丽已净,绿树郁如浮。曾是厌蒙密,旷然销人忧。

## 新晴野 一作晚望

新晴原野旷,极目无氛垢。郭门临渡头,村树连溪口。白水明田
外,碧峰出山后。农月无闲人,倾家事南亩。

## 宿郑州

朝与周人辞,暮投郑人宿。他乡绝俦侣,孤客亲童仆。宛洛望不

见,秋霖晦平陆。田父草际归,村童雨中牧。主人东皋上,时稼绕
茅屋。虫思一作鸣机杼悲一作休,雀喧禾黍熟。明当渡京水,昨晚一
作夜犹金谷。此去欲何言,穷边徇微禄。

## 早入荥阳界

泛舟入荥泽,兹邑乃雄藩。河曲闾阎隘,川中烟火繁。因人见风
俗,入境闻方言。秋野一作晚田畴盛,朝光市井喧。渔商波上客,鸡
犬岸旁村。前路白云外,孤帆安可论。

## 渡河到清河作

泛舟大河里,积水穷天涯。天波忽开拆,郡邑千万家。行复见城
市,宛然有桑麻。回瞻旧乡国,淼漫连云霞。

## 苦　热

赤日满天地,火云成山岳。草木尽焦卷,川泽皆竭涸。轻纨觉衣
重,密树苦阴薄。莞簟不可近,絺绤再三濯。思出宇宙外,旷然在
寥廓。长风万里来,江海荡烦浊。却顾身为患,始知心未觉。忽入
甘露门,宛然清凉乐。

## 纳　凉

乔木万馀株,清流贯其中。前临大川口,豁达来长风。涟漪涵白
沙,素鲔如游空。偃卧盘石上,翻涛沃微躬。漱流复濯足,前对钓
鱼翁。贪饵凡几许,徒思莲叶东。

## 西施咏 一作篇

艳色天下重,西施宁一作又久微。朝仍一作为越溪女,暮一作暝作吴宫

妃。贱日岂殊众,贵来方悟稀。邀一作要人傅香一作脂粉,不自著罗
衣。君宠益娇态,君怜无是非。当一作常时浣纱伴,莫得同车归。
持谢一作寄言,一作寄榭。邻家子一作女,效颦安可希。

## 李陵咏 时年十九

汉家李将军,三代将门子。结发有奇策,少年成壮士。长驱塞上
儿,深入单于垒。旌旗列相向,箫鼓悲何已。日暮沙漠陲,战声烟
尘里。将令骄虏灭,岂独名王侍。既失大军援,遂婴穿庐耻。少小
蒙汉恩,何堪坐思此。深衷欲有报,投躯未能死。引领望子卿,非
君谁相理。

## 济上四贤咏 三首,济州官舍作。

### 崔 录 事

解印归田里,贤哉此丈夫。少年曾任侠,晚节更为儒。遁迹一作世
东山下,因家沧海隅。已闻能狎鸟,余欲共乘桴。

### 成 文 学

宝剑千金装,登君白玉堂。身为平原客,家有邯郸娼。使气公卿
坐,论心一作交游侠场。中年不得意一作志,谢病客游梁。

### 郑霍二山人 一作寄崔郑二山人

翩翩繁一作京华子,多出一作事金张门。幸有先人业,早一作思蒙一作
逢明主恩。童一作同年且未一作末学,肉食骛华轩。岂乏一作知中林
士,无人荐至尊。郑公一作生老泉石,霍子安丘樊。卖药不二价,著
书盈一作仍万言。息阴无恶木,饮水必清源。吾一作余贱不及议,斯
人竟谁论。

# 过太乙观贾生房

昔余栖遁日，之子烟霞邻。共携松叶酒，俱簦竹皮巾。攀林遍岩洞，采药无冬春。谬以道门子，征为骖御臣。常恐丹液就，先我紫阳宾。天促万涂尽，哀伤百虑新。迹峻不容俗，才多反累真。泣对双泉水，还山无主人。

## 燕子龛禅师 一本有咏字

山中燕子龛，路剧羊肠恶。裂地竞盘屈，插天多峭崿。瀑泉吼而喷，怪石看欲落。伯禹访未知，五丁愁不凿。上人无生缘，生长居紫阁。六时自捶磬，一饮常带索。种田烧白云，斫漆响丹壑。行随拾栗猿，归对巢松鹤。时许山神请，偶逢洞仙博。救世多慈悲，即心无行作。周商倦积阻，蜀物多淹泊。岩腹乍旁穿，洞唇时外拓。桥因倒树架，栅值垂藤缚。鸟道悉已平，龙宫为之涸。跳波谁揭厉，绝壁免扪摸。山木日阴阴，结跏归旧林。一向石门里，任君春草深。

# 羽林骑闺人

秋月临高城，城中管弦思。离人堂上愁，稚子阶前戏。出门复映户，望望青丝骑。行人过欲尽，狂夫终不至。左右寂无言，相看共垂泪。

# 偶然作六首

楚国有狂夫，茫然无心想。散发不冠带，行歌南陌上。孔丘与之言，仁义莫能奖。未尝肯问天，何事须击壤。复笑采薇人，胡为乃长往。

田舍有老翁,垂白衡门里。有时农事闲,斗酒呼邻里。喧聒茅檐
下,或坐或复起。短褐不为薄,园葵固足美。动则长子孙,不曾向
城市。五帝与三王,古来称天一作君子。干戈将揖让,毕竟何者是。
得意苟为乐,野田安足鄙。且当放一作忘怀一作志去,行行没馀齿。

日夕见太行,沉吟未能去。问君何以然,世网婴我故。小妹日成
长,兄弟未有娶。家贫禄既薄,储蓄非有素。几回欲奋飞,踟蹰复
相顾。孙登长啸台,松竹有遗处。相去讵几许,故人在中路。爱染
日已薄,禅寂日已固。忽乎吾将行,宁俟岁云暮。

陶潜任天真,其性颇耽酒。自从弃官来,家贫不能有。九月九日
时,菊花空满手。中心窃自思,傥有人送否。白衣携壶觞,果来遗
老叟。且喜得斟酌,安问升与斗。奋衣野田中,今日嗟无负一作有。
兀傲迷东西,蓑笠不能守。倾倒强行行,酣歌归五柳。生事不曾
问,肯愧家中妇一作帚。

赵女弹箜篌,复能邯郸舞。夫婿轻薄儿,斗鸡事齐主。黄金买歌
笑,用钱不复数。许史相经过,高门盈四牡。客舍有儒生,昂藏出
邹鲁。读书三十年,腰间一作下无尺组。被服圣人教,一生自穷苦。
老来懒赋诗,惟有老相随。宿世一作当代谬词客,前身应画师。维善
画破墨山水。不能舍余习,偶被世人知。名字本皆是,此心还不知。
〔《万首唐人绝句》〕(《唐人万首绝句》)取中四句为绝句,题曰《题辋川图》。

# 寓言二首 次首《律髓》入侠少类,题曰杂诗,作卢象诗。

朱绂谁家子,无乃金张孙。骊驹从白马,出入铜龙门。问尔何功
德,多承明主恩。斗鸡平乐馆,射雉上林园。曲陌车骑盛,高堂珠
翠繁。奈何轩冕贵,不与布衣言。

君家御沟上,垂柳夹朱门。列鼎会中贵,鸣珂朝至尊。生死在八
议,穷达由一言。须识苦寒士,莫矜狐白温。

# 冬夜书怀

冬宵寒且永,夜漏宫中发。草白霭繁霜,木衰澄清月。丽服映颓颜,朱灯照华发。汉家方尚少,顾影惭朝谒。

# 送康太守

城下沧江水,江边黄鹤楼。朱阑将粉堞,江水映悠悠。铙吹发夏口,使君居上头。郭门隐枫岸,候吏趋芦洲。何异临川郡,还劳一作来康乐侯。

# 送权二

高人不可有一作友,清论复何深。一见如旧识,一言知道心。明时当薄宦,解薜去中林。芳草空隐处,白云馀故岑。韩侯久携手,河岳共幽寻。怅别千馀里,临堂鸣素琴。

# 休假还旧业便使 一作卢象诗

谢病始告归,依依入桑梓。家人皆伫立,相候衡门里。时辈皆长年,成人旧童子。上堂嘉庆毕,顾与姻亲齿。论旧忽馀悲,目存且相喜。田园转芜没,但有寒泉水。衰柳日萧条,秋光清邑里。入门乍如客,休骑非便止。中饮顾王程,离忧从此始。

# 叹白发

我年一何长,鬓发日已白。俯仰天地间,能为几时客。惆怅故山云,徘徊空日夕。何事与时人,东城复南陌。

## 别弟妹二首 一作卢象诗

两妹日成长，双鬟将及人。已能持宝瑟，自解掩罗巾。念昔别时小，未知疏与亲。今来始离恨，拭泪方殷勤。

小弟更孩幼，归来不相识。同居虽渐惯，见人犹未觅。宛作越人语，殊甘水乡食。别此最为难，泪尽有馀忆。

## 哭殷遥

人生能几何，毕竟归无形。念君等为死，万事伤人情。慈母未及葬，一女才十龄。泱漭一作诀别寒郊外，萧条闻哭声。浮云为苍茫，飞鸟不能鸣。行人何寂寞，白日一作日色自凄清。忆昔君在时，问我学无生。劝君苦不早，令君无所成。故人各有赠，又不及生平一作平生。负尔非一途，恸哭返柴荆。

## 故南阳夫人樊氏挽歌

石窌恩荣重，金吾车骑盛。将朝每赠言，入室还相敬。叠鼓秋城动，悬旌寒日映。不言长不归，环佩犹将听。

## 夷门歌

七雄一作国雄雌犹未分，攻城杀将何纷纷。秦兵益围邯郸急，魏王不救平原君。公子为嬴停驷马，执辔愈恭意愈下。亥为屠肆鼓刀人，嬴乃夷门抱关者。非但慷慨献良一作奇谋，意气兼将身命酬。向风刎颈一作头送公子，七十老翁何所求。

### 陇头吟 《乐府诗集》收此于汉横吹曲，注云陇头水。

长安一作城少年游侠客，夜上戍楼看太白。陇头明月迥临关，陇上行人夜吹笛。关西老将不胜愁，驻马听之双泪流。身经大小百馀战，麾下偏裨万户侯。苏武才为典属国，节旄落尽<sub></sub>一作空尽，一作零落。海西<sub></sub>一作南头。

# 老　将　行

少年十五二十时，步行夺得<sub></sub>一作取胡马骑。射杀中山<sub></sub>一作山中，一作山阴。白额虎，肯数邺下黄须儿。一身转战三千里，一剑曾当百万师。汉兵奋迅如霹雳，虏骑崩腾畏蒺藜。卫青不败由天幸，李广无功缘数奇。自从弃置便衰朽，世事蹉跎成白首。昔时飞箭<sub></sub>当作雀无全目，今日垂杨生左肘。路傍时卖故侯瓜，门前学种先生柳。苍<sub></sub>一作茫茫古木连<sub></sub>一作迷穷巷，寥<sub></sub>一作辽落寒山对虚牖。誓令疏勒出飞泉，不似颍川空使酒。贺兰山下阵如云，羽檄交驰日夕闻。节使三河募年少，诏书五道出将军。试拂铁衣如雪色，聊持宝剑动星文。愿得燕弓射天将，耻令越甲鸣吾军<sub></sub>一作吾君。莫嫌旧日云中守，犹堪一战取<sub></sub>一作树功勋。

# 燕支行 <small>时年二十一</small>

汉家天<sub></sub>一作大将才且雄，来时<sub></sub>一作时来谒帝明光宫。万乘亲推双阙下，千官出饯五陵东。誓辞甲第金门里，身作长城玉塞中。卫霍才堪一骑将，朝廷不数贰师功。赵魏燕韩多劲卒，关西侠少何咆勃。报雠只是闻尝胆，饮酒不曾妨刮骨。画戟雕戈百白寒，连旗大旆黄尘没。叠鼓遥翻瀚海波，鸣笳乱动天山月。麒麟锦带佩吴钩，飒沓青骊跃紫骝。拔剑已断天骄臂，归鞍共饮月支头。汉兵大呼一当百，虏骑相看哭且愁。教战虽令赴汤火，终知上将先伐谋。

## 桃源行 时年十九

渔舟逐水爱山春，两岸桃花夹去一作古津。坐看红树不知远，行尽青溪不见人。山口潜行始隈隩，山开旷望旋平陆。遥看一处攒云树，近入千家散花竹。樵客初传汉姓名，居人未改秦衣服。居人共住武陵源，还从物外起田园。月明松下房栊静一作净，日出云中鸡犬喧。惊一作忽闻俗客争来集，竞引还家问都一作乡邑。平明闾巷扫花开，薄暮渔樵乘水入。初因避地去人间，及至一作更闻成仙遂一作去不还。峡里谁知有人事，世中遥望空云山。不疑灵境难闻见，尘心未尽思乡县。出洞无论隔山水，辞家终拟长游衍。自谓经过旧不迷，安知峰一作岑壑今来变。当时只记入山深，青溪几曲一作度到云林。春来遍是桃花水，不辨仙源何处寻。

## 洛阳女儿行 时年十六，一作十八。

洛阳女儿对门居，才可容颜十五馀。良人玉勒乘骢马，侍女金盘鲙鲤鱼。画阁朱楼尽相望，红桃绿柳垂檐向。罗帏送上七香车，宝扇迎归九华帐。狂夫富贵在青春，意气骄奢剧季伦。自怜碧玉亲教舞，不惜珊瑚持与人。春窗曙灭九微火，九微片片飞花琐。戏罢曾无理曲时，妆成只是薰香坐。城中相识尽繁华，日夜经过赵李家。谁怜越女颜如玉，贫贱江头自浣纱。

## 同崔傅答贤弟

洛阳才子姑苏客，桂苑一作杜宛殊非故一作旧乡陌。九江枫树几回青，一片扬州五湖白。扬州时有下江兵，兰陵镇前吹笛声。夜火人归富春郭，秋风鹤唳石头城。周郎陆弟为侣伴，对舞前溪歌白纻。曲几书留小史家，草堂棋赌山阴野。衣冠若话外台臣，先数夫君席上珍。更闻台阁求三语,遥想风流第一人。

## 赠 吴 官

长安客舍热如煮,无个一作过茗糜难御暑。空摇白团其谛苦,欲向缥囊还归旅。江乡鲭鲊不寄来,秦人汤饼那堪许。不如侬家任挑达,草屩捞虾富春渚。

## 故人张諲工诗善易卜兼能丹青草隶顷以诗见赠聊获酬之

不逐城东游侠儿,隐囊纱帽坐弹棋。蜀中夫子时开卦,洛下书一作诸生解咏诗。药阑花径衡门里,时复据梧聊隐几。屏风误点惑孙郎,团扇草书轻内史。故园高枕度三春,永日垂帷绝四邻。自想一作惜蔡邕今已老,更将书籍与何人。

## 送崔五太守

长安厩吏来到门,朱文一作未央露网动行轩。黄花县西九折坂,玉树宫南五丈原。褒斜谷中不容幰,唯有白云当露冕。子午山里杜鹃啼,嘉陵水头行客饭。剑门忽断蜀川开,万井双流满眼来。雾中远树刀州出,天际澄江巴字回。使君年纪一作几三十馀,少年白皙专城居。欲持画省郎官笔一作草,回与临邛父老书。

## 寒食城东即事

清溪一道穿桃李,演漾绿蒲涵白芷。溪上人家凡几家,落花半落东流水。蹴鞠屡过飞鸟上,秋千竞出垂杨里。少年分日作遨游,不用清明兼上巳。

# 不　遇　咏

北阙献书寝不报,南山种田时不登。百人会中身不预,五侯门前心不能。身投河朔饮君酒,家在茂陵平安否。且此登山复临水,莫问春风动杨柳。今人昨人多自私,我心不说君应知。济人然后拂衣去,肯作徒尔一男儿。

# 赠　裴　迪

不相见,不相见来久。日日泉水头,常忆同携手。携手本同心,复叹忽分襟。相忆今如此,相思深不深。

## 青雀歌 与卢象、崔兴宗、裴迪、弟缙同赋

青雀翅羽短,未能远食玉山禾。犹胜黄雀争上下,唧唧空仓复若何。

## 黄雀痴 杂言走笔

黄雀痴,黄雀痴,谓言青彀是我儿。一一口衔食,养得成毛衣。到大啁啾解游飏,各自东西南北飞。薄暮空巢上,羁雌独自归。凤凰九雏亦如此,慎莫愁思憔悴损容辉。

# 新秦郡松树歌

青青山上松,数里不见今更逢。不见君,心相忆,此心向君君应识。为君颜色高且闲,亭亭迥出浮云间。

# 榆　林　郡　歌

山头松柏林,山下泉声伤客心。千里万里春草色,黄河东流流不

息。黄龙戍上游侠儿,愁逢汉使不相识。

## 问寇校书双溪

君家少室西,为复少室东,别来几日今春风。新买双溪定何似,馀生欲寄白云中。

### 寄崇梵僧 崇梵寺近东阿覆釜村

崇梵僧,崇梵僧,秋归覆釜春不还。落花啼鸟纷纷乱,涧户山窗寂寂闲。峡里谁知有人事,郡中遥望空云山。

## 同比部杨员外十五夜游有怀静者季

承明少休沐,建礼省文书。夜漏行人息,归鞍落日馀。悬知三五夕,万户千门辟。夜出曙翻归,倾城满南陌。陌头驰骋尽繁华,王孙公子五侯家。由来月明如白日,共道春灯胜百花。聊看侍中千宝骑,强识小妇七香车。香车宝马共喧阗,个里多情侠少年。竞向长杨柳市北,肯过精舍竹林前。独有仙郎心寂寞,却将宴坐为行乐。傥觉一作觅忘怀共往来,幸沾同舍甘藜藿。

## 答张五弟

终南有茅屋,前对终南山。终年无客常闭关,终日无心长自闲。不妨饮酒复垂钓,君但能来相往还。

## 雪中忆李楫

积雪满阡陌,故人不可期。长安千门复万户,何处踏躞黄金羁。

## 送李睢阳 一本以前九句自为一首

将置酒, 思悲翁。使君去, 出城东。麦渐渐, 雉子斑。槐阴阴, 到潼关。骑连连, 车迟迟 一作连连。心中悲, 宋又远。周间之, 南淮夷。东齐儿, 碎碎织练与素丝, 游人贾客信难持。五谷前熟方可为, 下车闭阁君当思。天子当殿俨衣裳, 大官尚食陈羽觞。彤庭散绶垂鸣珰, 黄纸诏书出东厢, 轻纨叠绮烂生光。宗室子弟君最贤, 分忧当为百辟先。布衣一言相为死, 何况圣主恩如天。鸾声哕哕鲁侯旂, 明年上计朝京师。须忆今日斗酒别, 慎勿富贵忘我为。

## 奉和圣制天长节赐宰臣歌应制

太阳升兮照万方, 开阊阖兮临玉堂, 俨冕旒兮垂衣裳。金天净兮丽三光, 彤庭曙兮延八荒。德合天兮礼神遍, 灵芝生兮庆云见。唐尧后兮稷契臣, 匝宇宙兮华胥人。尽九服兮皆四邻, 乾降瑞兮坤降 一作献珍。

## 登　楼　歌

聊上君兮高楼, 飞甍鳞次兮在下。俯十二兮通衢, 绿槐参差兮车马。却瞻兮龙首, 前眺兮宜春。王畿郁兮千里, 山河壮兮咸秦。舍人下兮青宫, 据胡床兮书空。执戟疲于下位, 老夫好隐兮墙东。亦幸有张伯英草圣兮龙腾虬跃, 摆长云兮捩回风。琥珀酒兮雕胡饭, 君不御兮日将晚。秋风兮吹衣, 夕鸟兮争返。孤砧发兮东城, 林薄暮兮蝉声远。时不可兮再得, 君何为兮偃蹇。

## 双黄鹄歌送别 时为节度判官, 在凉州作。

天路来兮双黄鹄, 云上飞兮水上宿, 抚翼和鸣整羽族。不得已, 忽分飞,家在玉京朝紫微,主人临水送将归。悲箛嚛喂垂舞衣,宾欲散兮复相依。几往返兮极浦,尚裴回兮落晖。岸一作塞上火兮相迎,将夜入兮边城。鞍马归兮佳人散,怅离忧兮独含情。

## 赠徐中书望终南山歌

晚下兮紫微,怅尘事兮多违。驻马兮双树,望青山兮不归。

## 送友人归山歌二首 《离骚》题作山中人

山寂寂兮无人,又苍苍兮多木。群龙兮满朝,君何为兮空谷。文寡和兮思深,道难知兮行独。悦石上兮流泉,与松间兮草屋。入云中兮养鸡,上山头兮抱犊。神与枣兮如瓜,虎卖杏兮收谷。愧不才兮妨贤,嫌既老兮贪禄。誓解印兮相从,何詹尹兮何一作可卜。

山中人兮欲归,云冥冥兮雨霏霏。水惊波兮翠菅薠,白鹭忽兮翻飞,君不可兮褰衣。山万重兮一云,混天地兮不分。树晻暧兮氛氲,猿不见兮空闻。忽山西兮夕阳,见东一作桔皋兮远村。平芜绿兮千里,眇惆怅兮思君。

## 鱼山神女祠歌 一作渔山神女〔智琼〕(琼智)词二首

张茂先《神女赋序》曰:魏济北从事弦超,嘉平中,夜梦神女来,自称天上玉女。姓成公,字智琼,东郡人。早失父母,天地哀其孤苦,令得下嫁。后三四日一来,即乘辎轩,衣罗绮。智琼能隐其形,不能藏其声。且芬香达于室宇,颇为人知。一旦,神女别去,留赠裙衫裲裆。《述征记》曰:魏嘉平中,有神女成公智琼,降弦超。同室疑其有奸,智琼乃绝。后五年,超使将之洛西,至济北渔山下陌上,遥望曲道头,有车马似智琼,果〔是〕。至洛,克复旧好。唐王勃《杂曲》曰:智琼神女,来访文君。按《十道志》云:渔山一名吾山。汉武帝过渔山,作《瓠子歌》云:吾山平兮巨野溢。是也。

### 迎　神 一本二首题下并有曲字

坎坎击鼓，鱼山之下。吹洞箫，望极浦。女巫进，纷屡舞。陈瑶席，
湛清酤。风凄凄兮一作又夜雨，不知一本无此二字神之来兮不来，使我
心兮苦复苦。一作使我心苦。

### 送　神

纷进舞一作拜兮堂前，目眷眷兮琼筵。来不言一作语兮意不传，作暮
雨兮愁空山。悲急管兮一本无兮字思繁弦，神一作灵之驾兮俨欲旋。
倏云收兮雨歇，山青青兮水潺湲。

## 白鼋涡 杂言走笔

南山之瀑水兮，激石滈一作滴瀑似雷惊。人相对兮，不闻语声。翻
涡跳沫兮苍苔湿，藓老且厚，春草为之不生。兽不敢惊动，鸟不敢
飞鸣。白鼋涡涛戏濑一作潄兮，委身以纵横。王一作主人之仁兮，不
网不钓，得遂性以生成。

## 宋进马哀词 并序

宋进马者，中书舍人宋公之子也。公无弟兄，子一而已。文则有
种，德亦惟肖。忽疾倏逝，医不及视。宋公哀之，他人悲之。故为词曰：

背春涉夏兮，众木蔼以繁阴。连金华与玉堂兮，宫阁郁其沈沈。百
官并入兮，何语笑之哑哑，君独静嘿以伤心。草王言兮不得辞，我
悲减思兮少时。仆夫命驾兮，出闺阖，历通逵。陌上人兮如故，识
不识兮往来。眼中不见兮吾儿，骖紫骝兮从青骊。低光垂彩兮，恍
不知其所之。辟朱户兮望华轩，意斯子兮候门。忽思瘗兮城南，心
瞀乱兮重昏。仰诉天之不仁兮，家唯一身，身止一子，何胤嗣之不
繁，就单鲜而又死。将清白兮遗谁，问诗礼兮已矣。哀从中兮不可
胜，岂暇料馀年兮复几。日黯黯兮颓晖，鸟翩翩兮疾飞。邈穷天兮

不返,疑有日兮来归。静言思兮永绝,复惊叫兮沾衣。客有吊之者曰:观未始兮有物,同委蜕兮胡悲? 且延陵兮未至,况西河兮不知。学无生兮庶可,幸能听于吾师。

# 全唐诗卷一二六

## 王　维

### 奉和圣制赐史供奉曲江宴应制

侍从有邹枚,琼筵就水开。言陪柏梁宴,新下一作自建章来。对酒
山河满,移舟草树回。天文同丽日,驻景惜行杯。

### 从岐王过杨氏别业应教

杨子谈经所一作处,淮王载酒过。兴阑啼鸟换一作缓,坐久落花多。
径转回银烛,林开散玉珂。严城时未启,前路拥一作引笙歌。

### 从岐王夜宴卫家山池应教

座客香貂满,宫娃绮幔张。涧花轻粉色,山月少灯光。积翠纱窗暗
一作透,飞泉绣户凉。还将歌舞出,归路莫愁长。

### 早　朝

柳暗百花明,春深五凤城。城乌一作鸦睥睨晓,宫井辘轳声。方朔
金门侍一作召,班姬玉辇迎。仍闻遣方士,东海访蓬瀛。

# 同崔员外秋宵寓直

建礼高秋夜,承明候晓过。九门寒漏彻,万井曙钟多。月迥藏珠斗,云消一作开出绛河。更惭衰朽质,南陌共鸣珂。

# 辋川闲居赠裴秀才迪

寒山转苍翠,秋水日潺湲。倚杖柴门外,临风听暮蝉。渡头馀落日,墟里上孤烟。复值接舆醉,狂歌五柳前。

# 寄荆州张丞相

所思竟何在,怅望深荆门。举世无相识,终身思旧恩。方将与农圃,艺植老丘园。目尽南飞一作无雁,何由寄一言。

# 冬晚对雪忆胡居一作处士家 一作王劭诗,非。

寒更传晓箭一作催唱晓,清镜览一作减衰颜。隔牖风惊竹,开门一作帘雪满山。洒空深巷静,积素广庭闲。借问袁安舍,脩然尚闭关。

# 和尹谏议史馆山池

开元二十年,道士尹愔为谏议大夫,知史馆事,故诗有莫上空虚之句。

云一作灵馆接天居,霓裳侍玉除。春池百子一作草外,芳树万年馀。洞有仙人箓,山藏太史书。君恩深汉帝,且莫上空一作云虚。

# 奉和杨驸马六郎秋夜即事

高楼月似霜,秋夜郁金堂。对坐弹卢女,同看舞凤凰。少儿多送酒,小玉更焚香。结束平阳骑,明朝入建章。

## 酬虞部苏员外过蓝田别业不见留之作

贫居依谷口,乔木带荒村。石路枉回驾,山家谁候门。渔舟胶冻浦,猎火烧<small>一作绕</small>寒原。唯有白云外,疏钟闻夜猿。

## 酬比部杨员外暮宿琴台朝跻
## 书阁率尔见赠之作 <small>一作卢照邻诗</small>

旧简拂尘看,鸣琴候<small>一作俟</small>月弹。桃源<small>一作花</small>迷汉姓,松树<small>一作径</small>有秦官。空谷归人少,青山背日寒。羡君栖隐处,遥望白云端。

## 酬严少尹徐舍人见过不遇

公门暇日少,穷巷故人稀。偶值乘篮舆,非关避白衣。不知炊黍谷,谁解扫荆扉。君但倾茶碗,无妨骑马归。

## 酬　张　少　府

晚年唯好静,万事不关心。自顾无长策,空知返旧林。松风吹解带,山月照弹琴。君<small>一作若</small>问穷通理,渔歌入浦深。

## 酬贺四赠葛巾之作

野巾传惠好,兹贶重兼金。嘉此幽栖物,能齐隐吏心。早朝方暂挂,晚沐复来簪。坐觉器尘远,思君共入林。

## 送丘为落第归江东

怜君不得意,况复柳条春。为客黄金尽,还家白发新。五湖三亩宅<small>一作地</small>,万里一归人。知尔<small>一作祢</small>不能荐,羞称<small>一作为</small>献纳臣。

## 送李判官赴东江 一作江东

闻道皇华使,方随皂盖臣。封章通左语,冠冕化文身。树色分扬
子,潮声满富春。遥知辨璧吏,恩到泣珠人。

## 送 封 太 守

忽解羊头削,聊驰熊首辕。扬舲发夏口,按节向吴门。帆映丹阳
郭,枫攒一作藏赤岸村。百城多候吏,露冕一何尊。

## 送严秀才还蜀

宁亲为一作真令子,似舅即贤甥。别路经花县,还乡入锦城。山临
青塞断,江向白云平。献赋何时至,明君忆长卿。

## 送张判官赴河西

单车曾出塞,报国敢邀勋。见逐张征虏,今思霍冠军。沙平连白
云,蓬卷入黄云。慷慨倚长剑,高歌一送君。

## 送岐州源长史

归 同在崔常侍幕中,时常侍已殁。

握手一相送,心悲安可论。秋风正萧索,客散孟尝门。故驿通槐
里,长亭下槿原。征西旧旌节,从此向河源。

## 送张道士归山

先生何处去,王屋访茅一作毛君。别妇留丹诀,驱鸡入白云。人间
若剩一作苦难,一作数剩。住,天上复离群。当作辽城鹤,仙歌使尔闻。

# 同崔兴宗送衡岳瑗公南归 并序

衡岳瑗上人者,尝学道于五峰。荫松栖云,与狼虎杂处,得无所得矣。天宝癸巳岁,始游于长安。手提瓶笠,至自万里。燕居吐论,缁属高之。初,给事中房公,谪居宜春,与上人风土相接,因为道友,伏腊往来。房公既海内盛名,上人亦以此增价。秋九月,杖锡南返,扣门来别。秦地草木,槭然已黄。苍梧白云,不日而见。滇阳有曹溪学者,为我谢之。

言从石菌阁,新下穆陵关。独向池阳去,白云留故山。绽衣秋日里,洗钵古松间。一施传心法,唯将戒定还。

# 送钱少府还蓝田

草色日向好,桃源人去稀。手持平子赋,目送老莱衣。每候山樱发,时同海燕归。今年寒食酒,应是一作得返柴扉。

# 送丘为往唐州

宛洛有风尘,君行多苦辛。四愁连汉水,百口寄随人。槐色阴清昼,杨花惹暮春。朝端肯相送,天子绣衣臣。

# 送元中丞转运江淮 一作钱起诗

薄赋一作税归天府,轻徭赖使臣。欢沾赐帛老,恩及卷绡人。去问珠一作殊官俗,来经石蛙一作几却春,东南御一作卸,又作高,并非。亭上,莫使一作问有风尘。 石蛙春,用《文选》"石蛙应节而扬葩"语。江淹《石劫赋序》:一名紫蠵,蚌蛤类也。春而发花,按《本草》谓之石决明。御亭,旧本作高亭,杨慎改为卸亭。《丹铅总录》云:卸亭在晋陵。庾信诗:"卸亭一回望,风尘千里昏。"是也。按庾集元作御亭。《姑苏志》:望亭驿去郡北五十里,先名御亭。唐太守李袭誉以庾诗中回望语,改望亭。则高亭当作卸亭或望亭为是。李嘉祐有《望亭》诗。

## 送崔九兴宗游蜀

送君从此去，转觉故人稀。徒御犹回首，田园方掩扉。出门当旅食，中路授寒衣。江汉风流地，游人何岁<sub></sub>一作处归。

## 送崔兴宗

已恨亲皆远，谁怜友复稀。君王未西顾，游宦尽东归。塞迥一作阔山河净，天长云树微。方同菊花节，相待洛阳扉。

## 送平澹然判官

不识阳关路，新从定远侯。黄云断春色，画角起一作越边愁。瀚海经年到一作别，交河出塞流。须令外国使，知一作只饮月氏头。

## 送刘司直赴安西

绝域阳关道，胡沙一作烟与塞尘。三春时有雁，万里少行人。苜蓿随天马，葡萄逐汉臣。当令外国惧，不敢觅和亲。

## 送赵都督赴代州得青字

天官动将星，汉上一作地柳条青。万里鸣刁斗，三军出井陉。忘身辞凤阙，报国取龙庭。岂学书生辈，窗间一作中老一作著一经。

## 送方城韦明府

遥思葭菼际，寥落楚人行。高鸟长淮水，平芜故郢城。使车听雉乳，县鼓应鸡鸣。若见州从事，无嫌手板迎。

## 送李员外贤郎

少年何处去,负米上铜梁。借问阿戎父,知为童子郎。鱼笺请诗赋,橦布作衣裳。薏苡扶衰病,归来幸可将。

## 送梓州李使君

万壑树参天,千山响一作乡音听杜鹃。山中一夜一作半雨,树杪百重泉。汉女输橦一作贯布,巴人讼芋田。文翁翻教授,不敢依先贤。

## 送张五谞归宣城

五湖千万里,况复五湖西。渔浦南陵郭,人家春谷黎。欲归江淼淼,未到草萋萋。忆想兰陵镇,可宜猿更一作夜啼。

## 送友人南归

万里春应尽,三江雁亦稀。连天汉水广,孤客郢城归。郧国稻苗秀,楚人菰米一作菜肥。悬知倚门望,遥识老莱衣。

## 送贺遂员外外甥

南国有归舟,荆门溯上流。苍茫葭菼外,云水与一作同昭丘。樯带城乌去,江连暮雨愁。猿声不可听,莫待楚山秋。

## 送杨长史赴果州

褒斜不容幰,之子去何之。鸟道一千里,猿声一作啼十二时。官桥祭酒客,山木女郎祠。别后同明月,君应听子规。

# 送 邢 桂 州

铙吹喧京口，风波下洞庭。赭圻将赤岸，击汰复扬舲。日落江湖白，潮来天地青。明珠归合浦，应逐使臣星。

# 送宇文三赴河西充行军司马

横吹—作笛杂繁笳，边风卷塞沙。还闻田司马，更逐李轻车。蒲类—作垒成秦地，莎车—作居属汉家。当令犬戎国，朝聘学昆邪。

# 送 孙 二

郊外—作郭谁相—作将送，夫君道术亲。书生邹鲁客，才子洛阳人。祖席依寒草，行车起—作薄暮尘。山川何—作向寂寞，长望泪沾巾。

# 送崔三往密州觐省

南陌去悠悠，东郊不少留。同怀扇枕恋，独念—作解倚门愁。路绕天山雪，家临海树秋。鲁连功未报，且莫蹈沧洲。

# 送孟六归襄阳 —作张子容诗

杜门不复—作欲出，久与世情疏。以此为良—作长策，劝君归旧庐。醉歌田舍酒，笑读古人书。好是一生事，无劳献子虚。

# 初出济州别城中故人 —作被出济州

微官易得罪，谪去济川阴。执政方持法，明君照—作无此心。闾阎河润上，井邑海云深。纵有归来日，各—作多愁年鬓侵。

## 与卢象集朱家

主人能爱客,终日有逢迎。贳得新丰酒,复闻秦女筝。柳条疏客舍,槐叶下秋城。语笑且为乐,吾将达此生。

## 登裴秀才迪小台

端居不出户,满目望—作空云山。落日鸟边下,秋原人外闲。遥知远林际,不见此檐间。好客多乘月,应门莫上关。

## 游李山人所居因题屋壁

世上—作人,一作人事。皆如梦,狂来止—作或自歌。问年松树老,有地竹林—作阴多。药倩韩康卖,门容尚子过。翻嫌枕席上,无那—作奈白云何。

## 过崔驸马山池

画楼吹笛妓,金碗—作埒酒家胡。锦石称贞女,青松学大夫。脱貂贳桂醑—作酎,射雁与山厨。闻道高阳会,愚公谷正愚。

## 过福禅师兰若

岩壑转—作带微径,云林隐法堂。羽人飞奏乐,天女跪焚香。竹外峰偏曙,藤阴水更凉。欲知禅坐久,行路长春芳。

## 过香积寺 —作王昌龄诗

不知香积寺,数里入云峰。古木无人径,深山何处钟。泉声咽危石,日色冷青松。薄暮空潭曲,安禅制毒龙。

## 过感化一作配,一作化感寺

## 昙兴上人山院 与裴迪同作

暮持筇竹杖,相待虎谿头。催客闻山响,归房逐水流。野花丛发好,谷鸟一声幽。夜坐空林一作村寂,松风直似秋。

## 夏日过青龙寺谒操禅师 与裴迪同作

龙钟一老翁,徐步谒禅宫。欲问义心义,遥知空病空。山河天眼里,世界法身中。莫怪销炎热,能生大地风。

## 登辨一作新觉寺

竹径从一作连初地,莲峰出化城。窗中三楚尽一作静,林上一作外九江平。软一作嫩草承趺坐,长松响梵声。空居法云外,观世得无生。

## 喜祖三至留宿

门前洛阳客,下马拂征衣。不枉故人驾,平生多掩扉。行人返深巷,积雪带馀晖。早岁同袍者,高车何处归。

## 黎拾遗昕裴秀才迪见过秋夜对雨之作

促织鸣已急,轻衣行向一作尚重。寒灯坐高馆,秋雨闻疏钟。白法调狂象,玄言问老龙。何人顾蓬径,空愧求羊踪。

## 慕容承携素馔见过

纱帽乌皮几,闲居懒赋诗。门看五柳识,年算六身知。灵寿君王赐,雕胡弟子炊。空劳酒食馔,持底解人颐。

## 晚春严少尹与诸公见过

松菊荒三径，图书共五车。烹葵邀上客，看竹到贫家。鹊乳先春草，莺啼过落花。自怜黄发暮，一倍惜年华。

## 郑果州相过

丽一作斜日照残春，初晴草木新。床前一作头磨镜客，树下一作林里灌园人。五马惊穷巷，双童逐老身。中厨办粗饭，当恕一作常恐阮家贫。

## 山 居 秋 暝

空山新雨后，天气晚来秋。明月松间照，清泉石上流。竹喧归浣女，莲动下渔舟。随意春芳歇，王孙自可留。

## 终 南 别 业 一作初至山中，一作入山寄城中故人。

中岁颇好道，晚家南山陲。兴来每独往，胜事空一作只自知。行到水穷处，坐看云起时。偶然值一作见林一作邻叟，谈笑无一作滞还期。

## 归 嵩 山 作

清一作晴川带长薄，车马去闲闲。流水如有意，暮禽一作云相与还。荒城临古渡，落日满秋山。迢递嵩高下，归来且闭一作掩关。

## 归 辋 川 作

谷口疏钟动，渔樵稍欲稀。悠然远山暮，独向白云归。菱蔓弱难定，杨花轻易飞。东皋春草色，惆怅掩柴扉。

# 韦给事山居

幽寻得此地,讵有一人曾。大壑随阶转,群山入户登。庖厨出深竹,印绶隔垂藤。即事辞轩冕,谁云病未能。

# 山居即事

寂寞掩柴扉,苍茫对落晖。鹤巢松树遍,人访荜门稀。绿竹含新粉,红莲落故衣。渡头烟火起,处处采菱归。

# 终南山 题下一有行字,一作终山行。

太乙近天都,连山一作天接一作到海隅。白云回望合,青霭入看无。分野中峰变,阴晴众壑殊。欲投人处宿,隔水一作浦问樵夫。

# 辋川闲居

一从归白社,不复到青门。时倚檐前树,远看原上村。青菰临水拔,白鸟向山翻。寂寞於陵子,桔槔方灌园。

# 春园即事

宿雨乘轻屐,春寒著弊袍。开畦分白水,间柳发红桃。草际成棋局,林端举桔槔。还持鹿皮几,日暮隐蓬蒿。

# 淇上田园即事

屏居淇水上,东野旷无山。日隐桑柘外,河明闾井间。牧童望村去,猎犬随人还。静者亦何事,荆扉乘昼关。

## 凉州郊外游望 时为节度判官,在凉州作。

野老才三户,边村少四邻。婆娑依里社,箫鼓赛田神。洒酒浇刍
狗,焚香拜木人。女巫纷屡舞,罗袜自生尘。

## 观　猎

《纪事》题曰猎骑。《乐府诗集》、《万首绝句》以前四句作五绝,并题
曰戎浑。

风劲一作动角弓鸣,将军猎渭城。草枯鹰眼疾,雪尽马蹄轻。忽过
新丰市,还归细柳营。回看射雕一作落雁,一作失雁。处,千里暮云平。

## 春日上方一作房即事

好读高僧传,时看辟谷方。鸠形将刻杖,龟壳用支床。柳色青山
映,梨花一作花明夕鸟藏。北窗桃李下,闲坐一作步但焚香。

## 汉江临泛

楚塞三湘接,荆门九派通。江流天地外,山色有无中。郡邑浮前
浦,波澜动远空。襄阳好风日一作风日好,留醉与山翁一作公。

## 泛　前　陂

秋空自明一作明月迥,况复远人间一作寰。畅以沙际鹤,兼之云外山。
澄波一作陂澹将夕,清月皓方闲。此夜任孤棹,夷犹殊未还。

## 登河北城楼作

井邑傅一作传岩上,客亭云雾间。高城眺落日,极浦映苍山。岸火
孤舟宿,渔家夕鸟还。寂寥天地暮,心与广川闲。

# 千 塔 主 人

逆旅逢佳节,征帆未可前。窗临汴河水,门渡楚人船。鸡犬散墟落,桑榆荫远田。所居人不见,枕席生云烟。

# 使 至 塞 上

单车欲问边,属国过居延。一作衔命辞天阙,单车欲问边。征蓬出汉塞,归雁入胡天。大漠孤烟直,长河落日圆。萧关逢候吏一作骑,都护在燕然。

# 晚春归 一作闺思 一作春闺

新妆可怜色,落日卷罗一作帘帷。炉一作淑气清珍簟,墙阴上玉墀。春虫飞网户,暮雀隐花枝。向晚多愁思,闲窗桃李时。

# 戏题示萧氏甥

怜尔解临池,渠爷未学诗。老夫何足似,弊宅倘因之。芦笋穿一作藏荷叶,菱花胃雁儿。郗公不易胜,莫著外家欺。

# 秋夜独坐 一作冬夜书怀

独坐悲双鬓,空堂欲二更。雨中山果落,灯下草虫鸣。白发终难变,黄金不可成。欲知除老病,唯有学无生。

# 待储光羲不至

重门朝已启,起坐听车声。要欲闻清佩,方将出户迎。晚钟鸣上苑,疏雨过春城。了自不相顾,临堂空复情。

## 听 宫 莺

春树绕宫墙,宫莺啭曙光。一作春莺次第翔。忽惊啼暂断,移处弄还长。隐叶栖承露,攀一作排花出未央。游人未应返,为此始思一作思故乡。

## 杂 诗

双燕初命子,五桃新作花。王昌是东舍,宋玉次西家。小小能织绮,时时出浣纱。亲劳使君问,南陌驻香车。

## 留 别 钱 起

《英华》题云:晚归蓝田酬中书常舍人赠别。或作钱起诗,题云晚归蓝田酬王维给事。

卑栖却得性,每与白云归。徇禄仍怀橘,看山免采薇。钱起集作"别山如昨日,春露已沾衣。采蕨频盈手,看花空厌归。"暮禽先去马,新月待开扉。霄汉时回首,知音青琐闱。

## 留 别 丘 为

归鞍白云外,缭绕出前山。今日又明日,自知心不闲。亲劳簪组送,欲趁莺花还。一步一回首,迟迟向近关。

## 愚公谷三首 青龙寺与黎昕戏题

愚谷与谁去,唯将黎子同。非须一处住,不那两心空。宁问春将夏,谁论西复东。不知吾与子,若个是愚公。

吾一作愚家愚谷里,此谷本来平。虽则行无迹,还能响应声。不随云色暗,只待日光明。缘底名愚谷,都由愚所成。

借问愚公谷,与君聊一寻。不寻翻到谷,此谷不离心。行处曾无险,看时岂有深。寄言尘世客,何处欲归一作窥临一作林。

## 酬慕容十一

行行西陌返,驻辖问车公。挟毂双官骑,应门五尺僮。老年如塞北,强起离墙东。为报壶丘子,来人道姓蒙。

## 过始皇墓 时年十五,一作二十一。

古墓成苍岭,幽宫象紫台。星辰七曜隔,河汉九泉开。有海人宁渡,无春雁不回。更闻松韵切,疑是大夫哀。

## 恭懿太子挽歌五首

何悟藏环早,才知拜璧年。翀天王子去,对日圣君怜。树转宫犹出,筇悲马不前。虽蒙绝驰道,京兆别开阡。

兰殿新恩切,椒宫夕临幽。白云随凤管,明月在龙楼。人向青山哭,天临渭水愁。鸡鸣常问膳,今恨玉京留。

骑吹凌霜发,旌旗夹路陈。凯一作礼容金节护,册命玉符新。傅母悲香裸,君家拥画轮。射熊今梦帝,秤象问何人。

苍舒留帝宠,子晋有仙才。五岁过人智,三天使鹤催。心悲阳一作四禄馆,日断望思台。若道长安近,何为更不来。

西望昆池阔,东瞻下杜平。山朝豫章馆,树转凤凰城。五校连旗色,千门叠鼓声。金环如有验,还向画堂生。

## 故太子太师徐公挽歌四首

功德冠群英,弥纶有大名。轩皇用风后,传说是星精。就第优遗老,来朝诏不名《英华》注云:叠押名字。留侯常辟谷,何苦不长生。

谋猷为相国,翊戴奉宸一作乘舆。剑履升前殿,貂蝉托后车。齐侯
疏土宇,汉室赖图书。僻处留田宅,仍才十顷馀。

旧里趋庭日,新年置酒辰。闻诗鸳渚客,献赋凤楼人。北首一作阙
辞明主,东堂哭大臣。犹思御朱辂,不惜〔污〕(汗)车茵。

久践中台座,终登上将坛。谁言断车骑,空忆盛衣冠。风日咸阳
惨,笳箫渭水寒。无人当便阙,应罢太师官。

## 故西河郡杜太守挽歌三首

天上去西征,云中护北平。生擒白马将,连破黑雕城。忽见乌灵苦
一作善,徒闻竹使荣。空留左氏传,谁继卜商名。

返葬金符守,同归石窌妻。卷衣悲画翟,持翣待鸣鸡。容卫都人
惨,山川驷马嘶。犹闻陇上客,相对哭征西。

涂刍去国门,秘器出东园。太守留金印,夫人罢锦轩。旌旗转衰
木,箫鼓上寒原。坟树应西靡,长思魏阙恩。

## 故南阳夫人樊氏挽歌

锦衣馀翟茀,绣毂罢鱼轩。淑女诗长在,夫人法尚存。凝笳随晓
旆,行哭向秋原。归去将何见,谁能返戟门。

## 达奚侍郎夫人寇氏挽词二首 题上一有吏部二字

束带将朝日,鸣环映牖辰。能令谏明一作皇主,相劝识贤人。遗挂
空留壁,回文日覆尘。金蚕将画柳,何处更知春。

女史悲彤管,夫人罢锦轩。卜茔占二室,行哭度千门。秋日光能
淡,寒川波一作浪自翻。一朝成万古,松柏暗平原。

## 送孙秀才 《纪事》作王缙诗

帝城风日好,况复建平家。玉枕双文簟,金盘五色瓜。山中无鲁酒,松下饭胡麻。莫厌田家苦,归期远复赊。

# 全唐诗卷一二七

## 王　维

### 奉和圣制庆玄元皇帝玉像之作应制

明君梦帝先,宝命上齐天。秦后徒闻乐,周王耻卜年。玉京移大像,金箓会群仙。承露调天供,临空敞御筵。斗回迎寿酒,山近起炉烟。愿奉无为化,斋心学自然。

### 奉和圣制与太子诸王三月三日龙池春禊应制

故事修春禊,新宫展豫游。明君移凤辇,太子出龙楼。赋掩陈王作,杯如洛水流。金人来捧剑,画鹢去一作出回舟。苑树浮宫阙,天池照冕旒。宸章在云表一作汉,垂象满皇州。

### 奉和圣制上巳于望春亭观禊饮应制

长乐青门外,宜春小苑东。楼开万井一作户上,辇过百花中。画鹢移仙妓一作仗,金貂列上公。清歌邀落日,妙一作妍舞向春风。渭水明秦甸,黄山入汉宫。君王来被禊,灞浐亦朝宗。

## 奉和圣制暮春送朝集使归郡应制

万国仰宗周,衣冠拜冕旒。玉乘迎大客,金节送诸侯。祖席倾三省,褰帷向九州。杨花飞上路,槐色荫通沟。来预钧天乐,归分汉主忧。宸章类河一作在云汉,垂象满中一作皇州。《统签》注云:重韵。误。

## 三月三日曲江一有楼字侍宴应制

万乘亲斋祭,千官喜豫游。奉迎从上苑,祓禊向中流。草树连容卫,山河对冕旒。画旗摇浦溆,春服满汀洲。仙箫一作乐龙媒下,神皋凤跸留。从今亿万岁,天宝纪一作绍春秋。

## 奉和圣制重阳节宰臣及群官上寿应制

四海方无事,三秋大有年。百生无此日,万寿愿齐天。芍药和金鼎,茱萸插玳筵。玉堂开右个,天乐动宫悬。御柳疏秋景,城鸦拂曙烟。无穷菊花节,长奉柏梁篇。

## 三月三日勤政楼侍宴应制

彩仗连宵合,琼楼拂曙通。年光三月里,宫殿百花中。不数秦王日,谁将洛水同。酒筵嫌落絮,舞袖怯春风。天保无为德,人欢不战功。仍临九衢宴,更达四门聪。

## 奉和圣制十五夜然灯继以酺宴一有之作二字应制

上路笙歌满,春城漏刻长。游人多昼日,明月让灯光。鱼钥通翔凤,龙舆出建章。九衢陈广乐,百福透一作迈名香。仙伎来金殿,都人绕玉堂。定一作止应偷妙一作艳舞,从此学新妆。奉引迎三事,司仪列一作立万方。愿将天地寿，同以献君王。

## 奉和圣制幸玉真公主山庄因题石壁十韵之作应制

碧落风烟外，瑶台道路赊。如何连帝苑，别自有仙家。此一作匝地回鸾驾，缘谿转翠华。洞中开日月，窗里发云霞。庭养冲天鹤，溪流一作留上汉查。种田生白玉，泥灶化丹砂。谷静泉逾响，山深日易斜。御羹和石髓，香饭进胡麻。大道今无外，长生讵有涯。还瞻九霄上，来往五云车。

## 春日直门下省早朝 时为右补阙

骑省直明光，鸡鸣谒建章。遥闻侍中珮，闇识令君一作公香。玉漏随一作催铜史，天书拜一作问夕郎。旌旗映闾阖，歌吹满昭阳。官舍梅初紫，宫门柳欲黄。愿将迟日意，同与圣恩长。

## 和仆射晋公扈从温汤 时为右补阙

天子幸新丰，旌旗渭水东。寒一作远山天仗外一作里，温谷幔城中。奠玉群仙座，焚一作薰香太乙宫。出游逢牧马，罢猎见一作有非熊。上宰无为化，明时太古同。灵芝三秀紫，陈粟万箱红。王礼一作玉醴尊儒教，天兵小战功。谋犹归哲匠，词赋属文宗。司谏方无阙，陈诗且未工。长吟吉甫颂，朝夕仰清风。

## 和宋中丞夏日游福贤观天长寺寺即陈左相宅所施之作

已相殷王国，空馀尚父谿。钓矶开月殿，筑道出云梯。积水浮香象，深山鸣白鸡。虚空陈一作无伎乐，衣服制虹霓。墨一作黑点三千界,丹飞六一泥。桃源勿遽返,再访恐君迷。

## 和陈监四郎秋雨中思从弟据

裛裛秋风动,凄凄烟雨繁。声连鸡鹊观,色暗凤凰原。细柳疏高
阁,轻槐落洞门。九衢行欲断,万井寂无喧。忽有愁霖唱,更陈多
露言。平原思令弟,康乐谢贤昆。逸兴方三接,衰颜强七奔。相如
今老病,归守茂陵园。

## 上 张 令 公

珥笔趋丹陛,垂珰上玉除。步檐青琐闼,方幰画轮车。市阅千金
字,朝闻一作开五色书。致君光帝典,荐士满公车。伏奏回金驾,横
经重石渠。从兹罢角牴,且一作希复幸储胥。天统知尧后,王章笑
鲁初。匈奴遥俯伏,汉相俨簪裾。贾生非不遇,汲黯自堪疏。学易
思求我,言诗或起予。当从大夫后,何惜隶人馀。

## 赠 焦 道 士

海上游三岛,淮南预八公。坐知千里外,跳向一壶中。缩地朝珠
阙,行天使玉童。饮人聊割酒,送客乍分风。天老能行气,吾师不
养空。《类笺》注云:有误。谢君徒雀跃,无可问鸿濛。

## 赠东岳焦炼师

先生千岁一作载馀,五岳遍曾居。遥识齐侯鼎,新过王母庐。不能
师孔墨,何事问长沮。玉管时来凤,铜盘即钓鱼。竦身空里语,明
目夜中书。自有还丹一作砂术,时论太素初。频蒙露版诏,时降
软轮车。山静泉逾响,松高枝转疏。支颐问樵客,世上复何如。

# 送秘书晁监还日本国 并序

　　舜觐群后，有苗不格。禹会诸侯，防风后至。动干戚之舞，兴斧钺之诛。乃贡九牧之金，始颁五瑞之玉。我开元天地大宝圣文神武应道皇帝，大道之行，先天布化。乾元广运，涵育无垠。若华为东道之标，戴胜为西门之候。岂甘心于筇杖，非征贡于包茅。亦由呼耶来朝，舍于葡萄之馆。卑弥遣使，报以蛟龙之锦。牺牲玉帛，以将厚意。服食器用，不宝远物。百神受职，五老告期。况乎戴发含齿，得不稽颡屈膝。海东国，日本为大。服圣人之训，有君子之风。正朔本乎夏时，衣裳同乎汉制。历岁方达，继旧好于行人；滔天无涯，贡方物于天子。同仪加等，位在王侯之先。掌次改观，不居蛮夷之邸。我无尔诈，尔无我虞。彼以好来，废关弛禁。上敷文教，虚至实归。故人民杂居，往来如市，晁司马结发游圣，负笈辞亲。问礼于老聃，学诗于子夏。鲁借车马，孔丘遂适于宗周；郑献缟衣，季札始通于上国。名成太学，官至客卿。必齐之姜，不归娶于高国；在楚犹晋，亦何独于由余。游宦三年，愿以君羹遗母；不居一国，欲其昼锦还乡。庄舄既显而思归，关羽报恩而终去。于是稽首北阙，裹足东辕。篚命赐之衣，怀敬问之诏。金简玉字，传道经于绝域之人；方鼎彝尊，致分器于异姓之国。琅琊台上，回望龙门；碣石馆前，复然鸟逝。鲸鱼喷浪，则万里倒回；鹢首乘云，则八风却走。扶桑若荠，郁岛如萍。沃白日而簸三山，浮苍天而吞九域。黄雀之风动地，黑蜃之气成云。淼不知其所之，何相思之可寄。嘻！去帝乡之故旧，谒本朝之君臣。咏七子之诗，佩两国之印。恢我王度，谕彼蕃臣。三寸犹在，乐毅辞燕而未老；十年在外，信陵归魏而逾尊。子其行乎，余赠言者。

积水不可极，安知沧海东。九州何处远一作所，万里若乘空。向国唯看日，归帆一作途但信风。鳌身映天黑，鱼一作蜃眼射波红。乡树扶桑外，主人孤岛中。别离方异域，音信若为通。姚合称此诗及《送丘为下第》、《观猎》三首，为诗家射雕手。而以此篇压卷。

## 送祢 一作徐 郎中

东郊春草色,驱马去悠悠。况复乡山外,猿啼湘水流。岛夷传露版,江馆候鸣驹。卉服为诸吏,珠官拜本州。孤莺吟远墅,野杏发山邮。早晚方归奏,南中才 一作绝 忌秋。

## 送李太守赴上洛

商山包楚邓,积翠蔼沉沉。驿路飞泉洒,关门落照深。野花开古戍,行客响空林。板屋春多雨,山城昼欲阴。丹泉通虢略,白羽抵荆岑。若见西山爽,应知黄绮心。

## 送熊九赴任安阳

魏国应刘后,寂寥文雅空。漳河如旧日,之子继清风。阡陌铜台下,间阎金虎中。金虎台在邺镇。送车盈灞上,轻骑出关东。相去千馀里,西园明月同。

## 山 中 示 弟

山林吾丧我,冠带尔成人。莫学嵇康懒,且安原宪贫。山阴多北户,泉水在东邻。缘合妄相有,性空无所亲。安知广成子,不是老夫身。

## 青龙寺昙璧上人兄院集 并序
### 与王昌龄、裴迪、弟缙同作

吾兄大(一作天)开蕴中,明(一作朝)彻物(一作独)外。以定力胜敌,以惠用解严。深居僧坊,傍俯人里。高原陆地,下映芙蓉之池;竹林果园,中秀菩提之树。八极氛(一作气)雾,万汇尘息。太虚寥廓,南山

为之端倪。皇州苍茫,渭水贯于天地。经行之后,跌坐而闲。升堂梵
筵,饵客香饭。不起而游览,不风而清凉。得世界于莲花,寄文章于贝
叶。时江宁大兄持片石,命维序之。诗五韵,座上成。(序云江宁大兄,
即昌龄也。)

高处敞招提,虚空讵有倪。坐看南陌骑,下听秦城鸡。眇眇孤烟
起,芊芊远树齐。青山万井外,落日五陵西。眼界今无染,心空安
可迷。

# 济州过赵叟家宴

虽与人境接,闭门成隐居。道言庄叟事,儒行鲁人馀。深巷斜晖
静,闲门高柳疏。荷锄修药圃,散帙曝农书。上客摇芳翰,中厨馈
野蔬。夫君第高饮,景晏出林间。

# 春过贺遂员外药园

前年槿篱故,新作药栏成。香草为君子,名花是长卿。水穿盘石
透,藤系古松生。画一作书,一作去。畏开厨走,来蒙倒屣迎。蔗浆菰
米饭,蒟酱露葵羹。颇识灌园意,於陵不自轻。

# 过卢四员外宅看饭僧共题七韵

三贤异七贤一作圣,青眼慕青莲。乞饭从香积,裁衣学水田。上人
飞锡杖,檀越施金钱。跌坐檐前日,焚香竹下烟。寒空法云地,秋
色净居天。身逐因缘法,心过次第禅。不须愁日暮,自有一灯然。

# 河南严尹弟见宿弊庐访别人赋十韵

上客能论道,吾生学养蒙。贫交世情外,才子古人中。冠上方簪一
作安豸,车边已画熊。拂衣迎五马,垂手凭双童。花醽一作醴和松

屑,《蜀都赋》觞以醽清,注:酒清谓之醽。茶香透竹丛。薄霜澄夜月,残雪带春风。古壁苍苔黑,寒山远烧红。眼看东候别,心事北川一作山同。为一作若学轻先辈,何能访老翁。欲知今日后,不乐为车公。

## 投道一师兰若宿 一作宿道一上方院

一公栖太白,高顶出风一作云烟。梵流诸壑一作涧遍,花雨一峰偏。迹为无心隐,名因立教传。鸟来远语法,客去更安禅。昼涉松路一作露尽,暮投兰若边。洞房隐深竹,清夜闻遥泉。向是云霞里,今成枕席前。岂唯暂留宿,服事将穷年。

## 游化感寺

翡翠香烟合,琉璃宝地一作殿平。龙宫连栋宇,虎穴傍檐楹。谷静唯松响,山深无鸟声。琼峰当户拆,金涧透林明一作鸣。郭路云端迥,秦川雨外晴。雁王衔果献,鹿女踏花行。抖擞辞贫里,归依宿化城。绕篱生野蕨,空馆发山樱。香饭青菰米,嘉蔬绿笋茎一作紫芋羹。誓陪清梵末,端坐学无生。

## 游悟真寺 一作王缙诗

闻道黄金地,仍开白玉田。掷山移巨石,咒岭出飞泉。猛虎同三径,愁猿学四禅。买香然绿桂,乞火踏一作塌红一作青莲。草色摇霞上,松声泛月边。山河穷百二,世界接一作满三千。梵宇聊凭视一作平览,王城遂渺然。灞陵才出树,渭水欲连天。远县分诸一作朱郭,孤村起白烟。望云思圣主,披雾隐一作忆群贤。薄宦惭尸素,终身拟尚玄。谁知卓庵客,曾和柏梁篇。

# 与苏卢二员外期游方丈寺
# 而苏不至因有是作

共仰头陀行,能忘世谛情。回看双凤阙,相去一牛鸣。法向空林
说,心随宝地平。手巾花氎净,香帔稻畦成。闻道邀同舍,相期宿
化城。安知不来往,翻得似无生。

## 晓 行 巴 峡

际晓投巴峡,馀春忆帝京。晴江一女浣,朝日众鸡一作禽鸣。水国
舟中市,山桥树杪行。登高万井出,眺迥二流明。人作殊方语,莺
为故国声。赖多一作谙山水趣,稍解别离情。

## 清如玉壶冰 一本题上有赋得二字。京兆府试,时年十九。

玉壶何用好,偏许素冰居。一作藏冰玉壶里,冰水类方诸。未共销丹日,
还同照绮疏。抱明中不隐,含净外疑虚。气似庭霜积,光言砌月
馀。晓凌飞鹊镜,宵映聚萤书。若向夫君比,清心尚不如。一作若向
贪夫比,贞心定不如。

## 赋得秋日悬清光

寥廓凉天静,晶明白日秋。圆光含万象,碎影入闲流。迥与青冥
合,遥同江甸浮。昼阴殊众木,斜影下危楼。宋玉登高怨,张衡望
远愁。馀辉如可托,云路岂悠悠。

## 东溪玩月 一作王昌龄诗

月从断山口,遥吐柴门端。万木分空霁,流阴中夜攒。光连虚象
白,气与风露寒。谷静秋泉响,岩深青霭残。清灯入幽梦,破影抱

空峦。恍惚琴窗里,松溪晓思难。

# 田 家

旧谷行将尽,良苗一作田未可希。老年方爱粥,卒岁且无衣。雀乳
青苔井,鸡鸣白板扉。柴车驾羸牸,草屝牧豪一作膏豨。夕一作多雨
红榴拆,新秋绿芋肥。饷田桑下憩,旁舍草中归。住处名愚谷,何
烦问是非。

## 沈十四拾遗新竹生读经处同诸公之作

闲居日清静,修竹自一作复檀栾。嫩节留馀箨,新业出旧阑。细枝
风响乱,疏影月光寒。乐府裁龙笛,渔家伐钓竿。何如道门里,青
翠拂仙坛。

# 杂 诗

朝因折杨柳,相见洛阳隅一作城。楚国无如妾,秦家自有夫。对人
传玉腕一作碗,映烛解罗襦。人见东方骑,皆言夫婿殊。持谢金吾
子,烦君提玉壶。

# 哭 褚 司 马

安识皆心累,浮生定死媒。谁言老龙吉,未免伯牛灾。故有求仙
药,仍馀遁俗杯。山川秋树苦,窗户夜泉哀。尚忆青骡去,宁知白
马来。汉臣修史记,莫蔽褚生才。

## 过沈居士山居哭之

杨朱来此哭,桑扈返于真。独自成千古,依然旧四邻。闲檐喧鸟
鹊,故榻满埃尘。曙月孤莺啭,空山五柳春。野花愁对客,泉水咽

迎人。善卷明时隐,黔娄在日贫。逝川嗟尔命,丘井叹吾身。前后
徒言隔,相悲讵几晨。

## 哭祖六自虚 <small>时年十八</small>

否极尝闻泰,嗟君独不然。悯凶才稚齿,羸疾主<small>一作至</small>中年。馀力
文章秀,生知礼乐全。翰留天帐览,词入帝宫传。国讶终军少,人
知贾谊贤。公卿尽虚左,朋识共推先。不恨依穷辙,终期济巨川。
才雄望羔雁,寿促背貂蝉。福善闻前录,奸良昧上玄。何幸铭鸾
翮,底事碎<small>一作何事与,又作断</small>龙泉。鹏起长沙赋,麟终曲阜编。域
中君道广,海内我情偏。乍失疑犹见,沉思悟绝缘。生前不忍别,
死后向谁宣。为此情难尽,弥令忆更缠。本家清渭曲,归葬旧茔
边。永去长安道,徒闻<small>一作开京兆</small>阡。旌车出郊甸,乡国隐云天。
定作无期别,宁同旧日旋。候门家属苦,行路国人怜。送客哀难<small>一
作终</small>进,征途泥<small>一作哭</small>复前。赠言为挽曲,奠席是离筵。念昔同携
手,风期不暂捐。南山俱隐逸,东洛类神仙。未省音容间,那堪生
死迁。花时金谷饮,月夜竹林眠。满地传都赋,倾朝看药船。群公
咸属目,微物敢齐肩。谬合同人旨,而将玉树连。不期先挂剑,长
恐后施鞭。为善吾无矣,知音子绝焉。琴声纵不没,终亦继<small>一作断</small>
悲弦。

# 全唐诗卷一二八

## 王　维

### 奉和圣－作御制从蓬莱向兴庆阁道
### 中留春雨中春望之作应制

渭水自萦秦塞－作甸曲,黄山旧绕汉宫斜。銮舆迥出千－作仙门柳,
阁道回－作遥看上苑花。云里帝城双凤阙,雨中春树万人家。为乘
阳气行时令,不是宸游玩－作重物华。

### 大同殿柱产玉芝龙池上有庆云神光照
### 殿百官共睹圣恩便赐宴乐敢书即事

欲笑周文歌宴镐,遥轻汉武乐横汾。岂知－作如玉殿生三秀,讵有
铜池出五云。陌上尧樽倾北斗,楼前舜乐动南薰。共欢天意同人
意,万岁千秋奉圣君。

### 敕赐百官樱桃 时为文部郎

芙蓉阙下会千官,紫禁朱樱出上〔兰〕(阑)。才－作总是寝园春荐后,
非关御苑鸟衔残。归鞍竞带青丝笼,中使频倾赤玉盘。饱食不须
愁－作忧内热,大官还有蔗浆寒。

## 敕借岐王九成宫避暑应教

帝子远辞丹凤阙,天书遥借翠微宫。隔窗云雾生衣上,卷幔山泉入镜中。林下水声喧语笑,岩间树色隐房栊。仙家未必能胜此,何事吹笙一作箫向碧空。

## 和贾舍人早朝大明宫之作

绛帻鸡人送一作报晓筹,尚衣方进翠云裘。九天一作重阊阖开宫殿,万国衣冠拜冕旒。日色才临仙掌动,香烟欲傍衮龙浮。朝罢须裁五色诏,佩声归向一作到凤池头。

## 和太常韦主簿五郎温汤寓目之作

汉主离宫接露台,秦川一半夕阳开。青山尽是朱旗绕,碧涧翻从玉殿来。新丰树里行人度,小苑城边猎骑回。闻道甘泉能献赋,悬知独有子云才。

## 苑舍人能书梵字兼达梵音
## 皆曲尽其妙戏为之赠

名儒待诏满公车。才子为郎典石渠。莲花法藏心悬悟,贝叶经文手自书。楚文苑作岁。注云:集作楚,非。词共许胜扬马,梵字何人辨鲁鱼。故旧相望在三事,愿君莫厌承明庐。

## 重酬苑郎中 并序 时为库部员外

顷辄奉赠,忽枉见酬。叙末云:且久不迁,因而嘲及。诗落句云:应同罗汉无名欲,故作冯唐老岁年。亦解嘲之类也。

何幸含香奉至尊,多惭未报主人恩。草木尽一作岂能酬雨露,荣枯安敢问乾坤。仙郎有意怜同舍，丞相无私断扫门。扬子解嘲徒自遣，冯唐已老复何论。咸为李林甫记室。丞相，盖指李也。

## 酬郭给事

洞门高阁霭馀辉，桃李阴阴柳絮飞。禁里疏钟官舍晚，省中啼鸟吏人稀。晨摇玉佩趋金殿，夕奉天书拜琐闱。强欲从君无那老，将因卧病解朝衣。

## 出　塞 题下一有作字，时为御史监察塞上作。

居延城外猎天骄，白草连山野火烧。暮云空碛时驱马，秋日平原好射雕。护羌校尉朝乘障，破虏将军夜渡辽。玉靶角弓珠勒马，汉家将赐霍嫖姚。

## 既蒙宥罪旋复拜官伏感圣恩窃书鄙意兼奉简新除使君等诸公

忽蒙汉诏还冠冕，始觉殷王解网罗。日比皇明犹自暗，天齐圣寿未云多。花迎喜气皆知一作犹能笑，鸟识欢心亦解歌。闻道百城新佩印，还来双阙共鸣珂。

## 送方尊师归嵩山

仙官欲往一作住九龙潭，旄一作毛节朱幡倚石龛。山压天中半天上，洞穿江底出江南。瀑布杉松常带雨，夕阳苍一作彩翠忽成岚。借问迎来双白鹤，已曾衡岳送苏耽。

## 送杨少府贬郴州

明到衡山与洞庭，若为秋月听猿声。愁看北渚三湘远，一作近，一作

客。恶说南风五两轻。青草瘴时过夏口,白头浪里出溢城。长沙
不久留才子,贾谊何须吊屈平。

## 过乘如禅师萧居士嵩丘兰若

无著天亲弟与兄,嵩丘兰若一峰晴。食随鸣磬巢乌下,行踏空林落
叶声。迸水定侵香案湿,雨花应共石床平。深洞长松何所有,俨然
天竺古先生。

## 春日与裴迪过新昌里访吕逸人不遇

桃源一向一作四面,一作面面。绝风尘,柳市南头访隐沦。到门不敢题
凡鸟,看竹何须问主人。城上一作外青山如屋里,东家流水入西邻。
闭户著书多岁月,种松皆老作龙鳞。

## 酌酒与裴迪

酌酒与君君自宽,人情翻覆似波澜。白首相知犹按剑,朱门先达笑
弹冠。草色全经一作轻细雨湿,花枝欲动春风寒。世事浮云何足
问,不如高卧且加餐。

## 辋　川　别　业

不到东山向一年,归来才及种春田。雨中草色绿堪染,水上桃花红
欲一作亦然。优娄比丘经论学,伛偻丈人乡里贤。披衣倒屣且相
见,相欢语笑衡门前。

## 早秋山中一作居作

无才不敢累明时,思向东溪守故篱。岂厌尚平婚嫁早,却嫌陶令去
官迟。草间蛩响临秋急,山里蝉声薄暮悲。寂寞柴门人不到,空林

独与白云期。

## 积雨辋川庄一有上字作 一作秋归辋川庄作

积雨空林烟火迟,蒸藜炊黍饷东菑。漠漠水田飞白鹭,阴阴夏木啭黄鹂。山中习静观朝槿,松下清斋折露葵。野老与人争席罢,海鸥何事一作处更相疑。

## 听 百 舌 鸟

上兰门外草萋萋,未央宫中花里栖。亦有相随过御苑,不知若个向金堤。入春解作千般语,拂曙能先百鸟啼。万户千门应觉晓,建章何必听鸣鸡。

## 息夫人 题下一有怨字。一作息妫怨,时年二十。

《本事〔诗〕》云:宁王宅左,有卖饼者,妻纤白明媚,王一见属意,厚遗其夫。取之,宠惜逾等。岁馀,因问曰:"汝复忆饼师否?"使见之,其妻注视,双泪垂颊,若不胜情。王座客十馀人,皆当时文士,无不凄异。王命赋诗,维诗先成,座客无敢继者。王乃归饼师,以终其志。

莫以今时一作朝宠,难忘一作宁无,一作能忘。旧一作昔日恩。看花满眼一作目泪,不共楚王言。

## 班婕好三首

玉窗萤影度,金殿人声绝。秋夜守罗帏,孤灯耿不灭。

宫殿生秋草,君王恩幸疏。那堪闻凤吹,门外度金舆。此首《河岳英灵集》选,题作《婕好怨》。

怪来妆阁闭,朝下不相迎。总向一作在春园里,花间笑语声。此首《国秀集》选,题作《扶南曲》。

# 辋川集 并序

　　余别业在辋川山谷,其游止有孟城坳、华子冈、文杏馆、斤竹岭、鹿
柴(去声)、木兰柴、茱萸沜(潘上)、宫槐陌、临湖亭、南垞(音茶)、欹湖、
柳浪、栾家濑、金屑泉、白石滩、北垞、竹里馆、辛夷坞、漆园、椒园等。与
裴迪闲暇各赋绝句云。

## 孟 城 坳
新家孟城口,古木馀衰柳。来者复为谁,空悲昔人有。

## 华 子 冈
飞鸟去不穷,连山复秋色。上下华子冈,惆怅情何极。

## 文 杏 馆
文杏裁为梁,香茅结为宇。不知栋里云,去作人间雨。

## 斤 竹 岭
檀栾映空曲,青翠漾涟漪。暗入商山路,樵人不可知。

## 鹿　　柴 柴,士迈切,本作砦,篱落也。
空山不见人,但闻人语响。返景入深林,复照青苔上。

## 木 兰 柴
秋山敛馀照,飞鸟逐前侣。彩翠时分明,夕岚无处所。

## 茱 萸 沜 沜,普半切,义与泮通。
结实红且绿,复如花更开。山中傥留客,置此茱萸一作茱萸杯。

## 宫 槐 陌
仄径荫宫槐,幽阴多绿苔。应门但迎扫,畏有山僧来。

## 临 湖 亭
轻舸迎上一作仙客,悠悠湖上来。当轩对尊酒,四面芙蓉开。

## 南　　垞
轻舟南垞去,北垞淼难即。隔浦望人家,遥遥不相识。

### 欹 湖

吹箫凌极浦，日暮送夫君。湖上一回首一作看，青山卷白云。

### 柳 浪

分行接绮树，倒影入清漪。不学御沟上，春风伤别离。

### 栾 家 濑

飒飒秋雨中，浅浅石溜泻。跳波自相溅，白鹭惊复下。

### 金 屑 泉

日饮金屑泉，少当千馀岁。翠凤翊一作翔文螭，羽节朝玉帝。

### 白 石 滩

清浅白石滩，绿蒲向堪把。家住水东西，浣纱明月下。

### 北 垞

北垞湖水北，杂树映朱阑。逶迤南川水，明灭青林端。

### 竹 里 馆

独坐幽篁里，弹琴复长啸。深林人不知，明月来相照。

### 辛 夷 坞

木末芙蓉花，山中发红萼。涧户寂无人，纷纷开且落。

### 漆 园

古人非傲吏，自阙经世务。偶寄一微官，婆娑数株树。

### 椒 园

桂尊迎帝子，杜若赠佳人。椒浆奠瑶席，欲下云中君一作身。

## 皇甫岳云溪杂题五首

### 鸟 鸣 涧

人闲桂花落，夜静春山空。月出惊山鸟，时鸣春涧中。

### 莲 花 坞

日日采莲去，洲长多暮归。弄篙莫溅水，畏湿红莲衣。

## 鸬 鹚 堰

乍向红莲没,复出清蒲飏。独立何襁褷,衔鱼古查上。

## 上 平 田

朝耕上平田,暮耕上平田。借问问津者,宁知沮溺贤。

## 萍 池

春池深且广,会待轻舟回。靡靡绿萍合,垂杨扫复开。

## 答裴迪辋口遇雨忆终南山之作

淼淼寒流广,苍苍秋雨晦。君问终南山,心知白云外。

## 山中寄诸弟妹 一本无妹字

山中多法侣,禅诵自为群。城郭遥相望,唯应见白云。

## 闻裴秀才迪吟诗因戏赠

猿吟一何苦,愁朝复悲夕。莫作巫峡声,肠断秋江客。

## 赠韦穆十八

与君青眼客,共有白云心。不向东山去,日一作自令春草深。

## 送 别 一作山中送别,一作送友。

山中相送罢,日暮掩柴扉。春草明年一作年年绿,王孙归不归。

## 临高台送黎拾遗

相送临高台,川原杳何极。日暮飞鸟还,行人去不息。

## 别辋川别业

依迟动车马,惆怅出松萝。忍别青山去,其如绿水何。

## 崔九弟欲往南山马上口号

## 与别 一无马上口号与别六字

城隅一分手,几日还相见。山中有桂花,莫待花如霰。

## 题友人云母障子 时年十五

君家云母障,时一作持向野庭开。自有山泉入,非因一作关采画来。

## 红 牡 丹

绿艳闲且静,红衣浅复深。花心愁欲断,春色岂知心。

## 左掖梨花 一作海棠。与丘为、皇甫冉同作。

闲洒阶边草,轻随箔外风。黄莺弄不足,衔入未央宫。

## 菩提寺禁口号又示裴迪

安得舍罗一作尘网,拂衣辞世喧。悠然策藜杖,归向桃花源。

## 杂 诗 三 首

家住孟津河,门对孟津口。常有江南船,寄书家中否。
君自故乡来,应知故乡事。来日绮窗前,寒梅著花未。
已见寒梅发,复闻啼鸟声。心心视春草,畏向阶前生。

## 崔兴宗写真咏 题上一有与字

画君年少时,如今君已老。今时新识人,知君旧时好。

# 山 茱 萸

朱实山下开,清香寒更发。幸与<sub>一作有</sub>丛桂花,窗前向秋月。

# 相　思

红豆生南国,秋来发故<sub>一作几</sub>枝。愿<sub>一作赠</sub>君多采撷<sub>一作劝君休采撷</sub>,此物最相思。

# 书　事 <sub>出天厨禁脔</sub>

轻阴阁小雨,深院昼慵开。坐看苍苔色,欲上人衣来。

## 哭孟浩然 <sub>时为殿中侍御史,知南选,至襄阳有作。</sub>

故人不可见,汉水日东流。借问襄阳老,江山空蔡州。<sub>岘山东南一里,有蔡州,蔡瑁居之。故云。</sub>

# 阙 题 二 首

荆溪白石出,天寒红叶稀。山路元无雨,空翠湿人衣。

相看不忍发,惨淡暮潮平。语罢更携手,月明洲渚生。<sub>集中《太平乐》、《从军辞》、《塞上》、《陇上》、《游春》、《送春》,及《闺人》、《赠远》等绝句,本三舍人集内王涯、张仲素诗。今从洪迈《万首绝句》删正。</sub>

# 田园乐七首 <sub>一作辋川六言</sub>

厌见<sub>一作出入</sub>千门万户,经过北里南邻。官府<sub>一作蹀躞</sub>鸣珂有底,崆峒散发何人。

再见封侯万户,立谈赐璧一双。讵胜耦耕南亩,何如高卧东窗。

采菱渡头风急<sub>一作起</sub>,策杖林西日斜。杏树坛边渔父,桃花源里人家。

萋萋春草秋绿一作碧,落落长松夏寒。牛羊自归村巷,童稚不识衣冠。

山下孤烟远村,天边独树高原。一瓢颜回陋巷,五柳先生对门。

桃红复含宿雨,柳绿更带朝烟。花落家童未扫,莺一作鸟啼山客犹眠。此首一作皇甫曾诗。

酌酒会临泉水,抱琴好倚长松。南园露葵朝折,东谷一作西舍黄粱夜舂。

## 少年行四首

新丰美酒斗十千,咸阳游侠多少年。相逢意气为君饮,系马高楼垂柳边。

出身仕汉羽林郎,初随骠骑战渔阳。孰知不向边庭苦一作死,纵死犹闻侠骨香。

一身能擘一作臂两雕弧,虏骑千重一作群只似无。偏坐金鞍调白羽,纷纷射杀五单于。

汉家君臣欢宴终,高议云台论战功。天子临轩赐侯印,将军佩出明光宫。

## 赠裴旻将军

腰间宝剑七星文,臂上雕弓百战勋。见说云中擒黠虏,始知天上有将军。

## 九月九日忆山东兄弟 时年十七

独在异乡为异客,每逢佳节倍思亲。遥知兄弟登高处,遍插茱萸少一人。

## 送王尊师归蜀中拜扫 一无拜扫二字

大罗天上神仙客,濯锦江头花柳春。不为碧鸡称使者,唯令白鹤报
乡人。

## 渭城曲 一作送元二使安西

《渭城》一曰《阳关》,王维之所作也。本送人使安西诗,后遂被于
歌。刘禹锡《与歌者诗》云:"旧人唯有何戡在,更与殷勤唱渭城。"白居
易《对酒诗》云:"相逢且莫推辞醉,听唱阳关第四声。"即"劝君更尽一杯
酒,西出阳关无故人"也。渭城、阳关之名,盖因辞云。

渭城朝雨浥轻尘,客舍青青一作依依杨柳春一作柳色新。劝君更尽一
杯酒,西出阳关无故人。

## 齐州送祖二 一作送别

送君南浦泪如丝,君向东州一作周使我悲。为报故人憔悴尽,如今
不似洛阳时。

## 送 韦 评 事

欲逐将军取右贤,沙场走马向居延。遥知汉使萧关外,愁见孤城落
日边。

## 灵云池送从弟

金杯缓酌清歌转,画舸轻移艳舞回。自叹鹡鸰临水别,不同鸿雁向
池来。

## 送沈子归江东 一作送沈子福之

杨柳渡头行客稀,罟师荡桨向临圻。唯有相思似春色,江南江北送

君一作春归。

## 与卢员外象过崔处士兴宗林亭

绿树重一作垂阴盖四邻,青苔日厚自无尘。科头箕踞长松一作林下,白眼看他世上一作君是甚人。

## 寒食汜上作 一作途中口号

广武城边逢暮春,汶阳归客泪沾巾。落花寂寂啼山鸟,杨柳青青渡水人。

## 戏题辋川别业

柳条拂地不须折,松树披云从更长。藤花欲暗藏猱子,柏叶初齐养麝香。

## 戏 题 盘 石

可怜盘石临一作邻泉水,复有垂杨拂一作梢酒杯。若道春风不解意,何因一作因何吹送落花来。

## 寄河上段十六

与君相见即相亲,闻道君家在孟津。为见行舟试借问,客中时有洛阳人。

## 菩提寺禁裴迪来相看说逆贼等
## 凝碧池上作音乐供奉人等举声
## 便一时泪下私成口号诵示裴迪

万户伤心生野烟,百僚何日更朝天。秋槐叶落空宫里,凝碧池头奏管弦。

## 凉州赛神 时为节度判官,在凉州作。

凉州城外少行人,百尺峰头望虏尘。健儿击鼓吹羌笛,共赛城东越骑神。

## 戏 嘲 史 寰

清风细雨湿梅花,骤马先过碧玉家。正值楚王宫里至,门前初下七香车。

## 叹 白 发

宿昔朱颜成暮齿,须臾白发变垂髫。一生几许伤心事,不向空门何处销。

## 伊 州 歌

清风明月苦相思,荡子从戎十载馀。征人去日殷勤嘱,归雁来时数附书。

## 送殷四葬 一作哭殷遥

送君返葬石楼山,松柏苍苍宾驭还。埋骨白云长已矣,空馀流水向人间。

## 疑 梦 事文类聚

莫惊宠辱空忧喜,莫计恩雠浪苦辛。黄帝孔丘何处问,安知不是梦中身。旧有《献寿》、《游春》、《从军》、《平戎》、《秋思》、《秋夜》、《春思》、《赠远》十五篇,本王涯、张仲素诗,今删去。

# 句

人家在仙掌，云气欲生衣。 见《董逌画跋》、《杨慎诗话补遗》

# 全唐诗卷一二九

## 王　缙

　　王缙,字夏卿。与兄维早以文翰著称,连应草泽及文辞清丽科。累授侍御史,武部员外。禄山乱,选为太原少尹,与李光弼同守太原。有谋略,加宪部侍郎。广德二年,拜黄门侍郎同平章事,寻持节行营,历诸镇。大历中召还,拜门下侍郎,复知政事,以附元载,连贬刺史。后除太子宾客,〔分〕(留)司东都。诗八首。

### 古　离　别

下阶欲离别,相对映兰丛。含辞未及吐,泪落兰丛中。高堂静秋日,罗衣飘暮风。谁能待明月,回首见床空。

### 青　雀　歌

林间青雀儿,来往翩翩绕一枝。莫言不解衔环报,但问君恩今若为。

### 同王昌龄裴迪游青龙寺<br>昙壁上人兄院集和兄维

林中空寂舍,阶下终南山。高卧一床上一作地,回看六合间。浮云几处灭,飞鸟何时还。问义天人接,无心世界闲。谁知大隐者一作客,兄弟自追攀。

## 别辋川别业

山月晓仍在,林风凉不绝。殷勤如有情,惆怅令人别。

## 与卢员外象过崔处士兴宗林亭

身名不问十年馀,老大谁能更读书。林中独酌邻家酒,门外时闻长者车。

## 九 日 作

莫将边地比京都,八月严霜草已枯。今日登高樽酒里,不知能有菊花无。

## 送孙秀才 以下二首,一作王维诗。

帝城风日好,况复建平家。玉枕双纹簟,金盘五色瓜。山中无鲁酒,松一作山下饭胡麻。莫厌田家苦,归期远复赊。

## 游 悟 真 寺

闻道黄金地,仍开白玉田。掷山移巨石,咒岭出飞泉。猛虎同三径,愁猿学四禅。买香然绿桂,乞火蹈红一作青莲。草色摇霞上,松声泛月边。山河穷百二,世界接一作满三千。梵宇聊凭视一作览,王城遂渺然。灞陵才出树,渭水欲连天。远县分朱郭,孤村起白烟。望云思圣主,披雾忆群贤。薄宦惭尸素一作禄,终身拟尚玄。谁知草庵客,曾和柏梁篇。

# 裴　迪

　　裴迪,关中人。初与王维、崔兴宗居终南,同倡和。天宝后,为蜀州刺史,与杜甫、李颀友善。尝为尚书省郎。诗二十九首。

## 青龙寺昙壁上人院集

灵境信为绝,法堂出尘氛。自然成高致,向下看浮云。迤逦峰岫列,参差间井分。林端远堞见,风末疏钟闻。吾师久禅寂,在世超人群。

## 青　雀　歌

动息自适性,不曾妄与燕雀群。幸忝鹓鸾早相识,何时提携致青云。

## 游感化寺昙兴上人山院

不远灞陵边,安居向十年。入门穿竹径,留客听山泉。鸟啭深林里,心闲落照前。浮名竟何益,从此愿栖禅。

## 夏日过青龙寺谒操禅师

安禅一室内,左右竹亭幽。有法知不染,无言谁敢酬。鸟飞争向夕,蝉噪已先秋。烦暑自兹适一作退,清凉何所求。

## 春日与王右丞过新昌里访吕逸人不遇

恨不逢君出荷蓑,青松白屋更无他。陶令五男曾不有,蒋生三径枉

一作任相过。芙蓉曲沼春流满, 薜荔成帷晚霭多。闻说桃源好迷
客, 不如高卧眄庭柯。

# 辋川集二十首

## 孟 城 坳
结庐古城下, 时登古城上。古城非畴昔, 今人自来往。

## 华 子 冈
落日松风起, 还家草露晞。云光侵履迹, 山翠拂人衣。

## 文 杏 馆
迢迢文杏馆, 跻攀日已屡。南岭与北湖, 前看复回顾。

## 斤 竹 岭
明流纡且直, 绿筱密复深。一径通山路, 行歌望旧岑。

## 鹿 柴
日夕见寒山, 便为独往客。不知深林事, 但有麏麚迹。

## 木 兰 柴
苍苍落日时, 鸟声乱溪水。缘溪路转深, 幽兴何时已。

## 茱 萸 沜
飘香乱椒桂, 布叶间檀栾。云日虽回照, 森沉犹自寒。

## 宫 槐 陌
门前宫槐陌, 是向欹湖道。秋来山雨多, 落叶无人扫。

## 临 湖 亭
当轩弥滉漾, 孤月正裴回。谷口猿声发, 风传入户来。

## 南 垞
孤舟信一泊, 南垞湖水岸。落日下崦嵫, 清波殊淼漫。

## 欹 湖
空阔湖水广, 青荧天色同。舣舟一长啸, 四面来清风。

## 柳　浪

映池同一色,逐吹散如丝。结阴既得地,何谢陶家时。

## 栾　家　濑

濑声喧极浦,沿涉向南津。泛泛鸥凫渡,时时欲近人。

## 金　屑　泉

萦淳澹不流,金碧如可拾。迎晨含素华,独往事朝汲。

## 白　石　滩

跂石复临水,弄波情未极。日下川上寒,浮云澹无色一作凝碧。

## 北　垞

南山北垞下,结宇临欹湖。每欲采樵去,扁舟出菰蒲。

## 竹　里　馆

来过竹里馆,日与道相亲。出入唯山鸟,幽深无世人。

## 辛　夷　坞

绿堤春草合,王孙自留玩。况有辛夷花,色与芙蓉乱。

## 漆　园

好闲早成性,果此谐宿诺。今日漆园游,还同庄叟乐。

## 椒　园

丹刺胃人衣,芳香留过客。幸堪调鼎用,愿君垂采摘。

# 辋口遇雨忆终南山因献王维

积雨晦空曲,平沙灭浮彩。辋水去悠悠,南山复何在。

# 崔九欲往南山马上口号与别 一作留别王维

归山深浅去,须尽丘壑美。莫学武陵人,暂游桃源里。

## 与卢员外象过崔处士兴宗

### 林亭 一本无与卢员外象五字

乔柯门里自成阴,散发窗中曾不簪。逍遥且喜从吾事,荣宠从来非我心。

## 西塔寺陆羽茶泉

《统签》云:此诗杨慎以为见之石刻。然羽自在大历后,则非迪诗矣。

竟陵西塔寺,踪迹尚空虚。不独支公住,曾经陆羽居。草堂荒产蛤,茶井冷生鱼。一汲清泠水一作饮,高风味有馀。

# 崔兴宗

崔兴宗,与王维、裴迪俱居终南,后官右补阙,诗五首。

## 同王右丞送瑗公南归

行苦神亦秀,泠然黯上松。铜瓶与竹杖,来自祝融峰。常愿入灵岳,藏经访遗踪。南归见长老,且为说心胸。

## 青雀歌

青扈绕青林,翩翾陋体一微禽。不应常在藩篱下,他日凌云谁见心。

## 和王维敕赐百官樱桃

未央朝谒正逶迤,天上樱桃锡此时。朱实初传九华殿,繁花旧杂万

年枝。未一作全胜晏子江南橘,莫比潘家大谷梨。闻道令人好颜
色,神农本草自应知。

## 留别王维

驻马欲分襟,清寒御沟上。前山景气佳,独往还惆怅。

## 酬王维卢象见过林亭

穷巷空一作深林常闭关,悠然一作悠独卧对前山。今朝忽枉嵇生驾,
倒屣开门遥解颜。

# 苑　咸

　　苑咸,成都人。举进士登第,为李林甫书记。开元末上
书,拜司经校书、中书舍人。尝为孙逖草除庶子诏,议者以为
知言。王维尝谓舍人能书梵字,兼达梵音,曲尽其妙。诗二
首。

## 送大理正摄御史判凉州别驾

天子念西一作边疆,咨君去不遑。垂银棘庭印,持斧柏台纲。雪下
天山白,泉枯塞草黄。伫闻河陇外,还继海沂康。

## 酬王维 并序

　　王员外兄以予尝学天竺书,有戏题见赠。然王兄当代诗匠,又精禅
理,枉采知音,形于雅作,辄走笔以酬焉。且久未迁,因而嘲及。
莲花梵字本从天,华省仙郎早悟禅。三点成伊犹有想,一观如幻自
忘筌。为文已变当时体,入用还推间气贤。应同一作知罗汉无名

欲，故作冯唐老岁年。<small>佛书伊字，如草书下字。《涅盘经》，何等名为秘密藏，如伊字三点，别则不成。</small>

# 丘 为

丘为，苏州嘉兴人。事继母孝，常有灵芝生堂下。累官太子右庶子。致仕，给俸禄之半以终身。年八十馀，母尚无恙。及居忧，观察使韩滉以致仕官给禄，所以惠养老臣，不可在丧而异，惟罢春秋羊酒。卒年九十六。与刘长卿善，其赴上都也，长卿有诗送之，亦与王维为友。诗十三首。

## 寻西山隐者不遇 <small>一作山行寻隐者不遇</small>

绝顶一茅茨，直〔上〕(下)三十里。扣关无僮仆，窥室唯案几。若非巾柴车，应是钓秋水。差池不相见，黾勉空仰止。草色新雨中，松声晚窗里。及兹契幽绝，自足荡心耳。<small>一本无此二句。</small>虽无宾主意，颇得清净理。兴尽方下山，何必待之<small>一作夫子。</small>

## 题农父庐舍

东风何时<small>一作处</small>至，已绿湖上山。湖上春已<small>一作既</small>早，田家日不闲。沟塍<small>一作塍</small>流水处，耒耜平芜间。薄暮饭牛罢，归来还闭关。

## 泛 若 耶 溪

结庐若耶里，左右若耶水。无日不钓鱼，有时向城市。溪中水流急，渡口水流宽。每得樵风便，往来殊不难。一川草长绿，四时那得辨。短褐衣妻儿，馀粮及鸡犬。日暮鸟雀稀，稚子呼牛归。住处无邻里，柴门独掩扉。

# 湖中寄王侍御

日日湖水上,好登湖上楼。终年不向郭,过午始梳头。尝自爱杯酒,得无相献酬。小僮能脍鲤,少妾事莲舟。每有南浦信,仍期后月游。方春转摇荡,孤兴一作屿时一作每淹留。骢马真傲吏,倏然无所求。晨趋玉阶下,心许沧江流。少别如昨日,何言经数秋。应知方外事,独往非悠悠。

# 登　润　州　城

天末江城晚,登临客望迷。春潮平岛屿,残雨隔虹蜺。鸟与孤帆远,烟和独树低。乡山何处是,目断广陵西。

# 寻庐山崔征君

日高鸡犬静,门掩向寒塘。夜竹深茅宇,秋亭冷石床。住山年已远,服药寿偏长。虚弃浮生者,相逢益自伤。

# 留别王维 一作王维留别丘为诗

归鞍白云外,缭绕出前山。今日又明日,自知心不闲。亲劳簪组送,欲趁莺花还。一步一回首,迟迟向近关。

# 竹　下　残　雪

一点消未尽,孤月在竹阴。晴光夜转莹,寒气晓仍深。还对读书牖,且关乘兴心。已能依此地,终不傍瑶琴。

# 送阎校书之越

南入剡中路,草云应转微。湖边好花照,山口细泉飞。此地饶古迹,世人多忘归。经年松雪在,永日世情稀。芸阁应相望,芳时不可违。

## 省试夏日可畏 一作张籍诗

赫赫温风扇,炎炎夏日徂。火威驰迥野,畏景烁遥途。势矫翔阳翰,功分造化炉。禁城千品烛,黄道一轮孤。落照频空簟,馀晖卷夕梧。如何倦游子,中路独踟蹰。

## 左掖梨花 同王维、皇甫冉赋

冷艳全欺雪,馀香乍入衣。春风且莫定,吹向玉阶飞。

## 渡汉江 一作戴叔伦诗,题作江行。

漾舟汉江上,挂席候风生。临泛何容与,爱此江水清。芦洲隐遥嶂,露日映孤城。自顾疏野性,难忘鸥鸟情。聊复与时顾,暂欲解尘缨。跋涉一作驱驰非吾愿,虚怀浩已盈。

## 冬至下寄舍弟时应赴入京 杂言

去去知未远,依依甚初别。他乡至下心,昨夜阶前雪。终日读书仍少孤,家贫兄弟未当途。适远才过宿春料,相随惟一平头奴。男儿出门事四海,立身世业文章在。莫漫忆柴扉,驷马高车朝紫微。江南驿使不曾断,迎前为尔非春衣。

# 赵 骅 一作晔

赵骅,字云卿,邓州穰人。开元中,举进士,连擢科第,官至秘书少监。诗一首。

## 送晁补阙归日本国

西掖承休浣，东隅返故林。来称郯子学，归是越人吟。马上秋郊远，舟中曙海阴。知君怀魏阙，万里独摇心。

# 全唐诗卷一三〇

## 崔　颢

崔颢,汴州人。开元十一年,登进士第。有俊才,累官司勋员外郎。天宝十三年卒。诗一卷。

### 古游侠呈军中诸将 一作游侠篇

少年负一作有胆气,好勇复知机。仗剑出门去,孤城逢合围。杀人辽水上,走马渔阳归。错落金锁甲,蒙茸貂鼠衣。还家行且一作且行猎一作射,弓矢速如飞。地迥鹰犬疾,草深狐兔肥。腰间带两绶一作腰带垂两鞬,转盼生光辉。顾谓今日战,何如随建威。

### 赠　轻　车

悠悠远行归,经春一作春日涉长道。幽冀桑始青,洛阳蚕欲老。忆昨戎马地,别时心草草。烽火从北来,边城闭常早。平生少相遇,未得展怀抱。今日杯酒间,见君交情好。

### 赠王威古 一作等

三十羽林将,出身常事边。春风吹浅草,猎骑何翩翩。插羽两相顾,鸣弓新一作亲上弦。射麋入深谷,饮马投荒一作向寒泉。马上共倾酒,野中聊割鲜。相看未及饮一作醉,杂虏寇一作入幽燕。烽火去一作知不息，胡尘一作山高际天。长驱救东北，战解城亦全一作转战解城全。报国行赴难，古来皆共然。

## 赠怀一上人

法师东南秀，世实豪家子。削发十二年，诵经峨眉里。自此照群蒙，卓然为道雄。观生尽入一作归妄，悟有皆成空。净体一作洗意无众染，苦心归妙宗。一朝敕书至，召入承明宫。说法金殿里，焚香清禁中。传灯遍都邑，杖锡游王公。天子揖妙道，群僚趋下风。我法本无著，时来出林壑。因心得化城一作域，一作成，随病皆与药。上启黄屋心，下除苍生缚。一从入君门，说法无朝昏。帝作转轮王，师为持戒尊。轩风洒甘露，佛雨生慈根。但有灭度理，而生一作无开济恩。复闻江海曲，好杀成风俗。帝曰我上人，为除膻腥欲。是日发西秦，东南至蕲春。风将衡桂接，地与吴楚邻。旧少清信士，实多渔猎人。一闻吾师至，舍网江湖滨。作礼忏前恶，洁诚期后因。因成日既久，事济身不守。更出淮楚间，复来荆河口。荆河马卿岑，兹地近道林。入讲鸟常狎，坐禅兽不侵。都非缘未尽，曾是教所任。故我一来事，永承微一作徽妙音。竹房见衣钵，松宇清身心。早悔业至浅，晚成计可寻。善哉远公义，清净如黄金。

## 游天竺寺

晨登天竺山，山殿朝阳晓。厓一作涧泉争喷薄，江岫相萦绕。直上孤顶高，平看众峰小。南州十二月，地暖冰雪少。青翠满寒山，藤萝覆冬沼。花龛瀑布侧，青壁石林杪。鸣钟集人天，施饭聚猿鸟。洗意归清净，澄心悟空了。始知世上人，万物一何扰。

# 入 若 耶 溪

轻舟去何疾,已到云林境。起坐鱼鸟间,动摇山水影。岩中响自
答,溪里言弥静。事事令人幽,停桡向馀景。

# 杂 诗

可怜青铜镜,挂在白玉堂。玉堂有美女,娇弄明月光。罗袖拂金
鹊,彩屏点红妆。妆罢含情坐,春风桃李香。

# 结定襄郡狱效陶体

我在河东时,使往定襄里。定襄诸小儿,争讼纷城市。长老莫敢
言,太守不能理。谤书盈几案,文墨相填委。牵引肆中翁,追呼田
家子。我来折此狱,五听辨疑似。小大必以情,未尝施鞭箠。是时
三月暮,遍野农桑起。里巷鸣春鸠,田园引流水。此乡多杂俗,戎
夏殊音旨。顾问边塞人,劳情曷云已。

# 长 安 道 一作霍将军

长安甲第高入云,谁家居住霍将军。日晚朝回拥宾从,路傍揖拜何
纷纷。莫言炙手手可热,须臾火尽灰亦灭。莫言贫贱即可欺,人生
富贵自有时。 朝天子赐颜色,世上一作事悠悠应一作君始一作自知。

# 行 路 难

君不见建章宫中金明枝,万万长条拂地垂。二月三月花如霰,九重
幽深君不见。艳彩朝含四宝宫,香一作春风旦一作吹入朝云殿。汉
家宫女春未阑,爱此芳香朝暮看。看来看去一作来看去看心不忘,攀
折将安镜台上。双双素手剪不成,两两红妆笑相向。建章昨夜起

春风，一花飞落长信宫。长信丽人见花泣，忆此珍树何嗟及。我昔初在昭阳时，朝攀－作折暮折登玉墀。只言岁岁长相对，不悟今朝遥相思。

## 孟 门 行

黄雀衔黄－作蘩花，翩翩傍檐隙。本拟－作欲报君恩，如何反弹射。金罍美酒满座春，平原爱才多众宾。满堂尽是忠义士，何意得有谗谀人。谀言－作人反覆那可道，能令君心不自保。北园新栽桃李枝，根株未固何转移。成阴结实－作子君自取，若－作借问傍人那得知。

## 渭城少年行

洛阳三月梨花飞，秦地行人春忆归。扬鞭走马城南陌，朝逢驿使秦川客。驿使前日发章台，传道长安春早来。棠梨宫中燕初至，葡萄馆里花正开。念此使人归更早，三月便达－作更踏长安道。长安道上春可怜，摇风荡日曲江边。万户楼台临渭水，五陵花柳满秦川。秦川寒食盛繁华，游子春来不－作喜见家－作花。斗鸡下杜－作社尘－作春初合，走马章台日半斜。章台帝城称贵里，青楼日晚歌钟起。贵里豪家白马骄，五陵年少不相饶。双双挟弹来金市，两两鸣鞭上渭桥。渭城桥－作垆头酒新熟，金鞍白马谁家宿。可怜锦瑟筝－作与琵琶，玉壶清－作新酒就倡家。小妇春来不解羞，娇歌一曲杨柳花。

## 卢 姬 篇

卢姬少小魏王家，绿鬓红唇桃李花。魏王绮楼十二重，水晶帘箔绣芙蓉。白玉栏干金作柱，楼上朝朝学歌舞。前堂后堂罗袖人，南窗北窗一作牖花发春。翠幌珠帘斗丝管，一弹一奏云欲断。君王日晚下朝归，鸣环佩玉一作金环玉佩生光辉。人生今日得娇一作骄贵，谁道卢姬身细微。

# 江畔老人愁

江南年少十八九，乘舟欲渡青溪口。青溪口一作忽逢江边一老翁，鬓眉皓白已衰朽。自言家代仕梁陈，垂朱拖紫三十人。两朝出将复入相，五世叠鼓乘朱轮。父兄三叶皆尚主，子女四代为妃嫔。南山赐田接御苑，北宫甲第连紫宸。直言荣华未休歇，不觉山崩海将竭。兵戈乱入建康城，烟火连烧未央阙。衣冠士子陷锋刃，良将名臣尽埋没。山川改易失市朝，衢路纵横填白骨。老人此时尚少年，脱身走得投海边。罢兵岁馀未敢出，去乡三载方来旋。蓬蒿忘却五城宅，草木不识青谿田。虽然得归到乡土，零丁贫贱长辛苦。采樵屡入历阳山，刈稻常过新林浦。少年欲知老人岁，岂知今年一百五。君今少壮我已衰，我昔少年君不睹。人生贵贱各有时，莫见赢老相轻欺。感君相问为君说，说罢不觉令人悲。

# 邯郸宫人怨

邯郸陌上三月春，暮行逢见一妇人。自言乡里本燕赵，少小随家西入秦。母兄怜爱无侪侣，五岁名为阿娇女。七岁丰茸好颜色，八岁黠惠能言语。十三兄弟教诗书，十五青楼学歌舞。我家青楼临道傍，纱窗绮幔暗闻香。日暮笙歌君驻马，春日妆梳妾断肠。不用城南使君婿，本求三十侍中郎。何知汉帝好容色，玉辇携登归建章。建章宫殿不知数，万户千门深且长。百堵涂椒接青琐，九华阁道连洞房。水晶帘箔云母扇，琉璃窗牖玳瑁床。岁岁年年奉欢宴，娇贵荣华谁不羡。恩情莫比陈皇后，宠爱全胜赵飞燕。瑶房侍寝世莫知,金屋更衣人不见。谁言一朝复一日,君王弃世市朝变。宫车出葬茂陵田,贱妾独留长信殿。一朝太子升至尊,宫中人事如掌翻。同时侍女见谗毁,后来新人莫敢言。兄弟印绶皆被夺,昔年赏赐不复存。一旦放归旧乡里,乘车垂泪还入门。父母愍我曾富贵,嫁与西舍金王孙。念此翻覆复何道,百年盛衰谁能保。忆昨尚如春日花,悲今已作秋时草。少年去去莫停鞭,人生万事由上天。非我今日独如此,古今歇薄皆共然。

# 川 上 女

川上女,晚妆鲜,日落青渚试轻楫。汀长花满正回船,暮来浪起风转紧。自言此去横塘近,绿江无伴夜独行,独行心绪愁无尽。

## 雁门胡人歌

高山代郡东接燕,雁门胡人家近边。解放胡鹰逐塞鸟,能将代马猎秋田。山头野火寒多烧,雨一作雾里孤峰湿作烟。闻道辽一作关西无斗战,时时醉向酒家眠。

## 代闺人答轻薄少年

妾家近隔凤凰池,粉壁纱窗杨柳垂。本期汉代金吾婿,误嫁长安游侠儿。儿家夫婿多轻薄,借客探丸重然诺。平明挟弹入新丰,日晚挥鞭出长乐。青丝白马冶游园一作盘,能使行人驻马看。自矜陌上繁华盛,不念闺中花鸟阑。花间陌上春将晚,走马斗鸡犹未返。三时出望无消息,一去那知行近远。桃李花开覆井栏,朱楼落日卷帘看。愁来欲奏相思曲,抱得秦筝不忍弹。

## 七 夕

长安城中月如练，家家此夜持针线。仙裙玉佩空自知，天上人间不相见。长信深阴夜转幽，瑶阶金阁数萤流。班姬此夕愁无限，河汉三更看斗牛。

## 长 门 怨

君王宠初歇，弃妾长门宫。紫殿青苔满，高楼明月空。夜愁生枕席，春意罢帘栊。泣尽无人问，容华落镜中。

## 王家少妇 一作古意

十五嫁王昌，盈盈入一作出画堂。自矜一作怜年最少一作正小，复倚婿为郎。舞爱前溪绿，歌怜子夜长。闲来斗百草，度日不成一作能妆。

## 岐王席观妓 一作卢女曲

二月春来半，宫中一作王家日渐一作正长。柳垂金屋暖，花发一作覆玉楼香。拂匣先临镜，调笙更炙簧。还将歌舞态一作卢女曲，只拟一作夜夜奉君王。

## 上 巳

巳日帝城春，倾都禊祓晨。停车须傍水，奏乐要惊尘。弱柳障行骑，浮桥拥看人。犹言日尚早，更向九龙津一作神。

## 赠梁州张都督

闻君为汉将，虏骑罢一作不南侵。出塞一作碛清沙漠，还家拜羽林。风霜臣节苦，岁月主恩深。为语西河使，知余一作君报国心。

## 赠—作寄卢八象

客从巴水渡,传尔溯行舟。是日风波霁,高堂雨半收。青山满蜀道,绿水向荆州。不作书相问,谁能慰别愁。

## 题 潼 关 楼

客行逢雨霁,歇马上津楼。山势雄三辅,关门扼九州。川从陕路去,河绕华阴流。向晚登临处,风烟万里愁。

## 题沈隐侯八咏楼

梁日东阳守,为楼望越中。绿窗明月在,青史古人空。江静闻山狖,川长数塞鸿。登临白云晚,流—作留恨此遗风。

## 晚 入 汴 水

昨晚南行楚,今朝北溯河。客愁能几日,乡路渐无多。晴景摇津树,春风起棹歌。长淮亦—作—已尽,宁复畏潮波。

## 发 锦 沙 村

北上途未半,南行岁已阑。孤舟下建德,江水入新安。海近山常雨,谿深地早寒。行行泊不可,须及子陵滩。

## 送单于裴都护赴西河

征马去—作出翩翩,城秋月正圆。单于莫近塞,都护欲临边。汉驿通烟火,胡沙乏井泉。功成须献捷,未必去经年。

# 黄 鹤 楼

昔人已乘白云一云作黄鹤去,此一作兹地空馀一作留黄鹤楼。黄鹤一去
不复返,白云千载空悠悠。晴川历历汉阳树一作戍,春一作芳草萋萋
一作青青鹦鹉洲。日暮乡关何处是一作在,烟波江上使人愁。

# 行经华阴 一作山

岧峣太华俯咸京,天外三峰削不成。武帝祠前云欲散,仙人掌上雨
初晴。河山北枕秦关险,驿树西连汉畤平。借问路傍名利客,无如
此处学长生。

# 相 逢 行

妾年初二八,家住洛桥头。玉户临驰道,朱门近御沟。使君何假
问,夫婿大长秋。女弟新承宠,诸兄近拜侯。春生百子殿,花发五
城楼。出入千门里,年年乐未休。

# 辽西作 一作关西行

燕郊芳岁晚,残雪冻边城。四月青草合,辽阳春水生。胡人正牧
马,汉将日征兵。露重宝刀湿,沙虚金鼓鸣。寒衣著已尽,春服与
谁 作谁与成。寄语洛阳使,为传边塞一作戍情。

# 奉和许给事夜直简诸公

西掖黄枢近,东曹紫禁连。地因才子拜,人用省郎迁。夜直千门
静,河明万象悬。建章宵漏急,阊阖晓钟传。宠列貂蝉位,恩深侍
从年。九重初起草,五夜即成篇。顾己无官次,循涯但自怜。远陪
兰署作,空此仰神仙。

# 舟 行 入 剡

鸣棹下东阳,回舟入剡乡。青山行不尽,绿水去何长。地气秋仍湿,江风晚渐凉。山梅犹作雨,谿橘未知霜。谢客文逾盛,林公未可忘。多惭越中好,流恨阅时芳。

# 澄 水 如 鉴

圣贤将立喻,上善贮情深。洁白依全德,澄清有片心。浇浮知不挠,滥浊固难侵。方寸悬高鉴,生涯讵陆沉。对泉能自诫,如镜静相临。廉慎传家政,流芳合古今。

# 长干曲四首 <sub>一作江南曲</sub>

君家何处住<sub>一作定何处</sub>,妾住在横塘。停船暂借问,或恐<sub>一作可</sub>是同乡。

家临九江水,来去九江侧。同是长干人,自小不相识。

下<sub>一作北</sub>渚多风浪,莲舟渐觉<sub>一作欲暂</sub>稀。那能不相待,独自逆<sub>一作送</sub>潮归。

三江潮水急,五湖风浪涌。由来花性轻,莫畏莲舟重。

# 维扬送友还苏州

长安南下几程途,得到邗沟吊绿芜。渚畔鲈鱼舟上钓,羡君归老向东吴。

# 全唐诗卷一三一

## 祖 咏

祖咏，洛阳人。登开元十二年进士第，与王维友善。诗一卷。

### 古 意 二 首

夫差日淫放，举国求妃嫔。自谓得王宠，代间无美人。碧罗象一作蒙天阁，坐辇乘芳春。宫女数千骑，常游江水滨。年深玉颜老，时薄花妆新。拭泪下金殿，娇多不顾身。生前妒歌舞，死后同灰尘。冢墓令人哀，哀于铜雀台。

楚王竟何去，独自留巫山。偏使世人见，迢迢江汉一作水间。驻舟春溪一作泽里，誓愿拜灵颜。梦寐睹神女，金沙鸣珮环。闲艳绝世姿，令人气力微。含笑默一作竟不语，化作朝云飞。

### 渡淮河寄平一

天色混波涛，岸阴匝村墅。微微汉祖庙，隐隐江陵渚。云树森已重，时明郁相拒。

### 归汝坟山庄留别卢象

淹留岁将〔晏〕(宴)，久废南山期。旧业不见弃，还山从此辞。沤麻

入南涧,刈麦—作越楚向东菑。对酒鸡黍熟,闭门风雪时。非君一
延首,谁慰遥相思。沤麻四句,洪迈取为绝句。

## 夕次圃田店

前路—作程入郑郊,尚经百馀里。马烦时欲歇,客归程未已。落日
桑柘阴,遥村—作林烟火起。西还不遑宿,中夜渡泾水。

## 田 家 即 事

旧居东皋上,左右俯荒村。樵路前傍岭,田家遥对门。欢娱始披
拂,惬意在郊原。馀霁荡川雾,新秋仍昼昏。攀条憩林麓,引水开
泉源。稼穑岂云倦,桑麻今正繁。方求静者赏,偶与潜夫论。鸡黍
何必具,吾心知道尊。

## 扈从御宿池 —本题作兰峰题张中丞九皋

君王既巡狩,辇道—作路入秦京。远树低枪垒,孤峰—作山入幔城。
寒疏清禁漏,夜警羽林兵。谁念迷方客,长怀魏阙情。

## 赠苗发员外 —作李端诗

宿雨朝来歇,空山天气清。盘云双鹤下,隔水一蝉鸣。古道黄花
落,平芜赤烧生。茂陵虽有病,犹得伴君行。

## 答王维留宿

四年不相见,相见复何为。握手言未毕,却令伤别离。升堂还驻
马,酌醴便呼儿。语嘿自相对,安用傍人知。

## 长乐驿留别卢象裴总

朝来已握手,宿别更伤心。灞水行人渡一作绝,商山驿路深。故情君且足,谪宦我难任。直道皆如此,谁能泪满襟。前四句,洪迈取为绝句。

## 送刘高邮棁使入都

常闻积归思,昨夜又兼秋。乡路京华远,王程江水流。吴歌喧两岸,楚客醉孤舟。渐觉潮初上,凄然多暮愁。

## 宴吴王宅

吴王承国宠,列第禁城东。连夜征词客,当春试舞童。砌分池水岸,窗度竹林风。更待西园月,金尊乐未终。

## 观　华　岳

西入秦关口,南瞻驿路连。彩云生阙下,松树到祠边。作镇当官道,雄都俯一作为雄控大川。莲一作危峰径上处,仿佛有神仙。

## 泗上冯使君南楼作

井邑连淮泗,南楼向晚过。望滩沙鹭起,寻岸浴童歌。近海云偏出,兼秋雨更多。明晨拟回棹,乡一作归思恨风波。

## 苏　氏　别　业

别业居幽处,到来生隐心。南山当户牖,沣水映园林。屋一作竹覆经冬雪,庭昏未夕阴。寥寥人境外,闲坐听春禽。

## 汝坟别业

失路农为业,移家到汝坟。独愁常废卷,多病久离群。鸟雀垂窗柳,虹霓出涧云。山中无外事,樵唱有时闻。

## 陆浑水亭

昼眺伊川曲一作水,岩间雾色明。浅沙平一作明有路,流水漫无声。浴鸟沿波聚,潜鱼触钓惊。更怜春岸绿,幽意一作兴满前楹。

## 过郑曲

路向荣川谷一作夕,晴来望尽通。细烟生水上,圆月在舟中。岸势迷行客,秋声乱草虫。旅怀劳自慰,渐渐有凉风。

## 宿陈留李少府揆厅

相知有叔一作李卿,讼简夜弥清。旅泊一作宿倦愁卧,堂空闻曙更。风帘一作檐摇烛一作竹影,秋雨带虫声。归思那堪说,悠悠限洛城。
中四句,洪迈作绝句。

## 题韩少府水亭

梅福幽栖处,佳期不忘还。鸟吟一作啼当户竹,花绕傍池山。水气侵阶冷,松一作藤阴覆座闲。宁知武陵趣,宛在市朝间。

## 题远公经台

兰若无人到,真僧出复稀。苔侵行道席,云湿坐禅衣。涧鼠缘香案,山蝉噪竹扉。世间长不见,宁止暂忘归。

## 中峰居喜见苗发 一作李端诗

自得中峰住,深林亦闭关。经秋无客到,入夜有僧还。暗涧泉声小,荒冈树影闲。高窗不可望,星月满空山。

## 江 南 旅 情

楚山不可极,归路但一作客自萧条。海色晴看雨,江声夜听潮。剑留南斗近,书寄北风遥。为报空潭橘,无媒寄一作赠洛桥。

## 泊扬子津 一作岸

才入维扬郡,乡关一作山此路一作地遥。林藏一作残初过一作霁雨,风退欲归潮。江火明沙岸,云帆碍浦桥。客衣今日一作正薄,寒气一作夜近一作昨来饶。

## 晚泊金陵水亭

江亭当废国,秋景倍萧骚。夕照明残垒,寒潮涨古濠。就田看鹤大,隔水见僧高。无限前朝事,醒吟易觉劳。

## 七 夕

闺女求天女,更阑意未阑。玉庭开粉席,罗袖捧金盘。向月穿针易,临风整线难。不知谁得巧,明旦试相看。

## 望 蓟 门

燕台一望一作去客心惊,箫鼓喧喧汉将营。万里寒光生积雪,三边曙色动危一作行旌。沙场烽火连胡月,海畔云山拥蓟城。少小虽非投笔吏,论功还欲请长缨。

## 家园夜坐寄郭微

前阶微雨歇，开户散窥林。月出夜方浅，水凉池更深。馀风生竹树，清露薄衣襟。遇物遂遥叹，怀人滋远心。依稀成梦想，影响绝徽音。谁念穷居者，明时嗟陆沉。

## 酬汴州李别驾赠

秋风多客思，行旅厌艰辛。自洛非才子，游梁得主人。文章参末议，荣贱岂同伦。叹逝逢三演—作世同王衍，怀贤忆四—作法真。情因恩旧好，契托死生亲。所愧能投赠，清言益润身。

## 清明宴司勋刘郎中别业

田家复近臣，行乐不违—作遗亲。霁日园林好，清明烟火新。以文长会友，唯德自成邻。池照窗阴晚，杯香药味春。檐前花覆地，竹外鸟窥人。何必桃源里，深居作隐沦。

## 汝坟秋同仙州王长史翰闻百舌鸟

秋天闻好鸟，惊起出帘帷。却念殊方月，能鸣巳后时。迁乔诚可早，出谷此何迟。顾影惭无对，怀群空—作增所思。凄凉岁欲晚，萧索燕—作路将辞。留听未终曲，弥令心独悲。高飞凭力致，巧啭任天姿。返覆知而静，间关断若遗。花繁上林—作苑路，霜落汝川湄。且长凌风翮，乘春自有期。

## 送丘为下第

沧江一身客，献赋空十年。明主岂能好，今人谁举贤。国门税征驾，旅食谋归旋。䁱日媚春水，绿蘋香客船。无媒既不达，予亦思归田。

## 赠苗发员外

朱户敞高扉,青槐碍落晖。八龙乘庆重,三虎递一作地朝归。坐竹人声绝,横琴鸟语稀。花惭潘岳貌,年称老莱衣。叶暗朱樱熟,丝长粉蝶飞。应怜鲁儒贱,空与故山违。

## 寄 王 长 史

汝颍俱宿好,往来托层峦。终日何寂寞,绕篱生蕙兰。

## 别 怨

送别到中流,秋船倚渡头。相看尚不远,未可即回舟。

## 终南望馀雪 有司试此题,咏赋四句即纳。或诘之,曰意尽。

终南阴岭秀,积雪浮云端。林表明霁色,城中增暮寒。

## 句

不知叠嶂夜来雨,清晓石楠花乱流。

# 全唐诗卷一三二

## 李　颀

李颀,东川人,家于颍阳。擢开元十三年进士第,官新乡
尉。集一卷。今编诗三卷。

### 湘　夫　人

九嶷日已暮,三湘云复愁。宵霭罗袂色,潺湲江水流。佳期来北
渚,捐佩一作袂在芳洲。

### 塞　下　曲

黄云雁门郡,日暮风沙里。千骑黑貂裘,皆称羽林子。金笳吹朔
雪,铁马嘶云水。帐下饮蒲萄,平生寸心是。

### 古　塞　下　曲

行人朝走马,直指蓟城傍。蓟城通漠北,万里别吾乡。海上千烽
火,沙中百战场。军书发上郡,春色度河阳。袅袅汉宫柳,青青胡
地桑。琵琶出塞曲,横笛断君肠。

### 渔　父　歌

白首何老人,蓑笠蔽其身。避世长不仕,钓鱼清江滨。浦沙明濯

足,山月静垂纶。寓宿淠与濑,行歌秋复春。持竿一作桡湘岸竹,爇
火芦洲薪。绿水饭香稻,青荷包紫鳞。于中还自乐,所欲全吾真。
而笑独醒者,临流多苦辛。

## 东京一作郊寄万楚

漂落久无用,隐身甘采薇。仍闻薄宦者,还事田家衣。颍水日夜
流,故人相见稀。春山不可望,黄鸟东南飞。濯足岂长往,一樽聊
可依一作持。了然潭上月,适我胸中机。在昔同门友,如今出处非。
优游白虎殿,偃息一作出入青琐闱。且一作日有荐君表,当看携手归。
寄书不待一作代面,兰茞空芳菲。

## 寄焦炼师

得道凡百岁,烧丹惟一身。悠悠孤峰顶,日见三花春。白鹤翠微
里,黄精幽涧滨。始知世上客,不及山中人。仙境若在梦,朝云如
可亲。何由睹颜色,挥手谢风尘。

## 望鸣皋山白云寄洛阳卢主簿

饮马伊水中,白云鸣皋上。氛氲山绝顶,行子时一望。照日龙虎
姿,攒空冰雪状。嵩嵸殊未已,崚嶒忽相向。皎皎横绿林,霏霏澹
青嶂。远映村坞失,孤高鹤米傍。胜气欣有逢,仙游且难访。故人
吏京剧,每事多闲放。室画峨眉峰,心格一作摇洞庭浪。惜哉清兴
里,不见予所尚。

## 寄万齐融

名高不择仕,委世随虚舟。小邑常叹屈,故乡行可游。青枫半村
户,香稻盈田畴。为政日清净,何人同海鸥。摇巾北林夕,把菊东

山秋。对酒池云一作风满,向家湖水流。岸阴止鸣鹄,山色映潜虬。
靡靡俗中理,萧萧川上幽。昔年至吴一作东郡,常隐临一作忆卧江楼。
我有一书札,因之芳杜洲。

## 赠 张 旭

张公性嗜酒,豁达无所营。皓首穷草隶,时称太湖精。露顶据胡
床,长叫三五声。兴来洒素壁,挥笔如流星。下舍风萧条,寒草满
户庭。问家何所有,生事如浮萍。左手持蟹螯,右手执丹经。瞪目
视霄汉,不知醉与醒。诸宾且方坐,旭日临东城。荷叶裹江鱼,白
瓯贮香粳。微禄心不屑,放神于八纮。时人不识者,即是安期生。

## 赠 苏 明 府

苏君年几许,状貌如玉童。采药傍梁宋,共言随日翁。常辞小县
宰,一往东山东。不复有家室,悠悠人世中。子孙皆老死,相识悲
转蓬。发白还更黑,身轻若若风。泛然无所系,心与孤云同。出入
虽一作唯一杖一作枝,安然知始终。愿闻素女事,去采山花丛。诱我
为弟子,逍遥寻葛洪。

## 登首阳山谒夷齐庙

古人已不见,乔木竟谁过。寂寞首阳山,白云空复多。苍苔归地
骨,皓首采薇歌。毕命无怨色,成仁其若何。我来入遗庙,时候微
清一作辨淳和。落日吊山鬼,回风吹女萝。石崖向一作门正西豁,引
领望黄河。千里一飞鸟,孤光东逝波。驱车层城路,惆怅此岩阿。

## 谒张果先生

先生谷神者,甲子焉能计。自说轩辕师,于今几千岁。寓游城郭

里,浪迹希夷际。应物云无心,逢时舟不系。餐霞断火粒,野服兼荷制。白雪净肌肤,青松一作春养身世。韬精殊豹隐,炼骨一作质同蝉蜕。忽去不知谁,偶来宁有契。二仪齐寿考,六合随一作同休憩。彭聃犹婴孩,松期且微细。尝闻穆天子,更忆汉皇帝。亲屈万乘尊,将穷四海裔。车徒遍草木,锦帛招谈说。八骏空往还,三山转亏蔽。吾君感至德,玄老欣来诣。受箓金殿开,清斋玉堂闭。笙歌迎拜首,羽帐崇严卫。禁柳垂香炉,宫花拂仙袂。祈年宝祚广,致福苍生惠。何必待龙耏,鼎成方取济。

## 光上座廊下众山五韵

名岳在庑下一作廊,吾师居一床。每闻楞伽经,只对清翠光。百谷聚雪色,莓苔侵屋梁。气盘古壁转,势引幽阶长。愿游薜叶下,日见金炉香。

## 九月九日刘十八东堂集

风俗尚九日,此情安可忘。菊花辟恶酒,汤饼茱萸香。云入授衣假,风吹闲宇凉。主人尽欢意,林景昼微茫。清切晚砧动,东西归鸟行。淹留怅为别,日醉秋云光。

## 宋少府东溪泛舟

登岸还入舟,水禽惊笑语。晚叶低众色,湿云带残一作繁暑。落日乘醉归,溪流复几许。

## 与诸公游济渎泛舟

济水出王屋,其源来不穷。洑泉数眼沸,平地流清通。皇帝崇祀典,诏书视三公。分官祷灵庙,奠璧沉河宫。神应每如答,松篁气

葱茏。苍螭送飞雨,赤鲤喷回风。洒酒布瑶席,吹箫下玉童。玄冥
掌阴事,祝史告年丰。百谷趋潭底,三光悬镜中。浅深露沙石,蘋
藻生虚空。晚景临泛美,亭皋轻霭红。晴山傍舟楫,白鹭惊丝桐。
我本家颍北,开<sub>一作出</sub>门见维嵩。焉知松峰外,又<sub>一作犹</sub>有天坛东。
左手正接䍦,浩歌眄青穹。夷犹傲清吏,偃仰狎渔翁。对此川上
闲,非君谁与同。霜凝远村渚,月净兼葭丛。兹境信难遇,为欢殊
未终。淹留怅言别,烟屿夕微濛。

## 送綦毋三谒房给事

夫子大名下,家无钟石储。惜哉湖海上,曾校蓬莱书。外物非本
意,此生空澹如。所思但乘兴,远适唯单车。高道时坎坷,故交愿
吹嘘。徒言青琐闼,不爱承明庐。百里人户满,片言争讼疏。手持
莲花经,目送飞鸟馀。晚景南路别,炎云中伏初。此行傥不遂,归
食芦洲鱼。

## 送 刘 四

爱君少岐嶷,高视白云乡。九岁能属文,谒帝游明光。奉诏赤墀
下,拜为童子郎。尔来屡迁易,三度尉洛阳。洛阳十二门,官寺郁
相望。青槐罗四面,渌水贯中央。听讼破秋毫,应物利干将。辞满
如脱屣,立言无否臧。岁暮风雪暗,秦中川路长。行人饮腊酒,立
马带晨霜。生事岂须问,故园寒草荒。从今署右职,莫笑在农桑。

## 送 裴 腾

养德为众许,森然此丈夫。放情白云外,爽气连虬须。衡镜合知
子,公心谁谓无。还令不得意,单马遂长驱。桑野蚕忙时,怜君久
踟蹰。新晴荷卷叶,孟夏雉将雏。令弟为县尹,高城汾水隅。相将

簿领闲，倚望恒峰孤。香露团一作沛百草，紫梨分万株。归来授衣假，莫使故园芜。

## 送司农崔丞

黄鹂鸣官寺，香草色未已。同时皆省郎，而我独留此。维监太仓粟，常对府小史。清阴罗广庭，政事如流水。奉使往长安，今承朝野欢。宰臣应记识，明主必迁官。塞外貔将虎，池中鸳与鸾。词人洞箫赋，公子鹔鹴冠。邑里春方晚，昆明花欲阑。行行取高位，当使路傍看。

## 送崔侍御赴京

绿槐荫长路，骏马垂青丝。柱史谒承明，翩翩将有期。千官大朝日，奏事临赤墀。肃肃仪仗里，风生鹰隼姿。一从登甲科，三拜皆宪司。按俗又如此，为郎何太迟。送君暮春月，花落城南陲。惜别醉芳草，前山劳梦思。

## 春送从叔游襄阳

言别恨非一，弃置我宗英。向用五经笥，今为千里行。裹粮顾庭草，羸马诘朝鸣。斗酒对寒食，杂花宜晚晴。春衣采洲路，夜饮南阳城。客梦岘山晓，渔歌江水清。楚俗少相知，远游难称情。同人应馆谷，刺史在郊迎。只合侍丹宸，翻令辞上京。时方春欲暮，叹息向流莺。

## 赠别高三十五

五十无产业，心轻百万资。屠酤亦与群，不问君是谁。饮酒或垂钓，狂歌兼咏诗。焉知汉高士，莫识越鸱夷。寄迹栖霞山，蓬头睡水湄。忽然辟命下,众谓趋丹墀。沐浴著赐衣,西来马行迟。能令相府重,且有函关期。黾勉从寸禄,旧游梁宋时。皤皤邑中叟,相候鬓如丝。官舍柳林静,河梁杏叶滋。摘芳云景〔晏〕(宴),把手秋蝉悲。小县情未惬,折腰君莫辞。吾观主一作圣人意,不久召京师。

## 崔五宅送刘跂入京

行人惜寸景,系马暂留欢。昨日辞小沛,何时到长安。乡中饮酒礼,客里行路难。清洛云鸿度,故关风日寒。维将道可乐,不念身无官。生事东山远,田园芳岁阑。东归余谢病,西去子加餐。宋伯非徒尔,明时正可干。躬耕守贫贱,失计在林端。宿昔奉颜色,惭无双玉盘。

## 送马录事赴永阳 一作嘉

子为郡从事,主印清淮边。谈笑一州里,从容群吏先。手持三尺令,遣决如流泉。太守既相许,诸公谁不然。孤城连海树,万室带山烟。春日溪湖净,芳洲葭菼连。炊粳蟹螯熟,下箸鲈鱼鲜。野鹤宿檐际,楚云飞面前。听歌送离曲,且驻木兰船。赠尔八行字,当闻佳政传。

## 临别送张谓入蜀

出门便为客,惘然悲徒御。四海维一身,茫茫欲何去。经山复历水,百恨将千虑。剑阁望一作送梁州,是君断肠处。孤云伤客心,落日感君深。梦里兼葭渚一作嘉江畔,天边橘柚林。蜀江流不测,蜀路险难寻。木有相思号,猿多愁苦音。莫向愚山隐,愚山地非近。故乡可归来,眼见芳菲尽。

# 送 王 昌 龄

漕水东去远,送君多暮情。淹留野寺出,向背孤山明。前望数千
里,中无蒲稗生。夕阳满舟楫,但爱微波清。举酒林月上,解衣沙
鸟鸣。夜来莲花界,梦里金陵城。叹息此离别,悠悠江海行。

## 留别王卢二拾遗

此别不可道,此心当报谁。春风灞水上,饮马桃花时。误作好文
士,只令游宦迟。留书下朝客,我有故山期。

## 赠别穆元林

贰职久辞一作九载满,藏名三十年。丹墀策频献,白首官不迁。明
主日征士,吏曹何忽贤。空怀济世业,欲棹沧浪船。举酒洛门外,
送君春海边。彼乡有令弟,小邑试烹鲜。转浦云壑媚,涉江花岛
连。绿芳暗楚水,白鸟飞吴烟。赠煦亦奚贵,流乱期早旋。金闺会
通籍,生事岂徒然。

## 不调归东川别业

寸禄言可取,托身将见遗。惭无匹夫志,悔与名山辞。绂冕谢知
己,林园多后时。葛巾方濯足,蔬食但垂帷。十室对河岸,渔樵祗
在兹。青郊香杜若,白水映茅茨。昼景彻云树,夕阴澄古一作石逵。
渚花独开晚,田鹤静飞迟。且复乐生事,前贤为我师。清歌聊鼓
楫,永日望佳期。

## 晚 归 东 园

出郭喜见山,东行亦未远。夕阳带归路一作鹭,霭霭秋稼晚。樵者

乘霁归,野夫—作人及星饭。请谢朱轮客,垂竿不复返。

## 龙门西峰晓望刘十八不至

春台临永路,跂足望行子。片片云触峰,离离鸟渡水。丛林远山
上,霁景—作色杂花里。不见携手人,下山采绿芷。

## 裴尹东溪别业

公才—作朝廊庙器,官亚河南守。别墅临都门,惊湍激前后。旧交
与群从,十日一携手。幅巾望寒山,长啸对高柳。清欢信可尚,散
吏亦何有。岸雪清城阴,水光远—作摇林首。闲观野人筏,或饮川
上酒。幽云澹徘徊,白鹭飞左右。庭竹垂卧内,村烟隔南皋。始知
物外情,簪绂同刍狗。

## 无尽上人东林禅居

草堂每多暇,时谒山僧门。所对但群木,终朝无一言。我心爱流
水,此地临清源。含吐山上日,蔽亏松—作云外村。孤峰隔身世,百
衲老寒暄。禅户积朝雪,花龛来暮猿。顾余守耕稼,十载隐田园。
萝筱慰春汲,岩潭恣讨论。泄云岂知限,至道莫探元。且愿启关锁
一作篇,于焉微尚存。

## 题綦毋校书别业

常称挂冠吏,昨日归沧洲。行客暮帆远,主人庭树秋。岂伊问—作
得天命,但欲为山游。万物我何有,白云空自幽。萧条江海上,日
夕见丹丘。生事非—作本渔钓,赏心随去留。惜哉旷微月,欲济无
轻舟。倏忽令人老,相思河水流。

## 题卢道士房

秋砧响落木,共坐茅君家。惟见两童子,林前汲井华。空坛静白日,神鼎飞丹砂。麈尾拂霜草,金铃摇霁霞。上章人世隔,看弈桐阴斜。稽首问仙要,黄精堪饵花。

## 题神力师院

大师神杰貌,五岳森禅房。坚持日月珠,豁见沧江长。随病拔诸苦,致身如法王。阶庭药草遍,饭食天花香。树色向高阁,昼阴横半墙。每闻第一义,心净琉璃光。

## 题僧房双桐

青桐双拂日,傍带凌霄花。绿叶传僧磬,清阴润井华。谁能事音律,焦尾蔡邕家。

## 粲公院各赋一物得初荷

微风和众草,大一作木叶长圆阴。晴露珠共一作垂合,夕阳花映深。从来不著水,清净本因心。

## 李兵曹壁画山水各赋得桂水帆

片帆浮一作在桂水,落日天涯时。飞鸟看共度,闲云相与迟。长波无晓夜,泛泛欲何之。

## 题 合 欢

开花复卷叶,艳眼又惊心。蝶绕西枝露,风披东干阴。黄衫漂细蕊,时拂女郎砧。

# 全唐诗卷一三三

## 李　颀

### 古 从 军 行

白日登山望烽火,黄昏饮马傍交河。行人刁斗风沙暗,公主琵琶幽怨多。野云万里无城郭,雨雪纷纷连大漠。胡雁哀鸣夜夜飞,胡儿眼泪双双落。闻道玉门犹被遮,应将性命逐轻车。年年战骨埋荒外,空见蒲桃入汉家。

### 行 路 难

汉家名臣杨德祖,四代五公享茅土。父子兄弟缙银黄,跃马鸣珂朝建章。火浣单衣绣方领,茱萸锦带玉盘囊。宾客填街复满座一作堂,片言出口生辉光。世人逐势争奔走,沥胆堕肝惟恐后。当时一顾登青云,自谓生死长随君。一朝谢病还乡里,穷巷苍苔绝知己。秋风落叶闭重门,昨日论交竟谁是。薄俗嗟嗟难重陈,深山麋鹿可为邻。鲁连所以蹈东海,古往今来称达人。

### 缓 歌 行

小来托身攀贵游,倾财破产无所忧。暮拟一作夜经过石渠署,朝将出入铜龙楼。结交杜陵轻薄子,谓言可生复可死。一沉一浮会有时,弃我翻然如脱屣。男儿立身须自强,十年闭户颍水阳。业就功成见明主,击钟鼎食坐华堂。二八蛾眉梳堕马,美酒清歌曲房下。文昌宫中赐锦衣,长安陌上退朝归。五陵一作侯宾从莫敢视,三省官僚揖者稀。早知今日读书是,悔作从前任一作来狂侠非一作儿。

## 琴　歌

主人有酒欢今夕,请奏鸣琴广陵客。月照城头乌半飞,霜凄万树风入衣。铜炉华烛烛增辉,初弹渌水后楚妃。一声已动物皆静,四座无言星欲稀。清淮奉使千馀里,敢告云山从此始。

## 放歌行答从弟墨卿

小来好文耻学武,世上功名不解取。虽沾寸禄已后时,徒欲出身事明主。柏梁赋诗不及宴,长楸走马谁相数。敛迹俯眉心自甘,高歌击节声半苦。由是蹉跎一老夫,养鸡牧豕东城隅。空歌汉代萧相国,肯事霍家冯子都。徒尔当年声籍籍,滥作词林两京客。故人斗酒安陵桥,黄鸟春风洛阳陌。吾家令弟才不羁,五言破的人共推。兴来逸气如涛涌,千里长江归海时。别离短景何萧索,佳句相思能间作。举头遥望鲁阳山,木叶纷纷向人落。

## 王　母　歌

武皇斋戒承华殿,端拱须臾王母见。霓旌照耀麒麟车,羽盖淋漓孔雀扇。手指交梨遣帝食,可以长生临宇县。头上复一作上元头戴九星冠,总领玉童坐南面。欲闻要言今告汝,帝乃焚香请此语。若能炼魄去三尸,后当见我天皇所。顾谓侍女董双成,酒阑可奏云和笙。红霞白日俨不动,七龙五凤纷相迎,惜哉志骄神不悦,叹息马

蹄与车辙。复道歌钟杳将暮,深宫桃李花一作飞成雪。为一作但看
青玉五枝灯,蟠螭吐火一作火尽光欲一作已绝。

## 鲛　人　歌

鲛人潜织水底居,侧身上下随游一作龙鱼。轻绡文彩不可识,夜夜
澄波连一作流月色。有时寄宿来城市,海岛青冥无极已。泣珠报恩
君莫辞,今年相见明年期。始知万族无不有,百尺深泉架户牖。鸟
没空山谁复望,一望云涛堪白首。

## 夏宴张兵曹东堂

重林华屋堪避暑,况乃烹鲜会佳客。主人三十朝大夫,满座森然见
矛戟。北窗卧簟连心花,竹里蝉鸣西日斜。羽扇摇风却珠汗,玉盆
贮水割甘瓜。云峰峨峨自冰雪,坐对芳樽不知热。醉来但挂葛巾
眠,莫道明朝有离别。

## 同张员外諲酬答之作

洛中高士日沉冥,手自灌园方带经。王湛床头见周易,长康传里好
丹青。鹖冠葛屦无名位,博弈赋诗聊遣意。清言只到卫家儿,用笔
能夸钟太尉。东篱二月种兰荪,穷巷人稀鸟雀喧。闻道郎官问生
事,肯令鬓发老柴门。

## 欲之新乡答崔颢綦毋潜

数年作吏家屡空,谁道黑头成老翁。男儿在世无产业,行子出门如
转蓬。吾属交欢此何夕,南家捣衣动归客。铜炉将炙相欢饮,星宿
纵横露华白。寒风卷叶度潺沱,飞雪布一作覆地悲峨峨。孤城日落
见栖鸟,马上时闻渔者歌。明朝东路把君手,腊日辞君期岁首。自

知寂寞无去思,敢望县人致牛酒。

## 答高三十五留别便呈于十一

累荐贤良皆不就,家近陈留访耆旧。韩康虽复在人间,王霸终思隐
岩窦。清冷池水灌园蔬,万物沧江心澹如。妻子欢同五株柳,云山
老一作元对一床书。昨日公车见三事,明君赐衣遣为吏。怀章不使
郡邸惊,待诏初从阙庭至。散诞由来自不羁,低头授职尔何为。故
园壁挂乌纱帽,官舍尘生白接䍦。寄书寂寂於陵子,蓬蒿没身胡不
仕。藜羹被褐环堵中,岁晚将贻故人耻。

## 送康洽入京进乐府歌

识子十年何不遇,只爱欢游两京路。朝吟左氏娇女篇,夜诵相如美
人赋。长安春物旧相宜,小苑蒲萄花满枝。柳色偏浓九华殿,莺声
醉杀五陵儿。曳裾此日从何所,中贵由来尽相许。白夹春衫仙吏
赠,乌皮隐几台郎与。新诗乐府唱堪愁,御妓应传鸂鶒楼。西上虽
因长公主,终须一见曲陵一作阳侯。

## 送刘十 一作刘十一

三十不官亦不娶,时人焉识道高下。房中唯有老氏经,枥上空馀少
游马。往来嵩华与函秦,放歌一曲前山春。西林独鹤引闲步,南涧
飞泉清角巾。前年上书不得意,归卧东窗兀然醉。诸兄相继掌青
史,第五之名齐骠骑。烹葵摘果告我行,落日夏云纵复横。闻道谢
安掩口笑,知君不免为苍生。

## 送王道士还山

嵩阳道士餐柏实,居处三花对石室。心穷伏火阳精丹,口诵淮王万

毕术。自言神诀不可求,我师闻之玄圃游。出入彤庭佩金印,承恩赫赫如王侯。双峰树下曾受业,应传肘后长生法。吾闻仙地多后身,安知不是具茨人。玉膏清泠瀑泉水,白云溪中日方此。后今不见数十年,鬓发颜容只如是。先生舍我欲何归,竹杖黄裳登翠微。当有岩前白蝙蝠,迎君日暮双来飞。

## 别 梁 锽

梁生倜傥心不羁,途穷气盖长安儿。回头转盼似雕鹗,有志飞鸣人岂知。虽云四十无禄位,曾与大军掌书记。抗辞请刃诛部曲,作色论兵犯二帅。一言不合龙额侯,击剑拂衣从此弃。朝朝饮酒黄公垆,脱帽露顶争叫呼。庭中犊鼻昔尝挂,怀里琅玕今在无。时人见子多落魄,共笑狂歌非远图。忽然遣跃紫骝马,还是昂藏一丈夫。洛阳城头晓霜白,层冰峨峨满川泽。但闻行路吟新诗,不叹举家无担石。莫言贫贱长可欺,覆篑成山当有时。莫言富贵长可托,木槿朝看暮还落。不见古时塞上翁,倚伏由来任天作。去去沧波勿复陈,五湖三江愁杀人。

## 送从弟游江淮兼谒鄱阳刘太守

都门柳色朝朝新,念尔今为江上人。穆陵关带清风远,彭蠡湖连芳草春。泊舟借问西林寺,晓听猿声在山翠,浔阳北望鸿雁回,溢水东流客心醉。须知圣代举贤良,不使遗才滞一方。应见鄱阳虎符守,思归共指白云乡。

## 双笋歌送李回兼呈刘四

并抽新笋色渐绿,迥出空林双碧玉。春风解箨雨润根,一枝半叶清露痕。为君当面拂云日,孤生四远何足论。再三抱此怅为别,嵩洛故人与之说。

## 送刘四赴夏县

九霄特立红鸾姿,万仞孤生玉树枝。刘侯致身能若此,天骨自然多叹美。声名播扬二十年,足下长途几千里。举世皆亲丞相阁,我心独爱伊川水。脱略势利犹埃尘,啸傲时人而已矣。新诗数岁即文雄,上书昔召蓬莱宫。明主拜官麒麟阁,光车骏马看玉童。高人往来庐山远,隐士往来张长公。扶南甘蔗甜如蜜,杂以荔枝龙州橘。赤县繁词满剧曹,白云孤峰晖永日。朝持手板望飞鸟,暮诵楞伽对空室。一朝出宰汾河间,明府下车人吏闲。端坐讼庭更无事,开一作闲门咫尺巫咸山。男耕女织蒙惠化,麦熟雉鸣长秋稼。明年九府议功时,五辟三征当在兹。闻道桐乡有遗老,邑中还欲置生祠。

## 少室雪晴送王宁

少室众峰几峰别,一峰晴见一峰雪。隔城半山连青松,素色峨峨千万重。过景斜临不可道,白云欲尽难为容。行人与我玩幽境,北风切切吹衣冷。惜别浮桥驻马时,举头试望南山岭。

## 送 陈 章 甫

四月南风大麦黄,枣花未落桐阴长。青山朝别暮还见,嘶马出门思旧乡。陈侯立身何坦荡,虬须虎眉仍大颡。腹中贮书一万卷,不肯低头在草莽。东门酤酒饮我曹,心轻万事皆一作如鸿毛。醉卧不知白日暮,有时空望孤云高。长河浪头连天黑,津口一作吏停舟渡不得。郑国游人未及家,洛阳行子空叹息。闻道故林相识多,罢官昨日今如何。

## 听安万善吹觱篥歌

南山截竹为觱篥,此乐本自龟兹出。流传汉地曲转奇,凉州胡人为
我吹。傍邻闻者多叹息,远客思乡皆泪垂。世人解听不解赏,长飙
风中自来往。枯桑老柏寒飕飗,九雏鸣凤乱啾啾。龙吟虎啸一时
发,万籁百泉相与秋。忽然更作渔阳掺,黄云萧条白日暗。变调如
闻杨柳春,上林繁花照眼新。岁夜高堂列明烛,美酒一杯声一曲。

## 魏仓曹东堂桂树

爱君双桂一树奇,千叶齐生万叶垂。长头拂石带烟雨,独立空山人
莫知。攒青蓄翠阴满屋,紫穗红英曾断目。洛阳墨客游云间,若到
麻源第三谷。

## 照公院双橙

种橙夹阶生得地,细叶隔帘见双翠。抽条向长未及肩,泉水绕根日
三四。青青何必楚人家,带雨凝烟新著花。永愿香炉洒甘露,夕阳
时映东枝斜。南庭黄竹尔不敌,借问何时堪挂锡。

## 爱敬寺古藤歌

古藤池水盘树根,左攫右拏龙虎蹲。横空直上相陵突,丰茸离缅
若无骨,风雷霹雳连黑枝,人言其下藏妖魅。空庭落叶乍开合,十
月苦寒常倒垂。忆昨花飞满空殿,密叶吹香饭僧遍。南阶双桐一
百尺,相与年年老霜霰。

## 崔五六图屏风各赋一物得乌孙佩刀

乌孙腰间佩两刀,刀可吹毛锦为带。握中枕宿穹庐室,马上割飞鷖

螭塞。执之魍魉谁能前,气凛清风沙漠边。磨用阴山一片玉,洗将胡地独流泉。主人屏风写奇状,铁鞘金镮俨相向。回头瞪目时一看,使予心在江湖上。

## 古　意

男儿事长征,少一作生小一作作幽燕客。赌胜马蹄下,由来轻七尺。杀人莫敢前,须如猬毛磔。黄云陇底白雪飞,未得报恩不能一作得归。辽东小妇年十五,惯弹琵琶解歌舞。今一作合为羌笛出塞声,使我三军泪如雨。

## 采　莲　一作放歌行

越溪女,越溪莲。齐菡萏,双婵娟。嬉游向何处,采摘且同船。浩唱发容与,清波生漪涟。时逢岛屿泊,几伴鸳鸯眠。襟袖既盈溢,馨香亦相传。薄暮归去来,苎罗生碧烟。

## 杂　兴

沉沉牛渚矶,旧说多灵怪。行人夜秉生犀烛,洞照洪深辟滂湃。乘车驾马往复旋,赤绂朱冠何伟然。波惊海若潜幽石,龙抱胡髯卧黑泉。水滨丈人曾有语,物或恶之当害汝。武昌妖梦果为灾,百代英威埋鬼府。青青兰艾本殊香,察见泉鱼固不祥。济水自清河自浊,周公大圣接舆狂。千年魑魅逢华表,九日茱萸作佩囊。善恶死生齐一贯,只应斗酒任苍苍。

## 绝缨歌

楚王宴客章华台,章华美人善歌舞。玉颜艳艳空相向,满堂目成不得语。红烛灭,芳酒阑,罗衣半醉春夜寒,绝缨解带一为欢。君王赦过不之罪,暗中珠翠鸣珊珊。宁爱贤,不爱色,青娥买死谁能识,果却一—作三军全社稷。

# 郑 樱 桃 歌

　　　石季龙宠惑优僮郑樱桃,而杀妻郭氏。更纳清河崔氏,樱桃又谮而
　　杀之。樱桃美丽,擅宠宫掖。乐府由是有郑樱桃歌。

石季龙,僭天禄,擅雄豪,美人姓郑名樱桃。樱桃美颜香且泽,娥娥侍寝专宫掖。后庭卷衣三万人,翠眉清镜不得亲。宫军女骑一千匹,繁花照耀漳河春。织成花映红纶巾,季龙以女骑一千为卤簿,皆著紫纶巾,五文织成靴。红旗掣曳卤簿新。鸣鼙走马接飞鸟,铜驮瑟瑟随去尘。凤阳重门如意馆,百尺金梯倚银汉。自言富贵不可量,女为公主男为王。赤花双簟珊瑚床,盘龙斗帐琥珀光。淫昏伪位神所恶,灭石者陵终不悟。邺城苍苍白露微,世事一作浮世翻覆黄云飞。

# 送 刘 昱

八月寒苇花,秋江浪头白。北风吹五两,谁是浔阳客。鸬鹚山头微雨晴,扬州郭里暮潮生。行人夜宿金陵渚,试听沙边有一作南雁声。

# 送 郝 判 官

楚城木叶落,夏口青山遍一作转。鸿雁向南时,君乘使者传。枫林带水驿,夜火明山县。千里送行人,蔡州如眼见。江连清汉东逶迤,遥望荆云相蔽亏。应问襄阳旧风俗,为余骑马习家池。

# 送 刘 方 平

绮纨游上国,多作少年行。二十二词赋,惟君著美名。童颜且白皙,佩德如瑶琼。荀氏风流盛,胡家公子清。有才不偶谁之过,肯

即藏锋事高卧。洛阳草色犹自春,游子东归喜拜亲。漳水桥头值
鸣雁,朝歌县北少行人。别离斗酒心相许,落日青郊半微雨。请君
骑马望西陵,为我殷勤吊魏武。

## 听董大弹胡笳声兼寄语弄房
### 给事 一本题作听董庭兰弹琴兼寄房给事

蔡女昔造胡笳声,一弹一十有八拍。胡人落泪沾一作向边草,汉使
断肠对归客。古戍苍苍烽火寒,大荒沉沉飞雪白。先拂商弦后角
羽,四郊秋叶惊搣搣。董夫子,通神明,深山一作松窃听来妖精。言
迟更速皆应手,将往复旋如有情。空山百鸟散还合,万里浮一作孤
云阴且晴。嘶酸雏雁失群夜,断绝胡儿恋母声。川为净其波,鸟亦
罢其鸣。乌孙部落家乡远,逻娑沙尘哀怨生。幽音变调忽飘洒,长
风吹林雨堕瓦。迸泉飒飒飞木末,野鹿呦呦走堂下。长安城连东
掖垣,凤凰池对青琐门。高才脱略名与利,日夕望君抱琴至。

## 弹 棋 歌

崔侯善弹棋,巧妙尽于此。蓝田美玉清如砥,白黑相分十二子。联
翩百中皆造微,魏文手巾不足比。缘边度陇未可嘉,鸟跂星悬危一
作正复斜。回飙转指速飞电,拂四取五旋风花一作拂取四五如旋花。坐
中一作上齐声称绝艺,仙人六博何能一作曾继。一别常山道路遥,为
余更作三五一作两势。

## 送山阴姚丞携妓之任兼寄苏少府

东风香草路,南客心容与。白皙吴王孙,青蛾柳家女。都门数骑
出,河口片帆举。夜簟眠橘洲,春衫傍枫屿。山阴政简甚从容,到
罢惟求物外踪。落日花边剡溪水,晴烟竹里会稽峰。才子风流苏

伯玉,同官晓暮应相逐。加餐共爱鲈鱼肥,醒酒仍怜甘蔗熟。知君练思本清新,季子如今得为邻。他日知寻始宁墅,题诗早晚寄西人。

# 全唐诗卷一三四

## 李 颀

### 塞 下 曲

少年学骑射，勇冠并州儿。直爱出身早，边功沙漠垂。戎鞭腰下插，羌笛雪中吹。膂力今应尽，将军犹未知。

### 寄镜湖朱处士

澄霁晚流阔，微风吹绿蘋。鳞鳞远峰见，淡淡平湖春。芳草日堪把，白云心所亲。何时可为乐，梦里东山人。

### 宴陈十六楼 楼枕金谷

西楼对金谷，此地古人心。白日落庭内，黄花生涧阴。四邻见疏木，万井度寒砧。石上题诗处，千年留至今。

### 送相里造入京

子月过秦正，寒云覆洛城。嗟君未得志，犹作苦辛行。暖酒嫌衣薄，瞻风候雨晴。春官含笑待，驱马速前程。

## 送钱子入京

夜梦还京北,乡心恨捣衣。朝逢入秦使,走马唤君归。驿路清霜下,关门黄叶稀。还家应信宿,看子速如飞。

## 送綦毋三寺中赋得纱灯

禅室吐香烬,轻纱笼翠烟。长绳挂青竹,百尺垂红莲。熠爚众星下,玲珑双塔前。含光待明发,此别岂徒然。

## 送人尉闽中

可叹芳菲日,分为万里情。阊门折垂柳,御苑听残莺。海戍通闽邑,江航过楚城。客心君莫问,春草是王程。

## 送人归沔南

梅花今正发,失路复何如。旧国云山在,新年风景馀。春饶汉阳梦,日寄武陵书。可即明时老,临川莫羡鱼。

## 送卢逸人

洛阳为此别,携手更何时。不复人间见,只应海上期。清溪入云木,白首卧茅茨。共惜卢敖去,天边望所思。

## 送顾朝阳还吴

寂寞俱不偶,裹粮空入秦。宦途已可识,归卧包山春。旧国指飞鸟,沧波愁旅人。开樽洛水上,怨别柳花新。

## 送窦参军

城南送归客,举酒对林峦。暄鸟迎风啭,春衣度雨寒。桃花开翠幕,柳色拂金鞍。公子何时至,无令芳草阑。

## 望秦川

秦川朝望迥,日出正东峰。远近山河净,逶迤城阙重。秋声万户竹,寒色五陵松。客有归欤叹,凄其霜露浓。

## 晚归东园

荆扉带郊郭,稼穑满<sub>一作向</sub>东菑。倚杖寒山暮,鸣梭秋叶时。回云覆阴谷,返景照霜梨。澹泊真吾事,清风别自兹。

## 觉公院施鸟石台

石台置香饭,斋后施诸禽。童子亦知善,众生无惧心。苔痕苍晓露,盘势出香林。锡杖或围绕,吾师一念深。

## 篱笋

东园长新笋,映日复穿篱。迸出依青嶂,攒生伴绿池。色<sub>一作密</sub>因林向背,行逐地高卑。但恐春将老,青青独尔为。

## 达奚吏部夫人寇氏挽歌

存殁令名传,青青松柏田。事姑称孝妇,生子继先贤。露湿铭旌重,风吹卤簿前。阴堂从此闭,谁诵女师篇。

## 寄司勋卢员外

流澌腊月下河阳,草色新年发建章。秦地立春传太史,汉宫题柱忆仙郎。归鸿欲度千门雪,侍女新添五夜香。早晚荐雄文似者,故人今已赋长杨。

## 寄綦毋三

新加大邑绶仍黄,近与单车去洛阳。顾昤一过丞相府,风流三接令公香。南川粳稻花侵县,西岭云霞色满堂。共道进贤蒙上赏,看君几岁作台郎。

## 送魏万之京

朝闻游子唱离歌,昨夜微霜初渡河。鸿雁不堪愁里听,云山况是客中过。关城树一作曙色催寒近,御苑砧声向晚多。莫见长安行乐处,空令岁月易蹉跎。

## 送李回

知君官属大司农,诏幸骊山职事雄。岁发金钱供御府,昼看仙液注离宫。千岩曙雪旌门上,十月寒花辇路中。不睹声明与文物,自伤流滞去关东。

## 宿莹公禅房闻梵

花宫仙梵远微微,月隐高城钟漏稀。夜动霜林惊落叶,晓闻天籁发清机。萧条已入寒空静,飒沓仍随秋雨飞。始觉浮生无住著,顿令心地欲皈依。

# 题璿公山池

远公遁迹庐山岑，开士一作山幽居祇树林。片石孤峰窥色相，清池皓一作白月照禅心。指挥如意天花落，坐卧闲房春草深。此外俗尘都不染，惟馀玄度得相寻。

# 题卢五旧居

物在人亡无见期，闲庭系马不胜悲。窗前绿竹生空地，门外青山如旧时。怅望秋天鸣坠叶，巉岏枯柳宿寒鸥。忆君泪落东流水，岁岁花开知为谁。

# 赠别张兵曹

汉家萧相国，功盖五诸侯。勋业河山重，丹青锡命优。君为禁脔婿，争看玉人游。荀令焚香日，潘郎振藻秋。新成鹦鹉赋，能衣翡翠裘。不惮轩车远，仍寻薜荔幽。苑梨飞绛叶，伊水净寒流。雪满故关道，云遮祥凤楼。一身轻寸禄，万物任虚舟。别后如相问，沧波双白鸥。

# 宿香山寺石楼

夜宿翠微半，高楼闻暗泉。渔舟带远火，山磬发孤烟。衣拂一作殿壮云松外，门清河汉边。峰峦低枕席，世界接人天。霭霭花出雾，辉辉星映川。东林曙莺满，惆怅欲言旋。

# 圣善阁送裴迪入京

云一作雪华满一作敛高阁，苔色上钩栏。药草空阶静，梧桐返照寒。清吟可愈疾，携手暂同欢。坠叶和金磬，饥乌鸣露盘。伊流一作川惜东别,灞水向西看。旧托含香署,云霄何足难。

## 奉送漪叔游颍川兼谒淮阳太守

罢吏今何适,辞家方独行。嵩阳入归梦,颍水半前程。闻道淮阳守,东南卧理清。郡斋观政日,人马望乡情。叠岭雪初霁,寒砧霜后鸣。临川嗟拜手,寂寞事躬耕。

## 二妃庙送裴侍御使桂阳

沅上秋草晚一作色,苍苍尧女祠。无人见精魄,万古寒猿悲。桂水身殁后,椒浆神降时。回云迎赤豹,骤雨飒文狸一作飙雨骤文螭。受命出炎海,焚香征楚词。乘骢感遗迹,一吊清川湄。

## 送暨道士还玉清观

仙宫一作官有名籍,度世吴江濆。大道本无我,青春长与君。中州一作洲俄已到,至理得而闻。明主降黄屋,时人看白云。空山何窈窕,三秀日氛氲。遂此一作此道留书客,超遥烟驾分。

## 送刘主簿归金坛

与子十年旧,其如离别何。宦游邻故国,归梦是沧波。京口青山远,金陵芳草多。云帆晓容裔,江日昼清和。县郭舟人饮,津亭渔者歌。茅山有仙洞,羡尔再经过。

## 送卢少府赴延陵

问君从宦所,何日府中趋。遥指金陵县,青山天一隅。行人怀寸禄,小吏献新图。北固波涛险,南天一作川风俗殊。春江一作山连橘柚,晚景媚菰蒲。漠漠花生渚,亭亭云过湖。滩沙映村火,水雾敛樯乌。回首东门路,乡书不可无。

## 送皇甫曾游襄阳山水兼谒韦太守

岘山枕襄阳,滔滔江汉长。山深卧龙宅,水净斩蛟乡。元凯春秋传,昭明文选堂。风流满今古,烟岛思微茫。白雁暮冲雪,青林寒带霜。芦花独戍晚,柑实万家香。旧国欲兹别,轻舟眇未央。百花亭漫漫,一柱观苍苍。按俗荆南牧,持衡吏部郎。逢君立五马,应醉习家塘。

## 龙门送裴侍御监五岭选

万里番禺地,官人继帝忧。君为柱下史,将命出东周。歇马傍川路,张灯临石楼。棱棱静疏木,濊濊响寒流。榔叶四荒外,梅花五岭头。明珠尉佗国,翠羽夜郎洲。夷俗富珍产,土风资宦游。心清物不杂,弊革事无留。举善必称最,持奸当去尤。何辞桂江远,今日用贤秋。

## 送　乔　琳

草绿小平津,花开伊水滨。今君一作令今不得意,孤负帝乡春。口不言金帛,心常任屈伸。阮公惟饮酒,陶令肯羞贫。阳羡风流地,沧江游寓人。菱歌五湖远,桂树八公邻。青鸟迎一作回孤棹,白云随一身。潮随秣陵上,月映石头新。未可逃名利,应须在缙绅。汀洲芳杜色,劝尔暂垂纶。

## 题少府监李丞山池

能向府亭内,置兹山与林。他人骑骢马,而我薜萝心。雨止禁门肃,莺啼官柳深。长廊阅军器,积水背城阴。窗外王孙草,床头中散琴。清风多仰慕,吾亦尔知音。

## 长寿寺粲公院新甃井

僧房来往久,露井每同观。白石抱新甃,苍苔依旧栏。空瓶宛转下,长绠辘轳盘。境界因心净,泉源见底寒。钟鸣时灌顶,对此日闲安。

## 魏仓曹宅各赋一物得当轩石竹

罗生殊众色,独为表华滋。虽杂蕙兰处,无争桃李时。同人趋府暇,落日后庭期。密叶散红点,灵条惊紫蕤。芳菲看不厌,采摘愿来兹。

## 奉送五叔入京兼寄綦毋三

云阴带残日,怅别此何时。欲望黄山道,无由见所思。

## 寄 韩 鹏

为政心闲物自闲,朝看飞鸟暮飞还。寄书河上神明宰,羡尔城头姑射山。

## 百—作白花原 —作王昌龄《出塞行》

百—作白花原头望京师,黄河水流无已时—作尽期。穷秋—作秋天旷野行人—作人行绝,马首东—作西来知是谁。

## 遇 刘 五

洛阳一别梨花新,黄鸟飞飞逢故人。携手当年共为乐,无惊蕙草惜残春。

## 送崔婴赴汉阳

中外相连弟与兄，新加小县子男名。才年三十佩铜印，知尔弦歌汉水清。

## 送五叔入京兼寄綦毋三

吏部明年拜官后，西城必与故人期。寄书春草年年色，莫道相逢玉女祠。

## 野老曝背

百岁老翁不种田，惟知曝背乐残年。有时扪虱独搔首，目送归鸿篱下眠。

## 送东阳王太守 末缺

江皋杜蘅绿，芳草日迟迟。桂楫今何去，星郎出守时。彤襜问风俗，明主寄惸嫠。令下不徒尔，人和当在兹。昔年经此地，微月有佳期。洞口桂花白，岩前春草滋。素沙静津濑，青壁带川坻。野鹤每孤立，林鼯常昼悲。

## 咏张谭山水 末缺

小山破体闲支策，落日梨花照空壁。诗堪记室妒一作始风流，画与将军作劲敌。

## 失题 末缺

紫极殿前朝伏奏，龙华会里日相望。别离岁岁如流水，谁辨他乡与故乡。

# 全唐诗卷一三五

## 綦毋潜

綦毋潜,字季通,荆南人。开元十四年登进士第,由宜寿尉入为集贤待制,迁右拾遗,终著作郎。诗一卷。

### 冬夜寓居寄储太祝 一作薛据诗

自为洛阳客,夫子吾知音。尽—作爱义能下士,时人无此心。奈何离居夜,巢鸟悲一作飞空林。愁坐至月上,复闻南邻砧。

### 春泛若耶溪

幽意无断绝,此去随所偶。晚一作好风吹行舟,花路入溪口。际夜转西壑,隔山望南斗。潭烟飞溶溶,林月低向后。生事且弥漫,愿为持竿叟。

### 题 鹤 林 寺

道林一作门隐形胜,向背临层霄一作法桥。松覆山殿〔冷〕(泠),花藏谿路遥。珊珊宝幡挂,焰焰明灯烧。迟日半空谷,春风连上潮。少凭一作适水木兴,暂令身心调。愿谢携手客,兹山禅诵一作侣饶。

## 题栖霞寺

南山势回合,灵境依此住。殿转云崖阴,僧探石泉度。龙蛇争翕
习,神鬼皆密护。万壑奔道场,群峰向双树。天花飞不著,水月白
成路。今日观身我一作我身,归心复何处。

## 送储十二还庄城

西坂何缭绕,青林问子家。天寒噪野雀,日晚度城鸦。寂历道傍
树,曈昽原上霞。兹情不可说,长恨隐沦赊。

## 送章彝下第

长安渭一作灞桥路,行客别时心。献赋温泉毕,无媒魏阙深。黄莺
啼就马,白日暗归林。三十名未立,君还惜寸阴。

## 送崔员外黔中监选

持衡出帝畿,星指夜郎飞。神女云迎马,荆门雨湿衣。听猿收泪
罢,系雁待书稀。蛮貊虽殊俗,知君肝胆微。

## 送贾恒明府兼寄温张二司户

越客新安别,秦人旧国情。舟乘晚风便,月带上潮平。花路西施
石,云峰句践城。明州报两掾,相忆二毛生。

## 送宋秀才

冠古积荣盛,当时数戟门。旧交丞相子,继世五侯孙。长剑倚天
外,短书盈万言。秋风一送别,江上黯消魂。

## 送平判官入秦 一作卢象诗

谪远自安命,三年已忘归。同声一作心愿执手,驿骑到门扉。云是
帝乡去,军书谒紫微。曾为金马客,向日泪沾衣。

## 送郑务拜伯父

名公作逐臣,驱马拂行尘。旧国问郧子,劳歌过郢人。一川花送
客,二月柳宜春。奉料竹林兴,宽怀此别晨。

## 题招隐寺绚公房

开士度人久,空岩一作山花雾深。徒知燕坐处,不见有为心。兰若
门对壑,田家路隔林。还言证一作澄法性,归去比黄金。

## 宿 太 平 观

夕到玉京寝,窅冥云汉低。魂交仙室蝶,曙听羽人鸡。滴沥花上
露,清泠松下谿。明当访真隐,挥手入无倪。

## 题灵隐寺山顶禅院

招提此山顶,下界不相闻。塔影挂清汉,钟声和白云。观空静室
掩,行道众香焚。且驻西来驾,人天日未曛。

## 若耶溪逢孔九

相逢此溪曲,胜托在烟霞。潭影竹间动,岩阴檐外一作际斜。人言
一作生上皇代,犬吠武陵家。借问淹留日,春风满一作深归若耶。

## 宿龙兴寺

香刹夜忘归,松青古殿扉。灯明方丈室,珠系比丘衣。白日一作月
传心静,青莲喻法微。天花落不尽,处处鸟衔飞。

## 题沈东美员外山池

仙郎偏好道,凿沼象瀛洲。鱼乐随情性,船行任去留。秦人辨鸡
犬,尧日识巢由。归客衡门外,仍怜返景幽。

## 茅山洞口

华阳仙洞口,半岭拂云看。窈窕穿苔壁一作陆,差池对石坛。方随
地脉转,稍觉水晶寒。未果变金骨,归来兹路难。

## 过方尊师院

羽客北山寻,草堂松径深。养神宗示法,得道不知心。洞户逢双
履,寥天有一琴一作禽。更登玄圃上,仍种杏成林。

## 经陆补阙隐居

不敢要君征亦起,致君全得似唐虞。谠言昨叹离天听,新象今闻入
县图。琴锁坏窗风自响,鹤归乔木隐难呼。学书弟子何人在,点检
犹存谏草无。

## 登天竺寺

郡有化城最,西穷叠嶂深。松门当涧口,石路在峰心。幽见夕阳
霁,高逢暮雨阴。佛身瞻绀发,宝地践黄金。云向竹谿尽,月从花
洞临。因物成真悟,遗世在兹一作孤岑。

## 满 公 房

世界莲花藏,行人香火缘。灯王照不尽,中夜寂相传。

## 过融上人兰若 一作孟浩然诗

山头禅室挂僧衣,窗外无人溪一作水,又作越。鸟飞。黄昏半在下山路,却听钟一作泉,又作松。声连一作恋翠微。

## 早发上东门

十五能行一作文西入秦,三十无家作路人。时命不将明主合,布衣空染一作惹洛阳尘。

## 祗 园 寺

宝坊求往迹,神理驻沿洄。雁塔酬前愿,王身更后来。加持将暝合,朗悟豁然开。两世分明见,馀生复几哉。

## 送集贤学士伊阙史少府放归
## 江东觐省 一作陶翰诗

墨客钟张侣,材高吴越珍。千门来谒帝,驷马去荣亲。吏邑沿清洛,乡山指白蘋。归期应不远,当及未央春。

# 全唐诗卷一三六

## 储光羲

储光羲,兖州人。登开元中进士第,又诏中书试文章,历监察御史。禄山乱后,坐陷贼贬官。集七十卷,今编诗四卷。

### 述韦昭应画犀牛

遐方献文犀,万里随南金。大邦柔远人,以之居山林。食棘无秋冬,绝流无浅深。双角前崭崭,三蹄下骎骎。朝贤壮其容,未能辨其音。有我衰鸟一作衰乌,一作衰凤。郎,新邑长鸣琴。陛阁飞嘉声,丘甸盈仁心。闲居命国工,作绘北堂阴。眈眈若有神,庶比来仪禽。昔有舞天庭,为君奏龙吟。

### 献王威仪

入与真主言,有一作又骑天马来。但有华清宫,不用神明台。肃肃长自闲,门静无人开。

### 野田黄雀行

喷喷野田雀,不知躯体微。闲穿深蒿一作丛里,争食复争飞。穷老一颓一作犊舍,枣多桑树稀。无枣犹可一作亦何食,无桑何以衣。萧条空仓暮,相引时来归。斜路岂不捷一作栖,渚田岂不肥。水长路且坏一作复,恻恻与心违。

# 樵父词

山北饶朽木,山南多枯枝。枯枝作采薪,爨室私自知。诘朝砺斧寻,视暮行歌归。先雪隐薜荔,迎暄卧茅茨。清涧日濯足,乔木时曝衣。终年登险阻,不复忧安危。荡漾与神游,莫知是与非。

# 渔父词

泽鱼好鸣水,溪鱼好上流。渔梁不得意,下渚潜垂钩。乱荇时碍楫,新芦复隐舟。静言念终始,安坐看沉浮。素发随风扬,远心与云游。逆浪还极浦,信潮下沧洲。非为徇形役,所乐在行休。

# 牧童词

不言牧田远,不道牧陂深。所念牛驯扰,不乱牧童心。圆笠覆我首,长蓑披我襟。方将忧暑雨,亦以惧寒阴。大牛隐层坂,小牛穿近林。同类相鼓舞,触物成讴吟。取乐须臾间,宁问声与音。

# 采莲词

浅渚荇一作荷花繁,深潭菱一作塘菱叶疏。独往方自得一作获,耻邀淇上姝。广江无术阡,大泽一作罗绝方隅。浪中海童语,流下鲛人居。春雁一作获时隐舟,新萍复满湖。采采乘日暮,不思贤与愚。

# 采菱词

浊水菱叶肥,清水菱叶鲜。义不游浊水,志士多苦言。潮没具区薮,潦深云梦田。朝随北风去,暮逐南风旋。浦口多渔家,相与邀我船。饭稻以终日,羹莼一作莼羹将永年。方冬水物穷,又欲休山樊。尽室相随从,所贵无忧患。

# 射雉词

曝暄理新翳,迎春射鸣雉。原田遥一色,皋陆旷千里。遥闻咿喔声,时见双飞起。幂历疏蒿下,毵毵深丛一作麦里。顾敌已一作仍忘生,争雄方决死。仁心贵勇义,岂能复伤此。超遥下故墟,迢递回高畤一作轨。大夫昔何苦,取笑欢妻子。

# 猛虎词

寒亦不忧雪,饥亦不食人。人肉一作血岂不甘,所恶伤明神。太室为我宅,孟门为我邻。百兽为我膳,五龙为我宾。蒙一作幂马一何威,浮江一一作亦以仁。彩章耀朝日,爪牙雄武臣。高云逐气浮,厚地随声震。君能贾馀勇,日夕长相亲。

# 渭桥北亭作

停车渭阳一作桥暮,望望入秦京。不见鹓鸾道,如闻歌吹声。乡魂涉江水,客路指蒲城。独有故楼月,今来亭上明。

# 述华清宫五首

天宝六载冬十月,皇帝如骊山温泉宫,名其宫曰华清。

上在蓬莱宫,莫若居华清。朝朝礼玄阁,日日闻体轻。大圣不私己,精禋为群氓。

上出蓬莱时,六龙俨齐首。长道舒羽仪,彤云映前后。天声殷宇宙,真气到林薮。

昔在轩辕朝,五城十二楼。今我神泉宫,独在骊山陬。群方趋顺动,百辟随天游。

正月开阳和,通门缉元化。穆穆睟容归,岂为明灯夜。高山大风
起,肃肃随龙驾。

上林神君宫,此地即明庭。山开鸿濛色,天转招摇星。三雪报大
有,孰为<sub>一作谓</sub>非我灵。

# 杂 咏 五 首

## 石 子 松

盘石青岩下,松生盘石中。冬春无异色,朝暮有清风。五鬣何人
采,西山旧两童。

## 架 檐 藤

得从轩墀下,殊胜松柏林。生枝逐架远,吐叶向门深。何许答君
子,檐间朝暝阴。

## 池 边 鹤

舞鹤傍池边,水清毛羽鲜。立如依岸雪,飞似向池泉。江海虽言
旷,无如君子前。

## 钓 鱼 湾

垂钓绿湾春,春深杏花乱。潭清疑水浅,荷动知鱼散。日暮待情
人,维舟绿杨岸。

## 幽 人 居

幽人下山径,去去夹<sub>一作来</sub>青林。滑处莓苔湿,暗中萝薜深。春朝
烟雨散,犹带浮云阴。

# 题 太 玄 观

门外车马喧,门里宫殿清。行即翳若木,坐即吹玉笙。所喧既非
我,真道其冥冥。

## 至嵩阳观观即天皇故宅

真人上清室,乃在中峰前。花雾生玉井,霓裳画列仙。念兹宫故宇,多此地新泉。松柏有清阴,薜萝亦自妍。一闻步虚子,又话逍遥篇。忽若在云汉,风中意泠然。

## 贻韦炼师

精思莫知日,意静如空虚。三鸟自来去,九光遥卷舒。新池近天井,玉宇停云车。余亦苦山路,洗心祈道书。

## 霁后贻马十二巽

高天风雨散,清气在园林。况我夜初静,当轩鸣绿琴。云开北堂月,庭满南山阴。不见长裾者,空歌游子吟。

## 题陆山人楼

暮声杂初雁,夜色涵早秋。独见海中月,照君池上楼。山云拂高栋,天汉入云流。不惜朝光满,其如千里游一作愁。

## 献八舅东归

高位莫能舍,舍之世所贤。云车游日华,岂比龙楼前。寝疾乃就枕,情感唯灵仙。帝鸿思道宗,臣彭亦长年。天书加羽服,又许归东川。镜水涵太清,禹山朝上玄。诚亡真混沌,玉立方婵娟。素业作仙居,子孙当自传。门多松柏树,箧有逍遥篇。独往不可群,沧海成桑田。

## 泛茅山东溪

清晨登仙峰,峰远行未极。江海雾初景,草木含新色。而我任天和,此时聊动息。望乡白云里,发棹清溪侧。松柏生深山,无心自贞直。

## 吃茗粥作

当昼暑气盛,鸟雀静不飞。念君高梧阴,复解山中衣。数片远云度,曾不蔽炎晖。淹留膳茶粥,共我饭蕨薇。敝庐既不远,日暮徐徐归。

## 游茅山五首

十年别乡县,西云入皇州。此意在观国,不言空远游。九衢平若水,利往无一作来轻舟。北洛反初路,东江还故丘。春一作青山多秀木,碧涧尽清流。不见子桑扈,当从方外求。

世业传儒行,行成非不荣。其如怀独善,况以闻长生。家近华阳洞,早年深此情。巾车云路入,理棹瑶溪行。天地朝光满,江山春色明。王庭有轩冕,此日方知轻。

平生非作者,望古怀清芬。心以道为际,行将时不群。兹山在人境,灵贶久传闻。远势一峰出一作幽,近形千嶂分。冬春有茂草,朝暮多鲜云。此去亦何极,但言西日曛。

昔贤居柱下,今我去人间。良以直心旷,兼之外视闲。垂纶非钓国,好学异希颜。落日登高屿,悠然望远山。溪流碧水去,云带清阴还。想见中林士,岩扉长一作久不关。

名岳征仙事,清都访道书。山门入松柏,天路涵一作极空虚。南极见朝采一作爽,西潭闻夜渔。远心尚云宿,浪迹出林居。为己存实际,忘形同化初。此行良已矣,不乐复何如。

## 述降圣观

天宝七载十二月二日,玄元皇帝降于朝元阁,改为降圣阁。

一山尽天苑,一峰开道宫。道花飞羽卫,天鸟游云空。玉殿俯玄水,春旗摇素风。夹门小松柏,覆井新梧桐。自昔大仙下,乃知元化功。神皇作桂馆,此意与天通。

## 题昉上人禅居

真王清净子,燕居复行心。结宇邻居邑,寤言非远寻。丹青丈室满,草树一庭深。秀色玄冬发,交枝白日阴。江流映朱户,山鸟鸣香林。独住已寂寂,安知浮与沉。

## 过新丰道中

西下长乐坂,东入新丰道。雨多车马稀,道上生秋草。太阴蔽皋陆,莫知晚与早。雷雨杳冥冥,川谷漫浩浩。诏书植嘉木,二十八年有诏植果。众言桃李好。自愧一作顾无此容,归从汉阴老。

## 夜到洛口入黄河

河洲多青草,朝暮增一作滋客愁。客愁惜朝暮,枉渚暂一作聊停舟。中宵大川静,解缆逐归流。浦溆既清旷,沿洄非阻修。登舻望落月,击汰一作楫悲新秋。倘遇乘槎客,永言星汉游。

## 使过弹筝峡作

鸟雀知天雪,群飞复群一作息复鸣。原田无遗粟,日暮满空城。达士忧世务,鄙夫念王程。晨过弹筝峡,马足凌兢行。双壁隐灵曜,莫能知晦明。皑皑坚冰白，漫漫阴云平。始信古人言，苦节不可贞。

## 泊舟贻潘少府

行子苦风潮，维舟未能发。宵分一作风卷前幔，卧视清秋月。四泽蒹葭深，中洲烟火绝。苍苍水雾起，落落疏星没。所遇尽渔商，与言多楚越。其如念极浦，又以思明哲。时潘在后浦。常若千里馀，况之异乡别。

## 仲夏入园中东陂

方塘深且广，伊昔俯吾庐。环岸垂绿柳，盈泽一作潭发红蕖。上延北原秀，下属幽人居。暑雨若混沌，清明如空虚。此乡多隐逸，水陆见樵渔。废赏亦何贵，为欢良易摅。且言重观国，当此赋归欤。

## 效古二首

晨登凉风台，暮走邯郸道。曜灵何赫烈，四野无青草。大军北集燕，天子西居镐。妇人役州县，丁男事征讨。老幼相别离，哭泣无昏早。稼穑既殄绝，川泽复枯槁。旷哉远此忧，冥冥商山皓。

东风吹大河，河水如倒流。河洲尘沙起，有若黄云浮。赪霞烧广泽，洪曜赫高丘。野老泣相语一作逢，无地可荫休。翰林有客卿，独负苍生忧。中夜起踯躅，思欲献厥谋。君门峻且深，踠足空夷犹。

## 杂诗二首

混沌一作浑胚本无象，末路多是非。达士志寥廓，所在能忘机。耕凿时未至，还山聊采薇。虎豹对我蹲，鸑鷟旁我飞。仙人空中来，谓我勿复归。格泽一作择为君驾，虹蜺一作云霓为君衣。西游一作近昆仑墟,可与世人违。

秋气肃天地,太行高崔嵬。猿狖—作鼬清夜吟,其声一何哀。寂寞掩圭荜,梦寐游蓬莱。琪树远亭亭,玉堂云中开。洪崖吹箫管,玉—作素女飘飖来。雨师既先后—作洗道,道—作后路无纤埃。鄙哉楚襄王,独好阳云—作如云阳台。

## 陆著作挽歌 陆为起居郎、集贤院直学士,赠著作郎。吴郡人。

世业江湖侧,郊原休沐处。独—作犹言五日归,未道千秋去。乡亭春水绿,昌阁寒光暮。昔为昼锦游,今成逝川路。

归路秦城下,寒云惨平田。故园沧海边,绿柳覆平川。送客异他日,还舟殊昔年。华亭有明月,长向陇头悬。

剑水千人石,荆江万里流。英英有君子,才德满中州。明道俟良佐,惟贤初薄游。生—作山涯一朝尽,寂寞夜台幽。

金堂策令名,仙掖居清位。鸣玉朝双阙,垂缨游两地。朝夕既论思,春秋仍书事。何言鲁声伯,忽下琼珠泪。

令德弃人世,明朝降宠章。起居存有位,著作没为郎。寒水落南浦,月华虚北堂。松门一长想,仿佛见清扬。

## 山居贻裴十二迪

落叶满山砌,苍烟埋竹扉。远怀青冥士,书剑常相依。霜卧眇兹地,琴言纷已违。衡阳今万里,南雁将何归。出径惜松引,入舟怜钓矶。西林有明月,夜久空微微。

## 秦中岁晏马舍人宅宴集

冬暮久无乐,西行至长安。故人处东第,清夜多新欢。广庭竹阴静,华池月色寒。知音尽词客,方见交情难。

# 荐玄德公庙

神道本无已,成化亦自然。君居寥天上,德在玉华泉。真游践王一
作玉豫,永日迟云仙。表微在营道,明祀将祈年。灵山俯新邑,松上
生彩烟。岂知穆天子,远去瑶池边。

# 上长史王公责躬

覆舟无伯夷,覆车无仲尼。自咎失明义,宁由贝锦诗。松柏日已
坚,桃李日以滋。顾己独暗昧,所居成蒺藜。大贤荐时文,丑妇用
蛾眉。惕惕愧不已,岂敢论其私。方朔既有言,子建亦有诗。恻隐
及先世,析薪成自悲。灵鸟酬德辉,黄雀报仁慈。若公庶伏罪,此
事安能迟。

# 至岳寺即大通大照禅塔上温上人

秋山下映宫,宫色宜朝阳。迢递在半岭,参差非一行。燕息云满
门,出游花隐房。二尊此成道,禅宇遥相望。风铎天中鸣,岩梯松
下长。山墟响信鼓,蕙薄生蕙香。起灭一以雪一作息,往来亦诚亡。
悲哉门弟子,要自知心长。

# 终南幽居献苏侍郎三首时拜太祝未上

暮春天气和,登岭望层城。朝日悬清景,巍峨宫殿明。圣君常临
朝,达士复悬衡。道近无艮一作良足,归来卧山楹。灵阶曝仙书,深
室炼金英。春岩松柏秀,晨路鹍鸡鸣。羽化既有言,无然悲不成。
中岁尚微道,始知将谷神。抗策还南山,水木自相亲。深林开一
道,青嶂成四邻。平明去采薇,日入行刈薪。云归万壑暗,雪罢千
崖春。始看玄鸟来,已见瑶华新。寄言搴芳者,无乃后时人。

卜筑青岩里，云萝四垂阴。虚室若无人，乔木自成林。时有清风至，侧闻樵采音。凤凰鸣南冈，望望隔层岑。既言山路远，复道溪流深。偓佺空中游，虬龙水间吟。何当见轻翼，为我达远心。

## 题应圣观

空中望小山，山下见馀雪。皎皎河汉女，在兹养真骨。登门骇天书，启篇问仙诀。池光摇水雾，灯色连松月。合砖起花台，折草成玉节。天鸡弄白羽，王母垂玄发。北有上一作祈年宫，一路在云霄。上心方向道，时复朝金阙。

## 至闲居精舍呈正上人 即天后故宫

太室三招提，其趣皆不同。不同非一趣，况是天游宫。双岭前夹门，阁道复横空。宝坊若花积，宛转不可穷。流泉自成池，清松信饶风。秋晏景气迥，晶明丹素功。将近隐者邻，远与西山通。大师假惠照，念以息微躬。

## 酬綦毋校书梦耶溪见赠之作

校文在仙掖，每有沧洲心。况以一作此北窗下，梦游清溪阴。春看湖水一作口漫，夜入回塘深。往往缆垂葛，出舟望前林。山人松下饭，钓客芦中吟。小隐何足贵，长年固可寻。还车首东道，惠言若黄金一作南金。以我采薇意，传之天姥岑。后五句，一作胜游在幽寻。历兹山水间，泠然若鸣琴。申章谢来意，愧莫酬知音。

# 全唐诗卷一三七

## 储光羲

### 田 家 即 事

蒲叶日已长,杏一作荇花日已滋。老农要看此,贵不违天时。迎晨起饭牛,双驾耕东菑。蚯蚓土中出,田乌随我飞。群合乱啄噪,嗷嗷如道饥。我心多恻隐,顾此两伤悲。拨食与田乌,日暮空筐归。亲戚更相诮,我心终不移。

### 同王十三维偶然作十首

仲夏日中时,草木看欲燋。田家惜工一作功力,把锄来东皋。顾望浮云阴,往往误伤苗。归来悲困极,兄嫂共相诮一作饶。无钱可沽酒,何以解劬劳。夜深星汉明,庭宇虚寥寥。高柳三五株,可以独逍遥。

北山种松柏,南山种蒺藜。出入虽同趣,所向一作尚各有宜。孔丘贵仁义,老氏好无为。我心若虚空,此道一作心将安施。暂过伊阙间,晼晚三伏时。高阁入云中,芙蓉满清池。要自非我室,还望南山陲。

野老本贫贱,冒暑一作雨锄瓜田。一畦未及终,树下高枕眠。荷茶者谁子,皤皤来息肩。不复问乡墟,相见但依然。腹中无一物,高话羲皇年。落日临层隅,逍遥望晴川。使妇提蚕筐,呼儿榜渔—作鱼船。悠悠泛绿水,去摘浦中莲。莲花艳且美—作妍,使我不能还。

浮云在虚空,随风复卷舒。我心方处顺,动作何忧虞。但言婴世网,不复得闲居。迢递别东国,超遥来西都。见人乃恭敬,曾不问贤愚。虽若不能言,中心亦难诬。故乡满亲戚,道远情日疏。偶欲陈此意,复无—作无复南飞凫。

草木花叶生,相与命为春。当非草木意,信是故时人。静念恻群物,何由知至真。狂歌问夫子,夫子莫能陈。凤凰飞且鸣,容裔下天津。清净无言语,兹焉庶可亲。

黄河流向东,弱水流向西。趋舍各有异,造化安能齐。妾本邯郸女,生长在丛台。既闻容见宠,复想玄为妻。刻画尚风流,幸会君招携。逶迤歌舞座,婉娈芙蓉闺。日月方向除,恩爱忽焉暌。弃置谁复道,但悲生不谐。羡彼匹妇意,偕老常同栖。

日暮登春山,山鲜云复轻。远近看春色,踟蹰新月明。仙人浮丘公,对月时吹笙。丹鸟飞熠熠,苍蝇乱营营。群动汩吾真,讹言伤我情。安得如子晋,与之游太清。

耽耽铜鞮宫,遥望长数里。宾客无多少,出入皆珠履。朴儒亦何为,辛苦读旧史。不道无家舍,效他养妻子。冽冽玄冬暮,衣裳无准拟。偶然著道书,神人养生理。公卿时见赏,赐赍难具纪。莫问身后事,且论朝夕是。

空山暮雨来,众鸟竟栖息。斯须照夕阳,双双复抚翼。我念天时好,东田有稼穑。浮云蔽川原,新流集沟洫。裴回顾衡宇,僮仆邀我食。卧览—作拥床头书,睡看机中织。想见明膏煎,中夜起唧唧。

四邻竞丰屋,我独好卑室。窈窕高台中,时闻抚新瑟。狂飙动地起,拔木乃非一。相顾始知悲,中心忧且栗。蛩蛩命子弟,恨不居高秩。日入宾从归,清晨冠盖出。中庭有奇树,荣早衰复疾。此道犹不知,微言安可述。

# 升天行贻卢六健

真人居阆风,时奏清商音。听者即王母,泠泠和瑟琴。坐对三花枝,行随五云阴。天长昆仑小,日久蓬莱深。上由玉华宫,下视首阳岑。神州亦清净,要自有浮沉。恻恻苦哉行,呱呱游子吟。庐山逢若士,思欲化黄金。雨雪没太山,谁能无归心。逍遥在云汉,可以来相寻。

# 田家杂兴八首

春至鸧鹒鸣,薄言向田墅一作野。不能自力作,黾勉娶邻女。既念生子孙,方思广田一作园圃。闲时相顾笑,喜悦好禾黍。夜夜登啸台,南望洞庭渚。百草被霜露,秋山响砧杵。却羡故年时,中情无所取。

众人耻贫贱,相与尚膏腴。我情既浩荡,所乐在畋渔。山泽时晦暝,归家暂闲居。满园植葵藿,绕屋树桑榆。禽雀知我闲,翔集依我庐。所愿在优游,州县莫相呼。日与南山老,兀然倾一壶。

逍遥阡陌上,远近无相识。落日照秋山,千岩同一色。网罟绕深莽,鹰鹯始轻翼。猎马既如风,奔兽莫敢息。驻旗沧海上,犒士吴宫侧。楚国有夫人,性情本贞直。鲜禽徒自致,终岁竟不食。

田家趋垄亩,当昼掩虚关。邻里无烟火,儿童共幽闲。桔槔悬空圃,鸡犬满桑间。时来一作须臾农事隙,采药游名山。但言所采多,不念一作言路险艰。人生如蜉蝣,一往不可攀。君看西王母,千载美容颜。

平生一作贫士养情性,不复计一作知忧乐。去家一作来行卖畚,留滞南阳郭。秋至黍苗黄,无人可刈获。稚子朝未饭,把竿逐鸟雀。忽见梁将军,乘车出宛洛。意气轶道路,光辉满墟落。安知负薪者,咥咥笑轻薄。

楚山有高士,梁国有遗老。筑室既相邻,向田复同道。糗糒常共饭,儿孙每<sub></sub>一作日更抱。忘此耕耨劳,愧彼风雨好。螅蛄鸣空泽,鹍鹝伤秋草。日夕寒风来,衣裳苦不早。

梧桐荫我门,薜荔网我屋。迢迢一作超超两夫妇,朝出暮还宿。稼穑既自种一作务,牛羊还自牧。日旰懒耕锄,登高望川陆。空山足禽兽,墟落多乔木。白马谁家儿,联翩相驰逐。

种桑百馀树,种黍三十亩。衣食既有馀,时时会亲友。夏来菰米饭,秋至菊花酒。孺人喜一作善逢迎,稚子解趋走。日暮闲园里,团团荫榆柳。酩酊乘夜归,凉风吹户牖。清浅望河汉,低昂看北斗。数瓮犹未开,明朝能饮否。

## 题辨觉精舍

朝随秋云阴,乃至青松林。花阁空中远,方池岩下深。竹风乱天语,溪响成龙吟。试问真君子,游山非世心。

## 题慎言法师故房

精庐不住子,自有无生乡。过客知何道,裴回雁子堂。浮云归故岭,落月还西方。日夕虚空里,时时闻异香。

## 石 瓮 寺

遥山起真宇,西向尽花林。下见宫殿小,上看廊庑深。苑花落池水,天语闻松音。君子又知我,焚香期化心。

## 题崔山人别业

南阳隐居者, 筑室丹溪源。溪冷惧秋〔晏〕(宴), 室寒欣景暾。山鸡鸣菌阁, 水雾入衡门。东岭或舒啸, 北窗时讨论。封君渭阳一作川竹, 逸士汉阴园。何必崆峒上, 独为尧所尊。

## 行次田家澳一作溴梁作

田家俯长道, 邀我避炎氛。当暑日方昼, 高天无片云。桑间禾黍气, 柳下牛羊群。野雀栖空屋, 晨昏一作风不复闻。前登澳一作溴梁坂, 极望温泉分一作原曛。逆旅方三舍, 西山犹未曛一作分。

## 昭圣观

主家隐溪口, 微路入花源。数日朝青阁, 彩云独在门。双楼夹一殿, 玉女侍玄元。扶橑尽蟠木, 步檐多画幡。新松引天籁一作阙, 小柏绕山樊。坐弄竹阴远, 行随溪水喧。石池辨春色, 林兽知人言。未逐凤凰去, 真宫在此原。

## 题辛道士房

全神不言命, 所尚道家流。迨此远南楚, 遂令思北游。先生秀衡岳, 玉立居玄丘。门带江山静, 房随瑶草幽。逍遥三花发, 罔象五云浮。自有太清纪, 曾垂华一作草发忧。大年方橐籥, 小智即蜉蝣。七日赤龙至, 莫令余独留。

## 登秦岭作时陷贼归国

朝出猛兽林, 蹼跙登高峰。僮仆履云雾, 随我行太空。羲和舒灵晖, 倏忽西极通。回首望泾渭, 隐隐如长虹。九逵合苍芜, 五陵遥

瞳矇。鹿游大明殿,雾湿华清宫。网罗蠛蠓时,顾齿熊罴锋。失途
走江汉,不能有其功。气逐招摇星,魂随阊阖风。惟言宇宙清,复
使车书同。林木被繁霜,合沓连山红。鹏鹗励羽翼,俯视荆棘丛。
誓将食鸧鸹,然后归崆峒。

## 晦日任桥池亭

温泉作天邑,直北开新洲。未有菰蒲生,即闻凫雁游。六亭在高
岸,数岛居中流。晦日望清波,相与期泛游。西道苦转毂,北堤疲
行舟。清泠水木阴,才可适我忧。

## 望　幸　亭

五年一巡狩,西幸过东畿。周国易居守,周人多怨思。君王敷惠
政,程作贵从时。大厦非一木,沉沉临九逵。庆云宿飞栋,嘉树罗
青墀。疏屏宜朝享,方塘堪水嬉。云中仰华盖,桁下望春旗。天意
知如此,星言归洛师。

## 哥舒大夫颂德

天纪启真命,君生臣亦生。乃知赤帝子,复有苍龙精。神武建皇
极,文昌开将星。超超渭滨器,落落山西名。画阃入受脉一作服,凿
门出扞城。戎人昧正朔,我有轩辕兵。陇路起丰镐,关云随旆旌。
河湟训兵甲,义勇方横行。韩魏多锐士,蹑张在幕庭。大非当作大
罪四当作肆决轧,石堡高峥嵘。攻伐若振槁,孰云非神明。嘉谋即
天意,骤胜由师贞。枯草被西陆,烈风昏太清。戢戈旄头落,牧马
昆仑平。宾从俨冠盖,封山纪天声。来朝芙蓉阙,鸣玉飘华缨。直
道济时宪,天邦遂轻刑。抗书报知己,松柏亦以荣。嘉命列上第,
德辉照天京。在车持简墨,粲粲皆词英。顾我抢榆者,莫能翔青

冥。游燕非骐骥,踯躅思长鸣。

## 安宜园林献高使君

直道已三出<sub>当作黜</sub>,幸从江上回。新居茅茨迥,起见秋云开。十里
次舟楫,二桥交往来。楚言满邻里,雁叫喧池台。鱼鳖乐仁政,浮
沉亦至哉。小山宜大隐,要自望蓬莱。

## 秋庭贻马九 并序

> 扶风马挺,余之元伯也。舍人诸昆,知己之目。挺充郑乡之赋,予
> 乃贻此诗。

伊昔好观国,自乡西入秦。往复万馀里,相逢皆众人。大君幸东
岳,世哲扈时巡。予亦从此去,闲居清洛滨。稍稍寒木直,彩彩阳
华新。迭宕孔文举,风流石季伦。妙年一相得,白首定相亲。重此
虚宾馆,欢言冬及春。哲兄盛文史,出入驰高轨。令德本同人,深
心重知己。绛衣朝圣主,纱帐延才子。伯淮与季江,清溶各<sub>一本缺</sub>
孤峙。群芳趋泛爱,万物通情理。而我信空虚,提携过杞梓。夫君
美声德,直道期终始。孰谓忽离居,优游郑东里。东里近王城,山
连路亦平。何言相去远,闲言独凄清。万里鸿雁度,四邻砧杵鸣。
其如久离别,重以霜风惊。

## 河中望鸟滩作贻吕四郎中

河流有深曲,舟子莫能知。弭棹临沙屿,微吟西日驰。平明春色
霁,两岸好风吹。去去川途尽,悠悠亲友离。汉宫成羽翼,伊水弄
参差。为惜淮南子,如何攀桂枝。

## 秦中初霁献给事二首

渭水收暮雨，处处多新泽。宫苑傍山明，云林带天碧。君子耸高
驾，英声邈今昔。锵佩出中台，彯缨入仙掖。夙心幸清鉴，晚志欣
良觌。鸣盗非足征，愿言同下客。

南国久为思，西都尝作宾。云开天地色，日照山河春。善听在知
己，扬光唯达人。妙年弄柔翰，弱冠偶良晨。擢第文昌阁，还家沧
海滨。寸心何所望，东<sub>一作省</sub>掖有贤臣。

## 晚次东亭献郑州宋使君文

自<sub>一作身</sub>初宾上国，乃到邹人乡。曾点与曾子，俱升阙里堂。武皇
恢大略，逸翮思寥廓。三居清宪台，两拜文昌阁。为道既贞<sub>一作真</sub>
信，处名犹謇谔。铁柱励风威，锦轴含光辉。夜闻持简立，朝看伏
奏归。洞门清佩响，广路玉珂飞。骧首入丹掖，抟空趋太微。丝纶
逢圣主，出入飘华组。恽恽宿帝梧，侃侃居文府。海内语三独，朝
端谋六户。善计在弘羊，清严归仲举。侍郎跨方朔，中丞蔑周处。
天眷择循良，惟贤降宠章。分符指聊摄，为政本农桑。籍籍歌五
袴，祁祁颂千箱。随车微雨洒，逐扇清风扬。既以迁列国，复兹邻
帝乡。襄帷乃仍旧，坐啸非更张。居敬物无扰，履端人自康。薄游
出京邑，引领东南望。林晚鸟雀噪，田秋稼穑黄。成皋天地险，广
武征战场。道丧苦兵赋，时来开井疆。霏霏渠门色，晻晻制岩光。
徒念京索近，独悲溱洧长。大明潜照耀，淑慝自昭彰。昔岁幸西
土，今兹归洛阳。同焉知郑伯，当辅我周王。

## 秋次霸亭寄申大

橘柚植寒陵，芙蓉蒂修坂。无言不得意，得意何由展。况我行且

徒,而君往犹蹇。既伤人事近,复言天道远。薄暮入空亭,中夜不能饭。南听鸿雁尽,西见招摇转。千门汉王宫,百里周王苑。杲杲初景出,油油鲜云卷。会朝幸岁正-作真,校猎从新狝。念君久京国,双涕如露泫。无人荐子云,太息竟谁辨。

## 舟中别武金坛

曰予轻皎洁,坦率宾混元。忽乃异群萃,高歌信陵门。信陵好宾客,清夜开华轩。月光丽池阁,野气浮林园。偶坐烂明星,归志-作心潜崩奔。漾舟清潭里,慰我别离魂。落日下西山,左右惨无言。萧条风雨散,窅霭江湖昏。秋荷尚幽郁,暮鸟复翩翻。纸笔亦何为,写我心中冤。

## 巩城东庄道中作

北陵散寒鸟,西山照初日。婉娈晋阳京,踟蹰野人室。南轩草间去,后乘林中出。霭霭长路暖,迟迟狭路归。蜉蝣时蔽月,枳棘复伤衣。城上东风起,河边早雁飞。夏王纪冬令,殷人乃正月。涯口度新云,山阴留故雪。幸逢耆耋话,馀待亲邻别。总辔出丛薄,歇鞍登峻隅。春源既荡潆,伏战亦睢盱。未获遵平道,徒言信薄夫。

## 赴 冯 翊 作

本自江海人,且无寥廓志。大明耀天宇,霭霭风雨被。迢递别荆吴,飘飖涉沂泗。广川俟舟楫,峻坂伤骐骥。蹭蹬失归道,崎岖从下位。西出太华阴,北走少梁地。葱茏墟落色,泱漭关河气。耻从侠烈游,甘为刀笔吏。宝剑茱萸匣,岂忘知音贵。大道且泛然,沉浮未云异。

## 晚霁中园喜赦作

五月黄梅时,阴气蔽远迩。浓一本缺,一作烟。云连晦朔,菰菜生邻
里。落日烧霞明,农夫知雨止。几悲衽席湿,长叹垣墙毁。晓朗天
宇开,家族跃一本缺,一作欣。以喜。涣汗发大号,坤元更资始。散衣
出中园,小径尚滑履。池光摇万象,倏忽灭复起。嘉树如我心,欣
欣岂云已。

## 观范阳递俘

北河旆星陨,鬼方狝林胡。群师舞弓矢,电发归燕墟。皇皇轩辕
君,赞赞皋陶谟。方思壮军实,远近递生俘。车马践大逵,合沓成
深渠。牧人过橐驼,校正引骊骀。烈风朝送寒,云雪霭天隅。草
木同一色,谁能辨荣枯。四履封元戎,百金酬勇夫。大邦武功爵,
固与炎皇殊。

## 次天元十载华阴发兵作时有郎官点发

鬼方生猰犳,时寇卢龙营。帝念霍嫖姚,诏发咸林兵。天星下文
阁,简师临我城。三陌观勇夫,五饵谋长缨。雷野大车发,震云灵
鼓鸣。太华色莽苍,清渭风交横。胡马悲雨雪,诗人歌旆旌。阏氏
为女奴,单于作边氓。神皇麒麟阁,大将不书名。

## 送丘健至州敕放作时任下邽县 一作尉

太史登观台,天街耀旆头。大君忽霆震,诏爵冠军侯。南必梁孙
源,西将围昆丘。河陇征击卒,虎符到我州。朝集咸林城,师言乱
啁啾。杀气变木德,凛凛如高秋。元戎启神皇,庙堂发嘉谋。息兵
业稼穑,归马复休牛。和风开阴雪,大耀中天流。欢声殷河岳,涵

荡非烟浮。邦牧新下车,德礼彼旷讴。乾坤日交泰,吾亦遂优游。

# 登 商 丘

河水日夜流,客心多殷忧。维梢历宋国,结缆登商丘。汉皇封子
弟,周室命诸侯。摇摇世祀怨<sub>一作远</sub>,伤古复兼秋。鸣鸿念极浦,征
旅慕前俦。太息梁王苑,时非牧马游。

# 群鸦<sub>一作鸥</sub>咏

新宫骊山阴,龙衮时出豫。朝阳照羽仪,清吹肃遒路。群鸦随天<sub>一</sub>
<sub>作太</sub>车,夜满新丰树。所思在腐馀,不复忧霜露。河低宫阁深,灯影
鼓钟曙。缤纷集<sub>一作起</sub>寒枝,矫翼时相顾。冢宰收琳琅,侍臣尽<sub>一作</sub>
<sub>进</sub>鸳鹭。高举摩太清,永绝矰缴惧。兹禽亦翱翔,不以微小故。

# 尚书省受<sub>一作聪</sub>誓诫贻太庙裴丞

皇家有恒宪,斋祭崇明祀。严车伊洛间,受誓文昌里。沉沉云阁
见,稍稍城乌起。曙色照衣冠,虚庭鸣剑履。裴回念私觐,怅望临
清汜。点翰欲何言,相思从此始。

# 夏日寻蓝田唐丞登高宴集

东望春明门,驾言聊出游。南行小径尽,绿竹临清流。君出罢六
安,居此澹忘忧。园林与城市,闾里随人幽。披颜辟衡闱,置酒登
崇丘。山河临咫尺,宇宙穷寸眸。是时春载阳,佳气满皇州。宫殿
碧云里,鸳鸯初命俦。良辰方在兹,志士安得休。成名苟有地,何
必东陵侯。

# 田家即事答崔二东皋作四首

玄鸟双双飞,杏林初发花。烟煴命僮仆,可以树桑麻。清旦理犁锄,日入未还家。

有客山中至,言传故人讯。荡漾敷远情,飘飖吐清韵。猗欤春皋上,无乃成秋兴。

念别求须臾,忽至嘤鸣时。菜田烧故草,初树养新枝。所寓非幽深,梦寐相追随。

依依亲陇亩,寂寂无邻里。不闻鸡犬音,日见和风起。赖君遗挼藻,忧来散能弭。

# 全唐诗卷一三八

## 储光羲

### 敬酬陈掾亲家翁秋夜有赠

大姬配胡公，位乃三恪宾。盛德百代祀，斯言良不泯。敬仲为齐卿，当国名益震。仲举登宰辅，太丘荣缙绅。武皇受瑶图，爵土封其新。繁祉既骤集，裔孙生贤臣。特达逾珪璋，节操方松筠。云汉一矫翼，天池三振鳞。曳裾朝赤墀，酌醴侍紫宸。大君锡车马，时复过平津。言则广台阶，道亦资天均。清秋忽高兴，震一作振藻若有神。曜曜趋宫廷，洸洸迈徐陈。镐京既赐第，门巷交朱轮。方将袭伊皋，永以崇夏殷。宗党无远近，敬恭依仁人。雪尽宇宙暄，雁归沧海春。沉吟白华颂，帝阏降丝纶。驿骑及芜城，相逢在郊郢。别离旷南北，遣谪罹苦辛。昼游还荆吴，迷方客咸秦。惟贤惠重义，男女期嘉姻。梧桐生朝阳，鹍鸡鸣萧晨。岂不畏时暮，坎壈无与邻。中夜凉风来，顾我阙音尘。琼瑶不遐弃，寤寐如日新。

### 苏十三瞻登玉泉寺峰入寺中见赠作

庆门叠华组，盛列钟英彦。贞信发天姿，文明叶邦选。为情贵深远，作德齐隐见。别业在春山，怀归出芳甸。逊听多时友，招邀及浮贱。朝沿霸水穷,暮瞩蓝田遍。百花照阡陌,万木森乡县。<sub>苏居世业蓝田。</sub>涧净绿萝深,岩暄新鸟转。依然造华薄,豁尔开灵院。淹留火禁辰,愉乐弦歌宴。<sub>时蓝田令招饮。</sub>肃肃列樽俎,锵锵引缨弁。天籁激微风,阳光轹奔箭。以兹小人腹,不胜君子馔。是日既低迷,中宵方眄眩。<sub>时醉霍乱。</sub>枕上思独往,胸中理交战。碧云暗雨来,旧原芳色变。欢然自此绝,心赏何由见。鸿濛已笑云,列缺仍挥电。忽与去人远,俄逢归者便。<sub>时蓝田尉朝行入城,与之俱。</sub>想像玉泉宫,依稀明月殿。峰峦若登陟,水木以游衍。息心幸自忘,点翰仍留眷。恨无荆文璧,以答丹青绚。

## 酬李处士山中见赠

厥初游太学,相与极周旋。含<sub>一作舍</sub>采共朝暮,知言同古先。孟阳题剑阁,子云献甘泉。斯须旷千里,婉娈将十年。今来艳阳月,好鸟鸣翩翩。同声既求友,不肖亦怀贤。引领迟芳信,果枉瑶华篇。成颂非其德,高文徒自妍。声尘邈超越,比兴起孤绝。始信郢中人,乃能歌白雪。跂予北堂夜,摇笔酬明哲。绿竹动清风,层轩静华月。想像南山下,恬然谢朝列。犹恐鹍鹏鸣,坐看芳草歇。邀以青松色,<sub>李诗云:青青此松柏。</sub>同之白华洁。永愿登龙门,相将持此节。

## 同诸公秋日游昆明池思古

仆人理车骑,西出金光邃。苍苍白帝郊,我将游灵池。太阴连晦朔,雨与天根违。凄风披田原,横污益山陂。农畯尽颠沛,顾望稼穑悲。皇灵恻群盲,神政张天维。坤纪戮屏翳,元纲扶逶迤。回塘清沧流,大曜悬金晖。秋色浮浑沌,清光随涟漪。豫章尽莓苔,柳杞成枯枝。骤闻汉天子,征彼西南夷。伐棘开洪渊,秉旄训我师。震云灵鼍鼓,照水蛟龙旂。锐士千万人,猛气如熊罴。刑罚一以正，干戈自有仪。坐作河汉倾，进退楼船飞。羽发鸿雁落，桧动芙蓉披。峨峨三云宫，肃肃振旅归。恶德忽小丑，器用穷地赀。上兵贵伐谋，此道不能为。吁哉蒸人苦，始曰征伐非。穆穆轩辕朝，耀德守方陲。君臣日安闲，远近无怨思。石鲸既蹭蹬，女牛亦流离。猨獭游渚隅，葭芦生湑湄。坎埳四十里，填淤今已微。江伯方翱翔，天吴亟往来。桑榆惨一本缺，一本黯。无色，伫立暮霏霏。老幼樵木还，宾从回軏羁。帝梦鲜鱼索，明月当报时。

## 同诸公登慈恩寺塔

金祠起真宇，直上青云垂。地静我亦闲，登之秋清时。苍芜宜春苑，片碧昆明池。谁道天汉高，逍遥方在兹。虚形宾太极，携手行翠微。雷雨傍杳冥，鬼神中躨跜。灵变在倏忽，莫能穷天涯。冠上阊阖开，履下鸿雁飞。宫室低逦迤，群山小参差。俯仰宇宙空，庶随了义归。崱屴非大厦，久居亦以危。

## 同诸公秋霁曲江俯见南山

天静终南高，俯映江水明。有若蓬莱下，浅深见澄瀛。群峰悬中流，石壁如瑶琼。鱼龙隐苍翠，鸟兽游清泠。菰蒲林下秋，薜荔波中轻。山戛一作戞浴兰阯，水若居云屏。岚气浮渚宫，孤光随曜灵。阴阴豫章馆，宛宛百花亭。大君及群臣，〔宴〕(晏)乐方嘤鸣。吾党二三子，萧辰怡性情。逍遥沧洲时，乃在长安城。

## 同诸公送李云南伐蛮

昆明滨滇池，蠢尔敢逆常。天星耀铁锧，吊彼西南方。冢宰统元戎，太守齿军行。囊括千万里，矢谟在庙堂。耀耀金虎符，一息到炎荒。蒐兵自交趾，茇舍出泸阳。群山高崭岩，凌越如鸟翔。封豕骤跧伏,巨象遥披攘。回溪深天渊,揭厉逾舟梁。玄武扫孤蜮,蛟龙除方良。雷霆随神兵,硼磕动穹苍。斩伐若草木,系缧同犬羊。馀丑隐弭河,唧啾乱行藏。君子恶薄险,王师耻重伤。广车设置梁,太白收光芒。边吏静县道,新书行纪纲。剑关掉鞅归,武弁朝建章。龙楼加命服,獬豸拥秋霜。邦人颂灵旗,侧听何洋洋。京观在七德,休哉我神皇。

## 奉和韦判官献侍郎叔除河东采访使

天卿小冢宰,道大名亦大。丑正在权臣,建旆千里外。楚山俯江汉,汴水连谯沛。两持方伯珪,再转诸侯盖。恬淡轻黜陟,优游邀千载。乾象变台衡,群贤尽交泰。聿徕股肱郡,河岳即襟带。盛德滋冀方,仁风清汾浍。四封尽高足,相府轺车最。超超青云器,婉婉竹林会。贱士敢知言,成颂文明代。燕雀依大厦,期之保贞悔。

## 同王十三维哭殷遥

生理无不尽,念君在中年。游道虽未深,举世莫能贤。筮仕苦贫贱,为客少田园。膏腴不可求,乃在许西偏。四邻尽桑柘,咫尺开墙垣。内艰未及虞,形影随化迁。茅茨俯苫盖,双瘗两楹间。时闻孤女号,迥出陌与阡。慈乌乱飞鸣,猛兽亦以踆。故人王夫子,静念无生篇。哀乐久已绝,闻之将泫然。太阳蔽空虚,雨雪浮苍山。迢递亲灵榇,顾予悲绝弦。处顺与安时,及此乃空言。

## 贻丁主簿仙芝别

赫赫明天子,翘翘群秀才。昭昭皇宇广,隐隐云门开。摇曳君初起,联翩予复来。丁侯前举,予次年举。兹年不得意,相命游灵台。同为太学诸生。骅骝多逸气,琳琅有清响。联行击水飞,独影凌虚上。同

年举，而丁侯先第。关河施芳听，江海微新赏。敛衽归故山，敷言播天
壤。云峰虽有异，楚越幸相亲。既别复游处，道深情更殷。下愚忝
闻见，予后及第，又应制授官。上德犹遵迍。偃仰东城曲，楼迟依水滨。
脱巾从会府，结绶归海裔。亲知送河门，邦族迎江澨。夫子安恬
淡，他人怅迢递。飞舻既眇然，洲渚徒亏蔽。人谋固无准，天德谅
难知。高名处下位，逸翮栖卑枝。去去水中泬，摇摇天一涯。蓬壶
不可见，来泛跃龙池。

# 京口送别王四谊

江上枫林秋，江中秋水流。清晨惜分袂，秋日尚同舟。落潮洗鱼
浦，倾荷枕驿楼。明年菊花熟，洛东泛舴游。

## 同房宪部应旋 一下缺，一有游衡山寺四字。

衡山法王子，慧见息诸苦。落发自南州，燕居在西土。养正不因
晦，得中宁患旅。旷然长虚闲，即理寄行补。四句了自性，一音亦
非取。橘柚故园枝，随人植庭户。我地少安住，念天时启处。宪卿
文昌归，愉悦来晤语。车骑践香草，仆人沐花雨。长风散繁云，万
里静天宇。起灭信易觉，清真知有所。逍遥高殿阴，六月无炎暑。
微言发新偈，粲粲如悬圃。直心视惠光，在此大法鼓。

# 奉别长史庾公太守徐公应召

烈风起江汉，白浪忽如山。方伯骤勤王，杞人亦忧天。鄩镐顷霾
晦，云龙召我贤。车骑北艰苦，舸舰西溯沿。水灵静湍濑，猛兽趋
后先。龙楼开新阳，万里出云间。宇宙既焜耀，崇德济巨川。受命
在神宗，振兵犹轩辕。煌煌逾涿鹿，穆穆更坤元。明王朝太阶，远
迩望嘉言。游子淡何思，江湖将永年。

## 狱中贻姚张薛李郑柳诸公

直道时莫亲,起羞见谗口。舆人是非怪,西子言有咎。诬善不足
悲,失听一何丑。大来敢遐望,小往且虚受。中夜图圄深,初秋缧
绁久。疏萤出暗草,朔风鸣衰柳。河汉低在户,蟏蛸垂向牖。雁声
远天末,凉气生雾后。负户愁读书,剑光怒冲斗。哀哀害神理,恻
恻伤慈母。妻子垂涕泣,家僮日奔走。书词苦人吏,馈食劳交友。
寒服犹未成,繁霜渐将厚。吉凶问詹尹,倚伏信北叟。鬼哭知己
冤,鸟言诚所诱。诸公深惠爱,朝夕相左右。束湿虽欲操,钩金庶
无负。伤罗念摇翮,趼足思骧首。瑾瑜颇匿瑕,邦国方含垢。眷言
出深阱,永日常携手。

## 贻鼓吹李丞时信安王北伐
### 李公王之所器者也

北伐昧天造,王师示有征。辕门统元律,帝室命宗英。灵威方首
事,仗钺按边城。膏雨被春草,黄云浮太清。文儒托后乘,武旅趋
前旌。出车发西洛,营军临北平。曰予深固陋,志气颇纵横。尝思
骠骑幕,愿逐嫖姚兵。惟贤美无度,海内依扬声。河间旧相许,车
骑日逢迎。折节下谋士,深心论客卿。忠言虽未列,庶以知君诚。

## 贻王侍御出台掾丹阳

高高琅琊台,台下生菌蟪。照车十二乘,光彩不足谕。既当少微
星,复隐高山雾。金丘华阳下,仙伯养晦处。茅茨对三峰,梧桐开
一路。神溪绕皋陆,樵牧白成趣。时登青冥游,若从天江度。墟里
献薇蕨,群公致衣缕。深沉复清净,偃仰视太素。猛兽识宾仆,赪
霞知早暮。峨峨云龙开,忽有方伯遇。达人无不可,壮志一作士且

驰骜。融泄长鸡鸣,缤纷大鹏翥。赤墀高则岁,一见如三顾。礼
服正邦祀,刑冠肃王度。三辰明昭代,光启玄元祚。章台收杞梓,
太液满鸀鹭。丰泽耀纯仁,八方晏黔庶。沉沉闾阖起,殷殷蓬莱
曙。旌戟俨成行,鸡人传发煦。翔翼一如鹗,百辟莫不惧。清庙奉
烝尝,灵山崔嵂辂。天街时蹴踘,直指宴桎柮。四月纯阳初,雷雨
始奋豫,逆星孛皇极,铁锁静天步。酆镐舒曜灵,干戈藏武库。析
樕增广运,直道有好恶。回迹清宪台,传骑东南去。列城异畴昔,
近饯寡徒御。缠绵西关道,婉娈新丰树。伊洛不敢息,淮河任沿
溯。乡亭茱萸津,先后非疏附。炎时方怵惕,有若践霜露。惆怅长
岑长一作缺,寂寞梁王傅。纷吾家延州,结友在童孺。岑阳沐天德,
邦邑持民务。踟蹰望朝阴,如何复沦误。牙旷三千里,击辕非所
慕。秋涛联沧溟,舟楫凑北固。江汜日绵眇,朝夕空寐寤。中洞松
栝新,东皋阡陌故。馀辉方焜耀,可以欢邑聚。南华在濠上,谁辩
魏王瓠。登陟芙蓉楼,为我时一赋。

## 贻刘高士别

夙驾出东城,城傍早霞散。初日照龙阙,峨峨在天半。壮哉丽百
常,美矣崇两观。俯视趋朝客,簪珮何璀璨。而我送将归,裴回霸
陵岸。北云去吴越,南雁离江汉。伊昔蹈丘园,翩翩理文翰。高谈
闵仲叔,逸气刘公干。每言竹柏贞,尝轻朝市玩。山昼猿狖静,溪
曛鱼鸟乱。宁止卧崆峒,直云期汗漫。圣君既理历,族士咸炳焕。
矫首来天池,振羽泛漪澜。元淑命不达,伯鸾吟可叹。东去姑苏
台,乃过陕阳馆。舍辔函关道,浮舟沧海畔。耳目旷暄凉,怀抱盈
悲惋。沉沉青岁晚,霭霭秋云换。自言永遁栖,无复从羁绊。挥手
谢知己,知己莫能赞。

## 山中贻崔六琪华

恍惚登高岭,裴回看落日。遥想仲长园,如亲幼安室。春渚菖蒲
登,山中拨谷鸣。相思不道远,太息未知情。意君来此地,时复疏
林薄。中夜扫闲—作衡门,迎晨闭菌阁。屣履清池上,家童奉信归。
忧随落花散,目送归云飞。故交在天末,心知复千里。无人暂往
来,独作中林士。

## 贻余处士

故园至新浦,遥复未百里。北望是他邦,纷吾即游士。潮来津门
启,罢楫信流水。客意乃成欢,舟人亦相喜。迟迟菱荇上,泛泛菰
蒲里。渐闻商旅喧,犹见凫鹥起。市亭忽云构,方物如山峙。吴王
昔丧元,隋帝又灭祀。停舻—作舰—以眺,太息兴亡理。秋苑故池
田,宫门新柳杞。我行苦炎月,乃及清昊始。此地日逢迎,终思隐
君—作居子。莫言异舒卷,形音在心耳。

## 刘先生闲居

先生及第后,为道士,居太清宫,又从戎而后归。

高第后归道,乃居玉华宫。逍遥人间世,不异浮丘公。甘寝何秉
羽,出门忽从戎。方将游昆仑,又欲小崆峒。进退既在我,归来长
安中。焚香东海君,侍坐西山童。善行无辙迹,吾亦安能穷。但见
神色闲,中心如虚空。期之比天老,真德辅帝鸿。

## 京口题崇上人山亭 即京口郭内山也

清旦历香岩,岩径纡复直。花林开宿雾,游目清霄极。分明窗户
中,远近山川色。金沙童子戏,香饭诸天食。叫叫海鸿声,轩轩江

燕翼。寄言清净者，闾阎徒自踖。

## 朝邑蔡主簿期不会二首

下位日趋走，久之宾会疏。空迟偶词赋，所愧比园庐。朝念池上
酌，暮逢林下书。方将固封守，暂欲混畋渔。衰柳隐长路，秋云满
太虚。遥遥望左右，日入未回车。
日入清风至，知君在西偏。车舆既成列，宾仆复能贤。迢递下墟
坂，逍遥看井田。苍山起暮雨，极浦浮长烟。服义大如志，交欢数
尽年。宁言十馀里，不见空来还。

## 巩城南河作寄徐三景晖

初年雨候迟，巩洛河流小。摇摇芳草岸，屡见春山晓。清露洗云
林，轻波戏鱼鸟。唯言故人远，不念乡川眇。舟楫去漾回，湍溆行
奔峭。寄书千里路，莫道南鸿少。

## 贻阎处士防卜居终南

春风摇杂树，言别还江汜。坚冰生绿潭，又客三千里。兆梦唯颜
色，悬情乃文史。涤耳贵清言，披欢迟玉趾。秦城疑旧庐，伫立问
焉如。稚子跪而说，还山将隐居。竹林既深远，松宇复清虚。迹迥
事多逸，心安趣有馀。石门动高韵，草堂新著书。时阎子有石门草堂诗
序。鸾飞久超绝，蹇足空踌躇。犹有昔时意，望君当照车。驱车当
六国，何以须潜默。圣主常征贤，群公每举德。此时方独往，身志
将何欲。愿谢山中人，回车首归躅。

## 新丰作贻殷四校书

汉皇思旧邑，秦地作新丰。南出华阳路，西分长乐宫。安知天地

久,不与昔年同。鸡犬暮声合,城池秋霁空。纷吾从此去,望极咸阳中。不见芸香阁,徒思文雅雄。

## 华阳作贻祖三咏

朝行敷水上,暮出华山东。高馆宿初静,长亭秋转空。日余一作馀久沦汩,重此闻霜风。淅沥入溪树,飔飗惊夕鸿。〔凄〕(棲)然望伊洛,如见息阳宫。旧识无高位,新知尽固穷。夫君独轻举,远近善文雄。岂念千里驾,崎岖秦塞中。

## 贻袁三拾遗谪作

倾盖洛之滨,依然心事亲。龙门何以峻,曾是好词人。珥笔朝文一作丹陛,含章讽紫宸。帝城多壮观,被服长如春。天子俭为德,而能清约身。公卿尽虚位,天下自趣尘。如君物望美,令德声何已。高帝黜儒生,文皇谪才子。朝廷非不盛,谴谪良难恃。路出大江阴,川行碧峰里。斯言徒自玷,白玉岂为滓。希声尽众人,深识唯知己。知己怨生离,悠悠天一涯。寸心因梦断,孤愤为年移。花满芙蓉阙,春深朝夕池。空令千万里,长望白云垂。

## 洛中贻朝校书衡朝即日本人也

万国朝天中,东隅道最长。吾一作朝生美无度,高驾仕春坊。出入蓬山里,逍遥伊水傍。伯鸾游太学,中夜一相望。落日悬高殿,秋风入洞房。屡言相去远,不觉生朝光。

## 贻　崔　太　祝

天都分礼阁,肃肃临清渠。春山照前屏,高槐荫内除。惟贤尚廪禄,弟去兄来居。文雅更骧首,风流信有馀。中年幸从事,乃遇两吹嘘。何以知君子,交情复淡如。

# 贻王处士子文

春草生洞渚,春风入上林。春皋有黄鹤,抚翮未扬音。王屋尝嘉
遁,伊川复陆沉。张弦鹍鸡弄,闭室蓬蒿深。避地歌三乐,游山赋
九吟。大君思左右,无乃化黄金。

# 献华阴罗丞别

华山薄游者,玄发当青春。道德同仙吏,尊卑即丈人。县城俯京
路,获见官舍里。淹留琼树枝,谑浪春泉水。昔余在天目,总角奉
游从。寒暑递来往,今复莲花峰。别情无远近,道别方愁予。孰想
古人言,乃知悲风雨。

# 闲　居

薄游何所愧,所愧在闲居。亲故不来往,中园时读书。步栏滴馀
雪,春塘抽新蒲。梧桐渐覆井,时鸟自相呼。悠然念故乡,乃在天
一隅。安得如浮云,来往方须臾。

# 送恂上人还吴

洛城本天邑,洛水即天池。君王既行幸,法子复来仪。虚室香花
满,清川杨柳垂。乘闲道归去,远意谁能知。

# 送　周　十　一

秋风陨群木,众草下严霜。复问子何如,自言之帝乡。岂无亲所
爱,将欲济时康。握手别征驾,返悲岐路长。

# 新丰主人

新丰主人新酒熟，旧客还归旧堂宿。满酌香含北砌花，盈尊色泛南
轩竹。云散天高秋月明，东家少女解秦筝。醉来忘却巴陵道，梦中
疑是洛阳城。

# 登戏马台作

君不见宋公仗一作杖钺诛燕后，英雄踊跃争趋走。小会衣冠吕梁
壑，大征甲卒碻磝口。天门一作开神武树元勋，九日茱萸飨六军。
泛泛楼船游极浦，摇摇歌吹动浮云。居人满目市朝变，霸业犹存齐
楚甸。泗水南流桐柏川，沂山北走琅邪县。沧海沉沉晨雾开，彭城
烈烈秋风来。少年自古一作言未得意，日暮萧条登古一作此台。

# 贻从军行

取胜一本缺小非用一作川，来朝明光殿。东平不足先，梦出凤林间。
梦还沧海阙，万里尽阴色。岂为我离别。马上吹笛起寒风，道傍舞
剑飞春雪。男儿悬弧非一日，君去成高节。一云缺误。

# 酬李壶关奉使行县忆诸公

青枫一作风江上沧浪吟，白月宫中鹦鹉林。非有净清心，同道同房
若断金。离居忽有云山意，清韵遥转舟楫事。去时能忆竹园游，来
时莫忘桃园一作源记。一云缺误。

# 蔷 薇 一有篇字

袅袅长数寻，青青不作林。一茎独秀当庭心，数枝分作满庭阴。春
日迟迟欲将半，庭影离离一作吟吟正堪玩。枝上莺娇不畏人，叶底

蛾飞自相乱。秦家女儿爱芳菲,画眉相伴<sub>一作唤</sub>采薇蕨。高处红须
欲就手,低边绿刺已牵衣。蒲萄架上朝光满,杨柳园中暝鸟飞。连
袂踏歌从此去,风吹香气逐人归。

## 同张侍御宴北楼

今之太守古诸侯,出入双旌垂七旒。朝览干戈时听讼,暮延宾客复
登楼。西山漠漠崦嵫色,北渚沉沉江汉流。良宵清净方高会,绣服
光辉联皂盖。鱼龙恍惚阶墀下,云雾杳冥窗户外。水灵慷慨行泣
珠,游女飘飖思解佩。苍苍低月半遥城,落落疏星满太清。不分<sub>一</sub>
<sub>作忍</sub>开襟悲楚奏,愿言吹笛退胡兵。轩后青丘埋獩貊,周王白羽扫
欃枪。期君武节朝龙阙,余亦翱翔归玉京。

# 全唐诗卷一三九

## 储光羲

### 临江亭五咏 并序

　　建业为都旧矣。晋主来此,而礼物尽备。虽云在德,亦云在险,京口其地也。呜呼! 有邦国者,有兴亡焉。自晋及陈,五世而灭。以今怀古,五篇为咏。临江亭得其胜概,寄以兴言,虽未及乎辩士,亦其志也。

晋家南作帝,京镇北为关。江水中分地,城楼下带山。金陵事已往,青盖理无还。落日空亭上,愁看龙尾湾。

山横小苑前,路尽大江边。此地兴王业,无如宋主贤。潮生建业水,风散广陵烟。直望〔清〕(青)波里,只言别有天。

城头落暮晖,城外捣秋衣。江水青云抱,芦花白雪飞。南州王气疾,东国海风微。借问商歌客,年年何处归。

古木啸寒禽,层城带夕阴。梁园多绿柳一作树,楚岸尽枫林。山际空为险,江流长自深。平生何以恨,天地本无心。

京山千里过,孤愤望中来。江势将天合,城门向水开。落霞明楚岸,夕露湿吴台。去去无相识,陈皇安在哉。

## 饯张七琚任宗城即环之季也
## 同产八人俱以才名知

他日曾游魏,魏家馀趾存。可怜宫殿所,但见桑榆繁。此去拜新职,为荣近故园。高阳八才子,况复在君门。

## 留别安庆李太守

明牧念行子,又言悲解携。初筵方落日,醉止到鸣鸡。过客来自北,大军居在西。丘家如讨逆,敢以庶盘溪。

## 洛阳东门送别

东城别故人,腊月迟芳辰。不惜孤舟去,其如两地春。花明洛阳苑,水绿小平津。是日不相见,莺声徒自新。

## 汉 阳 即 事

楚国千里远,孰知方寸违。春游欢有客,夕寝赋无衣。江水带冰绿,桃花随雨飞。九歌有深意,捐佩乃言归。

## 泊江潭贻马校书

明月挂青天,遥遥如目前。故人游画阁,却望似云边。水宿依渔父,歌声好一作和采莲。采莲江上曲,今夕为君传。

## 送沈校书吴中搜书

郊外亭皋远,野中岐路分。苑门临渭水,山翠杂春云。秦阁多遗典,吴台访阙文。君王思校理,莫滞清江渍。

## 寒夜江口泊舟

寒潮信未起，出浦缆孤舟。一夜苦风浪，自然增旅愁。吴山迟海
月，楚火照江流。欲有知音者，异乡谁可求。

## 苑外至龙兴院作

朝游天苑外，忽见法筵开。山势当空出，云阴满地来。疏钟清月
殿，幽梵静花台。日暮香林下，飘飘一作飘仙步回。

## 题虬上人房

禅宫分两地，释子一为心。入道无来去，清言见古今。江寒池水
绿，山〔暝〕(溟)竹园深。别有中天月，遥遥散夕阴。

## 咏山泉 一作题山中流泉

山中有流水，借问不知名。映地为天色，飞空作雨声。转来深涧
满，分出小池平。恬澹无人见，年年长自清。

## 贻主客吕郎中 即皇太子赞谕

上士既开天，中朝为得贤。青云方羽翼，画省比神仙。委佩云霄
里，含香日月前一作边。君王傥借问，客有上林篇。

## 京口留别徐大补阙赵二零陵

皇州月初晓，处处鼓钟喧。树出蓬莱殿，城开闾阖门。近臣朝琐
闼，词客向文园。独有三川一作洲路，空伤游子魂。

## 答王十三维

门生故来往,知欲命浮觞。忽奉朝青阁,回车入上阳。落花满春水,疏柳映新塘。是日归来暮,劳君奏雅章。

## 奉和中书徐侍郎中书省玩白云寄颍阳赵大

青阙朝初退,白云遥在天。非关取雷雨,故欲伴神仙。泛滟鹓池曲,飘飖琐闼前。犹多远山意,幸入侍臣篇。

## 和张太祝冬祭马步

故坛何肃肃,中野自无喧。烈火见陈信,飔言闻永存。房星隐曙色,朔风一作气动寒原。今日歌天马,非关征大宛。

## 祭风伯坛应张太祝作

圣主御青春,纶言命使臣。将修风伯祀,更福太平人。帝幕宵联事,坛场晓降神。帝心矜动物,非为属车人。

## 寻徐山人遇马舍人

泊舟伊川右,正见野人归。日暮春山绿,我心清且微。岩声风雨度,水气云霞飞。复有金门客,来参萝薜衣。

## 夜 观 妓

白雪宜新舞,清宵召楚妃。娇童携锦荐,侍女整罗衣。花映垂鬟转,香迎步履飞。徐徐敛长袖,双烛送将归。

# 洛桥送别

河桥送客舟,河水正安流。远见轻桡动,遥怜故国游。海禽逢早雁,江月值新秋。一听南津曲,分明散别愁。

# 秦中送人觐省

二月清江外,遥遥饯故人。南山晴有雪,东陌霁无尘。骑别章台晚,舟行洛水春。知君梁苑去,日见白华新。

# 洛中送人还江东

洛城春雨霁,相送下江乡。树绿天津道,山明伊水阳。孤舟从此去,客思一何长。直望清波里,唯馀落日光。

# 送姚六昆客任会稽何大塞任孟县

越城临渤澥,晋国在河汾。仙绶两乡意,青郊一路分。野棠春未发,田雀一作鹊暮成群。他日思吴会,尝因西北云。

# 洛潭送人觐省

清洛带芝田,东流入大川。舟轻水复急,别望杳如仙。细草生春岸,明霞散早天。送君唯·曲,当是白华篇。

# 送人随大夫和蕃

西方有六国,国国愿来宾。圣主今无外,怀柔遣使臣。大夫开幕府,才子作行人。解剑聊相送,边一本缺,一作秦。城二月春。

## 仲夏饯魏四河北觐叔

落日临御沟,送君还北州。树凉征马去,路暝归人愁。吴岳夏云尽,渭河秋水流。东篱摘芳菊,想见竹林游。

## 送人寻裴斐

柱史回清宪,谪居临汉川。迟君千里驾,方外赏云泉。路断因春水,山深隔一作曲暝烟。湘江见游女,寄摘一枝莲。

## 陇头水送别

相送陇山头,东西陇水流。从来心胆盛,今日为君愁。暗雪迷征路,寒云隐戍楼。唯馀旌旆影,相逐去悠悠。

## 送王上人还襄阳

朝看法云散,知有至人还。送客临伊水,行车出故关。天花满南国,精舍在空山。虽复时来去,中心长日闲。

## 官庄池观竞渡

落日吹箫管,清池发棹歌。船争先后渡,岸激去来波。水叶藏鱼鸟,林花间绮罗。蹦跚仙女处,犹似望天河。

## 重寄虬上人

一作云峰别,三看花柳朝。青山隔远路,明月空长霄。鹊浴西江雨,鸡鸣东海潮。此情劳梦寐,况道双林遥。

## 蓝上茅茨期王维补阙

山中人不见,云去夕阳过。浅濑寒鱼少,丛兰秋蝶多。老年疏世事,幽性乐天和。酒熟思才子,溪头望玉珂。

## 大酺得长字韵时任安宜尉

大道启元命,时人居太康。中朝发玄泽,下国被天光。明诏始端午,初筵当履霜。鼓鼙迎一作开爽气,羽籥映新阳。太守即悬圃,淮夷成葆疆。小臣惭下位,拜手颂灵长。

## 同张侍御鼎和京兆萧兵曹华岁晚南园

公府传休沐,私庭效陆沉。方知从大隐,非复在幽林。阙下忠贞志,人间孝友心。既将冠盖雅,仍与薜萝深。寒变中园柳,春归上苑禽。池涵青草色,山带白云阴。潘岳闲居赋,钟期流水琴。一经当自足,何用遗黄金。

## 奉酬张五丈垂赠

彩服去江汜,白云生大梁。星辰动异色,羔雁成新行。日望天朝近,时忧郢路长。情言间芋轴,惠念及沧浪。松柏以之茂,江湖亦自忘。贾生方吊屈,岂敢比南昌。

## 秦 中 守 岁

众星已穷次,青帝方行春。永感易成戚,离居难重陈。阖门守初夜,燎火到清晨。或念无生法,多伤未出尘。广庭日将晏,虚室自为宾。愿以桑榆末,常逢甲子新。

## 献高使君大酺作

肃穆郊禋毕，工歌赏事并。三朝遵湛露，一道洽仁明。布德言皆
应，无为物自成。花添罗绮色，莺乱管弦声。独有同高唱，空陪乐
太平。

## 荥阳马氏二子

圣君封太岳，十月建行旃。辇路开千里，寒云霁九天。故人多侍
从，二子留伊川。河汜冰初合，关城月屡圆。暝过荥水上，闻说郑
卿贤。材蔽行人右，名居东里先。制岩开别业，桑柘亦依然。待至
金园侧，相将居一廛。

## 观　竞　渡

大夫沉楚水，千祀国人哀。习棹江流长，迎神雨雾开。标随绿云
动，船逆清波来。下怖鱼龙起，上惊凫雁回。能令秋大有，鼓吹远
相催。

## 太学贻张筠

璧池忝门子，俄顷变炎凉。绿竹深虚馆，清流响洞房。园林在建
业，新友去咸阳。中夜鼓钟静，初秋漏刻长。浮云开太室，华盖上
明堂。空此远相望，劳歌还自伤。

## 田　家　即　事

桑柘悠悠水蘸堤，晚风晴景不妨犁。高机犹织卧蚕子，下坂饥一作
欣逢饷馌妻一作未饥逢饲妻。杏色满林羊酪熟，麦凉浮垅雉媒低。生
时乐死皆由命，事在皇一作旻天志一作迥不迷。

## 洛阳道五首献吕四郎中

洛水春冰开，洛城春水一作树绿。朝看大道上，落花乱马足。

剧孟不知名，千金买宝剑。出入平津邸，自言娇且艳。

大道直如发，春日佳气多。五陵贵公子，双双鸣玉珂。

春风二月时，道傍柳堪把。上枝覆官阁，下枝覆一作拂车马。

洛水照千门，千门碧空里。少年不得志，走马游新市。

## 同武平一员外游湖

竹吹留歌扇，莲香入舞衣。前溪多曲淑，乘兴莫先归。

## 长 安 道

鸣鞭过酒肆，袨服游倡门。百万一时尽，含情无片言。

西行一千里，暝色生寒树。暗闻歌吹声，知是长安路。

## 江南曲四首

绿江深见底，高浪直翻空。惯是湖边住，舟一作船轻不畏风。

逐流牵荇叶，缘岸摘芦苗。为惜鸳鸯鸟，轻轻动画桡。

日暮长江里，相邀归渡头。落花如有意，来去逐船流。

隔江看树色，沿月听歌声。不是长干住，那从此路行。

## 关 山 月

一雁过连营，繁霜覆古城。胡笳在何处，半夜起边声。

## 玉真公主山居

山北天泉苑，山西凤女家。不言沁园好，独隐武陵花。

## 沧浪峡 <small>一作储嗣宗诗</small>

沧浪临古道,道上若成尘。自有沧浪峡,谁为无事人。

## 奉真观

真门迥向北,驰道直向西。为与天光近,云色成虹霓。

## 明妃曲四首

西行陇上泣胡天,南向云中指渭川。毳幕夜来时宛转,何由得似汉王边。

胡王知妾不胜悲,乐府皆传汉国辞。朝来马上箜篌引,稍似宫<small>一作</small>云中闲夜时。

日暮惊沙乱雪飞,傍人相劝易罗衣。强来前殿<small>一作帐</small>看歌舞,共待单于夜猎归。

彩骑双双引宝车,羌笛两两奏胡笳。若为别得横桥路,莫隐<small>一作不</small>忆宫中玉树花。

## 同武平一员外游湖五首时武贬金坛令

红荷碧筱夜相鲜,皂盖兰桡浮翠筵。舟中对舞邯郸曲,月下双弹卢女弦。

青林碧屿暗相期,缓楫挥觥欲赋诗。借问高歌凡几转,河低月落五更时。

朝来仙阁听弦歌,暝入花亭见绮罗。池边命酒怜风月,浦口回船惜芰荷。

朦胧竹影蔽岩扉,淡荡荷风飘舞衣。舟寻绿水宵将半,月隐青林人未归。

花潭竹屿傍幽蹊,画楫浮空入夜溪。芰荷覆水船难进,歌舞留人月易低。

## 题茅山华阳洞

华阳洞口片云飞,细雨濛濛欲湿衣。玉箫遍满仙坛上,应是茅家兄弟归。

## 寄 孙 山 人

新林二月孤舟还,水满清江花满山。借问故园隐君子,时时来往一作去住一作在,一作向。人间。

# 全唐诗卷一四○

## 王昌龄

　　王昌龄,字少伯,京兆人。登开元十五年进士第,补秘书郎。二十二年,中宏词科,调氾水尉,迁江宁丞。晚节不护细行,贬龙标尉卒。昌龄诗绪密而思清,与高適、王〔之涣〕(涣之)齐名,时谓王江宁。集六卷,今编诗四卷。

### 变 行 路 难

向晚横吹悲,风动马嘶合。前驱引旗一作旌节,千里阵云匝。单于下阴山,砂砾空飒飒。封侯取一战,岂复念闺阁。

### 塞 下 曲 四 首

蝉鸣空桑林一作桑树间,八月萧关道。出塞入塞寒一作复入塞,处处黄芦草。从来幽并客,皆共尘沙一作向沙场老。莫学游侠儿,矜夸紫骝好。

饮马渡秋水,水寒风似刀。平沙日未没,黯黯见临洮。昔一作当日长一作龙城战,咸言意气高。黄尘足一作漏,一作是。今古,白骨乱蓬蒿。此首一本题作《望临洮》。

奉诏甘泉宫,总征天下兵。朝廷备礼出,郡国豫郊迎。纷纷几万人,去者无全生。臣愿节宫厩,分以赐边城。一本无以下二首,同《塞上

《曲》题作三首。

边头何惨惨,已葬霍将军。部曲皆相吊,燕南代北闻。功勋多被黜,兵马亦寻分。更遣黄龙戍,唯当哭塞云。一本此首题作《塞上曲》。

# 塞 上 曲

秋风夜渡河,吹却雁门桑。遥见胡地猎,鞴马宿严霜。五道分兵去,孤军百战场。功多翻下狱,士卒但心伤。

# 从军行二首

向夕临大荒,朔风轸归虑。平沙万里馀,飞鸟宿何处。虏骑猎长原,翩翩傍河去。边声摇白草,海气生黄雾。百战苦风尘,十年履霜露。虽投定远笔,未坐将军树。早知行路难,悔不理章句。

秋草一作风马蹄轻,角弓持弦急。去为龙城战,正值胡兵袭。军气横大荒,战酣日将入。长风金鼓动,白露铁衣湿。四起愁边声,南庭时伫立。断蓬孤自转,寒雁飞相及。万里云沙涨,平原冰霰涩。惟闻汉使还,独向刀环泣。一本无此首。

# 少年行二首

西陵侠少年,送客短长亭。青槐夹两道一作路,白马如流星。闻道羽书急,单于寇井陉。气高轻赴难,谁顾一作惟愿燕山铭。

走马远相寻,西楼下夕阴。结交期一剑,留意赠千金。高阁歌声远,重门柳色深。夜阑须尽饮,莫负百年心。一本无此首。

# 长 歌 行

旷野饶悲风,飕飕黄一作多蒿草。系马倚一作停白杨,谁知我怀抱。所是一作见同袍一作怀者,相逢尽衰老。北一作况登汉家陵,南望长安道。下有枯树根,上有鼯一作䶌鼠窠。高皇子孙尽,千载无人过。宝玉频发掘,精灵其奈何。人生须达命,有酒且长歌。

# 悲 哉 行

勿一作每听白头吟,人间易忧怨。若非沧浪子,安得从所愿。北上太行山,临风阅吹万。长云数千里,倏忽还肤寸。观其微灭时,精意莫能论。百年不容息,是处生意蔓。始悟海上人,辞君永飞遁。

# 古 意

桃花四面发,桃叶一枝开。欲暮黄鹂啭,伤心玉镜台。清筝向明月,半夜春风来。

# 放 歌 行

南渡一作望洛阳津,西望十二楼。明堂坐天子,月朔朝诸侯。清乐动千门,皇风被九州。庆云从东来一作出,泱漭抱日流。升平贵论道,文墨将何求。有诏征草泽,微诚将献谋一作献谋猷。冠冕如星罗,拜揖曹与周。望尘非吾一作君事,入赋一作职且迟留。幸蒙国士识,因脱负薪裘。今者放歌行,以慰梁甫愁。但营数斗禄,奉养每丰羞。若一作愿得金膏遂,飞云亦可俦一作求。

# 越 女 《乐府诗集》作采莲曲

越女作桂舟,还将桂为楫。湖上水渺漫,清江不一作初可涉。摘取芙蓉花,莫摘芙蓉叶。将归问夫婿,颜色何如妾。

# 郑县宿陶太公馆中赠冯六元二

儒有轻王侯,脱略当世务一作誉。本家蓝田下一作溪中,非为渔弋故。

无何一作才困躬耕,且欲驰永路。幽居与君近,出谷同所骛一作务。
昨日辞石门,五年变秋露。云龙未相感,干谒亦已屡。子为黄绶
羁,余忝蓬山顾。京门望西岳,百里见郊树。飞雨祠上一作下来,霭
然关中暮。驱车郑城宿,秉烛论往素。山月出华阴,开此河渚雾。
清光比故人,豁达展心晤。冯公尚戢翼,元子仍踽步。拂衣易为
高,沦迹难有趣。张范善终始,吾等岂不慕。罢酒当凉风,屈伸备
冥数。

## 听弹风入松阕赠杨补阙

商风入我弦,夜竹深有露。弦悲与林寂,清景不可度。寥落幽居
心,飕飗青松树。松风吹草白,溪水寒日暮。声意去复还,九变一作
辨待一顾。空山多雨雪,独立君始悟。

## 缑氏尉沈兴宗置酒南溪留赠

林色与溪古,深篁引幽翠。山尊在渔舟,棹月情已醉。始穷清源
口,壑绝人境异。春泉滴空崖,萌草拆阴地。久之风榛寂,远闻樵
声至。海雁时独飞,永然沧洲意。古时青冥客,灭迹沦一尉。吾子
蹰躇心,岂其纷埃事。缑峰一作岑信所克,济北余乃遂。齐物意已
会一作可任今,息肩理犹未。卷舒形性表,脱略贤哲议。仲一作乘月
期角巾,饭僧嵩阳寺。

## 为张倩赠阎使臣

哀哀献玉人,楚国同悲辛。泣一作泪尽继以血,何由辨其真。赖承
琢磨惠,复使光辉新。犹畏谗口疾,弃之如埃尘。

## 赠 史 昭

东林月未升，廓落星与汉。是夕鸿始来，斋中起长叹。怀哉望南浦，眇然夜将半。但有秋水声—作声孤，愁使心神乱。握中何为赠，瑶草已衰散。海鳞未化时，各在天一岸。

## 秋山寄陈谠言

岩间寒事早，众山木已黄。北风何萧萧，兹夕露为霜。感激未能寐，中宵时慨慷。黄一作草虫初悲鸣，玄鸟去我梁。独卧时易晚，离群情更伤。思君若一作苦不及，鸿雁今南翔。

## 出郴一作柳山口至叠一作垒
## 石湾野人室中寄张十一

楮楠无冬春，柯叶连峰稠。阴壁下苍黑，烟含清江楼。景开独沿曳，响答随兴酬。旦夕望吾友，如何迅孤舟。叠沙积为岗，崩剥雨露幽。石脉尽横亘，潜潭何时流。既见万古色，颇尽一物由。永与世人远，气还草木收。盈缩理无馀，今往何必忧。郴土群山高，耆老如中州。孰云议舛一作外降，岂是娱宦游。阴火昔所伏，丹砂将尔谋。昨临苏耽井，复向衡阳求。同一作问疾来相依，脱身当有筹。数月乃离居，风湍成阻修。野人善竹器，童子能溪讴。寒月波荡漾，羁鸿去悠悠。

## 宿灞上寄侍御玙弟

独饮灞上亭，寒山青门外。长云骤落日，桑枣寂已晦。古人驱驰者，宿此凡几代。佐邑由东南，岂不知进退。吾宗秉全璞，楚得璆琳最。茅山就一征，柏署起三载。道契非物理，神交无留碍。知我

沧溟心,脱略腐儒辈。孟冬銮舆出,阳谷群臣会。半夜驰道喧,五
侯拥轩盖。是时燕齐客,献术蓬瀛内。甚悦我皇心,得与王母对。
贱臣欲干谒,稽首期殒碎。哲弟感我情,问易穷否泰。良马足尚
踠,宝刀光未淬。昨闻羽书飞,兵气连朔塞。诸将多失律,庙堂始
追悔。安能召书生,愿得论要害。戎夷非草木,侵逐使狼狈。虽有
屠城功,亦有降虏辈。兵粮如山积,恩泽如雨霈。羸卒不可兴,碛
地无足爱。若用匹夫策,坐令军围溃。不费黄金资,宁求白璧赍。
明主忧既远,边事亦可大。荷宠务推诚,离言深慷慨。霜摇直指
草,烛引明光珮。公论日夕阻,朝廷蹉跎会。孤城海门月,万里流
光带。不应百尺松,空老钟山霭。

## 次汝中寄河南陈赞府

汝山方联延,伊水才明灭。遥见入楚云,又此空馆月。纷然驰梦
想,不谓远离别。京邑多欢娱,衡湘暂沿越。明湖春草遍,秋桂白
花发。岂惟长思君,日夕在魏阙。

## 同从弟销南斋玩月忆山阴崔少府

高卧南斋时,开帷一作帐月初吐。清辉淡水木,演漾在窗户。苒苒
几盈虚,澄澄变今古。美人清江畔,是夜越吟苦。千里其如何一作
何如,微风吹一作出兰一作芳杜。

## 代扶风主人答

杀气凝不流,风悲日一作月彩寒。浮埃起四远,游子弥一作迷不欢。
依然宿扶风,沽酒聊自宽。寸心亦未理,长铗谁能弹。主人就我
饮,对我还慨叹一作然。便泣数行泪,因歌行路难。十五役边地一作
城,三回讨楼兰。连年不解甲,积日无所餐。将军降匈奴,国使没

桑干。去时三十万,独自还长安。不信沙场苦,君看刀箭瘢。乡亲
悉零落,冢墓亦摧残。仰攀青松枝,恸绝伤心肝。禽兽悲不去,路
傍谁忍看。幸逢休明代,寰宇静波澜。老马思伏枥,长鸣力已殚。
少年与运会,何事发悲端。天子初封禅,贤良刷羽翰。三边悉如
此,否泰亦须观。

## 酬鸿胪裴主簿雨后北楼见赠 一作高適诗

暮霞照新晴,归云犹相逐。有怀晨昏暇,想见登眺目。问礼侍彤
襜,题诗访茅屋。高楼多古今,陈事满陵谷。地久微子封,台馀孝
王筑。裴回顾霄汉,豁达俯川陆。远水对孤一作秋城,长天向乔木。
公门何清静,列戟森已肃。不叹携手稀,常思著鞭速。终当拂羽
翰,轻举随鸿鹄。

## 送任五之桂林

楚客醉孤舟,越水将引棹。山为两乡别,月带千里貌。羁谴同缯
纶,僻幽闻虎豹。桂林寒色在,苦节知所效。

## 山中别庞十

幽娟松筱径,月出寒蝉鸣。散发卧其下,谁知孤隐情。吟时白一作
碧云合,钓一作酌处一作罢玄潭清。琼树方杳霭,风兮保其贞。

## 留别伊阙张少府郭大都尉

迁客就一醉,主人空金罍。江湖青山底,欲去仍裴回。郭侯未相
识,策马伊川来。把手相劝勉,不应老尘埃。孟阳逢一作蓬山旧,仙
馆留清才。日晚劝趣别,风长云逐一作遂开。幸随板舆远,负谴何
忧哉。唯有仗忠信,音书报云雷。

## 送韦十二兵曹

县职如长缨,终日检我身。平明趋郡府,不得展故人。故人念江湖,富贵如埃尘。迹在戎府掾,心游天台春。独立浦边鹤,白云长相亲。南风忽至吴,分散还入秦。寒夜天光白,海净月色真。对坐论岁暮,弦悲岂一作歌起无因。平生驰驱分,非谓杯酒仁。出处两不合,忠贞何由伸。看君孤舟去,且欲歌垂纶。

## 东京府县诸公与綦毋潜李颀相 送至白马寺宿 一作同府县诸公送綦毋潜李颀至白马寺

鞍马上东门,裴回入孤舟。贤豪相追送,即棹千里流。赤岸一作远峰落日在,空波微烟收。薄宦忘机括,醉来即一作复淹留。月明见古寺,林外登高楼。南风开长廊,夏夜如凉秋。江月照吴县,西归梦中游。

## 送东林廉上人归庐山

石溪流已乱,苔径人渐微。日暮东林下,山僧还独归。昔为庐峰意,况与远公违。道性深寂寞,世情多是非。会寻名山去,岂复望清辉。

## 留别武陵袁丞

皇恩暂迁谪,待罪逢知己。从此武陵溪,孤舟二千里。桃花遗古岸,金涧流春水。谁识马将军,忠贞抱生死。

## 别刘谞

天地寒更雨,苍茫楚城阴。一尊广陵酒,十载衡阳心。倚仗一作伏不可料,悲欢岂易寻。相逢成远别,后会何如今。身在江海上,云连京国深。行当务功业,策马何骎骎。

# 岳阳别李十七越宾

相逢楚水寒,舟在洞庭驿。具陈江波事,不异沦弃迹。杉上秋雨声,悲切兼葭夕。弹琴收馀响,来送千里客。平明孤帆心,岁晚济代策。时在身未充,潇湘不盈画。湖小洲渚联,澹淡烟景碧。鱼鳖自有性,龟龙无能易。遣黜同所安,风土任所适。闭门观玄化,携手遗损益。

# 留别岑参兄弟

江城建业楼,山尽沧海头。副职守兹县,东南棹孤舟。长安故人宅,秣马经前秋。便以风雪暮,还为纵饮留。貂蝉七叶贵,鸿鹄万里游。何必念钟鼎,所在烹肥牛。为君啸一曲,且莫弹箜篌。徒见枯者艳,谁言直如钩。岑家双琼树,腾光难为俦。谁言青门悲,俯期吴山幽。日西石门峤,月吐金陵洲。追随探灵怪,岂不骄王侯。

# 送刘眘虚归取宏词解

太清闻海鹤,游子引乡眄。声随羽仪远,势与归云便。青桂春再荣,白云暮来变。迁飞在礼仪,岂复泪如霰。

# 巴陵别刘处士 一作巴陵刘处士东斋作

刘生隐岳阳,心远洞庭水。偃帆入山郭,一宿楚云里。竹映秋馆深,月寒江风一作门起。烟波桂阳接,日夕数千里。袅袅清夜猿,孤舟坐如此。湘中有来雁,雨雪候音旨。

# 宿裴氏山庄

苍苍竹林暮,吾亦知所投。静坐山斋月,清溪闻远流。西峰下微雨,向晓<sub></sub>一作晚白云收。遂解尘中组,终南春可游。

## 淇上酬薛据兼寄郭微 一作高适诗

自从别京华,我心乃萧索。十年守章句,万里空寥落。北上登蓟门,茫茫见沙漠。倚剑对风尘,慨然思卫霍。拂衣去燕赵,驱马怅不乐。天长沧洲路,日暮邯郸郭。酒肆或淹留,渔泽屡栖泊。独行备艰难,孰辞干鼎镬。皇情念淳古,时俗何浮薄。理道须任贤,安人在求瘼。故交负奇才,逸气包謇谔。隐轸经济策,纵横建安作。才望忽先鸣,风期无宿诺。飘飖劳州县,迢递限言谑。东驰眇贝丘,西顾弥虢略。淇水徒自深,浮云不堪托。吾谋适可用,天道岂辽廓。不然买山田,一身与耕凿。

# 全唐诗卷一四一

## 王昌龄

### 咏　史

荷畚至洛阳,杖策游北门。天下尽兵甲,豺狼满中原。明夷方遘患,顾我徒崩奔。自惭菲薄才,误蒙国士恩。位重任亦重,时危志弥敦。西北未及终,东南不可吞。进则耻保躬,退乃为触藩。叹息嵩山老,而后知其尊。本集《咏史》云:荷畚至洛阳,胡马屯北门。天下裂其土,豺狼满中原。明夷方济世,敛翼黄埃昏。披云见龙颜,始蒙国士恩。位重谋亦深,所举无遗奔。长策寄临终,东南不可吞。贤智苟有时,贫贱安所论。惟然嵩山老,而后知我言。

### 杂　兴

握中铜匕首,粉锉楚山铁。义士频报雠,杀人不曾缺。可悲燕丹事,终被狼虎灭。一举无两全,荆轲遂为血。诚知匹夫勇,何取万人杰。无道吞诸侯,坐见九州裂。

### 秋　兴

日暮西北堂,凉风洗修木。著书在南窗,门馆常肃肃。苔草延古意,视听转幽独。或问余所营,刈黍就寒谷。

## 斋 心

女萝覆石壁,溪水幽濛胧。紫葛蔓黄花,娟娟寒露中。朝饮花上露,夜卧松下风。云英化为水,光采与我同。日月荡精魄,寥寥天宇一作府空。

## 独 游

林卧情每一作自闲,独游景常晏。时从灞陵下,垂钓往南涧。手携双鲤鱼,目送千里雁。悟彼飞一作非有适,知此罹忧患。放之清冷泉,因得省疏慢。永怀青岑客,回首白云间。神超物无违一作超然无遗事,岂系名与宦。

## 香积寺礼拜万回平等二圣僧塔

真无御化一作北来,借一作昔有乘化一作花归。如彼双塔内,孰能知是非。愚也骇苍生,圣哉为帝师。当为时世出,不由天地资。万回主一作至此方,平等性无违。今我一礼心,亿劫同不移。肃肃松柏下,诸天来有时。

## 就道士问周易参同契

仙人骑白鹿,发短耳何长。时余采菖蒲,忽见嵩之阳。稽首求丹经,乃出怀中方。披读了不悟,归来问嵇康。嗟余无道骨,发我入太行。

## 诸官游招隐寺

山馆人已空,青萝换风雨。自从永明世,月向龙宫吐。凿井长幽泉,白云今如古。应真坐松柏,锡杖挂窗户。口云七十馀,能救诸有苦。回指岩树花,如闻道场鼓。金色身坏灭,真如性无主。僚友同一心,清光遣谁取。

## 宴南亭

寒江映村林,亭上纳鲜洁。楚客共闲饮,静坐金管阕。酣竟一作意日入山,暝来云归穴。城楼空杳霭,猿鸟一作鸣备清切。物状如丝纶,上一作道心为予决。访君东溪事,早晚樵路绝一作阔。

## 何九于客舍集

客有住桂阳,亦如巢林鸟。鼍鲔且终宴,功业会未了。山月空霁时,江明高楼晓。门前泊舟楫,行次入松筱。此意投赠君,沧波风一作空袅袅。

## 洛阳尉刘晏与府掾一作县
## 诸公茶集天宫寺岸道上人房

良友呼我宿,月明悬天宫。道安风尘外,洒扫青林中。削去府县理,豁然神机空。自从三湘还,始得今夕同。旧居太行北,远宦沧溟东。各有四方事,白云处处通。

## 观江淮名胜图

刻意吟云山,尤知隐沦妙。远公何为者,再诣临海峤。而我高其风,披图得遗照。援毫无逃境,遂展千里眺。淡扫荆门烟,明标赤城烧。青葱林间岭,隐见淮海徼。但指香炉顶,无闻白猿啸。沙门既云灭,独往岂殊调。感对怀拂衣,胡宁事渔钓。安期始遗舄,千古谢荣耀。投迹庶可齐,沧浪有孤棹。

## 灞上闲居

鸿都有归客,偃卧滋阳村。轩冕无枉顾,清川照我门。空林网夕阳,寒鸟赴荒一作幽园。廓落时得意,怀哉莫与言。庭前有孤鹤,欲啄常翩翻。为我衔素书,吊彼颜与原。二君既不朽,所以慰其魂。

## 风凉原上作

阴岑宿云归,烟雾湿松柏。风凄日初晓,下岭望川泽。远山无晦一作遗明,秋水千里白。佳气盘未央,圣人在凝碧。关门阻天下,信是帝王宅。海内方晏然,庙堂有奇策。时贞守全运,罢去游说客。予忝兰台人,幽寻免贻责。

## 裴六书堂

闲堂闭空阴,竹林一作木但清响。窗下长啸客,区中无遗想。经纶精微言,兼济当独往。

## 江上闻笛

横笛怨江月,扁舟何处寻。声长楚山外,曲绕胡关深。相去万馀里,遥传此夜心。寥寥浦溆寒,响尽惟幽林。不知谁家子,复奏邯郸音。水客皆拥棹,空霜遂盈襟。羸马望北走,迁人悲越吟。何当边草白,旌节陇一作龙城阴。

## 太湖秋夕

水宿烟雨寒,洞庭霜落微。月明移舟去,夜静魂梦归。暗觉海风度,萧萧闻雁飞。

## 赵十四兄见访

客来舒长簟,开阁延清风。但有无弦琴,共君尽尊中。晚来常读易,顷者欲一作独还嵩。世事何须道,黄精且养蒙。嵇康殊寡识,张翰独知终。忽忆鲈鱼鲙,扁舟往江东。

## 过华阴

云起太华山,云山一作山色互明灭。东峰始含景,了了见松雪。羁人感幽栖,窅映转奇绝。欣然忘所疲,永望吟不辍。信宿百馀里,出关玩新月。何意昨来心一作作冥冥,遇物遂迁别。人生屡如此,何以肆愉悦。

## 九江口作

浘浘江势阔,雨开浔阳秋。驿门是高岸,望尽黄芦洲。水与五溪合,心期万里游。明时无弃才,谪去随孤舟。鸷鸟立寒木,丈夫佩吴钩。何当报君恩,却系单于头。

## 大梁途中作

怏怏步长道,客行渺无端。郊原欲下雪,天地棱棱寒。当时每酣醉,不觉行路难。今日无酒钱,凄惶向谁叹。

## 途中作

游人愁岁晏,早起遵王畿。坠叶吹未晓,疏林月微微。惊禽栖不定,寒兽相因依。叹此霜露下,复闻鸿雁飞。渺然江南意,惜与中途违。羁旅悲壮发,别离念征衣。永图岂劳止,明节期所归。宁厌楚山曲,无人长掩扉。

# 山行入泾州

倦此山路长,停骖问宾御。林峦信回惑一作坰林往或回,白日落何处。
徙倚望长风,滔滔引归虑。微雨随云收,濛濛傍山去。西临有边
邑,北走尽亭戍。泾水横白烟,州城隐寒树。所嗟异风俗,已自少
情趣。岂伊怀土多一作恋怀土,触目一作解物忻所遇。

# 小敷谷龙潭祠作

崖谷喷疾流,地中有雷集。百泉势相荡,巨石皆却立。跳波沸峥
嵘,深处不可挹。昏为蛟龙怒一作窟,清一作时见云雨入。灵怪崇偏
祠,废兴自兹邑。沉淫顷多昧,檐宇遂不葺。吾闻被明典,盛德惟
世及。生人载山川,血食报原隰。岂伊骇微险,将以循甿揖。□飞
振吕梁,忠信亦我习。波流浸已广,悔吝在所汲。溪水有清源,褰
裳靡沾湿。

# 段宥厅孤桐

凤凰所宿处,月映孤桐寒。槁叶零落尽,空柯苍翠残。虚心谁能
见,直影非无端。响发调尚苦,清商劳一弹。

# 琴

孤桐秘虚鸣,朴素传幽真。仿佛弦指外,遂见初古人。意远风雪
苦,时来江山一作上春。高宴未终曲,谁能辨经纶。

# 初　日

初日净金闺,先照床前暖。斜光入罗幕,稍稍亲丝管。云发不能
梳,杨花更吹满。

## 失　题

奸雄乃得志，遂使群心摇。赤风荡中原，烈火无遗巢。一人计不用，万里空萧条。

## 赠宇文中丞 本畅当诗

仆本浇落人，辱当州郡使。量力颇及早，谢归今即已。萧萧若凌虚，衿带顷消靡。车服卒然来，浔阳作游子。郁郁寡开颜，默默独行李。忽逢平生友，一笑方在此。秋清宁风日，楚思浩云水。为语弋林者，冥冥鸿远矣。

## 箜篌引

卢谿郡南夜泊舟，卢溪在辰州龙标故地，即马援歌中武溪水所出也。或作泸溪者非。夜闻两一作南岸羌戎讴，其时月黑猿啾啾。微雨沾衣令人愁，有一迁客登高楼，不言不寐弹箜篌。弹作蓟门桑一作叶叶秋，风沙飒飒青冢头，将军铁骢汗血流。深入匈奴战未休，黄旗一点兵马收，乱杀胡人积如丘。疮病驱来配一作役边州，仍披漠北羔羊裘，颜色饥枯掩面羞。眼眶泪滴深两眸，思还本乡食犛牛，欲语不得指咽喉。或有强壮能咿嚘，意说被他边将雠，五世属藩汉主留。碧毛毡帐河曲游，橐驼五万部落稠，敕赐飞凤金兜鍪。为君百战如过筹，静扫阴山无鸟投，家藏铁券特承优。黄金千一作百斤不称求，九族分离作楚囚，深溪寂寞弦苦幽。草木悲感声飕飀，仆本东山一作山东为国忧，明光殿前论九畴。簏读兵书尽冥搜，为君掌上施权谋，洞晓山川无与俦。紫宸诏发远怀柔，摇笔飞霜如夺钩，鬼神不得知其由。怜爱苍生比蚍蜉，朔一作缘河屯兵须渐抽，尽遣降来拜御沟。便令海内休戈矛，何用班超定远侯，史臣书之得已不。

## 乌栖曲

白马逐朱车，黄昏入狭邪。一本重狭邪二字。柳树乌争宿，争枝未得
飞上屋。东房少妇婿从军，每听乌啼知夜分。

## 城傍曲

秋风鸣桑条，草白狐兔骄。邯郸饮一作饭，又作饱。来酒未消，城北原
平掣皂雕。射杀空营两腾虎，回身却月佩弓弰。

## 行路难

双丝作绠系银瓶，百尺寒泉辘轳上。悬丝一绝不可望，似妾倾心在
君掌。人生意气好迁捐，只重狂花不重贤。宴罢调筝奏离鹤，回娇
转盼泣君前。君不见，眼前事，岂保须臾心勿异。西山日下雨足
稀，侧有浮云无所寄。但愿莫忘前者言，锉骨黄尘亦无愧。行路
难，劝君酒，莫辞烦一作劝酒莫辞烦，美酒千钟犹可尽，心中片愧一作恨
何可论。一闻汉主思故剑，使妾长嗟万古魂。

## 奉赠张荆州

祝融之峰紫云衔，翠如何其雪崭岩。邑西有路缘石壁，我欲从之卧
穹嵌。鱼有心兮脱网罟，江无人兮鸣枫杉。土君飞枭一作鸟仍未
去，苏耽宅中意遥缄。

# 全唐诗卷一四二

## 王昌龄

### 驾出长安 一作宋之问诗

圣德超千古,皇风扇九围。天回万象出,驾动六龙飞。淑气来黄道,祥云覆紫微。太平多扈从,文物有光辉。

### 驾幸河东

晋水千庐合,汾桥万国从。开唐天业盛,入沛圣恩浓。下辇回三象,题碑任六龙。睿明悬日月,千岁一作载此时逢。

### 胡笳曲

城南虏已合,一夜几重围。自有金笳引,能沾出塞衣一作能令出塞飞。听临关月苦,清入海风微。三奏高楼晓,胡人掩涕归。

### 潞府客亭寄崔凤童

萧条郡城闭,旅馆空寒烟。秋月对愁客,山钟摇暮天。新知偶相访,斗酒情依然。一宿阻长会,清风徒满川。

## 和振上人秋夜怀士会

白露伤草木,山风吹夜寒。遥林梦亲友,高兴发云端—作岩峦。郭外秋声急,城边月色残。瑶琴多远思,更为客中弹。

## 送李擢游江东

清洛日夜涨,微风引孤舟。离肠—作舻便千里,远梦生江楼。楚国橙橘暗,吴门烟雨愁。东南具今古,归望山云秋—作收。

## 沙苑南渡头

秋雾连云白,归心浦溆悬。津人空守缆,村馆复临川。篷—作峰隔苍茫雨,波连—作通演漾田。孤舟未得济,入梦在何年。

## 客 广 陵

楼头广陵近,九月在南徐。秋色明海县,寒烟生里闾。夜帆归楚客,昨日度江书。为问易名叟,垂纶不见鱼。

## 静法师东斋

筑室—作山在人境,遂得真隐情。春尽草木变,雨来池馆清。琴书全雅道,视听已无生。闭户脱三界,白云自虚盈。

## 素上人影塔

物化同枯木,希夷明月珠。本来生灭尽,何者是虚无。一坐看如故,千龄独向隅。至人非别有,方外不应殊。

## 遇薛明府谒聪上人

欣逢柏梁故，共谒聪公禅。石室无人到，绳床见虎眠。阴崖常抱
雪，枯涧为生泉。出处虽云异，同欢在法筵。

## 谒 焦 炼 师

中峰青苔壁，一点云生时。岂意石堂里，得逢焦炼师。炉香净琴一
作金案，松影闲瑶墀。拜受长年药，翩翩西海期。

## 宿京江口期刘眘虚不至

霜天起长望，残月生海门。风静夜潮满，城高寒气昏。故人何寂
寞，久已乖清言。明发不能寐，徒盈江上尊。

## 寒 食 即 事

晋阳寒食地，风俗旧来传。雨灭龙蛇火，春生鸿雁天。泣多流水
涨，歌发舞云旋。西见之推庙，空为人所怜。

## 九 日 登 高

青山远近带皇州，霁景重阳上北楼。雨歇亭皋仙菊润，霜飞天苑御
梨秋。茱萸插鬓花宜寿，翡翠横钗舞作愁。谩说陶潜篱下醉，何曾
得见此风流。

## 万 岁 楼

江上巍巍万岁楼，不知经历几千秋。年年喜见山长在，日日悲看水
独流。猿狖何曾离暮岭，鸬鹚空自泛寒洲。谁堪登望云烟里，向晚
茫茫发旅愁。

## 夏月花萼楼酺宴应制

土德三元正,尧心万国同。汾阴备冬礼,长乐应和风。赐庆垂天泽,流欢旧渚宫。楼台生海上,箫鼓出天中。雾晓筵初接,宵长曲未终。雨随青幕合,月照一作向舞罗空。玉陛分朝列,文章发圣聪。愚臣忝书赋,歌咏颂丝桐。

## 送欧阳会稽之任

怀禄贵心赏,东流山水长。官移会稽郡,地迩上虞乡。缓带屏纷杂,渔舟临讼堂。逶迤回溪趣一作曲,猿啸飞鸟行。万室雾朝雨,千峰迎夕阳。辉辉远洲映,暖暖澄湖一作江光。白发有高士,青春期上皇。应须枉车歇一作过,为我访荷裳。

## 同王维集青龙寺昙壁上人兄院五韵

本来清净所,竹树引幽阴。檐外含山翠,人间出世心。圆通无有象,圣境不能侵。真是吾兄法,何妨友弟深。天香自然会,灵异识钟音。

## 东溪玩月 一作王维诗

月从断山口,遥吐柴门端。万木分一作纷空霁,流阴中夜攒。光连虚象白,气与风露寒。谷静秋泉响,岩深青霭残。澄清入幽梦,破影抱空峦。恍惚琴窗里,松溪晓思难。

# 全唐诗卷一四三

## 王昌龄

### 朝 来 曲

月昃鸣珂动,花连绣户春。盘龙玉台镜,唯待画眉人。

### 从 军 行

大将军出战,白日暗榆关。三面黄金甲,单于破胆还。

### 答武陵田太守

仗<sup>一作按</sup>剑行千里,微躯感一言。曾为大梁客,不负信陵恩。

### 题灞池二首

腰镰欲何之,东园刈秋韭。世事不复论,悲歌和樵叟。
开门望长川,薄暮见渔者。借问白头翁,垂纶几年也。

### 题 僧 房

棕榈花满院,苔藓入闲房。彼此名言绝,空中闻异香。

## 击 磬 老 人

双峰褐衣久,一磬白眉长。谁识野人意,徒看春草芳。

## 送 胡 大

荆门不堪别,况乃潇湘秋。何处遥望君,江边明月楼。

## 送 郭 司 仓

映门淮水绿,留骑主人心。明月随良掾,春潮夜夜深。

## 送 李 十 五

怨别秦楚深,江中秋云起。天长杳无隔,月影在寒水。

## 送 张 四

枫林已愁暮,楚水复堪悲。别后冷山月,清猿无断时。

## 武陵田太守席送司马卢谿

诸侯分楚郡,饮饯五谿春。山水清晖远,俱怜一逐臣。

## 送谭八之桂林

客心仍在楚,江馆复临湘。别意猿鸟外,天寒桂水长。

## 送刘十五之郡

平明江雾寒,客马江上发。扁舟事洛阳,窅窅含楚月。

# 从军行七首

烽火城西百尺楼,黄昏独上一作坐海风秋。更吹羌一作横笛关山月,
无那一作谁解金闺万里愁。

琵琶起舞换新声,总是关山旧一作离别情。撩乱边愁听一作弹不尽,
高高秋月照长城。

关城榆叶早疏黄,日暮云沙古战场。表请回军掩尘骨,莫教兵士哭
龙荒。

青海长云暗雪山,孤城遥望玉一作雁门关。黄沙百战穿金甲,不破
楼兰终一作竟不还。

大漠风尘日色昏,红旗半卷出辕门。前军夜战洮河北,已报生擒吐
谷浑。

胡瓶落膊紫薄汗,碎叶城西秋月团。明敕星驰封宝剑,辞君一夜取
楼兰。《统签》注云:薄汗疑作骏鶻。

玉门山嶂几千重,山北山南总是烽。人依远戍须看火,马踏深山不
见踪。

# 出 塞 二 首

秦时明月汉时关,万里长征人一作征夫尚未还。但使龙城飞将在,不
教胡马度阴山。

骝马新跨白玉鞍,战罢沙场月色寒。城头铁鼓声犹振,匣里金刀血
未干。

# 采 莲 曲 二 首

吴姬越艳楚王妃,争弄莲舟水湿衣。来时浦口花迎入,采罢江头月
送归。

荷叶罗裙一色裁,芙蓉向脸两边开。乱入池中看不见,闻歌始觉有人来。

## 殿前曲二首

贵人妆梳殿前催,香风吹入殿后来。仗引笙歌大宛马,白莲花发照池台。

胡部笙歌西殿头,梨园弟子和凉州。新声一段高楼月,圣主千秋乐未休。

## 春宫曲 《唐人绝句》作殿前曲

昨夜风开露井桃,未央前殿月轮高。平阳歌舞新承一作承新宠,帘外春寒赐锦袍。

## 西 宫 春 怨

西一作空宫夜静百花香,欲卷珠帘春恨长。斜抱云和深一作浑见月,朦一作胧胧树色隐一作隔昭阳。

## 西 宫 秋 怨

芙蓉不及美人妆,水殿风来珠翠香。谁分一作问含啼一作却恨含情掩秋扇,空悬明月待君王。

## 长信秋词五首

金井梧桐秋叶黄,珠帘不卷夜来霜。熏一作金笼一作炉玉枕无颜色,卧听南宫一作宫中清漏长。

高殿秋砧响夜阑,霜深犹忆御衣寒。银灯青琐裁缝歇,还向金城明主看。

奉帚平明金一作秋殿开，且将团扇暂一作共裴回。玉颜不及寒鸦色，犹带〔昭〕(朝)阳日影来。

真成薄命久寻思，梦见君王觉后疑。火照西宫知夜饮，分明复道奉恩时。

长信宫中秋月明，昭阳殿下捣衣声。白露堂中细草迹，红罗帐里不胜情。

## 青楼曲二首

白马金鞍从武皇，旌旗十万宿长杨。楼头小妇鸣筝坐，遥见飞尘入建章。

驰道杨花满御沟，红妆缦绾上青楼。金章紫绶千馀骑，夫婿朝回初拜侯。

## 青 楼 怨

香帏风动花入楼，高调鸣筝缓夜愁。肠断关山不解说，依依残月下帘钩。

## 浣 纱 女

钱塘江畔是谁家，江上女儿全胜花。吴王在时不得出，今日公然来浣纱。

## 闺 怨

闺中少妇不曾愁，春日凝妆上翠楼。忽见陌头杨柳色，悔教夫婿觅封侯。

# 甘泉歌

乘舆执玉已登坛, 细草沾衣春殿寒。昨夜云生拜初月, 万年甘露水晶盘。

# 萧驸马宅花烛

青鸾飞入合欢宫, 紫凤衔花出禁中。可怜今夜千门一作家里, 银汉星回一作槎一道通。

# 观 猎

角鹰初下秋草稀, 铁骢抛鞚去如飞。少年猎得平原兔, 马后一作上横捎意气归。

# 寄穆侍御出幽州

一从恩谴度潇湘, 塞北江南万里长。莫道蓟门书信少, 雁飞犹得到衡阳。

# 寄陶副使

闻道将军破海门, 如何远谪渡湘沅。春来明主封西岳, 自有还君紫绶恩。

# 至南陵答皇甫岳

与君同病复漂沦, 昨夜宣城别故人。明主恩深非岁久, 长江还共五溪滨。

## 西江寄越弟

南浦逢君岭外还,沅溪更远洞庭山。尧时恩泽如春雨,梦里相逢同
入关。

## 李四仓曹宅夜饮

霜天留后一作饮故情欢,银烛金炉夜不寒。欲问吴江别来意一作处,
青山明月梦中看。

## 宴 春 源

源向春城花几重,江明深翠引诸峰。与君醉失松溪路,山馆寥寥传
暝钟。

## 龙 标 野 宴

沅溪夏晚足凉风,春酒相携就竹丛。莫道弦歌愁远谪,青山明月不
曾空。

## 听流人水调子

孤舟微月对枫林,分付鸣筝与客心。岭色千重万重雨,断弦收与泪
痕深。

## 梁 苑

梁园秋竹古时烟,城外风悲欲暮天。万乘旌旗何处在,平台宾客有
谁怜。

## 送崔参军往龙溪

龙溪只在龙标上,秋月孤山两相向。遣谪离心是丈夫,鸿恩共待春江涨。

## 送 郑 判 官

东楚吴山驿树微,辂车衔命奉恩辉。英僚携出新丰酒,半道遥看骢马归。

## 送姚司法归吴

吴掾留餫楚郡心,洞庭秋雨海门阴。但令意远扁舟近一作送,不道沧江百丈深。

## 送高三之桂林

留君夜饮对潇湘,从此归舟客梦长。岭上梅花侵雪暗,归时还拂桂花香。

## 旅　望 一作出塞行

白花一作草原头一作上望京师,黄河水流无尽时。穷秋旷野行人绝,马首东来知是谁。

## 题朱炼师山房

叩齿焚香出世尘,斋坛鸣磬步虚人。百花仙酝能留客,一饭胡麻度几春。

# 武陵开元观黄炼师院三首

松间白发黄尊师，童子烧香禹步时。欲访桃源入溪路，忽闻鸡犬使
人疑。

先贤盛说桃花源，尘忝何堪武陵郡。闻道秦时避地人，至今不与人
通一作间问。

山观空虚清静门，从官役吏扰尘喧。暂因问俗到真境，便欲投诚依
道源。

## 河上老人歌 一作河上歌

河上老人坐古槎，合丹只用青莲花。至今八十如四十，口道沧溟是
我家。

## 春　怨

　　乐府近代曲载《盖罗缝》二首。前一曲乃王昌龄《出塞》第一首，第
二曲即此诗也。不著作者姓名。

音书杜绝白狼西，桃李无颜黄鸟啼。寒雁春深归去尽，出门肠断草
萋萋。

## 句

朝荐抱良策，独倚江城楼。 述情 《诗式》

昨从金陵邑，远谪沅溪滨。《沅志》

娟魄已三孕。 以下《海录碎事》

驾幸温泉日，严霜子月初。

长亭酒未醒，千里风动地。 以下《河岳英灵集》

苍荻寒沧江，石头岸边饮。

天仗森森练雪凝, 身骑铁骢自臂鹰。

# 全唐诗卷一四四

## 常　建

　　常建,开元中进士第。大历中,为盱眙尉。诗似初发通庄,却寻野径,百里之外,方归大道。其旨远,其兴僻。佳句辄来,唯论意表。沦于一尉,士论悲之。诗一卷。

### 送　陆　擢

圣代多才俊一作秀,陆生何考槃。南山高松树,不合空摧残。九月湖上别,北风秋雨寒。殷勤叹孤凤,早食金琅玕。

### 送李十一尉临溪

泠泠花下琴,君唱渡江吟。天际一帆影,预悬离别心。以言神仙尉,因致瑶华音。回轸抚商调,越溪一作声澄碧林。

### 江　上　琴　兴

江上调玉琴,一弦清一心。泠泠七弦遍,万木澄幽阴一作音。能使江月白,又令江水深。始知梧桐枝,可以徽黄金。

### 湖　中　晚　霁

湖广舟自轻,江天欲澄霁。是时清楚望,气色犹霾曀。踟蹰金霞白,波上日初丽。烟虹落镜中,树木生天际。杳杳涯欲辨,蒙蒙云复闭。言乘一作垂星汉明,又睹寰瀛势。微兴从此惬,悠然不知岁。试歌沧浪清,遂觉乾坤细。岂念客衣薄,将期永投袂。迟回渔父间,一雁声嘹唳。

## 宿王昌龄隐居

清溪深不测一作极,隐处唯孤云。松际露微月,清光犹为君。茅亭宿花影,药院滋苔纹。余亦谢时去,西山鸾鹤群。

## 送楚十少府

微风吹霜气,寒影明一作流前除。落日未能别,萧萧林木虚。愁烟闭千里,仙尉其何如。因送别鹤操,赠之双鲤鱼。鲤鱼在金盘,别鹤哀有馀。心事则如此,请君开素书。

## 张山人弹琴

君去芳草绿,西峰弹玉琴。岂惟丘中赏,兼得清烦襟。朝从山口还,出岭闻清一作幽音。了然云霞气一作意,照见天地心。玄鹤下澄空,翩翩舞松林。改弦扣一作和商声,又听飞龙吟。稍觉此身妄,渐知仙事深。其将炼金鼎,永矣一作以投吾簪。

## 白湖寺后溪宿云门

落日山水清,乱流鸣淙淙。旧蒲雨抽节,新花水对窗。溪中日已没,归鸟多为双。杉松引直路,出谷临前湖。洲渚晚色静,又观花与蒲。入溪复登岭,草浅寒流速。圆月明高峰,春山因独宿。松阴澄初夜,曙色分远目。日出城南隅,青青媚川陆。乱花覆东郭,碧气销长林。四郊一清影,千里归寸心。前瞻王一作去程促,却恋云门深。毕景有馀兴,到家弹玉琴。

## 闲斋卧病—作雨行药至
## 山馆稍次湖亭二首 —作一首

旬时结阴霖,帘外初白日。斋沐清病容,心魂畏虚—作灵室。闲梅
照前户,明镜悲旧质。同袍四五人,何不来问疾。

行药至石壁,东风变萌芽。主人门外—作山人山门绿,小隐湖中花。
时物堪独往,春帆宜别家。辞君向沧海,烂熳从天涯。

## 塞　上　曲

翩翩云中使,来问太原卒。百战苦不归,刀头怨明月。塞云随阵
落,寒日傍—作旁城没。城下有寡妻,哀哀哭枯骨。

## 仙谷遇毛女意知是秦宫人

溪口水石浅,泠泠明药丛。入溪双峰峻,松栝疏幽风。垂岭枝—作
竹袅袅,翳泉花濛濛。黄缘霁人目,路尽心弥通。盘石横阳崖,前
流—作临殊未穷。回潭清云影,弥漫长天空。水边一神女,千岁为
玉童。羽毛经汉代,珠翠逃秦宫。目亲神已寓,鹤飞言未终。祈君
青云秘,愿谒黄仙翁。尝以耕玉田,龙鸣西顶中。金梯与天接,几
日来相逢。

## 梦太白西峰

梦寐升九崖,杳霭逢元君。遗我太白峰—作岑,寥寥辞垢氛。结宇
在星汉,宴林闭氤氲。檐楹覆馀翠,巾舄生片云。时往溪水—作谷
间,孤亭昼仍曛。松峰引天影,石濑清霞文。恬目缓舟趣,霁心投
鸟群。春风又摇棹,潭岛花纷纷。

# 鄂渚招王昌龄张偾

刈芦旷野中,沙土一作上飞黄云。天晦无精光,茫茫悲远君。楚山
隔湘水,湖畔落日曛。春雁又北飞,音书固难闻。谪居未为叹,谗
枉何由分。午日逐蛟一作蛇龙,宜为吊冤文。翻覆古共然,名一作官
宦安足云。贫士任枯槁,捕鱼清江濆。有时荷锄犁,旷野自耕耘。
不然春山隐,溪涧花一作何氤氲。山鹿自有场,贤达亦顾群。二贤
归去来,世上徒纷纷。

# 春 词 二 首

《乐府诗题》作陌上桑。一本连后阶下草犹短一首共作三首。

菀菀黄柳丝,濛濛杂花垂。日高红妆卧,倚对一作树春光一作风迟。
宁知傍淇水,骢衰黄金羁。

翳翳陌上桑,南枝交北堂。美人金梯出,素手自提筐。非但畏一作
为蚕饥,盈盈娇路傍。

# 晦日马镫曲稍次中流作

夜寒宿芦苇,晓色明西林。初日在川上,便澄游子心。秦一作晴天
无纤翳,郊野浮春阴。波静随钓鱼,舟小绿水深。出浦见千里,旷
然谐远寻。扣船应渔父,因一作同唱沧浪吟。

# 古 意 一本连后古意三首,共作四首。

牧马古道傍,道傍多古墓。萧条愁杀人,蝉鸣白杨树。回头望京
邑,合沓生尘雾。富贵安可常,归来保贞素。

# 宿五度溪仙人得道处

五度溪上花,生根依两崖。二月寻片云,愿宿秦人家。上见悬崖崩,下见白水湍。仙人弹棋处,石上青萝盘。无处求玉童,翳翳唯林峦。前溪遇新月,聊取玉琴弹。

# 西　山

一身为轻舟,落日西山际。常随去帆影,远接长天势。物象归馀清,林峦分夕丽。亭亭碧流暗,日入孤霞继。渚日远阴映,湖云尚明霁。林昏楚色来,岸远荆门闭。至夜转清迥,萧萧北风厉。沙边雁鹭泊,宿处兼葭蔽。圆月逗前浦,孤琴又摇曳。泠然夜遂深,白露沾人袂。

# 春　词

阶下草犹短,墙头梨花白。织女高楼上,停梭顾行客。问君在何所,青鸟舒锦翮。

# 赠 三 侍 御

高山临大泽,正月芦花干。阳色薰两崖,不改青松寒。士贤守孤贞,古来皆共难。明君错甚一作任才,台上飞三鸾。操与霜雪明,量与江海宽。束身视天涯,安能穷波澜。孤鹤在枳棘,一枝非所安。逸翮望绝霄,见欲凌云端。层台何其高,山石流洪湍。固知非天池,鸣跃同所欢。谁念独枯槁,四十长江干。责躬贵知己,效拙从一官。折翮悲高风,苦饥候朝餐。湖月映大海,天空何漫漫。托身未知所,谋道庶不刊。吟彼乔木诗,一夕常三叹。

# 第 三 峰

西山第三顶,茅宇依双松。杳杳欲至天,云梯升几重。莹魄澄玉虚,以求鸾鹤踪。逶迤非天人,执节乘赤龙。旁映白日光,缥缈轻霞容。孤辉上烟雾,馀影明心胸。愿与黄麒麟,欲飞而莫从。因寂清万象,轻云自中峰。山暝学栖鸟,月来随暗蛩。寻空静馀响,袅袅云溪钟。

# 古 兴

汉上逢老翁,江口为僵尸。白发沾黄泥,遗骸集乌鸱。机巧自此忘,精魄今何之。风吹钓竿折,鱼跃安能施。白水明汀洲,菰蒲冒深陂。唯留扁舟影,系在长江湄。突兀枯松枝,悠扬女萝丝。托身难凭依,生死焉相知。遍观今时人,举世皆尔为。将军死重围,汉卒犹争驰。百马同一衔,万轮同一规。名与身孰亲,君子宜固思。

# 高楼夜弹筝

高楼百馀尺,直上江水平。明月照人苦,开帘弹玉筝。山高猿狖急,天静鸿雁鸣。曲度犹未终,东峰霞半生。

# 客有自燕而归哀其老而赠之

羸马朝自燕,一身为二连。忆亲拜孤冢,移葬双陵前。幽愿从此毕,剑心因获全。孟冬寒气盛,抚辔告言旋。碣石海北门,馀寇惟朝鲜。离离一寒骑,袅袅驰白天。生别皆自取,况为士卒先。寸心渔阳兴,落日旌竿悬。

# 白龙窟泛舟寄天台学道者

夕映翠山深，馀晖在龙窟。扁舟沧浪意，澹澹花影没。西浮入天色，南望对云阙。因忆莓苔峰，初阳濯玄发。泉萝两幽映，松鹤间清越。碧海莹子神，玉膏泽人骨。忽然为枯木，微兴遂如兀。应寂中有天，明心外无物。环回从所泛，夜静犹不歇。澹然意无限，身与波上月。

# 张天师草堂

灵溪宴清宇，傍倚枯松根。花药绕方丈，瀑泉飞至门。四气闭炎热，两崖改明昏。夜深月暂皎，亭午朝始暾。信是天人居，幽幽寂无喧。万壑应鸣磬，诸峰接一魂。遂登仙子谷，因醉田生一作中樽。时节开玉书，宵映飞天言。心化便一作更无影，目精焉累烦。忽而与一作举霄汉，寥落空南轩。

# 古 意 三 首

二妃方访舜，万里南方悬。远道隔江汉，孤舟无岁年。不知苍梧处，气尽呼青天。愁泪变楚竹，蛾眉丧湘川。后人立为庙，累世称其贤。过客设祠祭，狐狸来坐边。怀古未忍还，猿吟彻空山。
明月照高阁，彩女褰罗幕。歌舞临碧云，箫声沸珠箔。青鸾临南海，天上双白鹤。万里齐翼飞，意求君门乐。玉霄九重闭，金锁夜不开。两翅自无力，愁鸣云外来。态深入一作人空贵，世屈无良媒。俯仰顾中禁，东飞白玉台。
楚王竟何去，独自留巫山。偏使世人见，迢迢江汉间。驻舟春溪里，皆愿拜灵颜。窅寐见神女，金沙鸣珮环。闲艳绝世姿，令人气力微。含笑竟不语，化作朝云飞。

# 渔 浦

春至百草绿,陂泽闻鸧鹒。别家投钓翁,今世沧浪情。沤纻为缊
袍,折麻为长缨。荣誉失本真,怪人浮此生。碧水月自阔,安流净
而平。扁舟与天际,独往谁能名。

# 空灵山应田叟

湖南无村落,山舍多黄茆。淳朴如太古,其人居鸟巢。牧童唱巴
歌,野老亦献嘲。泊舟问溪口,言语皆哑咬。土俗不尚农,岂暇论
肥硗。莫徭射禽兽,浮客烹鱼鲛。余亦罘罝人,获麇今尚苞。敬君
中国来,愿以充其庖。日入闻虎斗,空山满咆哮。怀人虽共安,异
域终难交。白水可洗心,采薇可为肴。曳策背落日,江风鸣梢梢。

# 太公哀晚遇

日出渭流白,文王畋猎时。钓翁在芦苇,川泽无熊罴。诏书起遗
贤,匹马令一作今致辞。因称江海人,臣老筋力衰。迟迟诣天车,快
快一作怏怏悟灵龟。兵马更不猎,君臣皆共怡。同车至咸阳,心影
无磷缁。四牡玉墀下,一言为帝师。王侯拥朱门,轩盖曜长逵。古
来荣华人,遭遇谁知之。落日悬桑榆,光景有顿亏。倏忽一作悲天
地人,虽贵将何为。

# 昭 君 墓

汉宫岂不死,异域伤独一作犹伤没。万里驮黄金,蛾眉为枯骨。回
车一作军夜出塞,立马皆不发。共一作愤恨丹青人,坟上哭明月。

# 吊王将军墓

嫖姚北伐时,深入强一作几千里。战馀落日黄,军败鼓声死。尝闻汉飞将,可夺单于垒。今与山鬼邻,残兵哭辽水。

# 古　意

井底玉冰洞地明,琥珀辘轳青丝索。仙人骑凤披彩霞,挽上银瓶照天阁。黄金作身双飞龙,口衔明月喷芙蓉。一时渡海望不见,晓上青楼十二重。

# 古　兴

辘轳井上双梧桐,飞鸟衔花日将没。深闺女儿莫愁年,玉指泠泠怨金碧。石榴裙裾蛱蝶飞,见人不语鞏蛾眉。青丝素丝红绿丝,织成锦衾当为谁。

# 张公子行 一作古意

日出乘钓舟,袅袅持钓竿。涉淇傍荷花,骢马闲金鞍。侠客一作使君白云中,腰间悬辘轳。出门事嫖姚,为君西击胡。胡兵汉骑相驰逐,转战孤军西海一作海西北一作曲。百尺旌竿沉黑云,边笳落日不堪闻。

# 题破山寺后禅院

清晨入古寺,初日照高林。竹一作一,一作曲。径通一作遇幽处,禅房花木深。山光悦鸟性,潭影空人心。万籁此都寂,但馀钟磬音。

# 送李大都护

单于虽不战,都护事边深。君执幕中秘,能为高士心。海头近初月,碛里多愁阴。西望郭犹子,将分泪满襟。

## 潭 州 留 别

贤达不相识,偶然交已深。宿帆谒郡佐,怅别依禅林。湘水流入海,楚云千里心。望君杉松夜,山月清猿吟。

## 听琴秋夜赠寇尊师

琴当秋夜听,况是洞中人。一指指应法,一声声爽神。寒虫临砌急一作默,清吹裛灯频。何必钟期耳,高闲自可亲。

## 泊 舟 盱 眙

泊舟淮水次,霜降夕流清。夜久潮侵岸,天寒月近城。平沙依雁宿,候馆听鸡鸣。乡国云霄外,谁堪羁旅情。

## 江 行

平湖四无际,此夜泛孤舟。明月异方意,吴歌令客愁。乡园碧云外,兄弟渌江头。万里无归信,伤心看斗牛。

## 燕 居

青苔常满路,流水复入林。远与市朝隔,日闻鸡犬深。寥寥丘中想,渺渺湖上心。啸傲转无欲,不知成陆沉。

# 送宇文六

花映垂杨汉水一作水彻清,微一作晓风林里一枝轻。即今江北还如此,愁杀江南离别情。

# 落第长安

家园好在尚一作住上留秦,耻作明时失路人。恐逢故里莺花笑,且向长安度一春。

# 塞　下

铁马胡裘出汉营,分麾百道救龙城。左贤未遁旌一作斩竿折,过在将军不在兵。

# 题　法　院

胜景门闲一作开对远山,竹深松老半含烟。皓一作皎,一作素。月殿中三度磬,水晶宫里一僧禅。

# 岭　猿

杳杳裛裛一作凄凄,一作依依。清且切,鹧鸪飞处又斜阳。相思岭上相思泪,不到三声合断肠。

# 三日寻李九庄

雨歇杨林东渡头,永和三日荡轻舟。故人家在桃花岸,直到门前溪水流。

# 塞下曲四首

玉帛朝回望帝乡,乌孙归去不称王。天涯静处无征战,兵气销为日月光。

北海阴风动地来,明君祠上望龙堆。髑髅皆是长城卒,日暮沙场飞作灰。

龙斗雌雄势已分,山崩鬼哭恨将军。黄河直北千馀里,冤气苍茫成黑云。

因嫁单于怨在边,蛾眉万古葬胡天。汉家此去三千里,青冢常无草木烟。

## 戏 题 湖 上

湖上老人坐矶—作岛头,湖里桃花水却流。竹竿袅袅波无—作白波际,不知何者吞吾钩。

## 吴 故 宫

越女歌长君且听,芙蓉香满水边城。岂知一日终非主,犹自如今有怨声。

# 全唐诗卷一四五

## 杜　颎

杜颎,开元十五年同王昌龄登第。诗二首。

### 从　军　行

秋草马蹄轻,角弓持弦急。去为龙城候,正值胡兵袭。军气横大荒,战酣日将入。长风金鼓动,白露一作雾铁衣湿。四起愁边声,南辕时伫立。断蓬孤自转,寒雁飞相及。万里云沙涨,平川一作路平冰霰溢一作涩。夜闻汉使归,独向刀环泣。

### 故　绛　行

君不见铜鞮观,数里城池已芜漫。君不见虒祁一作祁虒宫,几重台榭亦微濛。介马兵车全盛时,歌童舞女妖艳姿。一代繁华皆共绝,九原唯望冢累累。

## 李　嶷

李嶷,开元十五年进士第,官左武卫录事。殷璠称其诗鲜洁有规矩,其《少年行》三首,词虽不多,翩翩然侠气在目。今存诗六首。

# 少年行三首

十八羽林郎，戎衣侍一作事，又作从。汉王。臂鹰金殿侧，挟弹玉舆
傍。驰道春风起，陪游出建章。

侍猎长杨下，承恩更射飞。尘生马影灭，箭落雁行稀。薄暮随天
仗，联翩入琐闱。

玉剑膝边一作旁横，金杯马上倾。朝游茂陵道，夜宿凤凰城。豪吏
一作侠多猜忌，无劳问姓名。

## 淮南秋夜呈周侃 一作呈同僚

天净河汉高，夜闲砧杵发。清秋忽如此，离恨应难歇。风乱池上萍
一作萤，露光竹间月。与君共游处，勿作他乡别。

## 林园秋夜作

林卧避残暑，白云长在天。赏心既如此，对酒非徒然。月色遍秋
露，竹声兼夜泉。凉风怀袖里，兹意与谁传。

## 读前汉外戚传

人录尚书事，家临御路傍。凿池通渭水，避暑借明光。印绶妻封
邑，轩车子拜郎。宠因宫掖里，势极必先亡。

# 崔　亘

崔亘，开元二十四年登进士第。诗一首。

## 春　怨

夜尽梦初惊,纱窗早雾明。晓妆脂粉薄,春服绮罗轻。妾有今朝恨,君无旧日情。愁来理弦管,皆是断肠声。

## 蒋维翰 一作薛

蒋维翰,登开元进士第。诗五首。

## 古 歌 二 首

美人怨何深,含情倚金阁。不嚬一作笑复不语,红一作珠泪双双一作纷纷落。

美人闭红烛,独坐裁新锦。频放剪刀声,夜寒知未寝。

## 春 夜 裁 缝

珠箔因风起,飞蛾入最能。不教人夜作,方便杀明灯。

## 春 女 怨

白玉堂前一树梅,今朝忽见数花一作枝开。儿家门户寻常一作重重闭,春色因何入得一作何缘得入来。

## 怨 歌

百尺珠楼临狭斜,新妆能唱美人车。皆言贱妾红颜好,要自狂夫不忆家。

# 万 楚

万楚,登开元进士第。诗八首。

## 小 山 歌

人说淮南有小山,淮王昔日此登仙。城中鸡犬皆飞去,山上坛场今
宛然。世人贵身不贵寿,共笑华阳洞天口。不知金石变长年,谩在
人间恋携手。君能举帆至淮南,家住盱眙余先谙。桐柏乱流平入
海,茱萸一曲沸成潭。忆记来时魂悄悄,想见仙山众峰小。今日长
歌思不堪,君行为报三青鸟。

## 题江潮庄壁

田家喜秋熟,岁〔晏〕(宴)林叶稀。禾黍积场圃,楂梨垂户扉。野闲
犬时吠,日暮牛自归。时复落花酒,茅斋堪解衣。

## 咏 帘

玳瑁昔称华,玲珑薄绛纱。钩衔门势曲,节乱水纹斜。日弄长飞
鸟,风摇不卷花。自当分内外,非是为骄奢。

## 茱 萸 女

山阴柳家女,九日采茱萸。复得东邻伴,双为陌上姝。插枝著一作
花向高髻,结子置长裾。作一作忤性常迟缓,非关诧一作托丈夫。平
明折林樾一作树,日入返城隅。侠一作贾客要罗袖,行人挑短书。蛾
眉自有主,年少莫踟蹰。

# 五 日 观 妓

西施谩道浣春纱,碧玉今时斗丽华。眉黛夺将萱草色,红裙妒杀石榴花。新歌一曲令人艳,醉舞双眸敛鬓斜。谁道五丝能续命,却令今日死君家。

# 骢　马

金络青骢白玉鞍,长鞭紫陌野游盘。朝驱东道尘恒灭,暮到河源日未阑。汗血每随边地苦,蹄伤不惮陇阴寒。君能一饮长城窟,为报<sub>一作尽</sub>天山行路难。

# 题情人药栏

敛眉语芳草,何许太无情。正见离人别,春心相向生。

# 河上逢落花

河水浮落花,花流东不息。应见浣纱人,为道长相忆。

# 范　朝

范朝,开元中进士。诗二首。

# 宁 王 山 池

水势临阶转,峰形对路开。槎从天上得,石是海边来。瑞草分丛种,祥花间色栽。旧传词赋客,唯见有邹枚。

# 题石瓮寺

胜境宜长望,迟春好散愁。关连四塞起,河带八川流。复磴承香阁,重岩映彩楼。为临温液近,偏美圣君游。

# 杨 颜

> 杨颜,登开元进士第。诗一首。

## 田 家

小园足生事,寻胜日倾壶。莳蔬利于鬻,才青摘已无。四邻依<sup>一作</sup>因野竹,日夕采其<sup>一作共</sup>樵枯。田家心适时,春色遍桑榆。

# 王 谌

> 王谌,登开元进士第,官右补阙。诗六首。

## 后 庭 怨

君不见红闺少女端正时,天天桃李仙容姿。幸得君王怜巧笑,披香殿里荐蛾眉。蛾眉双双人共进,常恐妾身从此摈。甄妃为妒出层宫,班女因猜下长信。长信宫门闭不开,昭阳歌吹风送来。梦中魂魄犹言是,觉后精神尚未回。念君娇爱无终始,使妾长啼后庭<sup>一作</sup>宫里。独立每看斜日尽,孤眠<sup>一作一坐</sup>直至残灯死。秋日闻虫翡翠帘,春晴照面鸳鸯水。红颜旧来花不胜,白发如今雪相似。传闻纨扇恩未歇,预想蛾眉上初月。如君贵伪不贵真,还同弃妾逐新人。借问南山松叶意,何如北砌槿花新。

## 夜坐看挡筝

调筝夜坐灯光里，却挂罗帷露纤指。朱弦一一声不同，玉柱连连影相似。不知何处学新声，曲曲弹来未睹名。应是石家金谷里，流传未满洛阳城。

## 长信怨

飞燕倚身轻，争人巧笑名。生君弃妾意，增妾怨君情。日落昭阳壁，秋来长信城。寥寥金殿里，歌吹夜无声。

## 闺情

日暮裁缝歇，深嫌气力微。才能收箧笥，懒起下帘帷。怨坐空然烛，愁眠不解衣。昨来频梦见，夫婿莫应知。

## 十五夜观灯

暂得金吾夜，通看火树春。停车傍明月，走马入红尘。妓杂歌偏胜，场移舞更新。应须尽记取，说向一作与不来人。

## 除夜 一作史青诗

今岁今宵尽，明年明日催。寒随一夜一作腊去，春逐五更来。气色空中改，容颜暗里回。风光人不觉，已著后园梅。

# 王岳灵

王岳灵，登开元进士第。天宝中累官至监察御史。诗一首。

## 闻 漏

建礼含香处,重城待漏臣。徐闻传凤诏,晓唱辨鸡人。银箭残将尽,铜壶漏更新。催筹当午夜,移刻及三辰。杳杳从天远,泠泠出禁频。直疑残漏曙,肃肃对钩陈。

## 周 万 一作吉万

    周万,其先汝南人,后徙居永安黄冈,宣州刺史择从之子。开元末登第。诗一首。

### 送沈芳谒李观察求

仕进 自注云:此君曾浪迹长安,因以诗让之。

往日长安路,欢游不惜年。为贪卢女曲,用尽沈郎钱。身老方投刺,途穷始著鞭。犹闻有知己,此去不徒然。

# 全唐诗卷一四六

## 陶 翰

陶翰，润州人。开元十八年擢进士第，又擢宏词科。以《冰壶赋》得名，官礼部员外郎。诗一卷。

### 古塞下曲 一作王季友，误。

进军飞狐北，穷寇势将变。日落沙尘昏，背河更一战。驿一作骏马黄金勒，雕弓白羽箭。射杀左贤王，归奏未央殿。欲言塞下事，天子不召见。东出咸阳门，哀哀泪如霰。

### 燕 歌 行

请君留楚调，听我吟燕歌。家在辽水一作东头，边风意气多。出身为汉将，正值戎未和。雪中凌天山，冰上渡交河。大小百馀战，封侯竟蹉跎。归来灞陵下，故旧无相过。雄剑委尘匣，空门垂一作帷雀罗。玉簪还赵女一作妹，宝瑟一作瑶琴付齐娥。昔日不为乐，时哉今奈何。

### 望太华赠卢司仓

行一作作吏到西华，乃观三峰壮。削成元气中，杰出天河一作汉上。如有飞动色，不知青冥状。巨灵安在哉，厥迹犹可望。方此顾一作叹行旅一作役,末由饬一作访仙装。装,唐韵侧亮切,行装也。或改作仗,非。
葱茏记星坛,明灭数云嶂。良友垂真契,宿心所微尚。敢投归山
吟,霞径一相访。

# 赠 郑 员 外

骢马拂绣裳,按兵辽水阳。西分雁门骑,北逐楼烦王。闻道五军
集,相邀百战场。风沙暗天起,虏骑一作阵森已行。儒服揖一作护诸
将,雄谋吞大一作八荒。金门来一作求见谒,朱绂生辉光。数年一作载
侍御史,稍迁尚书郎。人生志气立,所贵功业昌。何必守章句,终
年事铅黄。同时献赋客,尚在东陵傍。

## 赠房侍御 时房公在新安

志士一作人固一作故不羁,与道常周旋。进则天下仰,已之能晏然。
褐衣东府召,执简南台先。雄义每特立,犯颜岂图全。谪居东南
远,逸气吟芳荃。适会寥廓趣,清波更夤缘。扁舟入五湖,发缆洞
庭前。浩荡临海曲,迢遥济江壖。征奇忽忘返,遇兴将弥年。乃悟
范生智,足明渔父贤。郡临新安渚,佳赏此城偏。日夕对层岫,云
霞映晴川。闲居恋秋色,偃卧含贞坚。倚伏聊自一作自相化,行藏
互推迁。君其振羽翮,岁晏将一作欲冲天。

# 晚出伊阙寄河南裴中丞

退无偃息资,进无当代策。冉冉时将暮,坐为周南客。前登阙塞
门,永眺伊城陌。长川黯已空一作暮,千里寒气白。家本一作在渭水
西,异日同所适。秉志师禽尚,微言祖庄易。一辞林壑间,共系风
尘役。交朋一作才名忽先进,天道何一作邑多纷剧。岂念嘉遁时,依
依偶沮溺。

# 送朱大出关

楚客西上书,十年不得意。平生相知者,晚节心各异。长揖五侯门,拂衣谢中贵。丈夫多别离,各有四方事。拔剑因高歌,萧萧北风至。故人有斗酒,是夜共君醉。努力强加餐,当年莫相弃。

# 宿天竺寺

松柏乱岩口,山西微径通。天开一作关一峰见,宫阙生虚空。正殿倚霞壁,千楼一作上房标石丛。夜来猿鸟静,钟梵响一作寒云中。岑一作峰翠映湖一作明月,泉声乱溪风。心超诸境外,了与悬解同。明发唯改视,朝日长崖东。一作明发气候改,起视长崖东。湖色浓荡漾,海光渐曈朦。葛仙迹尚在,许氏道犹崇。独往古来一作今事,幽怀期二公。

# 出萧关怀古

驱马击长剑,行役至萧关。悠悠一作然五原上,永眺关河前。北虏三十万,此中常控弦。秦城亘宇宙,汉帝理一作埋旌一作戎,又作旄。旄。刁斗鸣不息,羽书日夜传。五军计莫就,三策议空全。大漠横万里,萧条绝人烟。孤城一作山当瀚海,落日照〔祁〕(祈)连。怆矣苦寒奏,怀哉式微篇。更悲秦楼月,夜夜出胡天。

# 南楚怀古

南国久芜漫,我来空郁陶。君看章华宫,处处生黄蒿。但见陵与谷,岂知贤与豪。精魂托古木,宝玉捐江皋。倚棹下晴景,回舟随晚涛。碧云暮寥落,湖上秋天高。往事那堪问,此心徒自劳。独馀湘水上,千载闻离骚。

# 经杀子谷

扶苏秦帝子,举代称其贤。百万犹在握,可争天下权。束身就一
剑,壮志皆弃捐。塞下有遗迹,千龄人共传。疏芜尽荒草,寂历空
寒烟。到此尽垂泪,非我独潸然。

# 早过临淮

夜来三渚风,一作夜泊三风渚。晨过临淮岛。湖中海气白,城上楚云
早。鳞鳞鱼浦帆,潎潎芦洲草。川路日一作白浩荡,怒焉心如捣。
且言任倚伏,何暇念枯槁。范子名屡移,蘧公志常保。古人去已
久,此理今难一作难足道。一作古人已云云,此理谁足道。

# 乘潮至渔浦作

舣棹乘早潮,潮来如风雨。樟台忽已隐,界峰莫及睹。一作嶂高忽已
界,峰暗莫及睹。崩腾心为失,浩荡目无主。恓恓浪始闻,一作风停浪始
开。漾漾入鱼浦。云景共澄霁,江山相吞吐。伟哉造化工一作灵,
此事从终古。流沫诚足诫,商歌调易若。颇因忠信全,客心一作念
犹栩栩。

# 秋山夕兴

山月松筱下,月明山景鲜。聊为高秋酌,复此清夜弦。晤语方获
志,栖心亦弥年。尚言兴未逸,更理逍遥篇。

# 送集贤学上伊阙史少府敕放
## 归江东觐省 一作綦毋潜诗

墨客钟张侣,材高吴越珍。千门来谒帝,驷马去荣亲。吏邑沿清

洛,乡山指白蘋。归期应不远,当及未央春。

## 送金卿归新罗

奉义朝中国,殊恩及远臣。乡心遥渡海,客路再经春。落日谁同
望,孤舟独可亲。拂波衔木鸟,偶宿泣珠人。礼乐夷风变,衣冠汉
制新。青云已干吕,知汝重来宾。

## 柳陌听早莺 <small>一本题上有奉试二字</small>

忽来枝上啭,还似谷中声。乍使香闺静,偏伤远客情。间关难辨
处,断续若频惊。玉勒留将久,青楼梦不成。千门候晓发,万井报
春生。徒有知音赏,惭非皋鹤鸣。